一场花事一场梦

2009—2010年散文精品

散文海外版编辑部 \选编

百花文艺出版社
BAIHUA LITERATURE AND
ART PUBLISHING HOUSE

图书在版编目（CIP）数据

一场花事一场梦：2009~2010年散文精品 / 马召平等著：-- 天津 ：百花文艺出版社，2011.1
ISBN 978-7-5306-5798-0

Ⅰ. ①一… Ⅱ. ①马… Ⅲ.①散文—作品集—中国—当代 Ⅳ. ①I267

中国版本图书馆CIP数据核字（2010）第245837号

百花文艺出版社出版发行
地址:天津市和平区西康路35号
邮编:300051
e-mail:bhpubl@public.tpt.tj.cn
http://www.bhpubl.com.cn
发行部电话:(022)23332651 邮购部电话:(022)23332478
全国新华书店经销
天津午阳印刷有限公司印刷
*
开本787×1092毫米 1/16 印张31.5 插页2 字数318千字
2011年1月第1版 2011年1月第1次印刷
印数：1-6000 册 定价：56.00元

目　录

性情写作

人物绘像

古今抒怀

金　子

马召平

19岁的那年，我在秦岭山中做过一年半的工人，工作是炼金子，把金灿灿的黄金从土灰色的岩石里提出来，炼成沉甸甸的金条交给人民银行。如果10年前，你站在这个县城的一座名叫老君洞的山梁上，看到在县城的东南角有一个冒着热气的烟囱，那就是我们的工厂。

它没有具体的名称，没有悬挂任何标志，是租用县农机厂一间砖木结构库房改造而成的。有人叫炼金厂有人叫它洗炭车间，它是那么的普通而又破旧，隐藏在农机厂杂草丛生的后院里。只有一个小窗户背着阳光朝着山坡，因此房子里一年四季都是黑的。架设炼金设备的师傅们在厂房上装了一个烟囱，烟囱的高度超过了县城的水塔，所以很醒目。师傅们还在厂房下面修了一道水槽。烟囱里冒的是蒸汽，水槽里排放的是废水。我们的炼金设备其实就像一台磨面机，我们工作的情形就是戴着严实的口罩，穿着胶皮长靴，站在凳子上把一种装在尼龙袋里的叫活性炭的东西从高处的铁皮仓斗里倒进去，然后再把一些名叫氰化钠的化学药品倒进水池里，加热。有时候还要再加些硫酸。小小的厂房里经常是轰鸣的，有两台马达，一台输水，一台排水。水池里冒着的水汽味刺鼻。闻的时间长了，就觉得喉咙烧，心里慌。那时间，我们知道硫酸是有腐蚀的，所以戴着口罩，但我们不知道氰化钠是剧毒物品。多少年以后我才知道，水池里大量添加的氰化钠对肺脏有着极大的毒害。但当时我们根本没有察觉。我们自豪自己是炼金子的工人。虽然我们的工作跟在家务农的没有多大的区别，都是拿着铁锨，扛着尼龙袋子哼哧哼哧。不同的是我们翻动的是活性炭——一种用木头烧制而成的细小炭粒，通过物理的吸附作用来提取矿石里的黄金。我们每天把从矿上运来的活性炭倒进仓斗再翻起来，翻起来，像要榨油一样。大概三天一个周期，金子就从活性炭里分解出来，而那些炭就作废了。我们再把炭装到袋子里，堆满在院子里。那些装在尼龙袋子里的活性炭冒着热气，要不了多长时间就有人拉着去填铺县城外的乡间小道了。

我们其实不知金子是怎么出来的。听地质队的工程师说这种炼金子的办法就是利用物理和化学的原理，把吸附在活性炭里的金子分解出来。当时他还给我们画了化学公式，好像是 $4Au + 8NaCN + 2H_2O + 2O = 4Na[Au(CN)_2] + 4NaOH$，我们似懂非懂也就不懂装懂。因为金子是珍贵的，是要交给国家的。所以金子离我们有着一定的距离。

我们也从来没有见过真正的金子。当我们成天往池子里倒黑溜溜的活性炭时，我们想过金光灿灿的情形。但我们没有见过金子。我们所分解出来的物质变成金粉的过程都在厂房旁边的一间实验室里进行的。实验室里有两个穿白大褂的女孩。她们从技校毕业，脸上有着许多的青春痘。她们不是每天都有事，而是等金粉积聚到一定数量时才打开实验室的门，开高温工业炉，加热烧杯，准备毛刷和一些玻璃器皿。她们对于真正炼金技术不熟悉，她们也要等地质队的工程师来进行最后的提炼。

我常常见到的一位工程师姓王，年龄近四十岁，个子不高，瘦，但脸色红润，手劲很大。每次见了我都要拍我的肩膀。他常对我说，你看你的腰弯得都成驼背了。他的手拍得我肩膀疼。我挺了挺背，给他倒水。他不抽烟，但好喝茶。包里经常装着一罐一罐的茶叶。他引人瞩目的就是一年四季都穿着一双翻毛皮鞋，天热也不脱。他说爬山全靠这双鞋。他用的毛巾也只有一条，既洗脸也擦脚。他喝完茶后就待到实验室，一天不出来，也不吃饭。我时常想里面的情形，但是想不明白。我唯一的感受就是本来气味刺鼻的厂房里又多了一些气味，好像是把老鼠的毛发烧着了的味道，极其刺鼻。

记得一般用上一天多的时间，王工程师就会把金粉分离出来，装在一个黑袋子里，再提到山外的地质队进行再次提纯，打成金条或者金砖。然后由矿上保卫科干部护送着交到市人民银行。金子是国家的，都是要交银行的。王工程师每次都要骄傲地这么说，说得我耳根儿都起茧子了。他每次说的时候，李勇就直着眼睛张着嘴巴呆滞地听着。他几乎每次都问：那金条是不是都做成金戒指了？那时候，王工程师就说，金子是国际货币，都在银行的保险柜子里放着呢。门口都有拿枪的武警守着呢！怎么会打成戒指呢！

李勇是我们一群青工中年龄最大的，28岁。说话细声细气，走路也摇来晃去的，像个女孩子一样总是有着很多的胆怯。他是顶替父亲来上班的。他的老家就在金矿所在地，他和父亲一直在金矿上挖矿，塌方了，石头压在他父亲的腰上，残废了。矿上赔了些钱就把他安排到了县城里炼金子，从临时工转成了合同工。他对于金子的冶炼似乎比我们清楚。他说炼金子的第一道工序是挖采矿石，再把矿石粉碎堆到一个广场上。然后再往矿石堆上喷洒氰化钠，再把活性炭铺到矿石下面吸附，吸附后再到我们这个车间用氰化钠溶解。整个过程就是浸出——吸附——浸出。等金子溶解后再往过滤液中加大量锌即可提炼出金子。李勇的解释听得我们吃惊。但是过一些日子，我们又常拿他取笑。但他不气恼，经常是笑嘻嘻的。他很勤奋也很珍惜自己的工作。只要是他值班，就来得很早，扫地，烧水，把桌子擦得干干净净。他说在矿上，成天吹风，风白天钻进骨头里晚上钻进被窝里。每天吃的饭菜就是洋芋和萝卜叶子腌菜。通铺上的床板硬的硌得骨头疼。矿上也不通电，白天发电供矿石粉碎机，一到晚上收工只有点蜡烛，饭里吃了苍蝇也不知道。我想象不来矿上的情形，我觉得我们在县城的工作也那么的单调，每天按时给机器里加药粉，不停地倒腾着活性炭，再把分解过的活性炭用铁锹装进尼龙袋子。那些黑水滴漏着，沾满地也沾满衣服，使我们看起来有点像煤矿工人。

因为厂房里气味大，也没有坐的地方，矿上就在厂房的旁边搭了个油毡棚子，里面支了张桌子，桌子腿上挂了个烧水的炉丝，几块砖垒起的台子面放了两个水壶。算是改善了我们的工作环境。

山里冷的日子长，很长的时间里我们就端个小凳子坐在墙根下晒太阳。两只手揣进袖筒里，抱在怀里，像进入暮年的一群老人一样，盯着墙外山坡上的树看，盯着地上的蚂蚁看。经常有来参观的，一看我们的架势，就吃惊地说，你们就这样炼金子？我们就说，是呀，金子就是这样炼出来的。因为我们休息的棚子是砖头垒起来的,一到冬天就漏风。我们6个人三班倒,晚上基本都在桌子上睡觉。有一阵子我们搬来了钢丝床,但领导不允许。他说,这样会睡过头,控制不好温度,不及时加药,金子是会炼坏的。我们无法辩解,就继续睡在桌子上。有人曾经滚下来过,把胳膊上的皮蹭掉了一块。也有人的衣角被放在桌子旁边的炉火烧着了。金子真是会被炼坏的。有一天,地质队的王工程师就气势汹汹和我们的领导来到厂房,大声地喊着,上一周谁值的班?谁值的班?我问怎么了?他几乎是跳着说,金子炼坏了!

炼坏金子的是任真和李勇,那几晚他们值班。值班的时候停电了,停电了他们不知道。本来30袋活性炭要炼600克的金子结果只炼了400克,金子的分解率降低了。任真和李勇被喊了过来,慌里慌张。最后,任真被开除了。任真被开除的原因是他有两个晚上没在岗,不知道到哪儿喝酒去了,留下李勇一个人。他给李勇说好他值后半夜,让李勇睡。李勇老实就真的睡着了,结果任真酒喝多了没回来。任真是我们里面最帅气的小伙子,会打领带,会骑摩托车,还会弹吉他。他有一件军大衣,纽扣上有五角星。有一双大头皮鞋,笨重但很暖和。

任真被开除了,他也是农村来的孩子。他的工作是他在县政府机关当干部的叔父托了很多关系才办下的。但是损失太大,他流出了眼泪还是被辞退了。那时候我们不知道这样的辞退违反劳动法,我们没办法给自己争辩。任真走的时候就把军大衣留给我们集体值夜班用。后来值夜班的时候我们都裹着他的军大衣,想着他的去向,觉得军大衣真的很暖和。

任真走后,李勇变得更加谨慎,也不爱说话。那一阵子,家里给他张罗着娶媳妇。说媒的不少,大家都觉得李勇是个炼金子的工人,有出息。李勇做工人的身份掩盖了他说话结巴、眼睛小的缺陷。有一天,我吃惊地看到李勇穿上了一双皮鞋。他使劲地把鞋帮往土里蹭,觉得皮鞋太亮心里慌。我们取笑他,因为他是我们中第一个穿皮鞋的。那时候我们不是穿布鞋就是胶鞋,没有人穿皮鞋,李勇申辩说这不是真正的皮鞋,是人造革,才20块钱。李勇也穿了西服,两面开着衩,袖口上醒目地闪着商标。他那时候是要与女孩子见面的。为了体面地表示他作为炼金工人的身份,他在亲戚怂恿下置办了八十多块钱的行头,花去了他一个月的工资。那时,我们拿的是学徒工资,一个月 55 块钱,加每天一块钱的特殊补贴(我们叫吸毒气费),就是八十多块钱。

大概是因为这身行头,李勇与女孩子见面结果看起来还比较理想。明显的反应是李勇经常主动干活,即使值了夜班白天也来厂房,坐在院子里和大家说话,帮着别人泡茶。但是问题又来了,一家外地金矿拉来放在我们值班室后面的活性炭丢了 5 袋子。这件事情简直大得不得了,矿上保卫科的人来了,公安局的警察也来了,平日萧条的院子里来了很多穿制服的人。他们很严肃,抽着烟找我们每个人谈话,做笔录。5 袋子活性炭值多少钱?我当时问过李勇,李勇说这要看含金量。不过怎么说也要上万块钱。事情就是这么奇怪,问了一大圈没有任何线索,县公安局就把李勇带走了,他们的依据是李勇说话紧张怪异,加上他最近一直为筹办婚事在四处借钱。他们的依据还来自与李勇新搭班的王天浩的揭发。王天浩说,李勇的妹夫最近来过好多次,每次都是晚上来,鬼鬼祟祟。值班室里 24 小时不离人,这些东西没有内应是丢不了的。

李勇被带走了,一个星期后回来了。东西真是他妹夫偷的,一天一袋,都是在后半夜趁我们昏睡的时候偷的,活性炭就放在城关镇的一个小招待所,而这事李勇一点也不知道。他妹夫以为用水一洗就能把金子从炭里洗出来,结果什么也没洗出来。在警察局,李勇像头狮子愤怒地把他的妹夫捶得出了鼻血。

炭追了回来,金子继续炼着。矿上虽然没有辞退李勇,但要把他换岗到选矿厂去装卸矿渣。接着,他准备订婚的对象大概是听到了什么风声提出了分手。

李勇后来头发就白了,不是全白,是一根一根地白了。他是那么谨慎那么认真还是事事不如意。他后来就一直咳嗽着,咳嗽得像要把肺咳出来。后来他就去医院检查查出来肺上有问题,医生说这是工作环境造成的。医生说我给你开个条子,你可以申请换岗位。李勇说我的岗位已经换过了。他装下病历,面无表情地就去选矿厂报到了。此后我一直没有再见过他,但听说他跟邻村的一个寡妇结婚了,选矿厂的活好像也没干多长时间,就到食堂烧火去了。

李勇走后，我们的油毡棚子被拆了，盖了一间新的平房，窗户换成了大玻璃，一半作了休息室一半作了库房。库房的木门外加了铁防盗门，一开门总要发出很大的咯吱声。我们的生活依旧单调，工资涨了一些。我们也领了口罩，单位已经要求我们戴口罩，并且规定不戴口罩是要被罚钱的。我不知道这是为了我们的身体健康还是考虑到其他什么原因。一年多的时间，我已经闻惯了这样的气味，我也学会了抽烟喝酒。我的心思已经不在工作上，我在复习高中课本，准备考学。与我同时复习的还有化验室的技术员赵梦芝，她的脸圆得就像圆规画出来的一样，配着剪得齐额的短发显得愈发的圆。她对于数学没有多少天赋，常常抱着小录音机听孟庭苇的歌。我知道她梦想着回到城市，她的父亲是地区地质队的一个小头目。她当初来这个小县城也就是过渡。但是不知道什么原因，她在实验室待了两年多还没有回去。她几乎每个周末要坐着班车或者顺车回家去。几乎没怎么穿着实验室的白大褂。她挣的钱就是买衣服，但是从我第一次见到她，直到她离开，她脸上醒目的青春痘一直没有消失过。这多少使得她显得青涩，稚气。

追求她的人很多，有县政府机关的干部也有矿上的大学生。大家迷恋的是赵梦芝一口流利的普通话，是她红润的嘴唇和身上淡雅的香水味道。大概因她父亲的原因，我们领导似乎也有想法把她确定为儿媳妇。记得凡是星期天，只要赵梦芝不回家，我们领导的夫人就热情地跑到实验室里邀请赵梦芝到她家吃饭去。我们领导夫人是个大个子大脸盘，白白净净。脖子上挂着个金项链，手上戴了个镂花戒指。但是她的牙齿很不好看，大概是小时候吃多了四环素，牙齿是灰黄色的，一张嘴，就有股消化不良的气息。

赵梦芝好像不怎么喜欢我们领导的儿子，每次都躲避着。有时候明明在实验室，却要我们告诉领导老婆她不在。我们领导的儿子当时还在上技校，比赵梦芝小。他来过实验室，见过赵梦芝。他对赵梦芝也没有感觉。他说你别听我妈说的，我已经有女朋友了。赵梦芝说你去告诉你妈我也有男朋友了。后来我们领导的老婆再也没有来过。但是他的儿子不知道怎么后来却来得勤了。后来我们知道他跟学校的女朋友吹了，他毕业后回到县上在邮电局工作，没事他就来找赵梦芝。

他经常骑着单车在门口喊赵梦芝,赵梦芝。赵梦芝不理他。他就继续叫,直到赵梦芝出来,大声回应:说你这孩子一点教养都没有,喊魂呢!回家去,回家去,别给我造影响了。有时候,我们领导儿子喊赵梦芝时碰见晨阳上班,晨阳就会出来说别闹了,没看见上班着呢。那个时候,我们领导的儿子就会恶狠狠地盯着晨阳。说你别插嘴,小心我废了你。

晨阳是县农机厂新分来的大专生,钢铁学院毕业的。他就在我们院子前面的车间里做技术员。农机厂快要倒闭了,没有多少活干。所以晨阳就成天抱着厚厚的书和图纸在我们车间门口看。他也喜欢赵梦芝,但不表露。我几次看见他和赵梦芝说话,说得两个人都哈哈大笑。

那年冬天下大雪的时候,我看见我们领导的儿子和一个小伙子揣着一根木棍来找晨阳。那是个傍晚,周末,我们在加班。天不到5点就麻黑了,我听见领导的儿子在院子里喊晨阳你这个狗日的出来。我感觉到情况不妙,当我跑了几个地方找晨阳的时候,晨阳已经和领导的儿子打在了一起。他们在后山坡的雪地里摔跤,浑身沾满了雪。领导儿子的棍子已经不知道丢到了什么地方。他和那个小伙子对晨阳拳打脚踢,但是晨阳的体力似乎比他们要好,他从雪堆里爬起又倒下。晨阳嘴里不住地喘着气说人家赵梦芝就是不喜欢你,你是癞蛤蟆想吃天鹅肉你少来骚扰赵梦芝。晨阳刚刚说完,领导的儿子就从雪地里跳起来,我只看见他扑向晨阳,然后晨阳就慢慢弯下了腰。雪里渗出了红色的血,晨阳的手里渗出了血。然后我看见领导的儿子和那个小伙子连滚带爬地冲下了山坡。慌乱中,他们没有扔掉手里的刀子。

雪下得很大,十几米外就看不见了人影,到处是白茫茫的。我喊着晨阳晨阳,但是晨阳已经埋到了雪地里。30分钟后,我抱着晨阳跑到县医院的时候,医院里连个值班的人都没有。我敲着门砸着门。直到过了一个多小时,医生护士才从家里赶来。我抱着晨阳,他的血流到了头发里,头发僵硬地搅成了一团。我的衣服全被染红了,血腥的味道几乎让我窒息。

后来我们的领导、同事、还有赵梦芝都赶来了。时间已经到了凌晨,晨阳因为流血过多已经没有了气息。不知道是因为冷还是因为恐惧,我怀抱着晨阳不住地战栗。我们虽然不是同事但是很要好的朋友,他是那么富有活力,喜欢听崔健和黑豹乐队的歌曲。那时间,在小县城里分配来大学生很稀奇。他是从这个山区定向考上大学的,所以只有回到县里。所以他鼓励我上大学,改变自己的身份。他说,炼金这活不能干得时间长,时间长了对身体真的不好。

晨阳就这样走了,我看见我们领导的脸苍白,赵梦芝的脸苍白,所有人的脸苍白。雪夜里,晨阳的眼睛还没有闭上,嘴巴也没有合上。没有人说话,我听见雪花压断树枝的声音,它在替晨阳说话吗?

晨阳走后,我对赵梦芝说过晨阳喜欢过你,你知道吗。赵梦芝没有多少表情,她说我知道我是知道的,赵梦芝没有表情。其实,那个时候,她喜欢的是地质队的王工程师。王工程师比她大 12 岁,但是她喜欢王工程师。王工程师给她悄悄地买过一个黄金戒指,许诺过等她调回地质队,他就和老婆离婚。这些传闻都是很久以后我们听人说起的。

杀害晨阳的凶手一直在寻找中。据我们领导讲,这不是他儿子干的,是那个小伙子干的。我们领导也多次授意过我,让我在警察跟前做笔录的时候就这么证明。事实上,我们领导的儿子已经躲避到了外地,那个小伙子也不见了踪影。县上的警察喊着通缉凶手,但是晨阳的父母没有追究。他们都是老实巴交的农民。没有了晨阳还有晨阳的哥哥和弟弟,还有一个妹妹。他们从单位领了一笔抚恤金后就回到了乡下。检察院的人到晨阳的家里让他们委托人写起诉状。他父母就是一个态度:人都死了就是让人偿命也没多大意义了。再说都是娃崽,留个活路吧。检察院没有办法,自行起诉但是捉拿不了凶手,事情也这么搁置起来了。

在这期间,赵梦芝怀孕了但被王工程师说服做了人流。为了躲人耳目,王工程师把赵梦芝带到了一个偏远的乡下诊所。但是风声还是传了出来。赵梦芝有一个星期没有上班,就待在宿舍里,她的父亲快退休了,正在给她办调动手续。王工程师也不来实验室提炼金粉了,而是由另一个工程师来顶替了。因为赵梦芝不上班了。我就被临时安排在实验室里做助手。新来的工程师话少,很爱干净,他把王工程师的工具箱搬到一边换上自己的工具箱。搬离箱子的时候,他还戴了一双干净的白手套。

在实验室里,我第一次目睹了在高温的作用下,陶瓷杯子里出现了一层黄色的粉末。然后神秘地结块,成片状。然后被新来的工程师小心翼翼地装到一个透明的袋子里。是的,透明的袋子,小小的,上面用红笔写着赤金20克。新来的工程师说,这些赤金再提炼就是足金就是我们常说的含金量99.99的金子。

大概在我进入实验室一个月后,赵梦芝调回到了市上,回到了地区地质队。但是故事并没有结束。赵梦芝回到地质队后,在后勤部门做出纳,因为王工程师的许诺,她一直没有谈男朋友。她的父母找了王工程师谩骂,被王工程师的老婆抓破了脸。地质队领导找王工程师谈话,王工程师就含羞吞了金粉企图自杀,结果自杀未遂。却被查出他偷藏了国家的金粉,就是我们实验室里炼出来的金粉。不知道有多少,但按照50克可以判刑的规定,王工程师被关进了牢子。

我听见新来的工程师蔑视的笑声,当他听到王工程师被抓的消息后,竟如同喝了酒,脸上泛着异样的光。我知道他正和王工程师争着评高级工程师。单位就一个名额,王工程师一抓,他自然而然成了高级工程师。

记得他郑重地对我说过,从现在起,我准备给你教授炼金的技术。他嘱咐我借来高中的化学课本,他也送给我一副耐高温的石棉手套。但是一个春天过去了,我还是给他加热烧杯,更换炉板和开关保险,跑到商店里给他买点心。但他一直没有传授给我炼金的技术。

我后来见到大块金子的时候是一个秋天,是在市里的一家小饭馆,是任勇展示给我看的。那时候,县城里的印刷厂、面粉厂、染布厂包括农机厂都倒闭了。因为矿石含金量太低,金矿的开采量也少了很多,考虑到成本,炼金厂也就倒闭了。一天上午,我在市上找活干的时候,在街道上看见了从出租车上走下来的任勇。

我们相互迟疑了一下,就紧紧握起了手。一年多的时间,任勇憔悴了不少,成了络腮胡。他浑身都是浓烈的烟草气息。但眼睛里明显闪耀着激情的光泽。

他邀请着我来到一个小饭馆,要了个包间坐了下来,点了菜要了烧酒。然后打开了随身携带的帆布背包,我看见他一层一层地揭开了包裹的红布,然后露出了龙鳞一般的黄金。

他说,见过这么大块的黄金吗?我说没有。我说这真的是黄金?任勇吐着烟圈说,不是黄金难道是铜?任勇的声音小但很清晰。他压着声音说,这是我刚从地质队提纯过的,有一公斤。

我当时应该是惊诧大于惊讶的,我不知道说什么。倒是任勇慢慢给我讲起他这一年来的行踪。他说离开炼金厂后,他就到汉江上淘沙金去了。租了别人的一条淘金船,既淘金也淘沙。当时,许多船一年连10克沙金也淘不出来,没想到他运气这么好,沙子卖得钱还了租船的费用,还淘出了这么多的沙金。只不过沙金都是小颗粒,这次他就到地质队专门提炼成了一块。

任勇说,地质队真黑,炼了这么一块金子,要了他五千元。要是王工程师在,我给他买几包好茶叶就行了。

任勇淘出的金子就那么醒目地放在饭桌上。我提醒了他几次把金子收起来。他没有理会。带着炫耀不停地给我讲述。讲述他为了遮人耳目,从来没有雇人帮他淘金。都是他和他父亲两个人淘金。但是已经有人知道他淘出了不少的金子,恐吓过他要交保护费。

明年我不在汉江了,我要去长江淘金。任勇说,父亲身体也不行了。水边湿气重,父亲落下了哮喘和风湿病,下床都困难了。明年我要娶个媳妇,在家照顾老人。

我见过汉江边上的淘金船,顺着江水横竖在江边。似乎是在等待命运的垂青,日日夜夜期待着奇迹的出现。我看见过船头上的炊烟,是那么孤单那么寂寞。我想不出任勇会在哪条船上,在日复一日中平息内心的躁动。

那天,激动的任勇还是有些失望的。他鼓动我和他一起去长江淘金。我没有答应,虽然对于金子的渴望是每个人的天性。但我知道金子不是我的宿命,或者说我的宿命中不会有着金子的光芒。

从棣花到西安

贾平凹

秦岭的南边有棣花，秦岭的北边是西安，路在秦岭上约三百里。世上的大虫是老虎，长虫是蛇，人实在是走虫。几十年里，我在棣花和西安生活着，也写作着，这条路就反复往返。

父亲告诉过我，他十多岁去西安求学，是步行的，得走七天，一路上随处都能看见破坏的草鞋。他原以为三伏天了，石头烫得要咬手，后来才知道三九天的石头也咬手，不敢摸，一摸皮就粘上了。到我去西安上学的时候，有了公路，一个县可以每天通一趟班车，买票却十分困难，要头一天从棣花赶去县城，成夜在车站排队购买。班车的窗子玻璃从来没有完整过，夏天里还能受，冬天里风刮进来，无数的刀子在空中舞，把火车头帽子的两个帽耳拉下来系好，哈出的气就变成霜，帽檐是白的，眉毛也是白的。时速至多是四十里吧，吭吭唧唧在盘山路上摇晃，头就发昏。不一会儿有人晕车，前边的人趴在窗口呕吐，风把脏物又吹到后边窗里，前后便开始叫骂。司机吼一声：甭出声！大家明白夫和妻是荣辱关系，乘客和司机却是生死关系，出声会影响司机的，立即全不说话。路太窄太陡了，冰又瓷溜溜的，车要数次停下来，不是需要挂防滑链，就是出了故障，司机爬到车底下，仰面躺着，露出两条腿来。到了秦岭主峰下，那个地方叫黑龙口，是解手和吃饭的固定点。穿着棉袄棉裤的乘客，一直是插萝卜一样挤在一起，要下车就都浑身麻木，必须揉腿。我才扳起一条腿来，旁边人说：那是我的腿。我就说：我那腿呢，我那腿呢？感觉我没了腿。一直挨到天黑，车才能进西安，从车顶上卸下行李了，所有人都在说：嗨，今日顺到！因为常有车在秦岭上翻了,死了的人在沟里冻硬,用不着抬,像掮椽一样掮上来。即使自己坐的车没有翻,前边的车出了事故,或者塌方了,那就得在山里没吃没喝冻一夜。

上世纪90年代初,这条公路改造了,不再是沙土路,铺了柏油,而且很宽,车和车相会没有减减速停下,灯眨一下眼就过去了。过去车少,麦收天沿村庄的公路上,农民都把割下的麦子摊着让碾,狗也跟着撵。改造后的路不准摊麦了,车经过刷地一声,路边的废纸就煽得贴在屋墙上,半会儿落不下。狼越来越少了,连野兔也没了,车却黑日白日不停息。各个路边的村子都死过人,是望着车还远着,才穿过路一半,车却瞬间过来轧住了。棣花几年里有五个人被轧死,村人说这是祭路哩,大工程都要用人祭哩。以前棣花有两三个司机,在县运输公司开班车,体面荣耀。他们把车停在路边,提了酒和肉回家,那毛领棉大衣不穿,披上,风张着好像要上天,沿途的人见了都给笑脸,问候你回来啦?就有人猫腰跟着,偷声换气地乞求明日能不能捎一个人去省城。可现在,公路上啥车都有,连棣花也有人买了私家车。那一年,我父亲的坟地选在公路边,母亲就说离公路近,太吵吧,风水先生说:这可是好穴哇,坟前讲究要有水,你瞧,公路现在就是一条大河啊!

我每年十几次从西安到棣花,路经蓝关,就可怜了那个韩愈,他当年是"雪拥蓝关马不前"呀,便觉得我很幸福,坐车三个半小时就到了。

过了2000年,开始修铁路。棣花人听说过火车,没见过火车。通车的那天,各家在通知着外村的亲戚都来,热闹得像过会。中午时分,铁路西边人山人海,火车刚一过来,一人喊:来了——!所有人就像喊欢迎口号:来了来了!等火车开过去了,一人喊:走了——!所有人又在喊口号:走了走了!但他们不走,还在敲锣打鼓。十天后我回棣花,邻居的一个老汉神秘地给我说:你知道火车过棣花说什么话吗?我说:说什么话?他就学着火车的响声,说:棣花——!不穷!不穷!不穷不穷,不穷不穷!我大笑,他也笑,他嘴里的牙脱落了,装了假牙,假牙床子就笑了出来。

有了火车,我却没有坐火车回过棣花,因为火车开通不久,一条高速路就开始修。那可是八车道的路面呀,洁净得能晾了凉粉。村里人把这条路叫金路,传说着那是一捆子一捆子人民币铺过来的,惊叹着国家咋有这么多钱啊！每到黄昏，村后的铁路上过火车，拉着的货物像一连串的山头在移动，村人有的在唱秦腔，有的在门口咿咿呀呀拉胡琴，火车的鸣笛不是音乐，可一鸣笛把什么声响都淹没了。火车过后，总有三五一伙端着老碗一边吃一边看村前的高速路，过来的车都是白光，过去的车都是红光，两条光就那么相对地奔流。他们遗憾的是高速路不能横穿，而谁家狗好奇，钻过铁丝网进去，竟迷糊得只顺着路跑，很快就被轧死了，一摊肉泥粘在路上。我第一回走高速路回棣花，没有打盹儿，头还扭来转去看窗外的景色，车就突然停了，司机说：到了。我说：到了？有些不相信，但我弟就站在老家门口，他正给我笑哩。我看看表，竟然仅一个半小时。从此，我更喜欢从西安回棣花了，经常是我给我弟打电话说我回去，我弟问：吃啥呀？我说：面条吧。我弟放下电话开始擀面，擀好面，烧开锅，一碗捞面端上桌了，我正好车停在门口。

在好长时间里，我老认为西安越来越大，像一张大嘴，吞吸着方圆几百里的财富和人才，而乡下，像我的老家棣花，却越来越小。但随着312公路改造后，铁路和高速路的相继修成，城与乡拉近了，它吞吸去了棣花的好多东西，又呼吐了好多东西给棣花，曾经瘪了的棣花慢慢鼓起了肚子。棣花已经成了旅游点，农家乐小饭馆到处都有。小洋楼一幢一幢盖了，有汽车的人家也多了，甚至荒废了十几年的那条老街重新翻建，一间房价由原来的几十元猛增到上万元。以前西安人来，皮鞋印子留在门口，舍不得扫；如今西安打一个喷嚏，棣花人就问：咱是不是感冒啦？他们啥事都知道，啥想法也都有。而我，更勤地从西安到棣花，从棣花到西安，我不再以出生在山里而自卑。车每每经过秦岭，看山峦苍茫，白云弥漫，就要念那首诗：“啊，给我个杠杆吧，我会撬动地球；给我一棵树吧，我能把山川变成绿洲；只要你愿意嫁我，咱们就繁衍一个民族。”

就在上个月，又得到一个消息，还有一条铁路要从西安经过棣花，秋季里动工。

红头绳儿

（美国）王鼎钧

一切要从那口古钟说起。

钟是大庙的镇庙之宝，锈得黑里透红，缠着盘旋转折的纹路，经常发出苍然悠远的声音，穿过庙外的千株槐，拂着林外的万亩麦，熏陶赤足露背的农夫，劝他们成为香客。

钟声何时响，大殿神像的眼睛何时会亮起来，炯炯地射出去；钟声响到哪里，光就射到哪里，使鬼魅隐形，精灵遁走。半夜子时，和尚起来敲钟，保护原野间辛苦奔波的夜行人不受邪祟……

庙改成小学，神像都不见了，钟依然在，巍然如一尊神。钟声响，引来的不再是香客，是成群的孩子，大家围着钟，睁着发亮的眼睛，伸出一排小手，按在钟面的大明年号上，尝震颤的滋味。

手挨着手，人人快活得随着钟声飘起来，无论多少只小手压上去，钟声悠悠然，没有丝毫改变。

校工还在认真地撞钟，后面有人挤得我的手碰着她尖尖的手指了，挤得我的脸碰着她扎的红头绳儿了。挤得我好窘好窘！好快乐好快乐！可是我们没谈过一句话。

钟声停止，我们这一群小精灵立刻分头跑散，越过广阔的操场，冲进教室。再迟一分钟，老师就要坐在教席上，记下迟到的名字。看谁跑得快！可是，我总是落在后面，看那两根小辫子，裹着红头绳儿，一面跑，一面晃荡……

如果她跌倒，由我搀起来，有多好！

我们的家长从两百里外请来一位校长，校长来到古城的时候牵着一个手指尖尖、梳着双辫的女儿。校长是高大的、健壮的、声音洪亮的汉子，她是聪明的、伤感的、没有母亲的孩子。家长们对她好怜爱、好怜爱，大家请校长吃饭的时候，太太们把女孩拥在怀里，捏她，亲她，解开她的红头绳儿，问："这是谁替你扎的？校长吗？"重新替她梳好辫子，又量她的身材，拿出料子来问她哪一块好看。

在学校里，校长对学生很严厉，包括对自己的女儿。他要我们跑得快，站得稳，动作整齐划一。如果我们唱歌的声音不够雄壮，他走到我们面前来叱骂："你们想做亡国奴吗？"对犯规的孩子，他动手打，挨了打也不准哭。可是，他绝对不禁止我们拿半截粉笔藏在口袋里，他知道，我们在放学回家的路上，喜欢找一块干净墙壁，用力写下"打倒日本帝国主义"。大军过境的日子，他不处罚迟到的学生，他知道我们喜欢看兵，大兵也喜欢摸着我们的头顶，想念自己的儿女，需要我们带着他们找邮局、寄家信。

> 你们这一代，要在战争中长大。你们要早一点学会吃苦，学会自立。挺起你们的胸膛来！有一天，你们离开家，离开父母。记住！无论走到哪里，都要挺胸抬头……

校长常常这么说。我不懂他在说什么。我怎么会离开父母？红头绳儿怎么会离开他？如果彼此分散了，谁替她梳辫子呢？

……

卢沟桥打起来了。那夜我睡得甜，起得晚，走在路上，听到朝会的钟声。这天，钟响得很急促，好像撞钟的人火气很大。到校后，才知道校长整夜守着收音机没合眼，他抄录广播新闻，亲自写好钢板，喊醒校工，轮流油印，两人都是满手油墨，一眶红丝。小城没有报纸，也只有学校里有一架收音机，国家发生了这么大的事情，不能让许多人蒙在鼓里。校长把高年级的学生分成十组，分十条路线出发，挨家散发油印的快报。快报上除了新闻，还有他写的一篇文章，标题是《拼到底，救中国！》我跟红头绳儿编在一个小组，沿街喊着："拼到底，救中国！"家家户户跑到街心抢快报。我们很兴奋，可是我们两人没有交谈过一句话。

送报回来，校长正在指挥工人在学校的围墙上拆三个出口，装上门，在门外的槐树林里挖防空坑。忙了几天，开始举行紧急警报的防空演习。警报器是疯狂地朝那口钟连敲不歇，每个人听了这异常的声音，都要疏散到墙外，跳进坑里。校长非常认真，提着藤鞭在树林里监视着，谁敢把脑袋伸出坑外，当心藤鞭的厉害。他一面打，一面骂："你找死！你找死！我偏不让你死！"骂一句，打一下，疼得你满身冒汗，哭不出来。

校长说得对，汗不会白流，贴着红膏药的飞机果然来了。他冲出办公室，亲自撞那口钟。我找到一个坑，不顾一切跳下去，坐下喘气。钟还在急急地响，钟声和轰隆的螺旋桨声混杂在一起。我为校长担心，不住地祷念："校长，你快点跳进来吧！"这种坑是为两个人一同避难设计的，我望着余下的一半空间，听着头顶上同学们咚咚的脚步响，期待着。

有人从坑边跑过，踢落一片尘土，封住了我的眼睛。接着，扑通一声，那人跳进来。是校长吗？不是，这个人的身躯很小，而且带来一股雪花膏味儿。

"谁？"我闭着眼睛问。

"我。"声音细小，听得出是她，校长的女儿！

我的眼睛突然睁开了！而且从没有这样明亮。她在喘气，我也在喘气。我们的脸都红得厉害。我有许多话要告诉她，说不出来，想咽唾沫润润喉咙，口腔里榨不出一滴水。轰隆轰隆的螺旋桨声压在我俩的头顶上。

> 有话快一点说出来吧，也许一分钟后，我们都要死了。……要是那样，说出来又有什么用呢……

时间在昏热中过去。我没有死，也没有说什么。我拿定主意，非写一封信不可，决定当面交给她，不能让第三者看见。钟声悠悠，警报解除，她走了，我还在坑里打腹稿儿。

出了坑，才知道敌机刚才低飞扫射。奇怪，我没听见枪声，想一想，坑里飘进来那些槐叶，一定是枪弹打落的。第二天，校长和家长们整天开会，谣言传来，说敌机已经在空中照了相，选定了下次投弹的地方。前线的战讯也不好，敌人步步逼近，敏感的人开始准备逃难。

学校决定无限期停课，校长打算回家去抗战，当然带着女儿。这些可不是谣言。校长为人太好了，我有点舍不得他，当然更舍不得红头绳儿，快快朝学校走去。我已经写好了一封信，装在贴身的口袋里发烫。一路宣着誓，要在静悄无人的校园里把信当面交给她。……怎么，谁在敲钟，难道是警报吗？——不是，是上课钟。停课了怎么会再上课！大概有人在胡闹吧……我要看个究竟。

学校里并不冷清，一大群同学围着钟，轮流敲钟。钟架下面挖好了一个深穴，带几分阴森。原来这口钟就要埋在地下，等抗战胜利再出土。这也是校长的主意，他说，这么一大块金属落在敌人手里，必定变成子弹来残杀我们的同胞。这些同学，本来也是来看校长的，大家都有点舍不得他，尽管多数挨过他的藤鞭。现在大家舍不得这口钟，谁都想多听听它的声音，谁也都想亲手撞它几下。你看！红头绳儿也在坑边望钟发怔呢！

钟要消失，红头绳儿也要消失，一切美好的事物都要毁坏变形。钟不歇，人不散，只要他们多撞几下，我会多有几分钟时间。没有人注意我吧？似乎没有，大家只注意那口钟。悄悄向她身边挤去，挤两步，歇一会儿，摸一摸那封信，忍一忍心跳。等我挤到她身后站定，好像是翻山越岭奔波了很长的路。

取出信，捏在手里，紧张得发晕。

我差一点晕倒。

她也差一点晕倒。

那口大钟剧烈地摇摆了一下。我抬头看天。

“飞机！”

“空袭！”

在藤鞭下接受的严格训练看出功效，我们像野兔一样窜进槐林，隐没了。

坐在坑里，听远近炸弹爆裂，不知道自己家里怎样了。等大地和天空恢复了平静，还不敢爬出来，因为那时候的防空知识说，敌机很可能回头再轰炸一次。我们屏息静听……

很久很久，槐林的一角传来女人的呼叫，那是一个母亲在喊自己的孩子，声嘶力竭。

接着，槐林的另一角，另一个母亲，一面喊，一面走进林中。

立刻，几十个母亲同时喊起来。空袭过去了，她们出来找自己的儿女，呼声是那样的迫切、慈爱，交织在偌大一片树林中，此起彼伏……

红头绳儿没有母亲……

我的那封信……我想起来了，当大地开始震撼的时候，我顺势塞进了她的手中。

不会错吧？仔细想想，没有错。

我出了防空坑，特地再到钟架旁边看看，好确定刚才的想法。钟架炸塌了，工人正在埋钟。一个工人说，钟从架上脱落下来，恰好掉进坑里，省了他们很多力气。要不然，这么大的钟要多少人才抬得动！

站在一旁回忆刚才的情景，没有错，信在她的手里。回家的路上，我反复地想：好了，她能看到这封信，我就心满意足了。

大轰炸带来大逃亡，亲族、邻居，跟伤兵、难民混在一起，滚滚不息。我东张西望，不见红头绳儿的影子，只有校长远远站在半截断壁上，望着驳杂的人流发呆。一再朝他招手，他也没看见。

果然如校长所说，我们在战争中长大，学会了吃苦和自立。童年的梦碎了，碎片中还有红头绳儿的影子。

征途中，看见梳一条大辫子的姑娘，曾经想过：红头绳儿也该长得这么高了吧？

看见由傧相陪同、盛装而出的新妇，也想过：红头绳儿嫁人了吧？

自己也曾经在陌生的异乡，摸着小学生的头顶，问长问短，一面暗想："如果红头绳儿生了孩子……"

我也看见许多美丽的少女流离失所，人们逼迫她去做的事又是那样下贱……

直到有一天，我又跟校长见了面。尽管彼此的面貌都变了，我还认识他，他也认得我。我问候他，问他的健康，问他的工作，问他抗战八年的经历。几次想问他的女儿，几次又吞回去。终于忍不住还是问了。

他很严肃地拿起一根烟来，点着，吸了几口，造成一阵沉默。

"你不知道？"他问我。我慌了，预感到什么，"我不知道……我真的不知道。"

校长哀伤地说，在那次大轰炸之后，他的女儿失踪了。他找遍每一个防空坑，问遍每一个家庭。为了等候女儿的消息，他留在城里，直到听见日军的机关枪声……多年来，在茫茫人海，梦见过多少次重逢，醒来仍然是梦……

怎么会！这怎么会！我叫起来。

我说出那次大轰炸的情景：同学们多么喜欢敲钟，我和红头绳儿站得多么近，脚边的坑是多么深，空袭来得多么突然，我们疏散得多么快……只瞒住了那封信。我一再感谢校长对我们的严格训练，否则，那天将炸死很多孩子。校长一句话不说，只是听。为了打破可怕的沉默，我只有不停地说，说到那口钟怎样巧妙地落进坑中，由工人迅速填土埋好。

泪珠在校长的眼里转动，吓得我住了口。这颗泪珠好大好大，掉下来，使我更忘不了那次轰炸。

"我知道了！"校长只掉下一颗眼泪，眼球又恢复了干燥。"空袭发生的时候，我的女儿跳进钟下面坑里避难。钟掉下来，正好把她扣住。工人不知道坑里有人，就填了土……"

"这不可能！她在钟底下会叫……"

"也许钟掉下来的时候，把她打昏了。"

"不可能！那口钟很大，我曾经跟两个同学同时钻到钟口里面写标语！"

"也许她在往坑里跳的时候，已经在轰炸中受了伤。"

我仔细想了想："校长，我觉得还是不可能！"

校长伸过手来，用力拍我的肩膀："老弟，别安慰我了，我情愿她扣在钟底下，也不愿意她在外面流落……"

我还有什么话可说？

临告辞的时候，他使用当年坚定的语气告诉我：

"老弟，有一天，咱们一块儿回去，把那口钟吊起来，仔细看看下面。……咱们就这样约定了！"

当夜，我做了一个梦，梦见我带了一大群工人，掘开地面，把钟抬起来，点着火把，照亮坑底。下面空荡荡的，我当初写给红头绳儿的那封信摆在那儿，照老样子叠好，似乎没有打开过。

合租手记

塞 壬

在广东六年，合租，是一件很有意思的事情。我喜欢在安静的屋子里扒个缝看隔壁的人和事，可以参与也可以不参与。跟一个人交往就是打开了一个世界，一个人就是一个宝藏，他会在不经意间张开蚌壳，露出人世间最宝贵的珠子。很细的一个缝，就算没有歌声，哪怕漏下的只是阳光和自由的风也是好的。

——是为记

小 米

人事经理跟我说，那间没腾出来，你就跟隔壁的出纳小米睡一晚先。因为找了个不错的工作，晚上跟朋友在外面吃饭，午夜时分才摸回宿舍。小米睡了，她块头大，占了大半个床，我使劲地扳她的身体，可哪里扳得动。我只好缩手缩脚地睡在她旁边，她身上一股浓烈的女人气味一阵阵向我熏过来，有点蒸熟的馍那微酸的气味，腥，强烈的生殖力。两个女人睡一张床，那叫一个难受。

小米说，下了班，我跟你去超市买日用品吧，东西多，我帮你拎。在超市，两个人就走散了，我买了牛奶、茶叶、烧水的壶、人字拖、小风扇以及各类日用小件。在外面碰头，小米居然为我买了几包薰香。好看的塑料袋装着，阴干的花，被香料浸泡后散发出自然的香味，搁在屋子里，挺女人味的,有了个香闺的样子。我们经过一个花市,小米买了把姜花,说,这花很朴实,香味淡淡的,我喜欢。说这话时,她就像个小姑娘。

两房一厅,共洗手间,我们俩都不在宿舍开火做饭。晚餐,她总是约我去楼下的湘菜馆吃饭,AA 制,我是不喜欢跟她吃饭的,嫌她话多,但是拒绝的次数不能太多。我总在想,换成一个略略聪明些的女孩子,大概可以感觉到我不喜欢跟她一起吃饭。在公司,她和前台文员只要在茶水间碰上,两个人都会八卦半天,十分的让人生厌。小米属于那种有块头,有点壮实的女孩子,圆圆的脸,还算端正,但是她老是认为自己非常美貌,常跟我说公司谁谁想性骚扰她。这回她说起工程部的某个技术员,我有些吃惊,问她到底是哪个。“我怎么知道他叫什么!”她理直气壮地说。我更惊奇了,你连人家都不认识,怎么断定人家想性骚扰你呢?“看他的眼神我就知道了”她狠狠地瞪了我一眼。我连连点头,低头下去喝面前的汤。AA 制,小米要算得丝毫不差,她不能让我感觉到,她占了我的便宜。

公司的数码相机由我保管,周末,小米总是向我借相机跟朋友去外面玩儿。晚上,她总是当着我的面,逼着我看她那几十张矫情、搔首弄姿的照片,还要听她讲解照片上都是谁谁,这是一件非常痛苦的事情。有一回,我实在无法跟她分享这种快乐,感觉她严重地打扰了我,就黑着脸说了难听的话,那话确实有点难听:喜欢照相的都是些自恋狂,真让人恶心!小米听了,一言不发地回到她的屋子,关着门,一连几天没有跟我说话。我心里很后悔,同时惊讶自己怎么这么冲动。我实在太粗暴了。

后来我因为决定去深圳就辞了职。当晚,我请小米去下面的湘菜馆吃饭,小米没有感觉到这是告别的晚餐,她还跟过去一样,依然讲着她的八卦,我还是一言不发地听着,这样的告别谈不上伤感,这只是职场中的一件很平常的事。来来往往的人,认识了,交往了,告别了,不断地循环。点菜,小米说,不要点这么贵的,随便吃吃就行了。我说明天就走,小米说,水电费的单子没打出来,不晓得我要出多少水电费。我把深圳新地址和电话写了个条子交给她,叫她到时找我交水电费。小米收下了条子,想了一会儿说,这样吧,你先按平常一个月的水电费金额交给我吧,等单子打出来,我多退少补。我明白了,小米是信不过我给的地址,她担心到时根本找不到人。我看着这个比我小六岁的女孩子,很惊讶她处世的老练。

是的，我有什么资格能让别人相信我是可靠的呢？我笑着对她说，行。同时微笑着，叫她吃饱。

我到深圳半个多月后，收到一张汇款单，是小米寄过来的，她退还给我半个月的水电费：38 元。那汇款单上干巴巴地写着 38 元这个金额。我其实多么想看到她在留言那一栏写上几句问候的话，她原本是一个多爱说话的人啊，但这个时候，她却沉默着。

秦海和他的女朋友

秦海不爱说话，很腼腆，碰到他赞同的话题，他就微笑，抿着嘴，眼睛热切地望着你，仿佛是，你那话说到他心里去了。江苏男孩，一身书卷子气，还有点甜糯的气质，一不好意思起来，脸都红了，声音就像是蚊子哼哼，仿佛是，他那样不好意思，是因为自己的样子那样不好意思似的，向大家介绍自己的女朋友，这事就让他这样受罪着。但终究秦海是可爱的。房间是三房一厅，秦海睡里间，我睡中间，齐宏睡外间。

他女朋友是个才二十岁的小女孩，东莞本地人，很漂亮，是那种城市女孩子漫不经心、无聊、具有某种破坏性但又不失娇柔的漂亮。她说，跟一个女同事打了架，用指甲把人家脸抓了，这下不得了啦，她妈的她成了天底下最委屈的人，也不想想，那个贱人一样把我的手咬了，说着，撸开袖子让我看手臂上被咬的牙印。我看着她依然气呼呼的样子，很想笑。她辞了职，回家怕被老爸老妈骂，只好先在男朋友这里待几天。

一整天，我在宿舍等稿，泡了茶，歪在沙发上看着过期的《南方都市报》。齐宏在电脑前写方案，秦海的女朋友，抽着烟，无所事事，书她是早就不念的，也一直讨厌上班，十几岁就在外面混。美丽的，傍着帅哥的，脾气不好的，爱花钱的，不讲理的，在常人眼里一点也不可爱的女孩子。但我很喜欢她，我时常盯着她看，暗想，她多简单啊，简单到干净。她不停地在房间走来走去，不停地拿电视遥控器换着频道。无聊啊，她说，你的洗面奶是什么牌子的？是三星手机好还是诺基亚手机好？上回我们从折扣店拿回来的卡在你这儿吗……这些，所有这些，我通通回答她说不知道。是的，我不知道。接着，她问我要不要到四楼去打会儿球，或者去天虹商场买水果……我告诉她，我不想去任何地方。她拿起她的水杯，很讶异地看着我，然后把水喝进嘴里。

秦海拜访客户回来，她马上迎上去，轻轻地踢了他一脚，大声地责怪秦海不陪她，秦海跟我们打招呼，他们俩就进了房。齐宏诡秘地问我，说，你睡他们隔壁，晚上就没有听到他们搞出什么响动？我当然听到了，听到的是，秦海在劝女朋友赶快找工作，不要这样无理取闹。那么腼腆的人，在女朋友面前说话有一种成熟的坚定，口气透着爱，当然，我听出来的是一股男人味。我想，这样无法无天的小美女，一定迷的是秦海身上这股男人味。果然，秦海这样说，就没有听到她应了。

秦海就带女朋友去跑业务，说是让她学学，这样也免得她在家无聊。她果真上手了，并且表现出对这种工作的热爱，但是，她经常被客户请去吃饭，或者出去玩儿。很晚了，秦海看着墙上的挂钟，幽幽地说，怎么电话没人接呢，怎么这么晚也不回来呢？我们听着他在客厅叹气，长长地叹气，不安地来回走动：真不该带她出去跑业务的。她这么单纯……唉，真不该的。我和齐宏就劝他，没事的，她这么大的人了，没事的。秦海睡不着，我们也跟着陪着，大概一点半的样子，她回电话了，秦海赶忙下楼去接，她回了，一身酒气。秦海扶她进了房，一夜无话。

第二天中午，她起床后，突然跑到我房里，哭着说，红姐，我再也不跑这个业务了，昨晚客户请我吃饭，给灌了酒，后来去了舞厅，那个家伙就拉着我跳，他把我引到暗处，抵在柱子上，用他下面那里顶着我……我把他的脸、脖子全抓了，骂了他……她说，她不敢把这事告诉秦海，她说，要是她看中人家的钱，就不会跟定秦海。她说，她相信秦海会赚到很多钱，她不稀罕别人的钱，她就要秦海就够了……呜呜呜地，她哭个不住。这是爱情的吐露，竟那样地贞洁，我先前以为像她这个年龄，这种成长背景的女孩子是不懂爱情的，我先前一直以为……以为……原来我骨子里一直是瞧不起她的，一直替秦海不值，我一直觉得秦海应该找一个知书达理、温婉静好的女孩子，那样才跟他很配的。

秦海果真不让她去跑业务了，只是那件事，我不知道秦海是否知道，可这有什么关系呢？我相信秦海是真切地感受到爱情了，他爱着，为了她，他努力地工作，踌躇满志地，要买房，要买车，要给她一个家。不久，她找到工作了，搬了出去，好一阵子，只觉得屋子一下子安静了许多，很不习惯，我和齐宏就开始谈论起她来。

潮州男孩

杂志社给我们租了一个大套间，四房一厅，在顺德容奇商务中心区，繁华地段。除了我是单间外，其他六个人就安排在那三个单间里，每两人一间，是单独的席梦思床，家电、家具都还齐备，吃饭，在厨房开火。两个女孩，四个男孩，都是二十出头的年纪，我年长些，黄姐，他们都这么叫。

那时，我时常用镜子照自己的脸，生怕在他们面前露出稚嫩的气息，我要在必要的时候板着脸，把声音压低，那样也许会有些许的威严吧。二十八岁，年轻的顺德区域经理，啊，跟任何一段快乐的时光一样。是2002年，当我再一次去回顾时，萦在心头的只能是时光寥落的忧伤。是一个人走在长长的巷子里，起风了，突如其来的寒冷，竖起衣领，把长长的孤单扔了一地。

每天早上八点半，我开始挨个敲门，年轻人总是贪睡的。我敲得很温柔，轻轻地喊，起床啦，都起床啦，听到这样的呼喊，不起床是粗暴的。有一回，那个潮州的男孩子在睡意中把门打开了，他只穿着内裤，那里勃起得很厉害，把内裤撑得很醒目，晨光洒在他的裸背上，他的身体高大修伟，一个男人，一个完美、有力的男人体呈现在我面前，我顿时感到很不自在，在一瞬间，我意识到自己是一个女子。不是经理，也不是黄姐。我记得那天的早会，我觉得我说的所有的话都很幼稚、可笑，如同一个小姑娘置身于一群男子中间，我有点惊慌失措了。

业务水平一直让我维持着黄姐的尊严，当我逐个带他们去客户那里做采访，最终拿下一笔单时，我才能这样一直黄姐着。我想，保证顺德区域的业务量当然是至关重要的，但是，跟这样的一群年轻人生活在一起，并且由我来管理，这种体验才是我醉心的。

我喜欢为他们做晚餐，除了那个潮州男孩子，我们这几个都是来自湖南、湖北、四川、贵州，吃菜，我们要很辣。他通常辣得满头大汗，前额亮晶晶的，嘴里咝咝地吸气，起身，找杯子倒凉水冲淡口中的辣，那个时候，我们是非常快乐的。我们在饭后讲了自己的家乡，童年，或者初恋。我至今记得他说的,潮汕的女子是天底下最温柔贤淑的,她们维护男人的尊严,即便男人在外面有二奶和情人,她对待她们可以情同姐妹,无怨无悔地照顾那些女人跟丈夫生的孩子,视为己出。我当时听了真是暗暗称奇。

有一段时间,宿舍里出了小偷,几个男孩都反映说丢了钱,实际上,我早就察觉了,但是丢的数目不大,几十块几十块地消失,而整数的百元钞安然未动。这真是个有意思的小偷啊,不贪大,下手不狠,有点怯怯的,却又忍不住常犯……如果查出来,应该是可以教化的。我就这样想着,一直未声张,但还是焦急,我怎么不动声色地把小偷查出来呢?就六个人,这小小的范围,我怀疑任何一个,都会产生罪恶感,他们都是一些多么可爱的年轻人啊。

有一天,潮州男孩告诉我说,小偷是一个女孩子。我惊奇地问他是否亲眼所见。他告诉我说,据他观察,我们这几个人都有锁门的习惯,但女生那间是从来不锁的。这就表明小偷知道只有自己偷东西,其他人都是可靠的,所以她不锁门。我觉得这个说法太没有说服力了,叫他不要声张,小心冤枉好人。但是,我还是很惊讶他的观察力。他说黄姐,我一定会亲手捉住那个小偷的。我笑了笑。不久,我的夏奈尔香水不见了,我也断定,小偷是女孩。两个女孩子,一个湖南妹很标致,另一个贵州女孩,她黑而糙。

潮州男孩是个靓仔,中山大学毕业,家境不错,是很讨女孩子喜欢的类型。他追求那个漂亮的湖南女孩,湖南妹家境寒微,冰雪聪明的一个人,做业务我只略略一点,她就通了,小小年纪,遇事沉稳,言谈里藏着大的志向,这是一个对赚钱有着很大热情的女孩子。潮州男孩的追求,她不为所动,但她赴他的约,吃他请的饭,拿他送的礼物。她的冷,让他真的消沉下去了。

有一个晚上,他请我在外面喝酒,伤心地跟我说,他爱上了一个小偷,问我怎么办?我一下子就蒙了,他说,他早就知道她是那个小偷,但就是爱上她了,劝了她很多次,叫她改,可是她……她的心气可高了,眼睛就盯着那些有钱的老板。可怜的潮州仔,他跟我说,黄姐,你不要炒她……你就跟大家说,我是那个小偷……

这样悲情的故事,我不知所措。我如何能跟大家去这样说呢?事情就这样拖着,慢慢地,不再有人丢钱了,慢慢地,湖南女孩跟他走在了一起。半年后,他俩一起辞职,湖南女孩临走时跟我说,感谢黄姐,感谢那个他,说完泪如雨下。

黄 玲

报社主编领进一个女孩子,说这是新来的记者黄玲。一问,还是湖北老乡,刚毕业的。她看上去瘦弱,有一双很明亮的大眼睛,额头亮晶晶的,但还算文文静静,背着沉重的双肩包,一看就是在城市里长大,是妈妈的宝贝疙瘩那种有些娇气的女孩子。她冲我笑,用手撸了撸耳后的头发,然后点头对我说,你好。这画面一下子切到了黄石,那个我们亲爱的城市,该有多少这样的女孩子啊,她这么瘦,离开了妈妈,一个人在外面打工,怜惜的情感一下子涌上来。

果然是年轻,在我看来,黄玲身上新鲜的东西真多。我喜欢年轻人带给我的这种气息。这样的打量和参照,让我看到自己处在时代的位置。晚餐是我做的,她揭开砂锅盖子,看到我们湖北的排骨藕汤,她发出了欣喜的喊叫,舀了汤尝,自语道:很像是我妈妈做的。

跟她去专卖店买衣服,付了钱,但店子里放着卡朋特的 Yesterday once more,很舒缓的旋律,我拿起包说,走吧。但她站着未动,闭着眼做陶醉状:听完这首歌吧,很快的。我一下子就理解了她所认为的“美”,陪她把歌听完。啊,两分钟吧。经过士多店,我们买了饮料、零食、冰棒,这是为晚上看碟准备的。回宿舍,要经过楼下房东的士多店,她突然站住,说,黄姐(我和她在吃着冰棒),我们拿着这些东西在房东太太的眼皮底下经过——

是,这太不好了,怎么办呢,她有士多店,可咱竟不在她店买,毕竟房东太太是一个很热情的人,这确实是不太好,那——“我们绕着从后门回宿舍吧”,她说,只是多走几十米而已。

南方的初夏,周日,天气晴好,把被套、床单拆下拿去洗。得收起来了,把它们折好平整地放在满是樟脑味的木柜里。实在喜欢把阳光都藏在木柜的感觉。这些东西浸湿后,像魔鬼一样重。黄玲根本玩儿不转,就浸在桶里。我已换上竹垫和芦席了。竹垫铺床上,芦席铺地上。采访回来，要是热，我就打开后门，让风自己吹进来，我坐在席上折衣服，缝扣子，或者看一回《浮生六记》。黄玲敲门，她浸在桶里的被套有半天工夫了，一汪混浊的水，棉的，有点褪色。她怎么也拽不动它们，要想汰干净那些洗衣粉，只怕要哭了。看她那两条可怜的胳膊肘，我很是心疼。于是两个人，一人拽一头，才把浊水拧干净。

拿到外面的绳子上晾，她翻来覆去地找，我问她找什么，她说，被套上有两处鸡蛋大的经血斑，这次没用手搓，只怕没有洗干净啊，要是没有把那两块洗干净，就是白忙活了。我笑得蹲下来捂着肚子。她脸都红了。我想起她昨儿跟主编争论一篇稿子算不算新闻，也是这般红着脸，她年少得一根筋，较真，执著，认理不认人。黄玲她不知道，在东莞一个镇级的报纸，很多时候发稿子，并不是看它是否具备新闻性。看她那样，我隐隐地担心，她身上的角，依然锋利，我似乎看到了很多年前自己的影子。黄玲，她将来也会像我这样，对生活，对命运妥协吗？会像我一样成为一个沉默而无趣的人吗？就像我们俩刚刚看的那个碟《海上钢琴师》，我就像主角1900那样，对未来无法预知的生活感到畏惧。黄玲跟我热烈地讨论，是的，我们看了很多碟，讨论过很多东西，未知的东西对她来说太有诱惑力了，她喜欢失控，喜欢无法把握那种状态。这是危险的，同时我还是相信她，会收拾好自己的残局，重新刷新另一种生活。昨晚听她咳嗽了，她每咳一下，我的心就抽紧一下，我想，要是她亲生的娘听见了，一定会很心疼的。我想着她有时就赖在我床上不肯走，她就那样喜欢黏着我。分明是一个孩子啊！

黄玲终于为了一个新闻的发稿问题跟主编大吵了一架，吵完，她愤然提出辞职。我在外面采访赶回，事情已经无法挽回了，我不再说什么。走的那天，她哭了。我像一个母亲那样说了很多唠叨的话，我很难受，因为我很担心，她那样的性格，她行事的方式一定会再次受挫的。如果我在她身边，如果我能一直在她身边，如果……

江西男孩

那间房空了一个月没租出去，隔壁间的小越撅着嘴埋怨房租摊高了，她催我叫房东打广告，赶紧把那间空的租出去。房东在小区附近贴了很多牛皮癣，但没有效果。我只好在网上发了个信息。很快，有一个男孩打电话来说想看房子。他看了后很满意——他结实地看了我和小越几眼，我和小越还算中看吧。我感觉到，他的满意，应该包含了这个成分。

房子租出去了，小越很高兴，说是要迎接新来的邻居，大家一起吃个饭。楼下的毛家饭馆，三个人，淡淡的交情，吃饭，介绍着自己的籍贯，从哪里来，从事什么职业……啊，这样的光景，在我六年的流浪生涯中出现过太多次了。更多的时候，我们来不及温暖对方，就匆匆离去，石沉大海。漂泊的人，聚散讲的是一个随缘。

他是一家大公司人力资源部经理的助手，二十七岁，江西人，黑黑的，样子挺时尚，发胶把头发弄得像刺猬似的竖在头上，小山眉很浓，微微的肿眼泡，未开口说话，嘴角先就有了笑意，挺友好的，但同时也看出这个人藏着狡黠的一面。江西人似乎很饿，他先是快速吃完了一碗饭，然后又盛了一大碗，把那盘腌萝卜角炒腊肉吃个精光，最后还喝尽了土鸡炖板栗的罐汤。“他把汤料吃得连渣子都没剩……”小越趁他上洗手间，对我挤了个鬼脸。看一个胃口极好的人吃饭真是一种享受，什么叫大快朵颐，什么叫饕餮，那真叫一个痛快，这样的痛快，还是让人窥见了某种兽性的东西，我隐隐地感觉到了。单是他抢着买的，还说了一大堆以后在生活上要我们多关照这类的客套话。

谁见过如此壮观的场面呢？楼顶长长的晾衣竿上同时晾着七条内裤和七双棉袜。江西男孩每周洗一次内裤和臭袜子，他先是把它们混在一起扔进桶里用洗衣粉浸一夜，然后用手一搅，再用清水漂两次就捏起来晾。总是阳光很好的中午，我们几个在楼顶碰头，风吹着晾着的衣服，一摆一摆的，仿佛在说话。男孩对我们的胸罩十分感兴趣，他凑过脸来看，啊，你们全都穿海绵的，你们全都做假……

一个成年男子的生活是丰富的。江西男孩在周末总会带几个朋友来宿舍玩儿，男的女的都有，开着音乐，大声喧哗，我有些反感，但还是没说什么。小越回来得晚，她回来时，他们也慢慢平息了。有一回，他敲我的门，问我打不打麻将，说是差一个人，让我陪一下。我正想拒绝，想说很累了。但他却抢着说，他的朋友很想打，还是陪一下吧，拜托了。

是他的两个同事,一男一女。女的我认出来了,她常来这里过夜,应该是江西男孩的女朋友中的一个,我记得还有另一个女孩子也来这里过夜。她的眼睛毫不客气地打量着我,又看了看江西男孩,半开玩笑地,却又不乏酸酸地说,你可真有艳福啊,跟两个美女住一起。江西男孩向我介绍他的同事,业务部经理。我这才转过脸来看清那一个男子,他生得俊朗,却有一股傲慢的表情,理着很短的板寸,目光犀利,右手拇指和食指掐着烟蒂,手肘支在桌上,他的鼻孔翕合着,有淡淡的烟冒出,眼睛有些放肆地看着我。我向他点头问好,他礼貌地回应。低头下去打牌,我依然能感到他灼人的目光。我赢得一塌糊涂,十二点半,我提出不打了,要回房睡觉。江西男孩突然跟了进来,他问,我能否考虑今晚陪陪他的业务经理,我正视着他的眼睛,平静地,一字一句地、狠狠地跟他说,我不愿意。关了门,反锁上,我不害怕什么,可是因为厌恶,我使劲地把门推紧,仿佛这样能使自己跟他们隔得更远些似的。我想起那个男人,打牌的时候,有意无意地把烟吹到我脸上,他斜斜的眼角余光……我还看见那个女孩子脱了鞋,把脚板伸到他大腿上,脚趾还弯曲着在那上面拱来拱去……

江西男孩跟我们一起也有好几个月了吧,他眼里,小越是一个有着隐秘生活的女孩子,她的生活想必是丰富的,符合这个城市青年男女的健康标准。每天回来得很晚,有时是满身酒气地回来,尽管她从不带男人回来,但她的生活是让人产生联想的。这一个呢,几乎是一个死寂的人。她从不在晚上外出,也从不唱歌,一回来就关上房门,谁也不知道她在干什么,好像没男人来找过她吧,是的,没有男人来找过她,她是内向的,怯弱的,穿着打扮土里土气的。唉,她的生活太贫乏了。她真可怜。

他也是出于同情和怜悯,这样一个可怜的、没有男人垂青的女人居然拒绝了这件事,他想不出是出于什么理由。他怎么也不可能了解,这个可怜的女人有着一个多么强大的内心和强悍的意志。她无视于当下城市男女生活的所谓“健康标准”。

上帝就是你

韩美林

从小时候躺在地上看星空起直到现在成了七十老翁，我对这个神奇的大自然不但没有弄清反而越来越迷惘……这世界怎么啦？其实人的认识是有限的，而且是“无限的有限认识”。

因为人类不可能认识全部大自然。

你说达尔文创立了进化论学说，一八三八年以来还不如牛顿定律维持的时间长，现今很多科学家已经不在这个圈子里乱转悠了，甚至有的科学家反而开始审判起达尔文，一句话：“没说服力。”

我这人喜欢望星星，与星星说话，替星星找下茬，也替星星演绎“下回分解”……

几十年了，也没落实这些“观察”、“想象”、“推理”有什么进展性的认识，更谈不上“定论”了。

星星吊在天空，怎么吊的？星星在宇宙中没有边，没“边”是什么概念？“无极遥远”，怎么个“无极”法？……还没推出几个问号自己就“卡壳”了。

这世界真是莫名其妙！唯心论可以推出一个“上帝”来，唯物论是无神论者，但绝对讲不出达尔文的“自然选择”到底是怎么“选择”的？他只是推理，没见事实。

“自然”，自然是谁？“选择”，谁选择？由谁选择？谁是谁啊？

虫子？蝴蝶？蜻蜓？猴子？……

再聪明，再智慧，再选择，那个蝴蝶有限的智慧和能力也绝不能“选择”枯树叶子当成翅膀来保护自己。那虫子更甭说了,竹节虫的竹节是它那点有限的智慧选出来的吗?我韩美林不比虫子智商差,我想长上一对翅膀,行吗?达尔文再聪明不是也没有长翅膀吗?翅膀也好,叶子也好,这些都是具象的物质世界。还有更难解释的“抽象”现象(精神世界)。科学家在实验室里也可以弄出点“变异”,但这也不能算达尔文赢了。因为这是科学家智慧的成果,让那些虫子自己“设计”、自己“变异”,怎么可能呢?达尔文准讲不出来。

我看书如吃书,自觉人类创造的文化财富一生只能读到可怜的一点点,何况偌大个宇宙的知识?“汗牛”还不够再加上几个“汗驴”、“汗狗”,也不能满足人类有限脑袋的有限“吸收”能力。

一个苹果皮保鲜的科学就够人们研究一生了。

科学家现今只能认识一些自然界的“其然”,根本说不上它的“所以然”。我从小受唯物论影响,不相信上帝,可也没人对我讲所有这个世界摆在我眼前的一切,又怎么个“自然选择”法?有些“自然”都是高精设计,比如:繁殖。就连癌细胞都会繁殖,那些带智慧型的细胞的繁殖又是谁设计的呢?

脑细胞:一个就能储存几十条信息,怎么储存?什么精密设计的高手能让这无数一块块的豆腐脑一样的东西有那么大本事?就算是精怪,这精怪不是也得有造物者去设计和制造吗?这世界,这世界,这世界呀!

眼球:它还能转、能看、能辨、能传递……本事很大,可它怎么有那么大的本事?它的那些零件都是谁研究成功的而又如此合理组装的呢?人虽然有眼睛,一旦破了就是一摊黑水、红水和白浆,这些可是一亿五千万个干细胞和七百万个椎细胞组成的,它们管着接收外面信息后再传送大脑,它们还管着供养这些细胞,同时还帮着排泄废了的细胞……等等众多“职务”还不够,还有几块黄色的物质,(是什么?咱们真不知道)科学家只知道它管着色盲、景深,等等等等,这眼珠子的“科学”令你咂舌。科学家知道这些“其然”就已经不简单了。让他们讲出“所以然”来,就真难为他们了。就这些,达尔文未必知道。

这些见得到、摸得到、可以接触的研究对象,只是一方面,看了、传了、证实了外界的物象,可判断那些物象的司令部——大脑,它又产生了什么反应和下了什么结论了呢？一个人一个样……难哪！这世界呀，世界！

到了大脑再反射，这可是精神的、抽象的、升华了的、谁也否定不了的现实。大脑真厉害，它本事真大。

比如说：美。

美的音乐、美的形象、美的色彩、美的线条、美的旋律、美的一切。

大脑使人们对一根线、一块色彩、一段旋律感动得又哭又笑，又喜又忧……这“感觉”又是什么？它岂止是现象上的美就是美、丑就是丑？它更可以达到美亦是丑、丑亦是美的更高级的感觉阶段，这是人们感觉的升华，是那些“高级”豆腐脑作用的结果。

再如，在艺术中，真和假的辩证关系：

真是真、假是假、真中有假、假中有真、真代假言、假赖真出、真真假假、假假真真、真假可分、真假难分、真假不分……这乱七八糟地说些什么？听都听糊涂了，可是在艺术中，这些都是可以理解的。

这些也是“高级”豆腐脑作用的结果。

还比如：灵感。

灵感或是悟性、灵气，我有此感觉，这是真的客观存在，而且是经常不断的，在我的创作中，这种现象比起别人要算多的，我自己称是“精神病上来的时候”。

不承认是不现实的，因为我自己深感生活中这种不断的“冲动”给我带来创作上的“愉悦”和“丰收”。

人怎么会天天处在“理性”的空间里？我称自己是“神经病”就是针对那些不承认这种事实的人。“神经病”不上来一个月也画不了一张画，可“神经病”上来的时候没日没夜、昏天黑地的，自己已经瘫在画桌上，脑子里那点“神经”还在兴奋着，这时想不起那些艺术教条的“肌理意识”、“幻视效应”、“这××性”、“那××性”，想到的是广阔的草原、马蹄踏踏、连呼带叫，震耳欲聋的霹雳，翻江倒海的大雷雨……那时的“画理”、“画论”、“七法八法”、“七十二法”都被四个字所取代：“去他妈的！”

于是，满地画作，张张精彩，如痴如醉，掌声四起，这其中虽然有血有汗有迷惑：那时我连自己都不相信，我是怎么过来的？！这种神经高潮一生没有几次，它让我一生难忘。这种情况下，有两次只用了一天半就接连不断地画了四百张报纸大小的画,而且竟然没有一张废画。

我犹豫着:有没有上帝?有没有灵感?有没有不食人间烟火?不然这世界这么多神奇和奥秘,不是越解释越糊涂吗!

由此看来,推理的东西没有实践来证实,达尔文也靠不住。没有艺术实践的艺术“理论”,同样也是靠不住的。

我不是科学家,我不可能解答我自己提出来的问题,再说人来到这个世界上,每一个脑袋对这个世界的看法,一个人一个样,不正是说明这个世界丰富多彩、繁博美好吗?

这对艺术家来讲,无疑是找到了一个如鱼得水的感觉世界的“所以然”。虽然理性寻找的“所以然”至今没有绝对权威的解答,但是对感性的艺术家来讲,他们的“所以然”就是来自世间这些真真假假、真假不分、真假难分的花花世界。

我发现我在艺术上、生活上、做人上如此感性、如此乐观、如此百折不疲……就是我在感性的认知上找到了我一生也追求不完的艺术天仓,我无需寻寻觅觅、找来找去,我俯拾即是,所以我的创作如泉涌。

谁给了我以丰富的联想力、想象力和创造力?我从“所以然”那儿已经知道了,不是妈妈的“遗传”,不是DNA,也不是“选择”。这些无力的解释在我看来是哄小孩。反问一下:谁设计的“遗传”?谁配制的DNA?没有科学家的手和大脑谁又能让虫子长上竹节,让蝴蝶长上枯树叶子,让毒牙长在蛇身上,让每个有神经的生物都知道报警(寒、暖、疼、痛、惊、恐、喜、怒、哀、乐、善、恶、美、丑……),神经是谁设计和制造的?!它像电流一样只能感觉到却见不到,但它的确是实实在在的现实。

智慧型的“自然选择”,到了神话一样的现实生活,这个“会选择”的“上帝”,教我们本能的生存、生殖、繁衍,教我们有智慧的防范、逃失、进攻,甚至还教我们“讲卫生”。你看:头上掉灰有头发接着,头发挡不住的灰有眉毛接着,眉毛挡不住有睫毛接着,睫毛挡不住进到眼睛里还有眼皮加上眼泪来“擦玻璃”……鼻子撑得高高的是为了喘气,就像支烟囱一样,还得支起来喘,灰进鼻子就有鼻毛遮挡,也是为了讲卫生……真讲究!你再看看那嘴和牙,前面板牙是切刀,后面的槽牙是磨盘,这舌头是个搅拌机,上下嘴唇是盖子,咀嚼的时候把嘴一闭,不进灰。吃高兴不高兴都由嘴来召开“新闻发布会”,吃好了高兴还唱两口,不过有唱得好听和难听的,也有破锣嗓子和唱着走调的……人间的“其然”丰富又多彩,都是艺术家创作的“宝贝蛋”!

还有,还有,就是吃进去的饭,即使是大食堂里的大锅饭,吃到众多男女老少的嘴里,消化了变血、变汗、变口水、变精子、变卵子、变伸胳膊伸腿、变跳舞打拳、唱戏唱歌,然后去上学、去教书、去打字、去开汽车、去炒豆芽、去包馄饨、去开坛当教练、去念经当和尚等等等等,这些窝头、咸菜、韭菜包子竟有这么大的本事。“所以然”一定解释不了。没准达尔文低着头、两个手指掐着眼窝,闭着眼自问:“是啊,这窝头怎么能打拳呢?”

这窝头、咸菜、韭菜包子大家同吃同住怎么就一吃到每个人嘴里就变样了?你说这现实神奇不神奇,可它确确实实是现实!达尔文是真讲不出来!

每个人都是一部机器,而且一人一样。没想到这窝头咸菜里都能不等量地变出高智商、高情商、高格调、高境界。权当我们忘了“所以然”的话,我们在“其然”中找到了什么?这是不言而喻的事!

我是美术家,美术家就一个任务——找“美”。找到美以后返还给生活和生活里的人们。

艺术家是时代的趣味、人间的厨师,他们把艺术作为自己的天职,将真善美像天女散花一样抛撒到人间,抛撒到人们的心间。在艺术家手中,美当然更美,可丑的也可以转化成美。他们把美丑玩得转转的。一条线、一段腔、一句话、一个动作都能神起来!让你捶胸顿足、扼腕攥拳、多愁善感、闭目陶情,让你眼泪一把鼻涕一把,让你伸胳膊伸腿、狂呼乱喊掀桌子打人……艺术的魅力有多大,现实的“其然”就有多大,这全靠艺术家们去挖掘。“其然”是个天仓,天仓是什么——无底洞。无限生活、无限科学、无限形象、无限神秘……这一切可以使艺术家们无限追求进而到了“奥”字头上,不是吗?这黑白、阴阳、水火、乾坤、天地、男女、上下、奇偶只一个“易”字就能互相转化。艺术里的大小、高低、冷暖、断连、深浅、虚实……早已在创作中自由运作。就连高精度当仁不让的数学老大不是圆就是方,方就是圆;常数就是变数,变数就是常数;A 的根就是 A 的幂,A 的幂就是 A 的根;平行线就是交叉线,交叉线就是平行线吗?……

“其然”本身也是神，不用找“所以然”也能解决问题。在我手中“其然”不是活得也挺滋润吗？我经常想起小时候的孙中山，他一个著名的学习方式就是不断问老师“为什么?”就是这个“为什么”，问得老师张口结舌。其实他问的就是那个“所以然”。

趁这篇“所以然”还不能挨到“上任”的份上，我讲一个真实的韩美林给大家听听。这共性和个性的关系大家都清楚，我无需在这里唠叨。单看一个韩美林，我今年七十三岁，有糖尿病已经二十多年，没有“三多一少”，没有精神不振，反而每天四个小时的觉，几十年如一日，年轻的学生们，没有三天就把他们给熬跑了，熬夜本事大，有心脏病，开刀接了四根管子，颈椎动脉堵了一根，只昏过一次半，开刀拿血栓，取出来两个花生米大的“栓仔”，其中含一粒花生米大小的黑石头，都以为我手术中要见阎王爷，可出奇的医生高手没出半点差错。中国、美国最顶级的医生说我的脑子是“二十岁”青年的水平，一点渣也没有，手术中，神奇不断出现，我血压竟然 70—110，脉搏六十跳，我的视力老花、白内障都光临过，可现今连眼药水的小盒子上的蚊头字都看得很清楚。洗头不掉发，除了头顶上有些灰色头发以外，两鬓和后脑没有一根白头发……这还不算，再看下面——

惊奇的是我没动手术以前，此生最多一天半画过晚报大小的人体一百六十张；动手术之后，一天半的时间，画了四百张老牛，而且，没有重复的。

神奇的脑思维，使我自己也不敢相信。我画画不用模特（近日画油画才用上模特）。不管是牛啦！马啦！鸡啦！鱼啦！人更不用说，一个星期下来，几千个人体构思稿全部都是默写……我一口气画过三百个猫头鹰，那本“天书”真像从天上掉下来的！回头一看，汗牛充栋的几万个没人认识的古文字，我怎么激动又耐心地写过来的！

这一切，不是在这里酸溜溜地显示自己，这是七十多年我第一次暴露给大家：我的脑子的 DNA 绝对不是祖宗传下来的，是不是“怪胎”或核糖核酸，我爸爸还是我妈妈在胎里兑进去了一点香油或是味精呢!?

总之，我创作时不打草稿。几十年如一日，我不用橡皮。没有表演故作托腮、皱眉的“救世主”。我创作的时候从大学音乐（小夜曲、摇篮曲，酸酸的，不理解音乐，东施效颦似的学老师）到进行曲、交响乐、打击乐、伦巴、探戈、恰恰舞，再到黄河锣鼓……最后搬到郊区飞机跑道线上看飞机……总而言之，我简直不知用什么声音做伴奏以鼓励我创作高潮神经病上来时候的那个狂风暴雨式大泼墨……

艺术家对自己塑造的形象寻找的典型以及为这些典型所介入的形式、手段、手法，适度而不过分地创造时，不管是画家、雕塑家、导演、指挥家，他们投入的全部心血，都能从作品中跃然到你目下。

我们看到在拍电影时，演员对角色的理解，有时全然不在精美的台词上，为了一个激动不已而且酝酿成熟的镜头，激动人心的台词也会全然忘却，而经验丰富的演员这时来不及道出既定的台词，情绪激动地大喊了一声"一二三四五六七八九十……"虽然没喊台词（有后期录音补上），而这激动万分恰如其分的表演，一分不差地上了胶片……

这是大艺术家才干出来的，他知道电影拍摄时的一切规律。

再看看音乐大师的漂亮的一刹那，那卡拉扬一头白发，盒带上的头像是个绝对帅气的老头。可真见到他时，你会感到第一印象的他与盒带肖像不是一回事。他是个跛子，拄着一根棍艰难地上了台。但是，这里说的"但是"是一个转折，你再看他把手杖一放，一手支着靠栏，向下一按，坐在那个小小的不为人见的小小座上，双手一举，全场肃静，静得连掉针都听得到。这时他把指挥棒向下又向上一抬，音乐起来了……你摸一摸你的鼻子吧，下面准有一点小小汗珠……还用说吗，他就是大师。

这种魅力怎么写也写不到位，只能靠"其然"来表述。

人类的文化、艺术就是他啦！

对旋律、对形象、对色彩，对看不见的情愫、品位、素质，对举手投足万千潇洒，谁能淋漓尽致地描绘出来？一句话：难哪！

一根线对平常人、平常事、平常所见这并没有什么，更不用说要惊喜、要激动，就是因为"平常"的缘故。但是在一定场合、一定环境、一定位置的条件下，你会被这根线感动、吸引，会百思不解、灵魂出窍！

"所以然"可以说无从介入。

我挖掘这些宝贵的"精神财富"以丰富我有血有肉的典型，用了土洋结合的方法，不然我不可能理解人和动物的感性世界。

在战争中，敌方我方是一根直线，鉴于这两点一线的距离，有时靠数学的三角来求证。我们人类与动物在思维上的差异、审美标准、兴趣共识……都只能用这种方法。这里当然就要提到审美,这是个升华了的高级思维课题——美(咱们不谈绕口的美学),我们谈的还是"其然"。

人对自然。自然界里有山、水、云、天、动物、植物在审美上的共性,用"三角"方法,一定能求出它的一致性。我们爱小动物,小动物的妈妈一定更爱它的"宝贝蛋",不用解释,它对这个小鹿或小马的美感一定与人们是一致的。我不相信无产阶级和资产阶级对这客观存在的差异,无产阶级爱什么花?资产阶级又爱哪种花?这能分吗?我常说:"即使世界观是正确的(何况正确只是相对的,这里还有人们虚伪、假象、隐蔽……),艺术观和审美观说不定是落后的,甚至是反动的。这话没错。一些让你恶心的艺术设计、艺术评论、艺术处理、艺术观点不是庸俗、浅薄,就是无知妄说,没有权还可以,有回旋的余地,若再加上有权的,他说什么你都不可以改动,我就摊上过这样的人,他还竟然在大会上大叫"永远不要用这个人!""谁也不要和韩美林接触!"不就是他的审美观不怎么样吗?

艺术、艺术观、审美、美学观……这些若靠压,恐怕连上这篇文章都嫌寒碜。

这篇文章写着写着走了下路,我们讲得正高兴,忽然杀出这个程咬金。不过我得说句公平话,没有对比真的不好下笔。我很注意,但这是不可否定的客观存在。不是有人命令式地让我把中华民族的图腾——龙从历史上废掉吗?

我不愿做千古罪人,我硬是顶了下来。

龙,从审美上讲,这是中华民族几千年来已经熟悉了的形象,它是中华民族的代表,是中华各民族最最至高无上的图腾,从皇室到民间,从本土到朝鲜、到韩国、到日本。绝不可以对千年古国在审美上来什么"革命",更不是"外国人说","中国龙是恐怖灾难的象征"。外国人说什么我们就得做什么?这不是汉奸是什么?

这不是一般的争论,这是一个国家的尊严。

这种审美角度和艺术形式是中国人民几千年历史长期积累的结果,这种特有的审美传统,怎么一两个人说废就废?

说到正题,在审美上的另一怪胎:人体。

这荷尔蒙是怎么制造的，达尔文没讲出来。这答案一直留给将来由“所以然”来“发布”。但是这“其然”可是客观存在呀！

中外古今，它（人体）还不如龙的处境，外国的龙与中国龙根本不是一个概念，这无须我从头再对龙来一番胡诌八扯的说教。

人体、人体艺术也是几千年以来争斗不休的事了。外国打开封建的铁门比中国早一些，但是回顾一下历史，中外古今对两性、对女人、对人体的高论繁如瀚海，我在这里乱弹琴就多余了。我只能另找切入口——“美”来进入我们的主题。

美，是人对客观存在的一种高级感觉，纯粹是精神产物。我们讲花、讲草、讲山、讲水、讲衣服、讲鞋子、讲大人、讲孩子，就连男人的胡子都是美髯……生活中的美与丑，对艺术家来讲，需要去探索、提炼、充实、提高，艺术家有不可推卸的责任。

“女人”二字是个炸弹。你讲：在外面看到一个美人，没事。你若说你交上了一个女人，这就得怀疑是不是你的“小三”呀！“碰”字不能提，一碰就“流氓”，就“色狼”，就“吃豆腐”……还下面条呢?！你说咱们人呀，长了个脑袋不想别的，对这些事倒反而感兴趣。咱们中国若说贪污、渎职没什么人有反应，你说谁是花书记、明星绯闻可真就来劲了，一定得翻腾得人家底朝天。

近年来，开放的政策，各路大军都杀出来各显神通。但是这二十一世纪可不是二十世纪。上世纪的前五十年，中华民族处在水深火热的战争中。一九四九年以来各个领域都还沉浸在“解放”氛围中，对文化、艺术的需求尚不如经济、建设、恢复、整改等方面的重点方针。那时的领导，上台就说“我是个老粗……”没人感觉不舒服，因为革命江山是他们打下来的，尊重他们还来不及……

到了二十一世纪，改革开放，中国人民朝着科学的建设方向迅猛前进，将一个半殖民地国家从贫穷落后的泥坑中拔出来走向和谐，走向繁荣，走向国泰民安国富民强。这个时候上台演讲就不能说“我是个老粗”了，因时间、地点都变了，上台的人谁也没扛过枪打过日本，更甭说打土豪了……

这个转型时期大量需要的是文化，是科学，是国家栋梁、中流砥柱。

文化艺术跟不上经济的发展,那这个大厦一定建到沙漠上来了,一朝倾倒是迟早的事。

刚才讲的天上地下,“其然”、“所以然”都还在云里雾里谈玄说梦,到此为止吧,该下凡了,看看人间是个什么境界、是个什么档次吧!

翻开我们社会上铺天盖地的杂志摊、书摊,那些杂志封面全是美女,全是港台美女,全是翻箱倒柜的明星私密、隐情、绯闻,全是你脱我脱较着劲地脱,就连美女肩上蚊子咬了一口,也画上红圈标出来,赫赫跃然于杂志封面……

这人间,这“文化”,张嘴做“惊讶”状吧!

搞生命科学的科学家们,你看到人间如此状态,能找达尔文讨说法吗?

这人间,人之初性本善,未到成年还好办,等到他们能独立思考的时候,这社会上就来了吃、喝、嫖、赌、偷、骗、杀、抢、贪、腐、懒、奸……从家里杀到社会、杀到地球各个角落。二十世纪以来,人们得了屠杀狂、虐待狂、毁灭狂,两个大战争都在二十世纪,核武器在二十世纪,这战争死的人上了亿,这病死、渴死、饿死的人又有多少?谁又见到哪个上帝来救他们?他们又有哪种细胞或是什么“所以然”来“选择”了这样一些人间悲剧呢?!

从来就没有什么救世主,全靠自己救自己。

人类找不到自己的肢体、思维、精神从什么地方来的,就是有“上帝”,那上帝的肢体、思维又从哪里来的呢?是不是上帝上面还有一个上帝、上上帝?

向上追是追不上去了,人们只有向前看了,因为达尔文最后也承认,证据与他的理论、尤其是理论要点难以取得一致。

不啰唆了,我这个较真的人也叨唠累了。

人是向前的,向前走就得要正视现实,人的好细胞和坏细胞能不能找人间的上帝(科学家)“所以然”呢?达尔文和他的主义们全给我来花花绕说生命之源是水中的细胞,这细胞在水中还不能有别的细胞,那么这细胞从哪儿来的?答曰:还有“前细胞”……这是绕口令,始终没讲出人是从哪儿来的!……回到现实呢又找不到“选择”,人们已经疯狂。

一个二十世纪,只一百年就被人砍伐了几千年伐木总和的八十一倍,可是人口呢,一千八百年才由两亿增加到十亿,现在是十二年增加十亿(每年有8100万人出生),从清朝到现在三百年,中国一九四九年人口才四亿,现在十五亿也不止,那么三百年以后,就按一九七○年世界增长率百分之二点一的话,到三百年后世界的人口是三万六千八百六十四亿。那么人吃、穿、用、住、行……多了去啦!地球有那么大本事养咱们吗?!

一个美国人活到八十岁,人均得消耗二亿升水、两千万升汽油、一万吨钢材、一千棵大树……不是美国人,哪怕最穷的国家减了再减,以百分之一的消耗计算,我的算数不及格,谁想算谁算,我就歇了吧!

三万多亿人口才维持三百年,六百年以后多少人?一千年呢?

这人对物质的无止境的要求、膨胀的速度会吓死你,可能源有限,地球受得了吗?等着“选择”来救人、救花、救草、救地球、救一切生物,就像蝴蝶翅膀替蝴蝶“选择”得那么周到,人呢?疯狂了的人“选择”的是灭了这个世界!没有哪个“自然”帮他往好里“选择”。

咱们讲了半天都是些看得见的,环保卫士们天天呼吁救地球,那些动物、植物、垃圾、气温、矿藏、粮食、汽油、木头、钢铁,还有生命依存下去的水,没有水这地球一切都完了,将来的战争人们不是为宗教、信仰、意识形态、民族仇恨而战,而是为生存、为了生存的水,将来的战场是尼罗河、多瑙河、亚马逊河……沙漠化了的世界,到处成了火药库……

中国现在每天消耗的粮食是十亿斤,中国消耗的能源是美国的二点五倍、欧盟的五倍、日本的九倍,中国石油只够用一天,三百六十四天都得依赖进口……中国还要发展下去,即使有个袁隆平(解决一千亿斤粮食),这占世界百分之七土地的中国却养活着百分之二十二的人口呀!

今后二十年地球将无力支撑其所载的人口,这个小小的星球撑死只能养活八十亿人口,可现在地球就已经有六十五亿多了……

吓唬谁呢?科学和现实都说明谁也没吓谁,这是现实。

人们物质上向地球疯狂地、无限地索取这只是一个方面,为了拯救地球,一些可敬的“绿人”极尽所能,可是,人们耳朵都磨成了茧子,也没有看到实际惊人的效果。

这是来自人间的又一个大膨胀——思维(精神世界)的堕落。

给地球和人类自己添乱的是疯狂了的人,不如说是疯狂的精神世界,这精神变成物质是个可怕的事实。一个日本,一个德国,二次大战就灭了一亿人,中国人占了百分之四十(3500万),德国死了九百九十万,日本死了六百四十九万,苏联也死了两千万,这“精神”变物质变得多么吓人,那时世界人口不到三十亿,可参战的就到了二十亿。

二次大战“精神”变“物质”——损失五万亿。

“精神”“精神”,可真精神起来就不是什么“抽象”的,“抓不住、看不见”的了。这要人头落地、妻离子散、破壁残垣、饿殍遍地、狗人争尸、瘟神四起……真是不堪设想!

不言而喻:“精神”的东西一旦变成物质(也指量变到质变),人的脑子想象力是不可估量的。

一首歌,就这么1、2、3、4、5、6、7,音乐家一转化,这地球上的人都能成疯子,罗伯逊、帕瓦罗蒂、夏利亚宾、贝多芬、莫扎特……还有梦幻、天鹅、一路平安……

一张画,就这么块画布,点、线、面,还有三个原色一搅和,人们疯了一样地天价购买。就那画上的一根线,让你天天坐着靠椅,端着茶品上一辈子。

一台戏就那么两个人,一个霸王,一个虞姬,台上空空,就一个凳子、一把剑,这“霸王别姬”两千年前的事,演了上百年也没人嫌烦,戏迷们闭着眼、敲着点、跷着二郎腿在那里傻摇头。

一个人,就只一个孔子,都两千多年了,中外古今就对他那一脑袋的智慧崇尚不已,一九八八年七十五位诺贝尔奖获得者的宣言,就向全世界呼吁,二十一世纪人类要生存,就必须汲取两千年前孔子的智慧。

……这一首歌、一张画、一台戏、一个人,怎么就有那么大的能耐!

达尔文的进化论尽管破绽百出,证明它只是一个假说,怀疑生命的“自然”发生,如果消除这一认识,也不是一朝一夕的事。

反过来看,人们说虎、狼怎么怎么坏,把禽兽骂成天敌,可现今的“禽兽”们,朝不保夕,生存条件恶化,让人们追杀得逐渐无立锥之地。地球上的生物有数亿种,而今百分之九十八已经灭绝。人类出现前,每三百年灭一鸟种,近三百年是两年灭一种,而今是每天灭一种,人类的贪欲是不是应该收一收了! 二十世纪十万只老虎剩下五千只,七万头犀牛杀成两千八百头，一百三十万头大象杀成六十万，鲸鱼半个世纪就减少了百分之九十，就一个香港每年吃鱼翅六千一百吨……

不都是人类文明了、先进了、科学了、有文化了，就可以一切都放心了，看不见的脑袋里有些“逆向思维”的人，反了、疯了、狂了、野了，疯狂地掠取，填不满的欲壑。地球开始反扑的时候也到了。这就叫自食其果。

这精神改造物质的能量有这么大，不能不让人低头反思！

人们的大脑是发达了。随着升起的欲望也就大起来，占有欲、统治欲、色情狂、杀人狂、烟鬼、酒鬼、色鬼、车迷、戏迷、歌迷加财迷……社会文明越高，“欲念”发达的人就来了神，好吃懒做、品德低下的人就很自然地走这种路，所以社会犯罪率超高，不能不联系到教育、政策、法规、纪律……我不是讲做人要人五人六、宽容友善，到处仁义礼智信、温良恭俭让，但是反过来想想，做人还真要人五人六、宽容友善，到处仁义礼智信、温良恭俭让，若连这点表面的都没有了，这个社会还要人干什么！那不是禽兽时代吗！

这些看不见的意识形态，只能用法律、制度去约束。这些是付诸行动的意识形态的产物，没有他们就放羊了。

咱们讲点人间的、具体的例子：

意识形态的学者们得出的理论、研究的成果我毕恭毕敬地看了不少，但是我发现照本宣讲的、呆板的、学究式的、闭眼发挥的、故意玩学问的、就是不想让你进门槛的……多了去啦！我喜欢古文字，见到多种古文字书典，上面有的一个字就考证上几千字，甚至上万字，最后结论还是：意不明，待考……这不是要人玩吗！

一个字用上千字的论文，却什么也不证明，文字全是些76、83、192、存34、力25……有的字典自编查法，让你查不到，让你查急了把书摔在地上……这是学问！文人的一些臭习惯，酸酸的、嗲嗲的，让你知道他的深不可测。

人啊，人！你有学问也不能这么折腾急欲求知的年轻人！这不是添乱吗！我的《天书》的出版，就是等不及漫长的考证，几年来，我写得两手出血也得硬推出来介绍给世界，因为等以后（难等后来人），那些遗弃的古文字早就湮没了。悲乎！我真是很遗憾！我多么不希望几千年没人理的

(不知声音,不知其意,不知出处,古文字学家也无据可考,书法家也不要的一些甲骨、金文、石鼓、象形、符号、记号、岩画……),让它们没人问了放了羊,将来想收集也是大海捞针了。那么一个民族的古文化就灭在一个“拖”字上!

中华民族文化财富比比皆是,谁还去注意已经被遗弃的文化!就像一个物种告别这个世界,不感到难受吗?一些学者讲孔子、讲老子、讲庄子……包括我在内大家挺心服,他们的录音、录像、书籍、文章都买,但是没有规矩,不知深浅,讲着讲着成了天下通了,昆曲插一脚,唱歌也插一脚,而且是方向性的指导……这都不应该啊!说话兜不住就会“放羊”。

街上流行红裙子,你穿我穿,大女子小女子比着穿,老女子少女子一起穿,岂不知有腿长腿短、腿粗腿细、腿白腿黑、腿直腿弯……学问大啦!留几句话不说了(还没说到腰细腰粗,腰……),这是裙子“放羊”。

教育是国家和民族的方针大略,我们的后代就更不能“放羊”了,也不管国情民情,尤其中国是个有几千年传统的教育大国,胎教、母教、家教、国教,形成了这个教育大国对后代的教育规范。我早就呼吁过,领导教育者必须首先是教育专家,领导水利者必须是水利专家。我们不能再走外行领导内行的路了,我们也不能容忍那些马屁精肉麻的捧词“外行就要领导内行,因为他没有偏见……”这不是鼓励领导也“放羊”吗!一个“教育产业化”弄得小学生都知道赚钱,帮他们奶奶、妈妈炒股票拿回扣。我送给一个三四岁的小孩一个福娃,没想到不一会儿就找我来了说是他妈“让爷爷签个字,不签不值钱。”……研究机构不去研究去“创收”……这是教育吗?教孩子从小学着炒股票是咱们中华民族的传统吗?……十七大把“教育产业化”给堵回去,但是没看到这些被教育的上千万的孩子们,从脑袋里抹掉这几个字得需要几十年?这样“放羊”不是脑袋瓜子一热才推出了这哗众取宠的“改革”吗?

作为现代青年,英文、电脑、开汽车成了“标准”,这不成文的“社会规定”是又一个“放羊”大潮,英文、电脑是个人的事,但是成了气候,岂止是“放羊”?

英文作为一切入学的门槛,这个“放羊”规定(全民学英语),英国人比中国人少多了,他们怎么不全民学中文呢?即使都学了英文,毕业用不上,两年就忘得差不多了,再说用得了这么多翻译吗?这里有一个最最使人难受的事实,为了跳英语这个槛,许多天才就此远离艺术、远离科学……一句话:毁了他们!

英文"放羊",不知是谁的主意,弄得我们大人小孩天天"三克油"。中国的汉字是世界五大语系之一,那些王国的文字已经退出历史,唯一的汉语仍然占了世界之最,因为它是世界上最到位的文字。"霸王别姬"四个字有人物、有故事,还有故事的原因、人物的性格、地位……挺全的,任何语言替代不了。"三克油",绝对不是对手。

一些从国外回来的人,到外国还不知道干了些什么(我知道,不过打死我也不说),这些人有些回来了,都成了居高临下的"祖宗"、"教师爷"、"救世主"。说话是"你们中国人"!说着说着还把肩膀一耸手往上一抬:"怎么讲呢?"然后来上几个英文字母,把咱们中国人当成了呆子……

这英文要是"放了羊",中华文化是不是像地球上的动植物、空气污染、塑料袋子天上飞一样,据说塑料袋子500年才会被"消化掉"……

"放羊"啦!

电脑跟上来也不能"放羊",我们教育目的不是让下一代开着宝马、抱着电脑、满嘴"三克油"再加"人性"开放,旁边还搭上个"小三"……

我们教育的目的是让孩子们自食其力,有养活自己的生存本领。

放这种羊等于放了狼,亲情、友情、爱情都变了味,变成了一个分子——钱情加无情。

自一八四〇年鸦片战争以来,一百六十九年,中华民族很长时间处在弱势和低谷,昔日的风采逐渐淡出这个世界,中华民族被称为殖民地半殖民地而抬不起头来,我们不想一想是为什么吗?

这一百多年很长时期我们民族"放了羊"!我们在自相残杀,引狼入室,在窝里格斗……

外国侵略只是一个外因(就是那个哲学上说的"一定条件"),温度够了、蛋壳破了、小鸡出来了,出来就大叫大喊地骂它的母鸡妈妈,这个时期,小鸡也成了一只恶狼,这就像一种叫"噬菌体"的微生物,专吃细菌,能耐极大,它一天可吃掉海洋中百分之四十的细菌,这种菌一朝变异,地球只需一天就会酿成毁灭性的灾难。

我们那个时期看到人与人之间六亲不认、人性皆失的虐待狂、打人狂、烧杀狂。这是“放羊”还是“放狼”？这给中华民族带来的灾难和伤痕世代难泯。

“怀疑一切！否定一切！打倒一切！”这哪里像革命的口号？！这是“放狼”的军令状！这就是“豆腐脑”下的战书！

这次“放狼”给国家和民族造成了多少损失，谁也算不清。

这是“豆腐脑”的作用，达尔文的“细胞”、“前细胞”“前前细胞”是解释不了的。

我是个艺术家，科学家的事我管不着；如果非让我接受这进化是由自然选择来的，我怎么也不服，因为我干的是感性职业，感性、灵感、感知都从哪里来的？实验室出来八个耶稣也不能解释事物发展的根本原因。因为实验室的“产品”都有上帝，都是上帝设计的结果。上帝是谁？不就是科学家吗？

从一八三八年“进化论”出世到现在，达尔文和那些忠实的达尔文现在也还在主义、新达尔文主义者，他们之间不是也闹过一阵子吗？现在也还在闹吗？连小孩都知道先有蛋还是先有鸡。我不知道咱们人的脑袋瓜子是由哪一个脑袋瓜子选择的。

达尔文说：是由“前细胞”繁殖出来的。

生物化学在科学家手里尽出奇迹，近年来造羊、造人、造猴子……

可“社会化学”产生的惊人能量谁又真正地注意到了？

一个国家再富强，没有大略，没有文化就会“放羊”、“放狼”。

一个法律和制度，没有监督、没有约定、执法犯法、刑不上大夫……那就是放狼吃羊。

一个教育方针，不知道教育是育人，不知道教育改革是提高学生求知的含金量，一味地形式上的组合，这是给人看的，这是好大喜功、哗众取宠的人干的。教育方针要顾及世世代代，就是传宗接代、优选优育，让他们都成为国家栋梁，都能自食其力，有一技、多技自立的本领，而不是让“小皇帝”“放羊”，这等于是“放狼”。

中国的汽车已经放了羊，山西煤老大开着劳斯莱斯，而且不是一辆；这么一个刚刚起来的国家，农村的小干部都开着宝马，中国是地大物博吗？中国、中国人民能养他们多少年？今年我去云南、内蒙，看望那里的孩子，美丽的梅里雪山上，在雪地里半年也不能出来，吃着煮大白菜，撒点辣椒粉，一年四季，一年四季……

不说了，回到“其然”和“所以然”上来吧！

虽说物质决定意识，可反过来意识作用于物质，不是也由“所以然”那儿来的吗？“放羊”就是没了度，没了度就会过了度，过了度就是由量变转化成质变。这“其然”可不是好玩的。虽说看着“其然”说不出“所以然”来，但是认识到“其然”也就可以使人们不再“放羊”。人们知道水是氢二氧一，知道一百度就成了气体，也知道零度就结冰，这固体、液体、气体都是水，加上人们不知是不是“上帝”给的“所以然”，人们完全可以凭着已知的“其然”把水玩得转转的。

“所以然”不是上帝、上上帝，至今也没在人间露过面。人们有了“其然”就够了，等到科学家们研究成功了再见“上帝”也不迟。

“所以然”没有出山以前，人就是上帝，科学家就是上帝。

上帝是你自己，你与“其然”交了朋友，天下就是你的。

幸福修行

周建萍

2009年12月31日是我和美林结婚八周年的日子，这八年，我们走得太快，快得如上了发条的闹钟……这八年，对美林来说真是太过神奇，他在艺术上奔跑的速度不亚于三级火箭，潜伏在他身体里的能量犹如一颗酝酿已久的原子弹。我们手拉着手一路狂奔——朝着那顶礼膜拜的艺术之巅。

八年前的12月31日，中国美术馆沸腾了，韩美林第五次艺术展在这里举行，3000件新作几乎包揽了中国美术馆所有的展陈面积，这是美林心脏搭桥后第一次闪亮登场，这么一位阎王爷也不舍得收、自诩为属猫的人，在术后短短的半年时间里奇迹般地创作了几千件令人叫绝的作品。而婚礼，只是我们在展览上搭的一个便车，对于两位有着相同生活态度的人来说，结婚形式实在太过渺小，在开幕式上突然宣布结婚是美林颇为得意的妙招，除了他善于给人以惊喜外，让大家措手不及也就免去了那些凡俗的礼节。面对几千韩氏铁杆及粉丝我斗胆地说："请把美林交给我吧，我想，我已经准备好了。"

事后想来实在汗颜，这绝对是一位自不量力、刚北上不久的江南女子说的一生中最为狂妄的话，以至于在未来的八年中，每每遇到困境、每每脆弱攻心时，她时常嘲弄自己：你不是已经准备好了吗？

感谢万物有灵，先生对生活、对艺术执著的爱终于感动了上苍，他那不思人间烟火般的生活及近似疯狂的创作状态，迎来一个又一个超乎人们想象的高潮！被誉为我们家长的冯骥才老师说："两年，美林给了我们一个世界!”

如果两年意味着一个世界的话,那么,八年意味着什么?意味着“人定胜天”,意味着天道酬勤!

2005年,美林捐给我的家乡杭州市人民政府1000件作品,2008年美林捐给北京通州区人民政府2000件作品,从此,大运河的两头分别有了韩美林艺术馆。对于一个艺术家来说,最大的幸事莫过于有了自己的艺术馆;对于艺术爱好者来说,最大的幸事莫过于在艺术的海洋中流连忘返。政府为艺术家个人建立起近万平方米的艺术馆,在世界范围内恐怕也是首屈一指的。南北两馆的落成源于艺术家非凡的贡献,源于政府对文化的支持。美林那超然的人生观和价值观影响并同化了我,于是我们有了共同的信念:为后人多留下些文化痕迹而无愧于这个几千年的文明古国。

嫁给了奥运

这些年,美林与奥运休戚相关,从设计“太极人”申奥标志到修改“中国印”奥运标志,从设计奥运吉祥物“福娃”到为奥运火炬中国首传地三亚设计巨型雕塑《华凤迎祥》,我用了五年时间见证了先生从申奥—奥运—后奥运的全部心理路程。曾经在“文革”中失去大量光阴,自诩为时间穷人的美林在创作的最佳时期动用了生命中宝贵的五年为祖国、为奥运工作,对于一位高产的艺术家来说,这何尝不是一种境界?美林和我都是热情好客的人,家里宾朋满座是常有的事,不知从哪天起,家里的常客由文化名流过渡到体育名流了;也不知从哪天起,美林画桌上的各种艺术类、文学类书籍、画册被奥运书籍、体育书籍和吉祥物所覆盖了……

当奥组委将奥运标志设计师最初的设计稿交给美林修改时,美林将印章中那个似是而非的“京”略微改动了一下,为了尊重历史,这个字亟待考证。于是,美林冒着刺骨的寒风、拖着术后不久虚弱的身子去河南安阳殷墟考察甲骨文,当甲骨文专家告诉他,该京并非是“京”,而是一个残字时,美林才恍然大悟,回来后立即去了北大,向著名的古文字学家李学勤、裘锡圭等先生求证后,开始了奥运标志的修改工作。

在设计福娃的那些日子里，美林受命为奥运吉祥物设计组组长，带着他的团员们去怀柔一个培训基地进行为时几个月的封闭式创作，刚去的时候，大家很不习惯，那里除了具备吃住功能外，对这些大脑随时需要提供养分的设计师们来说，真可谓是要什么没什么，怎么办？第二天，美林领着他的团队回家吃饭，接着进行了一次地毯式扫荡，把家里能搬的东西都搬走了，包括复印机啊、微波炉啊……光是各类需要的书就装了七十多箱，他们回到了怀柔，开始安营扎寨。作为后方部队成员，我提供食品援助，没想到出师不利，新买的车刚出门，后视镜就被一辆马车给撞掉了，因为车的型号特别，等到福娃诞生了，后视镜还没着落，好在我练就了一身没有它也照开不误的本事。

大家将一张张小写字台拼成大会议桌，开始了真正意义上的集体办公，桌上的零食不停地变换着，美林的观点是：吃饱了不想家。大家每天围绕着思路敏捷、落笔准确的韩老师，工作有条不紊地进行着……每当困惑来临时，美林总会绞尽脑汁说些令人捧腹的话让大家放松。可又有谁知，在怀柔的那些日子里，美林是怎样忍辱负重地度过每一天？领导们意见不统一，素质差的小干部百般刁难，好在美林是一条能顶、能扛的汉子。那些来自全国各地、年龄参差不齐的设计界的佼佼者在工作中有的暴露了些争名夺利的思想，毕竟奥运还是很有诱惑力的，美林看在眼里，为了不让人心涣散，他偷偷地“踢着石头打着狗”往前走，这个组长难当啊！不过心底无私天地宽。已经功成名就的美林为了百年不遇的奥运，为了将中国最好的文化、最好的传统送到奥运平台上展示，为了让世界认识中国，他咬紧牙关坚持着。

在这种环境、各种压力和困难下，福娃降生了。

那天傍晚蒋效愚副主席来到怀柔，他在餐厅向大家宣布，福娃成功了！大家欢腾着、雀跃着，喜悦的程度不亚于当时热播的电视剧《暗算》中破译密码的那一刻。蒋主席喝着小酒儿唱起了拿手的内蒙民歌；美林也来了劲，一段地道的陕北民歌唱得那个大家心里爽哦。

2004 年雅典奥运期间，时任国家体操队艺术顾问的美林听说孩子们赛场失利，立即拉着我赶赴雅典为中国体操队的孩子们加油鼓劲，美林将这些孩子视为己出，那些因训练过年回不了家的孩子们每年都来我们家过年，吃饭、抓阄、发红包是我们的保留节目。途经德国我们到了雅典，连时差也没时间倒就直接赶到了赛场，正好看到情绪低落的孩子们列队即将上场，主席台就坐的美林再也按捺不住自己，顾不上旁边就座的日本天皇，愣是将头探出了栏杆，喊着：高健、玉斌、黄旭、杨威、小鹏、海滨……孩子们听到熟悉的声音望过来，终于看到了亲爱的韩老师，他们中有的哭、有的笑……此时，似乎一夜长大了的滕海滨定了定神，从容上台，紧接着，他给了韩老师一个漂亮的见面礼——男子鞍马第一块金牌！对于逆境中的孩子们来说，在比赛连连失利状态下、在异国他乡看到亲人韩老师就如同看到了自己的祖国。

当国际篮协秘书长把美林介绍给国际奥组委主席罗格先生时，罗格先生伸出手来紧紧握住了这位2008申奥标志的设计者，他们如老朋友那样交谈甚欢。四年以后，在北京奥运的日子里，罗格先生不忘自己的许诺，安排夫人安妮·罗格前来参观韩美林艺术馆，夫人对美林艺术赞不绝口，一个劲地说，不可思议。中午她还饶有兴致地留下来品尝了韩家菜，品尝了我们绍兴的“女儿红”。

提起韩家菜，最让我们惦记的就是国际奥组委副主席海伯格先生，大家喜欢称他为老海。偏爱茅台的老海和他的夫人在奥运前后两三年的时间里一直是我们家的座上客，他那两个帅气的大儿子好像在这方面也有些继承了父亲的遗传基因。那些年我们家的地库里总是储备着上好的茅台，生怕哪天老海来了没得喝了。另外，老海也是北京韩美林艺术馆从筹建到开幕的唯一的一个外国见证人。前些日子一个偶然的原因，家里库房增加了不少50年茅台，我们在第一时间就想到了奥运功臣老海、李红、朱利安、蒋效愚、赵东鸣、王宁、赵卫、马晓芳……唉，老海开始为英国奥运集资了吧？朱利安还在火车隆隆中周游列国吗？李红与先生和可爱的小朱利安回瑞士生小宝宝了吧？蒋主席怎样？酒量依然吗？赵东鸣操劳完国庆观礼接着忙什么呢？荣升为宣武区委书记的王宁上任以来放了“几把火”了？高个儿赵卫据说回到电视台比谁都忙，如今开车不担心喝酒了，有了司机。晓芳呢？最让我们挂心的晓芳准备何时披嫁衣呢？……

唉——天下没有不散的宴席。

关于奇迹

除了奥运,美林最大的心结恐怕就是他南北两个艺术馆了。众所周知,美林是一个全能型的艺术家,为了给喜爱他艺术的人更多的惊喜,他废寝忘食、呕心沥血,这些年频频辗转于杭州和北京之间,根据两个馆现有的空间,为其“量身裁衣”。

我们开着艺术大篷车带着学生们去河南禹州,那儿有他几十年来潜心研究的神秘的釉色,每每开窑之即我们都会静静地守候在窑炉边,等待着“出窑万彩”的那一刻。哪怕酷暑难耐,哪怕三九寒天。我们还去了一个叫神垕的地方,那里的泥、那里的釉、那里的窑、那里的柴、那里的水、那里的空气、那里的手艺与美林的设计融合在一起,堪称天作之合!这种完美结合成就出来的钧瓷只能用“神鬼造化”这四个字来形容。镇里老百姓家准有两件宝物——“美林钧”和“美林照”,几十年来,是美林钧为他们开辟了一条通向致富的康庄大道。

山西以地上文物大省而著名,运城则是中国古代文化重要发祥地,最能怜香惜玉的美林,自做了山西运城的形象代言人后,与代言桂林的宋祖英、代言新疆的敬一丹等一决高低,这似乎不是他的风格,实在有损于谦谦君子的形象。不知是沾了福娃的人气还是降州大鼓的喜气,运城果然被评为全国最具魅力城市之一,其实,没评上的城市并非没有魅力,胜出的美林又为何对这座古城情有独钟?也许是这座城市素有华夏之祖、炎黄之根、中国之本的缘故吧。十几年来,美林常去运城附近一个有着火热名字的地方——夏县,在运城尚没有机场前我们基本上是先坐飞机到西安,然后驱车前往运城方向直至夏县,一路上尘土飞扬的壮观景象不亚于北京的沙尘暴,那里有中国美术家协会韩美林工作室青铜雕塑制作基地,是美林激发灵感、创作艺术、制造辉煌的一个基地,这个原来只能做铜牌的小厂,在美林的扶植下,成长为全国青铜业示范企业。

如今,无数美林设计的雕塑由这里走向世界,如,亚特兰大奥运公园《五龙钟塔》,大英博物馆的《牛》,日本真冈市民广场的《榉》,以及美国马里兰大学的《和平树》……从我刚认识美林时浙江上虞的巨雕《舜耕》,到最近刚完成的深圳证券交易所的雕塑《再造乾坤》，美林一发不可收，十几年来，他凭靠绍兴老娘的个子、山东老爹的性格，在雕塑界创造了无数个奇迹。比如，18 年前的大连老虎滩群雕《迎风长啸》，被评为建国 60 周年最佳雕塑作品金奖；比如，芜湖市民广场巨雕《鸠顶泽瑞》，获得了全国雕塑十大金奖；比如，75 米的广州白云机场巨雕《五云九如》，受到了业界的一致好评。他那独到的表现手法，让我们看到了以韩美林为代表的具有中国文化特色的装饰性雕塑自成体系。美林的智慧在于他没有被现实主义雕塑法则所束缚，在他的雕塑作品中，消化、吸收、融合了中国古代装饰艺术的规律，借鉴了汉代艺术中的图案造型和表现方法，并把这些因素放大成为属于自己的形象符号，创造了一种具有现代形态的独特的审美风格，也许这就是美林艺术的独到之处？

近期，美林受美国最成功商人之一 Stephen Alan Wynn 的邀请，在位于美国拉斯维加斯的 Wynn(永利)酒店门口做一尊雕塑，本着对美林艺术的了解以及对艺术家的信任，斯提芬将雕塑的题材、材质、体量全权交由美林决定。在世界经济接轨的同时，艺术接轨也已趋于可能。

在创作上，美林从来是一个无所不能的狂人，他驾驭巨构的能力是常人无法比及的。比如说《天书》，这么庞大的一个工程，让一个视时间为生命的人，燃烧了生命中三分之一的时间，将没能被后人认识的我们祖先的文字一点一滴地收编到《天书》里，这是一件多么了不起的艺术工程，是为后人留下的一笔宝贵财富。

有一段时间，我几乎每天用纱布包扎先生那双被笔磨得破损的病手，2007 年冬天，美林举着他那双病手去 301 医院看望恩师季羡林，季先生说，“天书”别人不可能再收集到了，这是 5 岁学写字、6 岁识篆书的韩美林在文化大革命那个最黑暗的时期去做的一件事，“书画同源”恐怕只有在美林的“天书”里看到，其他地方就比较牵强了。接着美林开始了“头悬梁、锥刺股”般的苦行生活，在黄苗子、启功、袁行霈等老师们的支持下，美林变本加厉地为天书“收容所”加码……直至 2008 年 1 月，天津百花文艺出版社将《天书》出版。

杭州是美林的福地，我在这座充满灵性的城市里生活了 36 年，如果没有北上的经历，也许我永远无法体会到那种浓浓的相思。美林比我更爱杭州、更喜欢住在杭州的原因,我想不仅仅是因为他是杭州女婿、或者杭州有他的艺术馆那么简单,而是杭州自古就是一个钟灵毓秀、人杰地灵的地方,历朝历代的文人墨客都将千古绝句留在了这座美丽的城市。美林常说,杭州真是舞文弄墨的地方,我一到这里手就发痒,难怪这里出了那么多的画家和诗人。近年来,美林所有的佳作几乎都诞生在这个风水宝地,在他的作品中,“海右美林 客次西子湖畔”的落款比比皆是,令人无法释怀的是,那些俊美的山水、神秘的人体、铿锵的书法等一系列具有开创性的作品,都在这里产生并一发不可收。每一次回家,美林总是空手而去,满载而归。

功夫不负有心人,通过数年的努力,运河两端的两个韩美林艺术馆终于落成。两个馆好比我们的两个家,我们与馆里的员工们共同生活在这个温馨的大家庭中。

属猫的人

美林是一个极其单纯和透明的人,眼里容不下一点沙子,他除了喜欢给人惊喜以外,看人喜欢走极端,眼里只有好人和坏人;做事喜欢做极致,当年为了考中央美院,他可以连续几周不睡觉,考完了眼睛假盲了一周;看个电视连续剧可以48小时不思不睡坐在电视机前一口气看完;喜欢哪个人他可以把自己的心窝都掏出来……同样,生个病也生得颇为壮观。

2001年和2009年的一月,美林两次被推进北京阜外医院手术室,做了两次迄今为止仍令大家心有余悸的手术。因过度劳累和二型糖尿病的困扰,美林身上的血管不同程度地开始病变,第一次因严重的冠心病做了心血管搭桥手术,第二次则因颈动脉狭窄至90%以上做了颈动脉剥脱手术。

两次手术均在春节前几日,在同一家医院、同一个手术室、同一个麻醉师、同一间ICU,甚至同一个护士长……只是时间相隔了八年。如此惊人的相似,又如此戏剧性,实在令人难以释怀。

不同的是,2001年1月17日美林做的是无准备情况下的心脏急诊搭桥手术,由于大夫在为心血管狭窄的美林做造影过程中突然出现了主干道撕裂的紧急情况，手术台上大夫们惊慌失措，美林身上喷出的鲜血顿时染红了他们的白大褂，只见他们冲向办公室，用飞快的语速打着求援电话。在介入手术中发生血管撕裂这样的情况，对于国内最好的心血管医院来说，几率应该是万分之一。医院向家属开出了病危通知书。当时唯一能替代家属签字的是美林单位的领导李荣胜，美林在用过阿司匹林等抗凝药的情况下被急速地推进手术室，手术的风险可想而知。为了在美林狭窄的心血管上搭起四根"桥梁"，得暂时让心脏停止跳动，按当时的医疗条件，采取的是体外循环法，也就是美林醒来后经常对人说起的："我所有的内脏被掏出来又塞回去了。"

好在美林福大命大，当时被业界称为"胡一刀"的阜外医院外科主任胡盛寿当天带着他的专家团队为一位疑难病人做了手术，术后当这些精英们正在会议室总结案例时接到院领导通知，原班人马火速折回手术室，为已经昏迷的美林开胸做搭桥手术。

这是我人生中经历的最为漫长的一次等待。我们守在手术室大门外，那里没有凳子，大家都站在那儿，急切的目光朝着同一个方向——手术室的大门，四个多小时后，一位个子高高的、容貌端庄的男大夫从手术室走了出来，我跑上前去小心翼翼地问："请问韩美林手术怎样？"他用透着自信的男中音答道："手术非常成功！"说完径直朝 ICU 走去……"美林真的得救了？"大家都愣在那里没缓过神来。望着大夫远去的背影，我突然感到这个男人是如此的高大，如此的有安全感，如此的有魅力……他，就是"胡一刀"。

在当时的情况下，作为女友身份的我的确有些尴尬。当美林被推出 ICU 进入外科病房的第一时间，由于伤口疼痛，他要求其他人都回家休息，只留下我。再过两天就要过年了，我只能打电话向远在杭州的爸爸"坦白"，前几天美林的确准备陪我去同仁医院做声带小结手术，但还没等去，武汉市公安局来了两位公安人员，说在他们那儿抓到两个卖白粉的，问他们毒资从何而来，他们说卖韩美林的画，公安人员在他们住所真的搜出了几幅韩美林的画，他们这次是拿画来让美林辨别真伪的。美林看到画后感觉到不妙上楼打开库房，发现已空空如也。公安人员走后不久，美林在上楼过程中出现心梗，被紧急送到医院，紧接着就做了心脏搭桥手术。父亲平静地听完后说:“韩美林我知道,他是个好人,你不用担心家里,好好照顾他吧。”就这样,我决意不做逃兵留下来照顾美林;就这样,我亲历了世界华人协会主席拿着巨款来看望他的大哥,美林坚决不收;亲历了富豪饭店的烤鸭师傅红着鼻子来看望韩老师,护士长以为他感冒了坚决不让他进病房,略带口吃的师傅急了,使劲解释说他那鼻子不是因为感冒而是常年烤鸭子引起的……亲历了到小吃店去买紫米粥,店长听说韩老师患有糖尿病,立马把整锅甜粥倒了重新熬……

上天给了我这样的方式去解读一个人,我开始审视自己,审视我的人生观、价值观和爱情观,从模糊到清晰到坚定,这个过程似乎很短,但已经够了。

大年三十,保姆、司机都回家团聚了,我守着暖气片上那一锅美林单位中国作协送来的饺子,守着被疼痛煎熬着的美林,他的每一次艰难的咳嗽都令我无比痛心,屋里太热,美林肚子上仅盖了一床小被子,胸前和小腿上敞着蜈蚣般的伤口。我们拉着对方的手,用会意的、真实的、坚定的目光看着对方……窗外,新年的鞭炮此起彼伏,谁说爱情的防线一定要在激情中突破?

时隔八年,血管病变引起的疾病又一次向美林的身体发起了进攻,不同的是这次打的是有准备之战,颈动脉狭窄的前兆几年前就出现了,为了奥运,为了艺术馆,为了他那些永远也不会枯竭、如泉涌般的灵感……由于一次次地推延治疗时间,美林的颈动脉狭窄程度从70%向90%迅猛发展,直到有一次美林去洛杉矶领奖,UCLA医院的神经外科主任马丁先生闻悉后派车将美林接到了医院,他用全世界最先进的仪器为美林做了颈动脉检测,然后说,美林,你是钻石,我们要像保护钻石一样地保护你,两个月内你必须手术!就这样美林才下决定收心,乖乖地回到国内接受治疗。

在中央保健局的保驾护航下,2009年1月14日美林在阜外医院做了颈动脉剥脱手术。与八年前不同的是,这次手术的方案是由卫生部黄洁夫副部长带领国内众多医学专家们经过反复论证后实行的。浑身学究味兼中央保健局局长的黄洁夫,他那种不露声色的从容让美林具备了良好的心态去迎接生命的挑战。在主持手术方案的专家论证会上,黄副部长将手术中一切可能与不可能全盘托出,然后逐项排查、逐项论证……他那种指挥型的气度绝不亚于舞台上的卡拉扬或小泽征尔。目睹这一切,我的眼眶有些潮湿,看来一场生命捍卫战马上就要打响了,而主角是一位艺术家。

对于美林来说,唯有感恩。

也许有了上一次的意外,术前家属签字一栏我始终不敢落笔,直到黄副部长说:小周,有那么多医院最好的大夫参与手术,况且,我们也做了严密的后续保障准备工作,我有100%的把握,你就放心吧。

尽管手不听使唤,但我还是签了。

为了让美林休息好迎接第二天手术,晚上八点护士就给美林打了辅助睡眠的针,美林故作轻松状地与我开着玩笑,不自觉地睡着了。那个夜晚,我坐在美林床边,用温水给他擦了脸洗了脚,捧着他那曾经被造反派剁成四十多块碎骨的脚,开始为他修指甲,我的眼泪不停地往下掉……美林啊美林,你命如顽石吗?哪怕有一点医学常识的人都知道,脖子离脑子那么近,万一有个闪失,颈动脉中的斑块掉进你的大脑,哪怕掉进一点点粉末就得要你的命啊!做什么你都要求做到极致,生个病有什么好逞能的呢?

翌日一早,广济寺的全体僧人为美林做了据说叫普佛法事,这是演觉住持安排的。政协的领导天还没亮就来看美林了,与八年前一样,还是这几个哥们儿,两位副秘书长怀山和昌华、宝明局长、你的知己老田、忠实的朋友武庆……也许手术部位的特殊性,自昨晚起医生就没有让美林清醒过来,迷糊中的美林在大家的祝福中被推进了手术室。还是八年前的那个手术室。

与八年前相比,这次美林除了不住在四病区外,最大的变化是原来的胡盛寿主任成了胡盛寿院长了,我稍稍有点为他那天生做血管手术的手指而惋惜,他那十只细长的手指精细的程度似乎超过我们的好友、著名钢琴大师刘诗昆。

大家被安排到贵宾室等候,我独自去了八年前等待美林手术后出来的地方,那里一切照旧,ICU仍然在走廊的尽头,我看到护士长石莉了,八年了,她一点都没变。

我似乎沉浸在蒙太奇中,一位个子高高的、容貌端庄的男大夫从手术室走了出来,他向我走了过来……时隔八年我们早已成了朋友,无须追问手术是否成功?看着胡院长脸上的表情,仿佛已经听到透着自信的男中音说:“手术非常成功!”

我感到有些恍惚,仿佛进入了一个时空交错的世界……

想欢呼,却恍若在梦里。

两个人的八年

有人问毕加索为什么不来中国?他回答:如果我去了中国就否定了我一生。

许多人称韩美林是中国的毕加索,韩美林回答说:我不是毕加索,我是中国的韩美林。

无论毕加索也好,韩美林也好,他俩有着几个相通的关键词——天才、全能、大胆、执著、借鉴、创新、刚烈、浪漫。

享有以上关键词的男人,他们的成就与魅力毋庸置疑。

能做这样男人的妻子,是我的荣幸。

缘分这东西很奇妙。

比如,我爷爷是绍兴周家,美林的外婆也是绍兴周家,美林两岁丧父,兄弟仨人由外婆和妈妈这两位伟大的女性抚养长大;

比如,我做梦也不曾想到,我们去上海“美林阁”饭店吃饭时,对面竟然有一个“建萍动物诊疗所”;

比如,我们开着艺术大篷车去河南采风,路经少林寺,在众多签中,美林幸运地抽到了“上上签”,我也随便抽取了一根,一旁的小和尚打开签后看着我,我忐忑不安地问“怎么样?”他说,没想到你抽的签与刚才那位先生抽的是同一根签。事后释永信方丈解释,上上签有十几根,每根签所传达的佛意是不同的,两人同一时间抽到同一根签的几率微乎其微;

比如,美林于2001年1月在阜外医院做的心血管“搭桥”手术,时隔四年,我父亲于2005年1月也在阜外医院做了血管“搭桥”手术,俩人所搭四根“桥”的位置几乎相同,且均是放支架不成功且在小年夜那天搭的!

还有种种种种……

我俩经常会在同一时间想到同一件事、说出同一句话，每每如此，美林会说：咱俩是“一套”的。朋友们都知道美林热情慷慨，而我，比他则有过之而无不及，有时我过度的慷慨也会让他有那么点心痛。随着时间的推移，我们的世界观和价值观越来越接近，甚至连长相也开始向对方靠拢……

我们热衷于公益事业，这些年来在延安、云南、内蒙、湖南、敦煌、浙江等地建立了无数个希望小学，我们把延安希望小学的孩子们请到北京，以最好的方式款待他们，当我们看到这些连可乐也没有喝过的孩子们小手被易拉罐划破时心痛不已。凌晨四点我们与孩子们一同出发去天安门广场看升国旗，带他们去电视台参观，陪他们去长城，还去了仪仗队看军事演习……孩子们结束了北京之行，我们在全国政协礼堂举行欢送晚宴后，华灯初上，我们送孩子们到火车站的路上，孩子们伤心地哭了；当美林亲自把孩子们送上列车，将孩子们的行李一件一件放在行李架上时，孩子们号啕大哭不愿离去。今年三月，我去了位于梅里雪山下的云南德钦县普利藏文学校，看到那些藏族孩子围着一锅白菜、就着辣子吃饭时，内心被触动了。回来后与美林商量，通过北京希望小学捐助中心将该校列为韩美林希望小学之列，除了出资盖校舍以外，做的第一件事是买了两头猪让孩子们好好地吃一顿肉。最近我们刚去了内蒙土木特左旗为福娃妮妮希望小学揭幕，美林在教室里给可爱的孩子们讲课时在黑板上用粉笔画了鸡、牛、羊、马四个动物，待我们离开时，发现学校已悄悄地把黑板卸下来做收藏了。

印象中美林第一次拜见岳父时，尚未走到爸爸跟前，他就“扑通”一声跪下了，弄得爸爸不知所措，据说这是山东人的礼节。有一年清明，我们一家去绍兴为我20年前去世的爷爷奶奶上坟时，大家烧着纸钱点着香烛祭拜故人，轮到美林时，他动了真格地在爷爷奶奶坟上连磕三个响头，额头上的皮都磕破了，这就是美林。

记得嫁给美林之前他问过我一句话“你孝顺父母吗？”因为对他来说，孝顺父母是做子女的天职。

上天没有给我机会孝敬美林的父母，美林的哥哥对我说过，母亲临终最大的愿望就是希望我们三兄弟团结。长兄如父，难怪每当美林累了的时候，他的口头禅总是："哎哟！我的哥咪"……现在可以告慰母亲的是，您含辛茹苦培养的三个儿子，如今生活幸福、家庭和睦，并且空前团结，温文尔雅的大哥曾努力地为我们准备了新婚贺词，他先在纸上打了草稿，然后用电脑打了出来，结果发现家里没打印机，又从电脑上抄了一遍；能够为叫"汤圆"还是"元宵"这样的小而又小的话题常与美林抬杠的弟弟，每当草莓、香椿、桃子等上市时，一准儿坐着长途车从河北赶来，还有他们那儿美味的土乌鸡，那鲜美的鸡汤令我们难以忘怀……如今，春节似乎没有了从前那种传统的气氛和情怀，但每当三兄弟聚在一起过年时好像找回了那么点感觉，三个爷们儿爱讲他们小时候的故事，当年大哥怎样为了减轻妈妈和奶奶的负担，像孩子王那样带着两个弟弟在家门口的土包上插了个"皇亲巷生产小学"的牌子，种了些土豆、豆子之类的东西，结果从没见这些东西发过一根芽……"这些美好回忆令三兄弟似乎回到了孩提时代。"我则带着大大小小的上街、逛庙会、切磋厨艺……大嫂的蟹黄面令人垂涎三尺，老三媳妇包饺子的水平了得。老三有点"妻管严"，去年春节，我故意找由头敬了老三媳妇几杯酒，结果人家饭没吃完，一头倒在了沙发上。本以为帮老三出了气，没想到人家守在媳妇身边一个劲儿地"忏悔"着呢！美林那惟妙惟肖的笑话讲得令人喷饭是常有的事，尤其是大嫂，笑得前仰后合不说，还时不时擦拭着她那幸福的泪水。

在韩家，我得随着美林的辈分走，晚辈们叫我奶奶时，虽然有些不习惯，但还得尝试着当，对于我这个本来就愿意与孩子们打成一片的人来说，要做出长辈的样来，恐怕有难度，干脆与他们融在一起吧，这个办法起到的效果是孩子们时常来电话说，奶奶，我有一件事想问您，你可不能告诉我爷爷奶奶啊……

美林和我都喜欢孩子，手术后刚回家，阿姨小丽 6 岁的女儿黄奕就开始黏了上来，平日唧唧喳喳的她只要待在韩爷爷的身边就可以半天不吱声。

谁都知道美林有个叫小草的可爱的女儿，我刚来的时候，小草已在加拿大念书，假期才回来。5 岁便跟着父亲的小草，因为爸爸的地位和身份，在家里经常见到一些形形色色的人，大人们的言行潜移默化地影响着小草,使她幼小的心灵过早地成熟。作为一个本来就为失去光阴而痛惜的事业型男人,唯有将女儿交给了保姆。

小草小的时候绝对没有现在小公主们那样如童话般美丽的粉色房间,甚至满屋都是女孩们喜欢的 Hello Kitty。主张张扬个性、人人平等的美林,因为经常出差,为了方便照顾,特意安排小草与保姆们睡在一个房间,小草在那里度过了她的童年。

除了长得与爸爸相像外,小草似乎还继承了老爸幽默的性格,高兴时来上几句也会令人捧腹,记得有一年夏天小草放假回国,我和美林专程带她去上海野生动物园玩,大概是为了体验老上海风情吧,我们在有轨电车上热得大汗淋漓,以致败了一半的兴致,好在父女俩都喜欢动物,一见到野生动物俩人就来了劲,大黑熊静候在车窗外,非常绅士地等待着我们的食物,父女俩开始轮番出击,一会儿递面包,一会儿递饮料,忙得不亦乐乎。我也不甘示弱,将饮料拧开盖扔了下去,只见饮料不停地往外涌着,没等黑熊过来早已见了底,父女俩齐声告诉我说黑熊自己会拧盖,正怀疑时,果然看见一头黑熊坐在那儿,正慢条斯理地拧着可乐瓶的盖……

曾经为了让小草当伴娘,我这个大龄新娘一大早就起来给她和来帮忙作礼仪的她的两个同学翟音音和张鑫炎梳妆。而今,张鑫炎当了妈妈,新婚的小草还在津津乐道于她的电影发行事业,时不时还会来个电话向我这个电影界"老"人咨询电影界某个人或者想请某个演员拍戏要他们经济人的电话等。

记得我与美林认识那年,儿子了然才 12 岁,当我和他爸爸决定协议分手后,有一天,我去学校接他,儿子哭着说了一句让我刻骨铭心的话:"妈妈,你和爸爸能不能分居不离婚呢?我同学的爸爸妈妈有好多都是这样的!"从那一刻起,这句话一直堵在我心头,让我欲罢不能。直到有一天,儿子问我:"妈妈,我说过让你们分居不离婚的话吗?我怎么会那么幼稚呢!"我终于舒了口气,"吾家有儿初长成"的感觉也不错。

了然从小由外公外婆带大,自来北京那天起,他就管美林叫爸爸,叫得很自然也很亲切。结婚前,怕孩子有想法,美林在首都宾馆单独找他谈了一次,美林说:儿子,无论我与你妈妈怎样,我们起码是朋友。儿子肯定地点点头回答:嗯。随后用他刚发育的嗓门说,您给我点份红烧肉吧?

就这样,我们生活在了一起。随后的日子里,当我和美林发生矛盾时,他总是站在爸爸立场上,有时两人冷不丁会来一句:我们不跟女人一般见识。美林对这个儿子关爱有加,一次我下班回家发现美林正在生阿姨和秘书的气,一了解,原来是生病的儿子在家打吊瓶,药快打完了,秘书却忘了拔针。

谁说这样的幸福含金量不高?

生活实在是太过美妙。记得有一次我与美林为一件小事吵架,一气之下,我到单位给他写了一封自以为能够打动他的信传真给了他,可是左等右等也不见其回复,等我下了班很不自在地回到家,看见他若无其事的样子,气得我冲进卧室,刚准备赌气躺下,看到我那封信也躺在那儿,定神一看,在落款处多了一个跪着并滴着忏悔泪水的男人……

美林曾在给我父母的求婚信中说道:“……至此,冒天下之大不韪,向二位老人周府上下老小恳切请求,把你们的女儿、妹子、妈妈嫁给我吧!她是那种属于天生就让一切人都疼爱的人……”

当得知我在外地想吃炸酱面时,美林先画了碗精美绝伦的炸酱面传真给我,弄得我垂涎三尺,紧接着,他请保姆烧好炸酱面放进保暖瓶坐着飞机到杭州,当还冒着热气的炸酱面送到我嘴边时,一股暖流直逼我心田……

万籁俱寂——

我举手合十,

祈祷万物有灵,

祈祷生命轮回。

一个阳光灿烂的正午,我和美林整理着家里那些旧照片,我将他前妻们的照片整理好装入一个个精美的盒子。人生苦短,生命中永恒的东西实在是太多了。

自结婚那天起,我俩就立志做“关门夫妻”,这是一个爱的诺言,重要的还是过程。

比如,这八年。

大潮中，以不变应万变

黄桂元

1982，文学那根“筋”

我怀揣一纸通知到市委报到，一路走来的感觉是没有感觉。霞光融着晨风，把我一步步推进门口有武警肃立站岗的那座高楼深院。我四顾茫然。毕业前夕，解放军文艺社曾来人到南开中文系物色一位毕业生，系里推荐了我，对方看了我的作品剪报也表示满意，此事令我喜出望外，眼看北京就要成行，却不料由于我复杂的家庭原因而搁浅了。经历了这次由喜而悲的高起低落，在别人眼里再“体面”的岗位也无法让我兴奋起来。计划经济年代，大学生毕业分配皆由国家包办，我们是受益者也是受制者，而在这个春天，我必须接受的事实是立即到市委宣传部宣传处报到，而且还要尽快进入工作状态。

宣传处永远是整个部里意识形态嗅觉最灵敏的处室，“春江水暖鸭先知”，这里的人时时要和最及时的红头文件、最权威的领导讲话精神、刚出炉的内参和学习材料打得火热。我一来就赶上了“五讲四美三热爱”活动，接着是搜集宣传系统对“新宪法修改草案”的反映，都要求宣传处紧跟形势，明确方向，笔头迅速，立竿见影。这些活动常常“前仆后继”，一个接一个，与之配套的各种材料也必须要以最快的速度“更新换代”，我干得很卖力，写的情况简报也多次得到部领导的肯定，但随着作家梦的渐行渐远，我越来越打不起精神。我很担心一辈子就这么交代给了那些无尽无休的速朽公文，一次下班后，我找到处长，吞吞吐吐提出想离开宣传处，处长大吃一惊，不明白我怎么会突然提出这么个古怪的要求，而且我的理由还很书生气，比如想有自己的阅读啦，希望学以致用，专业对口啦。处长笑一下说："是不是你学了中文，就觉得在宣传处屈才啦？告诉你，我们这里才真正是中文系最合适的对口专业，不是什么人想来就能来的，别以为宣传处的工作很简单，表面看，靠一份中央文件、一本《红旗》杂志和一张《人民日报》就可以对付，这里面的学问大得无边！"我蔫巴巴垂下脑袋。处长和善地拍拍我的肩膀，让我别三心二意了："小伙子，你还年轻，文字也过硬，把眼光放远些，好好干！"

我老实了个把月，内心又开始蠢蠢欲动。我大着胆子找到主管干部的部领导，语无伦次地摆了一堆离开宣传处的理由，我 15 岁就发表习作，到大学毕业时已有若干诗歌、散文和评论发表，是当时中文系学生中唯一的天津作协会员，特别是读大学前我还当过两年文学期刊编辑，希望组织上能考虑我的具体情况，最好能让我的工作与文化更靠近一些。部领导还算开明，居然点头开了绿灯。我几乎是灰溜溜地把自己的东西从宣传处搬到了隔壁的文艺处。文艺处的工作一言以蔽之，就是把握好全市文化艺术领域的导向，但由于管着很多文化事业单位，还要经常下基层检查工作，了解本地艺术家和作家的创作现状，指导、协调文艺团体的体制改革，出席各种相关会议和座谈活动，审查重大节日晚会和一些汇演节目的彩排等等，身份很特别。我的级别不过是副主任科员，却罩着大机关的光环，类似"宰相府里七品官"，可以代表文艺处乃至部领导对下面指手画脚，领受基层的远接高迎必恭必敬，且似乎名正言顺。我却不习惯，不自在。此外，总写那些非文学的材料也使我焦虑。我是处里最不常下基层的人，常找借口躲在办公室，偷偷读心仪的茨威格、雷马克和巴乌斯托夫斯基，即使无故揽了很多收发和文件归档之类的勤杂活儿也乐此不疲，见缝插针的阅读经历也成了我那段日子的小小亮点。

1988 年元旦前，我终于下决心要离开这里了。大概部领导已经看出"烂泥扶不上墙"，干脆放行。就这样，我的工作关系转到了市文联。那时文联只有三十来号人，没有固定的办公场所，只临时租借了一座八国联军时期的百年旧楼，里面墙皮剥落，光线昏暗，空气潮湿，我每天拎包踩着吱呀松动的楼梯，到只有两间窄屋的一家杂志社重操旧业，但只有我能感觉出此时此刻自己的心正在快乐呻吟。英没有抱怨我的一意孤行，她搞不懂我的新职业，却知道我这辈子很难离开文学了，她说换个环境也未必是坏事。说得轻描淡写，却使我几乎落泪。倒是一些老同学劝我慎重，有朋友甚至直言，早知今日，又何必在宣传部兜个这么大弯子才回去搞文学？到文联就能搞出名堂来？水往低处流人往高处走，老农村妇都懂的道理啊！我一笑置之。这件事跟我能不能搞出名堂扯不上关系，不过是我的那根文学“筋”总在作怪，我已经委屈它快六年了，不能再委屈下去了！

从大机关的干事摇身一变成了普通杂志的编辑，昔日光环在瞬间熄灭得干干净净。如果说这种落差在世俗眼里毫无反应，那是骗人，但无论如何，我体会到了个人性情回归文学轨道的轻松。终于可以塌下心来进入阅读和写作了，那些澄明的文字引领我的日子远离喧嚣，安于平静，进入灵魂的一种自在仪式。

1991，树欲静而风不止

不知什么时候，英的叹息多了起来，且不止一次地感慨着“穷则思变”。人本是趋利避害的社会动物，不足为怪，何况那阵子全民皆商，生意汹涌，人人自危，泡沫泛滥，熟人见面似乎不谈上几句水泥、钢材、水果、服装、粮油、烟酒什么的就是落伍，好像谁手里都煞有介事地掌握一些货单、批文、车皮，各种贸易信息五花八门铺天盖地，英摩拳擦掌跃跃欲试，当属正常。到了这年秋末石破天惊，英真的要有大动作了。

我和英结婚九个寒暑，一直没有分开过。我的职业属静，编稿子爬格子数年如一日，如一座巍然不动的山峦；英却好动，似一条时常变幻流向、流速的山泉，早年她是工厂检验员，后进入科研所搞数控机床项目，几年前调入一家国营大公司并参与经贸洽谈，是每年广交会的常客，公司的业务红人。英却毅然辞职，不顾公司高价挽留，甚至连档案关系都不在乎了，执意南下，在热辣辣的海南岛注册了自己的旅游公司，继之与人搭档涉足房地产，乘小平南巡讲话的春风事业越做越顺。

英下海伊始，就有好事者预言：这对夫妻是在自寻解体，离婚只是个时间问题。英听了一脸疑云，我说：“你还真信那些乌鸦嘴呀？去吧，我们的婚姻还不至于这么脆弱！”于是，英把“家庭内务总管”的担子交给我，放心去了。其实我何尝不知道，现代社会的最大特点就是多变，而最多变的就是人心。存在决定意识，分离就是距离，而距离本身就是一种很难把握的东西。柏扬先生不是早就说过“分离法”是结束两人感情的有效药剂吗？时间和空间的分离作用往往使当事人浑然不觉，那些地久天长情天恨海的故事只属于梦呓状态的诗和小说。但我必须无条件支持英的下海选择。英视商场博弈为人生的乐趣与价值所在，实践证明这也是她的强项，我没有这种本事，如果再拖后腿就是别有用心了。即使由此形成强女人和弱书生的婚姻反差，即使一个丈夫对这种格局不无隐忧，也不能以任何借口羁绊妻子的正当自由行为，她快乐，我才有幸福。仅此而已。

英第一次回家是在转年冬季。显然她已习惯了南方的夜生活，每天日出夜归，忙于各种生意应酬。她的服饰在天津这个并不时尚的北国城市显得非常特别，与其说华丽，不如讲是华贵，她手持砖头状的“大哥大”，全身项链、戒指、手链一应俱全，驾一辆崭新的黑色“马自达”东奔西走，如入无人之境。她看重物质，忙于盈利，属于务实派；我依旧编稿子爬格子在一些文学研讨场合发表一些书生见解，立于精神，美其名曰“务虚”。我戏言，1997年才会出现“一国两制”，我们家却先行进入了“一家两制”，英听了不置可否，依然我行我素。

随之发生了第一次婚姻碰撞。那次正赶上女儿杉杉的期末考试，整整一晚上，我一直督促孩子复习却收效甚微，心里便有些冒火。我批评杉杉不是太笨就是心不在焉，二年级的课程都这么糊涂，将来还有什么指望？杉杉未及反应，在一旁描眉画眼的英却答了腔：“有理不在声高，注意孩子的心理健康！”想起英回来这十几天，对杉杉百依百顺，吃的穿的要什么买什么，一有空还抱在一起嘴对嘴唇对唇地互吻，如此妇人之仁，孩子的考试心思哪能集中起来？于是我说：“孩子学习不争气，将来父母还要养她一辈子不成？”英针锋相对：“怎么不争气？我看比你强。养一辈子我也养得起！”我冷笑道：“那好，你管孩子吧，从今天起拜托了！”英注视我一字一顿说：“我挣钱，再管孩子，要你何用？”我大怒：“带着你的钱，滚得远远的,我要是求你半句,就不是个男人!"英含泪夺门欲出,杉杉哭喊着扑过去拖住妈妈,我自知言重,默默递过去一条毛巾。

我们的自尊心都受到了伤害。一段时间,我们双方都在有意回避关于"钱"的话题。其实,我几斤几两,英并不糊涂。一次通话,英和我商量,随着公司规模滚雪球般不断扩大,需要一位人品牢靠、不贪不沾、且对数字清楚的人当"财务总监",她虽身为总经理,本着"举贤不避亲"的用人原则,便向董事长推荐了我。我很意外,心热了一下,略作思索说:"能得到'总经理'如此的信任和栽培,本人受宠若惊!"英让我别瞎贫,考虑一下再答复。我告诉英现在就可以答复。我表示不是什么人都能经商成功,而公司财务管理更是一门系统学问,自己对这些一窍不通,也没兴趣成为一个理财行家,我也不愿意放弃我的文学写作爱好,再者,夫妻同在一个公司,很可能弊大于利,到时候我帮不了什么忙,却还要添乱,可就惨了。英听着连"嗯"几声,认可了我的意见。

其实,一个女人独闯南国的种种艰辛,我并非迟钝到全然无知。有段日子,杉杉被接到姥姥家住,屋子异常冷清。一个深夜,我被一阵急骤的电话铃声惊醒。迷迷糊糊抓起话筒,里面竟是一个有意拿捏出的南腔北调,令人头皮发麻,那声音嘶哑着问我是不是英的老公,然后说:"你老婆和董事长上床了!"我睡意顿消:"你是哪一位?"对方电话已经匆匆挂了。我脑子一片空白,继而乱七八糟。转天上班,正赶上发稿,当中我还和两位作者谈了选题,晚上又赴饭局,事情一多就分散了注意力,给我的感觉仿佛什么事都不曾发生。此后几天,一片风平浪静,我甚至觉得那个电话仅仅出现在睡梦中,是虚幻的,不真实的。然而一个周末的深夜,那个嘶哑着的声音再次出现:"黄先生还没有去捉奸?"我一激灵,反问:"你能不能报一下尊姓大名?"那声音说:"这个不重要吧,我可是为你好!"我说:"你是谁都不肯讲,我怎么相信你是为我好?"那声音停顿一下,忽然变得凄厉了:"傻小子,绿帽子你就戴着去吧!"就挂断了电话。

我拥被而坐,直到东方泛白。当电话铃声又响起来,我抓过话筒喝道:"混蛋!我要报警了!"里面却是英的声音。她莫名其妙,我便如实相告。我自认为并非心胸狭窄,但还是被这件事搞得心情糟透了。我自嘲大开眼界,见识了只有在电影电视剧里才会有的离奇情节。英沉默片刻,说："让你受委屈了，我真的很抱歉！"又告诉我这种事的出现，很可能与她正在接触的一笔生意有关。大约过了20分钟，英又打来电话，再次表示了自己的深深不安，请我相信多年来她对家人的感情和对家庭的责任，并要我保重身体，带好孩子。我忽然觉得英的处境很难，不仅是生意场各种形形色色对手的不择手段，还要背负难以洗刷的人格屈辱。那一刻，我鼻子发酸，喉头哽咽着结束了通话。其实我很想对英承诺："放心，无论出现什么情况，咱家的后院都是安全的！"

1996，我如期归来

当我在洛杉矶国际机场辞别送行的家人，登上返程航班留下最后一瞥的时候，内心蓦地一阵抽搐。那天我特意戴上了一副墨镜，为的是掩饰泪光。我毕竟在那个新移民源源涌入的美国西部城市，确切地说是在坐落于洛杉矶半山位置的那套大房子里住了三个月，那大房子如此空旷，仅仅住着已显沧桑的英和女儿，我似乎绝无理由继续远隔重洋，分居于地球的另一端，回到我过去的寂寞岁月。

我的如期归来，引来了周围许多异样的目光，问的话如出一辙："怎么……回来了？"

难道我不该回来吗？我一时迷茫。一种彻骨的孤独使我倦于解释。我知道，怪异源于人们还不曾醒过来的"美国梦"。难道就因为那个国家被许多人视为"天堂"，我就该随波逐流，让生命终老在那里？

五年前，踌躇满志的英被滚滚商潮推到了海南，走得匆匆，别得匆匆。所有的家人，英，我和杉杉，包括她那已显出老态的父母双亲，脸上皆是一派快意融融。只是回到空落的家，四壁依旧，陈设如昔，我才恍然觉出空气里少了一种特殊滋味。夜深无眠，我趴在地图上探寻着那个被古人称为"天涯海角"的地方，内心一阵悲凉。两年前，更加踌躇满志的英办了"L-1"签证远赴美国开拓发展，依然是行色匆匆。那个阴雨的黄昏，准备赶往北京机场的英拎起装有护照、机票和一沓美元的手包，又一次环视她曾经非常熟悉的这个房间，可以想象，这个房间由于她这次跨洋赴美将更加清冷。我催促英该动身了。英的眼里忽然闪出泪光，忙低头转身，快步下楼，迅速钻进停在门口的“马自达”。我还没来得及祝她一路平安,汽车便绝尘而去,我没有去机场送行,这是听了她的话。我转身上楼,折返的脚步居然轻捷矫健。只是回到一片狼藉的家里,一屁股陷入沙发的时候,才欹歔着意识到,我怎么会对“离别”如此麻木不仁?

这就是现代人特有的潇洒?

久远的漫漫岁月中,我们的先人对于离情别恨的人生况味历来有着特殊的敏感和缠绵。古代社会交通闭塞,生活隔绝,“生离”往往无异于“死别”,并通过历代文人墨客绵延出了中国古典文学集体无意识的传统主题,一脉相承着我们这个民族不堪别离的情结与根性。曾几何时,依然是这块土地的子民,却变得格外洒脱了。它赤裸裸地向人们的陈旧观念宣战:谁在乎“离别”,谁固守故土,谁就是那没出息、没本事的窝囊废,活该被这个眼花缭乱的世界淘汰掉。“离别”已经失去原始的含义,不再让人畏惧和忧伤,反而被视为闯生活、干事业、奔明天的一种现代人的放达与风范。既然如此,人们应该学会“离别”,学会“离别”就是学会随缘。

却又谈何容易!我在美国探亲的三个月里,从英的言谈举止中领略了什么叫“熟悉的陌生人”。我知道我不该大惊小怪,凡是到域外定居谋生的新移民,需要的不仅仅是改头换面,而是脱胎换骨。无论你以前如何是人之骄子,位尊身贵,最好将这些通通忘掉,当你一踏上异国土地,生存问题便麻团般纠缠上你,你必须正视一种现实:一切从零开始。或者还可以引申为这句话:幸福不会从天降。

关于我的去留,英表示尊重我的选择。那个傍晚,洛杉矶刚下过一场透雨,天空像是一面刚刚被清水洗涤过的巨大镜子。我沿着半山坡道徘徊,直到夜幕垂临。我驻足仰望,深邃的星空像有无数神秘眼睛在注视我。俯瞰山下,浩瀚密集的动态灯光勾勒出的都市轮廓在提示,这就是梦幻洛杉矶啊。冥冥中一个声音在问:既然是脱胎换骨,相当于人在有限的一生中活过两回,又何乐不为?能获得两次生命的人,难道不是幸运吗?我摇了摇头。有过美国留学经历的王小波曾谈到,移民他国,人生主题肯定要被改变。我意识到,这改变主要体现为一种简化——把人生的一切问题都归结为生存层面的那种简化,真如此,人活在何处和活了几次又有多大意义?平凡如我者,并不想用“大事业情结”幻化自己,我只是不愿意让灵魂仅仅匍匐在生存层面。人活在世，既要适应基本生存，又要于精神方面超越于其上，大概这就是我这类男人一种不可救药的悲剧顽疾了。

而关于杉杉的去留，我考虑美国公立学校实行免费教育，孩子吃饭也很便宜，对英来说，经济负担有限而精神慰藉无限，也就同意让杉杉在美国读书。之后，我和杉杉的通信越来越少了。我给她寄信，最初她还可以有来有往，渐渐地能拖就拖，还偷工减料，草草半页信纸就对付了。我提出质疑，杉杉就和我商量，老爸，可不可以用英文回信？我说不可以，我让她不要图省事，我们既然是中国人，就不能放弃母语交流。杉杉的普通话说得很标准，但那一笔歪七扭八的汉字还仅停留在当初小学五年级的水平。当然也怪不得她，但无论如何，我不希望杉杉就这么丧失掉汉语书写能力，这是一个底线。

“留守”期间，我经常和一位留校执教的大学同窗“手谈”。我们沉迷于黑白世界由来已久，“何以解忧，惟有弈秋”，这是常挂在那位同窗口头的一句话，特别是在上世纪八九十年代之交，围棋曾陪伴我们共同度过了一段苦闷的精神危机。我的“棋瘾”曾被英深恶痛绝，英去海南经商，有段时间我就在同窗家里过棋瘾，还带我家杉杉来和他家女儿丹丹做伴玩儿。我们下起棋来公羊抵角般互不服气，直下得两眼发直，面目可憎，常常是天色已晚孩子喊饿，我才恍然想起回家，这时候他的妻子琳总会留我吃饭，然后变戏法一样把几道色香俱佳的热菜端上桌。琳的单位不景气，她就回家做了全职太太，琳给我印象最深的除了厨艺，还有她脸上的温和笑容。我向英推荐了琳。琳在海南干了一年多，直到英关闭了公司去美国才回到天津。但世界实在太小了，两年后，英居然在洛杉矶的女友家见到了当保姆的琳，并得知琳是借钱通过关系办个商务签证来美的，然后逾期未归“黑”下来，先后偷偷在餐馆和衣厂打工，因吃不消那些劳动强度而改做保姆，干得兢兢业业，月收入千元有余。而我的同窗全然不晓，只知道妻子在洛杉矶做公司文员。不久我第二次赴美，琳来看我，并托我给她家捎东西。琳疲惫而憔悴，还多了些悠长的叹息。琳的境遇与英不可同日而语，她没有身份，苦不堪言，一度精神几近崩溃，又没脸回家见亲友，只得硬撑下去。琳的如意算盘是在这里挣三五年美元，之后回家还债，开个小店。琳最怕突然收到报告母亲病危的一纸电报，母亲体弱多病风烛残年，一旦有生命危险，她是家里的长女，没有不回去的道理，但一回国就休想再踏上美国了。琳嘱咐我，千万别让她老公知道她在这里当保姆，他会挂不住面子的。

就这样，我和那位同窗都成了被人羡慕的"留守男士"。他既当爹又当妈，我看见他笨手笨脚地给丹丹弄饭，心里总不是滋味。我们有时还会在一起下棋，却只对弈，不谈其他，这似乎成了一种默契。不知何时，我们都失去了一决胜负的气势，表情空洞着，棋下得越来越沉闷，围棋也不再是"解忧"的灵丹妙药。他情绪不佳，我猜想他很可能知道了妻子的一些情况，但他不提，我也就不说什么。我们越来越疏于联系，一次英忽然来电话说，琳最近闪电般嫁了个美国人，绿卡拿到手，丹丹也被接来，并深得她洋继父的宠爱，英奇怪他们夫妻什么时候分手的？我一愣。这个消息很类似出口转内销。但我清楚，这一天迟早会有的，就像我和英一样，但这么快就到了终局，我还是很意外。

我和那位同窗的这一段人生轨迹实在太相似了，相似得近乎雷同，雷同得有些失真，失真得颇具戏剧色彩，却绝非艺术虚构。我们冷不丁被共同的命运之神相中，我们来不及做出反应，于是躲在各自的空巢同时失语了。以至于数年后我们各自再婚是低调无声的，都没有告知对方。我们彼此彼此，不谋而合。再后来，我们由疏于联系到失去音信，并极力从那段共同的记忆中挣脱，并最终与梦幻般的往事彻底了断，回到坚实的自我。

英们，琳们，还有我们，当初都不曾意识到，另一半的赴美远行其实意味着更换人生跑道，说到底是踏上了一条不归路。这绝非偶然事件。越来越多的"太空夫妻"，几乎在格局形成之日就埋下了致命隐患，以后的终局不过是一种顺理成章。这是现代经济大潮带给中国婚姻现状的"新气象"，也是"新课题"。而我们无论谁，都不该承担伦理责任。我们所能做的或许应该是与往事干杯，对过去的美好真诚凭吊，并默默互予祝福。

河床，在时间的岁月中

陈启文

在时间的岁月中，永远没有自己的故乡。

——里尔克

一

一个离家太久的人，在回望落日时，总要下意识地回望自己的故乡。我老家后面的那一段长江，古称荆江，万里长江，险在荆江，指的就是这一段了。江对岸是湖北，江这边是湖南，但无论此岸彼岸，都管这条长江叫大河。我的故乡，自我高祖那一辈起开始挖出第一块田地，一百多年了，在这片历经数代人开垦出来的荒凉河床上逐渐形成的一个自然村落，谷花洲。我在那儿度过了十七年。而在我十七岁进城那年，还根本不知道她的存在对于我一生的意义，她是我在未来岁月中回望时唯一不被时间遮蔽的一个背影。而故乡又是与你的父亲、母亲、父老乡亲血脉相连的。他们似乎就一直生活在我回望的这个背影中。他们恍如背影中的背影……

很多事情在我来到这个世界之前就发生了，但我知道，这是故乡的神秘之处，她会在消逝中重现一些早已不存在的事物。一九五八年，我母亲从河床上另一个叫八斗丘的小水窝子嫁给了谷花洲的陈老五。陈老五是我亲爹，时年十八，兄弟六个，他排行老五。除了这兄弟几个，另外还有三个姐姐，但她们从来就没算这家里的人头。几个兄弟中，老大许多年前被国民党抽壮丁抽走,生死不明,有说被日本人打死了,有说随国民党去了台湾,直到今天仍是一个谜。但我想他即使活着,也已经死了。老三陈先寿,据说是六兄弟中人才生得最聪明的一个,会打算盘(算盘是谷花洲的文化象征),可还不到二十岁就死于一场持续了大半年的天花。而在谷花洲人心中,他的死是必然的,人还是愚钝粗笨一点的好,一个人太聪明了,就会遭天杀。而我,后来过继到了他的名下,在家谱上成了他的嗣子(这也使我的身份后来变得十分暧昧)。听说还有个老六,还没来得及命名,未满月就被人抱走,从此不知去向。他比我父亲还小,料想还活在这世上。而寻找他,也就成了他活着的几个兄弟一生唠叨得最多的一件事。

这是最早离开故乡的一些背影,你看见的永远都是一些背影,每一个人的离去,都是背对故乡的。

二

迎面走来的是我十六岁的母亲,长得又矮又小,骑在一头小毛驴上,驴绳由我十八岁的父亲牵着,走在那条弯弯曲曲的老堤坝上。

寒酸的婚礼之后,小两口分到了半拉土坯房,一只铁耳锅、两只乡下人吃饭的很大也很粗糙的青瓷碗,从此开始了他们一生的生活,而等着他们的,将是在他们一生中最漫长的大饥荒。我的降生也因此而被推迟了四年。尽管我现在活到了四十多岁还很少有走运的事,然而这被延迟了的出生应该是我一生最大的幸运了,它使我躲过了中国历史上最苦难的一段岁月。

四年之后,谷花洲人刚刚又能填饱肚子了,河床上突然生下了许多男孩子,据说都是那几年的饿死鬼投的胎。我是其中之一。

一个人在很大程度上是虚构之物。那种介于真实与虚幻之间的感觉是与生俱来的。一九六二年,那个降生在河床上的婴儿是我吗?夏天。早晨。闷热。好像是要下雨了。一个在河边洗衣服的女人,她突然气喘吁吁地说她要生了。她是在对谁说?空荡荡的河谷里没有一个人。她听到了头顶上老鸹嘶哑的叫声。她用颤抖的双手把装满了脏衣服的木盆吃力地推开并匆匆解开衣服的扣子,她大声喊有人吗我要生了啊。

这一切也同样来自那个女人后来对我的讲述。她一边讲一边紧紧地盯着我看，那神情充满了怀疑，然而她要确定的却是我和她的身份以及我和她在这个世界上的关系：我是她的儿子，她是我的母亲。说实话，我也十分怀疑我真的是不是她儿子，十七岁之后，当我和谷花洲的历史中断之后，当我在城里住了二十多年之后，我才越来越感觉到自己是个乡下人，是寄生于城里的一个过客，我有一个真实的故乡，河床，谷花洲。但我还是怀疑，我是河床上那个又矮又小的乡下女人生的吗？

那时我们都深信，会有人在梦里送来小孩。那都是一些死去已久的亲人，他们会抱着一个来历不明的小孩，走进我们父母亲的梦里。河床上的每个女人都会生下一大群孩子。当成群的孩子混杂在一起时，她们有时会认错自己的孩子。当河床上的女人混杂在一起时，你分不清哪一个女人的背影是你的母亲，当我们在她们身后呼唤她们，有时我们会把河床上所有女人的背影都叫成母亲。

三

很多事都是后来想起来的，它们在缓慢消逝的时间里反而变得触目惊心地真实起来。谷花洲的陈老五和他的堂客，这一对前仆后继地生下了七个儿女（这还不包括几胎早殒的）的夫妻，每天都在为养活这成群的孩子而操劳。

早晨，站在河坝上看河床上走远的农人一个个晃荡的背影，这时候正是太阳把他们照得最亮的时候，那些强壮的背影就像在太阳里晃动。傍晚，他们则是面对村庄走来的，开始像一只只蚂蚁，慢慢的由小变大，变成人的样子。一缕向上的炊烟。一个农人从田垄上漫长地走过，荷一把倦意深重的锄头，低垂着头颅，在暮色里。那是我爹。而此时，在那半拉土坯房里，那只铁锅，一年到头勤勤勉勉地炖着红苕和豌豆稀饭。它内壁的厚度开始增加，那是因为许多东西都洗涮不掉。但它并没有因此而变得坚固结实，由于缺少了油水与汤汁的滋养，在我十七岁离开河床进城去的那一年，它无端地裂开了一条条裂缝，可能是干得太久了。

那个又矮又小的女人，每晚就围着这只铁锅转悠。而这时，你只能看见她的背影，那只大铁锅才是她要面对的，必须面对的。一个拖着沉重的影子荷锄而归的农汉，一个围着锅台打转的妇人，他们之间就这样建立起了一种联系。这一切的联系又几乎是不被察觉的。

树下，那一桶清水，等待着洗去那汉子满脸的尘土。

我父亲喝粥的响声会在夜幕下贪婪地响起，并化为喉咙里诱人的汩汩的响声。从村头到村尾都是汉子们喝粥的声音。这时我母亲都是满脸骄傲的神色。河床上的女人以这种方式喂养她们的汉子，养着她们汉子的力气。下饭菜，是女人刚刚炒出来的一小碟干干脆脆的油盐豌豆。它们在一个农人的牙齿里咬得嘎嘣脆响，不断爆发出阵阵惊呼。这时我们都贪婪地看着他，一双双眼睛贪婪而凶狠。如果父亲这时赏给谁一粒油盐豌豆，那小子就会幸福得不知所措。但很快，仿佛一窝兔子炸窝了。不患寡而患不均，这样的把戏早在孩提时代我们就一次次地领会过了，迄今我们兄妹七个还因此而记恨着那时的某一件事。也总是在这个时候，我们，尤其是我这个老大，很容易成为父亲的下饭菜，那只夹着筷子的手，左手，他是个左撇子，一瞬间就会变成坚硬的耳光。七个儿女拥挤在一起时，是足以制造出一场地震的。而那一声声响亮的耳光，总是及时地平息了暴动。

河床上的汉子没有不打孩子的，而挨打最多的肯定是老大。尤其是男孩子。这些强大的父亲们是否也感觉到了某种心理上的恐惧，这家里的老大已经开始对他的绝对权威构成了潜在的挑战。打耳光是很轻的，在我十来岁时，已经饱尝了父亲的扁担。我不知道那根扁担是父亲亲手制造的还是来自先辈的祖业，但它肯定是比我更早到来的家庭成员。这扁担随时都会像灾难本身一样降临在我身上，我逃学了，打架了，骂人了，捉鸟了，这都是理由。甚至，不需要任何理由，他忽然觉得他想打我了，这扁担便会毫不客气地落在我身上。不是吓打，是来真格的，就像他扳禾一样实在。我见过父亲打牛，用的是鞭子，但抬得高，落下来轻。他打我却是抬得越高落下来越重。扁担不是吃素的，我的胳膊上，腿上，常常鼓凸起一疙瘩一疙瘩的伤痕。但我从未恨过父亲，只怪那根扁担，它太结实太结实了，从来没有折断过。

逃离，我在黄昏的河坝上拼命跑，这时我也是背对故乡的一个背影。

然而，那时候我从未想过我可以逃离这个村庄、这片河床，我不知道哪儿还有可以让我逃离的路。最后，都只能转身，回来，重新面对那个村庄，那片河床。我所有的路，都在那里。

四

兴许，是后来察觉到的，对那根扁担，我怀有的并不只有单纯的恐惧，恐惧的意识中还包含了对一个强大男人的尊敬和羡慕，能够成为这样一个河床上的汉子，是我那时的全部憧憬。那种强烈的渴望是不言而喻的。

在我眼里，一个男人的强壮的背影上横着一根扁担，就是河床上的一个父亲的形象。

每年雪还没有化尽，父亲便踏着泥泞进山了，一担一担地挑来了在山里砍了半个月的烧柴，堆在场坪上，这足以让一个家燃烧上一年。当父亲，当河床上所有的男人被太阳、被河风轮番折腾得浑身乌黑发亮时，他已经一担一担地把大河里的水挑进了稻田，当那些喝饱水的禾苗又支棱起了腰杆，这汉子却终于累垮了。他这辈子很少进医院，但那次，他是真的垮了，不像个男人了，他躺在赤脚医生的病床上，肚皮和背脊已经粘在一起了。我看见那个赤脚医生在笑，他说，你有几天没吃饭了？几天没喝水了？在吊了一瓶盐水之后，我父亲一步一歪地回来了，而这时我的母亲，也躺在一家小镇上的卫生院里，已经半个月了。

母亲的病，不是累的，是憋出来的。不知从哪天开始，我常在半夜里被她的呻吟声惊醒。但父亲要送她上医院，她又坚决不肯，她总说没事，可能是岔气了。让赤脚医生看过，也说是岔气了，还教她一个土方子，把盐在锅里炒热了敷在小肚子上。这样敷了大半年，她肚子里长成了一个奇怪的东西。她突然昏倒了，不像是疼昏的，而是被那隆起的肚子吓昏的。我父亲和四伯父一人一根扁担，抬着一副门板，门板上躺着一个昏死的女人，一直抬到四十多里外一个小镇上的卫生院。开了刀，医生从她肚子里掏出了一坨血肉模糊的也让我母亲一辈子都备感骄傲的东西，一种近乎于牛黄的东西。这一坨东西很值钱，足以抵偿她的手术费，而且，那时的医生还没有现在的大夫心黑，还给她开支了一点营养费。

我母亲从小镇上的卫生院里回来，人长胖了，白了，让河床上的女人们眼热得不得了，问她开刀疼不疼，好像谁都想去挨一刀。

那是我记忆最清晰的一年，我母亲从小镇上回来已经是秋天了，河床上所有的父亲们，正一摆一摆的把新稻子担到禾场上。这是他们一年上头最兴奋的日子，哪怕累得趴在地上，他们也情愿，一辈子挑不完也情愿。父亲是一个忠于扁担的人，他也怀抱扁担坐着。他不抽烟，但好酒。每次歇晌时喝两口，总要倒一些在扁担上，就像给一位可以倾诉倾诉的老友敬酒。他的倾诉永远属于一个农人的倾诉，耕耘，播种，施肥，灌溉，收割。到底是什么把这些繁重的劳动变得可以让一个农人可以承受，甚至感到幸福？我想绝不仅仅是多收了几担谷子，这其中可能还有一种找到了自己生存位置的迷醉。的确，父亲每次干了一天活儿回来，那眼里流露出来的绝不止是疲惫，还有一个农人难以言说的那种迷醉。

我感觉，有一种东西一直在支撑着这个农人。但我不知道那是什么，一直到现在都不知道。那是属于农人与天地的秘密。

父亲有时也会去外面喝酒，一直喝到找不到自己的家在哪里。谷花洲的女人说，那不是喝酒，是闹酒，男人一年要不闹上一两回，这家里就不得安宁，一个村子都不得安宁。酒，是谷花洲男人的一种发泄方式，打孩子是另一种发泄的方式，甚至，连女人也会成为他的下饭菜。我母亲每次挨了打，第一个反应就是去捉菜刀。但这把刀却从未砍在那该遭千刀万剐的汉子身上。它更多的是用来割韭菜。她一刀一刀地割着韭菜时，也一声一声地咒着那该遭千刀万剐的汉子。她以这种方式来平息内心的伤痛。她把韭菜剁碎。她把鸭蛋搅碎。她已经习惯了在这种骂骂咧咧又零零碎碎的操劳中过出一点滋味。韭菜炒蛋黄，是给刚刚打了她的汉子下酒的。

那遭千刀万剐的，此时又开始耕地了。一遍又一遍地耕，你看他耕得多起劲啊，鞭子啪啪甩得贼响。这是叫她喜欢的。她爱听，那令她怦然心动的甩鞭声。她的心情开始变好，刚才那些视而不见的东西，又重新浮现出来，一切都那么鲜亮。原来就那么鲜亮啊。这就是一个乡下女人内心里的一次次深刻觉悟，她们的丈夫也因此而一次次得到原谅。

这是一个除了女人的全部苦难一无所有的女人。就像她从春到冬一年上头割着的韭菜。在冬天，在冰凌之下，你以为它快要冻死了，你不知道它还在冰凌下继续生长。等到扒开了冰雪，你才会发现它令人惊讶的生长了力量。河床上的一切生命，它们生长的力量都令人惊讶。生活仍在继续，孩子们正在长大。

事实上，谷花洲的陈老五可以用韭菜炒蛋黄下酒时，他儿子闷轱子已经可以放鸭子了。

我去河边放鸭子。下着雨。这雨一下就十天半月，湿热的空气里一切都在发出霉烂刺鼻的气味。河床上管这雨不叫梅雨，叫霉雨。我家，确切地说是磨坊边的那半拉小土院早已湿透了。屋里没有这样湿，毕竟还有一个茅草屋顶遮风避雨，可也到处漏。母亲把盆盆罐罐都找了出来接雨，甚至连饭碗都使上了，——河床上人吃饭的那种大海碗，就是我父母亲分家时分到的那两只青瓷碗，特大，有着粗重的蓝色宽边。母亲一边在屋里手忙脚乱地接雨，一边咒这霉雨。

但这雨不会影响我放鸭子，雨从未淋湿过鸭子的羽毛。有时我真羡慕这些无忧无虑的鸭子，一下雨，蚯蚓就钻出来了，河滩上爬满了螺蛳，这些傻鸭，有时会把自己吃撑，撑死。也有被螺蛳卡死的小鸭子。我在雨中的泥泞中走，河床上的每条路都烂了，每走一步，我都感到身体正在慢慢拔起，从一团烂泥中拔起。为了管住这群撒丫子乱跑的鸭们，我像陈老五那样使上了凶狠的鞭子，但鸭子不是牛，不经打，有一次，我不幸打死了一只鸭子。为了逃避父亲的惩罚，我在那只小鸭子的喉咙里塞进了一粒螺蛳，这还真的哄骗住了父亲。也就是那一次，我意识到了自己的坏，而这种很坏的伎俩无疑是被父亲那种生杀予夺的威权逼出来的。那时我毫不怀疑，那个河床上的凶悍汉子随时都可以像掐死一只鸭子那样掐死我。

我承认，这种不可名状的恐惧一直延续下来了，直到今天，我还患有深度的自恐症。

漫长的梅雨季节终于过去了，太阳的光芒开始变得扎人。洪汛开始泛滥，从初夏到立秋，大河里涨满了水，到了中秋，洪汛退走后，河床的树干上露出了被大水浸泡过的年深月久的痕迹。只有水杨树例外，它被大水一泡，就迅速地长出像棕毛一样的东西。每年都这样，一年年的浸泡，一层层的包裹。

我的母亲,也渐渐有了一个被岁月层层包裹的外壳。

这一点,是我在十七岁离开河床的那年发现的。

五

我要走了,要离开河床了。当初背着口粮去小镇上念书,只有一个念头,就是永远不再吃这里的粮食。而为了五块钱的报考费,那个又矮又小的女人,那个还不到四十看上去已五十出头的女人,几乎跑遍了所有的亲戚家。她最终也没有借到这五块钱,而是到医院里偷偷去卖了血。但她一辈子也没记恨过谁。她只记得谁对她好,谁帮过咱家。

上路之前的那天晚上,我等着,我想一个母亲会有很多的话嘱咐远行的儿子。但没有。灯下,她背对着我,用针线细致地缝合着什么。我就站在她的背后。我把油灯给她捻亮了一点。她说,有灯也不行,我的眼睛看不清了。但她依然没有转过身来,她好像有点不敢面对我,一个即将远行的儿子。我是穿着娘给我做的鞋子上路的。那时我还感觉不到,就是这个乡下女人一针一线纳出来的千层底的布鞋,让我如愿以偿地走进了城市。没有远行之嘱,忘不了的是昏暗油灯下的那个女人的背影。我走得很快,一直没有回头。我知道她此时是站在河坝上一路目送着我的,但此时,我好像有点不敢面对她。我的背影,很快就会走出一个乡下女人的视线。我知道。

对于我,一九七九年是一条重要的界限。通过高考,我进入了城市,我的身份被彻底改写。商品粮,城市户口,以及基本上已成为事实的干部身份,让我感觉自己就像重新从娘胎里出来了一次。后来,我进了家乡的县城,然后,娶妻,生子,在城里有了自己的一个家,河床上那个家,便只存在于回忆中,只有了单纯的仅供回忆和凭吊的意义。有一段不短的时间我很少回去了,而父母亲也很少到我这个做了城里人的家里来。对于我,河床上的那个家还多少有些家的意思,而对于他们,我在城里安下的这个家,则好像与他们没一点关系。但自从有了孙子之后,我父亲压抑不住思念,居然来了。他与这个家无关,但他觉得自己与他的孙子有关。还是孩子好。在那明净的没有一丝杂质的眼里,他看不见这个乡下老爷爷的脏,也不嫌弃老人那身灰扑扑的破衣裳，还亲热地要爷爷抱，要抱爷爷的扁担，——这根扁担给我挑来了河床上的南瓜，冬瓜。每次来，我去打酒，都被父亲拦着，最多让我买一瓶廉价的高粱小曲，喝不完的，也不会再有第二个人喝，便让他带回去。当我解开父亲的布袋，把剩酒放进去时，我的那被一种无名情绪催出来的眼泪，挂在眼梢，但绝不会掉下来。我竟变得如此伪善。父亲要走了，我从来没留过他，还是他孙子不让他出门，先是用小手拉，拉不住便抱住爷爷的扁担不放。父亲走了。他的背影缓慢地消逝在灰蒙蒙的楼群划出的城市罅隙里，那根伸过头顶的扁担尖，久久地在我的眼前晃动……

我不知道，在我父亲母亲眼里，我是不是变成了一个真正的城里人。然而，当夜深人静，当我在城市夜晚的某张床上突然醒来，我总是感觉在这张床上躺着的是一个与自己十分相似的陌生人。他每晚躺在这里做梦，梦见得最多的是河床与母亲。我不知道，我一九九三年夏天的辞职是否与这种折磨有关。在远离了那片河床之后，我逐渐相信那里的一切（我梦见的）都是真实的，而我本身，却越来越接近一种假象。每当我穿过那些沉默的建筑，我总感到我正朝离城市越来越远的、甚至完全相反的方向逆光而行。在任何城市里，我都显得形迹可疑，来路不明。这无疑变成了对我的一种折磨。

在我三十一岁那年（我人生中的又一个拐点），我辞去了公职，我以一种彻底的方式，把十四年前获得的一切，在十四年后全部放弃了。我似乎悟到，那折磨我的其实不是城市，而是给了我各种身份却始终难以让我确立自己人格的单位。这样的扭曲，甚至更早，还在大学的课堂里就开始了。当那些和我一样也是乡下的苦孩子、也是考进城里摸爬滚打多年终于当上了大学教师的人，在大学的课堂里有条有理地分析着“农民意识”之类实在并不高深的学问时，我不知道自己怎么那样反感。听起来，好像我们这个国家这个民族这个时代的一切不幸就是因为太多了像我父亲母亲这样的人。每次，瞅着那一张张苍白的毫无血色的面孔，我却想起了那根扁担。我的父亲，把我从牛背上赶到这里，就是为了让我来听这些以他们为嘲弄对象的学问吗？

现在，我自由了，我是一名自由写作者。在这座供我栖身的城市里，我没有单位，没有职务，没有固定工资，没有任何别的身份。我不知道自由写作者是不是一种身份。在某一天，我被叫进了派出所。姓名？年龄？我严肃地一一报上来。单位？我摇头。职业？我略怔了一下。我没有勇气说出我是什么作家，我嗫嚅道，我是……自由……写作者。我看警察露出了惊讶的神色，估计他还从没有听到过这样的职业。我便跟他解释，他偏着头，听着，忽然扑哧一声乐出了声，大概是觉得过分，又赶快一摆手，提笔在问卷上那空着的一栏里写了两个字：无业。我笑了笑，没说话。后来我时常在法院贴出的那些宣判的大布告里，看见许多罪犯的姓名、年龄之后都写着：无业。这时我也会莫名其妙地产生一种犯罪感。

对一个人身份的确认，在离开了现实体制的框架之后，竟是这么难。又想到我那可怜的母亲，她一生都在讲述我降生于河床上的那一刻。她大声喊有人吗我要生了啊。她到底想要证明什么？或许，她也暗暗地希望着一个生命有一个清晰的来龙去脉。今天，我已年逾不惑，然而我仍然无法打破我存在于这个世界上的幻觉。

六

偶尔，我也会去趟谷花洲，回到那片河床上。看见那些吃奶的孩子，在年轻的母亲怀里拱来拱去真的像只小猪。这情景会让我奇怪地害臊，下意识地就会想起自己小的时候。这河床上的母亲，还有母亲的母亲们，都是这样把孩子一代一代奶大的。

磨坊那边那半拉小土院，我父亲一辈子都想把它改造成谷花洲最体面的房子，然而直到今天，差不多还是老样子，只是把屋顶上的茅草换上了油毛毡，又在油毛毡上盖上了瓦。老瓦，陪着土屋。干打垒的土墙是用河床上那种褐色黏泥拌成的，整个房子，就像从河床底下直接挖出来的。多少年了，这土墙居然还没有倒，仿佛成了岁月中唯一的支撑。这就是支撑一个生命的家，也让我忆念中的故乡和家园有了形象。

河风太大，河床上的农舍都建得低矮，门也开得小。每年冬天，父亲就会把那扇唯一的窗户封死，把所有的墙壁用河泥再抹一遍，又在屋后栽上树。每次我回去，都看见父亲栽下的那些树还在悄悄地分蘖，迎着河风，像是在捍卫着什么。在没栽上这片树林之前，屋后那堵墙也曾倒过。那晚大雨倾盆，父亲夜里去了冬修水利工地，那时夜里加班干活是常事。等他早晨回来，看见倒塌的墙后，一个女人张开手臂，搂着她的七个儿女躺在水边，真的就像一只孵蛋的鸡啊。

嗬——嗬嗬——父亲的笑声从外面传过来，没心没肺的。

那时我觉着，谷花洲的陈老五是天下最了不起的人。他手里握着的，都是乡村生活中最坚硬的部分，铁锹，钎担，镢。但他却没有能力把这土坯墙换成窑砖，让这个家也有一个坚硬的外壳。他不是没有力气，而是无能为力。为此他甚至做过一回贼，去镇上的窑里扒砖。还把我叫上了，叫我给他望风。但还没有扒到砖，他就挑着空担子回来了。我四下看看，也没见这窑有人看守。可他却拽着我朝家里猛跑。我看见一个黑暗的背影在那个最黑暗的夜晚没命地跑着，我根本就追不上他，他气喘吁吁地喊，别停啊闷轱子，一停就没命了。这之后的许多个晚上，他老是无缘无故地大声叫我的名字，牙齿打颤。我发现他很恐惧。但我不知道，他到底恐惧的是什么。

老头现在脾气非常好。但每次回到河床上，回到这个家，我还是有点怵他。我感觉到这个老头骨子里还有股强大的甚至是威严的力量。就在前些日子，老头突然中风。换了城里的一个老头，不死也要落个半身不遂，他居然拄着一根扁担又站起来了，又能在村里、地里到处走动了。支撑他的除了那根扁担，还有股暗藏的力量，那只能是属于河床的一股接地气、通天意的无穷力量。

每次我回来，他都要瞪大眼睛把我看半天。我发现他有点神情恍惚。我一年来三次，他就要这样看我三回。板凳上的木板没有了，只剩下框子。老头尖瘦的屁股就像套在一个木框里。他的裤子膝盖上磨出了两个洞，大脚指头磨了一个洞，他这一生仿佛四下里都破着，到处都是洞。要说他这样浑身上下都破着，也不是我们这些做子女的不孝顺，不给他买衣服。买了他也是扔在一边，他习惯了这破破旧旧的日子，穿上一件从城里买来的衣服，浑身上下不自在，好像自己都不是自己了。娘也是。她把七个儿女养大了，都成家立业了，却从未想过要享享儿女的福。她不让我们给她买任何东西，她说这家啥都不缺了。她说这话时两眼骄傲地瞅着门外，一根绳子上，晒着衣服，腊肉，辣椒。吃的，喝的，穿的，好像生活的全部都在这根绳子上晾着了。

老头又开始喝他的杯中之物。可以滋养他一身血气和力气的，仿佛就只有这坛子里的烧酒。娘又端上了一碟干干脆脆的油盐豌豆。它们在一个农人的牙齿里咬得嘎嘣脆响，不断爆发出阵阵惊呼。一个年近古稀的老人，居然还有这么好的牙口。我吃惊地看着他。河床上的一切生命，生存的力量都令人惊讶。我知道，这老头还会有很长的一段日子要活。而母亲，这个除了女人的苦难一无所有的女人，在这一刻，我感觉到了她的幸福，一种我从未察觉的，只属于伴侣之间隐秘而又默契的幸福。他们从未说过，来世还要做夫妻。但我相信，会，一定会。

又要上路了，回到我暂住的城市，那里有一个安静的角落，供我栖身。又要告别了，不知什么时候再来。我沉默着。只有面对父亲母亲，才说不出告别的话。但老头的眼神，老娘的眼神，让我分明感到一种强烈的挽留。可娘却一个劲地催，快点，别误了车。每次，我都走得很快。在她的视线里，我可能永远都是一个背影。我早已知道，在故乡成为我回望的一个背影之后，我早已成了背对故乡的一个背影，那是她无数游子中的一个。

一场花事一场梦

谢　伦

一场花事一场梦

1981年3月19日，这一天，我离开乡村，以一个合同工的身份，到枣阳县文化馆吴店镇文化分馆报到。

我的同学，有好些都陆续地考了中专、大学，到大城市里生活去了，我在挣扎与等待中，来到了这个小镇上，倒也没有多少失落，由山村到集镇，怎么说都是一种进步，虽然是属合同工，可总算是拿工资的人了，又是从事我喜欢的绘画职业，我心里是满足的。

从东街口走进去，穿过一条湿漉漉的叫狗骨头巷的巷子，巷子细而拐，拐到滚河岸边就是镇文化馆了。文化馆在一座不算小的四合院儿内。院儿还有些味道，地面是磨得光光的麻石板，房子宽砖窄瓦，看起来很有点历史了。但年久失修，屋脊上的如意兽、祥云鸟等都缺头少尾，有狗尾巴草在砖泥缝里旺盛地生长。院子里耸立着一大一小两棵梧桐，身躯都高过了屋顶去，春夏枝繁叶茂，阳光很难照进来。大白天屋里也得开电灯。

我住东厢房。东厢房有两间属于文化馆，我住一间，另一间是画室。屋后就是滚河，推开后窗，可看到日夜西流的河水，稍远，是长满芦苇的鱼台岛。文化馆我来过好多次，有时跟赵馆长来，有时跟付先生来，跟付先生来就要看他在画室里画几笔山水人物。最喜欢那个画案子,快有乒乓球台子大了。东厢房对面的西厢房,住了一户李姓人家,两位老人都在镇食品所工作,去年下半年我在那儿画过一阵儿广告画儿,认识,我进院儿时,他们一家子正围坐在大树底下吃晚饭,要邀我一起吃。我说我在隔壁东街小学搭伙食,刚吃过。几只鸡见了生人咯咯咯地跳一边去了。他家小儿子福吉丢下饭碗跑过来,热情地要帮我收拾床铺,挂蚊帐,问我,你是不是正式工?一月多少票子?专门来画画儿的吗?

出厢房朝北,是三间正屋,外带一偏厦,分别为文化馆办公室、阅览室,摄影和资料室在一间,赵馆长住厦子里。赵馆长把各个门的钥匙交给我,说,你来了这馆里就有人气了,说这些“室”平时都空着,没人来。原来文化馆还有一位姓蒲的老师,半年前调县城里去了,现在就落赵馆长一个人。赵馆长平常不大来。

赵馆长喜欢戏曲,而且迷。西街群众剧院那边头年成立了曲剧团,是他一手创办的,几十号人,从选本儿,搞戏曲移植,到排练,出外演出,吃喝拉撒,他都要管。他忙不开。赵馆长是半边户,家住河对岸的村庄里,天黑了还要回家去。村庄里事情也多。

我到文化馆的主要工作,是要完成每年上级交给馆里的美术和摄影创作任务。可赵馆长说那些事不急,你还是抓紧给剧团画布景吧,等米下锅哩。

收拾完房间,付先生过来了,他带给我几本画集,有油画和水墨,另有《卷席筒》《霓裳曲》《秦香莲》等几出戏本子,叫我先看看。说画布景首先要熟悉戏本子,多画小样,要认真,要预想到大布景上的效果。交代完就走了。付先生是我老师,他五十年代末毕业于上海美专,本是上海话剧院画家,因打成“黑帮”了才来到我们这个僻远的小镇上。现在在东街小学教语文。最近正忙着跑平反。我让他放心,不要再为我操心了,工作上的事我能对付。他说不是不放心,是想让我画得出色一点,争取早转正。付先生和赵馆长是老朋友,也迷戏,这之前剧团的一些美工方面的事情都是他帮忙。赵馆长几回提出想要调他到文化馆来,可他不干。他说他就是画画儿惹的祸,帮帮忙可以,但这辈子不想再搞绘画这个专业了。

他先前也曾劝过我,不要学画画儿,去考别的学校,我没听。

晚上，我独坐在画室里，磨墨展纸，却迟迟找不出感觉来，心里似有一种说不清的隐隐的躁动。墨、立白粉、牛皮胶水和绘画颜料混淆的气味直往鼻孔里钻。我推开窗户，院子里树影婆娑。近段时间少雨，下午天阴了一阵儿，可到夜黑儿云又散了，月色亮得如美人的脸。对面老李家像是来了串门的街坊，说话声调高昂。他家女儿（后来知道她叫李福玲，在供销社百货店当售货员）提了把长嘴铝壶，在浇院角的一架葡萄和几盆花草。于是便有了心情，合上画册，走出屋来。福玲见我轻轻地“嗨”了一声，说有两天没浇它们了，还以为天要下雨呢，又没下。架上的葡萄刚刚冒出叶芽，一小撮一小撮的，其枝藤纵横已呈蔓延之势，想不久必将会盖去半个院子。花也不少，有茉莉、栀子、月季、芍药、木槿，另有几盆圆叶的草。月光里，月季开得朦胧，芍药也开了，白色，柔润润的，还新结了不少蕾；栀子和木槿同在一个半破的陶缸里，都长到了有半人高。几盆圆叶的草我没认出是什么。福玲说她也不认得，是她妈妈春头上去后河鱼台岛挖地米菜碰到的，说是怪好看的，就挖回来栽到盆子里。也开花呢，才开了，是伞状的细细碎碎的小紫花。陡然想起来春天马上就要过去了。春天是一个梦，花开梦起，花落梦去，细细碎碎的小紫花已经开过了，春天就要去了。

西街的曲剧团正在排演移植戏《牡丹亭》。背景大幕是付先生画的粉彩：一座后花园的亭子里，杜丽娘与柳梦梅梦里相遇，似曾相识，娇羞疑惑，周围繁盛的杜鹃与牡丹满眼。付先生选的是《惊梦》中的一场景，风格写实，是“遍青山，啼红了杜鹃，那荼蘼外烟丝醉软”的写实。但一出戏唱下来就这一个景儿，赵馆长不满足，要我再画一幕，好在演唱中换一换。画什么呢？想到一场花事一场梦，又想到赵馆长也曾说，《牡丹亭》不就是汤显祖做的一个白日梦吗？觉得有道理，那我就画一场春天的大梦吧！

这么思考着回到屋里，重新展纸磨墨，心里就沉静了。画小样一般用水粉，我则在一念间想到了水墨，似乎用水墨更能彰显我的想法。五尺宣，裁成四三的黄金比，横幅，远处用特号提斗吸饱水，膏石绿、湖蓝、花青、淡墨、少许赭红，作水汽淋漓的大块泼染；近前使胭脂、藤黄、朱膘、调花青和辛白，点攒随意，或梅或桃，或李或杏，或柳絮榆钱，或丝兰牡丹，并不具体到某叶、某枝、某树，也不管谁开谁谢的时序，只写虚实偃仰的各样姿态，手法上有装饰的大胆，其意又在于春日里春光无限的姹紫嫣红，一地落英的似真似幻。一口气画下来,看看,还有点意思。然后燃一支烟,待画幅略干,又于重重花深处,勾几笔半露半隐的“断井颓垣”,——我以为,“断井颓垣”是梦醒的药引子,不可或缺。

画面上没有人物。这在舞台布景里不少见,弄不好会给人感觉空。但我的确很喜欢自己的这个设计和画法,并且已考虑到上大幕时,虽然用的是粉彩,但也应采取中国画的表现形式,避实就虚,画面上没有人物,人物在画外,人物正在牡丹亭畔(戏台上)载歌起舞呢。而且刚刚是雨后天晴,水汽在枝叶花丛间氤氲,想象着白衣青衫的杜丽娘和柳梦梅,在如云如雾的众花神里流连,“近睹分明似俨然,远观自在若飞仙”,那该是何等浪漫的事啊!这不正是看官们心中所向往的境界吗?

现实生活里不常见,或者说不曾有,但可以想象,可以做梦。可惜我不会唱戏,否则真想走上台去当一回杜丽娘,或柳梦梅。

梧　桐

院儿里的桐花开了。一高一矮两树桐花,开了半匝院子。矮的是青桐,花粉白,高些的是泡桐,花淡紫,自四月半以来,其他的花开开落落,都渐渐地残了。梧桐花却一天比一天繁盛,枝压枝朵叠朵,挤挤拥拥不甘人后地争抢着开,格外缤纷绚烂。每日打树下走,总忍不住要停下脚仰脸望望,嗬,满头的花,薄梦似的,是那么一股让人迷醉的味道。

这些日子,李家婶婶扫院子特别勤,青石板的院子,本来干干净净的,她一天还是要扫好多遍,——有鸟戏枝间,风过梢头,虽然树的花期正隆,也难免会有几朵要摇落下来,几朵而已,她照样要扫,有时是用手拣,一朵儿一朵儿拣。说我、赵馆长,走路都是头昂得高高的,不晓得看看地呢,怕踩烂了它们。我听着心里笑笑,笑着,忽然两颊发热。再出门进院儿,自觉不自觉,脚下就小心多了。

知道小心了,就是说,能把李家婶婶的话当话了,这也不易。成长是不知不觉的。尤其今年,我明显感到有一条河流在静静地向我心中流淌,流进血液,融入骨肉,将成为我生命的一部分。我以前对于诸多花事,大体是不在意的,它们一年一年开放,我是一年年忘却。农村里长大的男娃子，好像不屑于花花草草。——岂止是花草，但凡一些平凡弱小生命，几乎都被忽略。现在，一颗蓬勃的心似乎是沉静些了，懂了一些四时轮转万物来去的道理了，懂了一些尊重与怜惜。人间好花，都是开在人心里的。

有关于梧桐的儿时回忆，印象深的，是家乡人都叫它傻大姐儿。为什么这样叫？大概是说它泼皮好长吧，栽下去两三年，就亭亭玉立了。花开得也特别的不甘寂寞，甚至是大大咧咧，那一串串小喇叭一样的朵儿，像藏不住点儿心事似的，见人就要说点什么。这么比并不是说它简单天真没脑袋，而是另一种的喜欢，一种对人热情无邪的好。不像梅竹它们，骨子里透着清高，又没有桃夭（妖）气。所以梧桐是一种特有人气的花树，乡下人，当然也包括城里人，都愿植它于门前窗后，抬眼就能见到，伸手就能摸到，图的是亲近。时间一长，就像是自家的姊妹了，有了烦恼，是大可放心地和它说说私房话的。

记得前些年读《诗经》，在《大雅·卷阿》一节里看到这样的句子："凤凰鸣矣，于彼高岗；梧桐生矣，于彼朝阳。"读着，就好像看到了一只神鸟昂首于高处，翩翩欲飞；而枝干修长的梧桐则面向朝阳，粲然相迎。那是一幅多么清朗明丽的画面啊！原来，天天和我们在一起的"傻大姐儿"，一到了《诗经》里，也可以这般的雅！后来读书渐多，发现梧桐在古代的民间里叫"凤凰木"，凤凰非梧桐不栖。庄子《秋水》里说："夫鹓发于南海，而飞于北海，非梧桐不止。"那鹓鸰，就是凤凰。这么看来，民间的梧桐，不仅雅，而且祥瑞。

小镇上的梧桐不及我老家多，不过亦不算太少。据我观察，除了文化馆的这两棵外，南街顶头有一棵，靠城墙内堤那还有五六棵，它们与同是正值酣畅花季的洋槐为邻，白紫相间，繁复淋漓，热烈而沉静；有些也是生长在人家的家院里。早晨，我穿过东街走城墙往西，再南拐去供销社礼堂的工作间。远远的，我能看到它们那漫过爬满枯藤的老墙的一团团花开如云的身影，就像是看到了一个或几个名叫云的女子，坐在自家的天井里，一边做针线，一边吟叹着抒情小调，使人有一种旧的怀想："春季到来绿满窗，大姑娘窗下绣鸳鸯；忽然一阵无情棒，打得鸳鸯各一方……"好几次，我在画室里听李家婶婶在院口喊，小谢，听到了吗，三十年代的，周璇！

流行如风，几乎一夜间，街面上就飘起了周璇老歌。一些蓄长头发穿喇叭裤的年轻人,手提日本产“三洋”牌录放机,在老人碎牙般的巷子里,身子像散了架样的摇摇晃晃,边走边唱,很时髦。近日我忙着画《霓裳曲》一剧的布景,可能是受了剧情的影响,心中老是沉溺不爽,老觉得那绵软甜蜜的歌声里,有一种光阴恍惚的惆怅。

即便是一代帝王,终也逃不脱似锦繁华宴罢酒散的忧伤吧。在弥漫着四月芳菲的悬浮里,一曲旧梦似的歌声,从融融春日盛景里钻出来,全是凄凉感世的情怀。就像这满脸喜气的树树桐花,一落到伤心客的眼眶里,照旧会成为伤别离愁的物象。《霓裳曲》就是这样一出以梧桐作底的戏——

“常记得,霓裳一曲青鸾舞,梧桐花下招新凤,虽无人窃听,也索声儿海誓山盟……”

对于爱情,一直感动于李隆基杨玉环的刻骨与不舍。但也无奈,江山终归是江山,江山欲倾,柔弱红颜又如何顶撑得住?昨日的生生誓言,转身雨打风吹去……

话扯远了。先前和付先生一起画画时,听他说过桃花不好画,易滥;其实梧桐花照样不好画,弄不好就拖泥带水。为了《霓裳曲》这幕布景,除在院子里画写生外,我还借鉴了徐青藤的《杂花图》。徐青藤的花卉大多狂纵,逸笔草草,但这幅《杂花图》却画得安静,牡丹、石榴、紫薇、秋菊……菲拂流影,浅浅清丽。尤其那枝斜逸而出的梧桐花,粉白温润一如德加笔下少女的脸庞。这是徐青藤的晚年之作。晚年的徐青藤不可学,不可学在于他画里留下的大块空白,就像他的人生,空白处全是无尽心事,不可捉摸。

不过,到底,我还是从他这枝温润的桐花里,看到了一颗癫狂的灵魂所抱以的深情、体贴的眼神。

想起诗人索德格朗说过的一句话:我对万物,都只有那唯一的名字,那就是爱。

眼下,毕竟到暮春了,加上天又暖得奇怪,我估摸着,再有一周,院子里的花事就该收场了。热烈的夏会紧跟着呼啸而来。节气与万物的渊源,就像人与植物,都是风吹草动息息相关。前日晚上,我去东街小学付先生那儿讨论画稿,回来时夜深了,李家伯李家婶婶一家人都睡下了。偌大的院落，一弯半月亮在中空，清静异常。“微月照桐花，月微花漠漠……”陡然间，心下就有了上苍的恩赐于人间的万般感念，而人间呢，就是和李家婶婶那一样的怜惜吧，满地桐花落，从每一朵落花开始。

鱼台苍苍

近些天来，喜欢到后河鱼台岛上去散步、闲坐。

从文化馆后门下河，十几分钟就可以走到岛上。岛是石头岛，不大，但它高高凸起，若站在河底看，很像是一座孤立的山。滚河水在这里被分成两股，一股向南，一股向北，各绕半圈儿再会合西流。其实，鱼台岛在多数时候应该是个半岛，秋冬季，靠镇子这边有条毛道可直接上去，只是到了春夏水旺时，毛道被淹，它才真正成为一个岛屿。赶巧今年春旱，虽然谷雨后三天两头也在落雨，可河水一直没涨起来，我照旧可以轻易地来来去去。

岛上多芦苇、芭茅，少量的葫叶树、麻秆柳、樟树。芦苇，就是《诗经》上所说的蒹葭吧，已经半人多高的蒹葭，绿油油的从岛的靠水的周边向山上蔓延去。再晚一些时日，到五月底六月初，这里将是遍地盛开的花朵，——浅绛色的、灰银色的，在初夏的阳光下旗帜一样曼舞。不过那时候我再到岛上来，就要靠渡船了。——也不一定能来了，夏水汤汤，由大洪山一路奔来，河里的独木桥要么被冲走，要么收起来，而乡下赶集的人又总是很多，渡口艄公忙，哪儿还有工夫专门为了我到岛上闲遛去划船呢？

往日的鱼台是很热闹的，上面曾建有水神庙、凉亭。听李家伯讲，他小时(三四十年代)还见过，明朝遗物，不知什么时候就悄悄消失了。后来就传说岛上孤。孤，在本地讲是有厉鬼出没的意思。平常极少有人上去。说那上面老好死人，几乎每年都有死人，年轻人、老年人，好不好的到岛上不是跳河了就是吊颈了。记得几年前我开始拜付先生学绘画，时间是秋天，为练习色彩不断到户外写生，用水粉、水彩去描绘滚河两岸景物。鱼台岛我是经常到的地方。秋日里河水清澈，如果天气晴好，站在岸边可清楚地看见水底的沙丁鱼和不同色彩的鹅卵石；偶尔能碰到一两只小鹰船，鹰子在渔人的竹篙下没入水中,一会儿又从另一个地方冒出头来,把安静的水鸟惊得扑噜噜飞远。这些,都成了我描绘的对象。

其实,我画得最多的还是芦苇,估计至少有二十几幅。我老家在滚河上游,相对于下游的鱼台,我毕竟是外乡人,有关于它种种的不祥传说,我当初并不知晓,只是觉得满目苍苍的芦苇,——青黄的叶,高擎蓬松的已老去的花穗在秋阳的余晖里如燃烧的火焰,而远处的水面则是明晃晃的绯红色,像流淌的血;岛上的石头也大,如坟墓一样圆鼓鼓的,旁边是些细弱的芭茅来回摇曳。我画着这些,画着,有时间回过味儿来,浑身上下的毛孔像触电似的会猛地麻一下子。再看笔下的画面,则显现出一种致命的伤感。那时志向高,一门心思备考美术学院,注意力全在那些物象的冷暖、明暗、虚实等等色彩关系上,用付先生话说,我关注的都是技术层面的东西。至于画面所表达的什么意象,大多不去顾及。两眼像风中芦花一样很灿烂,但也很迷茫,因为我根本看不清前面的路途还有多远。就像现在,我依然是看不清。现在我照旧来岛上写生,但我隐约意识到,芦苇之于我,已远非单单的一个描绘物象那么简单了,多次重复地选它作为描写主体,应该是天性使然,是情感的需要,是早已深埋心底的无意识的本能反应。当想到随着日后秋的到来,那白茫茫的花絮羽毛一样在风中卷扬,心里就有一种难以抵达的旷漠。

依照李家伯的指引,那座水神庙和凉亭的位置应该在岛屿南坡靠近山顶的地方。我寻了几次,竟然连一点残存的痕迹也没找见。小道旁的樟树、野藤、芦苇以及半米多高的野胡萝卜花,都由石头缝里长出来,特别葳蕤茂盛,不断有樟树叶从我头顶摇落下来。我以前并不知道樟树会在春天里落叶,这让我很吃惊。一回我眯起眼向上仰望,在四五米高处的枝丫间,逮住了一片红得透亮的叶子正在慢慢脱离枝梢,它先是在梢头颤了两颤,待叶蒂断开后,便在空气中如一小舟在汪洋里漂漂摇摇,然后滑过我的眼睑,落到地上。这个过程大约有七八秒钟,在这个过程中,我听到了一阵沙沙沙的声音,这声音细若游丝,却很清晰,尤其当它从空中着地的那一刻,就像是巨石击水,极大地震动了我的内心,恍若身置秋后的肃杀之境,顿生悲怆之感。自《霓裳曲》一幕戏排演完成后,我有段时间没画布景了。我估计不会再有布景让我画了,《霓裳曲》可能是戏班排演的最后一场戏。事实上自今春以来,西街剧团已出现了衰势,演员们人心浮动焦虑。这是一点办法也没有的事。过去一百元,至少八十元演一场的戏,现在只三十元演一场,就这,还得走村串乡去找看家。乡镇剧团自筹自支,二十几人的衣食住行,经济上愈来愈撑不住,时有断炊之虞。不仅如此,县市以上的专业剧团也常来山地里抢食吃。去年还红红火火的传统戏,说不行就不行了,形势变化之快,令人始料不及。赵馆长急得要疯了去。赵馆长说,他不能眼睁睁瞧着剧团散伙,几年的心血啊,那样他会受不了。金小六、省心、池桂梅是我在剧团的三位好友,金小六是琴师,省心和池桂梅一个黑头一个花旦,他们都是团里的台柱子,可他们去意已定。省心和池桂梅决定去城里做服装生意。金小六说国家在开发深圳,他准备去深圳闯一闯。几天前一个晚上,我们在西门外秦家酒馆小聚,省心和金小六喝高了,他俩都哭了。池桂梅为保护嗓子,过去是不沾酒的,那回也开戒了,也喝了不少。不过池桂梅没哭。她好像无所谓。末了,我扶着歪歪倒倒的二位仁兄回剧团宿舍,池桂梅跟在后面,陡然的,就听到她在后面唱:

辕门外三声炮响如雷霆
天波府走出我保国臣
头戴金盔压两鬓
铁甲战袍再披上身
……

这是《穆桂英挂帅》中穆桂英二度出征的唱段,我熟。平日里气壮山河的曲调二八板,今晚听来,格外苍凉。

滚河水绕着鱼台岛静静流淌,坐在岛边的石头上,透过密密的芦叶、树枝,我能够看到它舒缓西去的从容,能看到河岸上某一段老街的黝黑后墙。我开始怀疑自己,怀疑自己也只是这座小镇的过客而非它的长久居民,会不会在哪一天也要选择离开?想到两月前刚来文化馆时的那种兴奋和眺望,那种要在戏剧美术上作为一番的想法,的确幼稚天真。不过也没太沮丧,烦闷是不可摆脱的,而烦闷过后是内心的苏醒,是加大了我对色彩写生的训练力度。岛上有很多我叫不出名字的贴地野花,极小,碎米粒似的朝开暮落;很多芦根裸露于泥土石块之外,有数不清的细丝脚的虫子在芦根上来回奔走,它们相互纠缠,又生生不息。我试图走进鱼台的深处,走进它的往事,包括已远去的水神庙、凉亭,包括脚下的这些草芥生命,也包括我自己。鱼台岛多生水蜻蜓,听李家婶婶讲,每到盛夏的傍晚,隔河相望,水面上一阵阵的,像缭绕的红雾一般,叫人恐惧。在我家乡,水蜻蜓是淹死鬼的化身,是水上漂荡的魂魄,但它的确漂亮,通身水色红,很诱人,小时候为在堰塘边捉住它,没少挨打。我是偶然间发现水蜻蜓的。“还没立夏,怎么就有水蜻蜓了呢?应该在五月底飞起来才对呀!小谢,你听婶婶一句话,那上面不吉利,不要去不要去了,啊?!”李家婶婶见我这些天老朝鱼台跑,就很担忧。可我依旧往上面跑,我自认为是个唯物主义者,哪会迷信那些?付先生生病了,他最近去了一趟上海,回来就病了,住进了镇卫生院。付先生很憔悴。他的“黑帮”平反受阻了,据说是因他早先画过女裸体的事。搞绘画艺术的人,能不研究人体吗?真是荒唐!下午,为给损坏的布景补彩,我去了西街剧团,得知又有几位演员也起了要离开戏班的念头,气氛很是郁闷。金小六问我愿不愿跟他到深圳,我没回答他。人的命运里有很多东西是我们自己所不能把握的吧!尽管我目下亦是一副焦灼无措的状态。只是感到,真到了曲终人散的那一天,各位相别于路陌河岸,眼前的这一片迷茫的芦苇,会更加迷茫了我的眼睛。

生日与哈达

丹　增

世界各民族的人们,都有各自过生日的习俗,这也构成了不同的文化差异和色彩斑斓的民风民俗。我们会在这些特色中,看到民族风情、民族特性,乃至时代特征。

我们藏族人过生日和其他民族有所不同,而且不同时代有不同时代的痕迹。解放前,由于制度落后、生活贫穷,一般人是不知道自己生日的。人们大体知道自己出生时的气候季节,是下雪天,抑或是涨水季节,是绿草如茵的夏季,还是天凉草黄的秋季;若要论及具体时间地点,则可能被告知:哦呀,你是收青稞时生的;噢,你妈上山割草时,就生下你了。从佛教的文化观说,生命不过是一次一次的轮回,来来去去,就像日起日落。不是藏族人不看重一个生命的诞生,他们是看重生命的延续、生命的转换和生命自身的价值。

在西藏,佛门弟子是社会中较为特殊的一个群体。他们居于寺院之中,终生不娶,整日学经,生活俭朴,起居有序,把一生交给佛教,终日诵经祈祷。祈愿佛祖保佑、普度众生。他们中具备了一定生活条件和相当学位的,通常会在一生中过几个重要的生日,比如5岁、18岁、60岁和80岁。解放前藏区生活条件差,文明程度低,从婴儿呱呱坠地到5岁以前,一般认为这时的生命就像花儿还没有开放一样,是否可以存活,听天由命。只有到了5岁时,满地活蹦乱跳的孩子才会让大人看到这个生命的活力,看到一个人的佛缘和慧根,也能看出他未来的命运与期盼。到这时,就应该过人生的第一个生日了。18岁是一个僧人学业有成、学位升迁、自立自为的标志，僧侣可授比丘戒，历世达赖喇嘛则在这个年龄时正式执掌政教合一的大权。而60岁在藏族人看来，已是生命的终结阶段，人一生该享的福和该受的苦，皆已完成，人生已无怨无求，到了安享晚年、潜心礼佛的时光了。因此，60岁的生日是要过得隆重且吉祥。至于80岁生日，在当时的社会条件下，能活到这个岁数的人是很少的，称之为“白寿”，寿星要穿一套专门缝制的崭新的白色氆氇寿衣，庄重地接受人们的祝贺。寺庙终身修行的高僧活到这个岁数，其威望不亚于活佛，人们称这些老寿星为“加群果嘎”，即80岁的白发老人之意。而俗人中能做“白寿”的，若是家奴可自动成为自由民，若是囚犯则无条件释放。这可能是在一个普遍短寿时代对生命的珍惜和长寿的仰慕吧。

这就是从前我家乡过生日的习俗，它与佛教信仰有关，与文化传承相连。尽管并不是每年都过生日，但记住了人生中的几个重要阶段，一生的时光就历历在目了。

1946年12月26日，我出生在藏北草原的比如县。现在年纪稍大一些的人都不会忘记，12月26日是毛主席的生日。我能荣幸地与他老人家同月同日生，只能算是一个巧合。这一巧合给我的生日带来一些麻烦和烦恼，同样也带来了一些荣耀与幸福。

我的第一个生日是在1951年过的，虽然尚是黄口小儿，髫发蒙童，但因为这个生日被家人寄予了强烈的宗教意义，所以它给我留下的是苦涩中的一丝甘甜，痛苦中的一些慰藉。

那时，新中国成立已经两年多了，西藏也已和平解放。中国人民解放军开进了拉萨，进驻到西藏各地，我们县也成立了解放委员会。但全西藏还没有实行民主改革，我的家乡山河依旧，头人还是头人，寺庙还是寺庙。我出生在一个很复杂的家庭里，家父曾做过官，后来弃官修佛。我没有考证过父亲弃官的原因，我估计大抵是因为官场争斗伤了元气，看破红尘转而求神拜佛。其实，确切地说，我家是书香世家，祖辈中曾出了三个画家和三个雕塑家。他们画的五彩缤纷的佛教唐卡画，栩栩如生的佛像雕塑，至今在一些古寺中仍然能找到先辈的遗迹，西藏著名的桑耶寺中供奉的千手千眼观音，就是我父亲塑的。

我虽然自小受父母溺爱，但由于家父潜心礼佛，对我寄希望于传承佛祖的衣钵。我3岁时就被削发剃度，送入佛门。因此，我5岁的生日在那时就显得不同凡响。因为这不仅仅是一个普通孩子生命的开始，而是一个佛门弟子从这一天起，就该正式继承前世修来的佛缘，奠定寻求人生旅途的起点。这起点必须立得庄严、神圣，刻上一个终身难忘的深刻记忆。从此，我要背负起祖辈的期望，开始学佛念经、参禅打坐、遵循戒规。在藏族人看来，入佛门，是为着履行佛的旨意、修炼佛的意志、实践佛的理论，既被视为前世修来的功德，也被看作祖上无上的荣耀。因此，与其说这是在为一个孩子过生日，还不如说是一次宗教的仪式、民俗的表演、文化的传承。这种千百年来形成的习俗，是要借助一个生日，把一个单纯的儿童转交成一个虔诚的佛童。让他与虚幻的神灵越来越近，与人间的亲情则越来越远。

这对一个童心未泯的5岁孩子来说，未免太难了。

但我生于这个家庭，属于这个民族，就像生长在这片土地上的一棵小苗，什么样的气候、什么样的土壤、什么样的环境，决定了我成长的历程。尽管我那时根本不知道，我的命运从此会与其他孩子有什么不同。

我的第一个生日是在怒江边上的一座千年古庙里度过的。这座庙宇叫“麦巴朱普”，意即“火焰修行洞”，是我们家的家庙，也是离我家不远的两座寺庙贡萨寺和羌日寺的护法殿。这座修行庙宇有一个美丽的传说，据称当年莲花生大师在此地打坐念咒七天七夜，莲花生大师用法杖一戳，地上就涌出了一眼山泉。这山泉因之而具备了神性，老人们能够通过泉水颜色的变化而卜凶吉、算农桑、看气象，人们甚至传说在我出生时，这泉水变成了奶白色。藏族人是个相信神迹的民族，是个与大自然相依相亲，并敬畏自然的民族。世俗万物，皆具神性，自然界中的一些奇异变化，常常被当作神的恩赐。祖辈依泉建庙，整个建筑沿着山坡上的岩石高低错落而建，远远看去像在燃烧的火焰。“麦巴”在藏语里就是火焰的意思。寺庙包括经堂、僧舍、修行洞等，经堂里供奉的是一座高大的莲花生法师的塑像，还有一尊鹿头人身的护法神像。关于这尊护法神，也有一个动人的传说。很久以前，一个游方僧人在森林里迷了路，一头漂亮的鹿出现在僧人前方，并为他带路，引导他走出了森林。僧人在一个山洞里闭关修行了三年三个月零三天，已修得正果，出来后发现那鹿仍在外面等待。这个传说寓意鹿为藏族人的学佛引路人，因此，家乡的人们视鹿为吉祥的动物，并加以崇拜。这里海拔4200多米高。庙的四周是遮天蔽日的原始密林，高大挺拔的松柏，四季不凋地装点着苍茫山岭。林中的野羊、马鹿在房前屋后追逐嬉戏。各类不同色彩、大小不等的鸟类在林中飞舞。布谷鸟、杜鹃鸟的叫声，似悠扬的歌声悦耳动听。从古庙中传来的击鼓、摇铃、吹号、敲钹的佛乐声划破宁静的林间传向天际。庙前的草坝宽阔平坦，夏天远看绿草成荫一片青绿，近观白色的格桑花、紫色的杜鹃花、黄色的醉羊花竞相怒放，芳香扑鼻，像大地上的彩色星星。一条蜿蜒的小河从坝中由东向西轻轻流淌，河水清澈见底，河底圆润美丽的鹅卵石舒展地躺着，像山上的动物们遗失在大地上永不孵化的蛋。

这是一个寒冷的冬天，草坝枯黄，各种野花已经凋谢。小河结上了坚硬的厚冰，像一条白色的腰带把草坝捆紧。那天，我的生日在一股浓郁的煨松柏干粉的香烟中开始了，它在凌晨五点时起就弥漫在我的卧室，随即，我就被我的老师占堆活佛的诵经声吵醒。他是我父亲请来的老师，年纪50岁开外，秃顶、矮胖。他学识渊博，道行高深，但总是严肃刻板，让我望而生畏。他那天早晨念的据说是《宝瓶甘露经》，是一部祈诵吉祥的经文。睡眼蒙眬中，我才想起今天是个吉祥神圣的日子，是我的生日。但瞌睡使我无法睁开眼睛，我多想再睡一会儿啊！

我的侍读喇嘛阿旺丹增此刻穿着整洁的袈裟，蹲坐在地板上撅着嘴、鼓着腮帮子，正不停地吹着香炉中的炭火，让烟一阵阵生起，弥漫整个屋子。尽管煨松柏的青烟很清香，但熏得我的嗓子极不舒服，感到呛、感到烦躁，以至于眼泪都被熏出来了。家里的大人小孩在房间里进进出出，把我今天要穿的衣服拿到香炉上熏了再熏。新衣是父亲专门请裁缝为我量身定做的僧服便装。里子是羊羔皮，外衬是黄缎子；还有僧侣穿的翘鼻僧靴，整个是软牛皮做的，靴头呈弯钩状，看上去很漂亮。

我父亲短暂的官场生活中，曾有一些随从管家。父亲卸任后，随员不仅失散，而且失业。整日鞍前马后跑腿的人，总是习惯看着主子脸色办事，一旦离开了主子，也就无事可做了。父亲有慈悲心，以友情为重，将一个无家可归的随从带到家里，派个跑龙套的活儿给他干。他的习惯动作是整天弯着腰，垂着手，走路很快，双臂摇摆。只要有人在他面前，他总是仰起头,满脸堆笑,细小的眼睛盯着你。听到别人说话,管它对否,他都像捣蒜般频频点头。母亲并不喜欢他,但一个家庭总需要这样的帮手。这天父亲派他帮我穿衣服。尽管量过身,但那套僧装对我来说还是又肥又大。靴子像个彩色的牛皮船,脚伸进去一走路,靴子都在旋转。我像包裹在一个华丽僧袍里的玩偶,被人们摆布来摆布去,我用目光寻找着我的母亲。我想蜷缩在她温暖的怀里,甜甜地吸吮着母亲的乳汁。但围着我团团转的人群中哪里有母亲的身影?我想,她一定是在厨房忙碌着吧。

太阳刚刚升起第一道金光,透过藏纸糊着的百叶窗,洒进了我的卧室里。父亲进来了,穿着自己那件半新半旧的官服。尽管从衣服上看不出任何官阶,但只要一有喜事,父亲总要把这件官服穿上,再套一件马褂。父亲那时刚满50岁,宽阔的前额中间长着一颗黑痣,浓眉下的眼睛圆润闪亮,高耸的鼻梁上架着一副黑框眼镜。下巴上有几绺白须,飘拂在胸前。他进来时满面春风,白须因激动而抖动着。他怀里总是揣着一块马帮从印度买来的英式怀表,镀了金的表壳,已经褪色得斑斑点点,可金灿灿的表链依然耀眼夺目。父亲擅长书画、雕塑、藏医,他的雕刻技艺远近闻名,还经常被人请去雕塑佛像。父亲是红教的虔诚信徒,红教是西藏佛教四大教派之一,早在唐朝时期就由印度的莲花生大师入藏传播。红教不仅建寺布道,还可以居家修行。每修行一年,头上的发髻就盘一圈。我记得那时父亲的发髻已经盘了九圈了,下大上小,看上去就像一个顶在头上的宝塔。

父亲在我房间里走来走去,不断把怀表掏出来看,然后庄重地告诉我说:"孩子,时辰到了,我们走吧。"

我被父亲牵着手走进家中的经堂。经堂足有两层楼高,宽敞明亮,中间那尊莲花生大师的法像,有五米多高。这尊佛像是父亲自己设计、自己雕塑的,上面镶嵌着各种珠宝,可以说,我们家的大部分财富,都贴在这尊佛像上了,连母亲陪嫁的首饰都供奉在上面。这座佛像的里层是木架结构,外层是黏泥雕塑,上面涂着厚厚的金粉,看上去庄严巍峨;莲花生大师面色安详淡定,目光深奥慈祥,仿佛能包容世间万象。佛身靠北面南,端庄地坐在莲花宝座上,右腿微微敞开,左腿钩紧。一般来讲,莲花生大师不同的坐姿,代表不同的佛教含义,或悲天悯人,或威压仇敌。我家经堂里的这尊莲花生佛像的坐姿，具有护佑众生平安吉祥的意蕴。

莲花生大师的法像前供奉着一百盏酥油灯，一百个圣水碗，一百枝干花等五种供品，俗称“百供”，是在吉祥的节日里才会有的场面。佛堂里闪耀着灯火的光芒，弥漫着浓郁的果香。父亲让我给莲花生大师的法像磕十个头，我年幼体小，匍匐下去，半天爬不起来，但还是双手撑地，硬撑着爬起来再磕。那时我望着佛像想：他真高大威严啊，不磕头要受到严惩哦。在我磕头的时候，旁边的人神情肃穆，只有老师和喇嘛们开始齐声念诵祈祷经，那浑厚低沉的诵经声在佛堂里回荡，好像怒江江水在峡谷里激荡奔流。这样大的阵势和场面，不要说对一个孩子，就是一个大人，也会心生畏惧。

如果说一个人的宗教情感来自于环境和家族传承的话，那么，对神灵的敬畏感就是培养这种感情的第一步；而宗教仪规则是培养敬畏感的重要程式。这些复杂烦琐的程式对于一个孩子的心灵来说，就是一种熏陶和训练，就是让他进入佛门的第一步台阶，它即便不能立即让你产生皈依之情，至少也让你的心灵被引诱到某个既定的模式和轨道，让你相信，这就是你将来的生活，这就是你必须服从的命运。

但在当时，我哪里想得到这些呢？我既不觉得自豪，更不感到好玩儿，尽管人们用恭敬的目光看着我，可我巴不得尽快结束这场乏味的游戏。父亲把我引到宽大的客厅，中央有一个“寿座”，是一把没有靠背的方木椅。两边坐的是老师和父亲，客厅两边摆满了藏式卡垫，左边是喇嘛，右边是亲朋好友。我忽然觉得自己比其他人都高大了。

九个喇嘛列队向前，手持法鼓、法铃、经书、宝瓶、供果和法器。齐声念诵“祝寿经”，经文大意是：

明亮的太阳照耀着美丽的花朵，
雪山峡谷沐浴着太阳的温暖；
草原上开满灿烂的鲜花，
经堂里飘散着神灵的祝福。
今天是个祝寿的日子，
给我们的未来带来的是美好的运气。

接下来，让我起身向占堆活佛磕头，这算是正式拜师了，5岁的生日，就是我这个佛子学佛的学龄,拜师就是正式学业的开始。我给占堆活佛磕了16个响头,意味着16个圆满的佛缘,也希望老师将把16部佛经传承给我,更标志着我已经把老师视为自己的又一个父亲。藏族人经常说:“如果你视自己的上师如佛,你将争得佛果;如果你视上师如菩萨,你将成为菩萨;如果你视上师为凡夫,你将永远停留在凡夫之地。”因此,在出家人的戒律中,最根本的一条就是不能违背师命。我那时虽然懵懂无知,但也知道,从今以后,我要接受这位老师的管教了,可我并不喜欢他。虽然也说不上憎恨他,但一见他的面,我的腿就开始发软。

磕完头,占堆活佛赐我祝福的经文,那九个喇嘛再次出场,这次他们伴着法鼓、法号,跳着神灵的舞步,口诵经文,依次来到我的面前,占堆活佛先是将一部经书放在我的头顶,这意味着加持佛法,这叫“语”加持;然后又把一尊佛像触到我的额头,这意味着加持佛身,叫“身”加持;最后又捧一尊宝塔,放在我的胸前,口里念念有词,这便是“意”加持了。“语、身、意”三加持,象征着我从5岁起将继承佛的衣钵,行佛所行,说佛所说,想佛所想。我不再是个人的我,我是佛的传承,从此和佛生死与共。

这个生日,既是进入佛门的仪式,也是祖辈嘱我立德、立言的仪式,所以繁杂、漫长。拜师后人们又把四周的坐垫撤掉,客人们站立在宽大的客厅里看僧侣们的跳神表演。高僧们的舞步和着鼓点和法号,凌空蹈虚,诡异飘逸,像个隆重的晚会。人们看得津津有味,而“寿座”上的我却心神不定,我并没有领会“语、身、意”对我这个生日有什么意义,这些舞蹈是跳给我看的,还是跳给神灵看的?好像这些都是大人们的事情,他们似乎并不是在为我过生日,只是自己在搞化装舞会。记得我从马帮带来的一张印度画报上,看到一张拆成四页的照片:一群身材高大的男女,穿着肥大的衣服和宽厚的袍子,戴上动物头饰的面具,在一个金碧辉煌的大厅,不知疲倦地旋转着。有位大人告诉我,这是洋人的化装舞会,给我留下了深刻印象。

既枯燥乏味,又烦琐冗长的生日仪式还在继续。占堆活佛手捧一个宝瓶出场了,编制成扇形的孔雀羽毛插在瓶盖上。在场的每个人都低着头,伸出手接过占堆活佛从宝瓶里滴出的几滴圣水,然后恭敬而如饥似渴地喝下,并且用手心在自己的头顶上拍一拍。据说,宝瓶里面装有江水、河水、湖水、泉水四种圣水。最后,占堆活佛来到我的面前,将宝瓶中的甘露圣水用孔雀羽毛扇洒在我的身上,说这是为我洗罪,我从前做过的坏事都将被圣水洗干净,我将成为一个洁净的人。我就想:我从前干过的那些调皮捣蛋的事,诸如追打野鸡,上树掏小鸟,在神圣的经堂里和弟妹们玩捉迷藏,闹得鸡飞狗跳的,都是罪过吗?能洗得掉吗?难道以后再不能玩儿这些游戏了吗?

我肚皮早就贴到脊梁骨,饿极了,只盼望早点端上奶茶、酸奶。可在这种场合,连吃也是一种仪式。吃之前还要先敬神、敬佛,让神、佛先请,人们才可以吃。尽管食物并不丰盛,不过是酥油、红糖拌人参果,但算是那个时代最美味最好吃的。人参果在藏语里叫"措玛",与藏语的"顺利"发音相近,因此吃人参果就意味着"一帆风顺",这东西也只有在过年和喜庆的日子才吃。

那天,最叫人淌口水的食物,不是牛羊肉,而是大米饭。要知道在那个年代,即便在富裕的家庭,一年能吃上几次大米饭就已经很不错了。因为西藏不产大米,又交通闭塞,大米都是由马帮从遥远的汉地驮运而来,吃大米饭就像过新年一样,隆重而珍贵。当那碗红糖、酥油、葡萄干拌的大米饭摆在我面前时,我迫不及待地伸手抓了一把塞进嘴里。这时,坐在我身边的老师占堆活佛一巴掌打在我的手上,威严地低声说:"先敬神!"

我把被打得火辣辣的手缩进袖里,嘴里塞满米饭,眼里含着泪水。我长这么大,还从来没被人打过,就是有人对我说几句批评的话,我的父母也总是对我呵护有加。这一刻,我终于有些明白了,我无拘无束的童年,就此结束了。

生日仪式终于收场了。人们纷纷退出客厅,将我一个人留在"寿座"上。只有一个老僧威严地站在我身旁,就像是我的侍卫官。

按照家乡的规矩,喜庆之余总是要接受亲朋好友的祝福,当然不外乎是献哈达、送礼物。说几句祝福的话。首先是家庭成员向我祝福生日。第一个上来的是父亲,他给我献了一条黄色的哈达,送我的礼物是他的坐骑"黑玉"母马产的一匹白驹。因为我从家里到寺庙有半天的路程,以后我每个月都要来回一两趟。父亲的祝福语是:知识要在年轻的时候求,良田要在春天的时候耕。你现在已是学佛的年岁了,已经登上了巍峨的雪山，就不要再留恋脚底下的草原了；山上滚下的石头滚不回去，已经开弓的箭不能回头射；师恩大于父恩，一切听从师教；你是有佛缘的，要坚持走下去，定能成就。

在这个隆重而烦琐的生日中，记忆最深刻的是母亲对我的祝福。当母亲拉着两个妹妹和一个弟弟进来时，我的第一反应是想跳下“寿座”，大喊一声“阿妈”，然后扑向母亲，搂住她的脖子，可我身边的老师用严厉的目光盯着我，让我动弹不得。

母亲今天虽然一身盛装，但穿着并不算华贵。我母亲从来不佩戴珠宝玉器，更不穿珍贵皮毛的衣裳。尽管她也出身于大户人家，并且是方圆几十公里内有名的美人。在我的心目中，母亲是天下最美丽最善良的阿妈。我的父母都乐善好施，凡是有亲戚来，无论贫富，母亲都不会让他们空着手回去，不是一只羊腿，就是一口袋糌粑或是几坨酥油。一些生活困难的亲戚来时只牵一匹马，上面搭两个空口袋，走时母亲一定会让他们把口袋装得满满的。母亲常说：“不应该装糌粑的口袋是缎子做的，里面装的却是豌豆磨的豆面。虎显示的是虎纹，人显示的是学问，虎纹在外，学问在内。做人要做一个品德高尚、信仰虔诚、施舍大方的善良人。”

母亲走到我的跟前，满眼泪水，眼神呆板，神情卑微。她躬身向我献上一条哈达，然后跪在地板上，工工正正地向我磕了三个头。

不要磕！在母亲刚一跪地的时候，我差点儿要哭喊出来。

过去，我常看见别人给父亲磕头，自己也给活佛磕过头，没有觉得有什么异样。今天，竟然是母亲给我磕头，让我感到意外、惊讶，似乎一下子进入一个紧张、恐惧、迷惘、虚幻的梦境中。她是最疼爱我的阿妈，是我最亲爱的母亲啊！

望着母亲躬身在地的背影，我的眼泪忍不住掉下了。我不愿因为做了一个佛子，就离开母亲的爱，拉开母子间的距离。我想下去搀扶她，但我的身子刚一动，身旁的老僧就用他有力刚硬的手掌按住我的肩膀。我抬头仰望，他的目光像鹰一般锋利，我害怕了。

母亲的最后一磕，长时间地匍匐在地上，似乎在默默地祈祷着什么。她缓慢地站起来，垂手弯腰，退出了房门，到了门口，母亲回头望了我一眼，那目光炽热而痴迷，自豪而哀伤。我那时看不懂这目光，多年以后我时常在回味中,才慢慢领悟到其中的内容。

我恍惚感觉到,从这个生日起,仿佛这家中的人,都离我远去了,所有的亲情都对我严肃起来。我成了一个僧童,成了一个与神更近,与人更远的人。欢乐的童年,纯洁的童心,无拘无束地奔跑、无牵无挂地玩耍,就这样被这个生日终结了吗?

冗长的仪式终于结束了,我被送回卧室。卧室也是教室,今后我的老师将在此授课,他将永久住在我的卧室隔壁。占堆老师已经威严地坐在我床头边的坐垫上了。他让我盘腿坐在床上,然后宣布了几条戒规:以后没有许可不准出门玩耍,除定时的两餐外不许随便吃零食,出家人过午不食,你年岁小,允许每晚喝一杯牛奶;早晨天不亮即按时起床,先是诵经,后是习字。他指着卧室沿墙落地的藏式经书架上摆满的经卷典籍说:"你的这一生,从藏族古典诗词,萨迦格言,再到各类经典,藏医藏药,都要学,要把这些书念完,才算初懂佛学。"

我看着那些沉重的大部头经典,傻眼了。

夜幕笼罩着古庙,四周一片静悄悄的,唯有一闪一闪的酥油灯,像是一个微弱的生命在颤动。我睡在这间堆满经卷、墙上挂满唐卡画的房子里,看着唐卡画上那些栩栩如生的度母像,想起了慈祥的母亲。就在昨天,我还睡在母亲带着羊奶味的藏被里。可现在,她的怀抱、她的双手、她的眼神、她的体温,已是可望而不可即了,陪伴我的只有这些让人生畏的经书和唐卡画。院子外的羊圈里,羊羔"咩……咩……"的叫声在寂静的夜里悠扬绵长,牛犊吸吮母奶的声音也不时传来。牛羊都可以跟自己的妈妈在一起,而我为什么就不可以了呢?摆放在案头佛龛里的护佛神面目狰狞,怒目而视,就像要扑下来吞噬我,使我感到更加孤独无助、恐惧万分。

这叫什么生日啊?简直将我的童年一刀斩断,把我从阳光明媚的天空里,投入到黑暗阴森的禅室里。以后我还可以去夏季的高山牧场,躺在青青的草地上,仰望碧蓝的天空吗?还能在静静的夜晚,依偎在母亲温暖的怀抱里听她讲神话传说吗?在我三岁时,母亲常在夜晚的炉火边,夏日的星月下,给我讲格萨尔王的故事,讲部落兴衰的传说。她的故事语言生动,比喻贴切,人物活灵活现,情节感人动听。母亲还有一副优美的歌喉,能唱几百首草原上的民歌。有些歌词在草原上、峡谷中传唱了千百年,有些歌词是她自编自唱的。我听着母亲的歌声,常常不知不觉就睡着了。

看来,这一切都已经离我远去了,我终于放声大哭。

我的哭声惊醒了占堆老师。他披着晚上打坐时穿的法衣,赤着脚板来到我的房间,表情依然刻板。除了重复那套生日对我的祝词,还告诫我说:“山和山不相遇,人和人总要相逢。我们结为师徒,是前世的因缘。你要做一条游进大海的鱼,跑进草原的马,飞进云层的鹰,就得有学问。我教过的学生,比你妈会唱的民歌还多,我不相信金刚磨不出针尖,何况你是一个聪慧过人、灵智超前的孩子。”说完转身就走了。他的声音在寂静的夜里如此威严、冷酷,而所说的那些大道理又如此沉重、冰凉,吓得我的心一直怦怦乱跳。

我在泪眼婆娑中迷迷糊糊地睡着了。我梦见唐卡画上的那些护法神都从画中跳下来捉拿我,他们肩上扛着骷髅,手里拿着铁链,双脚踩着人头,追赶得我到处乱窜。藏传佛教的护法神有各种不同的化身,有善相和怒相。扮愤怒状的护法神一般都显得狰狞恐怖,以威吓佛法的敌人、神界的魔鬼。我被噩梦惊醒了,看看香案上的燃香,才发现自己并没有睡多久。

我爬起来,钻出被窝,站在窗前,拉开窗帘,窗户被一层粗糙的藏纸蒙着。我用手指蘸上口水,浸润了藏纸,划破一个小洞,往外一看,先是看到伙房里的煤气灯仍在闪烁,那里的人还在忙碌。伙房旁边是母亲的房间,那就是我的目光要找的地方。

母亲的房间竟然还亮着烛光,这让我欣喜若狂。我在喉咙深处喊了一声:阿妈……

泪水模糊了视线,我要去告诉母亲,我不当喇嘛了,我也不想学佛了。我只想随时见到阿妈,随时都在阿妈的身边,随时听到阿妈的声音,哪怕是骂我的声音。我离不开阿妈的温暖和呵护。

隔壁占堆老师的鼾声此起彼伏地传来,我确信他已经睡熟,就披了件藏袍,蹑手蹑脚地悄悄打开门,在黑暗中飞奔到母亲的房门前。我从门缝中看到母亲坐在床头,手里抚摸着一个黄布包裹,目光发亮,神情慈祥而专注。灯光下的母亲显得那样恬静、温柔、美丽,就像唐卡画上的绿度母。

母亲那时的神态,一辈子都铭刻在我的记忆深处。

我猛然推开门,低声叫了声“阿妈”,便扔掉披着的藏袍,光着身子钻进母亲的被窝里。她先是惊讶片刻,接着紧紧地一把搂住了我。母亲的力量好大呀,这是世界上最有力量的爱,最有力量的温柔。这就是一个母亲宽广温暖的怀抱。

我哭,母亲也哭。我双臂勾着母亲的脖子,拼命地亲她。母亲抱着我的头,把她的前额紧紧地贴在我的脸上。母子的泪水交融在一起,我再次嗅到了母亲身上熟悉的体味,感受到了母亲大海般的温情。我就像一条自由的鱼儿,漫游在母爱的江河中,白天那些烦琐的仪轨,虚荣的祝词,都比不上母亲给我的一个吻啊!

母亲想把我推开,仿佛又舍不得;不推吧,我跟母亲的怀抱已经粘连在一起了。母亲推我一下,我在她的怀里钻得更深,母亲就搂得更紧;然后她又推,又搂……反反复复,难舍难分。

而屋外占堆活佛的鼾声隐约传来——那是世界上我最不愿意听到的声音,我相信母亲此刻也有这种感受。

母亲怕我冷着,就找来一块黄色的氆氇被,把我裹起来。我说:“阿妈,我要在你的房间睡,再不离开你。”

母亲犹豫了一下问:“儿子,今天占堆活佛打你的手。痛吗?”

我来不及想这个问题,只说:“忘记了。”

母亲轻轻叹了一口气,在我的耳边低声说:“儿子,阿妈的好宝贝,你听妈讲。你父亲继承了家族的荣耀,他现在像一座古老的房子,不知哪天歪斜。你是支撑着他的唯一的柱子,是他唯一的安慰和希望。你不知道家史,祖辈开头兴旺得快如骏马,现在不能衰落得矮如草原。你是佛家的后代,已经染上了红色的氆氇,就不能说我喜欢白色。经商聚财不是家传,学佛积德才是家规。这些道理你现在不懂。你5岁的生日为什么耀眼光彩,是为了让人记住,‘麦巴’有了后人。要听话,妈送你回去。”

我不明白为什么阿妈说的话也跟其他人一样。我心里在想,我只要阿妈,不要当佛子,不要学那些搞不懂的经文。这时,我把阿妈的被子一把拉过来,将我们两个盖住,然后再往母亲怀里钻。我认为,只要我钻进母亲的被窝里,她就不能赶我走。一个小孩子在母亲面前能撒的娇,会要的赖，我都使出来了。

母亲只好从床上起来，点燃房间里的香炉，撒上香粉，让青烟再次冒起，然后将刚才裹我的氆氇举在香烟上熏。这不仅仅是一种来自神的祝福和母亲的呵护，而是母亲认为：刚才这块氆氇沾了她的身子，对一个佛子所用的东西来说，已经不洁了。她要用香烟熏走氆氇上的凡人之气。

母亲用熏好的氆氇再次裹紧了我，将我从床上拉出来。我看见了母亲眼睛里的泪花，也看见了母亲脸上哀婉的表情，但母亲的行动却很坚决。她紧紧地搂抱着我往屋外走，我不断地挣扎，不断哀求，“要和阿妈睡，要和阿妈睡……”以至于有一次差点儿从母亲的手臂中掉下去了。

母亲吓坏了，再次搂紧我，说：“儿子，你要听话。阿妈可从来没有打过你。求求你别闹啦，占堆活佛会听见的。要是他知道你来我这里，你会挨打的，你阿爸也会骂我的，听话呀儿子。”

我终于被母亲抱回我的房间，占堆活佛还在隔壁熟睡。母亲把我放在床上，用一条毛氇氇的红色氆氇把我裹好，又说了很多鼓励我好好儿学经的话，不断地哄我，亲我。母亲说：“阿妈可以爱你、想你，但阿妈不能将你育成古柏、做成栋梁。你要听占堆活佛的话，他的名声大如雷鸣，他的知识多如林涛，是你父亲以建一座小庙的功德请来教你的。你要珍惜啊！”

我再一次把手伸进母亲的怀里时，无意间碰到一件东西，我把它拿出来，原来是白天母亲给我献的那条哈达！这条哈达不是很新，上面甚至还有酥油的痕迹。既然我不能留住母亲，就留下母亲的这条哈达吧。因为那上面有母亲怀里的香味。

我对母亲说：“我要这条哈达。”

但是母亲把哈达拿回去了，她说：“儿子，哈达不能给你，以后再给你讲这条哈达的故事。你要早早地睡，明天还要一大早起来念经呢。阿妈每天早晚都会在佛、法、僧三宝面前为你祈祷的。”

一条哈达背后会有什么故事呢？那时我还不明白。白天母亲在向我献完哈达后，就将它取回去了。我没有想到母亲会一直将它揣在怀里。

母亲终于要走了，她狠狠地亲了我两口，她眼里的泪花再次洇湿了我的脸。我感到伤心的是：她竟然一点也不顾惜我此刻依恋她的心情！在母亲跨出门槛儿时，她仿佛是做了件什么错事，还不断扭过头来望着我，我还能清晰地看见母亲眼眶里的泪水。可是母亲却忘记了门槛儿的存在，她绊了一下，差一点儿跌倒。我大叫一声“阿妈”！但我的呼喊只让母亲更慌张、狼狈，她的背影倏然消失在黑暗中。

是泪水迷糊了母亲的眼，让她看不见地上的路？还是门槛儿有心，不让我的母亲就这样离去？

我人生的第一个生日，就是这样，既让我伤心，又令我怀想。生日对其他的孩子来说，是快乐无比的，而对一个佛门弟子，则是进入佛门的第一扇门。今天我回忆起五十多年前这个佛门生日，只是想再现当时西藏历史背景之下的一种民风民情，以及它体现出来的文化特色。其实，不同民族间的区别，根本上在于文化的不同，迥异的文化造就了不同的民族特色。民族之间的沟壑，实质就是文化认同上的沟壑，而民族之间的团结融合，是建立在对彼此文化的尊重理解基础之上的。我们或许可以从一个孩子的生日，看出一个民族曾经拥有的过去。

傅雷、顾圣婴及“张迷”瞻仰的285弄

黄　石

江苏路285弄像英文字母L，长的一竖通向江苏路和愚园路，短的一横通向镇宁路。长短线条的交叉处就是28号，张爱玲的后妈就曾经在此居住。

据房产档案记载，这一排小洋房建于1925年，上世纪50年代还非常偏僻，附近有大块空地，连到中西女中（市三女中），有人种菜，甚至有人养羊。因为是一条死弄堂，洋房的墙篱笆非常低矮，也没有人跨越，送牛奶的人只需把奶瓶放在花园外，陌生人除了花匠、邮递员、送鱼虫的乡下人，几乎看不到再有谁来。周围有数株大桑树，届时桑葚满头，紫得发黑，又大又甜。在桑树底下，曾经出现过蛇，我亲眼看到派出所的人用笼子将一条蛇抓走了。

上世纪50年代中期一场台风，将弄堂最后一堵墙刮倒，那半夜我印象深刻，如山崩地裂，狂风夹着一声巨响，房子也抖动起来。第二天，我看到后门以外是一地碎砖，另一个世界。仿佛大幕拉开，看到的是完全不熟悉的场景。墙后的人家住得这样破，这样烂，还有草顶房子。那些人试探着到这条花园洋房弄堂张望，以后，他们的孩子有些成了我的同学。

这些同学聪明透顶，常常使我自惭形秽。他们会创作一种“回文”，让人上当。比如：“纸头乱糟糟”，倒读变成了“搔搔卵头子”，“大自然的爸爸”倒读成为“爸爸的卵子大”。他们会让女老师倒读，在得手以后全体哈哈大笑。不过这批人大都没有逃脱4050的下岗命运，直到今天，日子也不比父辈好到哪里去。

当年的热闹是一阵一阵的。1958年的时候,弄堂有些不对劲了,一帮子人来拆所有建筑上的铁器,铁门、钢窗上的铁栅栏、我家的大落地窗的铁栅栏移门几个大汉都扛不动,用氧气瓶烧,好不容易拆下来。据说是拿到上钢厂去炼钢了,我只知道上钢厂是在很远的地方。

弄堂里的空地上,不知道哪里来的人也开始炼钢,挖一个坑,砌什么高炉,就在花园洋房旁边生火,穷烧,后来停了,一堆乱砖不了了之。每家还要贡献一种粉,就是将砂锅捣碎,捣成粉末,说是国家炼钢要的。

炼钢的事说没就没了,花园洋房周围开始建工厂,我一直不清楚人们对花园洋房是否有着强烈的排斥心理。工厂就盖在花园洋房旁边,车床对着家里的客堂间,搪瓷厂的烟囱在人家头顶天天撒煤粉。这不是一幅漫画,也不是大杨浦某个地方,这是上世纪60年代愚园路上海西区最最上流社会的社区发生的事情。

上世纪60年代初期,285弄面目已经全非,铁栅栏拆光了。破汽车放在弄堂里,机油流得一地,弄堂露天露地变成汽修厂,安定坊也堆满电动机。洋房的汽车间没有汽车了,办起了生产组,老阿姨在里面糊纸盒。马路上拉劳动车的"大泼势"女人到洋房弄堂来找地方小便,就往绿化后面一蹲。临近省份的饥民开始来弄堂要饭。后来粮食供应出现问题,副食品也出问题了,家家在花园里种菜养鸡。以前的太太们见面,总是谈谈麻将台上的手气,现在开口问:"拿屋厢的鸡出蛋了哦?"报纸上开始宣传山芋的营养,大米不能全额供应,要部分换成山芋。弄堂开始堆山芋,一麻袋一麻袋,班级里的"猫狗"、"小宝"去偷,用铅笔刀削皮,大口大口地嚼,很自得。成年后,这两人成为职业"三只手",先后判刑。

某些人对花园洋房和南京路是极端对立的。当年有一张非常出名的照片反复刊载,一队军人推着一长串粪车从国际饭店门口走过,意欲何为?当然大有深意。这绝不是本雅明对摄影的论断所可以解释的:"从消逝的东西中看到一种新的美。"粪车和现代商业文明,和曾经是灯红酒绿的地方"冲撞",暗示对"人欲"的最后的一次荡涤,就要山雨欲来。

285弄弄口正对着284弄安定坊,安定坊弄口一边是大翻译家傅雷的家,一边是基督教惠慕堂,车床搬进去,教堂里行车吊车戳天戳地。我的同学就是牧师的儿子(牧师离特务还差一点点),我觉得他一直很自卑,从来没有开心过。

表面上，傅家的花园里，月季花芬芳吐艳，这是傅雷煮字生涯里最最热衷的事情。其实傅雷的家已经风雨飘摇，傅聪乘着出国参加钢琴比赛，“逃脱了”，这是弄堂里经常被议论的事情。

一个女同事秦明，就住在傅雷的房子里，她家里是军人。“文革”中，扫地出门的人家房子空关，部队的家属住进去，傅家类似。我乘机进去看看，厨房五六家人家在用，有点乱，也看得出以前傅家是体面的，留下硬扎的料理台，煤气灶老式的。每个房门高畅，很高很厚的深色门套。楼梯沿墙壁上去，扶手是大料硬木，有护壁板。

这个楼梯，1966年9月3日早晨，保姆周菊娣走上踏步去给三楼先生的卧室搞卫生，推开门，周菊娣呆住了，傅雷躺在床上，已经没有任何气息，朱梅馥用白被单将自己吊在钢窗的横杠上。消息传出去，户籍警察左安民赶来，发现书台上有一个包裹，折起的地方用火漆封固，非常郑重其事，上面附有一纸，“此包由朱人秀会同法院开拆。傅、朱”，朱人秀是朱梅馥的哥哥。经过请示，包裹被打开，里面有几个装着钱物的信封，以及一封书写清晰的遗书，这封遗书在一些地方发表过，但不显著，相比《傅雷家书》，影响小得多。除了表示自己并不反党，自己多余以外，还谴责自己教育出一个叛徒（指傅聪出国未归）。

有两点是提到保姆：旧挂表一只，旧小女表一只，赠保姆周菊娣。六百元存单一张给周菊娣，作过渡时期生活费。她是劳动人民，一生孤苦，我们不愿她无故受累。

一个小信封装有现钞五十三元五角，傅雷写明：作为我们的火葬费。

9月2日，夫妇往生的那天，朱梅馥对保姆说：“菊娣，衣物箱柜都被查封了，我没有替换的衣服，麻烦你到老周（煦良）家给我借身干净的来。”她不要让自己死得太难看。

据法医分析，朱梅馥比傅雷晚走两小时，她看先生服毒后，慢慢剪开被单，打好结，怕一脚蹬开时弄出动静，用棉花胎垫好方凳，走了。

他们之前的遭遇，与许多人大致相同，批、斗、侮辱、抄家，花园里的月季花被连根拔掉。

傅雷是泰斗，是应该像菩萨一样供起来的呀！

我看《约翰·克里斯朵夫》的时候经常浑身发抖，我对于他笔下的“真勇主义”既爱又怕，他纠正了弄堂对过一个从未谋面的少年对人生的看法，包括成长、友谊、异性、死亡。

那天我正好十五岁，我的生日，无法忘记。我要我母亲回忆那天我是怎么过的，她实在想不起来。

我还记得1964年的春天，我到傅家房子后面一个讨人喜欢的女同学家里“开小组”（按照老师的编排，几个人一起做作业），那个时候的安定坊真安静啊，小洋房之间的树密不透风，微雨，绿得透出油来，忽然飘来植物的气息，介于香与不香之间。涂过柏油的墙篱笆被开满白花的枝蔓压弯了竹梢，整条弄堂，寂静无人。但是谁知道，就在白花的后面，傅雷在喘息，两年后便自我了断。

愚园路往西一点点，1088弄103号，顾圣婴，也是自我了断，死期是1967年2月1日。

不重复关于批斗、耳光、开煤气的事情，不讲她父亲顾高地羁押于青海，这些网上都可以查到。

傅家和顾家深交，傅雷为顾圣婴介绍过钢琴老师，傅雷夫妇的死，肯定给顾家三人的死做了榜样和暗示。

1967年1月31日，我的小朋友陆小燕追逐打闹，突然捂着腿高叫：“痛煞了！”旁边的小朋友说她“装腔”，小燕叫得越来越厉害，送到愚园路749弄的原区中心医院，才知道骨折了。打石膏、校正等事折腾到半夜，我弟弟和阿尼头（现定居纽约）两个十来岁的少年陪着。

凌晨三点左右，救护车呼啸而来，抬下来三副担架，脏兮兮的帆布担架，放在急诊室的地上，那时中心医院急诊室是老洋房的客厅，天冷放一个烧煤的铸铁炉子取暖，铁皮烟道在天花板下绕半圈。担架上两女一男，已经气息全无。阿尼头那年十六岁，从小练小提琴，老师是交响乐团的，知道音乐界的许多事情，他认出了躺在担架上的是顾圣婴。旁边大人们也在议论：……顾圣婴，顾圣婴。弟弟回忆起来，顾圣婴面孔雪白，头发塌在了地上。片刻，医生写好死亡鉴定，三副担架由护工推到太平间去了。这就是顾圣婴在公众面前的最后一次露面。接下来的事情，报道里回忆，三具尸体匆匆烧了，骨灰没有留下来。三个人是，妈妈秦慎仪、弟弟顾握奇和顾圣婴。

弟弟回忆 1967 年 2 月 1 日凌晨所见，那个男的抬进来的时候，右手不合常理地前伸，很触目。天很冷，没多久，人就呈僵硬状态，那年，顾圣婴二十九岁。

1989 年暮秋，我见到年迈的顾高地。他已经八十高龄，他活下来，是因为他一直因潘汉年案在服刑，前难躲过后难。孤老头子已经没有亲人。和我一起去见老人的还有同事王美女（现定居巴黎），我们是通过一个叫蔡蓉曾的女子，找到顾高地的。

愚园路的房子早就变成七十二家房客，顾高地落实政策后，被聘为市政府参事，虽是闲职，他有这个资格。他年轻时候是 19 路军蔡廷锴的参谋，一度蒋介石也器重他，他与潘汉年等过从甚密。顾高地移居在离愚园路不远的兴国路 41 弄 2 号 303 室，与兴国宾馆相对。这是在老洋房之间的空地上建的工房式多层火柴盒，与兴国路的风格有点不合。

推门进入的时候，闻到一股强烈的猫尿味，我担心美女同事做掩鼻状，刺激老人家，还好，什么事都没有发生。屋子里养了一群猫，顾高地手里还抱着一个，好高的个子，很瘦，属于小头一类，灰色中式棉袄，更显老人皮肤苍白。他目光柔和，语话清晰，带无锡口音的上海话。事先和美女商量好不讲任何痛苦的话题，我们权当陪老人说说话。那天阳光很好，客厅的水泥地上白白的耀眼，房子等于没有装修，但很整洁。一架旧钢琴，老人说是女儿用过的，还有一些旧琴谱，也是抄家归还的九牛一毛，连同顾圣婴的几张照片，放在玻璃柜子里。最有价值的是一具石膏手模，裂了，是肖邦临死时翻制下来的，波兰政府拷贝，奖励给顾圣婴的。

我们谈下来，知道老人在政府里领一份薪水，看病没有问题，蔡蓉曾女士是热心人，无偿帮助老人，关心饮食起居。老人的愿望是在此设置顾圣婴纪念室，保存圣婴所遗全部文物。我想，这里实在是太简陋了一点，顾圣婴留下的东西也非常有限。我们陪老人坐了许久，临走他送我们顾圣婴的盒带一套，两盒，收录女儿演奏的肖邦、李斯特作品若干。

走出顾老住地，美女问我：“数过他家几只猫吗？”

我说没注意。美女瞪大眼睛说“三只！”我顿时大骇。

1990 年 10 月，我收到讣告，顾高地去世，原因是肺癌。

1990年，一个非常偶然的机会，我见到了俄罗斯老太太克拉夫琴科，她是顾圣婴、刘诗昆的老师，上世纪50年代，两个学生就住在老太太的家里，学琴练琴。我到汾阳路音乐学院的专家楼里找她，那时专家楼就是校园北面的一栋旧洋房，穿过自行车棚，在一片缺少打理的植物后面，找到入口。中苏专家恢复往来，学院将这位与中国钢琴教育关系密切的老太太请来。她和画报上典型的俄罗斯老太太没有区别，矮，微胖，满头银发，大花围巾披肩，和蔼可亲，谈话很愉快，她喜欢中国学琴的小孩子，专程来辅导。最后，说到顾圣婴，老太太落了眼泪，哭得十分伤心，她拿出一本相册，很多顾圣婴和她在一起的照片，有些在钢琴旁，有些在花园里，还有在演出场合，有不少和刘诗昆一起的三人照。顾圣婴的死讯，她是在"文革"结束，中苏重修旧好后才知道的，她说她失去了女儿。她难以想象轻盈瘦弱的顾圣婴年纪轻轻的走掉了。

《色·戒》拍竣，《小团圆》面世，张爱玲家庭的陈年往事常被人捞起来讲讲。

285弄的门牌是算在江苏路上的。老底子这条弄堂绿荫婆娑，庭院深深。1959年那场台风把弄底一堵墙刮倒，隔壁那条江北棚棚弄堂就和花园洋房鼻头碰鼻头。从此285弄就没有什么好日子，大大小小被折磨了很多次。

285弄全部是独立的花园洋房。双号从2到36，再加39、41、43三个单号。"文革"抄家，几乎只只门牌号头翻箱倒柜。39号有两家的批斗印象深刻，一个是旧上海警察局长宣铁吾的秘书，小学同班女同学的爸爸，洋瓶底眼镜，斗的时候缩得像只虾米，脖子上挂满步枪枪栓，那些锈迹斑斑的东西是从院子里挖出来的。另外一个是钟先生，我母亲这样称呼他，老头抽雪茄，困难时期给邻居做衣服，就在花园洋房客厅里，钟先生闷头量、裁，两个白净的老婆婆踏缝纫机。批斗钟先生，两个老婆婆是陪斗，站在方凳上，作投降状，一个老太身体有疾，一只手掮不起来。原来她们是一对，是钟先生的大小老婆。

28号一度引为话题的，是张爱玲笔下的脓包弟弟张子静，一个红鼻头瘦老头。张爱玲把弟弟描述成一个窝囊废，也许加重了他的废物倾向。张子静一直在郊区的中学教英文，退休后没有方向，一直也没有女人。后来有心人协助，张爱玲后妈身后的这间十平方多一点点的房子因此给了他栖身。玻璃窗都用报纸糊了起来，一只古董级的黑白电视机“霎发霎发”。张子静一件灰色中式棉袄，抄着一只空瓶，到弄堂口小店换一瓶低价的葡萄酒。

那时候，已经有张迷来瞻仰28号，有些台湾张迷，由圈内人带着，恍恍惚惚的，走进285弄，以为有什么灵异出现，眼前除了老洋房的骨架还在，一派衰颓。那些人多多少少给了张子静一些钱，让他过得好一点。

28号这幢房子在285弄里有点不合流，其他小洋房风格显著，细节还可以略观一二，28号平实许多。方方正正，没有什么凹凸，三楼带坡顶，是吴征家的。整幢房子最早的主人是上海滩大亨虞洽卿，后来给美国人开私人医院，上世纪40年代陆续有人搬进来。其中包括张爱玲的父亲和后妈。

我们都叫老太太姑姑，张爱玲将后妈描述成一个恶妇，她的文字力量太大，无以辩驳。其实姑姑是一个非常高雅的老太太，我对她用高雅一词，尚觉无力。姑姑极有风度，面容端庄，皮肤是那种几代人过好日子积累下来的白皙。孤身一人，却把日子过得稳稳当当。和邻居合用一个保姆，冲冲热水瓶，磨磨芝麻粉。她很喜欢弄堂里乖的小孩，把他们叫来，给他们吃蜜饯，糖果，冲芝麻糊。我在信箱的玻璃小窗口看到一封给她的信，写着“孙用蕃收”，我很纳闷，女人怎么有这样的名字。那是寄卖商店寄来的，说某件裘皮大衣已经出手。

知道张爱玲和姑姑的关系，是交关年以后的事了。她已经不在人世了。

“文革”一开始，285弄立刻涌进来许多劳动人民。抢房子，有的轧在汽车间里。有些人极其猥琐，其中有一个我们给他起了个绰号叫“挺半泡”，“挺”要用上海话来理解，就是留下、余下、节约的意思。“挺半泡”每个月的水费电费都是一度，抠门得吓死你。给他这个绰号的意思是，他和老婆上床，只放半泡，还可以“挺半泡”。

从那时候起285弄败的速度加快了。张爱玲的后妈——姑姑的院子28号也开始搬进搬出，来的比走的都要恶。

姑姑的身体也衰弱下去，家具也越来越少。她一直是靠变卖家产来维持。早先,姑姑的房间虽挤,家私都是吃价钱的老货,座钟、照相架子都精致美观,连盛芝麻糊的碗盏、调羹都要甩新天地 T8 几条横马路。有一个时候抄家物资寄卖商店都消化不掉,姑姑的这点东西也三钿不值两钿。

再后来,在弄堂里碰到姑姑,我不敢认她了,她已经半盲,五官都走位了,眼睛上敷着怪怪的东西,用一点点余光看人。手里的"司滴克"(手杖)依然是老货。她叫了我的小名,"你认不得姑姑了。"她说。

"认得认得,姑姑你好吗?"

"好不了了,好不了了。"姑姑讲的还是标标准准的北京话,非常标准,不是那种胡同串子的京腔,偶尔带几分苏州音。她走路的姿势也变了,像一只断脚蟹,也没有人扶着。

她死在 1986 年,后来才知道,姑姑的父亲孙宝琦做过中华民国外交部长、总理。她嫁给张爱玲的父亲张廷重已经三十多岁了,抽鸦片,不育。张廷重当时还有十九处不动产,金元券时候听了蒋经国的话,交出硬通货和贵金属,结果一路败下来,到住进 285 弄 28 号,几乎光光了。

28 号的这间房子里死过三个人,上海话说起来就是,张爱玲拉爸爸,张爱玲拉后娘,张爱玲拉阿弟。

张爱玲的父亲张廷重死在这间房间里,1957 年某日,隐约有一点印象。周围的人突然神色怪异,小孩子挤在姑姑家的玻璃窗下,挤在前面的人说:"死脱了,死脱了。"又有人说:"看,看,给死人换衣裳了!"屋里传来声音:"压一压,压一压,让肚皮里东西吐出来。"安静了一阵,突然只听得"大脚疯"娘姨拍手拍脚大叫起来:"老爷升天了! 老爷升天了!"张廷重的确气绝了。

"大脚疯"娘姨是湖州人,喜欢用篦子蘸水,将鬏髻梳得溜光,她得了丝虫病,一条腿很粗,人家不敢当面叫她"大脚疯",只是暗里这么称呼。后来,收尸的三轮摩托开来,旁边的车斗真像棺材,小孩子越怕越要看。一个从来没有赚过一分钱,却挥霍掉许许多多钱的人,就这样走掉了。"大脚疯"一直在哭哭唱唱,好像是完成仪式。

我为什么要写这些不愉快的事,让人产生这条路上冤魂多的感觉。我想有些事情确实是非常偶然的,也许在中国、在上海、在一条街上、在一个时间段里,一下子死掉一批人,不是天灾,不是瘟疫,不是异族入侵,而且都是横死，偶然。有些人是国宝级的，我们不可能像造汽车一样把他们造出来，他们几乎是上帝故意安排在我们中间的，人的典范。而因为我们暴戾、我们粗鄙、我们轻信、我们妄执一念，以为真理，他们就这样，带着极大的冤屈，带着奇耻大辱，带着绝望和决绝，离我们而去。另有一些平常人，也在这个时间段里，匆忙结束自己的生命，没有任何可见文字的记录。愚园路608弄我的朋友，出色的牙医世家的一员，亲眼看到对面阳台上老太婆跳下去，那一年他十岁。说起老太婆着地的声音："泼"，像砂锅落在水泥地上发出的响声。这个"泼"一直印在他的脑子里，也印在我的脑子里，无法剔除。

水乡记忆

李清明

喊 魂

我的家乡是一个十足的水乡。人口骤然增长的年代，祖辈们在浩渺的洞庭湖边上，利用秋冬季节湖水干涸的时候，锄挖肩挑，人背牛拉，用泥土筑堤，围起了一个个人畜居住的人工围子。至今家乡的乡镇还一直沿用过去的"围"字命名，譬如洞庭围乡、临河围乡、湖滨围镇等等。围堤筑起来之后，洞庭湖春夏汛期的洪水就马上汹涌而至，洪水涨多高，围堤便要修多高。记得，我离开家乡的1982年，水乡的堤坝已临河床筑到三十八米多高了。站在高高的河堤上俯瞰垸内，人们仿佛在一个巨大的木盆底下生存。人如蚁如蝇，一切渺小而忙碌。

临水而建的家乡过去总是十年九涝，不得安生。汛期一至，浑黄色的湖水便会将过去还是牛羊成群、柳枝吐蕊、草木茵茵的湖床抬高许多，人工围起来的垸子像极了一个个在洪水中颤栗的盆罐。一旦垸溃，整个家乡便会一片黄汤，树枝瓜藤，木柜门板，还有用茅草和树木结成的整个屋顶……都会随风浪吹送至残剩的垸堤边，极目苍凉。洪水消退，每一个村庄的坟场，都会增添好几座覆盖着黄土的新坟。水乡的习俗，大都称被水淹死的人为"水鬼"，男的死了来年要找一个女的做伴，女的死了要拉一个男的同眠。——每当听到这些，小孩们便会心存恐惧地哆嗦着双腿往人多的地方移动，害怕“水鬼”来找“替身”。

湖水凶涨的时候，垸堤内房前屋后的河汊、水塘的积水也会跟着上涨。夜幕降临，浑黄色月光下的水乡到处凄惶一片，房屋和树木的倒影在水中时隐时现，惊飞的长嘴鱼鹰的叫声在水波的回应下，悠长而凄厉……这时，出来游玩的小孩，大都会受到惊吓，睡到半夜往往会发低烧、说胡话，甚至梦游。老人们便会说，孩子的魂魄在外游荡，遇见了水鬼在追赶，要赶紧“收吓”，将孩子在外面游荡的魂魄喊回来，所以也叫“喊魂”。这时，孩子的母亲大都会按照祖辈遗传下来的方法：找到小孩受到惊吓的地方，点上几根香烛，拿一面镜子用小孩穿过的内衣包上，然后用镜子在夜空中来回照着，边照边喊：“宝宝哎，回来哦——宝宝哎，回来哦——”这时，坐在小孩睡床边的奶奶或姥姥，便会回应道：“回来哒——回来哒……”

寂寥的夜空下，一个母亲的喊声，往往引来好几个母亲在喊：“宝宝哎，回来哦——宝宝哎，回来哦——”母亲呼唤孩儿的声音在孤星残月的夜晚，经水波的回应，由小变大，由近而远，慢慢地便带着一种哭腔——声音凄厉而惊悚。

或许是为了传承，抑或也是告诉后人：你来自哪里，将要去向何方？于是，早有心理准备的乡亲们，每有婴儿出生，总是会将小孩的胞衣置于一个陶罐之中，深埋在房屋边一棵高大的树木底下（我对都市一些医药机构专门收集小孩胞衣，制作成美容口服产品的行为一直不能释怀！小孩的胞衣可能富有营养，但它和新生命一起来源于母体，曾是生命的保护伞，亵渎了它，岂不是一同亵渎了生命的本身么?）。小孩满月之后，大多数孩子的父亲便会把小孩的生辰八字以及出生地点，工工整整，或书写或雕刻于盛衣物的木柜门的内壁上。如此这般，于水乡的人们来说，故乡就是他（她）埋胞衣罐子的地方，而自己历史的起源，便是那个刻着生辰八字的木柜。即使被洪水冲走，经泥水泡过，太阳晒过，洗一洗，擦一擦，仍可以认出木板上的文字。

似乎直到我长大之后，才渐渐地明白和理解，为何故乡的人们爱唱花鼓戏，又总是选择一些有悲苦剧情的曲目，然后将唱词变换成一种长长的哭腔，拉得很长很长……也许那是他们对长期遭受苦难的一种宣泄和倾诉啊!

如今的水乡垸堤加固了,汛期也少了,就连过去通往境外的水路也都由政府花巨资建成了四通八达的钢筋水泥大桥。虽久住都市,但只要回到水乡,遥望着自己“埋胞衣罐子”的地方,开启着早已油漆斑驳、总是吱呀吱呀叫唤的木柜,那种回家的感觉便会油然而生。

只是自己偶染风寒,当年迈的母亲拿着我的内衣,走在房前屋后到处都是水泥楼房的缝隙中叫着我的乳名,一声声唤我回来的时候,——声音虽然依旧慈祥而凄长,但回应的却是满耳的喧嚣和嘈杂……

渔趣

随着年龄的渐长,总想远离和逃避都市的喧嚣和繁杂,向往心灵深处的那份宁静。我想回到家乡,回到八百里洞庭湖边那长满茂盛青草的湖滩上,那一望无际的苇林中,那荡漾着阵阵涟漪的小河旁……去追忆和寻找儿时的足迹与欢乐。

也许是近水知鱼性的缘故,儿时的许多乐趣都与捕鱼捉鳖有关。那时屋后有条通往学校的大水沟,水很深,草鱼、青鱼、鲢鱼等淡水鱼很多。因年少力微驾不动渔船,也无法使用笨重的渔网、渔叉等捕鱼工具,我便动脑筋:先从菜园中砍折一根小小的竹子,系上一条透明的小尼龙绳,绑上一只经淬火弯曲成钩状的大头针鱼钩,再缠些上面粘满各种小飞虫的蜘蛛网砣,一边走一边往水中甩动,这时浮游在水面寻食的约三五寸长的小游鱼十有八九便会来咬钩。这种小游鱼在家乡一带人们习惯把它叫做“游叼子”。它长着黑脊背白肚皮,像一个个织布的梭子,在水里放箭似的巡逡,最喜欢抢食吃,且不怕人。你站在岸边把鱼饵甩过去,立马可以见到数条“游叼子”冲过来抢食,其中总有一条身灵嘴快的抢先将鱼钩牢牢地叼住,这时你只要将钓竿用力向岸上一划,便能将鱼儿扯出水面。

农村小学上课较晚,我也不用担心迟到。每次上学我必定带上钓竿,边走边钓,一趟总能收获好多用柳条穿着鱼鳃的“游叼子”。那时外婆家住在学校边上。我常常会把鱼钩寄存在外婆家里,鱼则送给外婆。放学后,我又背着书包一路钓回,将收获的串串游鱼剖开洗净,放入母亲早已烧沸的油锅之中，不一会儿便飘腾起阵阵鱼香。

遇上长长的暑假了，我则用面粉守株待兔式的捕鱼。其方法是：先将竹子一小根一小根砍削成牙签般大小，用一根尼龙线从竹签的正中系牢，让其弯曲套上一小截软状的芦苇筒，再将揉好晾干的面粉薄饼切成小梯形状塞进苇筒中，捕鱼工具就算大功告成了。当带着面片的鱼饵投入水中，觅食的鱼儿定会用力将芦苇筒咬破，这样竹签的弹力刚好将鱼嘴弹开挂在鱼钩线上，场面十分壮观和有趣。

串串篓篓由我捕获的鱼儿都成了家中饭桌上的美味佳肴。二十多年过去，每每回到家乡，外婆和母亲总会提及，我的离乡远行让她们最不适应的就是家中的餐桌上少了许多鱼香味。回想起这些，总会让我莫名而生起一种年少时的自豪感和成就感。

上小学五年级时，因家中姊妹众多，农耕经济仅靠家中的“鸡屁股银行”和“猪栏经济”难以支付我们读书上学的费用。于是父亲宣布：家中兄弟仨，如要继续上学则必须自己赚取学费。我自告奋勇领着弟弟用我的一技之长，利用课余饭后、节假日时间靠水捕鱼。我和弟弟合计：小鱼小虾在集镇上难以卖出好的价钱，要想多赚钱，必须捕捉市场上价高好卖的鳝鱼、柴鱼和水鱼。于是，我和弟弟在一种特制的竹笼里放上蚯蚓，夜晚埋填在水沟边，捕捉大条大条的鳝鱼；用猪肝蘸上茴香粉，穿绑在用于缝制衣服的钢针上，在月朗星稀的夏日夜晚，悄然布放在龟鳖们经常活动的浅水区域捕捉水鱼；再用小青蛙和螺蛳肉做诱饵捕捉柴鱼……倒也经常收获得篮满篓重，笑逐颜开，乐而忘返。

有一天清晨，鱼钩上钓着一只四五公斤重的特大野生水鱼。我担心细小的尼龙鱼线难以承载还没有离水的猛鳖。于是我瞅准水鱼方位，脱掉衣裤一个凫水猛子跃入湖中，双手一把将上钩的水鱼抱在怀里。水鱼张牙舞爪凶猛地反抗，见我不松手，便一口咬住了我的肚脐眼边的肚皮，任我在水中怎样捶打死不松口。我抱着水鱼一会儿仰泳，一会儿潜水，进行着激烈地搏斗。弟弟在岸上则吆喝着舞手跺足，给我鼓劲。他看到我在水中凫水浮沉的黑脑壳，还以为鱼钩上钓了两只大水鱼咧。十来分钟后，我忍着剧痛将水鱼连同鱼钩鱼线一起带到了岸上。在水乡一直有一个说法：水鱼咬人极富耐性和狠劲，只有天上打雷它才松口。后来，我叫弟弟用干牛粪和稻草生起了一堆明火，烤了许久方将水鱼降伏。水鱼卖掉后，解决了我和弟弟整整一个学期的学费，但在我肚脐眼边的肚皮上至今还或隐或现地留着一块铜钱般大小被水鱼咬过的疤痕。现在回忆起来，仍有些痛并快乐着的感觉。

柳笛声声，渔歌唱晚。再回家乡，视觉上总有一种误入陌路之感：河浅了、湖小了、水浑了；过去满湖满沟的各种鱼儿也基本上绝迹了；野生的少了，饲养的多了；自然的少了，污染的多了……好在儿时的记忆，童年的乐趣有如刀刻斧凿般地定格在我的脑海中，只要踏上家乡的土地，闻上些许家乡特有的泥土芬芳，哪怕是一小股淡淡的洞庭湖中飘然而至的鱼腥味……我的心中便会立马重现出一幅天蓝水阔、寥廓江天、鱼跃人欢的水乡山水画。

我爱水乡，更渴望心灵自然的皈依。

寻　狗

乡野少年，终日与狗为伴。

开始，伴我左右的是一条被我唤作"小花"的斑点狗。春天它陪我钓黄鳝抓泥鳅，夏日它伴我摘桑葚掏鸟窝，秋天它随我叉水鱼捉乌龟，冬天它又帮我罩野鸡撵野鸭……总是形影不离。即使在我上学的路上，它也是一边欢快地争抢着我手上的锅巴和饭团，一边撒欢撒娇地陪我走到校门口。放学了，只要我一声唿哨，它又准能立马从草丛或柴堆中冲出，伴我回家。后来，小花因误咬了邻居一只下蛋母鸡，被狠心的邻居用裹着农药的饭团毒死了。

我抱着还有些温热的小花，坐在邻居家的台阶上不吃不喝整整一天，且一边哭一边擦着鼻涕十分倔强地扬言：不赔我小花，我就要毒死你家的母牛！任我母亲怎样拉扯，就是不回家。邻居无奈，只好赔了我一条小黑狗和两个煮鸡蛋了事。许多年过去了，只要我回到家乡，邻居们还会将此作为笑料，在我面前往事重提。

小黑伴我一起，我长它也长。在它将老去之时，我也到了当兵的年龄。

那是一个秋日的早晨，小黑伴着敲锣打鼓的乡亲一直把我送到村口。就在我跨上汽车的那一刻，小黑竟咬着我肥大的军衣裤脚不让我上车。后来是弟弟强行抱开，小黑才极不情愿地松口，还差点咬弟弟一口。

后来，邻居告诉我，每日傍晚，只要有汽车在村口停下，小黑定会快步跃向车门，四处寻找我的身影……

直到有一天，小黑老到步履艰难地又将弟弟送上当兵的汽车，它才蹒跚踟蹰地走向荒凉的湖洲……

狗，和人一样，有性格，有灵气，也有感情呢。

白云苍狗。一晃二十多年过去，官场、商场、情场流连，见多了笑里藏刀，见多了背信弃义……总是让我梦回故乡，梦见儿时曾不离不弃伴我左右的小花、小黑，平添几许想念和感怀。

不久前，我回家乡购买了一块有山有水的土地，规划着建一个质朴而又回归自然的庄园。最让我激动的是，终于又有条件可以与狗为伴了。

我开始了有趣而又兴奋的寻狗时光。

朋友说："要养就养一只藏獒吧。养一个美女，养不住了，她会毫不犹豫弃你而去，美女难养；养一只藏獒，即使病了老了，也会紧紧地跟着你，不离不弃，像一个真正的兄弟，一直到死。"

朋友的话，似乎击中了我的软肋，让我心头一怔。——茫茫人海，生存不易，人们都裹上了一层厚厚的金盔银甲，人为地自我保护与封闭，宁愿把目光和心思转向索求甚少、回报甚多，不问是非、忠勇无畏的牲灵。

那年四月末的一天，我去了一趟青岛，那里正在举行一个全国的藏獒展。

我第一次亲眼见到被称为"天狗"的藏獒。它目光如炬，头如脸盆，浑身长毛，凶猛而霸道。

据说它能储藏人的基因和信息，只要你曾喂养过它，哪怕十年、二十年还记得你。爷爷喂过它，它还能认得孙子。

但此狗价格不菲，马俊仁的纯种藏獒挂牌价几十万、上百万元一条。无论是其相貌，还是价格，均让人敬畏不已。

獒展旁，我咬了咬牙，以不菲的价钱买回了两只半大的藏獒。

小獒运回家的第一天，一扑便把母亲饲养在园里的两只下蛋母鸡咬死了。我用树枝抽打着闯祸的藏獒，它却高昂着狮子头，越打越凶，无半点畏惧和退缩。

倒是小藏獒半夜发出的沉闷且有极强穿透力的吼声，硬是让一群一直活跃在庄园后山的黄鼠狼，一夜之间逃遁得销声匿迹。

小藏獒一天天长大，仅大半年时间，体重就超过了百斤，乍一看就像两头硕壮的小牛犊。这时，与藏獒同时饲养的两条母性纯种德国牧羊犬也到了发情阶段。饲养员出于好意，总是牵着藏獒来到牧羊犬的身边培育感情。然而，不管正处发情阶段的狼狗怎样摇尾，怎样渴望，威严得像一位出征大将军似的藏獒兄弟却总是把头抬得高高的，不为所动。

有一段时间，我整日与藏獒为伍，不断地想揣摩和读懂其生存和情感的信息，努力培育人狗之间的默契与感情。然而，我却时常不得要领，两只藏獒深沉和坚韧得像两个饱经风霜不苟言笑的藏族汉子，不会摇尾乞怜，也不会在表面上讨得我的欢心。尽管我总是尽我所能，让其好吃、好喝、好睡，但更多的时候却总见它俩遥望远方，不开心颜。

我关注着它们渴望战斗的神态，凝望着它们执著的眼神，感觉它们无时不在向往着广袤无垠的酷寒高原，向往着与恶狼、与雪豹奋勇的厮杀，向往着去掉脖子上的铁链……

也许，它们也是在寻找，寻找那久失的故园；在渴望，渴望着那天性的回归。

停车太鲁阁

薛炎文

似乎是一种条件反射，中国大陆的许多人，一提起祖国的宝岛台湾，常常不由得想起日月潭和阿里山，这种凭空的印象，来自那两首耳熟能详的歌曲。不过，当你身临其境，游历了台湾的风光，你无法忘记的却是一个曾经陌生的地方，太鲁阁。因为，日月潭的秀美，阿里山的幽奥，只是让你感到陶醉和神往，而太鲁阁的雄浑，却能够让你感到震惊。

太鲁阁，名不副实，既无亭台又无楼阁，其实是一条峡谷，位于台湾花莲县北面的奇莱山中。太鲁阁三个字是当地原住民语言的音译，意思是“伟大的山脉”。而我，却觉得应该称它为“多情的山脉”。太鲁阁峡谷之中，流淌着一条著名的河流，立雾溪。立雾溪发源于奇莱山的北高峰，全长不过六十公里，落差却超过三公里。奇莱山紧紧拥抱着这条性如烈马的立雾溪，一路东来，奔腾而下，眼睁睁看着她投入了太平洋的怀抱。古人做八卦，艮为山，是为阳，兑为泽，是为阴，山泽相依如男女相恋，人世间的男女能演绎多少动人的爱情故事，自然界的山泽就能造化出多少旖旎的风光景致，太鲁阁，就是奇莱山和立雾溪在天地间上演的一幕壮美的活剧。

太鲁阁全长不过二十公里，论距离，名不见经传，但它却创造了一项世界之最，这条峡谷两侧，摩天接日的悬崖绝壁，竟是清一色的大理石，为世间所罕见。走进太鲁阁，仿佛置身一幅山水长卷之中，大理石岩便是天然的画屏。褐色的岩壁上草木丛生，当地人也叫不上名字，一律称作岩生植物，远远望去，似匍匐着一层绒绒的青苔。好像是应了那句俗话，石缝里长不出参天大树，这里的石壁常年被雨水冲刷，光滑得连尘土都找不到，更不用说壤土了，所以，这里找不到迎客松的虬枝，也看不到大夫柏那巨伞一般的树冠。太鲁阁的植被葱茏葳蕤，却少了几分挺拔与伟岸。

夹杂在嶙峋的山石和苍绿的植被之间，一条条银色的溪水倒挂在岩壁上，这是太鲁阁特有的景观，时雨瀑。大雨过后，岩缝里存留的雨水顺着凹凸不平的岩壁，忽而依山傍峭逶迤而下，忽而悬流赴壑，散若雨洒。放眼望去，瀑影亮丽，危岩沉郁，一明一暗的色彩在眼前变幻，犹如耳畔响起一首山水的二重奏。

其实，一走进太鲁阁，便走进了水的交响世界，水声淙淙，不绝于耳。太鲁阁两侧绝壁千寻，却近在咫尺，像是一条山脉被立雾溪劈成两半，高山深涧，嶂远溪邃。溪中乱石密布，大如狮虎小若猿猱，上蹿下跳拦截着夺路奔来的溪水，一时惊湍激荡，触石流响，峡谷中涛声荡漾，忽而婉转，忽而雄壮，真是一曲人间天籁。时而，呼啦啦一阵疾响，跟着是一阵啾啾的鸟叫声，游人的脚步惊动了洞穴中栖息的雨燕，刹那间，腾飞的雨燕如一团黑色的烟雾，陡然升起，又慢慢飘散在峡谷上空。当地人说，这叫百燕鸣谷，是太鲁阁的又一奇观。

太鲁阁浑然天成，没有人工的雕琢和修饰，但是，太鲁阁的被发现，却源于人类一项伟大的工程。五十多年前，台湾人民为了方便东西部的交流，决定打通中央山脉，开凿一条东西通道。当时，没有先进的工程设备，只能使用最原始的工具，钎锤锹镐绳索炸药，历时近四年，死伤近千人，终于完成了这项“举世之作”，在崇山峻岭间开出了一条贯通东西的中横公路。这条公路全长 330 公里，从海平面至奇莱山，高低起伏相差三千公尺，路碑上的文字记载，正是因为这条公路，“让世人得以一睹太鲁阁峡谷的壮丽”，太鲁阁正是这条公里的东部起点。虽然同是在绝壁上修建，中横公路却不同于古代的栈道，栈道是搭建在山体之外的，而中横公路却凿进了山体之中，当年的筑路人在绝壁上掘进了十几公尺，硬是用双手给这座“伟大的山脉”凌空镶嵌了一条大理石的腰带。太鲁阁峡谷中令人叹为观止的一段游程唤作“九曲洞”，这段路的上下山体，时而相连时而相分，人行其间，忽而天外忽而洞中，恍若置身仙境，为了方便游览，1996 年开通了九曲步道，将原来的双向车道改为步行游览区，又在这条步道里面开凿了一条与步道相通的隧道,专走机动车。从此,过往的商贾行旅,可以停车太鲁阁,看高山流水,听涛喧谷鸣,消解尘世的烦恼。

看着路碑上的记载,那上面的词句让我不由得想起儿时学唱的一首家喻户晓的歌曲《歌唱二郎山》。那是当时流传在川藏线上的一首战歌。无独有偶,大约是在中横公路修建的同时,大陆上正在修筑川藏公路。那条路修筑在海拔五千公尺的高原地带,历时四年时间,死伤三千余人,打通十四座大山,跨越十几条江河,创造了世界筑路史上的奇迹。

上个世纪的第六个十年,海峡两岸堵塞了一道人为屏障的时候,却各自在艰难地开凿天然的屏障。

毕竟,沟通与交往是人类的天性。古往今来,人类披荆斩棘,变多少天险为通途,这边的二郎山,那边的太鲁阁,不都是明证么?天地山川万古不变,尚且挡不住人类彼此抵达的步履,相形之下,昙花一现的人间的那些团体,那些阵营,甚至,那些乌合之众,又岂能阻挡族群的往来与血亲的融合呢?

戊子年秋月游台湾,停车太鲁阁,漫步九曲洞,俯仰天地,浮想联翩,记如右。

陕北女子

高宝军

在陕北，到处都能看见俊女子。村口路畔上，街头巷尾间，你会看到她们一个个婷婷身材幽幽发，白生生脸蛋齐齐的牙，红头绳辫梢上扎，毛簌簌眼睛会说话。不要说集头庙会、秧歌场上、红白事情上那些经过精心打扮的女子了，就是那些山上拦羊的、沟里放牛的、田间抓粪的、坡底割草的女子们，也都俊格旦旦、白格生生、水格灵灵地惹人喜欢。

正是这些漂亮、温柔、精明、能干的陕北女子，才吸引牵挂着陕北高原上的男人们，宁愿在黄土地上刨达一辈子，也不愿意离开半步。

陕北女子之美，美在她们的容貌长相。主要表现在三个方面，一是身材好，二是皮肤好，三是气度好。

陕北女子身材好，腰长、腿长、胳膊长，个个都是美人胚子。这既有遗传基因的优势，也有有氧运动的因素。首先，陕北地处游牧区和农耕区的交汇处，历史上战乱不断、移民频繁，有好些民族就消失在这个地方，因此在人种上有优势。其次，陕北是山区，出门就爬山，抬腿就翻沟，这些女子们从小在山上玩耍，大了在山上干活，一天二十四小时，三分之二的时间都在做有氧运动，身材能不好吗？

陕北女子的皮肤好，红是红，白是白；红得美丽，白得干净。这和水土有关系。这里人常年喝的是山泉水，成天吃的是新鲜粮，且粗粮多、细粮少，蔬菜多、肉食少，符合保健美容要求，皮肤自然就好了。

至于气度，那是她们从小开始就接受传统教育的结果。陕北是一个封闭保守的地方，封建传统的礼教深深扎根于人们心中。女孩子 12 岁之后,就要和男孩子们拉开距离。一过14岁,父母对她们的管教就更加严格了,要她们坐有坐相,站有站样,睡觉有睡觉的姿势,说话有说话的分寸。坐着时不能大叉开腿,吃饭时不能在盘子面前坐,端碗时不能把碗底坐实在手掌里,喝汤时不能噙着碗边大口喝,稍有不对,父母就会训斥她没有稳重气。外面有人喊她们家的人,只要还有男性在,就不能去答应;就是没有男性在,也不能马上就去答应,更不能飞奔着出去。不然,父母就会指责她疯张鼓捣。无论多开心,都不能大笑,只能抿着嘴儿笑,稍有不对,人们就会说:"女子家,大声二气笑什么?"这些虽然都是旧时的做法,现在改变了许多,但它是陕北女子的文化背景,深深地渗透到她的骨头里、意识中,继而形成她们人生的底色,影响着她们的方方面面。

陕北女子美,美在她们的含蓄沉稳。有十分能耐,最多说五分,有时连一分也不说,硬是把自己往低处说。明明精精明明,眼睛会说话的女子,你问她什么,她都会说"不晓得"、"解不下"、"我憨着呢";明明拥有许多东西,她偏说"一丝丝"、"一点点"、"一满不多多";明明生得俊,别人一夸就反驳:"快不要笑话了",那声调、情态,更显得淳朴、可爱。

见了熟人,总是问寒问暖,端茶递水,但除过客套,并不多言,显得中规中矩;见了生人,脸定得平丹丹的,既不冷漠,也不轻佻,看了让人敬佩。在家中,她们敬大的、让小的,避大事、了小事,竭力维护家庭和谐。特别是有了嫂子的女子,说话处事更加谨慎。母亲和嫂嫂有了矛盾,她定是中间的调解人,千方百计化解,事事处处用心,常常力挽狂澜,但有功不居,害怕落下女子当家的名声。

陕北女子美,美在她们的勤劳能干。陕北的女子们多数不念书,母亲从小就给她们进行严格的女工训练。稍大一点,她们就开始帮母亲干活,洗碗做饭,喂猪扫院,担水捻线,缝新补烂,哪里有活哪里上,什么需要干什么。每天夜里,父亲和哥哥、弟弟都睡了,她还和母亲就着油灯做针线;早晨,男的还睡着,她们就和母亲一块起来搂柴掏灰,开始做饭。那些在兄弟姐妹中最大的女子,除了要帮母亲料理家务外,还要帮父亲忙地里的活,里里外外就是一个扛硬劳力。

由于从小就受苦,天天在锻炼,从而地里的锄搂碾打样样都会,家务的针线茶饭件件精通。农行里,她们是"田把式";灶房间,她们是好厨师;

做针线,她们是艺术家。她们绣出的鞋垫花,做下的茶饭香,缝做的衣裳可身,剪成的窗花形象。做女子时,为了不给家里增添负担,拦羊放牛就捎带着捡麦穗、挖药材,赶集时把这些东西换成钱,扯上些花布,买上些花线,然后剪呀、绣呀,直到出嫁时才把一双双新布鞋、花鞋垫拿出来,作为见婆家人的礼物让人们评判她的手艺。当了媳妇,她们不管多苦多累,也要让男人穿得体体面面,她们认为男人的穿戴如何代表着婆姨的手艺好坏。

陕北女子美,美在她们的忍辱豁达。女孩子小小的就许配了人家,嫁给谁,主要由家长或家族决定,本人很少有发言权,但她们不抱怨父母干涉了自己的婚姻。尽管她们的爱情多数不如人意,只要嫁给了谁,就死心塌地跟谁过,"活着是人家的人,死了是人家的鬼"。在她们的意识里,婚姻是命运安排的,环境不给她们幸福,她们自己创造幸福。她们不计较曾经的梦想,不在乎丈夫的好坏,只是默默地面对,偷偷地流泪,暗暗地祈祷,但见人总是一副笑脸,看了让人"心疼"。

尽管她们有很多不幸,但她们豁达开朗。开心时,她们总爱悄悄地咂摸,慢慢地体味,那幸福的神情令人陶醉,但人们永远不会知道她因为什么而幸福,那是她们心中的小秘密,永远的小秘密。她们爱笑,梳妆时,对着镜子微笑;洗衣时,看着倒影暗笑;尤其是和伙伴们在一起时,那笑声更是动人了。头发乱了,笑;头发梳起,也笑;跌倒了,笑;爬起来,也笑;看见花也笑,草也笑,狗伸懒腰牛反刍,看见什么都能笑得"咕丹丹"的。她们爱唱歌,高兴时唱,悲痛时唱,地里劳动时唱,伙伴凑在一块时也唱。她们的情感、俊美、灵秀、缠绵、爱憎……在这一嗓子信天游中表达得淋漓尽致。她们的歌声,让这块贫瘠的土地不再荒凉,让这个封闭落后的地方成了信天游的海洋。

陕北女子样样都好,只有一样不好,那就是命苦。苦就苦在她们是女的,不是男的。陕北人重男轻女,从骨子里把女子不当家里人看待。家里无论有多少女儿,只要没有儿子,就会被看成"绝户"。计划生育政策推行后,残害女婴的丑恶现象屡见不鲜。有通过B超看的,发现胎儿是女的,立即"打掉";即便生下来,也想办法送人,不让她们占去生育指标。家里无论有多少财产,不管在积累这些财产时女儿有多大贡献,分家时都没有她们的份儿。按照国家法律和政策,女子是可以把丈夫“娶”过来的,但是很少有人这样做,阻力来自传统势力的抵制。在这种势力的压迫下,很少有男子愿意上女家的门,敢来的都是那些找不到媳妇的残疾人或者光棍汉,女子们要走这条路,必须做出巨大的牺牲。

改革开放后的一段时间,包办婚姻在陕北仍然存在。在许多男子找不到媳妇的情况下,有哥哥、弟弟的女子们便又成了牺牲的对象,要么以彩礼多少为取舍标准,顾不了男方本人的条件,只为得钱给兄弟们娶媳妇;有的甚至“换亲”,把女子的婚姻和兄弟的婚姻捆在一起,“一揽子”解决。一首陕北民歌里唱道:“六月里黄河冰不化,扭着我成亲是我大;五谷里数不过豌豆儿圆,人里头数不过女儿可怜。”这是由陕北女子的血泪凝成的,它是陕北女子的集体心声。

如今,随着陕北能源化工的开发和经济社会的发展,陕北人不再过那种苦焦的生活了,陕北女子的地位也自然而然提高了,和全国各地的女子一样有了自己的幸福生活,只有一点不同处,那就是陕北女子的漂亮、淳朴、善良、稳重、精明、能干。这样的女子,你能不喜欢吗?这样的女子给你做媳妇,美不死你才怪呢。

陕北女子哟,你永远让人欣赏不够,敬佩不够,心疼不够。

踏雪柳石窑沟

张成起

六十花甲，闲居在家。午间小息，醒来无聊。懒散地翻动着案头的台历，还有几天就是2009年了。数九隆冬，寒流突袭，北风呼啸，气温骤降。我突发奇想——我该回塞北的那座山城，回塞北坝上看看了。

调离我大学毕业后工作和生活过24年的这座山城已经17个年头。在退休前到省直供职最后的近十年中，假工作之便，每年暑期我都要回张家口小住几天。过问一下我主管部门的工作是事实，但更多的还是顺便想拜望一下当年提携过我的几位老领导，看望一下当年一起工作过的一些朋友，也乘机到坝上纳纳凉，到我上世纪70年代曾工作过七年的沽源县看看。但几乎每去一次，心中都会留下几分隐隐作痛的伤感。每年见面时仍高兴地呼年届花甲的我为“小张”的几位老前辈先后走了，就连1983年机构改革后与我在地委班子一起共事的兄长也走掉几位了，有的走时的年龄尚不足七十。回首往事，渺渺如烟；忆及当年，醉眼泪痕。我虽然不至于引发“他年葬侬知是谁”、“花落人亡两不知”的娇悲，但也深切地意识到，我也已无可奈何地步入了老年行列了。

张家口市内小住两日，拜望过已为数不多尚健在的几位老领导后，即驱车上坝——这天是进入数九的第三天。市里负责接待的同志颇感惊奇：“你这个人可日怪咧！别的人都是伏天来张家口上坝避暑，你却数九寒冬来找冻。也已经是一把年纪的人了，受得了吗……“是不是真的热爱张家口，不要看他夏天到坝上看过几次碧草绿水蓝天白云，更要看他数九天敢不敢上坝住几天！我数九天上坝，就是想专门寻找当年我在坝上工作时那种‘冷’感觉。”我半戏半真地回应着。于是，我把随身带来的已在家压箱底多年的一件皮衣往车上一塞，在去年换届刚刚从市人大常委会主任位子上离岗的老同事张宝义毫无商量、不容谢绝的陪同下，义无反顾地踏上了上坝之路。

汽车沿着新开通不久平阔的张(北)石(家庄)高速公路裹风疾驰。一抹惨淡的阳光有气无力地从车的侧窗不时晃过。忆及当年，从张家口上坝到张北需要爬行一个多小时的九盘十八弯的崎岖山路，现今只用了20分钟，心中不免生出了几分欣慰的感慨。随着汽车轻松的爬高，朔风中白雪覆盖下的萧瑟群峰渐缩眼底。悠闲的羊群旁若无人地拱食着薄雪覆盖下的枯草败叶。一排排随风转动着巨大叶片的风力发电机在坝头迎风矗立迎客。一座颇具现代化气息的县城扑面而来。这就是我上坝计划停留的第一站——张北了。

一壶滚烫飘香的奶茶驱走了一路风寒。几杯醇香浓烈的佳酿溢满了蹉跎岁月的回忆。张北小憩后，即驱车继续一路北上，顺路参观了现代化的“蒙牛”原奶生产基地——察北管理区奶牛养殖场。夜色渐浓时，终于回到了我曾工作过七年的沽源县城。

得知我到沽源的消息，在省城刚刚走出会场的县委书记一路破冰辗雪急速赶回。他晚饭间谦和地征求我对行程安排的意见，问我这位当年的县委和地委“老领导”要不要听一听县里工作的汇报，是不是看几个项目，帮助“指点指点”。我婉拒了。不在其位，不谋其政。离职闲赋在家，已经是普通老百姓一个，桃花源中人。既没有资格，也没有必要再强装事事都内行指手画脚地去听什么汇报了。除了想会一会尚健在的几位当年一个锅里抡马勺的老朋友外，我只向县委书记提出了一个要求——安排半天的时间，我要到当年我蹲过三年点的西辛营乡柳石窑沟村看一看。

这个村位于县城西南，离县城也并不远，充其量不过半个小时的车程。但县委书记踯躅再三，面露难色。“你是哪一年在这个村蹲过点的呀？”“应该是1977年初到1979年底，大约差不多三年的时间吧。”——那时我在“县革委”分管农业。那个年代不仅要抓“农业学大寨”，而且三级领导干部都要执行“一、二、三”劳动制度：即每年每个县级领导干部要到村劳动100天，公社干部劳动200天，村级干部300天。地委把各县领导干部参加劳动的情况每个季度在全地区通报一次。第一年我仅仅完成了不到六十天。但全区有几位年龄比我大20岁的县委书记却完成了一百二十余天,我觉得脸上无光。于是从第二年起,我下决心在村里住下来,和社员们一起跟班劳动,除非参加相关会议和有紧急公务,一般不回机关。就是这样拼死拼活地坚持,一年下来我也仅仅完成了七十余天。最后还是村支部书记“你这个人怎么就这么实诚?你想要多少天,我就给你的劳动卡上画多少个道道不就行了”的一句话,才使我茅塞顿开。此后的几年,我对那份通报再也不屑一顾了。

“呀——算起来都30年了啊!30年人都换了一代,村干部更不知已更替了几茬。眼下冰天雪地,你现在再去,还……还……还有人能……”我知道他在担心什么。他无非是担心我大老远的专程跑了去,结果热脸碰个冷屁股,连个能说话的当年的熟人都找不到一个,他不想让一个年逾花甲的老领导遭遇如此尴尬。“没关系的。年头多了,村里的老人死的死,忘的忘,也许认识不了几个了。但我认识这个村,绝对还认识我当年住过的那两间房。这次去没别的,就是想看看这个村30年的变化。”县委书记看我去意已决,便不好再说什么。立即吩咐办公室的工作人员连夜通知乡领导,明天一早放倒只羊,中午在乡机关食堂吃手扒羊肉和莜面。对此我倒未加任何阻拦。坝上人秋冬待客,杀上一只羊也不算什么过分的事。至于莜面本来是坝上老百姓一年四季餐桌上的主食,况且我一进县招待所就嚷嚷着要吃莜面,他们实际上也有几分在投我所好。

次日早餐稍事休息后,我即迫不及待地登车,驶上了30年前不知道我曾经跑过多少趟熟得不能再熟的那条路。

塞外冬月,银装素裹。被风吹皱的雪原闪着炫目的寒光,无垠的荒野一片沉寂。小河子、狼尾巴山、下火石梁、张麻井、白碱滩……一个个熟悉的村庄在车窗外匆匆闪过。前面就是柳石窑沟了。

肯定是乡里按照县委的通知已提前做了安排,村委会的一帮人已在村委会的院门口迎候。见到村支部书记司玉海,觉得这个人似曾相识。一问方知,原来我们是曾见过几次面的。当年他在县亚麻厂上班,我曾几次到他家吃派饭。他们还有意请来了已年逾古稀当年的老民兵连长、村治保主任田生广和曾任村支部副书记的范景河。问及当年的老支书刘进孝，他们告诉我说，这个人10年前已过世了。过世的还有二队的队长李财，一队的车倌儿大老寇……

谈及村里老乡们的生活，支部书记对我说，比起你们关里的农村，我们肯定还差得远，不过比你在村里的那个时候还是要好得多。当年你在村蹲点时，村北村西打的那些井，眼下都派上了大用场。现在全村人均差不多一亩半水浇地。过去引进的墨西哥小麦早已不种了——那种麦子难伺候，爱长虫，总得打药，面粘又不好吃。莜麦也种得少了，种多了粮库不收，每年盘算着够自家吃的就行了。家家户户的水浇地几乎都种了错季蔬菜，仅架豆角全村就有上千亩。一到夏天可红火了，北京、天津、大同、张家口到这儿拉菜的汽车排成队。只要不是尖懒乜傻的户，一个四口之家，种上三五亩菜，总会有个万把元的收入。如今农村，公粮不交了，农业税免了，村集体提留不要了，孩子们上学也不要钱了。只要不是遇上大的天灾人祸，家里没有婚丧嫁娶盖房起屋的事，平时过个庄稼日子还是满没问题的……

看来村里的乡亲们温饱已没有问题，但离“富裕”这道坎还有相当大的距离。但回想当年一些户为准备一顿下乡干部的派饭犯愁的窘境，看到今天家家户户已衣食无忧，心中倒也平添了几分欣慰。

我提出到村里随便走走。一出村委会的院门，刚踏上积雪尚存的街道，老治保主任田生广拽住了我。他手指村头东边那条田间林带问我：“你还记得那条林带吗？”“记得，记得的。那是一条当年由榆钱树籽直播五行榆树林带，我离开咱们村时，树干大概还没有铁锨把粗呢……”“现在都碗口那么粗了，眼看要成材啦！你忘啦？那几年每天一大早，不吃早饭你就拿着个树剪子在林带里转悠。每年你都把林带从西到东修剪一遍，一天几次去轰到林带里啃树的羊……”

十年树木，百年树人。遥望着朔风中荒野雪原上那条东西绵延近三华里已是干挺冠圆的褐色林带，我忽然想起了曾在县里一起共事的一位老友前两年对我说过的一件事：某年夏天，上级领导来坝上检查“退耕还林”生态建设。负责陪同的某当地领导领着检查组登上了一座小山包，指着田野上那一条条纵横交错郁郁葱葱的林带，颇为得意又有几分讨好地说：还是国家退耕还林的政策好啊——你看，这不过仅三十几年，坝上的生态就发生了天翻地覆的变化……老伙计你说说,你应该最清楚,按咱坝上的气候和土质条件,十年的树也不过长成一根椽子。那些林带都是咱们上个世纪70年代组织民兵大会战搞起来的。都三十多年了,怎么记在了今天"退耕还林"的名下?我微笑无语。我觉得只要生态环境好了,至于功劳记在谁的名下已无关紧要。但我心中又十分清楚:生态的破坏非一朝一夕,但一个大的区域内的生态恢复更非一日之功,是要经过一代甚至几代人的坚持不懈地努力的。父辈作孽,儿孙遭殃;前人栽树,后人乘凉。历来如此。

"嚯——今天可来了个稀罕人咧!你是不是那个张主任?"一位留着山羊胡子的老者在街上拉住了我——看来村里人还是习惯称呼我当年县革委副主任的"官衔"。"是。你是……"年代久了,我一时真的想不起这位老人姓甚名谁了。"嗨——你看人家这人,不知道是咋活的,这么多年不见了,还是不见老。你忘了,那年秋天你帮我们割莜麦,你嫌我们的镰刀太笨,专门从你保定的老家拿来一把关里割小麦的镰刀。嘿!那镰刀就是好使唤,拿在手里很轻,但刃口好,出活儿。至今那把镰刀还在我手里。你说人家这人,干庄稼活可是把好手呢!那割起地来,一点也不让队里的壮劳力……"一口曾听惯了的浓浓西路乡音,勾起了我30年前与乡亲们"战天斗地"学大寨的回忆。

没等我走到跟前,一群聚在街头聊闲天的村民中有人远远就认出了我。"别看人家当了'大官',那可是个好庄稼人哩。种地、锄地、割地、打场,样样都行。建设大寨样板田修渠打畦埂,比我们都在行。就连老百姓抹房的泥水活儿也能搭上一手……"几位上了年纪的人指指点点比比划划地向年轻的后生们兴奋地介绍着。我拱手问候,乡亲们鼓掌,谢声一片。

走在我熟悉的街道上,但看到街道两侧农户的房舍变了——过去低矮土墙泥顶的"趴蛋房"几乎绝迹了。新盖的砖瓦房宽敞明亮,讲究的人家装修不让中原。人们的服饰变了——虽是数九隆冬,但人们的穿着鲜亮得体,几乎见不到过去不分男女都是白茬皮袄一件、狐皮帽子一顶的那种坝上标志性的装束了。人们脸上的表情变了——再不是眉头紧皱袖手缩头耸肩的一副苦相了。从他们的挂满笑容的脸上,我再次读到了农村改革的巨大成功。

这个村家家户户上点年纪的老主人我几乎都是熟悉的。当年每家每户的派饭我不知轮流吃过多少遍。我已记不清我有多少次违犯“纪律”，悄悄地应邀到一些条件好的户去喝酒吃炸糕和糖酥饼。我顺路走访了两户农家，主人的热情使我心中愧生，手足无措。他们死拉活拽地不让走，一定要我留下来吃饭。他们告诉我，家里还有现成的口蘑和羊肉，要好好给我搓一筚子我最爱吃的莜面窝窝。我婉拒说不行，今天陪我来的人太多，连县乡领导再算上司机足有十几个，你们家里占不下。他们却说，他们都是当地人，守家在地的吃饭有人管，我就管你一个人。一直到我上车离村的时候，不知是谁家的后生一溜小跑地扛来了一大袋子莜面，不容商量地塞在了我的车上……

淳朴的中国农民，憨厚的坝上百姓！在村蹲点三年，在那极“左”气息尚存的学大寨年代，包括我在内，几乎人人在劫难逃。我肯定也曾瞎指挥，在村里干过一些劳民伤财的蠢事，但他们早都遗忘了。时过30年，他们记住和谈到的是点滴微不足道的一些“好处”。一别30年，我已是退休闲赋在家之人。他们于我无求，我欲助也已无权无力。他们记住了我，而我在几十年间又为他们想过什么干过些什么呢？

回到乡政府，茶饭间，陪同的县领导动情地说：这次陪同老领导到柳石窑沟，最使我受教育的是，看到了当年如此亲密无间的党群干群关系。但现在要再到这种程度实在也太难了……我戏说道：看来我这个人人缘还行。要是再来个八年抗战，我自信我在这个村还能找到可靠的“堡垒户”。不过我倒有几分担心，个别某些人可能不行。不要说找“堡垒户”，很可能若不是担心背上一个“汉奸”的骂名，日本鬼子一进村就会有人主动举报：某某人是“八路军”，藏在什么什么地方……

坝上踏雪归来，身体虽有几分疲惫，但精神颇佳。恰逢老友许仁龙教授（人民大会堂“万里长城图”作者）来访，把酒小酌，天南地北，相谈甚悦。临别，不计工律，以歪诗作答：

自嘲

晓起帘纱追旧梦，镜里苍翁掩面羞。

荷锄粗手愧无茧，踏泥粪足赖登楼。

莫道少年曾驰马，窃喜花甲远烦忧。

东邻竹丛燕雀噪，西天残月淡如钩。

2009 年 10 月改定于廊坊思过书屋

十八岁的那个夏季

任　蒙

每个人都有某种容易被点燃的情感。对我来说,这种情感莫过于青少年时代的那段故乡岁月了。好几年前,武昌火车站一支浩荡的民工队伍,一直行进在我的记忆中,并时常激起我对自己那段岁月的回想。

那个初夏的午后,我去车站是赶车还是接人,已无从回忆了,只觉一股扑鼻的异味忽然袭来,紧接着便是急匆匆的民工队列从我身后滚滚而过,零散的行人只得纷纷让路。他们的队形没有什么规则,但一排紧跟一排,因为没有听见他们说话,所以我不知道他们从哪儿来,但可以肯定他们是去南方。前不见头、后不见尾的队伍不知走了多长时间,几乎是清一色的青壮劳力。

从来没有感受过如此强大的人体异味,那种刺激叫人不得不躲避但一时又无法躲避。

浓烈的汗酸弥漫在周围的空气中,青春的力量涌动在潮水一般奔泻的队列里。他们茫然的表情和杂乱而急促的脚步又分明在告诉我,他们手提肩扛的不仅是五花八门的行装包裹,还有他们各自不能称作希望的希望。

如果自己处在这样的年龄,我肯定也在他们的队列中。

这是当初我见到他们时的第一个联想,命运也会这样安排。

十八岁那年,我刚刚走出校门,尽管属于我的那片天地极其狭小,但由于笔头上有点墨水,加上一副少年老成的模样,承蒙乡亲们信赖,在不到一年的时光里,我变换过好几种“角色”。从生产队的记工员,到公社中学的代课教师，再到一个临时性的写作组成员，直至我年底应征入伍，但身份一直是个农民。

那个夏天，青春的热血依然在我心中没有目的地涌动着。

村上的老支书委派我和另一位年轻人带队到县修水利工地去参加开山凿渠。

深山野壑，散落着成千上万与悬崖峭壁搏斗的劳动大军，可我手中一天比一天沉重的大锤，砸掉了整个夏季的诗意。

深夜，暴雨突至，松枝和茅草搭盖的简易工棚，顷刻变成了水筛，棚内也是一片水场。虽然到处是漆黑漆黑的，但我已感觉到所有的人都坐起来了，还仿佛看到了他们惊慌无措的表情。果然，很快传出了哭声，大家都听得出来，那是老实肯干、年过三十还未娶到媳妇的"二苕货"在抽泣。

这样的灾难谁也没有预料到，谁都变得束手无策。要保住被窝啊！不知是谁喊了一声。快，把被子撸起来抱在胸前！经历了刚才的一阵慌乱，我好像想起自己是个"领队"，必须提醒大家采取最紧要的措施。几秒钟之后，借着一道闪电，我看见每个人都像弯曲的虾米紧护着腰间的被絮团团。须知，那时很多人还没见过塑料布呢。

不知是因为那个场面太独特还是太苦难，那场倾盆大雨冲刷出来的夜晚让我几辈子我都不会忘记。

我的被子还是湿得很厉害，而山间雨后的夜晚寒气更重。陈伯说他的被窝湿得稍好点，一再喊我钻到他脚那头去睡，我没去。伢哪，这会儿还顾得上邋遢不邋遢？陈伯说了重话，我还是没有过去。直到今天，我仍然无法说清当时是为什么。

也是那个夏天，队上派我和一位邻居到河南去购买良种草籽。那个年代，我的故乡开始推广种植一种红花草，长成后将其翻沤在泥水中以增加稻田的肥力。后来我才知道，那种肥草的学名叫紫云英。

我俩各带一根扁担，将布袋缠裹在腰间的衬衣里，以防被人当作"投机倒把分子"抓住，因为听谁说过邻省的河南人不让他们的这种草籽被运出去。去的那趟我们按照队长的交代爬了"荒车"，两人加起来可以为队上省出几块钱的车费，邻居曾经走南闯北地到外面做过工，也有经验。

我已记不起来我们是怎样悄悄绕进车站的，更记不起来是怎样找到一列北去的运煤货车的。但是,那次是我头一回乘坐火车,也是我头一回见到火车。我们蜷缩在山尖般煤堆一侧的低坑里,我的心比颠簸的车皮抖动得还厉害。当时并不怎么害怕,只是因为自己第一次接触火车,就带有一种惊险色彩,感到很新奇,很刺激,甚至还想到了铁道游击队和几部反特的电影故事。

我们不一会儿就到了信阳,大概是午夜时分,那座听说比我们县城大许多的都市并没有让我看到它的模样。只有车站喇叭里发出的调度号令穿透城市的夜空,只有站台上一辆轻盈驶过的像倒扣小船的轿车,使我认识了信阳。因为那也是我第一次见到轿车,后来问了在部队当过汽车兵的舅舅,才知道那车就是伏尔加。

深夜的信阳留给我最深的记忆,还是车站门前那块发烫的水泥地,我至今还能描出地上一片片污渍构成的"图案"。在几片"图案"之间有块稍干净的地方,便成了我们最好的选择。那位邻居应该是我的父辈,可他的外号叫"滑头",因为他不肯担责任,买草种的几十块钱只好装进我的挎包里。虽然我枕着队上来之不易的那笔钱,枕着我们这次冒险之旅的唯一资本,但还是倒下去就死一般睡着了。

清晨醒来,我第一件事就是去摸污迹斑斑的仿制军用挎包,票子还在。那一刻,车站的早晨对我来说格外轻松和壮美。

几年之后,我再次来到信阳,是来参加军区在这里的某所军校召开的文艺创作会议。因为单位工作走不开,我晚了一天前来报到,军校特地为我派了一辆吉普接站。匆忙之间,我为自己没有找到记忆中的"图案"之地而多少有些遗憾。

不知是在那次会后的哪一年,我与父亲闲聊时说起自己的这段经历,一向处事淡然乐观的父亲,似乎也为那时刚刚成年的儿子所经受的这种苦难而有些伤感。可是,当我说到自己曾坐着小车寻找过那片露宿的街头时,他却依旧神情漠然,并没有为我命运的改变而欣慰,也许是因为他的类似经历比我更多,也许是因为他和许多乡亲还处在那样的命运之中。

还是那次购买草种,我们从信阳又转了两道汽车,还走了十多里的乡间小路,才打听到了一个卖草种的村庄。两天后我们回来了,挑着沉重的布袋终于到了县城。老天爷好像有意要为我们洗去一身的酸臭,突降一阵瓢泼大雨。几天没有洗过澡了，我真想站在街心淋个痛快，可我们肩上的草种是乡亲们明年的希望啊。我们只好迅速闪到县百货公司的屋檐下避雨，待雨点渐渐消失，我们准备担起挑子接着赶路的那一刻，一个熟悉而亲切的面孔出现在我的视线里，那不是县委宣传部的程干事么！

老程为人极厚道，圆圆的脸上总能见到和善的笑容，是这个热心人从县广播站的来稿中“发现”了我，并鼓励我学习新闻写作和文学创作。我曾经带着局促的神情走进县委办公大楼，听他给我讲解什么是消息，什么是通讯。就那么一两次，总是我站着，他也站着，他只是顺手从报架上取下一份报纸对我边翻边讲，临走时塞给我两本稿纸和一沓信封。虽然是短暂的见面，可我每次出来，总有那么点云高天阔的感觉，没有任何亲属的县城也有了一种亲切感。尽管是饿着肚子赶路回乡，但脚步却特别轻快。

那个时刻，老程的意外出现，使我心中骤起一股热流，很想喊他一声。但我立即意识到自己的面目和浑身的臭味，已经张开的嘴又迅速合拢了，还扯下草帽罩住自己的脸，直到手执蒲扇的老程和他的几个同行者谈笑着走过。

身旁的邻人不愧是个“滑头”，他精明地留心到了这一幕，待我们起身离开时，他嬉笑着凑过来问道：看到哪个女伢啦？我摇了摇头，他也没好再问下去。我参军后不久，听说他们一家搬回原先的库区去了，前些年又说他到水库电鱼不慎，触电死了，他至死也没有明白我那次演的是什么“戏”。

曾经几多次，当战友或同事与我聊起农村问题，说到农人的艰辛，说到他们沉重的劳作，有人认为他们本来生活在艰苦的环境，习惯了那种艰苦，也就不觉得艰苦。我向来是比较照顾他人情面的，但在这个问题上，从来都是严明地表明自己的观点。不过冷静想来，他们的这种“辩证法”，虽然出自城市人的眼光，也并非完全没有道理。假如天底下的农人每天都在痛苦的感受中度日，那情景更令人担忧，也更叫人可怕。

也许是这种“麻木理论”在我身上同样得到了验证，我的十八岁也是青春的，也是美好的。那会儿，我几乎没有感觉自己所经历的正是某种磨难。所以，我记忆中的许多经历，特别是走出校门那年的乡村生活，给我留下的却是一种青春的向往、一种美好的回忆。包括刚才说到的县城屋檐下避雨的情节，也被渐渐淡忘了。直到多年之后，我读到路遥《人生》中“高老师卖馍”这一段，高加林在县城看到文化馆的文学辅导干部，想见而不敢见的经历，让我突然唤起自己的记忆，捧着小说的手不停地抖动，一时竟不能自已。

后来的程干事早已从市委宣传部副部长的位置上退休了，但我一直将他视为自己终生的师长和朋友，我曾经为他创办的家乡市报写过《发刊词》，还为他的作品集撰过序言。当年我那次草帽遮颜的经历，也在我们的谈笑间融化到杯盏之中了。命运改变了我的人生，不会有谁让我再去偷爬“荒车”，再去抡锤放炮，再不会经受那种在暴雨中哭泣的苦难。可是，我们的下一辈，还有下下一辈，还在黄土地上。他们虽然不是像我那样扛着扁担去买草种，去背着棉絮进山，如今他们是面无表情地拎着行装进城，但他们所散发的汗臭与我当年的汗臭却是一样的苦涩，一样的令人难以接受。说句并非自我作贱的话，站前那阵随着长长的民工队列蒸腾不息的人体汗臭，只有大量集中的牲畜群才能带来如此强烈的异味。

因而，说到乡村，说到农民工，我总会想起那次嗅觉的强烈刺激，总会想起那次目睹的如此规模的民工阵容。他们身上也和我当年一样充满青春热力，他们的脚步也和我当年一样铿锵有力，但我不知道命运会把他们带向哪里？

魔鬼夜访杨绛

杨　绛

昨夜我临睡要服睡药，但失手把药瓶掉了，只听得“咯噔”一声，药瓶不见了。我想瓶子是圆形，会滚，忙下床遍寻，还用手电筒照着找，但不见踪迹，只好闹醒阿姨，问她要了一板睡药。她已经灭灯睡了，特为我开了灯，找出我要的药，然后又灭了灯再睡。

我卧房门原是虚掩着的，这时却开了一大角，我把门拉上，忽见门后站着个狰狞的鬼，吓了一大跳，但是我认识那是魔鬼，立即镇静了。只见他斜睨着我，鄙夷地冷笑说：

“到底你不如你那位去世的丈夫聪明。他见了我，并没有吓一跳！”

我笑说：“魔鬼先生，您那晚喝醉了酒，原形毕露了。您今晚没有化妆，我一见就认识，不也够您自豪的吗？”

他撇撇嘴冷笑说：“我没有那么浅薄。我只问你，你以为上帝保佑，已把我逐出你的香闺，你这里满屋圣光，一切邪恶都消灭无踪了？”

我看他并不想走，忙掇过一把椅子，又放上一个坐垫，我说：“请坐请坐，我知道尊腚是冷的，烧不坏坐处。您有什么指教，我洗耳恭听。”

魔鬼这才乐了，他微笑着指着我说：“你昏聩糊涂，你以为你的上帝保佑得了你吗？可知他远不是我的对手哩！你且仔细想想，这个世界，属于他，还是属于我？”他指指自己的鼻子说：“我是不爱敷衍的。”

我仔细想了想说：“您的势力更嚣张。不是说：‘道高一尺，魔高一丈’吗？如今满地战火，您还到处点火。全世界人与人、国与国之间，不都在争权夺利吗？不都是您煽动的吗？不过我也不妨老实告诉您，我嫉恶如仇,终归在我的上帝一边,不会听您指挥。我也可以对您肯定说:世上还是好人多。您自比上帝,您也无所不在,无所不能,那么,您还忙个啥呀?据我看,这个世界毁灭了,您也只能带着崇拜您的人,到月球上抢地盘去!不过谁也不会愿意跟您下地狱、喝阴风的。魔鬼先生,我这话没错吧?"

魔鬼冷笑说:"你老先生不是很低调很谦虚吗?原来还是够骄傲的!你自以为是聪明的老人了!瞧着吧,你能有多聪明!"

我笑说:"领教了!也请勿再加教诲了!我已经九十九高龄。小时候,初学英文,也学着说:'I will not fear, for God is near.'其实我小时候是害怕的。上帝爱护我,直到老来才见到您,可是我绝不敢自以为聪明的。魔鬼先生,领教了。"

魔鬼冷笑说:"这是逐客令吧?"

我笑说:"也是真正领教了,不用再加教诲了。"

魔鬼说:"One word to the Wise is enough."他拿起我遍寻不见的睡药瓶子,敲敲我的梳妆台说:"瓶子并未掉地下,只掉在台灯旁边,请看看。"

魔鬼身上的荧荧绿光渐渐隐去,我虽然看不见他,却知道他还冷眼看着我呢。

第二天早上,我刚从床上坐起,就发现我遍寻不见的药瓶,真的就在我台灯旁边,并未落地。魔鬼戏弄我,并给了我一顿教训,我应该领受。以前我心目中的确未曾有他。从此深自警惕,还不为迟。

地理的感性坐标

刘醒龙

我是个成熟的男人。从我的一些经历来看,成熟的男人会情不自禁地为某种不可改变的伟大现实而悲哀,同时还拥有一个可以安心在枕头上做梦的家。不过,我总以为成熟的代价太大了。那天,我丢下手中的笔,独坐在自家的阳台上,正起劲地享受着难得的思维空白,一个亮光在思想的最深处冒出来。随之没来由地想:人其实永无摆脱听命他人的可能。因此人才如此珍视自己的情感。

我想起了那个黄昏,在经常散步的树林里,发现一处没有草茎灌木,也没有苔藓地衣的光秃地面。地面有几尺宽。它在树林的边缘露出一点模样,好像身后还有羊肠小路蜿蜒。那是一个我从未发现的路口。

曾将自己在这一带的行踪努力地回溯过,终归没有想起什么,也不知道这条路通向哪。但也没有认为这是自己的粗心大意。这样的路口本来就不属于城市。城市的路口都有醒目的红绿灯,都有无论白天还是黑夜都能老远瞧见的指示牌。就是一条小巷,也会在进出口钉上一块老大的铭牌。只有乡村的路口习惯地藏在地理与植被的背后。从记事开始,很长一段时间里,自己就一直是这么对待乡村地理:哪里有小路,哪里有山径,从哪儿能够滑进捞小鱼儿的深涧,从哪儿可以爬上有小兽出没的山崖。一切都像是生长在自己的基因里,无需刻意做什么,只管迈动双腿就能达到想达到的目的。

山野里的许多东西都有百年以上的岁数,人的寿命再长,面对它们时仍然是幼稚小儿。大自然是这个世界最伟大的智者,只要与它相处,一个人就会不知不觉地强大起来。我一直心存如下判断:如果没有乡村与自然的教诲,人一定没有力量在城市里面对那些灰头灰脸的摩天大楼。

还是那个黄昏,一个从乡村来的男人冲着我大声说:喂!到新华路怎么走?从乡村来的男人迷路了,找不到他要去的地方。他的话非常直率,没有先生小姐或师傅老板的导语,一上来就直截了当地表达自己内心想法。他一路上问了四个人,结果越走越不像先前走的路。要去的新华路在江北,这儿已是江南。两地间的距离,就是坐公共汽车跑也得一个小时。我只好告诉他,他这样问话,在城市里会被看作失礼,别人有可能故意指错方向。

从乡村来的男人说,他知道这一点,所以总是往别人所指的相反方向走,结果还是走错。他还说自己刚来时,也是问路,在街上拦住一个女人叫她小姐,结果那女人当众回骂,说你老婆才是小姐。女人还想用高跟鞋踢,被他一个侧跳躲开了。后来他又冲着一个男人叫老板,没等他说出后面的话,那男人就吼起来,说婊子养的才是老板。从那以后,他再也没有在城里问过路。今天被逼急了,本打算买张交通图,一问价,却要五元钱,他舍不得花冤枉钱,这才又开口问路的。

从乡村来的男人其实很聪明,我将他要走的路线说上一遍,他就记得清清楚楚,然后招手拦住一辆从面前经过的公共汽车。公共汽车走出几十米又停下来。那个从乡村来的男人半个身子吊在汽车门口,车内像有人在将他往外推。

我赶过去,听车上的人说出理由。我告诉他们,这个从乡村来的男人正在汉口最繁忙的街道,整修最最臭不可闻的下水道。这种苦活即使是在乡村中苦惯了的男人,也只有极少数干得下去。所以,他们不应该为着一点借口嫌弃这些人。车上的人不做声了。从乡村来的男人却来了骨气,不肯坐这趟车了,要售票员将钱还给他。男人拿到车票钱后,跳到马路上,瞅着远去的公共汽车,恶毒地说,明天开工后,他就把两块砖头放进下水道里,不出三天,江汉路就会漫成臭水沟。从乡村来的男人决意不再坐公共汽车,他要一路走过去。一个人走在路上不会有那么多的管束。

听着步步远去的声音,我感到那口音很耳熟。这种因素使我在他消失之后还想着要寻找他留下的踪迹。结果,我发现了从前一直没有发现的路口。事情就是这样简单，路口就在一排大树下，我沿路走去，正好通向散步的小树林。

只要我在过去的时光里，稍作留心就会发现。我却将它一直留到现在。这有点像大多数男人都曾经历过的邻家女孩，天天从她窗前经过就是没能看见；而等到经历了太多以后，站在自家门口稍作喘息，蓦然遇上时，禁不住懊恼先前所有的胡闹。

藏心

荆 歌

红珊瑚之旅

伊斯坦布尔是一座多么有风情的城市啊！博斯普鲁斯海峡，像一条运河，穿城而过。我在这座陌生的城市，无法不想到帕慕克，一位获得诺贝尔文学奖的土耳其作家。那些各种碎石铺就的道路，铺成各种各样的图案，在幽暗的光线下，仿佛印有帕慕克的脚印。他西装革履，风度翩翩，在这样的路上走着。他的脑子里，却翻卷着与这座现代城市似乎格格不入的云朵。阅读《我的名字叫红》，土耳其在我的印象中，便成了一个神秘、华丽，同时有些阴郁的国度。宫廷画师笔下精美到极致的细密画，以及他们飘忽不定的心事，他们诡异的友谊和爱情，在这一天，离我突然是这么近。虽然很近，但仍然很陌生。甚至比小说里的世界更陌生了。来土耳其前，我阅读了一些关于这个国家的书。它的历史，它的独特的地理位置，它的国际身份，还有它的艺术和文学，以及足球，现在我突然觉得，它是远比我之前所知道的要复杂得多。

白天，我去托普卡珀宫，为的就是要一饱眼福。因为很久以前我就知道，在伊斯坦布尔，有着很多很多的中国元青花瓷器。甚至有这样的说法，认为世界上绝大多数存世的元青花都在这里。因此，才会有故宫博物院的专家认定，中国国内民间所发现的，都不是真正的元青花。为什么元代所生产的青花瓷，都跑到伊斯坦布尔来了呢？当年的土耳其苏丹，怎么就那么偏爱中国瓷器呢？短暂的元代，中国国内生产总值的百分之几，是土耳其一笔又一笔数额巨大的青花瓷订单创造的呢？

然而十分败兴的是，这天，甚至在以后的很长一段时间里，瓷器博物馆都是闭展。这些釉色温润的宝贝，仿佛是故意要和我捉迷藏，它们在这个神秘的地方生活了七百年，难道已经是适应了这里的生活，反倒将故乡人视若异乡人？它们就像黄昏幽暗路灯下飘来荡去的土耳其女郎，身体为黑色柔软的织物所包裹，只露出一张明月般皎洁的脸，白皙的脸，忽闪着冷艳而神秘的大眼睛的脸，让撑着雨伞在街巷中独行的我，感到一切都是那么飘忽，内心不免惆怅。

所幸的是，在老皇宫里看到了许多土耳其宝贝。苏丹的宝座、黄金和宝石制成的精美的用品，极端的富贵与奢华。还有那颗像伊斯坦布尔这座城市一样著名的86克拉的kasikci钻石。这颗钻石，在射灯下闪着傲慢的光。我敢肯定，它已经华贵到让观者不敢再有想要占有它的念头。它像夜空中最灿烂明亮的一颗星，那么孤傲，照耀着人世。它不属于任何人，它就是它，它是高贵的永恒，俯视着所有的人，富人和穷人。不同肤色的人围绕着它的，以不同的音调发出赞叹之声，以不同的语言对它进行赞美。它是老皇宫的心脏。那么，我的元青花呢？它们在幽暗的展馆或库房里，怀着一颗颗怎样的芳心？是“宫花寂寞红”呢，还是“闲坐说玄宗”？

伊斯坦布尔的细密画，几乎是帕慕克《我的名字叫红》这本迷宫一样的小说的一个中心，一条弯曲的通道。在这本小说中，帕慕克告诉我们，作为一名细密画家，他必须恪守的，是对传统的近乎死板的遵守和模仿。也就是说，创新不仅不是题中应有之义，反而是背逆和不道德的。固定的题材，固定的笔法，甚至构图和比例，都是一成不变的。逾矩是危险的。但是我在伊斯坦布尔的一些古玩店里，却看到了形形色色的细密画，内容和形式，都出乎我的意料。图案不光不囿于动植物这一类，而且有大量的人物的描绘，甚至还有许多近乎庸俗的裸女。这究竟是怎么回事？有一些细密画，要价很高，看上去很像是从一本古老的书上撕下来的。但我知道这显然是做旧的，它使用的颜料，我想也一定是现代的化学颜料，而不是用珊瑚、青金石、绿松石、蜜蜡、玛瑙和黄金这些名贵的天然颜料绘制。

事先我真的一点都没料到,在伊斯坦布尔,我竟然一张细密画都没买。而来此之前,我对它是怀着多么大的期待啊!

我知道地中海是出产红珊瑚的。我果然在伊斯坦布尔的一些商店,包括古玩店里看见了。较多的是制成手串(或者叫念珠吧,我们古代还名其为“十八子”)、加工成首饰。也有一些是原生态的。它们是那么红艳,正是行家称作的“关公脸”和“辣椒红”。我知道在国内,珊瑚红成这样,往往是染色的。而我在伊斯坦布尔所买的,应该是天然的红。地中海200米至2000米深海所产的珊瑚,就有这样深红的颜色。这种红,是从珊瑚的内里闪耀出来的,是有晶莹光泽的。并且在这种好看的艳红中,能很清晰地看到“萝卜纹”。而国内那些染色的珊瑚,是凝滞的红,浑浊的红,像是涂了红色的油漆一样。据说世界上除了地中海,还有日本海和台湾海峡有丰富的珊瑚蕴藏量。但是,日本和台湾的珊瑚,通常都是淡红色的,行内称“桃花红”和“孩儿红”。地中海的深红珊瑚,我带回国内后,在84消毒液里泡了一夜,另外还用酒精棉球用劲擦拭几分钟,均未有丝毫掉色。这两种方法,用来鉴定珊瑚是否染色,应该是有效的。

让我感到比较奇怪的是,在伊斯坦布尔,很少见到珊瑚的雕刻件。我只在一家古玩店,撞见一方蟾纽印章,是用较红的珊瑚雕的,工虽不是太细,且有许多天然的瑕疵,但却漂亮可爱,便毫不犹豫地买下了。在另一家古玩店里,则看到两尊珊瑚雕仕女,一大一小,大的辣椒红,小的桃花红。刻工都非常精美,但是要价都在一万元以上,实在太贵了,未敢出手。

这家古玩店的老板,衣冠楚楚,风度翩翩,他绝对是个老绅士。我甚至恍惚起来:他是不是帕慕克呀?他长得与帕慕克,真的有几分相像。因为这样,我便觉得他有几分可亲。当然,如果他的珊瑚仕女开价不是如此之高,他会显得更加和蔼可亲的。

老绅士的古玩店里,好东西不少。我还发现了一个白玉炉顶,显然明清时期旧物,而且多半出自中国。但开价也太高了。出国前我就知道,在伊斯坦布尔,许多开古玩店的,都是古玩方面的专家,他们甚至都出版过多本古董研究专著。因此想要把价格砍下来,要在他们的店里捡漏,那只能是一种美好的梦想。事实也正是如此,我多次尝试把珊瑚仕女的价格讲下来,基本都是徒劳。

外面是春天雨滴溅出来的冷。我坐在老绅士的古玩店里，喝他亲手泡上的红茶。红茶泡在收腰的玻璃杯里，一派异国情调。我们彼此都试图聊天，但终究聊不起来。因为我发现，他的英语，实在也比我好不到哪儿去。尴尬之中，我从腰带上取下随身所带的一枚核雕，把玩起来。老绅士的眼光，渐渐聚焦，集中到我手中的橄榄核上。他要过去，用放大镜认真打量。看得出来，他对这件东西极感兴趣。我知道他是个老江湖，他看中了这件东西，但艳羡不形于色，故意做出一副无所谓的样子，随口问我多少钱。我对他说NO，因为我不想卖给他。于是，他执意要将那尊桃花红的仕女与我交换。我被突然到来的运气刺激得心怦怦乱跳。但我也不形于色，我假装犹豫了一下，对他说，如果真要换，我希望换取那尊辣椒红的。这下轮到他说NO了。他断然拒绝把辣椒红仕女换给我。我于是取下手上的小叶紫檀手串，要用两件东西换他的辣椒红。这个手串，我是几年前在锦溪的一家古玩店里买的，盘玩至今，已经乌黑。我舍得换给他，也实在是喜欢他的"辣椒红"。但他对我的紫檀实在轻慢，连看一眼的兴趣都没有。他只是执意要用"桃花红"换我的核雕。他一定是被这枚橄榄精细的雕工迷住了。榄核上刻的是萧何月下追韩信，两匹马，两个人，刻画细致，面容服饰，以及马的姿态，均不尽相同，确实也是可观可玩。老绅士到后来，一点都不绅士了，他自作主张，把核雕放进他的西装口袋，而将桃花红珊瑚仕女，推到我的面前。

这场交易，其实是很能让我乐上几个月的。我的核雕，只是件普品，区区几百元而已。而我知道，他的这尊"桃花红"，价格少说也在万元之上。

交易成功后，老绅士长长地吐了一口气。看得出来，他的心中，充满了成功的喜悦。然而将核雕拿在手上，他还不知何种材料。他又用放大镜仔细看了，问我是否木头所雕。我想了半天，也没想出来，橄榄的英文单词究竟应该怎么说。后悔没带"好易通"出来。我只好取过纸笔，画了一只毕加索的和平鸽，鸽嘴里衔一根橄榄枝，枝头挂一枚小小的橄榄。老绅士明白了我的"看图说话"，连说OK，喜悦荡漾在他的脸上。

伊斯坦布尔留给我太多美好的回忆。而看得见摸得着的，就是桃花红仕女和辣椒红印章，以及其他一些红珊瑚。有人预言，咱们国内，在大炒和田白玉之后,也许将会选择珊瑚作为下一轮炒作题材。届时,珊瑚将成为后来居上的“疯狂的石头”也未可知。这种市场预测,我认为是存在相当的可能性的。因为与和田玉比起来,红珊瑚也许是地球上更为稀缺的资源。其实珊瑚的价格,已经很高。国际通行的价格是每克400元人民币左右。从土耳其回国后不久,同行的傅晓红和晓华发邮件来告诉我,在南京金鹰商厦,一串22颗红珊瑚珠子的手串,标价12万元人民币。而在伊斯坦布尔,见我买了那么多,她们当时是颇不以为然的。她们终于悔青了肠子。

香生活

我所买的第一串沉香手串,和“停云香馆”主人黄稼伟的遭遇相仿。那黑沉沉,看起来油性很好的一颗颗珠子,闻上去也有一股药香,但是,它是假的,它不是真正的沉香。如果沉香有如此好的油性的话,价格就会很昂贵。上了某种等级的东西,就一定会是某种价格。如果便宜得离谱,那就一定是有问题了。这个道理很浅显,但是,总还是有许多人事到临头会犯迷糊。贪图便宜以为捡了大漏,事实上打了眼,吃了大亏。像这样的“沉香”,其实是用一种根本与沉香不搭界的木头做的,放在药液里浸泡而成。它的香气,与真正的沉香,是相去甚远的。只有熟悉沉香气味的人,才会闻出这种不是来。鼻子也是有记忆的,聪明的鼻子,是不会认错人的。

最早我是在画家叶放的家里看到沉香。一块火柴盒大小的“烂木头”,他从一只锦囊中神乎其神地取出。给人的感觉是,他掏出来的是一颗宝石,或者其他旷世珍宝。好像这样的珍宝,看一眼都是会有损它的尊贵的。他掏出的是一块沉香木,并且是一块沉香中的极品,白棋楠。我们的古书上,有写作“伽楠”和“茄楠”的。可是我有眼不识泰山,对这块“烂木头”非常不屑。我孤陋寡闻到了顽固的地步,在叶放兄向我们作出了较为详细的介绍之后,我还是不以为然。他说,像这样的沉香木,价格非常之贵。我们问他贵的原因,他说,因为它可以治病。他说,如果你胃疼了,或者心脏不好,刮下一点粉末来吃下去,病就立刻好了。我对他说,我胃不疼,心脏也还不错,但还是很想刮一点下来吃吃,尝尝它的味道。但他舍不得。他说，沉香的粉末，一点都不比金粉便宜，吃白相就算了。今天想起来，其实他的解释非常不得要领。为了说清楚沉香木的尊贵，把它说成是可以疗伤治病的香灰之类，由此可见他对沉香的了解其实也是非常有限的。一位台湾老太太到他的私家园林里来玩，为了表达友善，把如此昂贵的棋楠香送给他，他只知其贵，却并不知道沉香的灵魂，并非包治百病，而是那缕摄人魂魄的幽香。

我们大陆，经过了建国后的一系列政治运动，像"文革"什么的，把悠久的文化传统在很多地方生生地割断了。比如香文化，在我们的古代，从两汉一直下来，到民国，是有着很绵长的脉络和很丰饶的内容的。但是出生在新中国的我们，对香的全部的认识，似乎只剩下了敬神礼佛这一项了。事实当然完全不是这样的。只要看一看"红袖添香夜读书"、"种花春扫雪，看篆夜焚香"这样的诗句，就会知道，香在我们老祖宗的生活里，功能远要复杂暧昧得多。你想呢，如果点香只是为了敬神，那么"夜读书"、"夜焚香"就说不通了。信佛的人都知道，给菩萨上香，是不作兴夜里的。早上香，这是规矩。夜里点香，迷信的说法，是会引来鬼的。由此可见，"红袖添香"和"看篆焚香"，和敬鬼神是完全没有关系的。它燃的不是那种香。香在这样的活动中，逼近和缠绕的是香的本意。是从动物或植物那里取来的芳香物质，制成各种形状的香。或线状，或块状，或锥形，或盘状，或塔状，或粉末状，或模压成好看的文字和图案。点上它，就是为了获取它的香气，享受它的香气。用它来熏染衣裳，芳香环境，驱除臭气。说得更精神一点，就是在这种高雅的香气中，获得内心的平静和愉悦。红袖添香，一双美丽的手，轻柔地点燃好闻的香，这在夜里，可是双料的享受啊。"看篆夜焚香"，这里的"篆"，是"烟篆"，是香之烟，香被点燃之后，一缕青烟缓缓向上升腾，在空中好看地扭来扭去，就像篆字一样。所以才有"看篆夜焚香"之说。当然，也许指的是一种特别的燃香方式，篆香，或者叫印香。有专门的炉子，篆香炉。也有专门的印模。印模通常是盘旋回环的篆字，用这样的模子打出来的篆香，可以点燃两个钟头。看篆夜焚香，在这里是句式倒装，其实应该是"夜焚香看篆"。先焚香，然后才能看到"篆"。那一句"种花春扫雪"，也应该这样理解：春天到了，把雪扫开，然后种花。

焚香就是有这样的境界。它是一件文雅的事,高雅的事,是伴随着富足悠闲的生活而出现的。如果忙于生计,如果没有闲适的心情,谁会去点香呀！即使点了一支香,忙忙碌碌的,也没有可能细细地去品它,用心灵体会它。

好的香是很贵的。动物类的香,有龙涎香、麝香。所谓龙涎香,并不是龙的口涎,而是从抹香鲸的胃中提取的分泌物。刚取出来的时候,它是很腥的。但经过考究的加工,以及随着存放时间的变长,它就有了奇妙的香味。麝香一般人都懂,是雄性麋鹿类动物身上分泌出的一种东西,用来吸引异性的。而植物类的香,名贵的就要数沉香和檀香了。沉香是最好的,其香淡然幽雅,可以醒脑提神,可以开智,可以美化、软化人的心灵,让人在平静中获得一种类似微醺或恋爱的感觉。参禅入定,或者悟道,或者浮想联翩,或者追忆似水年华,或者诱发诗心,点上一支沉香,或者在炉炭上搁片云母,撒上沉香屑或沉香粉,绝对是合拍和搭调的。并且沉香还是日益稀少的物产。地球上好像只有东南亚像越南、柬埔寨、马来西亚等国家,以及我国的海南、广西一带有出产。就是这些地区,现在也是极度稀缺的资源了。从前,沉香的交易集散地是在新加坡,但据说今天,在新加坡也不可能很随便地见到大量沉香了。据说越南将沉香定为国宝,已经禁止出口。去年我去柬埔寨,曾四处留心寻找沉香,结果是很少见到了。只在一两家店里看到,价格高得令人咋舌。在柬埔寨,还能捡得到吴哥窟的石头,吴哥窟满地都是有着雕刻的古代的石头碎片,游人可以随便捡起来一两块,装在行李箱里带回自己的国家。但是在那里,要想捡到沉香,则是完全不可能。

沉香的形成,是很有意思的。世界上只有四种芳香的树木会产沉香。沉香其实不是一种树,它是香树受伤后的产物。就像许多好的文学作品,是作家生命的伤疤。当那类香树的树身受了伤,树便会分泌一种油脂,来修复自身的创伤。与此同时,许多肉眼看不见的微生物,也侵入到了香树的创口。很多年过去之后,香树的创口处结出了沉香。又许多年过去,几十年,也许是几百年,甚至是几千年,香树死了,倒在了土里,或者水里,而它的伤口,却非但不会腐烂,反而成了结结实实的一块,仿佛动物身体里的"结石"。它们坚硬、芳香。它们有些比重较大,扔在水里竟会下沉。因此便有了"沉香"的名称。当然,也有许多沉香,其实是并不沉水的。但它们一样有奇妙的香。因此,评价一块沉香的好坏,是不能用沉水与否来作为标准的。重要的是香气。香气是沉香的生命。如果没有了香,或者说不具备特别好闻的香,那么沉香的价值也就大打折扣了。

那些倒在水里的,我们叫它"水沉";那些埋在土里的,我们叫它"土沉"。不管是水沉还是土沉,它们都是香树死亡之后,很久很久之后,才被人们采集到的,所以我们叫它们"熟结"。而有一些沉香,它们还没有落进水里或者埋进土中,它们作为伤口,还在香树的身上痛着,还和香树一起顽强的生长着,继续修复着。这时候采集下来,我们就叫它"生结"。是"生结"好还是"熟结"好?这也是不能妄下结论的。还是要看它的香气。香气好就好。沉香的香,总体上来讲,是一样的。但是,不同的沉香,因为产地不同,因为年份不同,因为采集方式不同,因为加工方法不同,甚至因为点燃方式不同,因为与我们的鼻子距离不同,香气都会不一样。里面学问大着呢。我们的鼻子通过训练,是可以分辨出沉香的很多很多种类的。

虽然在苏州这座城市里,我至今还只知道"停云香馆"有那么多的沉香。但我敢肯定,其实在生活的不同的角落,是有着许多玩香人的。相对而言,台湾玩香的人较多,他们玩得早。在日本、香道更是大行其道。在我们大搞文化革命的时候,台湾人却在很小资地玩着。寻香、品香、论香、斗香,香渗透到了一些人的生活中,成为这些人生活的一部分。台湾香界的教父级人物刘良佑,似乎一辈子都在寻香的途中。他的足迹,遍布地球上任何一处可能产香的地方。他关于香文化的著作,是我读到的第一本香的专著。可以说是我的香启蒙读物吧。要不是他英年早逝,我想,他一定会写出更多的书,更全面更深入地谈香论道,写出他对香的感悟,对生命的感悟。有时候我想,在许多领域,我们是在向台湾借香火,我们的美妙文化传统,曾经在我们手上似乎要被彻底割断了。所幸还有一些人,在某些地方,小心翼翼地保存着微弱的火种。今天我们借着这火种,要把这脉香火接上,不让它灭了,不敢说发扬光大,却一定要让它延续下去。

"停云香馆"主人黄稼伟是个雅人。他因为风雅,所以爱上了香。而他整天与香相伴,便更显其风雅。只要跟他谈上香,他就话语滔滔。而事实上,他并不是一个话很多的人。受了他的影响,我发现身边许多人都结了香缘。画家夏回和诗人车前子，他们的口袋里，也会突然掏出一只香筒来。红酸枝木雕成的竹节状的小香筒，里面装着纤细的沉香。香床是真正的竹子做的，细小的竹子剖成两半，打上小孔，穿上菩提子之类的装饰。香就点起来了。仿佛熟悉又似乎陌生的香气，好闻得要死。而作家蒋晖，沉得似乎有些深了——我在《苏州杂志》上读到他一篇半文不白的谈香的文章，因此作出这样的判断。听说他觅到了很多香具，也是香不离身，不可一日无此君。我一直想去他那里看看，他究竟拥有一些怎样的香具，是不是比我更多更好呢？

这两年来，因为迷恋沉香，我也和蒋晖同志一样，四处寻觅香具。确实，只有那些精美雅致的明清旧物，才配得上高贵幽雅的沉香。如果点蚊香一样把名贵的沉香放在铁支架上焚燃，那就是花前吐痰、月下啰唣。其实各种讲究的香具，本身就是香道的一部分。面对一只好炉，一只好香盒，一只好香瓶，一把精致的香铲，一双旧气的香箸，心神就先自安定了下来。关于沉香，我觉得确实是有必要有一个仪式的，虽然这仪式不必严谨，不必强求一律。但是，合适的环境，合适的人，合适的心情，合适的时间，合适的工具，合适的方法，真的是非常必要的。

我有一只小型的长方形铜制香薰，是在古玩市场偶然淘到的。它很不起眼地和大量的赝品混在一起，终于被我发现。我瞪大眼睛看它，心里抑制不住激动。我取过它的盖子来看，二十八朵梅花，做得那么精细，那么脱俗。我知道它绝非等闲之物。我仔细看它的里里外外，看它的每一个细部，终于肯定它是一件旧物。它那么朴素，简单到会被无数双眼睛忽略。它曾经跟晚清一个怎样的读书人相伴？从它的梅花图案里袅袅而出的烟篆，曾经安抚了一个怎样的灵魂？愉悦了怎样一颗古老的心？它越过多少个光阴，来到了我的面前，到了我的手上。终于，在一通讨价还价之后，它成了我的案头之物。它有一个“玉笋堂”的底款。我去网上查询，结果是，它的年纪比我想象的还要大。“玉笋堂”是一个以生产香炉而名噪一时的老字号。我在网上还看到了一位藏友贴出的照片，照片上是一只大小与我这个一模一样的香薰，他标出的尺寸，与我的一般无二。他在帖子上说，“玉笋堂”出品的铜香炉很多，但这样的铜薰，堪称是孤品。显然这位藏友说得不对，我这儿不是也有一只吗，他那只又何孤之有？但他对这只香薰的珍爱之情，却感动了我。

我还经常使用的小香炉，是一只清代鼎式炉，鎏金，嵌珐琅，有镂空的盖。它高不过十公分，小器大形，华丽精致。它是我从一个拍卖会上拍下来的，原为日本收藏家小市英治所藏。我喜欢它，是因为觉得它与我气息相通。它的四条修长的美腿，托着方方的炉身，让我百看不厌。焚一截线香于其中，看青烟飘逸出来，那真是一种至美的享受。

菩提本无树

十年前的夏秋之际，是我人生中又一个苦闷迷茫的时期。身患癌症的母亲，面临第二次手术。我非常清楚，对于癌症病人来说，再次开刀意味着什么。我在母亲的脸上，看到了不祥的阴云。我的心，就像恐惧之水中的一尾游鱼，不敢想象等待我的将是什么。与此同时，我的工作，也处于一种悬浮不着的状态。我经常手里拿着一样东西，不知道它是什么，更不知道拿起它是要作何用。我像一个傻瓜，站在陌生的人生路口，不知道要往哪里去。

那应该是某个周末吧。池莉到南京参加一个文学会议，会议结束后，毕飞宇和费振钟，还有我，陪她到常熟一游。一路上阴云密布，谈论的似乎也并不是什么愉快的事，似乎人生的苦厄，在这个湿漉漉的日子里，洇化于每个人的内心。但是到了兴福寺，竟然一下子云开日出了。那是一个多么令人欣慰的巧合啊！在那株据说是当年钱谦益手植，如今已是隐天蔽日的大香樟下，我们看到灰云一点点让出了青天。那是多么纯净明澈的蓝天啊！大家的心情一下子好了，似乎在瞬间获得了新生。而年轻的慧云法师，正与池莉相谈甚欢。他说他出家前，读过池莉的《太阳出世》。这句话把池莉感动得不轻，甚至感动了天——铅云退去，一道金色的阳光从深邃的天空投射下来。那一刻，著名的破山寺，就像一个精心布置的舞台，古树怪石、庙宇楼台，聚光灯下，我们这些男女，将要演出怎样的一幕悲喜剧呢？

彼时池莉的内心，似乎也是愁肠百结。年轻英俊的慧云，与她从容交谈，很快就把她的心结一一打开。我记得，其中谈到铺天盖地的池莉盗版书。慧云对池莉说，你大可不必为此烦恼。以己之力，养活一些人，也是功德。何况，他们盗你的书，也是义务在为你培育更大的市场。那次常熟之行，池莉收获颇丰。她几次感动得落泪，心也像当天的天空一样，灰云退去，阳光漫溢。后来她写下了散文《晒月亮》，几乎成为名篇。千余字的美文，可以窥见她当年心迹。她与费振钟的新古典爱情，也正是在“曲径通幽处，禅房花木深”的破山寺的月光下萌芽。

那段时间，我借调在南京工作，趁着陪游常熟之机，匆匆赶回吴江探望母亲。第二天返回常熟，毕飞宇从腕上取下一串珠子，向我炫耀。他告诉我说，这是一串菩提子，开过光的，是慧云送给他们的。就在我离队的晚上，他们每人得到了一个菩提手串。毕飞宇像位渊博的老师，向我传授关于菩提的知识。他说，这是星月菩提。他指着菩提子上的黑点，继续教导，你看，每颗子上，都有一颗大点子，众多小点子，这是众星托月。

我的内心郁闷惆怅，甚至有一点儿愤怒。他们为什么不帮我也拿一串呢？我知道在寺庙，最好不要犯嗔怒。但是，我还是在见到慧云的时候，责怪他不该把我漏掉。慧云笑笑，把一串黑红色的珠子从腕上取下，递给我说：“菩提手串正好没有了，这串是菩提根做的，你拿去吧！”

我想，也许是我与星月菩提缘分未到吧。并且，菩提根手串，也让我很是喜欢。心中的不快，便也烟消云散了。

2002 年在北京鲁迅文学院学习的时候，看见甘肃作家雪漠手上拿着一串 108 颗的细小菩提手串。星月菩提！我一眼就认了出来。雪漠是个有趣的家伙，他善唱“花儿”，不管什么场合，只要有人提出让他唱一段，他便会站起来，一边捻着手上的菩提子，一边唱将起来。唱着唱着，还会向观众抛上一个媚眼。但他绝对不是一个轻薄之人，恰恰相反，他的内心，有着无比的庄重。在他的房间里，摆放着相当规模的礼佛器具。他信奉的是藏传佛教。神像上挂着哈达，佛前供奉着水果和清水，还有经书，还有袅袅如篆的香烟。菩提子念珠，更是须臾不离身，已经盘数得有了珠光宝气般的包浆。要不是他的虔诚，这串菩提子，早被我抢走了。

之后不久，我在连云港花果山的一个小商店里，买到了和雪漠那个一模一样的菩提手串。我对它珍爱有加，不知道在手上数走了多少光阴，盘了多少轮回。它也有了好看的包浆，琥珀般的晶莹滋润，实在是可爱非常。

菩提子并非菩提树所结，它跟菩提树，其实是一点儿关系都没有的。它是产于雪山附近的一种一年生草本植物的种子。植物一米来高，于春天开出红白色的花。到了夏秋，便结出果实，有珐琅一般的坚壳。因为当年佛祖是在菩提树下成正等正觉的，所以人们用它做成念珠，与菩提扯上了关系。

菩提子有很多品种，最为常见的是凤眼菩提。每颗菩提子上，都有一只好看的眼睛，又大又神秘。然而常见的只是颗粒很大的凤眼菩提，小如红豆的凤眼菩提，则比较稀少，因此也名贵。苏作玉器城的沈剑虹女士，有一双难得的巧手，什么样的小玩意儿，经她之手，配上恰当的配件，如琥珀、蜜蜡、象牙、绿松石之类，便越发漂亮可爱。她的玉腕上，就缠绕着一串细小的凤眼菩提“十八子”。十八子，又叫做手串或念珠，其实不仅仅是十八颗。杨之水在《终朝采蓝》中说：“数珠的一串究竟数目多少，却未有一定，因为宗派之异，故各经的说法并不一致。一般用九种说，即一千八十、一百零八、五十四、四十二、二十七、二十一、十四，又有古来念佛宗袭用的三十六珠与禅宗所用十八珠两种，总为九种。而最常用到的数目，是一百零八颗和十八颗。”沈剑虹对自己的小凤眼甚为得意，她甚至认为，苏州城里，再也没人拿得出第二串如此之小的凤眼菩提了。

她说得不对啊。去年我邂逅画家郭澎，他的手上，就提着一串小凤眼。当时我有眼不识凤眼，只能大眼望小眼。郭澎有佛心，立刻取下来送我，“结个缘！”他说。这串菩提，我甚至开车时也总拿在手上。我曾在上海至吴江的 A9 高速公路上出了一次有惊无险的车祸，车停下来，冒着青烟，我呆呆地发现，我的手上还拿着这串凤眼菩提。我因此认为，是它保佑了我，让我幸免于难。

2008 年好友汤海山经历了一场人生挫折，他的内心风暴迭起，极度不安。见他对我的“小凤眼”有兴趣，我便毫不犹豫转送给了他。他是那么喜欢它。每次见他，腕上都绕着它，令我深感欣慰。某天在上海一个茶馆里，海山取下他的菩提手串，说它略有些紧了。茶馆主人也是海山的熟人，他一边理茶，一边表示，可以为海山重新穿一下线，“我这儿有很好的线，”他说：“你把手串放在我这里，明天来拿。”海山兄想了想，说：“还是算了吧!"我知道海山并非客气,他一定是不放心。他太珍视这个手串了。他在2008年10月5日的博客中这么写道,荆歌兄把一串"凤眼菩提"送给了我。这是菩提珠中极珍稀的一种,更珍贵的是友情,传递着温馨。还有慰藉。我的灵魂似乎正需要得到救助。这串凤眼菩提,是一位画家赠他的,他又毫不迟疑地让我戴到手上。每粒珠子上有一只凤眼,眼睁睁地看着我。安慰着我。又像在帮助我流泻我灵魂里的泪水。

我把海山兄带到沈剑虹那里,让她看,世界上分明是有着另外一串和她一般大小的凤眼菩提的。她显然是一个认理却又不服输的美女,她在赞美了海山的凤眼之后,终于认真地说,你的还是比我的大一点!

菩提子的品种,实在是太多太多。除了星月菩提、凤眼菩提,还有龙眼菩提,它的色泽大小,与大凤眼相类,只是它上面的"眼睛",是三角形的;还有麒麟子菩提,每颗上也有一眼,却是方眼;还有太阳菩提、月亮菩提、大金线、通天眼、莲座、莲台、蝉蜕、铁线、金刚子、天台菩提、缅茄菩提、紫晶菩提、鬼面菩提、胡桃果菩提、仙桃菩提、元宝菩提、白玉菩提、如意菩提、天竺菩提、阿修罗菩提、无患子菩提、摩尼子菩提、红木鱼菩提、黑木鱼菩提、黑珍珠菩提、象牙果菩提、广陵子菩提、香菩提、莲花菩提,等等,不一而足。说到莲花菩提,它应该是菩提子中最名贵的一种。状若莲花,天生就是应该用作法器的。加上它稀有,名贵的东西总是稀有,现在市场上能够见到的莲花菩提,每串价格都在四千元上下。而如果品相完整、颗粒均匀的话,价格自然就更贵。曾经与海山兄在皮市街看到一串"莲花",他急吼吼地就要掏钱。他真是喜欢菩提子啊!我却拦住了他,我是唯恐商家会用"莲台"或"莲座"来冒充"莲花"啊。海山兄却认为,涉及菩萨,事关信仰,又怎么可能造假骗人?真是天真到愚钝的地步!不要说植物的种子,就是佛头,也经常被砍下来牟取暴利——这些人真该下地狱!如果真有地狱的话。

既然菩提子本不是结果于菩提树,所以天下所有的坚果,也都可以称之为菩提子,并用作念珠的。比如胡桃、榄核、松子、莲子(我就在画家陈如冬手上见到过一串清代莲子念珠,包浆厚亮,仿佛琥珀或犀角。每颗莲子上一诗一画,落双款,堪称逸品)。事实上,从古到今,佛教信徒,以及并不信佛的芸芸众生,以各种理由制作手串,喜欢手串,把玩手串,其材质,早溢出了植物种子的范畴，遍及世间万物。翡翠、白玉（以及各色玉）、珍珠、玛瑙、琥珀、蜜蜡、珊瑚、绿松石、青金石、象牙、兽骨、犀角、竹根、琉璃、水晶、金银铜铁、砗磲、玳瑁、雕漆、景泰蓝，还有沉香、檀香、紫檀、黄花梨、黄杨、红酸枝等木材，无所不及。

据说还有用人头骨做成手串的。我还在浙江嘉兴见到过用泥巴烧制的黑陶手串，颗粒圆浑厚重，十分质朴可爱。生活于上世纪的嘉兴名医许明农，同时也是一位著名的篆刻家和黑陶艺术家。他于“文革”期间在小煤炉里制作的一些黑陶印章和小挂件，格调极高。浙江省博物馆曾举办过“许明农黑陶艺术展”。我有幸藏有数件许明农制黑陶印和一枚黑陶蝉，故对黑陶略具知识。黑陶手串，系许明农儿子所制，虽不及乃父那么高明大气，但钤有小巧“许”字印章，倒也朴实可玩。

既然手串制作，囊括了世上所有物质，自然也就有了等级。像金银宝石之类，绝非穷人所能拥有。佛教上也有等级划分，与世俗则有所不同。在《佛说较量数珠功德经》里，佛说，用铁为数珠，诵掐一遍得福五倍；铜得十倍，珍珠珊瑚得百倍。佛最为推崇的，还是菩提子，说是数诵一遍，其福无量。

虚心却有节

我曾花三万元人民币，从一位藏家手上购得清代竹刻笔筒一只。此笔筒无款，但看它的雕刻风格，与清中后期著名的竹雕艺术家王梅邻作品较为接近。行话称这种刻法为：铁笔浅浮雕绘刻法。这种刻法，与中国画最为接近，以刀代笔，简直就是把竹筒当宣纸，虽然无水无墨，但笔意流转，精雕之中，时有写意的精神。可以肯定，操刀者的书画基础，是非常之高的。我的这只笔筒，题材是东坡赤壁夜游。中国民间工艺，在题材的选择上，好像是算不得有多丰富的，不外乎八仙过海啦，三娘教子啦，和合二仙啦，刘海戏金蟾啦，桃园三结义啦；文一点的，便是羲之爱鹅、米芾拜石、烂柯观棋、竹林七贤，还有就是赤壁夜游。即使是笔筒这样的文玩，好像也不例外。工艺家们的心思，好像从来都不用在题材的拓宽与创新上，而只是在传统的模式里精益求精，以抵炉火纯青之境。这倒与古代波斯和拜占庭帝国的细密画有点类似。我在帕慕克的小说《我的名字叫红》里了解到,细密画的题材,是有严格限制的。什么可以画,什么不可以画,规定得很死,任何工匠画师,都不可逾越。总体上来讲,这样的陈规,对艺术的发展是并没有好处的。但是,作为工艺,似乎也有它积极的一面。历朝历代,各门各类,人们的聪明才智,都集中到了有限的几个题材上,那会是一种什么样的结果?打个比方,如果人类从古至今,所有的人力物力,都集中在某一个地方打洞,那么这个洞早就从中国通到美国或者巴西了。有多少个地球,也被打穿了。在一些固定的题材上,各路工匠、各种风格的创作,看似受到了局限,但是,戴着镣铐跳舞,也确实会创造出奇迹。在竹雕笔筒这个领域,自明代以来,有谁统计过,到底一共刻出了多少只"赤壁夜游"呢?如果是一千,或者一万,甚至更多,那么我想,其中的佼佼者,一定是完美到了登峰造极的地步。我不是说我购得的那只笔筒是旷世珍品,我只是想说,题材的局限,有时候也会让创造挥发出一种神奇的力量。就像伊朗的电影,因为禁忌,更加精雕细琢,更加深入,因此而出现许多大作品,出了阿巴斯。值钱的竹雕笔筒有的是。香港佳士得去年一只顾珏的笔筒,拍出了一千一百四十多万港币的天价。如果我这只确是王梅邻所刻,也许还值点钱。三万元的笔筒,实在算不上一只好笔筒。

我把笔筒拿回家,给太太看了。太太的第一反应就是,快快将它藏起来。她强调,一定不能让周围的人知道,尤其是她单位的同事。倒不是怕人惦记,半夜光临寒舍撬门盗宝,而是担心人们嘲笑,笑她的老公神经出了问题,三万元买一个破竹筒回来,插筷子都嫌不卫生的。

收藏品中,竹雕是很奇怪的一路。现在,不要说明清旧物,更不要说明清竹刻名家的作品,就是活着的竹刻家,他们的作品,也深受藏家追捧。因为小女曾在上海嘉定一中上学的缘故,我在相当长一段时间内,经常去嘉定。这个不大的地方,却是一方竹雕重镇。不,简直可以说是竹雕艺术的发源地。只要对竹雕略知一二的人,没有不知道嘉定"竹三朱"的。那就是生活在明代的朱松邻、朱小松、朱三松祖孙三人。现在为了开发旅游资源,到处都在挖掘名人,吃名人,每样东西,只要找出祖师爷,甚至凭空捏造一个,就会在地方上建庙塑像,吸引游人。嘉定人看来还是比较低调,"三朱"在竹雕这一行的地位,就是茶中陆羽、酒里杜康,完全应该在嘉定城中广场立一组他们的花岗岩雕像。人家磨豆腐的地方还搞“豆腐节”呢，真是靠山吃山，靠豆腐吃豆腐。嘉定人只是建了一个竹刻博物馆，里面的藏品绝对重量级。虽然都是一些竹子，却贵比金银宝石。嘉定虽然今天在行政区划上属于上海，但是历史上它是江苏的。苏州与它的关系，从文化上讲，比省会南京可要密切得多。从工艺的角度看，嘉定与苏州，应该是同一谱系的。今天的嘉定竹刻，依然占据着最重要的地位。嘉定竹刻博物馆里，新竹刻也有一席之地。嘉定的南大街，是一条店铺林立的商业街，其中竹雕工作室，就有好几家。我所认识的张伟忠，是今天竹刻界的佼佼者，在竹刻界有很高的地位。他的作品，价格非常之高，甚至比一些明清旧刻还要贵。收藏他作品的，大部分是港台的藏家。我当然见过一些张伟忠的作品，他是以留青刻见长的。所谓留青刻，就是留下竹子表面的一层皮，在这青皮上再刻出丰富的层次，是有很强艺术表现力的。不过据我所知，好像传统上嘉定派竹刻，并不是以留青见长，而是擅长深雕、透雕和圆雕。当然继承传统并不是照搬过去，像张伟忠这样的大师级竹雕家，他其实是非常不满足在传统的螺蛳壳里做道场的。他从去年开始，自费去中国美院进修雕塑。他一定是看到了传统竹雕的局限，也发现了自身的局限，所以才要接触一些学院雕塑，希望以此寻找新的发展。

我刚才说了，竹刻是收藏品中非常特殊的一路。好的竹雕，其价格一点都不比牙雕、犀角雕、紫檀和黄花梨雕刻便宜。顾珏的笔筒是一个极端的例子，一只竹刻笔筒，卖出了一千多万港币的天价。似乎竹子是不应该这么贵的。谁没见过竹子呢？从古到今，在中国的许多地方，竹子都是一种普通得不能再普通的东西。这与其他雕刻材料太不一样了。牙、角、玉，以及贵重木材，即使没有雕刻，也价格不菲。未经雕刻的象牙，照样是很值钱的。和田白玉，在今天，甚至出现了原料比雕刻件更贵的怪现象。如果一个光素的竹筒，没有任何刻工，我想没有人会要它。白送都不要。它的贵，贵就贵在刻工。如果刻得好，刀法爽利，画意好，那么它就不再是普通的竹子。如果是名家作品，它就会比黄金更贵。这个道理，其实想一想中国书画，就想得通了。原理是一样的。你说一张普通的纸能值多少钱？即使是一张质量最好的红星宣纸，也贵不到哪里去。但是，如果是齐白石、张大千，在这纸上面涂画了一通，它就不得了了。

竹刻与中国书画，真的有许多相似的地方。中国画的用笔、意境，在竹雕中往往有所反映。不论是过去，还是今天，许多竹雕家，本身就是画家书法家。他们不光有绘画的功底，而且一般都有相当高的书画审美趣味。有了这个作为基础，创作出来的东西，自然就有文气。所以竹刻是很受到文人喜爱的一样东西。当然有人说，文人喜欢竹子，是因为竹子修长挺拔，虽然中间是空的，但还是能在风雨中站立得很有气节的样子。所以竹子是能够寄托文人"虚心有节"这样的情怀的。但是我认为，竹雕受到文人的喜爱，主要原因还是因为竹雕艺术本身的魅力。竹子"咬定青山不放松，任尔东西南北风"的气节，固然了不起，但是，如果是一截没有精美刻工的竹子，文人们会把它放在书房里，珍爱如此吗？普普通通的竹子，经过精心的雕刻，在有限的面积上，营造出高远淡雅的意趣，这才是深受文人喜爱的真正原因。不管是笔筒，还是香筒，还是诗筒，还是臂搁，它们已经不再是竹子。从某种意义上讲，它们真的已经跟竹子没什么大的关系了。它们脱胎换骨，借尸还魂，全部的价值和妙趣，都在其雕刻上头。雕刻使平凡变为神奇，雕刻才是价值之所在。雕刻悠然腾起，仿佛灵魂脱离了凡胎，升华了，成精了。是这个精，迷住了文人，以及后来的收藏家。

我最早见到比较好的竹雕，是在姜晋兄的家里。刚开始的时候，我对这种古董，是有些不以为然的。不就是竹子吗？我就是这么想的。而且还是老旧得开裂的竹子，与人们观念里的稀世珍宝，有着太大的距离。但就是这样的老竹筒老竹片，其艺术价值和商业价值，都是不可估量的。马未都有一个观点，说得挺好。他认为，艺术欣赏的能力，是必须通过后天的学习才能获得的。当你知道这件东西是好的，有艺术性的，慢慢你就会从看不出好而觉得好，最后越看越好。竹雕正是这样。那似乎脏兮兮的竹筒竹板，上面的雕刻，我是在经过了相当多的接触之后，才逐渐领悟其妙的。姜晋兄的几件明代竹刻笔筒，"烂柯观棋"和"西厢记"等，我今天看起来，它们绝对是竹雕中的精品。那种恰到好处的简练，那种精细和果断，那种脱离了匠气的高远意境，真的很迷人。这类明清旧物所传达出的气韵，远不是今天的许多仿品所能有的。那时候我没有竹雕艺术方面的修养，完全看不懂，和文瑜兄逛山塘街，每人买了两只笔筒。买的时候还觉得不错，竹林七贤，上面刻了七个人，有鼻子有眼，一个不少，茂林修竹，奇峰瀑布,什么都全了。但实在是垃圾货。它不是竹雕艺术,它不会令人百看不厌。无论是从艺术角度还是商业角度看,它都一文不值。

竹雕与书画,还有一个相似的地方,那就是落款。中国的大部分民间手工艺品,都是不落作者名款的。宣德炉,底下有"宣德"、"大明宣德年制"等款,是年款。还有瓷器,也都是落年款。有一些器物,像明代手炉,著名的款有"张鸣岐"、"潘祥丰"、"赵一大"等,是人名款,但是,严格意义上讲,其实是商号款。而书画作品,绝大多数都是落人名款的。至少也会盖上一个章。竹刻笔筒,有款的一定是人名款,是个人独立创作的作品,而不是"集体创作",或工作室作品。到了今天则更是这样。张伟忠有"新篁馆"工作室,但他亲自雕刻的作品,落款一定不是"新篁馆",而是"安之"。浅刻名家张泰中,落款则是一方阳文印章"泰中制"。

竹刻的雕刻技法和形式,通常有以下几种:圆雕、透雕、浮雕、薄地阳文、陷地深刻、阴刻。阴刻往往又被称作是浅刻。但是,金西厓在一本名为《竹刻小言》的书里,却把阴刻称之为深刻。看起来南辕北辙,说的竟是同一种技法。其实何谓深何谓浅,没有了比较,也就难下结论。我倒是更倾向于"浅刻"一说。因为比起圆雕透雕和浮雕来,阴刻只能算浅。即使浮雕中的浅浮雕,也比阴刻来得深。唯一深不过阴刻的,就是薄地阳文,也即留青。薄地阳文的刻法,在田黄石雕刻中使用较为普遍。这是因为,一两田黄十两金,在田黄上雕刻,是断断舍不得大刀阔斧的。能少刻掉一点,就尽量少刻。这种刻法也叫薄意。竹刻中的留青刻,当然不是为了省材料,而是巧妙地利用竹子表皮丰富的表现力。在薄薄的一层竹青上,可以渲染出中国画里边"墨分五色"的意趣。阴刻只是深过留青,而浅于其他种种刻法,所以我比较愿意把它叫成"浅刻",而不是"深刻"。

在存世的众多竹刻作品中,浅刻是比较少见的。我认为主要的原因,是在于浅刻相对来说更接近绘画。没有较深的中国画修养和绘画功底,是很难搞浅刻的。用刀如用笔,像运用毛笔一样,用刀在竹子上作画,或者写字,应该是笔笔见功夫的。如果不是对线条、墨色心领神会,怎么刻得好呢?到了今天,浅刻作品更少了,浅刻名家当然更是寥若晨星。苏州竹刻家张泰中,是一位多年来醉心于浅刻的名家。在我看来,他是一边刻,一边忧虑着。虽然他说,他是喜欢,就是喜欢刻竹子,在竹子上运刀如飞,那是一种十分快乐的感觉。就像上海竹刻家张伟忠也对我说过类似的话,他说,几天不刻,他就会手痒。但是张泰中内心的忧虑,却是时常很明显地表露出来的。我不止一次听他讲,现在搞浅刻的人是越来越少了。他十分担心,浅刻会在他这一代人手里消亡。恐龙灭绝,据说是因为彗星撞地球。另一说是,因为恐龙自己的问题,它们食量太大了,地球上的东西不够它们吃了。那么,如果浅刻消亡,原因又是什么呢?除了我上面所说,是因为浅刻本身对中国书画能力有较高的要求之外,今天市场的偏好,也使得它一天天走向没落。这当然是非常严酷的现实。在今天,竹雕从业人员不少,但是,产品绝大多数是留青和透雕、圆雕之类。嘉定几乎所有的竹刻工作室和竹刻店,我都进去过。他们无一例外都是在刻留青。而且有一个十分有趣的现象,那就是,许多小徒弟,甚至有一些是染着红头发的外地小年轻,他们看上去绝对没有太多的文化,艺术的修养也不会太高,但他们都在埋头刻着。刻的当然是留青。他们刻出来的东西,有多少艺术价值和文化含量,应该是可想而知的。他们为什么不学浅刻呢?一是难学,学不了;二呢,学得半死,市场却并不欢迎。在此我无意贬低留青,其实留青刻同样是大师们可以大显身手之地。张伟忠的留青刻,就洒脱、细腻、丰饶,一派大师气象。但是,留青与浅刻相比,也确实有易学的特点。只要耐心地刻、刮,制造"行活"应该不难。

我藏有多件张泰中的浅刻作品。一是竹刻牡丹蛱蝶臂搁,陈如冬画。画家亲自在竹板上作画稿,刻出来的效果,与"剥"图样是大不一样的。尤其是像陈如冬这样的国画名家,由他直接在竹上画,再由充分理解他作品的高明的竹刻家雕刻,效果就会不一般。名家画,名家刻,再加有"某某雅玩"等字样——如果我也大言不惭地把自己算作"名家"的话,那么这件竹刻,就是"三名家"的珍品了。树的枝、干、叶,以及蝴蝶,线条的质量无与伦比。而牡丹层层叠叠的花瓣,张泰中在雕刻中处理得颇为写意,极富墨韵。另一件竹臂搁,是本人的书法。泰中兄的浅刻,向以灵动飘逸见长。但这件周作人诗二首浅刻作品,却刻出了稚拙、古朴的意味。这种感觉,与不才呆笨的书法,气韵是完全一致的。泰中的作品告诉我们一个道理,好的浅刻,不光无损于原作的神韵,反而能够锦上添花,扬书画之长,而避其之短。

当我凝视着你的面庞

——给亡妻的一封信

石惟正

蓉，你走了，不管我了。三个月前我已经看见这个必然的结局。我侍候你、安慰你、鼓励你，像逗孩子一样逗你，但我和孩子们已经在悄悄为你准备后事了，包括这帧曾用于告别于今摆在卧室和我朝夕相伴的你的照片。

深夜醒来，不好入睡了，就把照片拉近，凝视着你的面庞。你的神情端庄，但又无呆板、拘谨。你的眼神中透出愉快、自信，但无半点得意或张狂。你的仪态现出内在的文化和修养，但又让你面前的人感到你那样平易，仿佛随时可以敞开心扉和你交流。你还是病前的那一头浓密乌黑的大波浪烫发。那件穿了多年的黑上衣，颈上系着一条短短的浅绿色纱巾，在平和庄重中添上了一抹活泼。蓉，你信吗？照片并不是平面、二维的，也不只是表面的影像。透过表象，尤其透过表情、眼睛和仪态，可以看出内心世界和诸多内涵，这些内涵可表达历史和演绎一生。凝视着你，令我忆起太多的往事。

天亮了，干脆翻身坐起，拿出你所有的老照片。

你看，这张是你最珍贵的纪念物了。1965年，你毕业的那年，周总理来天津，文艺界组织了一台演出招待总理，其中有你的独唱。演出后，人们环绕着总理。总理谈笑风生，还指挥大家一起唱革命歌曲。你就站在迎面离总理很近的地方，留着短发，穿着深色套装，满脸幸福。这场演出你唱了两首歌。一首是新疆风格的《向北京致敬》，抒发少数民族对党和毛主席的深情；另一首是《我的祖国在黑非洲》，表达一个黑人姑娘对殖民主义的愤怒和对独立、自由的向往。演出结束后联欢时，总理和你谈心，询问海外家里的情况，对你的演唱非常赞赏，而且让你一句句地教他唱《我的祖国在黑非洲》。以后，老院长缪天瑞在全国人大见到周总理，总理还问起你。这些情节和这张照片紧密联系在一起，每次你看到照片，幸福的回忆就会立即升起。

蓉，你的歌唱真的很特别。嗓音浑厚又明亮，音色圆、美。唱起来既有女性的柔和、飘逸，又像好的男高音一样具有磁性，高亢而且嘹亮，不依赖话筒声音也能传远。仿佛山溪，清澈、甘甜，婉转前行，奔流不息。每个音符的走动皆发自你的内心，又自然流入听众的心怀。你的情感表达和歌曲处理真实、自然、毫无做作，不事雕琢。平实，但又绝无俗气。台风高雅，但和观众的心理并无距离。你既不是“三种唱法”，也不是“五种唱法”。你从不唱咏叹调和古典艺术歌曲，从学院汲取了知识、修养和技术，但仿佛又是学院派的叛逆。你没去追求国际比赛，却在观众口碑中拿了“高分”。在农村的土台子上，你在“再来一个”的喊叫声中一再加演，下不了台。在城市剧场演出，每一次的高潮都在你演唱时掀起。在总政歌舞团交流演唱时，老歌唱家寇加伦边听边频频点头赞叹：“好听啊！好听！”沈湘、李洪宾也说过爱听你唱。老歌唱家王昆曾把你借调到东方歌舞团到各地巡回演出。参加广州花会，在京、沪、穗多家影音公司出磁带、唱片，你的唱片在中央电台国际台和海峡广播电台播出。随侨办慰问南方各大华侨农场，众多侨工激动得流泪，上台和你拥抱，和你同舞。把歌唱到这种地步，可说是通达舒畅、晶莹本真，人如其歌，歌如其人。蓉，就从歌唱动人、给人们带来欢乐而言，这辈子你值了！

这些是你在印尼时的全家的照片。这是父母的合影。父亲带着眼镜，和蔼，但眉梢嘴角露出坚毅。他是上世纪三十年代厦门大学的进步学生，因躲避白色恐怖，只身到南洋谋生，专长是文学和国画，不会做生意，在华人学校教书为生。妈妈美丽、慈祥、平和、宽容，出生在印尼，在华人小学教音乐。还有那张兄弟姐妹八个排成一列的照片。你是老大，怀中抱着最小的妹妹。记得你对我说过，新中国成立，爸爸当时是校长，他带头升起五星红旗，被所谓“国府派”的华侨骂作“红屁股校长”。你成年后，曾有个同乡的华侨富商想让你做他的儿媳，答应包你们全家的生活并赠高额彩礼,被爸爸一句“我们不卖女儿!”顶了回去。六十年代起,父母举债将五个子女先后送回国,就是为了让他们能在祖国有广阔的前途。真要感谢父母,你说不是吗?没有他们坚持和安排,也许你就在海外做了阔太太,也许就没有了咱们的相识了,也许就没有歌唱家陈蓉蓉了。爸爸给了你正义、正直和爱国的深情,妈妈给了你音乐细胞、做人的随和、自然和善解人意。父母的遗传和“文革”前的政治环境、学习环境成就了你的素质、性格和歌唱的特色、水平。

下面是你和学生、朋友的照片。哦!这一张是你和孙磊的合影。这孩子出生后就被发现是脆骨病患者,四肢短短的,平常的磕碰都极易导致骨折。他终生要坐轮椅,终生要靠人照顾,父母又都是下岗工人。全家虽异常困难,但都很坚强。因为孙磊爱唱,你和这家人结识,成了好朋友,互相关爱,互相鼓励。人有了温暖,有了自尊,就有了奋斗的自信和勇气。多年后的孙磊,这个残疾儿,不但中学毕业,而且大专毕业,会在电脑上制作广告,在社会助残的气氛下有了稳定工作。弟弟今夏也将大本毕业,正在以良好的成绩求职。我们给这个家庭支持和温暖。这个家庭不断用行动告诉和影响我们什么是责任和坚强。两家人的友谊不断提示我们:人间和社会孕育着进步和光明,不断提示我们:从自己做起为社会的文明、和谐添砖加瓦。蓉,记得吗?在你的倡议下,我们还携二女儿一起到另一位类风湿僵直病人家开家庭音乐会,鼓励他给他生存的勇气。我们从支援弱者的行动上得到幸福和快乐,又从他们身上学到真理:“其实弱者才是强者。我们正常人会从残疾人身上学到顽强、意志和力量。”

你一定记得这帧,这是去年夏天照的。照片上是我们的保姆侯姐和她在老家上初中的儿子王学良站在咱家小区院里的花木旁。学良功课不行,侯姐两口子总是恨铁不成钢,这渐渐成了他俩的一块心病。你总想帮侯姐一把,特意约学良来,拖着病躯在侯姐的扶持下,推着轮杖到院里。“来,陈奶奶给你和妈妈照相!”在院里照了很多相后,回到屋里坐在沙发上和学良谈心。“学良啊!我听你妈说过两件事,她说你每次有了好吃的东西,都先让妈妈吃。妈妈不吃你不动。还有,妈妈给你零用钱,你舍不得花,放假探亲时,再给爸妈买东西。”学良不好意思地低头听着。“这个优点是孝顺。”你接下去说,“孝顺可是个大优点。一个孝顺的好孩子什么难处都能克服,我相信你学习也一定会上去的!”学良这时抬起了头,这个总挨批的孩子眼中透出异样的光芒。“奶奶您放心。您看我行动。”保姆侯姐也在旁欣慰地笑着。

这些是每年中秋和圣诞请学生吃饭的合影。每到节日你怕她们想家总是让他们到家过节。抽奖、猜谜,边吃边聊。在手机尚不普及时,让她们每人都用家里的座机给家里通电话。看!在这些照片中你和学生笑作一堆儿,和孩子一样呢!有的学生恋爱中有了烦恼,和家长不敢说,都愿先和陈老师说。很多学生转了学科或更换了老师,或毕业离开了天津多年,都仍和你保持着那样亲密的关系。

和学生的合影的下面压着两个本子。一个是记事的备忘录,一个是复印的剪报。你有两个习惯,几乎保持终生。一是见到报刊上对人有启迪的文章,剪下来,复印好多份,有针对性地送给同事和学生。二是谈话时无意中得知了别人的生日,回去要记到本子上,到那一天会记得给人打个祝贺电话。接到电话的人既温暖又惊喜,你也很快乐。

哎!这是你放疗后戴帽子的照片。头发掉光了,脸上却依然自信地笑着。同事们来看你,围着你,安慰你。你却说这有什么呀!一边说着,一边摘掉帽子说:“看!像不像金庸小说中的定逸师太?快!站起来!向师太行礼!”逗得大家都笑起来。

这张是去年10月份你生日时照的。轮杖不适用了。你坐在轮椅上,两个女儿在后面推着你。9月以后,你头部的癌细胞缓慢但顽强地弥漫生长。病越来越重了,下肢失去了力量和动作的能力,体能也越来越弱。因为没有力气,和家里人也很少说话。但同事、学生来探望,你还是打起精神和人说笑,让人们别担心。客人一走,你因透支了体能,更加缄默,甚至闭目休息。这期间,只要你知道了哪个学生、哪个老师开音乐会或比赛得奖,你还要打去电话祝贺,接听者都能感到你话筒中的喘息。你也总提醒我要关心别人,要知道他人的痛痒,关键时送去祝贺,送去鼓励,送去安慰。你说,这不是做人的技巧,而是道德,是感情。

你交往的人,上层少,草根百姓多。包括门口摆摊的下岗工人、出租车司机、家门口复印小店的夫妇。每次找来收废品的师傅,你都把旧书报、纸箱直接送给他们。病得行走不便了,也要拄着轮杖去阳台,下台阶到小院喂野猫。家里人看到,就一边埋怨,一边赶快跑去扶你。腿更软了,你就在台阶上喂,后来弯不下腰了,就把猫粮从窗口撒出去。已经说话很困难了,你还用很虚弱的声音问保姆:“石老师给你发工资了吗?”因为管钱一向是你,你怕我忘了。保姆含着泪回答:“早就给了。你放心。”

最后一帧照片是二十天前二女儿用手机给我俩拍的。你坐在恭凳上,鼻子上固定着鼻饲用的软管。我在后面扶住你,脸贴在你的脸上。病魔毫不留情地一项项侵蚀着你的能力。胳膊也抬不起了,咀嚼、吞咽和语言的能力也在消失。正在消失的还有思维能力。大夫预计你不一定挺得过春节。你说不出话了,但你的表情告诉了我你的平静和自尊,你的眼神抚慰着我疼痛的心。你又挺过一个多月,让亲人和朋友安然过了春节、寒假。在早春的一天早上,你离开了。

灵堂前、遗体告别仪式上。学生们来了,同事们来了,领导全体到场了,音协、侨联、侨办的代表来了。亲友、毕业的学生从冀、鲁、京、沪、桂、穗各地赶来。很多人流着泪水和我拥抱。学校的工人们和校外百姓朋友在灵前唏嘘不已,你帮助过的残疾人朋友低头痛哭流涕。那样多人爱你、怜惜你、依依不舍地送你。蓉蓉!你今生值了!

在鲜花环绕中,你安详地睡着。空中轻轻放送着你唱的那首缓慢、悠长的《星星索》。“呜喂——!风儿吹动我的船帆……送我到我思念的地方……”你仿佛在每个人耳边亲切地诉说着:“别哭!我好着哪!你看我坐船走了。听,我还在为你们唱哪!我会永远为你们歌唱的……”

我抬头,再次久久地注视正前方,那里是你的照片。黑衣、浅绿纱巾、满头黑发的你,愉快、自信,亲切地向我微笑着……

落红萧萧为哪般

迟子建

萧红出生时，呼兰河水是清的。月亮喜欢把垂下的长发，轻轻浸在河里，洗濯它一路走来惹上的尘埃。于是我们在萧红的作品中，看到了呼兰河上摇曳的月光。那样的月光即使沉重，也带着股芬芳之气。萧红在香港辞世时，呼兰河水仍是清的。由于被日军占领，香港市面上骨灰盒紧缺，端木蕻良不得不去一家古玩店，买了一对素雅的花瓶，替代骨灰盒。这个无奈之举，在我看来，是冥冥之中萧红的暗中诉求。因为萧红是一朵盛开了半世的玫瑰，她的灵骨是花泥，回归花瓶，适得其所。

香港沦陷，为安全计，端木蕻良将萧红的骨灰分装在两只花瓶中，一只埋在浅水湾，如戴望舒所言，卧听着"海涛闲话"；另一只埋在战时临时医院，也就是如今的圣士提反女子中学的一棵树下，仰看着花开花落。

我三月来到香港大学做驻校作家时，北国还是一片苍茫。看惯了白雪，陡然间满目绿色，还有点不适应。我用晚饭后漫长的散步，来融入异乡的春天。

从我暂住的寓所，向南行五六分钟吧，可看到一个小山坡。来港后的次日黄昏，我无意中散步到此，见到围栏上悬挂的金字匾额是"圣士提反女子中学"时，心下一惊，难道这就是萧红另一半骨灰的埋葬地？难道不期然间，我已与她相逢？

我没有猜错，萧红就在那里。

萧红 1911 年出生在呼兰河畔，旧中国的苦难和她个人情感生活的波折，让她饱尝艰辛，一生颠沛流离，可她的笔却始终饱蘸深情，气贯长虹。

萧红留下了两部传世之作《生死场》和《呼兰河传》,前者由鲁迅先生作序,后者则是茅盾先生作序。而《生死场》的原名叫《麦场》,标题亦是胡风先生为其改的。可以说,萧红踏上文坛,与这些泰斗级人物的提携和激赏是分不开的。不过,萧红本来就是一片广袤而葳蕤的原野,只需那么一点点光,一点点清风,就可以把她照亮,就可以把她满腹的清香吹拂出来。

萧红在情感生活上既幸运又不幸。幸运的是爱慕她的人很多,她也曾有过欢欣和愉悦;不幸的是真正疼她的人很少。她两度生产,第一个因无力抚养,生下后就送了人;而在武汉的白朗家生下第二个孩子时,萧红身边,却没有相伴的爱人,孩子出生不久即夭折。婚姻和生育,于别人是甜蜜和幸福,可对萧红来说,却总是痛苦和悲凉!难怪她的作品,总有一缕摆不脱的忧伤。

萧红与萧军在东北相恋,在西安分手。他们的分手,使萧红一度心灰意冷,她远赴日本疗伤。那期间,她的作品并不多,有影响的,应该是短篇小说《牛车上》。赴日期间,鲁迅先生病逝,这使内心灰暗的她,更失却了一份光明。萧红才情的爆发,恰恰是她在香港的时候,那也是她生命中的最后岁月。《呼兰河传》无疑是萧红的绝唱,茅盾先生称它为"一幅多彩的风景画,一串凄婉的歌谣",可谓一语中的。她用这部小说,把故园中春时的花朵和蝴蝶,夏时的火烧云和虫鸣,秋天的月光和寒霜,冬天的飞雪和麻雀,连同那些苦难辛酸而又不乏优美清丽的人间故事,用一根精巧的绣花针,疏朗有致地绣在一起,为中国现代文学打造了一个独一无二的"后花园",生机盎然,经久不衰。

萧军、端木蕻良和骆宾基,这几个与萧红的情感生活紧密相连的男人,在萧红故去后,彼此责备。萧红身处绝境,一盏灯即将耗掉灯油之际,竟天真地幻想着尚武的萧军,能够天外来客一样飞到香港,让她脱离苦海。萧红临终前写下的"半生尽遭白眼冷遇……身先死,不甘,不甘!"可以说是她对自己凄凉遭遇的血泪控诉!事实是,萧红去了,但她的作品留下来了,她用作品获得了永恒的青春!

我想起了多年以前,追逐着萧红足迹的美国著名汉学家葛浩文先生,对我讲起他当面指责端木蕻良辜负了萧红时,端木突然痛哭失声。我想无论是葛浩文还是我们这些萧红的读者,听到这样的哭声,都会报之以同情和理解。毕竟，那一代人的情感纠葛，爱与痛，欢欣与悲苦，只有他们自己最清楚。端木蕻良能够在风烛残年写作《曹雪芹》，也许与萧红的那句遗言不无关系："我将与蓝天碧水永处，留下那半部《红楼》，给别人写了"。而且，按照端木蕻良的遗嘱，他的另一半骨灰，由夫人钟耀群带到了香港，埋葬在圣士提反女校的树丛中，默默地陪伴着萧红。只是岁月沧桑，萧红那一抔灵骨的确切埋葬地，没人说得清了。只知道她还在那个园子里，在花间树下，在落潮声里。

萧红在浅水湾的墓，已经迁移到广州银河公墓，而她在呼兰河畔的墓，埋的不过是端木蕻良珍存下来的她的一绺青丝而已。一个人的青丝，若附着在人体之上，岁月的霜雪和枯竭的心血，会将它逐渐染白；而脱离了人体的青丝，不管经历怎样的凄风苦雨，依然会像婴孩的眼睛一样，乌黑闪亮。

圣士提反女子中学规模不大，但历史悠久，据说范徐丽泰和吴君如就毕业自这里。它管理极严，平素总是大门紧锁。有一天放学时分，趁学生们出来的一瞬，我混进门里。然而一进去，就被眼尖的门房发现，将我拦住。我向她申明来意，她和善地告诉我，萧红的灵骨确实在园内，只是具体方位他们也不知道。如果我想进园凭吊，需要与校方沟通。她取来一张便条，把联系人的电话给了我。我怅惘地出园的一瞬，忽闻一阵琴声。循声而望，那座古朴的米黄色小楼的二层，正有一位梳短发的女孩，倾着身子，动情地拉着小提琴。窗里的琴声和窗外的鸟鸣呼应着，让我分不清鸟鸣是因琴声而起呢，还是琴声因鸟鸣才如泣如诉。

我没有拨那个电话。在我想来，既然萧红就在园内，我可以在与她一栏之隔的城西公园与她默然相望。圣士提反，是首位为基督教殉难的教徒，他是被异教徒用石块砸死的。以他的名字命名的女校，有一股说不出的悲壮，更有一股说不出的圣洁。其实萧红也是一个虔诚的教徒，只不过她信奉的教是文学，并且也是为它而殉难。她在文学史上的光华，与圣士提反在基督教历史上的光华一样，永远不会泯灭。

清明节的那天，香港烟雨蒙蒙。黄昏时分，我启开一瓶红酒，提着它去圣士提反女子中学，祭奠萧红。我本想带一束鲜花的，可萧红在园内四季有鲜花可赏，那红的扶桑和石榴，紫色的三角梅和白色的百合，都在如火如荼地盛开着。萧红是黑龙江人,那里的严寒和长夜,使她跟当地人一样,喜欢饮酒吸烟。我多想洒一瓶呼兰河畔生产的白酒给她呀,可是遍寻附近的超市,没有买到故乡的酒。我只能以我偏爱的红酒来代替了。

复活节连着清明,香港的市民都在休长假,圣士提反女校静悄悄的。我在列堤顿道,隔着栏杆,搜寻园内可以洒酒的树。校园里的矮株植物,有叶片黄绿相间的蒲葵,有油绿的鱼尾葵,还有刚打了骨朵的米子兰。我把它们轻轻掠过,因为它们显然年轻,而萧红已经去世68年了。最终,我选择了两棵大树,它们看上去年过百岁,而且与栏杆相距半米,适合我洒酒。一株是高大的石榴树,一株则是冠盖入云、枝干遒劲的榕树。铁栏杆的缝隙,刚好容我伸进手臂。我举着红酒,慢慢将它送进去,默念着萧红的名字,一半洒在石榴树下,另一半洒在树身如水泥浇筑的大榕树下。红酒渐渐流向树根,渗透到泥土之中。它留下的妖娆的暗红的湿痕,仿佛月亮中桂树的影子,隐隐约约,迷迷离离。

洒完红酒,我来到圣士提反女校旁的城西公园。一双黑色的有金黄斑点的蝴蝶,在棕榈树间相互追逐,它们看上去是那么的快乐;而六角亭下的石凳上,坐着一个肤色黝黑的女孩,她举着小镜子,静静地涂着口红。也许,她正要赶赴一场重要的约会。如今的香港,再不像萧红所在之时那般的碧海蓝天了,从我居所望见的维多利亚港和它背后的远山,十有七八是被浓重的烟霭笼罩着。大海这只明净的眼,仿佛患上了白内障。而圣士提反女校周围,亦被幢幢高楼挤压着。萧红安息之处,也就成了繁华喧闹都市中深藏的一块碧玉。不过,这里还是有她喜欢的蝴蝶,有花朵,有不知名的鸟儿来夜夜歌唱。作为黑龙江人,我们一直热切盼望着能把萧红在广州的墓,迁回故乡,可是如今的呼兰河几近干涸,再无清澈可言,你看不到水面的好月光,更看不到放河灯的情景了。我想萧红一生历经风寒,她的灵骨能留在温暖之地,落地生根,于花城看花,在香港与拉琴的女生和涂红唇的少女为邻,也是幸事。更何况,萧红临终有言,她最想埋葬在鲁迅先生的身旁。

走出城西公园,我踏上了圣士提反女校外的另一条路——柏道。暮色渐深,清明离我们也就越来越远了。走着走着,我忽然感觉头顶被什么轻抚了一下,跟着,一样东西飘落在地。原来从女校花园栏杆顶端自由伸出的扶桑枝条,送下来一朵扶桑花。没有风,也没有鸟的蹬踏,但看那朵艳红的扶桑,正在盛时,没有理由凋零。我不知道,它为何而落。可是又何必探究一朵花垂落的缘由呢!我拾起那朵柔软而浓艳的扶桑,带回寓所,放在枕畔,和它一起做星星梦。

2010 年 4 月 8 日香港

老家具:沉默的朋友

沈嘉禄

生活在瞬息万变的时代,我们总希望获得很多,但同时也在不知不觉中失去很多。老家具伴随着我们走过千百年,它们是我们的旁观者,目睹我们的悲欢离合,生老病死,虽然不能给我们安慰,也不能给我们忠告,但它们以温热坚实的躯体,供我们凭靠卧坐。

上世纪80年代中期起,港台地区和欧美等地的华人、老外开始在大陆悄悄购藏明清家具,运往境外获利。内地不少商人闻讯后也一头扎进这个行业淘金,导致老家具开始更大规模地外流。它的路径是这样的:老家具商贩先到北方城市和农村收购,经过一番修复后运到广州、深圳等沿海城市出境。后来在北京、天津、河北等市出现了老家具的集散地,并形成一条巨大的产业链。

当时流至境外的,黄花梨、紫檀或鸡翅等硬木家具倒不是主流,而是长期以来被国人看轻的白木家具,比如核桃木、榉木、楠木、柏木、樟木等,从式样上判断,也非宫廷家具,而是纯粹的民间家具。

上海虹桥地区的老家具市场就是在这个时候自发形成的,最多的时候在虹桥路、吴中路、虹中路、虹许路一带集中了三十多家,因为这里有闲置的厂房仓库,更有目标客户群——在上海工作生活的老外和在外企工作的白领。后来,不少外地游客一到上海也喜欢到虹桥一带寻访老家具,抱一两件回去,其中不乏在影视界、娱乐界颇有知名度的文化人。在民间收藏热中,白木家具的使用价值和观赏价值得到了再发现,同样可以使人们产生与生俱来的亲切感,使心中积淀已久的文化意识翩然升华。何况作为一个收藏门类,其经济价值与日俱增。

十多年前,因为预设的一次采访,我走进了虹桥路老家具商店,随即被老家具营造的文化环境迷住了。采访结束,就和几家店里的老板成了朋友,由此成了老家具发烧友。从此,我得空就往那里钻。开始是买几块雕花板挂在墙上作为装饰,后来买了新房,在装修前就预先给老家具留了位置。

有一次我在亨利家具店看到一张八仙桌,核桃木材质,牙板浅浮雕,卷草纹加四季花卉,中间是变形寿字。桌面是披麻披灰的,玄色哑光,从这个工艺分析,它是清代乾隆年间的产物。我一眼就喜欢上了,它仿佛早就在店堂里等我。但有一个丹麦人已经订购了它,我跟老板说,这样的好东西不能让外国人搬走,留在中国不是挺好吗?最终我说服了他。

后来我又在吴中路明德堂淘到一具三屉闷柜,老榆木的,深褐色。在中国人的家居格局中,客堂里通常放一张长长的供桌,前面是八仙桌,两旁是太师椅,显出一种豪门世家的秩序和威严。在新式公寓房里,当然不适宜整成这样的格局。于是我就选择了闷柜,因为它比较家常,比较平民化。我在它上面供了一尊陶质佛像,焚一炉香,两旁是一对青花掸瓶。柜子上面是一幅山水中堂,配一幅泥金对子,似乎很典雅。

不久我又买了一具炕头柜,也是老榆木的,这种炕头柜原来是放在北方农村炕上的,稍矮,敦实无比。我就将它放在窗台上,上面放一块灵璧石,在阳光强烈的时候,将北窗的竹质窗帘垂下,隐约间,将灵璧石衬得有点江南园林的意思。

有一次我闯进虹中路一家老家具工场,发现了几具正在修复的书柜,那是苏州的雕花书柜,榉木材质,面板侧板均有雕工。我绕到它后面一看,哇,是披麻披灰工艺,那么至少是清中期的遗物,询价,2100元,应该算公道,当即付钱。这件一人高的书柜用来存放画册正好,上面再搁一个清代的青花瓷盘,书房的感觉就亮堂起来。要不是书房面积有限,我会将另几具也一起搬回来。

同时,我还买了几件小零碎:柏木炕几、榆木圈椅、柞榛木花几等,我还用一对从苏州文庙淘来的雕花板,请老家具商店做了一只万历柜。万历柜是明万历年间的经典式样,流传至今的实物已经很少了,在前几年美国纽约一次中国明清家具拍卖会上，一具黄花梨的万历柜拍到 70000 美元。现在我家的这具万历柜用来放茶叶，亮格内正好放茶具，上面搁一把旧紫砂茶壶，柜子上供一尊鎏金朱漆木佛像，前面再置一只元代的龙泉窑小香炉，墙上是一幅现代书法，独立成一景。

后来，我还买了几件西洋老家具。这些西洋老家具都是从花园洋房、乡村别墅里流散出来的，大多是进口货，带着租界的雪茄烟味和威士忌味，走进我的家里。

比如靠背餐椅，柚木材质，栗壳色。从斜土路一家西洋老家具商店买来的，一共四把，有着洛可可风格的花饰，卷花纹的背，圆柱形带围边的腿，软包椅面，原来的布面已经破旧了，另换了紫红色新布，漆面是老的，泛出幽幽的包浆。配中式餐桌似乎另类，但比太师椅要轻巧得多，再说中西合璧也是不错的选项。

柚木扶手椅，原色，漆面脱落了，露出了紧密的木纹和材质的本色。但它结实异常，两条胳膊搁在扶手上也正好，打电脑累了，可以踏踏实实地休息一会儿。要说这把是如何得来的，也很有趣，有一回到泰康路艺术中心去，看到展厅一角正搁着一把宽大结实的椅子，一见钟情。并知道满屋子老家具都是艺术经纪人吴梅森淘来的，就说："这把椅子让给我吧。"而他说，这批老家具钱还没付呢。我可不管，抱着就往家里搬。1500 元，物有所值。

咖啡几，柚木，浅棕色。四条腿和牙板上雕满了具有古希腊风格的卷草纹，几面是皮革型的，现在谁还肯这样花工夫啊。两张四十年代的胡椒点藤面车圆腿十字枨方凳配这样雅致的咖啡几，外加一盏由泰莱洋行出品的煤油灯改制的台灯，构成了书房的休息区。一具柚木吧台，四腿高挑，素雅隽永，两扇门打开可以存放书报杂志。台面上搁几架老照片。读书累了，坐着喝杯下午茶，让手指在咖啡几的花纹上轻轻滑过，很满足了。

在小心翼翼地与这些老家具一起聆听晨钟暮鼓之时，我感到了中国文人的趣味和工匠的想象力以及中国文化的感化力，也感受到了上世纪初上海的开放度和兼容性，以及对外来文化的自信把握。

我在虹桥路寻寻觅觅的时候，看到许多老外发疯似的抢购中国明清老家具，然后装了集装箱运到外国去赚钱。几年后我再去，原汁原味的老家具就很少了。现在，有些老家具商店因为货源骤减而不得改行了，或以老料新做来维持局面。

在寻访老家具的同时，我也积累了不少有关老家具方面的知识，也写了一些文章，陆续发表在一些杂志上求教方家。可以说，我是撰写这类文章比较早的。条件成熟后我就写了两本书，它们像一对官帽椅：《寻找老家具》和《时尚老家具》。内容除了介绍中式白木家具和西式家具的风格特征、匠作流派和购藏要诀外，还从鉴赏角度谈了自己的体会，更大的亮点是沪上好几位文化名人玩老家具的案例，比如漫画家书法篆刻家陆康、郑辛遥就是骨灰级的西洋老家具收藏家。我甚至还手绘了老家具地图，整理了十多年来中国古典家具在国际拍卖会上的成交记录。姐妹书出版后居然销得不错，很快重印。有些人看了我的书后有所启发，也做起了老家具生意，而且顺利地致富了！有一次我偶然走进一家西洋老家具商店，跟年轻的老板攀谈后，他惊叫起来：沈老师，我就是看了你的书后下海的！现在，他专门经销 Art Deco 风格的西洋老家具，每月从欧洲运回一个集装箱，货品基本来自那里的跳蚤市场。

从寻访老家具到撰写老家具收藏方面的书籍，还作过有关讲座，结交同好朋友，我玩得相当有劲，相当满足。如今，“诗意地居住”成为一种快餐文化背景下的生活时尚，那么，老家具无论中西式样，它们都携带着密集的历史文化信息，世代相传，劫后余存，以特有的社会属性和文化属性，对今人仍然起着潜移默化的作用。我们享用老家具，其实也是在与前人交流对话，从每个细节上感受古人的审美情趣和哲学思想，还有手艺时代那份宗教般的虔诚。那么如何使老家具的实用功能得到发挥，并使它的符号意义在浮躁的城市生活中获得最充分的强化和散发，就成了一种应该普及的知识。我非常愿意与这方面的专家一起做这样的事。

生活在瞬息万变的时代，我们总希望获得很多，但同时也在不知不觉中失去很多。老家具伴随着我们走过千百年，它们是我们的旁观者，目睹我们的悲欢离合，生老病死，虽然不能给我们安慰，也不能给我们忠告，但它们以温热坚实的躯体，供我们凭靠卧坐。是的，即使在我们一贫如洗时，它们也没有主动离开我们，它们是沉默的、忠实的、可靠的、永久的朋友。

我的第一块藏石

王兆胜

我一直喜欢收藏，集过邮票、门票、信封、烟盒，还集过瓶盖和各式各样的信纸，另外，书法、书籍也一直是我的收藏强项！我一向恋旧，许多老旧物件都留而不弃；岳父母早年的全家福别处难以找到，我手上却藏有一张！他们家祖传的大小擀面杖用不着了，也放在我家中，闲来无事，拿来欣赏把玩，自有一种历史的沧桑和时光流转。我祖上几乎没照过相，但爷爷奶奶的合影却多年跟着我，这是仅存的一张。我还保存了大舅与小舅的合影，好像是妈妈传下的，经姐姐之手成了我的藏品，如今妈妈、小舅和姐姐早已离世，只有照片里藏着我无尽的思念！近些年我开始痴迷于藏石，且已初具规模，兴趣和感情一发而不可收！虽然石头多了，但我最珍爱的却还是第一块藏石。

那是十五年前的1993年，我从山东考入北京，在丽都饭店西面的中国社会科学院研究生院读博士。晚饭后，我们同学总爱在学校周围散步聊天，充分享受充实、饱满、自由、快乐的老学生时光！那时，就读的博士同学多已结婚生子，有的子女已是中学生了，由于多是夫妻分居两地、相云遥遥，所以同学间有着兄弟姐妹般的深厚情谊。常常是大家尽情散步，当夜幕降临才回到各自的房间用功。这天，在学校西面的基建工地上，借着明净的月光，我发现前方不远处有块小石头，上去踢了一脚，它在半空划了个优美的弧线又落下来，像在给我做着表演，也像在向我招手！忍不住好奇，我上前捡起它，一路上把玩回来。

开始，这是一块极普通的石头，它手不盈握，周身呈黑墨色。多年后的今天,它已与之前大为不同:包浆厚实、光滑如肌肤、可亲可爱,充满灵性。从形状看,它比火柴盒略大,介于长方形和菱形之间,长、宽、厚各为6厘米、4厘米和1.5厘米,两条对角线分别是7厘米和6.5厘米。有趣的是,此石的上、下、左、右、前、后六个面基本是“平整”的,其中又各有性格:在上、下两面中,一个布满针眼样的麻点,如花树盛开,亦如雪花飞舞;另一个四周有一淡淡的白圈,像面镜子,其中有一微微凸起处,隐约可见少女的头像轮廓,令人神往。四边有两个面较平,可见明显的分层线,一为六层,一为八层,是地质年轮的印记;另两个面有些不平,其凸凹处一个形成“一”字,一个形成“心”字,颇为耐人寻味!因石质坚硬,它的重量是135克,所以石头虽小,但拿在手里并不轻浮,而沉甸甸的。

如果从奇石收藏的标准看,此石称不上珍贵,因为它既无奇形,又非特质,更无异色,还乏妙音;然而,它确实是我的最亲、最爱和最美。这是因为:第一,它是我的第一块藏石,已跟了我十五年之久!正好是我年龄的三分之一。一般人都是“喜新厌旧”,而我则“喜新爱旧”,并且是“喜新”更“爱旧”!试想,老妻、老友、旧物是越“老旧”越好,它能透出历史的光润、感情的波澜、心灵的金质、生命的醇厚。第二,它质朴无华、厚实内敛。比较而言,在各种颜色中,我最喜爱“黑色”和“白色”,而以前者为最最,这既是生命的原色,又有一种不事雕饰的自然、稳定、深刻、厚道。第三,我与它的长相厮守、亲密无间。与朋友也还是相见时难、别更难,与妻儿还因工作和学习不得不暂时分开,然而,我与此石几乎形影不离。白天将它带在身上,夜里被我握在手中同眠,出门上班或散步也在手中把玩,我与它有如此的福缘可谓天意也!第四,成为心灵的朋友和知音。人与人交流其实是较难的,即使与你最亲近的人也是如此!而我与此石却心心相印,有着灵魂的贴近:夏天,它清爽无限,拿在手上沁人心脾,而当用手把、握、摸、搓、按、捏、推、抚、拭、揉时,手汗明晰可见地浸在石面、渗入石中;冬天,被手和心怀焐热的石头,温暖长久不去,仿佛两颗心都在燃烧。平时,将石头贴近脸颊和心口摩挲,一种信赖、喜爱、渴望、祝福和感恩都会在我与石头间传递,此时,我知道石头比我更善解人意!我的手白得出奇,妻子说我生就一双女儿手,当我的双手与黑墨般的石头对语交流时,那是怎样一种美妙的情景:色的鲜明对比、情的专著唯一、动作的珠圆玉润、意的自然贴切、态的超然物外！手和石头一下子都活了起来，仿佛是花开一样的绽放！我处于一片甜美和微醺的醉意中，我与石头彼此感动！

有时，我想，我是在收藏此石；但有时，我又想，何尝不是此石在收藏我呢？它已跟了我十五个春秋，一定还会伴我一生，可是，百年之后呢？此石将何去何从？在漫长的冬夜，我双手捧握、抚摸着此石，常作这样的遥想：我希望子子孙孙能将此石传下去，也希望后人能像我一样珍惜它，用体温、汗水、脸颊、胸膛、心灵和梦去滋润、亲近和爱护它。“石不能言最可人”，用这句话来概括我这块黑墨石最恰如其分！不过，珍爱一物固然重要，也是可以理解的，但这毕竟是一己之私；真正的得道者还要更进一步，胸襟更加廓大广博，一如天地宇宙之浩瀚无涯，如果这样想，此石的命运就不重要了！即使将来人人弃它，天地也会将之收在怀中的。

珍贵的东西往往不是用金钱衡量的，而是用心来体味的。我曾想将这块黑墨石打个孔，以绳系之，挂在脖颈上，让它紧贴胸口，但却一直没这样做。究其因，一是它有些大和沉，二是那样做未免俗气，三是最担心伤着它，我想象不出它被钻孔时，我和它那撕心裂肺之痛！其实，有一根心灵之线魂梦相牵，比什么都牢靠、亲近、美好和富有诗情画意！

再回兴义忆耀邦

温家宝

前些天，我到贵州黔西南察看旱情。走在这片土地上，望着这里的山山水水，我情不自禁地想起24年前随耀邦同志在这里考察调研的情形，尤其是他在兴义派我夜访农户的往事。每念及此，眼前便不断浮现出耀邦同志诚挚坦荡、平易近人的音容笑貌，胸中那积蓄多年的怀念之情如潮水般起伏涌动，久久难以平复。

1986年年初，耀邦同志决定利用春节前后半个月时间，率领由中央机关27个部门的30名干部组成的考察访问组，前往贵州、云南、广西的一些贫困地区调研，看望慰问各族干部群众。耀邦同志想以此举做表率，推动中央机关干部深入基层，加强调查研究，密切联系群众。

当时，我刚调任中央办公厅副主任不久，耀邦同志让我具体负责组织这次考察访问工作。2月4日上午，耀邦同志带领考察访问组全体成员从北京出发，前往贵州安顺。由于安顺大雾，飞机临时改降贵阳。当天下午，耀邦同志又换乘面包车奔波4个多小时赶到安顺。晚饭后，耀邦同志召开会议，把考察访问组人员分成三路，分头前往云南文山、广西河池和贵州毕节地区。

第二天清晨，耀邦同志带着我和中央办公厅几位同事从安顺出发，乘坐面包车，沿着曲折的山路在黔、滇、桂交界处的崇山峻岭中穿行。耀邦同志尽管已年过七旬，但每天都争分夺秒地工作。他边走边调研，甚至把吃饭的时间都用上，每天很晚休息。离开安顺后的几天里，耀邦同志先后听取贵州镇宁、关岭、晴隆、普安、盘县和云南富源、师宗、罗平县的汇报，沿途不断与各族群众交流，了解他们的生产生活情况。他还在罗平县长底乡与苗族、布依族、彝族、汉族群众跳起《民族大团结》舞。2月7日傍晚，耀邦同志风尘仆仆赶到黔西南州首府兴义市，入住在州府低矮破旧的招待所。

时已立春，兴义早晚的天气仍然阴冷潮湿。由于没有暖气，房间里冷冰冰的。我们临时找来3个小暖风机放在耀邦同志的房间，室温也只有摄氏12度左右。经过几天马不停蹄地奔波调研，耀邦同志显得有些疲惫。我劝他晚上好好休息一下，但他仍坚持当晚和黔西南州各族干部群众代表见面。

晚饭前，耀邦同志把我叫去："家宝，给你一个任务，等一会儿带上几个同志到城外的村子里走走，做些调查研究。记住，不要和地方打招呼。"

到中央办公厅工作之前，我就听说耀邦同志下乡时，经常临时改变行程，与群众直接交流，了解基层真实情况。用他常说的话就是，"看看你们没有准备的地方"。所以，当耀邦同志给我布置这个任务时，我心里明白：他是想尽可能地多了解基层的真实情况。

天黑后，我带着中央办公厅的几位同志悄悄离开招待所向郊外走去。那时，兴义城区只有一条叫盘江路的大路。路旁的房子比较低矮，路灯昏暗，街道冷清。我们沿着盘江路向东走了10多分钟就到了郊外。这里到处是农田，四周一片漆黑，分不清东南西北。看见不远处，影影绰绰有几处灯光，我们便深一脚浅一脚摸了过去。到近处一看，果然是个小村子。进村后，我们访问了几户农家。黑灯瞎火的夜晚，纯朴的村民们见到几个外地人感到有些意外，但当知道我们来意后，很热情地招呼我们。

晚上十点多，我们赶回招待所。我走进耀邦同志的房间，只见他坐在一把竹椅上正在等我。我向他一五一十地汇报了走访农户时了解到的有关情况。耀邦同志认真地听着，还不时问上几句。他对我说，领导干部一定要亲自下基层调查研究，体察群众疾苦，倾听群众呼声，掌握第一手材料。对担负领导工作的人来说，最大的危险就是脱离实际。多年来，耀邦同志这几句语重心长的话经常在我耳旁回响。

2月8日是农历大年三十。耀邦同志一大早来到黔西南民族师范专科学校，向各族教师拜年并和他们座谈。接着，他又兴致勃勃地赶到布依族山寨乌拉村看望农民，并到布依族农民黄维刚家做客。黄维刚按照布依族接待贵客的习俗，把一个炖熟的鸡头夹放在耀邦同志的碗里。就这样，耀邦同志和黄维刚全家有说有笑地吃了顿团圆年饭。

随后，耀邦同志又乘汽车沿山路行驶一百多公里，赶到黔桂交界处的天生桥水电站工地，向春节期间坚持施工的建设者们致以节日的问候。当晚，耀邦同志在武警水电建设部队招待所一间简陋的平房中住下。不久，他开始发烧，体温升到38.7度。事实上，从午后开始，耀邦同志就感到身体不适。不过，他依旧情绪饱满地参加各项活动。

除夕之夜，辞旧迎新的鞭炮在四周响个不停，但大家没有心思过年。我和耀邦同志身边的工作人员一直守候着他。2月9日，初一早晨，耀邦同志的体温达到39度。这里远离昆明、贵阳、南宁等大城市，附近又没有医院，大家都很着急。好在经过随行医生的治疗，耀邦同志到晚上开始退烧，大家的心才放了下来。

2月10日上午，身体稍稍恢复的耀邦同志不顾大家的劝阻，坚持前往广西百色。经过320多公里的山路颠簸，耀邦同志于晚上6点多到了百色。在百色期间，耀邦同志带着我们参观了中国工农红军第七军旧址，并与百色地区8个县的县委书记座谈。2月11日晚，我们赶到南宁。随后两天，耀邦同志在南宁进行短暂的休整。我根据耀邦同志的要求，又带着几个同志到南宁市郊区就农业生产、水牛养殖、农产品市场等问题进行调研。每次回到住地，他总是等着听我的汇报。14日和15日，耀邦同志经钦州前往北海市，先后考察了北海港和防城港的港口建设。2月16日，耀邦同志又折回南宁，与三路考察访问组人员会合。接着，他用两天半的时间听取了考察访问组和云南、广西、贵州的汇报。

2月19日下午，耀邦同志根据自己13天沿途调查的思考并结合有关汇报，在干部大会上作了即席讲话。他特别强调，中央和省级领导干部要经常到群众中去，到基层去，进行调查研究，考察访问，密切上级与下级、领导机关同广大人民群众之间的联系。这样，不仅可以形成一种好的风气，产生巨大的精神力量，更重要的是有助于实现正确的领导，减少领导工作的失误，提高干部的素质，促进干部特别是年轻干部健康成长。

1986年2月20日下午，耀邦同志率领考察访问组回到北京，结束了历时半个多月的西南贫困地区之行……

时光飞逝。耀邦同志当年带领我们在西南考察时的情形历历在目，仿佛就在昨天。今年4月3日，当我再次来到兴义市时，简直不敢相信自己的眼睛:原先低矮落后的小城已发展成为一个高楼林立的现代化城市，兴义城区现在的面积比1986年拓展了4倍多，城区人口增长近3倍。

睹物思人，触景生情。耀邦同志派我夜访的情景又在眼前，一股旧地重寻的念头十分强烈。当天晚饭后，我悄悄带了几个随行的同志离开驻地，想去寻找那个多年前夜访过的村庄。灯火辉煌的盘江路上，商铺林立，十分热闹。原先那个村庄早已不在，取而代之的是一幢幢拔地而起的高楼。我坚持要再夜访一个村庄，仍然只带随行的几个工作人员来到郊外。在远处几片灯光引领下，我们走进永兴村，敲开农户雷朝志的家门，和他及他的邻居们聊了起来……

耀邦同志离开我们21年了。如今，可以告慰耀邦同志的是，他一直牵挂的我国西南贫困地区发生了翻天覆地的变化，他竭尽毕生精力为之奋斗的国家正沿着中国特色社会主义道路阔步前行。

1985年10月，我调到中央办公厅工作后，曾在耀邦同志身边工作近两年。我亲身感受着耀邦同志密切联系群众、关心群众疾苦的优良作风和大公无私、光明磊落的高尚品德，亲眼目睹他为了党的事业和人民的利益，夜以继日地全身心投入工作中的忘我情景。当年他的谆谆教诲我铭记在心，他的言传身教使我不敢稍有懈怠。他的行事风格对我后来的工作、学习和生活都带来很大的影响。1987年1月，耀邦同志不再担任中央主要领导职务后，我经常到他家中去看望。1989年4月8日上午，耀邦同志发病抢救时，我一直守护在他身边。4月15日，他猝然去世后，我第一时间赶到医院。1990年12月5日，我送他的骨灰盒到江西共青城安葬。耀邦同志去世后，我每年春节都到他家中看望，总是深情地望着他家客厅悬挂的耀邦同志画像。他远望的目光、坚毅的神情总是给我力量、给我激励，使我更加勤奋工作，为人民服务。

再回兴义，抚今追昔，追忆耀邦。我写下这篇文章，以寄托我对他深深的怀念。

一首凄恻的歌

范 曾

他使我想起庭前一棵不知名的灌木，它矮小、瘦弱、与世无争。冬天，它可怜的几片叶子和所有的大木同时飘零，在寒气凛冽的树丛中，依旧那样的孤单和寂寞。

当春天来临的时候，它似乎有些兴奋，把蓄积了一冬的力量，在枝头绽出了几片碧翠嫩绿的叶子。然而不久强大的树们夺去了它的阳光和空气，它在阴影中长长地叹息了一声，怨而不诽，人们不大会发现它的悲哀。

他使我想起塘边一只折翅的孤雁，它本来也可以凭虚驭风，在长空一展它的雄姿。然而一阵迅雷疾电，把它打掉在地，当它醒来的时候，它只能佝偻着残体，彳亍行走，它时时仰望蓝天，那儿正掠过一队雁影，它竭尽全力长鸣一声，然而没有一点回应。

他是令我亲、令我敬、令我悲、令我泣的兄长张仲。他在历尽了一切苦难和不幸，贫困和凄凉之后，离开了人世。人们没有告诉我他的去世，也许是健忘，也许是不足道。然而，那些所有称为他朋友的人，你们扪心自问，是否他概莫能外地，用他真切的眼睛看过你，其中包含着探询、期待和不失自尊的求助。他是否曾以他渊博的知识、勤劬的工作和不厌琐碎的搜索帮助过你的研究，成就过你的事业？他得到的回报很少、很少，义务性的、无怨无怼的奉献居多。

当一阵魔焰魅火过去之后，他烧焦的不是躯体，而是心灵的灼伤；当一场暴风虐雪过去之后，他冰凉的不是肌肤，而是感情的瑟肃。他穿着破衣褴衫，吃着剩菜残羹，匍匐着、踽行着回到家中，在屋前的肮脏的泥土堆中看到一个傻笑的三岁儿童,满脸垢污,当他发现这就是睽违三年的爱子时,紧紧地抱着,然而是一个呆痴儿,一个无智无情的生命。他唯一的欣慰破灭了,剩下的是一个大失望。他知道这后半生的大累赘,永恒无奈地等待着他。

囊橐萧然的他,凭着睿智的鉴赏力,从市廛的破摊中,淘得一些略有价值的文物,然后裹以软纸,藏之箱箧。他从一个旧表铺淘得一块瑞士货,到另一条街上卖掉,几块钱的所赚,足可维持他半个月的生活。人弃我取,他艰难地抚养着孩子,而孩子唯一能做的是翻箱倒柜,将他苦心弄来的文物砸碎,扔进抽水马桶。对着这一切,他噙着泪眼——复何言,摧心肝!

孩子渐渐长大,二十几岁不及三岁的智商,会说"糖",要吃糖;"影",看电影;"街"出去溜达,有一次仲兄告诉我,他竟在电视中看见了我,说出一个"曾"字。慈爱的父亲永远不放弃儿子康复的渴望,然而谁都知道,仲兄的期盼等于零。

像对待生命一样珍爱地收藏着我几幅不大的书画,有一天,他茫然地对我说:我死后,这些书画送给能抚养儿子的人。他又茫然地请我画一幅"爱子图",以为生前自己的慰藉,我答应了,但没有兑现,不是出于吝啬,实在不以为他会死得如此突然。

他最欣慰的日子来临了,国运的隆兴,有一缕阳光照到他身上。他当《天津日报》的编辑时,由于社长和主编的垂爱,让他当副刊的主笔。人们惊讶地发现,那隽秀清新的文笔,不曾因几十年的蹇促而钝涩,人们都知道,张仲是一位少负不羁之才的文人。他的灵魂深深宝藏着一颗高贵的心灵。

更欣慰的幸福来临了,他的《龙嘴大铜壶》电视连续剧拍摄上演,好评如潮,他说:"范三,你画一组绣像怎么样?"不久这些作品发表在《天津日报》,有杨四、穆二等等,占了小半版。仲兄兴冲冲地拿了一沓报纸送到我南开大学北村的教授楼上,那时的教授居室可谓萧然环堵。两杯浊酒,我与仲兄有着一阵难以言喻的快乐。"立名者,行之极也"(司马迁语),哪一个知识分子不想出名,别装蒜清高。为了仲兄的快乐,我即席为他写了一首词《蝶恋花·读张仲兄小说龙嘴大铜壶,戊辰(1988)》:"一卷津门伤逝史，壶外烟尘，壶里愁如织。龙嘴有情吟国耻，百年血泪凭谁拭。穆二英魂犹独峙，自信神州未敛千秋志。莫谓俚词淳且质，等闲不是谈杨四。”他拿着诗稿和绣像的原稿回家，他告诉我兴奋得通宵未眠。

再不会有人欺负憨厚老实的仲兄，然而好景不长，他的身体每况愈下，语言渐渐含糊，腿足拖沓。然而他依旧骑车去古董店，会见几位诚恳的商人，帮他们鉴定文物、标示价格。然后，大家拥着他去聚餐，他说，这一顿抵上我过去一年的生活费。语毕有些黯然，一滴泪水掉在碗里。我想他想起的是那些不堪回首的年月，想起的是幸福就在当下。

天津再也找不到像仲兄对方志、人物、风俗如此熟悉而博雅的人。他可以对每一条街，每一所名宅写一篇传记。人们都想发财，于是祈求风水。天津的风水先生大体是说嘴的郎中没好药，仲兄不期然地成为了风水大师。有些收入，不像人们想的那么多。社会的陋习是棉花团儿找软的捏，给的钱很少，然后到小餐店请一顿，皆大欢喜。张仲不会挣钱，大体源于性格上的宽厚。我称他“风水张”，语含善意的调侃。传到张仲的耳中，厚道的仲兄说：“范三老惦着我”，他却是真实的语藏欣慰。

我时时怀念他对我与楠莉爱情的祝福。那时我们还年轻，热烈的爱驱使楠莉常来南开看望我，而每次都是仲兄带路，送楠莉去车站回京，我站在晾台上看他们两人的背影，楠莉身影美奂，步履轻盈，而仲兄却提箱卖力，蹒跚后随。这是使我对仲兄永怀感激之心的电影定格。

仲兄过去了，我深深地怀恋他，我希望他在寂静的世界中永眠。人间待你甚薄甚凉，你却对人间甚厚甚暖，你的一生，是一首凄恻哀婉之歌，一首诚挚不欺之诗，你没有带给人们一点点欺骗和谀诈，有的人也许会忘记你，但我不会。

戊子秋于北京

门孔

余秋雨

一

直到今天,谢晋的小儿子阿四,还不知道“死亡”是什么。

大家觉得,这次该让他知道了。但是,不管怎么解释,他诚实的眼神告诉你,他还是不知道。

这情景,很像一群哲学家在讨论死亡,而最后,评判者没有让他们及格。

在人类一些最本原的问题上,最低智能和最高智能,首尾相衔。

是啊,还能说话的人谁也未曾抵达过死亡,那又怎么说得清呢?既然说不清,那就与弱智的阿四没有太大的差别。

十几年前,同样弱智的阿三走了,阿四不知道这位小哥到哪里去了,爸爸对大家说,别给阿四解释死亡;

两个月前,阿四的大哥谢衍走了,阿四不知道他到哪里去了,爸爸对大家说,别给阿四解释死亡;

现在,爸爸自己走了,阿四不知道他到哪里去了,家里只剩下了他和八十三岁的妈妈,阿四已经不想听解释。谁解释,就是谁把小哥、大哥、爸爸弄走了。他就一定跟着走,去找。

二

阿三还在的时候，谢晋对我说："你看他的眉毛，稀稀落落，是整天扒在门孔上磨的。只要我出门，他就离不开门了，分分秒秒等我回来。"

谢晋说的门孔，俗称"猫眼"，谁都知道是大门中央张望外面世界的一个小装置。平日听到敲门或电铃，先在这里看一眼，认出是谁，再决定开门还是不开门。但对阿三来说，这个闪着亮光的玻璃小孔，是一种永远的等待。他不允许自己有一丝一毫的松懈，因为爸爸每时每刻都可能会在那里出现，他不能漏掉第一时间。除了睡觉、吃饭，他都在那里看。双脚麻木了，脖子酸痛了，眼睛迷糊了，眉毛脱落了，他都没有撤退。

爸爸在外面做什么？他不知道，也不会想。

有一次，谢晋与我长谈，说起在封闭的时代要在电影中加入一点人性的光亮是多么不容易。我突然产生联想，说："谢导，你就是阿三！"

"什么？"他奇怪地看着我。

我说："你就像你家阿三，在关闭着的大门上找到一个孔，便目不转睛地盯着，看亮光，等亲情，除了睡觉、吃饭，你都没有放过。"

他听了一震，目光炯炯地看着我，不说话。

我又说："你的门孔，也成了全国观众的门孔。不管什么时节，一个玻璃亮眼，大家从那里看到了很多风景，很多人性。你的优点也与阿三一样，那就是无休无止地坚持。"

三

谢晋在六十岁的时候对我说："现在，我总算和全国人民一起成熟了！"那时，"文革"结束不久。

"成熟"了的他，拍了《牧马人》、《天云山传奇》、《芙蓉镇》、《清凉寺的钟声》、《高山下的花环》、《最后的贵族》、《鸦片战争》……那么，他的艺术历程也就大致可以分为两段。前一段为探寻期，后一段为成熟期。探寻期更多地依附于时代，成熟期更多地依附于人性。

一切依附于时代的作品,往往会以普遍流行的时代话语,笼罩艺术家自身的主体话语。谢晋的可贵在于,即使被笼罩,他的主体话语还在顽皮地扑闪腾跃。其中最顽皮之处,就是集中表现女性。不管外在题材是什么,只要抓住了女性命题,艺术也就有了刚中有柔的功能,人性也就有了悄然渗透的理由。在这方面,《舞台姐妹》就是很好的例证。“文革”中批判它的最大罪名,就是“人性论”。

谢晋说,当时针对这部作品,批判会开了不少,造反派怕文艺界批判“人性论”不力,就拿到“阶级立场最坚定”的工人中去放映,然后批判。没想到,在放映时,纺织厂的女工已经哭成一片,她们被深深感染了。“人性论”和“阶级论”的对峙,就在这一片哭声中见出了分晓。

但是,在谢晋看来,这样的作品还不成熟。让纺织女工哭成一片,很多民间戏曲也能做到。他觉得自己应该做更大的事。“文革”以后的他,不再是在时代话语的缝隙中捕捉人性,而是反过来,以人性的标准来拷问时代了。

对于一个电影艺术家来说,“成熟”在六十岁,确实是晚了一点。但是,到了六十岁还有勇气“成熟”,这正是二三十年前中国最优秀知识分子的良知闪现。当然,也有不少人一直表白自己“成熟”得很早,不仅早过谢晋,而且几乎没有不成熟的阶段。这也可能吧,但全国民众都未曾在当时看到。谢晋是永远让大家看到的,因此大家与他相陪相伴地不成熟,然后一起成熟。

这让我想起云南丽江雪山上的一种桃子,由于气温太低,成熟期拖得特别长,因此收获时的果实也特别大,大到让人欢呼。

“成熟”后的谢晋让全国观众眼睛一亮。他成了万人瞩目的思想者,每天在大量的文学作品中寻找着火苗,然后思考着如何让它们真正燃烧起来,点亮全民族的心灵。于是,由于他,整个民族在电影院的黑暗空间里经历了一个艰难而美丽的苏醒过程,就像罗丹雕塑《青铜时代》所传达的那种象征气氛。

那些年的谢晋,大作品一部接着一部,部部深入人心,真可谓手挥五弦,目送归鸿,云蒸霞蔚。

就在这时,他礼贤下士,竟然破例聘请了一个艺术顾问,那就是比他小二十多岁的我。他与我的父亲同龄,我又与他的女儿同龄。这种辈分错乱的礼聘,只能是他,也只能在上海。

那时节,连肖伯纳的嫡传弟子黄佐临先生也在与我们一起玩布莱希特、贫困戏剧、环境戏剧,他应该是我祖父一辈。而我的学生们,也已成果累累。八十年代"四世同堂"的上海文化,实在让人怀念。而在这"四世同堂"的热闹中,成果最为显赫的,还是谢晋。他让上海,维持了一段为时不短的文化骄傲。

从更广阔的视角来看,谢晋最大的成果在于用自己的生命接通了中国电影在一九四九年之后的曲折逻辑。不管是幼稚、青涩、豪情,还是深思、严峻、浩叹,他全都经历了,摸索了,梳理了。他不是散落在岩边的一片美景,而是一条完整的大河,使沿途所有的景观都可依着他而定位。

当代年轻的电影艺术家即便有再高的成就,也不能轻忽"谢晋"这两个字。因为进入今天这个高台的那条崎岖山路,是他跌跌绊绊走下来的。年轻艺术家的长辈,都从他那里汲取过美,并构成遗传。在这个意义上,谢晋不朽。

四

谢晋聘请我做艺术顾问,旁人以为他会要我介绍当代世界艺术的新思潮,其实并不。他与我最谈得拢的,是具体的艺术感觉。他是文化创造者,要的是现场设计,而不是云端高论。我们也曾开过一些研讨会,有的理论家在会上高谈阔论,又明显地缺少艺术感觉。谢晋一听就知道邀请错了,他会偷偷地摘下耳机,出神地看着发言者。发言者还以为他在专心听讲,其实他很可能只是在观察发言者脸部的肌肉运动状态和可以划分的角色类型。

谢晋特别想说又不愿多说的,是作为文化创造者的苦恼。

我曾经问他:"你在创作过程中遇到的最大苦恼是什么?是剧作的等级,演员的悟性,还是摄影师的能力?"他说:"不,不,这些都有办法解决。我最大的苦恼,是遇到了不懂艺术的审查者和评论者。而且,他们的数量又那么庞大。"

他所说的“不懂艺术”，我想很多官员和学者是不太明白其中含义的。他们总觉得自己既有名校学历又看过很多中外电影，还啃过几本艺术理论著作，怎么能说“不懂艺术”呢？其实，真正的艺术家都知道，这种“懂”，是指创造而不是概念。那是对每一个感性细节的小心捧持，是对每一个未明意涵的恭敬尊重，是对作品肌理不可稍有割划的万千敏感，是对转瞬即逝的一个眼神、一道光束的震颤性品咂，是对那绵长多变的镜头语汇的感同身受、神驰心飞。用中国传统美学概念来说，这种“懂”，不“隔”。而一切审视性的目光，都恰恰是从“隔”开始的。

平心而论，在这一点上，谢晋的观点比我宽容得多。他不喜欢被审查却也不反对，一直希望有夏衍、田汉这样真正懂艺术的人来审查。而我则认为，即使夏衍、田汉再世，也没有权利要谢晋这样的艺术家在艺术上服从自己。

谢晋那些最重要的作品，上映前后都遇到过不少麻烦。那些比他年轻得多的审查者和评论者总是不想让他“成熟”。他明明已从黑暗中发现人性的光亮，但他们还是拿着放大镜盘桓在黑暗间，或把他推入概念棍棒的威胁之中。

有趣的是，有的审查者和评论者一旦投身创作，立场就会发生天翻地覆的变化。我认识两位职业的审查者和评论者，年老退休后常常被一些电视剧聘为顾问，参与构思。作品拍出来后，交给他们当年退休时物色的徒弟们评审，他们才发现，这些徒弟太不像话了。他们愤怒地说：“文化领域那么多诽谤、伪造、低劣都不管，却总是盯着一些好作品不依不饶！”后来他们扪心自问，才明白自己大半辈子也在这么做。

他们不知道，年迈谢晋眼睛深处的一半忧郁，与他们有关。

五

能成为谢晋的朋友，非常愉快。

他总是充满古意地反复怀念一个个久不见面的老友，怀念得一点儿也不像一个名人；同时，他又无限兴奋地结识一个个刚刚发现的新知，兴奋得一点儿也不像一个老者。他的工作性质和从业时间，使他的“老友”

和“新知”的范围非常之大,但他一个也不会忘记,一个也不会怠慢。

因此,只要他有召唤,或者,只是以他的名义召唤,再有名的艺术家也没有拒绝的。有时,他别出心裁,要让这些艺术家都到他出生的老家去聚合,大家也都乖乖地依次抵达。就在他去世前几天,上海电视台准备拍摄一个纪念他八十五岁生日的节目,开出了一个响亮的名单,逐一邀请。这些人中的任何一个,在一般情况下是“八抬大轿也抬不动”的,因为有的也已年老,有的非常繁忙,有的片约在身,有的身患重病。但是,一听是谢晋的事,都满口答应。当然,他们没有料到,生日之前,会有一个追悼会……

我从旁观察,发觉谢晋交友,有两个原则。一是抵拒小人,二是不求实用。这就使他身边的热闹中有一种干净。相比之下,有些同样著名的老艺术家却很难摆出他这样的友情阵仗,不是他们缺少魅力,而是本来要来参加的人想到同时还有几双忽闪的眼睛也会到场,借故推托了。有时,好人也会利用小人,但谢晋不利用。

他对小人的办法,不是争吵,不是驱逐,而是在最早的时间冷落。他的冷落,是炬灭烟消,完全不予互动。听对方说了几句话,他就明白是什么人了,便突然变成了一座石山,邪不可侵。转身,眼角扫到一个朋友,石山又变成了一尊活佛。

他一点儿也不势利。再高的官,在他眼中只是他的观众,与天下千万观众没有区别。但因为他们是官,他会特别严厉一点。我多次看到,他与官员讲话的声调,远远高于他平日讲话,主要是在批评。他还会把自己对于某个文化高官的批评到处讲,反复讲,希望能传到那个高官的耳朵里,一点儿不担心自己会不会遇到麻烦。有时,他也会发现,对那个高官的批评搞错了,于是又到处大声讲:“那其实是个好人,我过去搞错了!”

对于受到挫折的人,他特别关心,包括官员。有一年,我认识的一个官员因事入狱。我以前与这位官员倒也没有什么交往,这时却想安慰他几句。正好上海市监狱邀请我去给几千个犯人讲课,我就向监狱长提出要与那个人谈一次话。监狱长说,与那个人谈话是不被允许的。我就问能不能写个条子,监狱长说可以。我就在一张纸上写道:“平日大家都忙,没有时间把外语再推进一步,祝贺你有了这个机会。”写完,托监狱长交给那个人。

谢晋听我说了这个过程，笑眯眯地动了一会儿脑筋，然后兴奋地拍了一下桌子说："有了！你能送条子，那么，我可以进一步，送月饼！过几天就是中秋节，你告诉监狱长，我谢晋要为犯人讲一次课！"

就这样，他为了让那个官员在监狱里过一个像样的中秋节，居然主动去向犯人讲了一次课。提篮桥监狱的犯人，有幸一睹他们心中的艺术偶像。那个入狱的官员，其实与他也没有什么关系。

四年以后，那个人刑满释放，第一个电话打给我，说他听了我的话，在里边学外语，现在带出来一部五十万字的翻译稿。然后，他说，急于要请谢晋导演吃饭。谢晋的那次中秋节行动，实在把他感动了，使他的狱中四年，不再有一日沮丧。

六

我一直有一个错误的想法，觉得拍电影是一个力气活，谢晋已经年迈，不必站在第一线上了。我提议他在拍完《芙蓉镇》后就可以收山，然后以自己的信誉、影响和经验，办一个电影公司，再建一个影视学院。简单说来，让他从一个电影导演变成一个"电影导师"。

有这个想法的，可能不止我一个人。

我过了很久才知道，他对我们的这种想法，深感痛苦。他想拍电影，他想自己天天拿着话筒指挥现场，然后猫着腰在摄影机后面调度一切。他早已不在乎名利，也不想证明自己依然还保持着艺术创造能力。他只是饥渴，没完没了地饥渴。在这一点上他像一个最单纯、最执著的孩子，一定要做一件事，骂他，损他，毁他，都可以，只要让他做这件事，他立即可以破涕为笑。

他越来越要在我们面前表现出他的精力充沛、步履轻健。他由于耳朵不好，本来说话就很大声，现在更大声了。他原来就喜欢喝酒，现在更要与别人频频比赛酒量了。

有一次，他跨着大步走在火车站的月台上，不知怎么突然踉跄了。他想摆脱踉跄，挣扎了一下，谁知更是朝前一冲，被人扶住，脸色发青。这让人们突然想起他的皮夹克、红围巾所包裹着的年龄。不久后一次吃饭，我又委婉地说起了老话题。

他知道月台上的踉跄被我们看到了，因此也知道我说这些话的原因。他朝我举起酒杯，我以为他要用干杯的方式来接受我的建议，没想到他对我说："秋雨，你知道什么样的人是真正善饮的吗？我告诉你，第一，端杯稳；第二，双眉平；第三，下口深。"

说着，他又稳又平又深地一连喝了好几杯。

是在证明自己的酒量吗？不，我觉得其中似乎又包含着某种宣示。

即使毫无宣示的意思，那么，只要他拿起酒杯，便立即显得大气磅礴，说什么都难以反驳。

后来，有一位热心的农民企业家想给他资助，开了一个会。这位企业家站起来讲话，意思是大家要把谢晋看作一个珍贵的品牌，进行文化产业的运作。但他不太会讲话，说成了这样一句："谢晋这两个字，不仅仅是一个人名，而且还是一种有待开发的东西。"

"东西？"在场的文化人听了都觉得不是味道。

一位喜剧演员突然有了念头，便大声地在座位上说："你说错了，谢晋不是东西！"他又重复了一句："谢晋不是东西！"

这是一个毫无恶意的喜剧花招，全场都笑了。

我连忙扭头看谢晋导演，不知他是怏怏不乐，还是蔼然而笑。没想到，他似乎完全没有听到这句话，只是像木头一样呆坐着，毫无表情。

他毫无表情的表情，把我震了一下。他不想只做品牌。他觉得，如果自己丢失了亲自创造的权利，那谢晋真的"不是东西"了。

从那次之后，我改变了态度，开始愿意倾听他一个又一个的创作计划。

这是一种滔滔不绝的激情，变成了延绵不绝的憧憬。他要重拍《桃花扇》，他要筹拍美国华工修建西部铁路的血泪史，他要拍《拉贝日记》，他要拍《大人家》，他更想拍前辈领袖女儿们的生死恩仇、悲欢离合……

看到我愿意倾听，他就针对我们以前的想法一吐委屈："你们都说我年事已高，应该退居二线，但是我早就给你说过，我是六十岁才成熟的，那你算算……"

一位杰出艺术家的生命之门既然已经第二度打开，翻卷的洪水再也无可抵挡。这是创造主体的本能呼喊，也是一个强大生命要求自我完成的一种尊严。这种状态不一定能导致好作品，但好作品一定来自于此。我以前的阻拦，过于理性，已经背离艺术创造的本性诉求。

七

他在中国创建了一个独立而庞大的艺术世界，但回到家，面对的却是一个常人无法想象的天地。

他与夫人徐大雯女士生了四个小孩，脑子正常的只有一个，那就是谢衍。谢衍的两个弟弟就是前面所说的老三和老四，都严重弱智，而姐姐的情况也不好。

这四个孩子，出生在一九四六年至一九五六年这十年间。当时的社会，还很难找到辅导弱智儿童的专业学校，一切麻烦都堆在一门之内。家境极不宽裕，工作极其繁忙，这个门内天天在发生什么？只有天知道。

我们如果把这样一种家庭实况与谢晋的那么多电影联系在一起，真会产生一种匪夷所思的震撼。每天傍晚，他那高大而疲惫的身影一步步走回家门的图像，不能不让人一次次落泪。落泪，不是出于一种同情，而是为了一种伟大。

谢晋亲手把错乱的精神漩涡，筑成了人道主义的圣殿。我曾多次在他家里吃饭，他做得一手好菜，常常围着白围单，手握着锅铲招呼客人。客人可能是好莱坞明星、法国大导演、日本制作人，但最后谢晋总会搓搓手，通过翻译介绍自己两个儿子的特殊情况，然后隆重请出。这种毫不掩饰的坦荡，曾让我百脉俱开。在客人面前，弱智儿子的每一个笑容和动作，在谢晋看来就是人类最本原的可爱造型，因此满眼是欣赏的光彩。他把这种光彩，带给了整个门庭，也带给了所有的客人。

他有时也会带着儿子出行。我听谢晋电影公司总经理张惠芳女士说，那次去浙江衢州，坐了一辆面包车，路上要好几个小时，阿四同行。坐在前排的谢晋过一会儿就要回过头来问："阿四累不累？""阿四好吗？""阿四要不要睡一会儿？"……每次回头，那神情，能把雪山消融。

八

他万万没有想到，他家后代唯一的正常人，那个从国外留学回来的典雅君子，他的大儿子谢衍，竟先他而去。

谢衍太知道父母亲的生活重压，一直瞒着自己的病情，不让老人家知道。他把一切事情都料理得一清二楚，然后穿上一套干净的衣服，去了医院，再也没有出来。

他恳求周围的人，千万不要让爸爸、妈妈到医院来。他说，爸爸太出名，一来就会引动媒体，而自己现在的形象又会使爸爸、妈妈伤心。他一直念叨着："不要来，千万不要来，不要让他们来……"

直到他去世前一星期，周围的人说，现在一定要让你爸爸、妈妈来了。这次，他没有说话。

谢晋一直以为儿子是一般的病住院，完全不知道事情已经那么严重。眼前病床上，他唯一可以对话的儿子，已经不成样子。

他像一尊突然被风干了的雕像，站在病床前，很久，很久。

他身边，传来工作人员低低的抽泣。

谢衍吃力地对他说："爸爸，我给您添麻烦了！"

他颤声地说："我们治疗，孩子，不要紧，我们治疗……"

从这天起，他天天都陪着夫人去医院。

独身的谢衍已经五十九岁，现在却每天在老人赶到前不断问："爸爸怎么还不来？妈妈怎么还不来？爸爸怎么还不来？"

那天，他实在太痛了，要求打吗啡，但医生有犹豫，幸好有慈济功德会的志工来唱佛曲，他平静了。

谢晋和夫人陪在儿子身边，那夜几乎陪了通宵。工作人员怕这两位八十多岁的老人撑不住，力劝他们暂时回家休息。但是，两位老人的车还没有到家，谢衍就去世了。

谢衍的遗嘱很简单：把自己与两个弟弟葬在一起。他知道爸爸太有名，会葬在一个显目的地方，自己没资格进去。他只要求，由自己远远地带着两个弟弟，让爸爸、妈妈休息得好一些。

谢衍是二〇〇八年九月二十三日下葬的。第二天,九月二十四日,杭州的朋友邀请谢晋去散散心,住多久都可以。接待他的,是一位也刚刚丧子的杰出男子,叫叶明。

两人一见面就抱住了,嚎啕大哭。他们两人,前些天都哭过无数次,但还要找一个机会,不刺激妻子,不为难下属,抱住一个人,一个经得起用力抱的人,一个与自己同样高大的人,痛快淋漓、回肠荡气地哭一哭。那天谢晋导演的哭声,像虎啸,像狼嚎,像龙吟,像狮吼,把他以前拍过的那么多电影里的哭,全都收纳了,又全都释放了。那天,秋风起于杭州,连西湖都在呜咽。

他并没有在杭州住长,很快又回到了上海。以后这些天他很少说话,眼睛直直地看着前方。有时也翻书报,却是乱翻,没有一个字入眼。

突然电话铃响了,是有乡上虞的母校春晖中学打来的,说有一个纪念活动要让他出席,有车来接。他一生,每遇危难总会想念家乡。今天,故乡故宅又有召唤,他毫不犹豫地答应了。他给驾驶员小蒋说:"你别管我了,另外有车来接!"

小蒋告诉张惠芳,张惠芳急急赶来询问,门房说,接谢导的车,两分钟前开走了。

春晖中学的纪念活动第二天才举行,这天晚上他在旅馆吃了点冷餐,倒头便睡。这是真正的老家,他出走已久,今天只剩下他一个人回来。他是朝左侧睡的,再也没有醒来。

这天是二〇〇八年十月十八日,离他八十五岁生日,还有一个月零三天。

九

他老家的屋里,有我题写的四个字:"东山谢氏"。

那是几年前的一天,他突然来到我家,要我写这几个字。他说,已经请几位老一代书法大家写过,希望能增加我写的一份。

东山谢氏?好生了得!我看着他,抱歉地想,认识了他那么多年,也知道他是绍兴上虞人,却没有把他的姓氏与那个遥远而辉煌的门庭联系起来。

他的远祖，是公元四世纪那位打了“淝水之战”的东晋宰相谢安。这仗，是和侄子谢玄一起打的。而谢玄的孙子，便是中国山水诗的鼻祖谢灵运。谢安本来是隐居会稽东山的，经常与大书法家王羲之一起喝酒吟诗，他的侄女谢道蕴也嫁给了王羲之的儿子王凝之，而才学又远超丈夫。谢安后来因形势所迫再度做官，又使中国有了一个“东山再起”的成语。

正因为这一切，我写“东山谢氏”这四个字时非常恭敬，一连写了好多幅，最后挑出一张，送去。

谢家，竟然自东晋、南朝至今，就一直定居在东山脚下？别的不说，光那股积累了一千六百年的气，已经非比寻常。谢晋对此极为在意，却又不对外说。他在意的，是这山、这村、这屋、这姓、这气。但这一切都是秘密的，只是为了要我写字才说，说过一次再也不说。

我想，就凭着这种无以言表的深层皈依，他会一个人回去，在一大批庄严的远祖面前，画上人生的句号。

十

此刻，他上海的家，只剩下了阿四。他的夫人因心脏问题，住进了医院。

阿四不像阿三那样成天在门孔里观看。他几十年如一日的任务是为爸爸拿包、拿鞋。每天早晨爸爸要出门了，他把包递给爸爸，并把爸爸换下的拖鞋放好。晚上爸爸回来，他接过包，再递上拖鞋。

好几天，爸爸的包和鞋都在，人到哪里去了？他有点奇怪，却在耐心等待。突然来了很多人，在家里摆了一排排白色的花。

白色的花越来越多，家里放满了。他从门孔里往外一看，还有人送来。阿四穿行在白花间，突然发现，白花把爸爸的拖鞋遮住了。他弯下腰去，拿出爸爸的拖鞋，小心放在门边。

这个白花的世界，今天就是他一个人，还有一双鞋。

真人

——冰心辞世十年祭

舒　乙

对人对事从不虚假掩饰

冰心老人最大的特点，用一个字概括，就是“真”。她是一个真人。真正做到“真”，其实是很难很难的。冰心老人却做到了，在生活中，在任何一件事中，不带任何虚假，不带任何掩饰，直面道来，以致每一件事，甚至每一个字，在她老人家身上都是与众不同的。

有一次，我正在她的书屋兼卧室和她聊天，来了一对中年夫妇，带着一个八九岁的小女孩。这个小女孩姓张，来自西南地区的一个省，是少数民族。据这对夫妇介绍，小女孩会画画，擅画小鸡，得过不少奖，有一份获奖清单，在报刊上有过许多报道，并说现在许多孩子都嫉妒她。冰心老人听到这儿立刻不高兴了，她指着站在书桌跟前的小女孩说：“她一进门就看见了我桌旁叫人用的电按钮，问这是干什么用的。哎呀，多么天真可爱的小人儿！会画画，一定很招别人爱的，可是，却遭嫉妒，那都是父母坑的！”她提起笔来，给小女孩写了几个字“愿你像一棵小野花，在大自然里成长”。她劝这对夫妇马上停止这种展览式的周游，赶快回家去。父母到处吹捧一定会导致别人的嫉妒，这是父母的过失。她还说，其实许多人是不懂得怎样做父母的。

“民进”妇女部的干部来求她为“三八”妇女节题几个字，她爽快地提笔就写，然后轻轻地说：“你们应该多下去看看，帮助下面解决一些教育方面的实际困难，尤其是儿童失学问题。”对方说：“没钱呀，怎么下得去？”这样的事,遇得多了,她酝酿了很久,1987 年写下那篇著名的《我请求》,请求大家都来读一读《教育忧思录》,都来关心教育。一石激起千层浪,《我请求》发表之后,读者来信像雪片一样飞来,纷纷寄到冰心先生家中,持续半年之久,反映之热远胜过当年的《寄小读者》。老人认真地读了每一封,有老师们的,有孩子们的,有家长们的。她郑重地保留了这些信,最后整整装了一大麻袋,都送给了中国现代文学馆。

冰心老人八十岁以后腿脚不便,要靠助行器才能在家里做少量自主活动,绝大多数时间则坐在书桌后面写作和阅读。她阅读的范围极广,知道几乎所有新作品的内容和作者,还常常主动写评论和介绍。

1989 年 8 月 25 日,老舍忌日的第二天,冰心先生坐着轮椅到北京图书馆去看"老舍生平和创作成就展",她一点一点地向前移动,看得很仔细,快到结束的时候,老人家突然失声大哭,毫不掩饰,双手捧面,热泪横流,吓得陪护她的人推起轮椅就跑,跑进电梯,她还在哭,扶上汽车,还在哭,回到家里,好不容易才转成低声的抽泣,半天说了一句话:"要落实知识分子政策!"

她为福建大学生题词"知足知不足,有为有不为"。她解释说:"有的能做:爱国、上进;有的不能做:不爱国、不上进。知足:生活上、物质上要知足;不知足:知识上、学习上要不知足。"

有一位作协领导人大年初一来拜年,冰心先生正好在吃饭,她对此公一向不感兴趣,便问他:"有事吗?"对方说想求一张字,冰心老人笑一笑,说"买宣纸来!"等他走后,冰心先生悄悄地说:"其实我已想好了写什么,但要等他送纸来,如他真来,我就会问:'宣纸买了吗?'"

冰心先生非常坦爽地评价她的上代、同代和下代作家同行们,毫不隐讳,有说好的,有说不好的,有喜欢的,有不喜欢的,还有很反感的。她让孩子们叫伯伯的有两位:舒伯伯(老舍)、罗伯伯(罗常培),叫舅舅和叔叔的有三位,李叔叔(巴金)、饼干舅舅(萧乾)和赵叔叔(赵朴初)。

"毛主席有五不怕,我也有几不怕"

冰心先生总爱说:"毛主席有五不怕,我也有,我起码也有几不怕,一不怕离婚，我老伴已经没了，二不怕撤职，我不是官，……就是杀头，我也不怕，反正要死了。”她说：“我最相信两条：一条，人民的眼睛是雪亮的；一条，历史是人民写的。”她还说：“我很老了，以前喜欢风花雪月，现在不爱看了，已经经过了，很淡薄了。写些人间不平事吧，为别人多说点公道话。”“不要看一时多么有权势，没有用，自己再吹嘘，或者再谦虚，也都没有用。真正厉害的是人民，还是那两句话。”

长城饭店美方经理曾邀请她的小女儿吴青去作中方经理人，冰心先生、吴文藻先生和吴青本人都不干，认为还是教书育人好，说“人是不能为钱而活的！”如孟子所说：“匹夫不可夺志也。”

高洪波拿来《人间小品丛书》中的《冰心集》，她看了以后说其中只有两篇好，一为《到青龙桥去》，二为《观舞记》，其余都“幼稚”，现在看了脸红，不好意思。

石家庄河北人民出版社替冰心先生出了一套《冰心选集》，有六卷，她看了第六卷，是评论和序跋集，她说“无聊”，我以为是书出版得不好，她说，不是，是自己“写得无聊”，不好意思看下去，一再说“无聊、无聊”。

这是冰心先生晚年对自己早期作品的评价，这种话她说过不止一次，是极真诚的，是经过深思熟虑的，所以一再重复，而且公开地讲。她说她的作品现在有两点重大变化，一是如前所述不再写风花雪月，二是越写越短，短到甚至一篇文章只有一百多字。

冰心先生说她早年文字有的许多修辞是自己发明的，在别人看来很新颖，或许很难懂，甚至有些奥秘，句子一般比较长。她说现在写东西力求简明，越写越短，几乎不用形容词，说明白了即可，平铺直叙，直截了当，不说废话，只做减法，不做加法，清清爽爽，通俗易懂。

冰心先生眼睛很好，多小的字都能看，而且看得仔细。我替她编了一本《冰心九旬文选》，是本小书，由梁凤仪的“勤＋缘”出版社出版。给冰心先生送去样书之后，第二个星期再去时，她把样书还给我，说“上面有四十个错！”我打开一看，她已一一用圆珠笔在错的地方标出，并一一改正过来，字写得很小。她由头到尾一字不落地认真读了一遍。

冰心先生的许多观念与众不同，而且直接表达出来。比如尊重妇女，夫妇两人去拜访她，男的岁数大一些，女的年轻一点，只有一张小凳可坐，男的先坐下来,冰心先生马上让男的站起来,要女的坐,叫男的在一旁站着说话,但她并不直接说明原由。客人当然明白,她是故意表示在她这儿妇女是第一位的,不管这位妇女有多年轻。又比如她永远要干净整洁,毫发不乱,自己的衣裳朴素大方,永远整整齐齐,端庄大气,颜色或白或灰或蓝或有小碎花,着布鞋。臧克家先生说冰心先生即便在湖北干校下放劳动的时候也是干干净净,将袜子套在裤脚外面,很利索,在逆境中也风度不减,一副正气凛然不卑不亢的样子,让人敬佩。这正是她的人生态度。

我于上世纪90年代初在张自忠路中剪子巷33号找到了冰心先生早年的旧居(原14号),这是她少女和年轻时居住过的地方,而且在此成名,先后住了十六年。我带了个电视小分队去把它拍下来,然后放录像给冰心先生看。冰心先生大为高兴,后来还专门写过一篇散文《我的家在哪里?》,说她一生住过许许多多地方,能在高龄时进入她的梦乡的偏偏是这座院子,可见这才是她的"家"。

内心刚毅,一点也不"淑女"

实际上,冰心先生是一个意志很坚强的人。她外表很慈祥,很温柔,从不说什么过于严厉的话,而且爱说爱笑,生性活泼,高兴起来像个"人来疯",很容易接近,很容易让别人敞开心扉,但她内心是很刚毅的,倒像个男的,一点也不"淑女"。

冰心先生写了一篇悼念邓颖超大姐的短文,引了巴老的一句话——"她是我最后追求的一个榜样",结果发表时被删除,她勃然大怒,当面责问报纸的总编和副总编,一定要讨个说法。

冰心先生十一岁以前在家里是被父母当男孩养的,着男装,骑马,打枪,游泳,向往着当军人,当水兵,父母不怎么管她,自由自在,是父母的"野孩子"。十一岁回到老家福州,生活在一个大家庭里,每一次穿女装,就大叫:"真是难受死了"。

冰心先生从来没化过妆,只在美国当学生演《西厢记》时化过一次妆,是闻一多替她化的。她主张素面朝天,说"描眉画眼的,干什么!"她认为天下以福建女子为最美。福建女子均光脚,着茶衣,不化妆,是干活能手。

冰心先生在福建的时间很短，但她以自己是福建人为荣，心中常常惦记着福建乡亲们的安康，哪遭灾，哪发水，都马上要捐钱捐物。我有一次去看她，发现家里只有她和女婿陈恕的大姐陈玙两人。见我来了，立刻吩咐大姐快出去，问干什么，说福建发大水，恰好刚收了一笔稿费，请大姐赶快上邮局寄去救灾。

冰心先生的母亲就是一位性格刚强的女子。她出身望族，是大家闺秀，嫁到谢家之后夫妇感情很好，丈夫在海军中当差，正好遭遇中日甲午海战。中国近代海军中福建人很多，也牺牲了许多，一时福建街上隔三差五地出现了不少“白榜”，那是类似阵亡通知书的东西。他们夫妇结婚七年，曾生育过两个男孩，但都没有留住。她恐怕“白榜”早晚也会贴到自己家门口，便悄悄在怀里揣上一块大烟，随时准备服毒跟随丈夫而去。冰心平常喜欢讲甲午之战的故事，那些故事都是父亲和母亲讲给幼小的冰心听的，其中最悲壮的就是年轻的母亲这段准备为国为亲人牺牲的故事。

想写一部“大作品”

1993年冰心先生对我说要写一部“大作品”，她说要纪念甲午之战一百年。她估计大概只有她能写，只有她知道那么多真实细节。她桌上有大本的海军参考书，还专门请海军军官到家里来，搞调查。她爱海军，爱看海军行礼，爱看描写海的书，过去上过一切带“海”字的军舰。她还知道许多海军将领的事情，背得出他们的名字和他们所在的舰艇名字。最经常提到的是萨镇冰将军——中国近代海军统帅。她父亲谢葆璋先生当过他的副手，知道萨氏非常多的事情。她写过一篇小的《记萨镇冰先生》的文章，后来一直想写一部大的详传，由于抗日战争的原因也未如愿，这是她的另一个遗憾。她还经常提到张伯苓和黎元洪的名字，这二位都是谢葆璋先生在天津水师学堂一起学习的同班同学，后来二位在近代史上都是赫赫有名的大人物。

由1991年准备起到1993年动笔写甲午之战，前前后后写了半年的样子。多次起头，多次大哭，多次搁笔。我有两次看见她眼睛红红的，问大姐怎么回事，悄悄回答说，昨天大哭过，今天又哭过。为什么？冰心先生只回答几个字：恨死了！气死了！她是说她恨死日本军国主义，恨死日本侵略者，想起来就生气。后来冰心先生身体不适，频频住院，作品就此搁置，只留下了很少的草稿片断。

冰心先生由父亲、母亲那儿继承下来的刚毅性格，使她一生挺过了许多艰难险阻，也创造了几个"第一"。早年在"五四"运动时期，她是第一个走上文坛的女大学生，那时她刚好十八岁，正读大学一年级，接着她发表了新诗集《繁星》、《春水》。在燕京女校，周作人先生在课堂上讲解《繁星》、《超人》，他的学生，一位名叫谢婉莹的姑娘红着脸低着头在下面听讲，周先生不知道她就是冰心，她在学校也从不用冰心的名字。由美国留学回来之后，在母校燕京大学教书，当讲师，是"小字辈"，她的同事全是她的老师，她被称为"婴儿"。开教授会的时候，她总坐在门口，但学生们喜欢她，她的年龄和他们相仿。冰心先生教广东、福建来的南方学生说北京话，她小时候和保姆们学的北方绕口令此时派上了用场。1945 年以后跟吴文藻先生到日本去，是日本东京大学的第一位女教授，讲授中国文学，专讲古典的反战诗歌。

笔名含意"冷若冰霜"

女孩子到了恋爱年龄也是人生一大关口，尤其像冰心这种成名很早的女孩，走到哪儿都被崇拜，被包围，她收到的情书多得不得了，她看都不看就交给母亲，但是有一条，就是绝不让对方下不来台。她弟弟的育英学校男同学曾对弟弟说，你姐姐真是颜如桃李，冷若冰霜。"冰心"这个笔名，表面看是出自"一片冰心在玉壶"的典故，含意也很不错，但冰心说，恰是那个"冷若冰霜"的意思。

冰心的恋爱、婚姻、家庭都堪称典范，一辈子没有任何绯闻。"反右"时，她一家三个男人被划为"右派"，丈夫、儿子和三弟。开人大会时，在福建团里，冰心先生遭到围攻，责问她吴文藻是怎么成为"右派"的。冰心气得不行，去找周恩来总理评理。她说："如果吴文藻是一百分的反党，我起码是五十分，我和他没法划清界限，我也帮不了他。"周总理听了哈哈大笑,说:“好吧好吧,你回去吧。我知道了,我和他们说。”结果,福建团的代表们一个个跑到冰心先生家里来赔礼道歉。

到了“文革”,又是被抄家、揪斗,说她是司徒雷登的干女儿,最后被下放劳动。还是周恩来总理借口要迎接尼克松访华,要翻译尼克松的《六次危机》给毛主席看,把吴文藻和谢冰心中途由干校叫了回来,以后又集体翻译了《世界史》和英国文豪的《世界史纲》,算是熬过了“文革”。

改革开放之后,冰心先生在停笔十年之后恢复了创作,她写小说,写散文,写随笔,写评论,迎来了自己的第二个创作高潮。但在这个阶段里她碰见了针对她的“删改风”,曾有几次大的删改让她火冒三丈,也引起了不大不小的风波。比较重要的几次是前面提到过的那篇纪念邓颖超同志的文章中那句巴金的话,还有在《我请求》中要删掉一句关于战后日本每年的教育费是多少的话,还有《〈文革中的孩子〉序》中要删掉引用自孟得斯鸠的一句话等等。遇到这些砍删,冰心是要较真的,她要讨个说法。

1995年以后,冰心开始频频住院,身上不是这痛就是那痛,但是她依然很乐观,总开玩笑,说“老而不死是为贼”,说是没有牙的“无齿之徒”。总做好梦,一会儿梦见玉瓶,一会儿梦见小翠鸟,一会儿梦见抓小偷,用英文大叫“警察”,把这些通通写信告诉巴金先生,害得巴金先生羡慕之致。

有一天我去看她,她当着大姐的面说:“我写了遗嘱,封在信封里,放在这个抽屉里,等我死了以后,你就来取。”她指着书桌正中间的抽屉很郑重很神秘地叮咛我,因为这里面有好几项是涉及文学馆的,如书、照片、钱、图章,除少量代表作留给子女作纪念之外,她都要捐给文学馆。此外,对骨灰处理、悼念活动安排,房屋遗产等等她都一一做了安排,以基本捐献出去为好。这是她的清醒、大度和明智。

冰心先生去世后,征得儿女们的同意将吴谢二人的骨灰盒,一个不锈钢的密封小罐,放入中国现代文学馆冰心雕像旁的大石块下面。文学馆的冰心雕像是钱绍武先生的作品。雕像立在院中的草坪上,雕的是冰心年轻时的形象,是一尊坐像,洁白无瑕,眼睛炯炯有神地凝视着前方。在雕像左后方的石头外面一侧刻着冰心先生一句名言:“有了爱就有了一切”。石块背面镶嵌着一块铜牌,上面是赵朴初老题写的墓碑。

一生的朋友

冰心老人毕竟是个世纪老人、百岁老人,见多识广,走的地方多,经历的事情多,能够处乱不惊,能够洞察入微,能够包容万变。走到她身旁,立刻会被她的精神状态和看问题的角度所感染,立刻有一种安详的异样感觉,奇妙之极。

别看她很年迈,甚至走不动路,但她一点也不老。你一进门,她会马上说:"想你啦!"马上让人拿东西来吃,比如煮白薯,比如冰激凌,这都是她爱吃的东西。还有薄荷糖,一种很辣很凉很冲的进口薄荷糖,和她一起分享,然后就立刻聊天,进入她的回忆。

冰心先生和夏公是最要好的猫友,夏公曾借给她一部《猫苑》,共两册,线装,咸丰年间印制。夏公对各色猫咪的爱好次序是"黄、黑、花、白",而冰心先生的顺序正好相反。夏公曾建议他和冰心先生两人发起一个"爱猫协会",冰心先生说"不成,因为咱俩都属鼠。"夏公和冰心先生同岁,夏公比她小二十六天。有一回周总理说他本人和老舍、王统照、郑振铎同庚,都属狗,并问冰心你属什么,冰心答:"属耗子。"总理大乐,为什么不说属鼠,答因为一想到鼠就想起了"小耗子上灯台"这句民谣。

冰心先生这只大白猫有许多故事,最爱照相,常常抢镜头,所以它和冰心先生在书桌前的合影最多,因为常带它到外面去散步,故不怕人。有一次忽然走失,急得冰心先生坐卧不宁,亲自写了一张寻猫启事贴在大门上。找回来后,冰心先生每天都撕干鱼片给大白猫吃,这是给它的"特供",冰心先生说做这个动作对她自己有好处,可以活动手指练手劲。别的猫来做客,大白猫很不高兴,反感,躲在冰心先生腿下大叫,首先受不了的倒是冰心先生自己。吴青常常夸奖大白猫懂英文,知道"起立、坐下"这样的英文口令,冰心先生笑道:"只要你手里有好吃的,它什么话都懂!"冰心先生住院时,很想念大白猫,吴青抱它来过医院几次,它总是一头扎进冰心先生的被窝里不出来。冰心先生去世后,大白猫也跟着离世了。

冰心喜欢植物,喜欢花草,这和她是福建人有关系。福建的花非常多,她的父亲喜欢养桂花、兰花和荷花,冰心过生日,父亲总是要送她桂花，所以她对桂花情有独钟。到了北方，花少了很多，但冰心先生家中从不缺花，一年四季总不断，有水仙、君子兰、康乃馨、玫瑰、月季、百合等等。冰心先生曾约邓颖超大姐一同去花圃赏花。她的君子兰一年开两次，她说谁要说自己家的君子兰不开花，她就占便宜了，因为她的君子兰开花，故为君子。到过生日时，她家就成了花的海洋，每个角落里都有花。九十大寿时，挚友巴金先生特意托人送来九十朵红玫瑰。

冰心先生是文学研究会最早的会员之一，是许地山先生和瞿世农先生把她"拉"进去的。她和许地山先生比较熟，在燕京女大，许地山先生是她的老师周作人先生的助教，曾一起编过杂志，以后又同船去美国留学。在船上她曾托许地山先生找一位同船的吴先生的弟弟，叫吴卓，结果找来的却是吴文藻先生，无意之中掀开了他们两人的交往乃至后来恋爱、婚姻的序幕。后来许地山先生和周俟松女士结为夫妻，婚姻消息是在燕京大学一位美国女教师的家里宣布的。那天全是说英文，轮到冰心先生致辞，她用中文致贺词，讲了船上那段趣闻，说那天和今天对彼此来说恰是一种"交换"和"补偿"。

冰心先生在燕京的学生里面，最喜欢焦菊隐和高兰。她那时刚二十六岁，而焦是大龄学生。她讲高年级的选修课欧洲戏剧史，照本宣科而已，故劝焦别听。有一次在教室里行脱帽礼，焦先生脱了帽子，里面还有一顶压发帽，冰心先生说"您的帽子还没脱！"引起哄堂大笑。焦先生后来办中华戏校，有四个班，德、和、金、王，出了许多名角，王金璐、李玉茹等等。冰心先生爱听京戏，焦先生专门为冰心先生在吉祥剧场留一个包厢，她可以随时去听戏。

冰心先生和梅兰芳先生有很好的交情，林纾是冰心祖父的朋友，梅先生到福州去唱戏，义演，不要钱，为的只是要林纾一首诗，这首诗冰心先生居然还背诵。到北京时，房东老太太常请冰心母亲去看梅兰芳唱戏，但母亲常犯头痛，不愿去，都由冰心代理，那时冰心十三岁，而梅兰芳十九岁，常和王瑶卿先生配戏。当时，冰心觉得梅兰芳长得真漂亮。解放后，冰心、梅兰芳和周培源都是人大代表，开会时去得早了，常在一起聊天，梅先生说自己"又肥了"，冰心马上说："别再胖了，不好看了！"在燕京时，学校曾请梅先生去演戏，然后吃饭，由冰心作陪，梅先生告诉她，他小时候练功，要在水缸沿上走，老师拿着鞭子看着，走不快就打，太苦了。冰心先生的表兄刘放园到上海住在一姓沈的朋友家，冰心去看表兄，在门口按铃，正好梅兰芳坐车也到了门口，便一同进去，在院里要走很长一段草坪，她拿着一只小皮箱，梅先生便帮她拎着。后来表侄说："表姑真不简单，梅博士当过您的'红帽子'！"冰心说："梅先生很风雅，写字画画养花养鸽子，样样行，很有修养。"

还有一件事是关于丁玲先生的，丁玲先生在回忆录里从未提到过。丁玲先生在南京出狱后，被软禁在家中，很苦闷。冰心先生知道后，约她出来同游玄武湖，在船上说话方便些，有萧乾和李达同在。李达对丁玲说，不妨借机逃出来离开南京。后来，丁玲果然伺机潜入陕甘宁边区，到达延安，开始了新生活。

与吴文藻的一世情缘

冰心和吴文藻的情书曾经放在两个盒子里保存着，吴文藻印有专门的信纸。在美国留学时，吴文藻基本上一天一封信，同学们都知道冰心有一位好朋友，就是每天写信的那位。抗战时，吴家离开北平时，两盒情书寄存在燕京大学图书馆里，后来遗失了，下落成了一个谜。

吴文藻和冰心一家由日本秘密回国是由周总理亲自安排的，安全部具体实施营救和迎接的。到北京后周总理专门为他们买了一所小房，在东单洋溢胡同，并暂时对外保密。周总理亲自接见了吴先生和谢先生，详细听取他们的汇报，并一再叮嘱，今日所说一切"打死也不说！""文革"时造反派追问她，对周总理都说了些什么，她始终保持沉默，硬顶着，不吐一字，心里就默念着周总理那句话"打死也不说"。

刘半农先生是无锡人，吴文藻先生是江阴人，为近邻，过去有"江阴强盗无锡贼"的说法，故两人被朋友们戏称为"强盗"。吴、谢婚后，刘半农先生曾送来一枚图章给冰心先生，刻上"压寨夫人"四字。赛金花是冰心先生介绍给刘半农先生认识的，并由她带刘前往赛家，为的是写《赛金花传》。见面那天，赛金花还专门打扮修饰了一番，身旁有北京巴儿狗，不止一只。

冰心先生跟刘半农的弟弟刘天华学过弹琵琶，原来想学吹笙，但刘天华说她以前吐过血，学吹笙恐怕对身体不利，以学琵琶为好，故赠冰心先生一个小号的琵琶，因为冰心先生长得小巧。可惜，仅学了几次，天华先生就英年早逝。冰心先生说，刘半农先生要比刘天华先生幽默，爱说笑话。

冰心先生和吴文藻先生的结婚典礼是在燕京大学临湖轩举行的，证婚人是司徒雷登先生。临湖轩这个名字是冰心先生起的，三个字是胡适先生书写的，刻在木匾上，用墨绿漆着色。“燕京大学”四字则是蔡元培先生所书，现今都应该是文物了。

在燕京大学，冰心先生住在燕南园 60 号，是司徒雷登先生专门为吴文藻先生和冰心先生夫妇盖的二层小洋房，设计得当，盖的质量也很好。吴谢一家由 1929 年一直住到 1938 年。1937 年由欧洲旅行回来住了不多的日子，就爆发了“七七事变”，1938 年由沦陷的北平逃出，经上海、越南等地到了云南。

结婚典礼当日，冰心脱下礼服之后，穿上普通衣服，坐上司徒雷登先生派的小汽车，被送往西郊的大觉寺。燕南园 60 号当时还未完全装修好，要等一些日子才能入住。那是个星期六，派了一名工友给二位新人做饭，星期一还要赶回来上课。汽车后面按美国习惯挂满了破鞋，取祝福之意。小汽车引来许多附近的居民在庙外观看，问是干什么的，答是送新娘子的。“在哪儿?”“在那儿!”用手一指，只见一名年轻妇女坐在庙门的门槛上，正在啃黄瓜。冰心爱吃生黄瓜，庙门口有卖，便买来，坐在门槛上当场吃起来。村民大惑不解，连说:“不像! 不像!”

这就是冰心先生，一位朴实无华的、相当特别的，但又完全真实的冰心先生。

铜山崩裂

——追念亡友吴望尧

余光中

上

诗人吴望尧晚年多病，几近失明。很久没有通讯，只知他远在中美洲，等到他客终他乡的噩耗辗转传来，虽为新闻，却已非近事了。我的难过就像隐隐的内伤，难以指认确在何处；尽管疼痛没有焦点，却牵连到半个世纪的回忆。

故事虽已结束，但怎么开始的，竟记不起了。只记得1954年蓝星诗社成立之初，创社的五位诗人并不包括望尧，所以他的出现当在蓉子之后，而稍早于黄用。等到我在1956年9月结婚的时候，他已经是来厦门街按我家门铃最频的常客，远较夏菁、黄用为频，更不提创世纪那些豪杰了。

我这一生从未入党，对于组社结派也无兴趣。当年参加共组蓝星，是因为钟鼎文、覃子豪两位前辈忘年枉顾，联袂相邀，令我有些受宠若惊。但他们毕竟长我十五六岁，可以结成文友，却不便腻成诗弟诗兄。真正常泡在一起高谈阔论、褒贬人物的，是四个人：其中夏菁长我三岁，望尧和黄用各小我四岁到八岁，可以算是同辈。黄用年纪最轻，反而知性最强，善于理论分析，评人最苛，来我家最大的兴趣在坐而论道，而对世事的繁复不太关心。夏菁年纪最长，性情最宽厚，即使论到“文敌”，也只轻描淡写，谈笑用兵，从未见他剑拔弩张。他另有入世的一面，不会只顾跟我谈诗而冷落了我的家人，疏忽了我的新娘，可说是理想的客人。望尧在谈诗之外，更乐于融入我的家庭，跟我们夫妻玩在一起。他在台湾似乎没有家庭，可以确定的是只有一个哥哥，叫吴望汲，乃“国大代表”之类。我们很少追问他的身家，只知道他曾在淡江英专肄业，而他也很少自述家世。

无羁无绊，这么一个单身汉，又是任侠善感的性情中人，喜欢常来我家，而且不一定唯诗可谈，所以很自然就成了玩伴，不但点子多多，而且往往夜深才散。望尧的诗有其阳刚雄奇的一面，与我同一类型的风格可以呼应。两人有不少同好，从观星到闹鬼到欣赏古典音乐，我们都能共享；吾妻我存也纵而容之，顾而乐之，参而加之，留下了不少同乐的回忆。

当时台北的夜空，大气尚未污染，光害也还不剧，星象有时历历可观。我们不一定要去开旷的河堤上才能观星，就算厦门街的巷子里，也可以在冬夜仰望猎户星座，像天启神谕一般，那么壮阔而璀璨，堂堂自东南方升起。望尧总是兴致勃勃，一手电筒，一手星图，不断俯仰参照，求识天颜，神游乎光年之外。两个星迷就这么夜复一夜，共游于宇宙之大，光程之远，忘情于天文学与神话之虚实绸缪。那段时间，我们写太空幻境的诗因此也就不少。1957 年 8 月，我的《羿射九日》一诗在《中央副刊》发表，有“拉开乌号的神弓，搭一枝棋卫的劲矢”之句。望尧当天从南部赶回台北，特别为之买了一把黑漆的长弓来送我，令我深感知己的知音。

另一同好便是鬼神的灵异世界。我们常在夜深述说或编造鬼故事来互相惊吓。有时会忽然关掉电灯，用电筒由下照上，露出明暗易位的一脸狰狞。我们夫妻本来不看日本电影，却在望尧的劝诱之下去看了《四谷怪谭》、《独立愚联队》，当然还有《宫本武藏》。有一次我们上街，望尧昂昂然独步于前，我走中间，我存则落单拖在最后。事后我存抗议，望尧却说：“日本片里的武士都是这样的。”

望尧酷嗜古典音乐，入迷之深胜过我们夫妻，尤其听到高潮入神，总会情不自已，做出打拍子应节的手势，一面闭目忘我，随着曲调陶然地哼哼唧唧。受到他的感染，我们更加兴奋。他的记性很好，即使不听乐曲，也会大段哼出李斯特的《匈牙利狂想曲》或是贝多芬的《皇帝钢琴协奏曲》。我则不甘示弱，也会哼出林姆斯基·科萨柯夫的《天方夜谭》来较量。

望尧乃浙江东阳人，该是初唐诗人骆宾王的同乡。当年蓝星这“四人帮”的少年游，正醉心于西方的缪斯，并未认真追究彼此的籍贯。其实夏菁与望尧都是浙江人，我和黄用都是闽南人，原则上均为南方人，也许可以另组闽浙诗派了。四人之中，黄用最高，依次递降是夏菁、望尧和我。望尧剪小平头，额宽颔窄，嘴比较小，闭紧时爱鼓起下唇。脸色经常灰沉，两颊有些瘦削，皮肤较粗如橘面。发声近于男中低音，鼻音与喉音较浓。他的表情以阴郁为基调，但在兴头上也会意气风发，一时豪放，浪漫到不行。

有一次一连好多天他未来我家，我们不放心，辗转打电话找到他。果然有了意外。他租屋独居，生活不守常规，某次深夜回去，进不了门，便攀竹篱入内，不料跨越失手，被一根竹尖狠狠戳进胁下。我们立刻赶去探伤，见他果然纱布吊臂又裹胁，状若伤兵。不过又发现他非但没有沮丧自怜，反而引以为傲，仿佛做了一次落难英雄，我们也就释然，苦笑以对了。

我和望尧尽管相交莫逆，但是来往的场景多在厦门街我家。至于他的日子平常是怎么过的，跟哥哥的关系又是如何，我们并不清楚，只觉得这位朋友向往的虽是武士气概，真正过的却是吉普赛生活。有一点却可断定：不管他写过多少情诗，当时他应该没有女友，否则总会带来我家。我存怜他浪荡无主，就把自己一女中的一位同学介绍给他。望尧约会了她几次，甚至还同去郊游，不过后来并无结果。也许那女孩并非诗人的知音，加以对方的家长一听是什么诗人，就反对他们交往下去了。不过望尧也并非毫无收获，例如《骑士的忧悒——给叶洛·芙瑛》和《乃有我铜山之崩裂》，就是事后留下的情诗：“叶洛”影射的，正是那女孩姓黄。

我和望尧深交，是在1955至1958那三年。1958年的夏末秋初，短短三个月里，母亲火化，珊珊降生，我自己更远赴美国：人生的三大变化接踵逼来，先是悲喜交加，而终于被寂寞领走。等到1959年秋天从美国回台，幼珊却继珊珊而来，我在师大英语系新任讲师，又忙于备课，遂无法像从前那样和望尧频密来往。望尧大概误会我在疏远他，意有不释。其实我留美一年，他先后赠诗两首：一为送别的《半球的忧郁》，一为催归的《四方城里的中国人——给光中》，都真情流露而诗艺精巧。而幼珊出生，也是他第一个飞邮去美国报喜的。如此情义，绝非泛泛。

1959年11月,我回台一年后,望尧也毅然决然,连根拔起,远征越南而去。这一去,连他自己一定也没想到,竟是漫长的18年,直到1977年9月才从越共统治的西贡重返台湾。其间他在西贡创业,专利经营他所研发的清洁剂而致富,生活稳定后重拾诗笔,颇为多产。不幸最后越战令他的巨富化为乌有。当时我已转任香港中文大学中文系教授,先后写了两首诗给他:前一首写于他身陷乱城,题为《西贡——兼怀望尧》,后一首写于他重获自由之际,题为《赤子裸奔——迎望尧回国》。我们相互赠诗,都是远阻两岸:他赠我诗,还在偏安之局,我赠他诗,却在兵燹之世。

望尧一家能从易手后的西贡逃出来,我家也出了一份力量。我父亲久任侨委会常委,乃促成侨委会联络台湾驻泰国代表沈克勤,向越方证明望尧的户籍本在台湾。如此望尧始得先飞曼谷,再转台北。后来望尧惊完忆惊,才对我们追述,他带家人登机之后,起飞之前,深恐临时还有变故,那一刻长于千年,是怎样焚心的焦虑。

但是台北居亦大不易,望尧的化工企业已经毁于越战,他破产了,身心俱疲。三年之后他鼓起余勇,带了全家再别台湾,去一个比越南更远而且全然陌生的异国。他去了马雅古国洪都拉斯。一举而要融入中美洲的人情地理和西班牙语的日常生活,更不提还得全神创业,压力之重当然容不得诗人吴望尧再顾缪斯。渐渐,他与台湾失去了联络。尤其到了晚年,久患的"老年视网膜退化症"更加恶化,就算把两架放大镜叠在一起,也只能勉强辨识字形,而尽管如此,稍一久读也会眼痛。至于写字,也苦于举笔维艰,所以难于和朋友通信。如此困境,当然更败坏诗兴。

这便是曾经与我友情共鸣诗兴相通的杰出诗人吴望尧。在交会时他曾经与我如此地亲近,而错过后却又与我如此地疏远。他是蓝星星座漂泊得最远的一刹流星。金属疲劳的肉身啊终于埋骨在马雅的青山,曾经歌哭于斯焕发于斯的福岛,再也回不了了,而用诗句牵过系过缠过的神州,更无缘再践。但是他的魂魄,他那无所不入、入而无所不透的想象力,曾经兼探东方与西方,贯穿美学与科学,并且用敏感的触角伸向未来,则将长久驰骋于他的诗篇。可憾者他的诗名今已不彰,连张默主编的《新诗三百首》也吝于为他留一页半页。我相信,吴望尧留给现代诗史的丰美遗产,仍有待耐心的史家、论者仔细清点。棺虽已盖,论犹待定,诗友学朋们,看一看后视镜吧。

下

吴望尧的诗作产量丰富,风格多元,佳作不少。大致分来,约有三类。第一类是少作,受了新月派和西方浪漫派的影响,轻倩柔美,意浅情浓,和我早年的情况相似。第二类仍是抒情的小品,但命意转深,个性转强,感性独特,风格渐向现代诗接轨,看得出大有发展的潜力。第一类可以下列的《竖琴》为代表:

我的心是只小小的竖琴,
久久没有人来弹奏,
如今拨出了优美的声音,
被你一双纤纤的手。
你切莫把琴弦弹得太重,
因为弦丝已经陈旧,
也不要尽管轻轻地抚弄,
那将撩起我的忧愁。

第二类的佳作应该包括下列的《铜雀赋》:

若你有铜雀　锁不锁得住春天
若你有春天　锁不锁得住二乔
若我有东风　便把东风一股脑儿借你
借与你漫天的花雨　千树的桃花
逐水流。可是江南不是千山的江南
任十里的春江向晚　凝目处堆烟砌霞
汉朝的楼台不见楼台　荒芜的庭院深深
谁还知道千年的往事　又散入了谁家?
若你有春天　锁不锁得住东风
若你有桃花　染不染得红半壁的天涯
百代下　若你在铜雀遇见了二乔
且问她　若三月的东风不来　你嫁是不嫁

这种诗真是尖新可口,用现代的口语来传古典的风流:徐志摩无此自如,何其芳无此飒爽。节奏太滑利时,已懂得将“千树的桃花逐水流”分在两段,顿挫来得突然,乃收变速、变调之功。又如“染不染得红半壁的天涯”,既有口语的自然流畅,又有“半壁天涯”的化虚为实,巧铸新词,诚然是推陈出新的。又如《醒睡之间》这一首:

睁眼泅泳于黑海湾的菱角线上
听心的帮浦在压缩,
呼吸如蛇之在我鼻穴中游动
四壁墙上有十六只眼睛在交换眼色
手术台上躺着待割的鱼吧
可以掀去我的鳞片了,
流白色的血液而无感于痛的
所以一群戴口罩的木乃伊在私语着
我是被压在这灰色光的金字塔下的
躺在一方冷寂的沙漠,
千年的岁月奔泻直下
我感到,有仙人掌的利剑在刺我,
向生命的脆弱处
而我已是长了翅膀的,我可以飞了!

主题当然是写手术台上的病人正接受开刀,在麻药的半昏迷状态,经历了成串的幻觉与联想,从鱼到沙漠,从金字塔到仙人掌,最后到鸟,真能直探魔幻写实的奥妙。这主题,我在自己的《割盲肠记》一首中,亦曾处理,句法比他精练,想象却不及他神奇。在这类诗中,望尧已经摆脱了早年的浪漫纯情,像下面这首《中文横写》就另具机智与谐趣:

地球向东转　太阳向西爬
四千年的文化　突然
变成喝醉酒的螃蟹　在
台北的街头　五光十色的招牌上
迷路!

左顾而右盼　好像都一样

好像都不一样

(这是左右逢源　还是左右为难?)

妈妈爱我　我爱妈妈

那倒没有关系　总是一家人

爸爸的舅舅　舅舅的爸爸

这本账　可就有点糊涂

有人说　左道就是旁门

行人靠右走　就不会撞车

确是有点哲学　可是我觉得

还是挺直了腰杆走路最好

纯论诗艺,此诗失之散文化,而排列也嫌零碎,但若论命意与造境,却很高明。此意由我借来经营,相信会较警策,可见望尧虽多才而多产,有时却得鱼忘筌,不拘小节,不耐细改。第二类中另有一首,题为《乃有我铜山之崩裂》,原是一首情诗,开始两句是:

乃有我铜山之崩裂了

你心上的洛钟也响着吗?

当年望尧写好后示我,只看起句就震撼了我。太有气象了,动情,就应该如此的。古谚有云,"铜山西崩,洛钟东应",根据东方朔的解说:铜者山之子,山者铜之母。洛阳的铜钟无故响了三天,是因为远在西方有山崩的关系。这典故我那时并不清楚,否则也会用到《莲的联想》中去。足见望尧涉猎杂书比我广博,而又眼明手巧,竟能用来象征情人之间心心相印,不,心心交撼之状。可惜接下来的句子望尧却写得太缠绵太浅白,未能接住庄重的古典,落得有句而无篇。《我打今天走过》是一首组诗,写诗人走过晨、午、暮、夜,各为一副题。单看第四段《夜》,便可见作者想象之奇诡:

紫晶杯中尚存着些残酒

我是迟归的浪子吗?

啊!何以星子摒我于门外?

我欲叩月的门环

却错抓了大熊的尾巴

末三行的一连串隐喻转位得既快又妙，既单纯又繁复，却又秩序井然。望尧的许多高超之作，常以太空为舞台，而成就其宇宙剧场（cosmic drama），但也可以观察入微，以人心人体为微观戏院（microcosmic theater）。在他的诗艺中，回归新古典与探险超现代可以同时进行。他的不少新古典之作，又像歌剧，又像宋词长调，反复咏叹，令人击节。下面是八行的《大宇如网——赠所有在台的诗人们》：

大宇如网，星横黯天，南国初夏

念十载浪迹，廿年浮名，方圆纵横，已成烟霞

琴棋残落，书剑飘零，那只身又是天涯

莫回头，看野荷如诗，新月如画

且罢，愁如泻，负长剑四海如走马

待北窗高卧，东篱锄菊，不谈风雅

去去何处，渺渺山河，莫非是猿鹤虫沙

到如今，问新诗三千，是谁天下？

可惜望尧虽然多产，却尽为短制，并无气贯百行的扛鼎力作。他的第三类诗也没有长篇，都以组诗的结构建成，有一种辐辏聚焦的引力。这一系列的巨构展现出作者壮阔的雄心，善变的机心，值得诗评家认真评定。从道家的《太极组曲》和《东方组曲》到现代感的《都市组曲》和《二十世纪组曲》，再到动力美学的《力的组曲》，他的想象简直有意将回忆、当今、展望镕于一炉。这一类组诗格局宏大，设想奇诡，虚实相应，文白互补，为现代诗开拓了既能化古又能求新的领域。我认为吴望尧的潜力并未充分开发，若非时代多灾再加晚年多病，当能炼就更醇厚的诗艺，完成更精美的作品。限于篇幅，我无法在此大量引证，却忍不住要让读者窥豹见斑。下面先引《都市组曲》十首之三，《银行》：

红墨水，蓝墨水，吸墨纸，钢笔，尺

算盘与算盘的咒骂，计算机们数字的接力赛

账簿上有许多阿拉伯数字，许多许多——〇

收入和支出摔跤,借方与贷方抗衡
争论着庞大的保险库之地狱锁着的银行的灵魂
骄傲的,千万个人所追求的,不屑于一顾穷人的
从冷冰冰而阴沉的,保险库的大地狱
在大理石的阴阳界上,从铁丝网的小门
投胎于朱门大腹贾的大口袋中

与此都市文明冷酷理性形成对照的,是《力的组曲》十一首之末,《骑驼者》所营造的古代文化的神秘气氛:

颤抖的铜铃震撼着沙的波纹
啊!夜冷了,幽邃的铃声更冷
风的手指扯乱了司芬克斯的头发
狂嗅着骆驼的尸骸,倒毙者的红头巾
疯狂地诉说它横行于大漠的骄傲
得意地吹动着尖锐的黑管
而狂笑,隐身于金字塔的阴影

我并不怀疑我的骆驼是沙漠的方舟
我是驼峰的征服者,我仰首
哲人星在顶上放光,向无垠的沙漠指路
青冷的月光撩乱我怀中匕首的锋刃
呵!我要以它插进腐朽的历史的——心
远处,远处传来古老的木乃伊的歌声
我骑着骆驼,按着匕首,向它昂然而去

这样的诗句,在语言上我还能够修炼得更简洁,但是在想象与风格上已经无法更提升了。

2009.2.9 于西子湾

附注:本文所举之诗均见于《巴雷诗集》,希孟编,2000 年由天卫文化公司出版。巴雷是吴望尧笔名。

铁画银钩忆秦孝老

唐浩明

搬进新家时，我将秦孝仪先生送给我的一幅字，悬挂在二楼正对着楼梯的墙上。在长一尺六宽一尺三的纸面上，他书写十个大字：风规弘既往，器识导将来。字体为小篆：削瘦刚挺，结构谨严，铁画银钩中一派古艳古韵。大字的左边，是一段长达一百九十二个字的跋文。跋文用的是他自成一格的“秦体”：苍劲而不失清雅，端厚而时露朴拙。正文跋文组合成大小互补、动静得宜的画面，是一件精美的书法作品。

正文是对我的勉励和希冀，跋文说的则是题字的由来，记录了两岸文化交流史上的一段往事。

那是在1993年，时任台湾故宫博物院院长的秦孝仪先生，决定在当年十一月举办一次曾国藩逝世双甲子纪念活动。台湾故宫博物院之所以要举办这次活动，除开曾氏是中国近代名人外，还因为故宫藏有曾氏奏折副本，更重要的是收存着曾氏的遗物。上个世纪四十年代末，曾氏后人曾宝荪、曾约农姐弟携带部分曾国藩、曾纪泽父子的手迹离开家乡，辗转定居台湾。十多年后，两姐弟将所携祖上遗物无偿捐献给故宫博物院。为此，这次活动安排三个内容：一是向公众展出院内妥为收藏的曾氏父子遗物；二是印行该院所典藏的曾氏文字，题名曰《先正曾国藩文献汇编》，共八大册；三是召开一场大型曾国藩学术研讨会，邀请四位专家演讲。这四人，一个是台湾中科院院士张玉法，一个是台湾中科院近史所前所长吕实强，一个是台湾中科院院士、美国普林斯顿大学教授余英时，还有一个就是我。我写的长篇历史小说《曾国藩》，虽然最早是与湖南文艺出版社商定的，但因种种原故，首先推出的却是台湾黎明文化公司。书出版后，在岛内反响热烈。不久，又发生某公司盗版被报刊披露的事件，从而使得此书在岛内更受关注。

研讨会一连开了两天，很隆重，规格很高，台湾的要员名流陈立夫、李元簇、孔德成、李焕等人都出席了，听众有四百多人。每个演讲者讲一百分钟。我的讲题是《曾国藩的生平与事功》。我可能是这几十年来公开对台湾大众演讲的第一人，因而颇受与会者的欢迎。

就这样，我得以认识秦孝仪先生。在台湾，政界、文化界都称他为秦孝老。在此之前，我知道秦孝老是湖南衡山人，1920 年出生在一个耕读之家，早年就读于上海法政大学，1949 年随国民党政府来到台湾，曾担任蒋介石的秘书达二十五年之久。蒋的遗嘱即出自他的手。这篇遗嘱还刊印在台湾汉语辞典的最后一页上，上面有当时政界大员的签名，还有一行字：秦孝仪谨记。于是，“秦孝仪”三字也便为岛内家喻户晓老幼皆知了，他本人也由此而涂上一层传奇色彩。但出现在我眼前的秦孝老，却是极平凡的普通老人：中等偏低的个子，单单瘦瘦的，满头白发已经稀疏，戴一副高度近视眼镜，讲一口原汁原味的衡山话，待人礼数周到，和蔼可亲。

研讨会结束的那天下午，他亲自陪来宾参观故宫博物院。参观过程中，他常常在讲解员讲完后，做一些补充。他的补充，不仅使来宾更清晰地认识面前的奇珍异宝，更让大家看到这位行政长官精湛的考古专业知识和深厚的文化素养。

时值岁末，我想在台湾陪年迈父母过年，秦孝老知道后，又为我办好了延期手续。就在离台前夕，他让工作人员给我送来已经装裱好的这幅字。我很珍惜它，不仅仅因为书法好，还因为这段文字能常常唤起我的温馨回忆。

从那以后，我每次到台湾，都要去看望他。每次他都亲自走到大门口迎接，亲自端茶递果点，十分热情。他很善于引出各种话题，然后兴致勃勃地说着，使得谈话气氛欢快融洽。他告诉我们，他从小在一个清贫的家中长大。他的父亲晚年失明，未到天亮就醒来了。醒后即督促他背书。天亮后，起床洗漱完毕，就教他读新书。夜晚时分仍要他读书。若听不到书声，则用棍子打他。母亲以孩子小为由说情，父亲则说，趁着我还在，让他多读点书,以后我死了,想读书都难。秦孝老说,他那时虽小,也能理解父亲的苦心。若这一天他的书读得好,父亲则抱他坐在腿上,剥瓜子仁给他吃。十岁时,父亲去世,家境更艰难,读书果然不易。他说,这一辈子的好学习惯,还是那些年养成的。长大后做事写文章,也会常常想起父亲当年的木棍和瓜子仁,从而不敢懈怠,努力争取最好,能得"瓜子仁"而不是"木棍"。

有一天他谈起家乡的豆腐干,他说衡山豆腐干是最好吃的东西。他的这番话引起了夫人的兴趣。湘乡籍的秦夫人则说她家乡的寒菌油才是最好的东西。说到这里,老夫妻俩几乎异口同声地说,几十年没有吃到这些地道的湖南土产了。

还有一次,他拿出一件曾国藩文物来,和我们一道欣赏。这是曾氏亲笔书写的联语原件:著书许氏九千字,插架邺侯三万签。秦孝老说,当年,这件文物的主人开价要十万元(台币),别人减价减不下来。他说:曾文正公自己已定了三万九千元的价格,你为何要涨?那人一时懵懂不解。他指着下联的"三万"和上联的"九千"说:这不明写在这里吗?那人大笑起来,佩服秦孝老的机敏,同意以三万九千元成交。我们当时听了,也佩服不已。

在故宫附近的安静小院落内,在那间中国文化氛围浓郁的客厅里,听秦孝老慢慢地风趣地叙谈点点滴滴的陈年旧事,赏玩他每次必赠的以故宫藏品及他题字为元素所制成的小礼品,真正是一种回味无尽的享受。在台湾,除秦孝老外,还有一大批这样的四十年代由大陆迁移的眼下已是风烛残年的老人,他们的身上贯注着中国文化的气脉,在孤悬的海岛上,顽强地保持纯粹的中国传统。我有时想,他们这样做,固然是一种个人兴趣,或者提高一点来说,是一种文化坚守。但我更愿意认为,其背后所包藏的,是对故土故园的深沉悠长的思念和依恋,甚至可以说是在为飘荡的魂魄觅寻永久的归宿。

秦孝老的胸腔里积蓄的便是这种炽烈的故土情结。在一次会面时,他送给我一幅斗方,上面写着他的近作五言诗一首:"海曙云偏晦,年余爆竹稀。心寒冬自暖,世变日争驰。仁泽令垂泯,缁尘胡不归。衰迟趋欲蹶,犹自恋春晖。"诗中流露的是一位八旬老人对岛内政局演变的不安,对往昔对家园的深深眷恋。秦孝老晚年多次回大陆探亲访友。他将在大陆的所见所思,汇集在他的诗文创作中。他曾经花费很大的精力,将这些诗文,一丝不苟地用蝇头“秦楷”写在长篇条幅上。二○○五年十月,正是三湘大地的金秋季节,秦孝老在湖南省博物馆举办他的名曰“笔力诗心”书法作品及个人收藏展。展览美轮美奂而气势恢弘,一时间轰动星城。借这个展览,秦孝老让家乡知道他寓居海外五十多年来所走过的历程,而伴随这个历程的,是金石翰墨,是衡岳湘水,是永远的中华情结。不久,他便病逝台北。“笔力诗心”展仿佛在再次印证湖南一个古老的习俗:漂泊在外的游子,是一定要在离开人世前,回到家乡来向父老乡亲告别的。

秦孝仪先生主持台湾故宫博物院长达十八年。在他的努力下,该院被提升到世界级博物馆的地位。他还通过这座博物院,向台湾各界大力普及源远流长的中华文化。近二十多年来,该院又成为两岸文化交流的一座重要桥梁。我曾经在心里默默地想着,秦孝老所做的这些事,应该受到海峡两岸中华民族共同的尊敬。令人欣慰的是,最近央视在有关故宫文物的大型纪录片中,用充满感情的肯定语言,叙说秦孝仪先生掌管台湾故宫博物院时期,为中华文化的保存、弘扬所作出的重大贡献。我的心为此感动,想必秦孝老亦会为此而含笑九泉。

己丑清明于长沙静远楼

我的老师们

陈思和

今天,我不说我主持本系工作以来的情况,只想说说以前我在中文系学习的情况。我是七七级本科大学生,也就是"文革"以后恢复高考后的第一届。当时高考热是一股社会思潮,"文革"爆发的第一个举措就是废除高考制度,整整十年没有高考,到了70年代中期开始实行推荐制度,提倡工农兵学员"上、管、改"大学。这样到了1977年,高考制度一旦恢复,举国沸腾,从高中六六届开始,有老三届(高中、初中的六六、六七、六八届学生),以及所谓"新三届",即六九、七零、七二届的中学生(没有七一届,当时中学七一届延长了一年学制,成为七二届),都是社会上各行各业的人来报考大学的,尤其是在农村的知识青年,当时还看不到回城的出路,高考成为唯一改变自己命运的途径。我当时在淮海街道图书馆工作,编制属于小集体,卢湾区图书馆几次与区里人事部门联系,要求把我调过去工作,都是因为编制问题不能解决而搁浅。因此高考也成为我改变自己命运的唯一途径。

当年七七级高考是在1977年10月,录取时间是1978年初,一共有两批,第一批发榜我没有录取,过了一个月左右,区招办传出消息来说,为了让更多的真才实学的考生能进大学,政府决定若干学校再扩大招生,好像是4月2日那天,正式通知发下来,我被录取复旦大学中文系。那时我在淮海街道,报考的地区青年很多,都是没有上山下乡的,或者因为各种原因从农村退回上海的,第一次录取名单下来时,淮海街道的青年录取名额不多,但这一次录取了很多人,主要是师范类的学院,进复旦的好像就是我一个人。

当时学校校舍不足,我们第二批二十一人都是上海户籍,我们的户口没有迁到学校,人住在家里,走读。学校里只给我们一间临时性的宿舍。这间宿舍成为我们二十一个走读的学生共同拥有,但真正在里面常住的大约有四五个同学,我是其中之一。因此我经常是一周回家两次,周三一次,周六一次。因为是走读,我很少参加班级里的集体活动,也很少参加学校里的集体活动。那时学校里经常发生一些热火朝天的活动、争论、风潮,我都是事后才听说的,很少参与。如当时比较热闹的竞选宝山县人民代表,我们班的张胜友就出头参加竞选,新闻系的徐邦泰、哲学系的景晓东等也参与竞选,连老教授王中先生也站出来"以身试法",我都没有参加,连投票也没有参加。中文系组织文学社团春笋社,创办《大学生》刊物,在街上发售引起了警察干预,等等,我也都没有参加。这种不爱热闹,也不爱参加集体活动的性格后来保持下来,一直到留校任教后我还是这样。集体活动能不参加都不参加,社会潮流能不跟上就不去跟,只做自己有兴趣的事情。这样做的好处是少受干扰,也没有什么纠纷,时代风云都在我的身边擦肩而过。但今天要回忆历史,也实在乏善可陈。

当时中文系"十大教授"中王欣夫先生、刘大杰先生、陈望道先生都已经作古。其他七大教授都健在,但是我们也没有机会都一睹风采。唯有朱东润先生还担任了一届系主任,经常晚上打着手电筒,一个人到学生宿舍来与学生谈话。那时朱先生大约已经八十多了,但是独来独往,走路不用人搀扶。我没有听过朱先生上课,只听过一次他的学术讲座,好像是我们刚进校那一年的5月校庆,在第一教学楼举行学术报告会。朱先生的报告题目是关于梅尧臣的诗,他说话口齿清楚,有条有理。不知怎么一会儿讲到郭沫若,他说虽然郭沫若曾经骂过他,但是他还是赞成郭沫若在《李白与杜甫》里对杜甫的《茅屋为秋风所破歌》的批评,意思是杜甫草堂顶上的茅草被风吹走,有穷孩子拾去,杜甫骂那些孩子是盗贼,朱先生用同情的口气说,拾去就拾去吧,一点点稻草被拾去了,就骂孩子是盗贼,太过分了。朱先生的说话口气给我留下深刻的印象。中文系老师对朱先生都很钦佩,说他好话的很多,说起"文革"刚开始的时候,朱先生作为学术权威被抛出来批斗,批斗会墙上写着大标语:"打断朱东润的傲骨。"朱先生仍然昂首挺立，批斗他的人硬按下他的头颅，他一会儿就昂起来，于是再被硬按下，反复多次，足以证明他是真有傲骨的。其次印象较深的是陈子展先生，陈先生与贾植芳先生是好朋友，经常到贾先生家串门，我在先生家里经常遇见他。但我与他没有直接说过话。陈子展对青年很警惕，他看到贾先生就有说有笑，一看到年轻人在场，就打个招呼匆匆走了。贾先生说，陈先生以前运动中吃过年轻人的亏，现在他不愿意与年轻人打交道。学校里安排他指导研究生，他只指导了一位，以后再也不愿意指导了。张世禄先生是一次王力先生来复旦相辉堂作学术报告时见到的。张世禄先生主持会议。王力讲到一半时，下面不停地有人往上递条子，每次条子传送到讲台下，张先生总要慢慢起身走到舞台边上，吃力地蹲下来，接受那条子，再传递给王力。这样来来往往好多次，看得出他很吃力，动作很慢，但也没有人帮助他。其余几老，有的是偶然机会到府上去拜访过，如郭绍虞先生、赵景深先生，但那时他们年纪都比较大了，几乎没有能够谈什么。还有些教授就没机会拜访，如吴文祺先生，就在拍毕业照时过来坐了一下；而蒋天枢先生是久闻其名未见其人。

当时上课总是上大课，我们文学班有七十多人，汉语班有三十人，经常在一个教室里上课。有时还与上一届的工农兵学员一起上课。讲古代汉语课的是周斌武老师，这是我在四年中最难忘的课程。周老师满腹经纶，精通数理英文，他自己发明一套教授古汉语的方法，试图用数学公式来概括古汉语的语法现象，难倒了一批人。学生中不断有人呼吁说太难，但周老师总是站在讲台上脸带微笑地说，不难的、不难的。他还在黑板上写着“欲把金针度与人”几个字，说就是要把“金针”传给大家。当时学生中有恶作剧者，特意找出一些自以为很难解释的古汉语例子，下课的时候，轮流去请教周老师，以为可以难倒他。可是他们哪里是周老师的对手？周老师不知道这是恶作剧，他万分诚恳地一一作了解答，如数家珍。这下才倾倒一大批学生。周老师是书法家，他上课用的教材全是自己用毛笔手抄，学期结束时他很动感情地说，我与你们师生一场是有缘分的，这本教材大家要好好保存，留给大家做一个纪念。现在这本教材还在我的书橱里珍藏着。教现代汉语是金路老师，胖胖的身材，说话非常诙谐。他知道下面坐着许多搞创作的学生，讲课尽量举文学的例子，什么陀思妥耶夫斯基的作品里用过多少个括号,托尔斯泰作品里有多少个破折号,等等,大家都佩服得不得了。金老师在我留校时已经调到留学生办公室教外国学生了,那是对外汉语教学的前身。我们七七级同学对这两位老师的印象非常深。每次同学聚会,问起中文系老师的情况,总是问周老师可好?金老师可好?

七七级是恢复高考后第一届大学生,上课内容也体现了政治上拨乱反正时期的过渡性和实验性,研究语言的比较没有问题,但研究文学就问题多了。当时课堂上争议最大的是文学概论和现代文学史。文学概论课是吴中杰老师上的,他以敢说敢为著称,每次上台讲课时,一支粉笔夹在手指上,但很少板书,他操着浙江普通话指桑骂槐,句句都有锋芒。吴先生是鲁迅研究专家,相传"文革"中他为解放日报编了一版鲁迅语录,不知是故意的还是无意的,把鲁迅在三十年代批判张春桥的语录也编进去了。张春桥是"文革"中的大红人,"中央文革"小组的副组长,但是在三十年代他还是一个小文痞,曾经化名狄克写文章攻击肖军,鲁迅反批评他。这本来也没有什么,鲁迅批评过的人很多,也不见得都是坏人。但张春桥到六十年代已经变成真坏人了,特别怕人家揭他老底。吴中杰老师就这样得罪了张春桥,后来复旦的红卫兵组织"红革会"发起炮打张春桥遭到镇压,张春桥他们就给吴老师安上一个在"反革命小集团"背后"摇鹅毛扇"的军师的罪名,好像还戴上"反革命"的帽子。"文革"以后当然平反了,我们都把他看作是反"四人帮"的英雄。吴老师言必称鲁迅,论时事不留情面,每堂课我们都听得很过瘾。班级里有个同学卢新华写了一篇小说《伤痕》,引起了轰动,后来"伤痕文学"的名字就这样叫开了。小说写了一个女孩在"文革"中误以为自己母亲是党内"叛徒",与她划清界限,但还是受了很多苦,等到她醒悟过来,母亲已经死了,遗恨永远没办法弥补。大家都说这个小说写得深刻,独有吴中杰老师表示不同意见,他痛恨主人公那样的人,为了躲避祸害竟与自己母亲划清界限,还怨恨自己的母亲,他认为这样的人应该给以批判而不是同情。显然,吴老师读《伤痕》是带了他自己的复杂经验和老辣眼光,我们青年人不理解,就缠着与吴老师辩论,吴老师专门花一节课的时间来分析《伤痕》,说得卢新华心服口服。后来卢新华出国,每次回来必去拜访吴中杰老师。

主讲现代文学史的是潘旭澜老师和苏兴良老师，潘老师上课时教室里坐满了听课的人，许多青年教师都来旁听。潘老师满口福建话，说话语速极慢，学生很容易记笔记。我是现代文学史课程的课代表，经常去潘老师和苏老师家里聊天，老师们都很随和。第一次见潘老师，他就问：报纸上经常有个写随笔的陈思和，是不是你？我很惊讶，当时没有第二个叫陈思和的人在发表文章，但我其实也没有发过几篇短文章，没想到潘老师竟注意到了。留校后我与潘老师接触较多，刚留校不到一个月，他就叫我到他家里去，说现代文学学会要在海南岛开第二届年会，他不想去参加，让我代表他去参加。那时候出差开会是极宝贵的机会，年轻人一般也没有资格去开全国性的年会，但因为潘老师说是代表他去的，学校里都给我报销了差旅费用。在这次会上，我第一次见到了王瑶、李何林、唐弢、严家炎、樊骏、马良春、卢鸿基等一流的前辈学者，眼界就此大开。潘先生还特意给马良春先生写封信，要我带去，意思是要我代表他参加学会的理事会。我没有拿出去给马良春，也没有提出过这样的要求。但潘老师的栽培之心我深深领受了，永远铭记在心。后来潘老师担任了中国当代文学学会的副会长，大约是2001年，在广东肇庆开年会，他也是主动要我去参加，并且明确地说，他要退了，一定要我接着他当副会长。他诚恳地对我说，你只要不推辞，一定选得上，别人的工作我去做。好吗？口气里像与孩子说话，我非常惶恐，就答应了，其实当时我还不是这个学会的会员。苏兴良老师当时还是青年教师，与我关系就更加随便了，我经常去他家里聊天，那时苏老师的孩子很小，非常顽皮，苏老师总是一边与我说话，一边要对付孩子的缠绕，后来我留校后，苏老师也一直帮我的忙。

一年级的现代文学作品选是邓逸群老师主讲的。有一次讲鲁迅的《祝福》，邓老师引用许寿裳先生的话，说祥林嫂的悲剧，不仅在于狼吃了她的儿子阿毛，而是旧礼教吞噬了祥林嫂这样的劳动人民的灵魂，这是精神上的"创伤"。这个话启发了听课的卢新华，他由此想到，"文革"给人们留下的也不仅仅是肉体上的创伤，更严重的是精神上的"伤痕"。于是创作了短篇小说《伤痕》。可以说，是邓老师生动深刻的讲课启发了《伤痕》的创作，但邓老师很谦虚，从不张扬。中文系对学生最关心的老师是邓老师，同学们都叫她邓妈妈，每届学生她都能叫出名字，了解他们的情况，从生活到思想,都关心他们。我留校后很多年了,邓老师遇到我还总是叫我小鬼啊,你怎么怎么了。我想起来心口总是暖暖的。邓老师曾经花了很多心血编过一套四卷的现代文学作品选,我们都参加的,题解、内容都很充实,但后来出版社不知怎么就不印了。十多年过去了,在邓老师的提议下,由我挑头重新主编这套作品选,邓老师是副主编,全体教研室老师都参加了。我们在原来基础上做了很大的调整,现当代文学作品都放进去了,共有五本。换了一家出版社出版,口碑很好,现在还一直在重印。邓老师做了大量的工作,但她坚决不肯接受主编费,几次推辞,最后还是没有接受。复旦读书期间,现代文学的课是我最喜欢也是最投入的课。当代文学史是陆士清老师和唐金海老师主讲的,张新老师也讲过诗歌。选修课有陆士清老师主讲的台湾文学,这是全国高校最早开设的台湾文学课程,潘旭澜老师主讲的杜鹏程研究,陈鸣树老师主讲的鲁迅研究,这三门课我都是课代表。陈鸣树老师是李何林的高足,他是熔铸了哲学思想和历史背景来讲鲁迅,给大家很大启发,深受同学们的喜爱。我当时有问题经常向他请教。那时他住在市中心长乐路上,与我在淮海路的住家不远,我有问题就很随便地去他家请教,他总是很亲切地解答。那时候电话不普及,我有天晚上看书突然想到一个问题,就冒冒失失地去陈老师家请教。那天偏巧他身体不好,已经睡下去了。我突然敲门进去,好像师母也不在,陈老师披衣起身,边穿衣服边迎我进去,又接着谈到很晚。我当时惶恐的感觉至今历历在目。

古代文学史的课程是中文系的压轴大课。当时给我们上先秦两汉的是顾易生、王运熙两位教授,他们两位的风格完全不同,顾先生人高马大,中气十足,一开口就呵呵地笑;而王先生温文尔雅,细声细气,他平时上课总戴着帽子,低着头,慢慢地念讲义,一旦说到他感兴趣的题目,如魏晋时代的风骨,南北朝的民歌,他的头就抬起来了,眼睛也炯炯有神了,极有风度。唐宋部分是陈允吉老师主讲,他讲课诙谐潇洒,经常引用钱钟书、陈寅恪、夏承焘的观点,说起来谈笑风生,是中文系最受欢迎的课之一。陈老师还有一个特点就是对学生关心,与邓老师一样,他几乎叫得出每一个学生的名字,经常到学生宿舍去看望学生,与学生聊天。他掌握了解学生的情况比我们学生自己还清楚。我有一篇课堂作业是分析刘禹锡的《竹枝词》,我是把刘禹锡的竹枝词视为一个整体,像一部民间表演的歌剧一样,有独唱有合唱的。写完后我也不知道这样分析对与不对,就冒昧交给老师。陈老师看后告诉我,他已经把这篇作业推荐到复旦学报了。不久文章就刊登了出来。这是我第一次正经发表的学术论文,也没有做任何修改。但文章发表后我去感谢陈老师,陈老师却对我说,你以后还是在现代文学方面多下功夫吧。我后来意识到,也许当时系里已经在考虑我留校任教了,希望我在现代文学领域有所努力。文学史的明清部分是李平老师主讲,文学批评史由李庆甲老师、蒋凡老师和黄霖老师分段主讲,骆玉明老师作为王运熙先生的助教也经常来我们宿舍辅导,都给我留下了深刻的印象。我们上过的课还有外国文学史,外文系夏仲翼、翁义钦两位老师主讲的,写作课是秦耕老师主讲,都对我们后来的成长发生过有益的影响。

我本来对古代文学是有兴趣的,如果有老师引导,也可能朝这个方向发展。但也许是受到了陈老师的暗示,更重要的是受贾植芳先生的影响,我的兴趣逐渐转向现代文学。当时我已经和李辉在一起研读巴金著作,并且在贾先生的指导下撰写研究论文。贾先生帮我们推荐了一篇论文给《文学评论》编辑王信先生,很快得到了回信,让我们把论文改成读者来信的形式发表。这样,到了四年级,我已经全力以赴地做巴金研究的论文了。我们七七级的四年级课程也很精彩,有章培恒老师讲《西游记》的研究,应必诚老师讲《红楼梦》的研究,刘季高老师讲《左传》,等等。但因为我把主要精力转到现代文学,就着重选修现代文学方面的课了。但我记得有一门课我是上过的,是日本的伊藤教授的课,讲日本古代文学。章培恒老师陪着他。那位教授上课经常迟到,章老师解释说,在日本高校里,教授为了表示尊严是允许迟到的。章老师是复旦最受学生推崇的明星教授。那时他大约四十多岁,乌黑的头发,西服笔挺整洁,雪白的衬衣,在校园里非常引人注目。他刚从日本讲学回来,用自己的研究经费为中文系购买了大量的日本汉学书籍和研究资料,还学习日本大学教授的工作态度,每学期开设四门课程。他平时不苟言笑,但在课堂上出口成章,满堂生辉。我留校时,系主任是胡裕树先生,很快就换章培恒先生。他当系主任的这几年,是中文系拨乱反正最辛苦的阶段,章先生出于公心,大刀阔斧地进行改革,奠定了中文系后来发展的基础。

我已经讲得太多了。但我还想简单介绍一下贾植芳教授。这是我的导师,我说的“导师”不仅仅是指学业上的,更是人生的导师。贾植芳先生是七月派作家,胡风的朋友。1952 年院系调整被安排到复旦大学,建立了中国现代文学学科。1955 年他受到胡风冤案的牵连被捕,在监狱里关到 1965 年,宣布判了十年徒刑,然后就放回学校监督劳动。旋即又遭遇了“文革”的迫害。我们进校读书不久,他从强迫劳动的印刷厂回到中文系资料室,虽然同样是劳动,但待遇要好多了,也自由多了。我认识贾先生是在资料室里,我与李辉在研读巴金著作,正好贾先生带领了中文系老师主编巴金研究资料集。我们自然向他请教,他也乐意热情指点,还主动把一些外文书借给我们阅读,渐渐地我们就熟悉了。复旦中文系的历史不能少了贾植芳教授,少了他的故事,中文系的历史就会变得苍白。贾先生在五十年代就是深受学生欢迎的教授,他在系里上四门课:现代文学、外国文学、苏联文学和文学写作。他说话的山西口音很重,一般人初听不容易理解,但还是受到学生们欢迎。我听曾华鹏先生说过,五十年代贾先生上课时总是夹了一大沓外文资料,当时还没有中译本,他一边讲一边翻阅资料,顺口就翻译出来,解释给学生听,学生的眼界豁然打开。写作课上,贾先生喜欢修改学生的作文,有一次学生施昌东气呼呼地找贾先生,认为先生改得不对。先生耐心与他解说,把他收服了。贾先生是一位魅力型的教师,他的周围有一大批追随者。后来章培恒、施昌东、范伯群、曾华鹏等学生都因为先生的冤案受牵连,但他们在艰难的人生道路上都没有放弃自己的学业,三十年以后,分别成为古代文学、文艺美学、现代文学等领域的领军人物。这就是贾先生的人格魅力所在。可惜施老师去世太早,我那时已经留校任教了,亲眼看到贾先生对病中施昌东的关怀,胜于一般父子之情。

我毕业留校后,中文系为每个老先生配一个助手,都由青年教师担任。我担任贾先生的助手,协助他编一部现代文学史上外来影响的大型资料集,那是国家社科规划。我在贾先生的指导下编完这部资料集后,就跟着他研究 20 世纪中外文学关系。后来比较文学学科兴起,贾先生接受中文系领导的委托,开始筹建比较文学学科点,招收研究生,并且担任了上海比较文学学会的会长。因此可以说，贾植芳先生为复旦中文系创建了两个学科，培养了一批优秀学者，学术传承源远流长。贾先生一生艰难坎坷，四次入狱，但其性格开朗，胸襟坦白，硬硬朗朗地活了一辈子。他经常说，他的一生就是要把人字写端正了。这个话，我起先还没有贴切的理解，后来在经历了八十年代的一系列风波以后，我渐渐地明白了，要真正做到把人字写端正，还真是不容易的。

他最佩服黑泽明

冯骥才

我曾对一向生龙活虎的谢晋说:"你能活到二十二世纪。"但他辜负了我的祝愿,今天断然而去,只留下朋友们对他深切地痛惜与怀念以及一片浩阔的空茫。

前不久,台湾导演李行来访,谈到夏天里谢晋在台北摔伤,流了许多血,"当时的样子很可怕,把我们都吓坏了",跟着又谈到谢晋老年丧子。我说老谢曾经特意把他儿子谢衍的处女作《女儿红》剧本寄给我,嘱我"非看不可"。李行说谢晋对谢衍这条根脉很在乎,丧子之痛会伤及他的身体。这时我忽然感到老谢今年有点流年不利。心想今年若去南方,要设法绕道去上海看看他。但现在这一切都只是过往的一些毫无意义的念头了。

太熟太熟的一位朋友了。自八十年代以来在政协、文联以及大大小小各种会议和活动中,无论是会场上相逢相遇,还是在走廊或人群中打个照面,都会有种亲切感掠心而过。老谢是个亲和、简单、没有距离感的人。在我的印象中,他几十年说的话似乎只有三个内容:剧本,演员,为电影的现状焦急。他脑袋里再放不进去别的东西。如果你想谈别的——那你只好去自言自语,他好似没听进去;但只要你停下来,他立即开始大谈他的剧本和演员,或者对电影业种种弊端发火。他发火时根本不管有谁在座。这时的老谢直率得可爱。他认为他在为电影说话,不用顾及谁爱听或不爱听。他从不谈自己,他的心里似乎没有自己。他口中总是挂着斯琴高娃、姜文、陈道明、潘虹、刘晓庆、宋丹丹和第五代导演们那些出色的电影精英。他眼里全是别人的优点。能欣赏别人的优点是快乐的。还听得出来,他为拥有这些精英的中国电影而骄傲。

在此之外的老谢一刻不停地忙忙碌碌,找演员、搭班子、谈经费、来去匆匆看外景。难得一见的是他在某个会议餐厅的一角,面前摆着从自助餐的菜台拣的一碟子爱吃的菜,还戳着一瓶老酒,临时拉不到酒友就一人独酌。这便是老谢最奢侈也是最质朴的人生享受了。他说全凭着酒,才能在野战军般南征北战的拍片生涯中落下一副好身骨。他说,这琼浆玉液使得他血脉流畅,充满活力。前七八年我和他在京东蓟县选外景时,他不小心被什么绊了一跤,摔得很重,吓坏了同行的人,老谢却像一匹壮健的马,一跃而起,满脸憨笑,没受一点伤。那年他78岁。

天生的好身体是他天性好强的本钱。他好穿球鞋和牛仔裤,喜欢独来独往,不喜欢陪伴,一位标准的职业电影人。虽然他穿上西服挺漂亮,但他认为西服是“自由之敌”。他从不关心全国文联副主席和政协常委算什么级别,也不靠着这些头衔营生;他只关心他拍出电影的分量。一次,一位朋友问他是不是不喜欢炒作自己,他说他相信真正的艺术评价来自口碑,也就是口口相传。因为对于艺术,只有被感动并由衷的认可才会告知他人。

这样的艺术家,活得平和、单纯而实在。那些年,年年政协会议期间文艺界的好朋友们都要到韩美林家热热闹闹地聚会一次。吴雁泽唱歌,陈钢弹曲,白淑湘和冯英跳舞,张贤亮吹牛,姜昆不断地用“现挂”撩起笑声。唯有老谢很少言语,从头到尾手端着酒杯,宽厚地笑着,享受着朋友们的欢乐。这时,他会用他很厚很热的手抓着我的手使劲地攥一下,无声地表达一种情意,最多说上一句:“你这家伙不给我写剧本。”

他心里想的,嘴里说的,还是电影!

我的确欠他一笔债。九十年代初他跑到天津要我为他写一部足球的电影。他说当年他拍了《女篮五号》之后,主管体育的贺龙元帅希望他再拍一部足球的影片。他说他欠贺老总一部片子。他这个情结很深。我笑着说,如果我写足球就从一个教练的上台写到他下台——足球怪圈的一个链环。他问我“戏”(影片)怎么开头。我说以一场大赛的惨败导致数万球迷闹事,火烧看台,迫使老教练下台和新教练上台——“好戏就开始了”。他听了眼睛冒光,直逼着我往下追问:“教练上台的第一个细节是什么?”我想一想说:“新教练走进办公室,一拉抽屉,里边一条上吊的绳子。这是球迷送给老教练的,现在老教练把这根上吊的绳子留给了他。”当时老谢使劲一拍我肩膀说,咱们合作了。在紧接着的亚运会期间,我和老谢一同坐在看台上看中国与泰国的足球赛,想找一点灵感。但那天中国队输了球,二比〇,很惨。赛后,我和老谢去找教练高丰文想问个究竟,请高丰文一定说实话,到底输在哪里。没料到高丰文说:“还得承认人有个能力的问题。”

这句话给我很大的刺激,使我一下子抓不到电影的魂儿了。此后尽管老谢一个劲儿地催我写,但他也抓不住这部电影的魂儿了。合作就这样搁置。之后几年里,老谢一直埋怨我不肯为他出力,直到他看中我的一部中篇小说《石头说话》才算有了“转机”。我对他说:“第一,我把这部小说送给你,不要原作版权;第二,我免费为你改写剧本。但欠你的那笔‘足球债’得给我销账了。”我嘴上说是“还债”,心里却是想支持他。因为此时的谢晋拍电影已经相当困难。

谢晋无疑是中国当代电影史一位卓越的创造者。二十世纪后半个世纪,电影在中国是最大众化的艺术。谢晋是这中间的一个奇迹。从《舞台姐妹》、《女篮五号》到《天云山传奇》、《牧马人》、《芙蓉镇》、《鸦片战争》,他每一部作品都给千家万户带来巨大的艺术震撼。可以说从他的电影创作中可以清晰地找到当代电影史的脉络。谢晋的电影美学是典型的现实主义。他注重时代的主题,长于正剧,致力以强烈的戏剧冲突有声有色地推动故事;他善于调动观众的情感参与,尽可能面对最广大的受众;个性丰满的人物是他的至上追求。不管电影怎么发展,电影的观念和技术怎么更新,历史是已经被认定的现实。谢晋是那个时代耀眼的骄子。他是在当代电影史上写过光辉一页的大师。

然而,从历史的站头下车的人是落寞又尴尬的。晚年的老谢,走出电影创作的中心,但他不改好强的本性,为了筹资和找选题四处奔波。他曾给我寄来《拉贝日记》,还想叫我去法国寻觅冼星海遗落在那里的一段美丽的爱情往事。这期间,我的那个一直未上马的《石头说话》,几次燃起希望随后又石沉大海。相信还有别人与老谢也有同样的交往。我不求那个电影拍成,只望他有事可做。一位友人对我说:“老谢简直是挣扎了。他应该学会放弃,因为他的时代已经过去了。电影已经从文学化走向视觉化。他那种故事没人看了。”

我说:“你不懂老谢。电影是他的生命,他活一天,就得活在电影中。他最佩服黑泽明,因为黑泽明是死在拍摄现场的。他说他也会这样。”

今天,老谢终于完成了他这个可怕又浪漫的理想。听说他正要去杭州为他的《大人家》筹款呢。

一个把事业做到生命尽头的工作狂,一个用生命追求艺术的艺术家。他用一生诠释了艺术家真正的定义。艺术家就是要把全部生命放在艺术里,而不是还留一些放在艺术外边。

原本开笔写此文之时,心中一片哀伤,隐隐发冷。然而,写到这里,已经浑身火辣辣地充满激情。这好,我愿以这样的结尾送一送老谢。

多福巷16号

阎纲

多福巷16号是我的家，原本是丁玲的家。

1951年，丁玲从东总布胡同22号中国作家协会迁入多福巷。1951年夏，丁玲和陈明在颐和园云松巢居住，一个星期天的下午，罗瑞卿陪毛主席来看她，毛主席拾级而上，丁玲迎上前去拉住他的手在廊前坐下,大家边吃西瓜边聊天，轻松愉快，像家人团聚似的。

1952年3月,《太阳照在桑干河上》获斯大林文学奖二等奖,丁玲享誉中外,多福巷投来大小作家钦慕的目光。忙里偷闲,闲庭信步,一家人在葡萄架下摆盘围棋悠哉游哉。

七年之后,丁玲下了北大荒。丁玲搬出,我们迁入。我当时高兴啊,因为我非常向往北京老胡同里京味十足的平民生活。

从呱呱落地到长大成人,我历居名城,街巷概念一点不含糊。从礼泉县城到古城西安,又从西安回到礼泉,数次往返,直到廿岁上兰州,廿四岁进北京。

北京这地方,一当成城,街巷分割即沿用汉唐之制。巷是街的屋间道,街大,巷小,故称“大街小巷”。辽代的北京,出现街、巷、坊、市,依然汉城、唐城的老格局。

到了元大都,城建面貌大变,南北走向的主干道称“经”,东西走向的主干道称“纬”,经纬交错,将城区切割为五十个豆腐块——五十块地段、五十个坊。但是元大都的坊大小不等,与周初镐京、汉唐西京的“坊”不大相同。坊内有街,开通街与街的小巷,宽不过六七米者,就是胡同。发展到清代，胡同之盛，犹如满天星斗，多如毛细血管，如棋盘，如渔网，斐然风情，蔚然大观。

久居汉唐京都的我，其所以向往北京胡同，非常想在北京老旧胡同的老旧四合院里好好住上一住体味体味老北京的人情世故，道理很简单，因为这些胡同一仍故貌，胡同里的老北京大都健在，那是古代遗留给现代无价的自然景观、人文景观，活化石。

然而，家居北京半个多世纪，仅在胡同里住家几个月，而且是革命意志高涨心无旁骛一心扑在“超英赶美”日夜兼程无暇左顾右盼的1958年“大跃进”高潮时期的几个月，何况，儿子生下不满半周，接母亲来京，老家告急，国事家事，焦头烂额。

这胡同就叫多福巷。多福巷位于王府大街北头路东，人民艺术剧院以北，东西走向，东接南北走向的大豆腐巷，所谓大豆腐巷，其实是狭窄短小的走道。大豆腐巷以北的出口即东四西大街，东行几步，就是东四；大豆腐巷南出口是报房胡同，往东出口，便是东四南大街，北行几步，也到东四。我家住多福巷紧西头路北，西行几步就是王府大街，朝南，过报房胡同口、大小鹁鸽胡同口、再过人民艺术剧院，就是我的工作地——《文艺报》编辑部——王府大街64号——声名远播的中国文联大楼。文联大楼的南侧，就是当年过灯节时热闹非凡的灯市口大街，灯市口西街的丰富胡同，是人民艺术家老舍的宅院。

院里住了三家，诗人邹荻帆住正房，外委会的杨子敏住厢房，翻译家李文俊、张佩芬住西耳房，我跟母亲、刘茵带孩子住南房（“倒座”），院门开在东南角，是典型的中国四合院。东城胡同，多富商巨贾，这个宅子怕也是殷实的人家。

庭前有两树海棠、一架葡萄，还是1951年刚搬来时公务员夏更起栽的，七年了。夏更起系作协所派，但丁玲不要作协开工资，她自己也放弃领工资。

海棠花由粉红而粉色而白色，花期绵长，灿若织锦，风来摇曳，婀娜多姿。开花时节，文友咸集，笑语欢声，主人忙待客，滔滔不绝，满院子春的气息。……而此刻，冷冷清清，地上布满了主人沉重的足迹。

不由自主地，我想起1956年刚到作协《文艺报》的时候，丁玲正为审干一案上告中央，中国作协负责甄审。年底，评论组组长杨志一带我到颐和园云松巢探望丁玲（副主编侯金镜后来对我说，杨志一和我是《文艺报》党支部临时委派的，作协党组让每个支部都要派人看望丁玲）。丁玲平卧在躺椅上养神，听说《文艺报》来人了，不屑一顾，扭过头去，一言不发，问她什么，她不吭声，傲气十足，我大为惊诧，戳在一边发愣。过后不久，作家协会召开审干总结大会，刘白羽刚刚讲完，陈企霞跟着跳上讲台，疾言厉色地大吼："一定要说有多少收获的话，那么，一座宫殿烧毁之后，还能收获一堆木炭吧！"有人跳上讲台驳斥陈企霞，陈企霞又吼了一嗓子："补充一句：还是一小堆木炭！"

多福巷又是一番热闹，院子里熙熙攘攘。谁承想，局势突然恶化。

中国作协党组从1957年6月6日开始，连续召开24次扩大会议对"丁陈反党集团"进行揭发和批判。

多福巷离大会会场三五百米之遥，过三两个胡同口再过首都剧场即到。丁玲步行，陈明陪伴。大厦将倾，丁玲、陈明比肩相扶，至死不渝，24次踏进王府大街64号文联大楼，接受本党末日的审判，不管人们投来多么鄙夷的目光。

场面非常激烈，一片打倒声，百多人齐声发出怒吼："丁玲站起来！"我们一些团员也被扩大到会场，觉得文人斗起来也很残酷，像是要吃掉丁玲似的。开除丁玲时，党员都举手，丁玲自己也把手举了起来。她哭了，哭得非常伤心，有身边陈明的镇定，她艰难地挺着，没有瘫软。

我住进多福巷后，听邻居说多福巷多么多么有福，胡同口上住进个大名鼎鼎的女作家，宾客如云，门庭若市，连外国人都找上门来，可到后来，再也没有看见有人敲她家的大门，再也没有见门口有小轿车停放，一大早的，就看见他们两口子出门，形影不离，脑袋耷拉着，一脸的晦气。

邓颖超和康克清怎么说情也没用，丁玲终于被开除党籍，而且戴上右派的帽子。丁玲回到多福巷，对儿子说："祖林！我的问题又有了大的反复。这些天，天天开会斗争我。你是共产党员，应该相信党，同党站在一起，应该认识到妈妈是在反党。"

人生如梦，转瞬就是1958年，《文艺报》刊出《再批判》特辑，平地一声雷："丁玲在南京写过自首书，向蒋介石出卖了无产阶级和共产党。她隐瞒起来,骗得了党的信任”;“1957年,《人民日报》重新发表了丁玲的《三八节有感》。其他文章没有重载。‘奇文共欣赏,疑义相与析’,许多人想读这一批‘奇文’。我们把这些东西搜集起来全部重读一遍,果然有些奇处。奇就奇在以革命者的姿态写反革命的文章。”丁玲猜得出这是谁的手笔,不然,谁会有当年那样的慈悲和当今这样的威严?他永远代表真理,她只有顺从。

春天到了,东西运走了,整个院子空了,庭前的海棠开了,繁花依旧,丁玲坐在葡萄架下陷入沉思。

刚刚越冬的葡萄藤,没有一星半点的嫩枝绿叶,形容枯槁。

丁玲前脚搬出,我们后脚迁入,屋里院内,依稀可见丁玲的身影。葡萄的枝叶依然枯萎,葡萄架下保存着痛苦的记忆,记忆折磨着气盛一时的“文小姐”、“武将军”。1936年,她32岁,保安的大窑洞里众星捧月,看稀罕儿,感喟有加,热情过分,又是宴请又赠诗;47岁时,1951年夏,也是在颐和园的云松巢,大驾屈尊,喜相逢,受宠若惊,手挽着手,热泪欲零还住……从打天下到坐天下,以至于落笔惊风雨,“以革命的姿态写反革命的文章”,香花变毒草。

“保安人物一时新。洞中开宴会,招待出牢人。”“纤笔一枝谁与似,三千毛瑟精兵。”丁玲再忆当年:“延安枣园里的黄昏,一钩新月,夏夜的风送来枣花的余香,那样的散步,那样的笑语,那样雍容大方,那样温和典雅的仪态,给我留下了最美好的记忆。”

那年6月,54岁的丁玲举家放逐,戴罪边陲。多福巷是命运的拐点。挥手自兹去,再不回头。

文联大楼对面的黄图岗,有作协的几户人家,此外,上班最近的就数我了,遛个弯儿就到,但是,我上班必须骑自行车,而且得早早出发。

大炼钢铁!基干民兵操练!东城、西城满天飞,柴、米、油、盐、酱、醋、茶、老的、小的……国家国家,保国还得顾家,“公而忘私”,又像没有这个家。

我们作协,土法炼钢,“小土群”的炉子设在贡院西街1号原《文艺学习》院内。炉火熊熊,照亮漆黑漆黑的夜。人们疲劳又兴奋,将捐献和搜罗的“废”铁投入革命的熔炉,顿感劳动之豪迈。直立两旁的张天翼、郭小川、李季大睁两眼，神情异常激动。我负责产品送样检验，半个北京城来回奔跑，可想而知，含碳量多么超标！不过，心里装着1958年钢产量1070万吨和15年左右“超英赶美”的大目标，革命加拼命，日复一日，早出晚归，心甘情愿。

早出晚归，一天累个贼死，一门心思为炼钢，看胡同的一切都那么平常一般。其实，哪有工夫仔细端详胡同里的一切！

时过不久，新修华侨大厦，巷口上16号院连根铲除，我们几家又都搬了出去。

明清以降，世事多变，街名、胡同随之更名者应是常事。且不说王寡妇斜街改名王广福斜街，哑巴胡同改名雅宝胡同，猴尾巴胡同改名侯位胡同，粪杖胡同改名奋章胡同，人们不觉得可笑，就是“文革”时期豆角胡同改名“红到底胡同”，南下洼子胡同改名“学毛著胡同”，大家也见怪不怪，像是应时小菜，尝个新鲜。多福巷毗邻大豆腐巷，“多福”者，豆腐也，心想，应是“小豆腐巷”更名无疑。可是错了。今年3月，我特意走访胡同的街坊，从西走到东，从多福巷走到大豆腐巷，都说没听说过多福巷改过名。有位老年妇女，好记性，口齿伶俐，从她记事起，这条胡同就叫多福巷，打日本鬼子那阵儿也叫这个名字。她说，多福巷靠北这一排住的全是日本人，并指认说，你们住过的这座四合院，当年住的也是日本人，日本投降以后，他们腾出房子，离开北京，我家老祖宗才搬了进来，我家门牌13号，丁玲那会儿是16号。丁玲在的时候，热闹着了，洋人出出进进，一反右，两口子的脸耷拉了下来，一身的霉气，大跃进，俩人不见了，“然后你们搬进来了吧？面生啊！噢对了，盖大楼又把你们轰走了？”

3年后的1961年冬，侯金镜带我到颐和园阅读全年的长、中篇小说，走进云松巢，迎接我们的是夏更起。前面说过，夏更起，作协的老熟人，丁玲的公务员，从1951年起，相伴丁玲一家整7年，丁玲遇难，终被调离，到这里做管理员。我告诉他，全家离散后，你亲手栽培的海棠开花少了，一架枝叶繁茂的葡萄奄奄一息。

夏更起山东人，做得一手好鲁菜，顿顿像过年。困难时期，大家饿晕了。他悄悄告诉我说：几天下来，你的浮肿就会消去。

丁玲沦落北大荒，12个严寒酷暑，自食其力，依然不领国家的工资。

我的一对儿女（阎力和阎荷），却进了北小街中国作协幼儿园，在丁玲用她所得的全部斯大林文学奖金捐赠的这所幼儿园里渡过幸福的童年。

丁玲把一切献给党，坏事都是撒旦们干的，自己忍辱负重，甘当苦行僧。

1982年，《在延安文艺座谈会上的讲话》发表40周年，丁玲回延安，陈明照例和她肩并着肩，诗人曹谷溪陪同参观杨家岭。快到中央大礼堂时，展现在眼前的是座谈会结束时的合影。丁玲指了指相隔毛主席只有三个人的她自己，眼前一亮（丰润的两颊，大大的眼睛，很年轻）；然后，指了指照片上中心地位的毛主席，停顿了一下。丁玲离开延安的第二天，我和周明不期而遇地，也站在这帧大照片的面前，曹诗人介绍说，丁玲指了指毛主席，稍许停顿，然后轻声沉吟着："后来——变了！"

华侨大厦东南角的旁边，现代文明的底下，永镇着的，就是丁玲和我们两代人的故旧老家。

时代变了，旧梦难圆。老舍先生说："那里的人、事、风景、味道和卖酸梅汤、杏仁茶的吆喝的声音，我全熟悉。"于我，全不熟悉。院内几家什么摆设？小巷深处卖豆腐？一概不知，只记得疼爱男孩的张佩芬紧抱住半岁的阎力不放，在海棠树下照了张相；只记得胡同口上冰糖葫芦五分钱一小串，但是没有听见"哎嗨，冰糖葫芦嘞，哎呕！"的叫卖声；只记得大柿子最贵一毛一斤；只记得鲜花掩映的四合院里刻录下丁玲一生的荣辱：傲然的笑声和绝路的哭泣。

迄今50年矣！路过多福巷，耳边总响起《茶馆》里王利发掌柜指天捶胸的呼喊声："我得罪了谁？谁？皇上、娘娘那些狗男女都活得有滋有味的，单不许我吃窝窝头，谁出的主意？"

呜呼，拆的拆了，死的死了，历史翻过沉重的一页。殷鉴不远，悲剧难再，别了，多福巷16号！

背影——厨房中的父亲

黄振伟

妻子怀有身孕未到一个月时，父亲就急急地从东北老家过来看我，我知道父亲此行的目的是想抱孙子。我是不想让父亲失望的，但和妻子慎重考虑后，还是决定等过两年再要小孩。因为在这座繁忙的大城生活，高昂的生活成本、脆弱的经济基础，使我和妻子如果不好好计划一下，是不敢轻养一个孩子的。我犹豫着不敢把这个决定告诉父亲。因为在父亲看来，我只有要了小孩，才能算真正长大了，他也才能算真正尽了为父的责任。

小时候，我常听父亲说："等你们都长大了，都要了孩子，老爸这辈子就算完成任务了，我和你妈就该享清福了。"父亲说这些话时，我们全家一般都是围着一张大桌子吃饭，体弱多病的母亲往往只是笑笑，而我们五个孩子当然并不能理解父亲对我们遥远未来的期望。直到现在，母亲病逝多年后，父亲也没有享受到清福，他依然在为他的五个儿女操劳，这已然成了他生命的全部意义。

当我小心翼翼地把我和妻子的决定告诉父亲时，父亲一听就急了，冲我嚷道："有啥可犹豫的，养个孩子有那么难吗？你真是越大越没出息了，连孩子都不敢养。"我向父亲解释我的理由，是想再奋斗几年，父亲全然不听，只是问我："你奋斗是为了什么？是不是为了孩子？"我无法回答父亲。

两天后，父亲决定回老家。在车站时，父亲默默地抽烟，叹着气说："你什么时候能长大呢？"我无言以对。父亲上车时，步履有些蹒跚，那一瞬间，我觉得父亲真正衰老了。我去搀父亲，被父亲甩开了，父亲是一如既往地倔强。列车将要开动时，父亲从车窗内探出头想对我说什么，但犹豫着没有说，只是冲我摆摆手，示意我快回吧。我看到父亲头上的白发一颤一颤的，内心一阵酸楚，悔恨不该让父亲这样失望地离开。

长久以来，我不敢想象父亲把我们五个儿女养大的具体过程，那是一个沉甸甸的岁月累积，有着数不清的琐事和烦恼，而这一切，都被漫长的时光所湮没了，时光的最终答案，是我们长大了，父亲衰老了。

我不知道父亲年轻时是不是像现在的我一样，也曾有过自己的梦想。他应该是有的，我记得他曾偶尔与我提过一两次，他这辈子最大的梦想是想当一个战场上的英雄，但那是很久远的事情了，也只是偶尔被他不经意地提起。也许我们五个儿女的陆续出生，悄无声息地吞噬了他的梦想，可能他自己都未曾觉察到这一点。

父亲的梦想是在日复一日的厨房生活中逐渐消逝的。因为母亲长年卧病在床，父亲在厨房里忙碌的身影就成了我记忆中一个永恒的影像。如果从一九五八年大姐出生算起，到一九九八年家中最小的我离开老家独自谋生时，应该有整整四十年的时光，父亲为了我们是在厨房中度过的。

我的记忆中，父亲是热爱厨房的。每天早晨，父亲喜欢哼着小曲在厨房中忙碌，这是属于他自己的幸福时光。等我们都起来后，饭菜早已摆好在桌子上，我们吃饭时，父亲喜欢默默地坐在旁边抽烟看着我们吃。如果他上夜班，也是把饭菜做好，热在锅中。多少年了，我们都习惯了掀开锅就有饭吃。

有一段时光，我们对父亲只会做饭这一点甚至有些厌恶。那是缘于我们先后长大参加工作的时候。先是大姐曾反感这一点，说父亲只会做饭，什么能耐都没有。大姐下乡插队返城后，找不到工作，而她"青年点"的队友都通过一些关系先后找到了工作，大姐盼望着父亲也能有一些关系，而父亲除了认识几个工友和厨房中的蔬菜、粮食外，就谁都不认识了。

我记得大姐当时在厨房中哭哭啼啼，而父亲则在择芹菜，准备给我们包饺子。大姐一个劲儿地哭，父亲逗她，拿起一根芹菜说："乖女儿，别哭了，你看这芹菜多直，多干净，是自己长成这样的，不是谁帮它长成这样的。”大姐哭着把芹菜狠狠地折成了两截。父亲劝了很久，大姐还是哭，并埋怨父亲没有能耐。两个人最终吵了起来，父亲高声说：“我是不认识什么人，即使认识了，也开不了那个口，我希望自己的儿女都能像这芹菜一样干干净净。”大姐摔门而去，并哭喊着发誓再也不吃父亲做的饭了。结果，那天晚上饿得狼狈不堪的大姐回来后，不仅吃了一大盘子蒸饺，而且还吃了父亲特意给她做的鸡蛋糕。一年后，大姐最终靠自己努力考进了工厂，做了会计。

不久，二姐同样在参加工作上遇到了难题，二姐也一样跟父亲哭诉，父亲同样是规劝，可二姐并不听，她用“绝食”行动来反抗父亲。说“绝食”有点儿夸张，她只是“少吃”，每顿只吃一点点儿，然后“啪”地把筷子一放，一言不发地离开桌子。

最后，父亲妥协了，说求了一个人，看能不能帮上二姐。父亲准备在家中请那个人吃一顿丰盛的大餐，好拜托二姐的事。为了这顿大餐，父亲也很发愁，因为家里的生活很拮据。只有在逢年过节，家里的饭菜才会“改善”一下，其余都是在父亲的精打细算下才勉勉强强够花。

虽然只能用很少的钱，但父亲还是决定做十多个菜来招待那个人。为了面子上好看，父亲决定发明几个“特色菜”。其中一个菜叫“脆香百子”，当然是父亲给取的名。其实不过是把瓜子一个个剥开，取出仁儿，然后包在面粉中，过油上色，再浇汁而已。

那天，父亲坐在厨房中的小凳上，一个个剥瓜子，足足剥了七八个小时。我记得父亲是最烦吃瓜子的，每次让他吃，他都说，剥那东西太费劲了。我那时候小，不懂得请客不请客，只知道馋，父亲剥好一小堆后，我就去抓一把吃掉，还说“满口香”。父亲只是笑笑，仍旧耐心地一个个剥。二姐后来也帮着剥，二姐说：“爸，要不别做这个菜了，太费劲了。”父亲说：“傻丫头，做一顿饭你都嫌费劲，以后你做什么都应该像这样，要有耐心，要一点点来。”二姐于是不再说什么，只是低着头认真地剥瓜子。

结果，那天客人没有来。父亲望着一大桌子菜发呆，神情很落寞，也不敢正眼看二姐。我们狼吞虎咽吃大餐时，父亲默默地喝了两杯酒，很自责地低声对二姐说：“二丫头，爸只是个工人，只会做饭，真的尽力了。”多年后，二姐与我提起这件事时，我故作惊讶地问，你还记得？二姐说，我又怎能忘呢!

二姐最终接受了一份她不满意的工作,她不闹情绪时,我和三姐捉弄她,去菜市场偷偷买了把芹菜,趁她睡着时,放到她被窝中,并在她胳膊上写了一行字:“你真像芹菜一样干干净净。”

多年来,我已经忘记了父亲给我吃过的许多种食物,但却对一种叫不上名字的河鱼始终念念不忘,因为河鱼险些要了父亲的命。事情起因是哥在十四岁时患上了胃病。他常常捂着胃一副痛不欲生的样子。每次吃饭时,都说没有胃口。父亲愁坏了,变着花样给他做好吃的,这让我和三姐都有些嫉妒他。

哥的病久治不愈,后来一个老中医给开了偏方,需要鲜鱼汤来做药引子。除了逢年过节,喝鱼汤对我们来说是一种奢想。当时市场上买各种东西还是需要供应票的,很少能买到鱼,更不要说活鱼了。

夜里,我偷听到母亲与父亲商量到哪里去弄活鱼,不住地叹气。凌晨起夜时,我看到父亲坐在厨房中拆口罩布,母亲倚靠在锅台旁的长凳上。母亲说:“要不就算了,别出什么事。”父亲说:“放心吧,孩子需要,我肯定要弄来。”

我记得那天特别冷,应该是零下三十多度。到了上午九点多钟时,父亲兴冲冲地回来了,棉鞋都湿透了,棉裤也湿了大半截,手上还划了好几个血口子。父亲晃了晃手中的袋子,兴奋地对母亲说:“大小子有活鱼吃了。”

父亲把袋子中的鱼倒在水盆中,我看到十几条小河鱼在水中游来游去,每条有小手指那么粗。就这十几条小鱼,是父亲赶到三十几里外的河边,用石头敲开冰面,用口罩布一条条捞上来的。为了保证哥天天有鲜鱼汤做药引子,父亲隔一天就要早起出去一趟。父亲每去捞一次鱼,哥一般能吃两天,头天吃不了的就养在盆中。我和三姐对哥的鲜鱼汤垂涎已久,盼望着也能好好地饱餐一顿鲜鱼汤,但父亲每次只能捞回那有限的几条,我们无计可施。甚至曾密谋一起得胃病卧床不起,但终觉得可信度比较低,无奈地放弃了。

有一天,我和三姐实在忍无可忍了,趁大姐陪母亲去医院看病家中无人的时候,就“密谋”了一次鱼汤筵。我和三姐把五六条小鱼放进锅里,放了一大锅水。那天的鱼汤筵喝得并不好,一是水放得太多,二是提心吊胆的。最后,为了伪造现场,我还把鱼盆踢翻在地上。二姐和哥放学后,我与三姐轻意地骗过了他们。父亲下班后,我和三姐添油加醋地把谎话重复了一遍。父亲没说什么,只是说:“鱼盆翻了就翻了吧,你哥晚上还要吃药呢,我去碰碰运气看能不能捞到鱼。”父亲是拿着手电筒走的,背影一闪就融入了窗外沉沉的夜幕中。

我和三姐都为能骗过父亲而庆幸,母亲看病回来时,父亲还是久去未归,望着外面愈加浓重的夜色,母亲开始担心父亲。我和三姐愈来愈害怕,不仅因为母亲看穿了我们的谎言,还因为我们真怕父亲出什么事。那种恐惧感是格外真实的,就好像天要塌下来一样。

到了半夜,父亲还没有回来,母亲断定父亲一定是出了事情,急忙去求助邻居。但邻居们也帮不上什么忙,因为我们只知道父亲去了河边,并不知道父亲具体去了哪条河。我们只有等。我、三姐、哥都吓哭了,觉得天已经塌了下来。直到凌晨,我们才听到父亲走近院门的沉重脚步声。一开门,我们都吓了一跳,父亲的半边脸几乎都是凝固的血疖子,棉袄棉裤都湿透了,拖着一条腿一瘸一拐的。父亲像是快要冻僵了,他想对我们笑笑,但好像笑不出。我们几个都扑上去围住父亲,父亲有些虚弱地说:“别怕,老爸摔了一跤,没事。”然后晃了晃手中的袋子说:“看老爸抓了多少条鱼,快五十条了,晚上鱼好抓,都睡觉呢。”

第二天晚饭时,我们每人都喝上了一碗鲜鱼汤。我和三姐最终鼓足了勇气,向父亲承认了错误,父亲笑着看着我们,一副很满足的样子。父亲最后告诫我们,以后不要为了自己的一点儿小想法、小欲望就撒谎。多年后,当我读到《论语》中的“勿以恶小而为之”时,知道父亲多少年前就告诉了我这个道理,但父亲一生是没有读过《论语》的。

后来,我在与父亲闲聊中,才知道父亲那天险些出大事,不小心失足落到了碎裂的冰河中,半个身子已沉入水中。我问父亲:“当时是不是感到害怕了,想到了死?”父亲笑着说:“怎么会?一想到你们五个和你妈在家等着我,我就什么都不怕了。”

我始终以为父亲是热爱厨房的,但我的想法其实是错的。

多年来,父亲除了上班,就是奔走于菜市场和厨房之间,一天天地做着一顿又一顿的饭，想尽各种法子让我们吃好。我们爱吃的，他大都不爱吃，甚至是吃不了。比如苹果，他说吃了会泻肚；猪肘子，他嫌太油腻；而鲤鱼，他受不了那腥味。我现在回想起来，父亲那时吃得最多的是大白菜和土豆，那是我们最讨厌的食物。

父亲晚年时，对于他曾经不爱吃的食物都充满了热爱，比如苹果他一次就能吃三个，而猪肘子，他一次能吃小半斤，这让我这个当儿子的觉得羞愧不已。在成长的岁月中，我们无知地剥夺了父亲的"美食权"。关于厨房也一样，父亲曾与我说，在厨房里早就忙活够了，但没办法，你们那时小，你妈又有病，别说厨房，就是刀山火海，我也得挺着。

母亲也曾跟我说过，让父亲整天在厨房里忙碌，觉得很过意不去，但也没办法。母亲是很怨恨自己的，觉得拖累了父亲。母亲告诉我，父亲年轻时是很有才华的，最初参加工作时并不是在工厂做工，而是在公安局任文职，但因公安局离家太远，父亲下班后，我们往往都饿得嗷嗷直叫。父亲做了一段时间后，最终放弃了。为了照顾家，父亲选择了一个离家只有十分钟的工厂当了工人。对于父亲的这种选择，母亲有着说不出的遗憾，母亲说父亲如果在公安局一直做下去，前途肯定是无量的。我曾与父亲提及过这件事，父亲只是轻描淡写地说："看你们吃不好，再好的工作，我也不想做了。"

父亲与母亲恩爱一生。五十多年的相伴光阴中，一共只吵了四次嘴，平均十多年一次，而且均是因为我们五个儿女。母亲病逝那一段时光，父亲除了做饭就是默默地抽烟。有时在吃饭的间隙，会偶尔不经意地说上一句，你妈也爱吃这一口。

父亲晚年时是愈发地孤寂了，因为我们一个个都大了，先后都成家立业了。老房子中逐渐只有父亲一个人了，对于我们提出的，他是否能跟一个儿女一起生活的建议，他是断然拒绝的。他说自己喜欢清静，其实他是不希望打扰我们的生活，他只希望我们能够偶尔回家吃吃他做的饭。而我们因为都有各自的事情忙碌，难得回老房子聚一次。偶尔我们都到齐了，父亲会像小孩子一样高兴，会兴冲冲地在厨房里忙个不停。我们去厨房帮忙时，会被父亲不客气地撵出来，说我们碍手碍脚的，让我们去屋里等。虽然我们都长大了，但这熟悉的话语，让我们觉得时光从来没有流逝过。父亲刚参加工作时,每个月工资不到三十元钱,到一九九七年他退休时,工资是六百元。我想,就是这些微薄的工资,外加四十年的厨房时光,我们五个儿女被父亲养大成人了。

父亲回老家后,大姐来电话告诉我,年迈的父亲踌躇满志地计划着未来,每天用几个小时来健身,然后就是认真地研究各种菜谱,说准备耐心地等着我抱着儿子回东北老家。我握着电话长久地说不出话来,再一次地看到了父亲在厨房中忙碌的身影。我想,即使我将来有了孩子,但只要父亲在,我就永远是个孩子,而父亲也永远走不出他的厨房。

飞蛾扑火，非死不止
——琐忆丁玲

舒　非

咖啡格子外套

现在想起来，真应该把那件格子外套送给丁玲。

上世纪80年代初，丁玲和陈明接受三联书店邀请访港，潘耀明先生要我帮忙接待，使我有机会接触这位曾经风靡文坛的女作家。

丁玲1904年出生，我有幸见到她的时候，这位毛泽东为她写诗，胡也频、沈从文、冯雪峰为她倾倒的女作家，已经是年近八旬的老太太，一头银发，满脸沧桑。而我，不过是个初出茅庐的小助编。以我的经历和学识，说实话，是不可能真正了解丁玲的。可是，也因为差距实在太大，丁玲把我当"小孩"，我觉得她在我的面前很放松，一点"防备"都没有，我得以见到真真正正的毫无掩饰的丁玲。

丁玲来的时候是秋冬时节，每天带他们夫妇走来走去，我穿的都是同一件外套：米黄色地，深咖啡格子，是粗绒的。丁玲三番五次说那件外套漂亮。年龄大了，可能老太太忘记已经称赞过，还有，就是的确很喜欢那件外套。

可是我只有那么一件外套，送给她我穿什么呢？当然可以再买一件，香港还怕没有外套卖？可是我那时薪水低，又要交房租交家用。记得我去参加罗孚为丁玲和傅聪所设的晚宴，座上还有舒巷城、黄继持、刘以鬯、小思、施叔青等名人，我穿的是银行的旧制服。我已经离开那家银行而投身出版界了——谁叫自己要从金融界跑到出版界来拿低工资呢？

年近八旬的丁玲，其实还是挺爱美的。她的外套是一件大红毛衣——我觉得“红”最能代表她的性格。上世纪30年代的女作家，如果用颜色来代表，我想冰心是白色的，萧红是灰色的，杨绛属于紫色，近年愈来愈红的张爱玲，读她的作品，我脑子浮现的是银色。

爱美是天性。可惜因为“丁玲、陈企霞反党小集团”和“丁玲、冯雪峰右派反党集团”的罪名，被下放北大荒劳改长达20载的丁玲，已经不懂得什么是“美”了。贵为宴会嘉宾，她穿一条松紧腰带的黑裤子，松松垮垮，加上碎花布上衣，怎么看，都像一位乡村婆婆多过独领风骚的前卫女作家。

可是，1927年，年仅23岁的丁玲就写下中国现代文学史上最具小资情调的《莎菲女士日记》，写知识女青年的精神空虚和性苦闷，追求爱情，宣扬个性解放。鲁迅、茅盾、叶圣陶等人曾为此叫好。茅盾说：“莎菲女士是心灵上负着时代苦闷的创伤的青年女性的叛逆的绝叫者。”

假如像刘绍铭教授所说，张爱玲是王安忆、黄碧云、须兰等女作家的“祖师奶奶”，那么，丁玲可能就是李昂、施叔青、林白等人的“祖师奶奶”了。

一点儿忧郁，一点儿轻狂

年轻的丁玲，我当然无缘得见。但我见过两张很传神的照片。一张是她二十多岁“莎菲女士”时期的半身照：身穿皮草背心，短发绕在耳后，头微侧，又长又弯的眉毛下，一双眸子向下凝视，鼻管挺直，嘴唇丰满。那是一张很有个性的脸，带有一股摄人的气质。少女时代的丁玲做过明星梦，还被上海电影公司录取。后来她感觉明星圈男女关系太乱而退出。另外一张出自美国记者史沫特莱的镜头。这一张样子比较成熟。长发，右手手腕支托着微笑的脸颊。照片最特别之处是散发一股浓浓女人味。丁玲的“女性感觉”我认为自始至终都是相当强烈的，包括她的外表也包括她的作品。

丁玲原名蒋冰之，湖南人。她和毛泽东是同乡，又是杨开慧的同学。丁玲的父亲曾留日，但早亡。她母亲是极能干的女性，不仅带大丁玲姐弟,还创办了学校。

年轻的丁玲热情大胆有才华,个性反叛。《莎菲女士日记》其实就是她自己的写照。曾经十分仰慕她跟她一起办文学刊物,与胡也频三人同住一屋檐下的沈从文这样评价丁玲——

> 大胆地以男子气分析自己,为病态神经质青年女人作动人的素描,为下层女人有所申述,丁玲女士的作品,给人的趣味,给人的感动,把前一时期的几个女作家所有的爱好者兴趣与方向皆扭转了。……丁玲女士的作品,恰恰给读者们一些新的兴奋,带点儿忧郁,一点儿轻狂,攫着了读者的感情。到目前,复因自己意识就着时代而前进,故尚无一个女作家有更超越的惊人的作品可以企及的。

近日读天地新书叶兆言的《陈旧人物》,里头有一篇《张爱玲》,也谈到了丁玲——

> 女作家的走红向来比男作家凶猛。在张爱玲成名的几十年前,丁玲女士也是如此。记得读研究生时,一位在现代文学研究方面极有成就的老师说过,丁玲一出现,她几乎就取代了冰心的位置,冰心火爆得更早,这种取代之说有些夸张,也不准确,但是有纪实的一面。张爱玲的出现,也有取代丁玲之势。冰心的文章以爱心和提出问题取胜,丁玲却是以她的反叛和浪漫精神获得读者,张爱玲和她们都不一样。张爱玲的小说要丰富得多,而且她显然不喜欢她的两位前辈。

昨日文小姐,今日武将军

人都是复杂多面的。丁玲经历这么多,本人就是一部传奇,不可能只有一面。但我接触她时间有限,我见到的确是一位爽朗亲切可爱的老太太。

在文化界的座谈会上,她一上来就说:“这位是舒非,不是我那位莎菲!”所有的眼睛都望着我,令我窘极了。丁玲紧紧握着我的手。她个子并不高大,但手掌厚,手指粗,手心挺温暖。

这真不像是一双拿笔的手,倒像是一双握锄头的手。我想象少女时期的丁玲一定不会是这样一双手。这双手怎么能写得出《莎菲女士日记》？丁玲出身富裕家庭，父母都是知识分子，她年轻时漂亮，小资情调浓烈，绝不可能拥有这么粗糙的手掌、这么粗硬有力的手指。

在往后的时间里，这双手一直拖着我：爬楼梯，上天桥，过马路，乘车，逛商场……大家相处得很好，我感觉到“手”对我的友善、信任和好感。

送走丁玲之后我就开始后悔了，这个后悔已经后悔了几十年了。后悔当初不敢问她：“你爱过毛泽东吗？”其实好几次都有机会，可是话到嘴边，却一一错过。

1933年，29岁的丁玲被国民党特务绑架，从上海押送南京软禁。三年之后，共产党将她解救出来，送她去延安。当时赴延安的文化人极少，女作家更是凤毛麟角。为表示欢迎，党中央在窑洞里召开盛大欢迎会，毛泽东还为丁玲填了一首词《临江仙·赠丁玲》——

壁上红旗飘落照，
西风漫卷孤城，
保安人物一时新。
洞中开宴会，
招待出牢人。

纤笔一枝谁与似，
三千毛瑟精兵，
阵图开向陇山东。
昨日文小姐，
今日武将军。

“你再亲亲我！”

我编过丁玲的集子。那个集子是陈明选编的。编辑之仔细认真令人吃惊。几乎每一页，都见到陈明的蝇头小楷。字写得极为工整漂亮，或改一个标点，或改一个错字，甚至全书的用字都做了统一。这样一部原稿，其实已经可以看见陈明对丁玲的一往情深。

陈明1917年出生，比丁玲小13岁。他们在延安结缘。第一次认识是看话剧,陈明在台上演高尔基名作《母亲》里的“伯夏”,丁玲在台下鼓掌。后来陈明做了丁玲的助手。他们相恋后阻力很大,年轻的陈明因受不了压力而跟剧团里一名年龄相若的女演员结婚。新婚夫妇一起拜访“领导”丁玲。敏感的妻子从丁陈的眉梢眼角发现他们才是真正相爱的人。这位通情达理的新婚妻子选择离开陈明而成全丁陈。他们苦恋了五年才结合,丁玲38岁,陈明25岁。

丁玲从1955年开始就落难,前后长达24年。陈明自动请求跟随她到北大荒,接受劳改。“文革”期间,一同挨打挨斗,一起到秦城监狱坐牢。他们一道经历的苦难没法在这篇文章说清楚,假如没有陈明,丁玲肯定活不下来。

到了我在香港跟他们认识,丁玲已是老态龙钟的阿婆,而陈明才六十多,身体还很健壮。我亲眼看到陈明一手一只皮箱,健步如飞。陈明照顾年老的丁玲就像照顾一个小孩,肥腻的东西不能吃,糖也不能多吃。

在陈明面前,80岁的丁玲像个小女孩,还会撒娇。我亲眼看见丁玲为了要吃路边的糖炒栗子而不停摇晃陈明的手臂,说:“不买就不走。”娇憨可掬。聂华苓也说,他们在爱荷华树林中散步,丁玲把头靠在陈明肩头,好像一对年轻恋人。

丁玲是1986年3月4日去世的。弥留之际的丁玲,梦中醒来,紧紧握着陈明的手,用微弱的声音说:“你再亲亲我!”说:“你这辈子太辛苦了,我最不放心的就是你!”丁玲将陈明应该找个老伴写进了遗嘱,丁玲去世之后,陈明依照丁玲的遗嘱续了弦。

瞿秋白第一次见丁玲就给她八个字的评价:“飞蛾扑火,非死不止”。

再怎么“红”的女作家,始终都是一名寻常女子。

穿黑色貂皮大衣的男人

林青霞

每次到纽约都是他来接我,15 年后再次踏足纽约,已是天人两隔。

三十多年前第一次见到他,是我参加纽约华埠小姐选美做特别嘉宾的时候。大会带我到第三大道的湘园吃湖南菜,我的座位对正门口,一会儿门口来了一位单眼皮高大个儿身穿黑色过膝貂皮大衣的男人,一进门就潇洒地脱下大衣由柜台小姐接去,威风凛凛的。我看得发愣,大会主席说:"他是湘园的老板。在纽约开了几家高档次的中国餐馆,非常成功,可以说纽约中国人中的传奇人物。"主席请他跟我们一起坐,他坐下来,话匣子一打开就滔滔不绝,我闷得脸都垮了下来。

他说当初来纽约的时候,女朋友刚在台北一家戏院(忘了是哪家,当时新闻做得很大)的大火中丧生,他痛苦万分。家人帮他买了机票,给他几十块美金,他就靠着这点钱,来到纽约餐馆打工,赚到第一笔钱后,又逐渐拥有了几家餐馆。

吃完饭他带我们到他的另一家餐馆,也在第三大道上,门前两只汉白玉石狮子,很壮观,听说是从祖国大陆运来的。正对着大门有一幅巨大的丝制万里长城壁毯,是由中国特别制作的,甚是雄伟。他很豁达,经常听到他"嘎嘎嘎嘎嘎"的大笑声。以后每次来纽约做事或探朋友,他都到机场来迎接并热情地招待。有一次他开着大红色敞篷奔驰跑车,带我和汤兰花游纽约市区。我们有时漫步在第五大道上,那黑色貂皮大衣被风吹起,我隐隐约约见到他腰上挂着土黄色皮套的小手枪,感到有点怕怕的,他说那是用来保障他的安全,"只是唬唬人,不会用得着的。"

过了几年,他觉得餐馆做闷了,想拍电影。我说:"是朋友的话就会劝你不要拍,如果要害你才会叫你拿钱出来拍戏。"他不听劝,兴致勃勃的,以为最难做的餐馆,生意都能成功,拍电影又有什么问题。于是每次回到台湾,电影公司的老板、制片一大堆人都会到机场迎接他。我形容那是接财神。拍电影花钱就像流水一样,对电影圈不熟的他,电影卖座了,不关他的事,片商告诉他结账是零比零;电影不卖座赔了钱又要他付账。就这样在台湾搞了两年,赔了点钱,结果还是回到纽约做他的老本行。又过了几年,他打电话到香港来,说他在南美洲淘金,如果挖到,会有好几百万美金,到时候他会再拍电影。再次到纽约,他那"嘎嘎"的笑声由五声变成两声,早已不复当年的豪迈气概。

15 年前我快要结婚的时候,听说他到中国大陆做钻石行销,他说赚的钱会数都来不及数,就像印钞票一样。我结婚后几乎没有到过纽约。后来辗转听说他在台湾中风了,在医院里连医药费都成问题。我很难过,马上托人帮我把住院费给带去,没想到他已回了纽约。我把十几年前的旧电话簿翻出来,打电话给他,对方是个大陆女孩的声音(后来听说是他在中国大陆娶的年轻太太)。那个女子说他中风,需要做物理治疗,又得不到政府的帮助,很是狼狈。我赶忙寄去了他需要的医疗费用。

这次到纽约参加电影节的第一天,我想到那两家餐馆的旧址去看看,导游小姐打听出附近的街道名,却怎么也找不到以前餐馆的地方。我又请她帮我找他的墓地所在,想去祭拜一下。导游笑了起来,她大概觉得我很奇怪。

在回港的前一夜,我央求陶敏明再陪我去找找看。晚上街道上人很少,敏明抓着我的手,机警地向周围望望,带着我走到较亮的街道。我只顾找地方。我们由酒店的第五大道走到第三大道交叉的六十五街,然后往回走,一直走到五十街都找不到,也许是因为石狮子不见了,附近的店铺也改了。敏明怕天晚了危险,就说:"你算是有心了,他地下有知,也会感到欣慰。不要再执著了。"

在回港的路上我回忆着,1976 年跟他认识。1979 年我和汤兰花到纽约住过一段日子,他很照顾我们,帮我们寻找住的公寓和最好的英语会话学校,带我们去吃好吃的,晚上餐馆打烊的时候,他会在空荡荡的餐厅厨房里，做些拿手的小菜和稀饭给我们吃，让我们度过了一段难忘的日子。

那个时候我们年纪小，没怎么见过世面，他带我们跑遍全纽约好吃、好玩和时髦的地方，直到送我们上飞机离开纽约为止，那时候感觉上好像整个纽约是属于他的。

这次我特别到原是世贸大楼的地方参观，一大片土地堆满尘土和石块，巨型的卡车，出出进进地运送沙石。我脑子浮起了佛偈上说的“本来无一物，何处惹尘埃”。

兄弟之间

马新朝

亲人之间，相互感应时有发生，他在那边有事，你这边有知，内心与身体或许会起些神秘的感觉和变化，或不安，或焦虑。下半晌，我心里就像长了草，难以安静，总觉有事，可又不知事出何方。

向晚，我提前下班，走出机关大院，刚拐到经五路，就看到了我的大哥。兄弟多日不见，见了理应高兴，不知何故，我却高兴不起来，只觉得心里沉。我心里怨他，来城里也不穿戴齐整些，还是旧衣烂衫，像个收废品的人。他是到郑州来看我的，机关看大门的人，看他土，不让他进，大哥只好蹲在大门外，等我下班。

看上去大哥又老了些，一脸的风霜，一身的泥土气。他蹲在一棵树根处抽着旱烟，身边放一蛇皮袋，鼓鼓囊囊的，装着一些土产品。这种蛇皮袋原是用来装化肥的，化肥用过之后，农民们便废物利用，拿它来装杂物。你可以在汽车站，低等旅店，路边餐馆，，常常看到那些进城打工的农民，大都是带着这种袋子，他们或是抱在怀里，或是扛在肩上，穿行在街头闹市。成为20世纪末21世纪初，中国独有的风景线，农民特殊的标志，城市人一看到蛇皮袋，脑子里就会蹦出两个字：农民。

大哥看到我，从地上起来，不自然地笑笑，在树干上磕了几下烟灰。我说："走吧，回家去！"说着，就去扛放在地上的蛇皮袋，他赶紧摆摆手说："还是我扛吧，别把你的衣服弄脏了。"我在前边走，他在后边跟，像个小学生，胆怯而畏缩。而我走路的样子、神情、气势都要比他优越得多，像是居高临下，我也不知何来这种优越感，这不是我想要的，然而，它就在那儿，它存在着，无法摆脱。一路无话，到了家。

大哥是坐的早班车，晌午12点就到了。他在汽车南站下车后，硬是用两脚走到我们单位。汽车南站到我们单位，一个城东，一个城西，远着哩，他边问边走，用了整整四小时。我不以为然，用埋怨的口气说："打个的不就几块钱吗，下次来，不要这样了！"大哥说："几块钱？你以为农村挣几块钱容易啊！今年夏季干旱，收成不好，秋季又涝，河边的庄稼全淹了，哪像你们坐机关，旱涝保收。"这些话我不爱听，本想再说他几句，想一想，忍了，他来的少，不要惹他不高兴。

兄弟间的长相是相似的，我老婆说，我的脸很像我大哥的脸，假如我换上大哥的衣服，蹲在他现在蹲的地方，也许并无差别，门卫也不会让我进门。大哥就是我的影子，我从大哥身上看到了我自己。每有比照，内心仅存的雄心就会消失，彻骨地悲凉，什么灯红酒绿，丝弦浅唱，却原来皆是虚幻华表。我本一介草莽，生命的原委，竟由这肮脏的蛇皮袋织成。农事之难辛，生活之挤压，使大哥的背驼了，眼睛微鼓，上眼皮向下耷拉，似是睡意，多有茫然。大哥如是当今乡村的历史和缩影，他就是一部乡村之书，那字篇皆是蘸着辛酸写成，从他的脸上身上，我就看到了柴门秋风，割麦炸豆，春播秋收，又有烟熏火燎的土墙和锅台边的黑。每每想起他，都会把我从华堂明坐，阔论高谈，拉回到涧河边的一块顽石，拉回到化肥涨价和宅基地纠纷诸细节中。多少年来，我曾在红男绿女，官场缝隙、文坛内外穿梭，误认为就是一个人物，现在才看清自己是个什么东西。我曾见过那么多的农家子弟，或底层草根，在城里稍有地位，就全然忘了过去，常有大言豪语，势利霸戾，对乡民弱残，多有鄙视，此类人属浅薄之徒耳，实不如我大哥一类人活得真实明亮。

我的父母双亡，二哥也于前年在巩义病殁，世间亲人渐疏，朋友无多，老家仅剩下大哥这么一位至亲。他没有读过书，连自己的名字也不会写，不是没有读书的机会，而是全让给了我与二哥，世间的好事，他皆不争，全让了，如是两棵草，他宁可低一些，让露水落在兄弟们身上。我见过世间多少争斗，竟发生在亲人间，让人欷歔不已。我很是疑虑不解，世间难道还有比亲情更重要的吗？一个对亲人都要施坏用毒的人，必是恶人。而我们兄弟，则是相帮相让，抱团取暖。我有今天，也多是因了大哥，但大哥从不说起，而是以我为荣。他说，有了新朝这个兄弟，我活着就光彩。在我们那里，农民是瞧不上农民的，形容小孩没有出息的话就是：一辈子打坷垃的命。凡能出去的人，凡能在城里工作的人，皆被高看。大哥以我为荣，就是因了我在城里工作。他并不知道我在城里做什么，我也懒得跟他说，对于他来说，只要在城里，就够了。

大哥认为我到了城里，就长了本事，就可以办些事了。

凡在城里工作的人，都会遇到家乡的人来找你办事。邻里纠纷，孩子考学，就业打工，看病就医，种种，当今社会，凡百事皆要求人，全不信了那些规章律条。人若总是忙着为人办事，说人求情，上下打点，请客吃饭，人就累了，学业就荒了。我有些朋友，常被这种事弄得昏了头，办了一宗，又有一宗，永无尽头。越是底层，越是农村，事越难办，他们难啊，针尖大的事，要跑断腿，明明该办的事，就是有人卡，上头若有人打一招呼，事就顺了，就好办了。我认识一位将军，官可谓大，他亦出身于南阳农村，照样被此种事缠得昏了头，找他办事的乡里人，竟踢破了门槛，排成了队。将军官虽大，却不是现管，还要找地方协调，找得多了，地方也烦，他自己也烦。况我辈小人物，办事就更难矣。而人情世故，亲朋好友，有时也难推诿，若是硬着头皮接下，你的心境就坏了。

大哥，无事不来，要来必有事。久不见他，我会想他，但又怕他来找我，怕他说事。我心想，大哥这次来，不知又要给我布置什么新的任务。

大哥坐在靠近门口的沙发上，灯很亮，墙很白，地很光，电视机里的人也是个个光彩。劳累了一天的他，显得疲惫、黑瘦、畏缩，与这个漂亮的厅，形成鲜明的对比，是那样的不协调。我媳妇忙着在厨房里做饭，偶尔出来，也很少与大哥说话，只是常把目光停留在他的脚上，这双脚，一个热天都没有穿袜子了，黑黢黢的。大哥像意识到了什么，不自觉地把他的脚往沙发里缩。媳妇小声对我说："明天上街给大哥买几双袜子带回去吧。"我说："他习惯了，有袜子他也不穿的，穿着袜子到田里劳动，不方便。"

大哥此次找我，一定有事，我就等着他说哩，可他就是不说，几次欲言又止。我有些急，放不下，我知道他有顾虑，因每次他来找我办事，我都表现得不怎么高兴，他知道我这个弟弟不愿意管闲事。饭后，媳妇出去散步，大哥才对我说："我一直没有对你说，年根起，乡里的王乡长专程到咱家看我,我心里明白,那不是看我,是冲着你的,我算老几,一个农民,人家一个大乡长能去看我。这事,你哥心里美,脸上有光彩啊。"大哥话锋一转又道:"有件事你得给办办!"

我冷冷地问:"啥事?"

大哥说:"你别不耐烦,这事说起来也不大,你能办。最近,咱村调整责任田,干部们图省事,怕得罪人,就抓纸蛋,抓着啥是啥。你知道海五家吧,海五年前得心病死了,撂下孤儿寡母的,家里没有劳力,可偏偏抓着了最远的那块地。她娘们没有牛,没有手扶,又没有气力,那地可怎么种啊。海五媳妇哭着找村干部,村干部说,他们管不了,这是乡长定的,要找乡长。这不,就想到你了,你和乡长是朋友,还不是一句话的事。海五媳妇哭着找我,要我来找你,都是乡里乡亲,你给乡长打个电话,说说,给她家的地调调。"我打断了大哥的话道:"哥,你净给我找麻烦,你想想,这事我能管得了吗,你以为你弟弟有多大本事哩!乡里有乡规,有政策,有人家的道理,若是都要求去调地,那不乱了套。"

大哥不语。

我又说:"你回去就对海五家说,没有见着我,我出差了。你累了一天,早点睡吧。在城里多玩几天,出去逛逛,看看,别急着回去。"

大哥木然地坐在沙发的一角,低头抽他的旱烟,满是心事。他的身体缩成一团,一会儿,就睡着了,均匀地打着呼噜,我给他盖上了被子。大哥睡着的样子,更老,更沧桑,似有百样的痛苦,我忽地感到他可怜,无助,就有了泪。我 17 岁离家,17 岁以前,大哥就是我的山,我总是跟在他的后边,小尾巴似的,他时时护着我,不让我受委屈。我离家后,回去的越来越少,母亲在时,我还常回,母亲去世后,好几年也不回一趟。大哥每逢年关,总要给我打来电话,让我回去过年,我却没有,这让他失望,难过。是不是母亲不在了,兄弟们的心就散了?是不是分离得久了,中间就有了隔阂?不!不是的,可那又是什么呢?我思忖着,自己是否做得有些过分,不该对大哥有那样的严词拒绝,大哥在村子里以我为荣,我却伤了他的心。

次日,大哥执意要回,说家里喂着牲口,离不开人,并嘱我今年过年一定得回去,不能把家忘了,家里再穷,也是家呀,再也没提海五家的事。大哥走后，我还是给王乡长通了电话，给他说了海五家的事，请他一定给予关照，我对他说，这就是我自己的事，比我自己的事还重要。并讨好他说，下次来郑州，请他喝酒。

握住父亲的手

李登建

这大概是我今生走的最漫长的一条路了。无论车子多么卖力地飞奔,前方青龙山岩石的花纹都丝毫不见清晰,似乎还越来越模糊……

一路上,我一遍遍想哥哥的电话,他的措辞和语气。昨天晚上十点多,电话铃突然鸣响,我抓起话筒,里面却出现一截空白,之后才是哥哥低沉的声音:"父亲的病有所加重,明天一早你快回来……不要紧,路上别慌。"我的心一下子大乱,客厅可怕的空阔。我明白哥哥在骗我,母亲去世时他就是这样骗我回去的。但我却不敢往下问,我情愿这一次当真被骗,我还抱着一线幻想,我必须尽早赶到父亲面前,让父亲攥一攥我的手。

前不久我回过一趟老家,一进父亲的房间,不由得打了个冷战,躺在病床上的父亲没人形儿了!脸小得像枚核桃,眼睛深陷成俩圆坑。小妹听说我回来已帮他侧过身子,他面朝门口,一只骨节疙里疙瘩的手扎煞着,我疾步上前捧住。

许是我到来的缘故,父亲精神很好,很清醒——父亲至死神智清醒,病痛就成倍增长——说话也清楚,而且神情异常坦然,有些从容面对老去的味道,不像刚病倒时那般凄怆、绝望。但两眼却止不住流泪——这在过去从未有过——他不停地擦,可老擦不干,我安慰他,他说是高兴的,其实是父亲已意识到自己来日无多。这也提醒我得带儿子来看看他的爷爷,儿子的童年就是在他爷爷身边度过的。因为生出这念头,另外还由于车在门外等着我到县城有公干,我只待了一刻多钟,就和父亲告别。父亲无力地点点头,声音微弱得几乎听不见:"去吧。"

我离开座位从他身边走过的当儿，父亲干枯如柴的胳膊猛地扬起，在空中画了个弧，又缓缓落下。出了门我反复琢磨父亲画弧的动作，我懂了，这是父亲要我接住他的手啊，他要再攥一攥我的手！可是他的意图表达得过于朦胧，我又太迟钝，我的脑瓜是木头做的！已拐出胡同，我没再折回，心想下次回来一定满足父亲这个心愿。

从我记事起，父亲在村里负责村务，早晨睁开眼，父亲早不见了，他村南头村北头地奔忙，脚不沾地，村人都说我父亲有一副好脚板。多数时候，母亲不盛好了饭父亲是不回家的，可狼吞虎咽扒两口，木墩头还没坐热，又草秸子剔着牙跑出去。许是工作忙碌，许是生存艰难，父亲不仅没空逗我们兄妹玩，还老虎着一张黑面孔。稍长，我升入初中，仗着喝了几瓶墨水，跃跃着帮勤劳的母亲反抗父亲的权威。父亲也不跟你争论，不和你讲道理，他的方法简单而有效，把眼一瞪，大手一拍桌子，伴一声如雷的吼叫炸响，就吓得我抱头鼠窜。可这样下来，我们父子"生"了，在我印象中，父亲就如同一座耸立着峭崖的大山，叫我望而生畏的大山！

没想到，这一切有一天也会变，而父亲的"变"是从那一夜开始的。

1979年盛夏，来自省城的吉祥鸟衔着一份大学录取通知书翩翩地落在青龙山脚下我家院子里。父亲粗大有力的手抖抖地掂了掂那个棕色的牛皮纸信封，夜里失眠了。我不知道在吱吱咯咯的木床上他到底想了些什么，反正第二天那张铁硬的脸变得柔和，而且从此再没对我阴沉过。然而，我们之间仍然父是父，子是子，好像有什么东西把我们隔开，从不在一起说说笑笑，我们的对话可怜得像电报用语一样简洁。——几十年都是这样，它对我造成的伤害比最尖锐的利器划出的血痕还要深。至今，看到别人家老子儿子亲亲热热没大没小地打闹，我都羡慕得不得了，甚至嫉妒，以致我和儿子交谈，我总是拐弯抹角多掺杂戏言，我不想在这里再看到父亲和我的影子，我发誓改掉这一"家风"。

父亲一如既往地村南头村北头地"颠"，兴奋过后好像把我丢在了脑后。

父亲有一把很漂亮的剃须刀，外壳晶莹剔透，月牙形，在当时它绝对是我们家的一件宝物。我在上大学前胡楂儿早就硬得扎手，且像雨后的老韭菜，越割越旺。我曾偷偷用它刮过胡楂儿，那感觉，借电视里一句广告语叫:爽！我多么渴望得到这把剃刀,当然只能想想而已。但在入学前一天我打点行装,却发现这把剃刀栖在了我的文具盒里。母亲说,父亲是托秃叔——村里的首席屠夫兼磨刀人——给磨过的,秃叔晌午头送到我家,蹲在门槛儿上啃犒赏他的西瓜,父亲小心地打开刀壳,眯着眼瞄刀刃那道蓝幽幽的细线,伸出拇指想试试,又缩回,他舍不得。秃叔磨刀石上的功夫不次于他剥牛皮的本领,剃刀一学期也不钝。下个假期开学前,父亲又如是这般请秃叔磨好。这把永远锋利的剃刀伴了我四年光阴,直到未婚妻为我买了电动剃须刀,我才还给父亲。

济南距我的老家只有一百五十里路,学校条件很好,我不念家,但也算是出了“远门”,总得写封家书报平安。提起笔却无话可说,我懒得罗列所见所闻,也不习惯使用“思念”这类词汇,我认为这类词不能挂在嘴上。可这样的家书写起来就难了,我写了撕撕了写,一晚上“挤”了不满一页纸的文字,投进邮筒如释重负。待放假回到家,吃过团圆饭,母亲悄悄问我一季子咋就只给父亲写一封信,信还那么短,她说父亲天天盼我的信来,天天念叨,没事就拿出那封信来读,那张纸都念烂了。我觉得很愧对父亲,父亲却从未提过此事。

假期里,我在南屋睡,窗前有一棵老枣树,早晨,拴在老枣树上的山羊迎着第一缕曙光激动而抒情地唱太阳赞歌。患失眠症的我却受不了这沙哑嗓音的折磨,抱怨母亲饲养牲畜。次日黎明时分父亲就起来牵羊,他轻手轻脚,窸窸窣窣解缰绳的同时轻声说:“老山羊,你别叫,我的儿子在睡觉。”父亲是不会想到我能听见这话的,他不知道我神经过敏,很微小的动静就吵醒我。听着父亲的歌谣,我想劝他:“父亲,你起这么早干啥?”可我忍住了,我大气不出,装作还在酣睡。他牵着羊轻轻地一步一步走出大门,我很快又回到梦乡,回笼觉很美。以后每天早晨父亲都重复这一“课目”,像每次他一到家必先问“新江(我的乳名)呢?”常常关在南屋里读书或者睡觉的我不应声,心里却阵阵发热。

到了第三年,父亲已完全把我当客人看待。这时土地分到户了,很多家庭男女老少齐上阵,一通忙活,地里没了活儿,赶集上店优哉游哉。我家正相反,姐姐出嫁,哥哥在拖拉机站做临时工,当村长的父亲仍被村里的杂务缠着,庄稼顾不上侍弄。但是身量发得像一头腱子牛的我放假闲在家里,父亲却不让我下地。趁清早我还没醒他自己出了工,到日头两竿子高,一身泥水地进了家门。有时候我一觉睡到大天亮,匆匆赶去想帮他一把,他却撵我回来,或者扔下活和我一块回,还宽解我:“农活急不得,慢慢来,明日有的是空儿。”到家他朝母亲嚷:“他念书行,哪是干粗活的料!”口气似是责怪,嘴角却含着得意。我想起上大学前读小说入迷,正上瘾,父亲却逼着我去垫猪圈的凶神恶煞的样子,暗笑他前后判若两人。

像庄稼稞子一茬抽叶开花,一茬结了果实、枯萎了一样,我一年年长大,父亲一年年地老了。大学毕业我在黄河北岸的一座城市筑了一个鸟巢般大的安乐窝,母亲去世后,农闲季节我接父亲来住一段时间。最初父亲说啥也不肯来,姐姐妹妹去“游说”,好不容易说动他,可没住十天半月他就吵着走。他向他的好友水叔诉苦,说在城里没活干浑身难受,四面是水泥墙憋得慌,瓷砖地连口痰也不能吐。后来患了脑血栓,拄上了双拐,自个儿生不了炉子,一气能住一冬天,但却始终自在不起来,好像是寄居在某位城里人家里,而不是他儿子的家。你给他买点好吃的东西、添件新衣服,他是那么过意不去,欠了你很大的情似的,叫你想不到的是,他腰好像也因此再挺不直,眼见得弯下去。是上了年纪的原因,还是?他话变得更少,用文人们的说法或者可叫做“失语”。换来换去搜一会儿电视节目,要不就摆弄摆弄小收音机,胡乱翻翻杂志、书,接下来便是枯坐。在他那间小屋里,一坐一两个时辰,那样子酷似一尊泥塑。

有一天我正在书房里写作,父亲颤颤巍巍走进来,在书架前撑住双拐,说:“你写的书呢?给我本看。”我从来没在老家讲过我写作的事,就连从事什么职业我也没正面对父亲说过,他是怎么了解我是作家的?我的书都是散文,写的多是真人真事,其中有几篇就写我父母,袒露了我内心深处的真实情感,可我不愿意父亲知道我对他们的这种感情,迟疑了一下,我回答他:“你看不懂,休息去吧。”父亲没有坚持,但却立在我身后不肯离去。我开始发慌,我整个儿要崩溃,我急忙逃了出来。这是父亲住在我这里六七个冬天提出的唯一的要求,竟被我拒绝了!

还有一些时候,父亲从他的皮包里拿出那张不离身的照片,那是那年春节我捎着相机回老家拍的一张全家福,除缺了母亲,哥哥、嫂子、姐姐、妹妹、侄子、侄女,十多人围着父亲挨挨挤挤站了两排。父亲戴着老花镜,瞅得很出神，又用手摸，这是另一种瞅。然后小心地收好，夹在一本书里，腮颊还漾着笑纹。良久，脸膛转暗，他长长地叹口气，苍老、悲凉，我听了浑身发抖。

父亲孤苦地挨着日子，那是一片无边的黑暗，一片无法泅渡的海洋。另一边的我却总是忙，一直忙，可究竟忙什么，连我自己也说不清楚。我可以在外面海阔天空地同青年作者论创作，可以与朋友们就某个大而空的时事话题侃侃而谈，甚至不吝把时间挥洒在杯箸间，却没有留出片刻给我的父亲！

悔恨来得太迟了，在父亲晚年，在他住在我这里，在我们之间早年那父尊子卑的格局已彻底反过来的时候，我为何就不放下儿子的“架子”，和他聊聊天，听他絮叨絮叨村里那些“陈谷子烂芝麻”，看他像与他那帮老哥们儿凑一堆儿拉家常那样，说到开心处豁着掉光牙的嘴巴哈哈大笑，以享受天伦之乐来冲淡老来及病中的孤寂、痛苦；为何就不主动亲近亲近父亲——仔细想想，除了后期他行动不便，扶他上厕所，背他下楼梯，其他时候我从来都是与父亲保持着距离，远远地望着他，从来没像孩子那样偎在他跟前，从来没拉过他的手！

时值高考，儿子考完文化课附加英语面试，我须等他答好这道人生大题才能说别的。我心里火烧火燎般急，眼前老是浮现出父亲那衰朽的身影，那焦炙渴盼的眼神，在生命的最后时刻，他想见儿孙；又浮现出他那干枯如柴的画弧的手臂，那只手臂抬起来了，在空中画了个弧，缓缓垂落，接着再次抬起。我真恨不得插上双翅向父亲飞去！

但是，恰在我儿子面试英语的前一天晚上，哥哥打来了这个电话。

车子终于驶近村庄，可正如我惧怕的那样，在村头就听见我家方向传来的哭声，再往前，看到了家门旁飘着的白幡——父亲已经过世！

父亲静静地躺在灵床上，身上覆盖着一床花棉被，脸上蒙着一层黄纸。我揭下这层纸凝视父亲的遗容，他双眉微蹙，似是带着遗憾而去的，我不忍看。我从那宽大的棉袄袖子里摸出他的手，捧起来，啊，这还是手吗？这是一把茧皮包裹的骨头，病魔吸光了父亲的血肉，父亲是靠什么与病魔周旋，坚守生命高地这么久，而且是孤军奋战？我应该为父亲助阵啊！愧痛交织，如箭穿心。好在，父亲的手并不冰冷，还温热，父亲生前手钢锉般粗硬，死后是这么柔软。难道确如基督教所说的解脱了？一辈子饱受苦难的父亲要进天堂、享清福了？我稍稍舒了口气，我有很多话要对父亲说，但说不出，我只有紧紧握着他的手，就这样紧紧地握着！

父亲是另一个世界的人了，他知晓我跪在他面前吗？

一个人的声音

——李星印象

陈忠实

似乎真的难以抗拒进入这个年龄区段,便容易对生活世象发生感慨的特点,即使我对这种生理现象时有提防,避免发生常见的那种不由自控的唠叨惹人生厌,仍然还有提防不住的时候。前几日,李星打电话告知他要出文集,当即表示祝贺,完全是出于一种本能的心理反应,又忍不住发生感慨。发自本能的祝贺,是我深知文集这种文体对一个作家和评论家多么重要,可以说是一生追求的归结;然而,这种文体的文本很难畅销,出版社一般都会亏本赔钱的,向来出书难,出一本纯粹文学评论的文集就更难出了,才说我的兴奋之情是出于本能。感慨则纯粹发自李星这个和我差不过两岁的同代评论家。

结识李星,完全是文学的缘分。和李星低头不见抬头见,算来竟有三十四五年了,也是文学的纽带牵携着。大约是在"文革"后期的1973年,被砸烂的作家协会和被驱散的作家编辑,得了上级新的政策,重新聚拢,挂起了陕西文艺创作研究室的新牌子,把原先在中国文坛颇具声望的文学刊物《延河》,改为《陕西文艺》重新出版,老作家大多数心存余悸一时进入不了创作,刊物便倚重"工农兵"业余创作爱好者。新时期一拥而上中国文坛的那一批陕西青年作家,绝大多数都是先在《陕西文艺》杂志上练习写作基本功的,我是其中之一。我在《陕西文艺》发表了平生的第一个短篇小说,才有机缘走进位于东木头市的陕西文艺创作研究室的院子,也才有机缘认识李星。李星从中国人民大学毕业刚刚分配到文艺创作研究室,是最年轻的编辑,我却仍然有点心怯。这是毫不夸张的真实心态,因了我没有实现的接受高等教育的梦想，对李星这位从名牌大学毕业的同代人，岂止艳羡，早已隐隐着一种怯的心态了。那时候我还在西安东郊一个公社（乡）工作，《陕西文艺》编辑部常召集业余作者开会，便有了和李星接触的机会，感觉他很随和，不是姿态性的随和，而是出自个性里的天然，我的那种怯着的心态渐渐淡释。尤其是得知他来自兴平农村，闲聊中说到乡情和家境，和我多有相似的经历和共同的感受，很自然地涨起亲近感，“名牌大学”的副作用也消失了。几十年过去，几乎是谁都不曾在意更无心留神的匆匆一瞬，他和我相继都“退了”。我至今记得两年前相见的一个细节，他到我的办公室，开口便说刚刚办完退休手续，给我打声招呼。我安慰了他几句，不作惊讶状。然而，送他出门以后，我望着他的背影消失在他的即将告别的办公室门里，再回转身坐下去的时候，腿有了软的感觉。我什么文章也看不进去，什么事也不想做，脑子里就连续鸣响着一个声音，李星退了，李星退了，李星……我自然想到我的年龄，也该退了，却又不完全是退，真切地感受到某种伤痛的不堪，岁月竟是如此的急迫和短促。我想起在东木头市陕西文艺创作研究室院子里初识李星时，那一张虽然偏黑却泛着红光的青春脸庞，又浓又密的自生卷发，眼里总是泄出一缕与年龄不相称的天真。我后来调到作家协会，和他在一个院子办公，在同一幢楼上起居，真是抬头见低头也见，一天不见似乎就少了点什么。眼见着这人的胡须一年比一年浓密，脸孔从青春洋溢到中年明朗再到花甲的平和，头发由黑变灰再变白，似乎觉得自自然然原本也就该这样，没有惊讶没有感慨，甚至连多一分在意也没有。突然就在完全无备的那个上午，他走进我的房子说他办完退休手续了……我才如同在被猛然当胸一击里不知所措，才意识到属于供职年限的最后一个年头走到头了。已往多年，他也是这样随意走进我的办公室，开口便是某某杂志发表了某某某一篇小说，写得不错，你抽空看看；或者是某某评论家在某报上发表了一个新颖观点，并直率无忌表白他赞赏或不敢苟同。他说着文学的时候，是那样的坦诚，说了几十年，都是坦诚不改，我听着也觉得坦诚。今天他却说他办完退休手续了。我独自坐着半天说不出话了。我根本梳理不清几十年来和他说过多少话题的话，文学的和社会世象的，纯粹互相取笑调侃逗乐的或正经认真的不同看法的争辩，过后不记也就通通湮没了，唯有那些事关我视为生命的写作的细节,如刻刀般铸刻在记忆深处,时月愈久愈加显亮。

那是1991年春节过后的早春3月,我第一次出门参加太白文艺出版社的一个有关出版计划的座谈会。我天不亮起来骑自行车赶到远郊的一路公交车站,搭乘汽车到东城墙外的终点站,再换乘市内公交车赶到出版社的时候,会议已经进行到讨论议程了。路遥正在发言。路遥的旁边有个空椅子,我便慌不择位赶紧坐下来,爬楼梯和赶路弄得我压抑着喘气。坐在路遥另一边的李星,从路遥背后侧过身来。我明白他要跟我说话,仍然喘着气侧过身子把右耳倾向他脸。他说,你大概还不知道,路遥获茅盾文学奖了。我说我真不知道。他说今天早上广播的新闻。未及我做出反应,他辞我而去坐直了身子。我也坐直了身子,等待路遥发言完毕即表示祝贺。我早上起来忙着赶路,没有打开半导体收听新闻,漏了这样重要的喜讯。我刚觉得喘息平定,李星又从路遥背后侧过身来,我再次把右耳凑给他。李星说,你今年再把长篇(小说)写不完,就从这楼上跳下去……

按农历说这年(1991年)的腊月25日下午,我写完了《白鹿原》的正式稿,却没有告诉逼我跳楼的李星。春节过后用一个多月的时间,我把《白鹿原》书正式稿又顺了一遍。待人民文学出版社的高贤均和洪清波拿走手稿之后,我把一份复印稿送给李星,请他替我把握一下作品的成色。他和高、洪是这部小说最早的三位审阅者。我回到乡下,预想高和洪的审阅意见至少得两个月以上,尽管判活判死令人揪心,却是急不得的事。但李星的个人阅读的意见却要简单得多也快捷得多。截止到这个时候,李星对一部或一篇小说的判断,在我的意识里已经形成一种举足轻重的信赖。我在乡下过着一种看似闲适的轻松日子,心却悬在李星身上。李星会怎么看?能过得了李星的法眼吗?且不说李星全盘否定,即使不疼不痒说上几条好处再附加两点不足,我都不敢想象下来的日子该怎么过。耐着性子等了大约七八天,我从乡下回到作协家属院,恰好在住宅楼下看到提着一袋菜的李星的背影,便叫住他。我走到他跟前尚未开口,李星倒先说了:“到我屋里说。”我看见他说这句话时不仅没有平时的热乎笑脸,反倒黑煞着本来就黑的脸,说罢转身便走。我当即感到心往下坠,头皮发紧,跟着他从一楼上到五楼,他一言不发,依然黑煞着脸,我的心不再下坠而是慌惶难控了，只有失望透顶到不好言说的阅读，才会摆出这张冷脸来。我跟他上到5楼走进他的家门，已经有了接受批评的几分准备。他把装菜的袋儿放到厨房，领我走进他的书房兼卧室，猛然转过身来，几乎和我撞到一起，依然黑煞着脸，睁圆两只眼睛紧盯着我，声音几乎是失控了："哎呀！咋叫咱把事弄成了！"我一下愣住了，从他转身开口之前的那种紧张到惶恐的情绪里一时转换不过来，发愣又发蒙地站在原地，听着他又重复了那句话，同时击了一下掌。我很快就感到心头发热到浑身发热，却仍然说不出话，也不想说话，只顾听他慷慨激昂随心所欲畅快淋漓地说话。他在小屋子床和墙壁之间的窄道上不停地走动，激动时还跺着脚，说他对《白鹿原》手稿阅读的印象。我也站着，听他尽兴地讲着。

这是我听到的关于《白鹿原》的看法和评价的第一声，是颇具影响的中年评论家李星的声音。他当时踱着步跺着脚说了那么多好话，我现在连一句都想不起来了，只记着他说的"咋叫咱把事弄成了"这句话。我后来曾调侃作为评论家的李星，对《白鹿原》书稿发出的第一声评论，使用的竟然是非评论乃至非文学语言。正是这句关中民间最常用的口头话语，给我铸成永久的记忆。越到后来，我越是体味到不尽的丰富内韵，他对《白鹿原》的肯定是毫无疑义的，而且超出了他原先的期待里的估计，才有黑煞着脸突然爆发的捶拳跺脚的行为，才有非评论语汇的表述方式；我体味到一种同代人之间弥足珍贵的友谊，他从阅读《白鹿原》感受到我的创作的进步和突破，不是通常的那种欣喜欣慰，而是一种本能的激情式爆发，那一种真诚和纯情够我终生回嚼；我体味到作为一个评论家对文学的钟情和神圣，显然又不完全是和我的个人友情所包含得了的，在小处说，他期盼陕西新时期起步的这一茬作家能完成新的突破，弄出好作品来。他对路遥获得茅盾文学奖真诚地祝贺，侧过身在路遥背后逼我跳楼，因了我的不进步而发急。他对路遥、贾平凹、邹志安、天芳、晓雷、京夫、王蓬、李凤杰等作家的创作一直关注，写过不少评论文章。他为每一部独出心裁的新作坦诚评点，已经成为这一茬作家共同信赖的朋友。他首先面对的是文学、是作品，为某个作家有突破性的新作品而激情慷慨，却不是因为朋友而胡吹冒评。既可见他对陕西乃至当代中国文学的殷殷之情，也可见他的坦诚与率真，只面对作品说话。

我还是珍惜情感。这个同代人李星和我在一个协会相处几十年，对我的包括《白鹿原》书在内的小说写过不少评论文章，恕我年龄进入忘事阶段，竟然记不住一个完整的句子，倒是“你今年要是再把长篇写不完就从这个楼上跳下去”和“咋叫咱把事弄成了”这两句——非评论语言的话，几乎一字不差地铸刻在心。事过多年，我现在平心静气想来，我这大半生和李星说过多少话，都忘记了，有这两句就足以在我心头树立一个永不褪色的朋友——李星。再说一句多余的调侃的话，李星哪怕现在骂我什么话，我都不在乎了——在我创作和生命的最重要时段，李星率真诚挚到忘记使用评论语言的这两句话，终生都受用不尽回嚼不尽了。

自从李星电话告知要出文集并约我写文章那一刻起，短暂的兴奋之后便陷入犹豫不定的矛盾心理，是侧重于李星文学评论的贡献和估价，还是偏重于几十年来我所看见的评论家李星，包括个人的友谊和情感，竟一时难以决断也难以下笔。后来促使我做出倾向性偏转，既有理性的判断，也受情感的驱使，理性地估价和评说李星对新时期文学尤其是对陕西作家创作发展的强力促进，早已形成超出文学圈的普遍性社会影响，早有公论；李星对我创作的真诚关注和以文学为纽带的交谊，却只有我有直接的感知，我不逮住这个机会表述出来，就可能留下遗憾，于是便发生了这篇文章的倾向性偏转。我回想从认识到相处三十多年的人生历程，共同经历过多少事说过多少话，写一本不薄的书也足够了，于是便筛选，似乎没费多少工夫，李星对我说下的那两句非评论非文学语汇就浮现出来。我便毫不犹豫地作出判断，对新时期以来当代文学和陕西文学说话的人太多了，而对我说出这样精确精彩回嚼不尽的个性语言的，是李星。我把这两句话公之于众，文学圈内和圈外的人，就会看到一个真实生动的李星独秉的胸怀，他的可敬和可爱已不完全局限我一个人了。

前面已牵涉到李星的文学评论在新时期当代文学尤其是对陕西作家创作的重要影响，很难做出一个量化的估价，但有一个基本的事实早已形成，这就是，无论是某位卓有建树业已成名的作家推出新作，无论是某位初出茅庐的青年作家出手令人耳目一新的作品，作者本人特别关心李星的评价自不必说，整个文学界——作家和评论家，都特别关注李星的评价。换一句生活化的说法，李星对这个作品咋看咋说。尤其是对某一部作品的评价发生较大争议的时候，大家更重视李星的看法和说法，由此可见李星的声音具有怎样的分量；尤其是在非正经场合的民间，形成这种习惯性对李星声音的关注，更可以检测其真实性与可靠性。我很自然地想到，自新时期文艺复兴我开始较频繁地走进陕西作家协会的院子，常会听到朋友包括李星颇带神秘口吻给我传递信息，胡采对某个作家的某篇（部）小说说了什么话……胡采应是陕西文学自解放以来的泰斗，其文学评论的影响远不止陕西。到上世纪九十年代初，我开始听到文学界朋友之间传递李星对某部作品的说法了，时过近 20 年，李星的声音愈来愈被关注，足可见其成色和分量。我倒用李星说给我的那句话，李星也把事弄成了。

我现在说李星这句话时，只有感慨独没有惊讶。我发表第一篇小说时，李星也是刚刚走进陕西文学界，他是以评论的姿态走来的，不过在那时候的陕西评论界，还容不得他这样的“毛娃娃”插言多嘴。新时期文艺复兴伊始，李星的声音和刚刚冒头的一茬青年作家的创作发生共鸣。到上世纪八十年代中期，李星作为“笔耕文学评论组”的最年轻的评论家，对一些重要作品的评论和看法，已经产生重要影响。就我耳闻，作协院内的几位专业作家，每有自己看重的某个作品出手，先在私下里要听听李星的评说；谁在艺术上探索一种新的尝试，也要听李星的看法。印象深的是邹志安写作《爱情系列》中篇小说的时候，每发表一篇都送李星，看李星怎么说，然后以其得失调整后来的作品的写作。还有我，《白鹿原》书写成，第一个反应，就是想听李星的声音。新时期开始形成的陕西青年作家群的几乎所有作家，都受到李星的关注和关爱，对每一个人的作品都发出过坦率真诚地评说的声音，及至新世纪跃上文坛的更为年轻的作家，李星都发出自己的声音，予以评点，业已成为老少作家都不可缺少的一种声音。

李星之所以能发出老少作家都深感魅力的声音，首先在于对一部作品的判断，长处和短处都看得准确，不光在旁观者感觉如此，即使在作者本人也多为折服。只有准确的评说才能服人，也才能建立评论者的威信，久而久之，十年二十年过来，就成为独具魅力的非同凡响的一声了。他的智慧和学养，对各种流派作品的敏锐感受，注定着他独到的审美视角；他以文学为神圣的纯粹性，排除了种种非文学因素的干扰，使他那种独特的审美视角能得到充分展示,这是过去不难当今颇难做好的事。李星的声音的威信和魅力,依此而生。

我在本文中记述了李星说给我的两句话,我也记着我说给李星的一句话。那是上世纪九十年代中期,我读了他写的一篇较为全面的研究王安忆小说创作的文章,竟然很感动,对他说,你该当对中国当代最具影响的作家的创作说话。我是从他评王安忆作品的文章里看到一种力度,才忍不住说出我的感想。我想,具有这样的思想力度和独特艺术视角的人,应该对当代最具影响的作家的作品发出声音,无论对作家本人乃至对当代文学的发展,都会产生积极的促进作用,自然也有施展李星才华和影响的意思。大约过了一些时日,我对这种想法稍做修正,颇为正经地对李星说,你应该对当代中国文学的发展趋势和现状,发表自己的看法和意见。我能看到雷达等评论家,就是面对一个时期的创作现象发表看法的。我完全相信李星具备这样的能力——综合的能力和解析的能力,敏锐的感知和独特的视角,具备这样能力的人,局限在地方一隅太可惜了,应当把他的影响力发挥到整个中国文学。李星很赞同我的意见,连续写过几位名家的创作评论,影响日渐扩大,及至进入茅盾文学奖评委,当是一种标志。直到去年夏天,雷达在《光明日报》发表了一篇严肃剖析当今文学创作的文章,我读后深为震撼,私下里却想着,李星也该有这样振聋发聩的文章打出去,深知他有这个实力。

一个兴平乡村的农家子弟,走到陕西和中国文学的前沿,发出任谁都很关注的声音,恕我用他说给我的那句话来归结——

李星把事弄成了。

2008. 元. 14 二府庄

学贯中西一寿翁

冯其庸

今天早上9时20分，我接到电话，说季羡林先生去世了。我当时直觉的反应是“不可能”，一定是搞错了。我要他们核实，但5分钟后又来电话说核实过了，确是季羡林先生。这一下我几乎懵了。

我已经记不清是哪一年与季老有交往的了，反正几十年了，在我的脑子里都是一连串的往事：有一年我带着雕塑家纪峰到未名湖畔季老家里，告诉他这是青年雕塑家纪峰，来给你做一个像。季老只是微微点头，仍旧与我说话。在旁边的李玉洁老师却心里犯嘀咕，这么年轻的人，能行吗？这是她的心里话，没有说出来。我与季老随便说着，大约有半小时过去了，却见到纪峰手里一个活生生的季老的头像，季老说还没有看到他塑呢，怎么就出来了，真像啊！这时李老师就说出了上面这段心里话。然后说想不到真能，像极了，比以前别人塑的都好。之后，季老一连要纪峰为他做了三个像，一个是与真人一样大的坐在门外未名湖边的像，一个是比真人还要大一点的站像，我为这个站像题了一首诗，刻在像后，诗云：

学贯东西一寿翁。文章道德警顽聋。

昆仑北海漫相拟，毕竟何如此真龙。

隔了好几年，季老要我将此诗写成小幅，装在镜框里，这就是直到现在还放在他病房里的那首诗。

2005年9月中，我到医院看季老，告诉他人民大学创建了“国学院”，要我回去任院长，我说我想在国学院里增设“西域历史语言研究所”，从事中国西部文化历史语言民俗艺术方面的研究，其中特别是西域中古时期的多种语言，急需培养人才继承下去，以应国家将来不时之需，因为西部是西方敌对势力觊觎的地方，不会永久安静的，我们得有所准备。为此我写了一封信给胡总书记和温总理，我说希望季老能支持这件事，我们一起签名。季老说，这是他多年的愿望，但一直没有能实现。这时，李玉洁老师就说，那你就签名吧，不是现在有机会实现了吗。于是李老师就把我打印好的信放在季老的面前，季老大体看了一遍，就在信上签了名。等到李老师拿给我看时，却发现季老把名字签在我的后边，明明在我的名字前面空了很多，是留给他签名的，他却偏签在我的后面。我对季老说，这样不好吧。季老说，你是国学院院长，你带头，我支持你。

这封信是9月20日左右送上去的，9月24日我就到了乌鲁木齐，26日我与中央台的同志一起从米兰进入罗布泊去楼兰，10月1日，我们到达罗布泊，我在营帐里利用卫星电话给北京通话，家里告诉我，胡总书记和温总理已经批示了，并要求高教部和财政部大力支持，这样我们的"西域历史语言研究所"在党中央的大力支持下就正式成立了。我在大沙漠里停留了17天，历经罗布泊、楼兰、龙城、白龙堆、三陇沙直到进玉门关到敦煌。我此行的目的，是为了确证玄奘取经东归入长安前在西域的最后一段路程，是经罗布泊、楼兰然后入玉门关的。调查的结果是确证了这一点。回到北京后我急忙去看季老，把胡总书记、温总理的批示告诉了他，他也非常高兴。我还把我去罗布泊、楼兰调查玄奘的归路，证实与玄奘《大唐西域记》里所记一致，他尤为高兴，说到当年校注《大唐西域记》时，就是无法去西域实地调查，这次总算完了这个夙愿。

还有一次我去看季老时，是与纪峰、海英一起去的，我们还带了一个小型的摄像机，当季老见到我时，非常高兴，他告诉我，他在医院里是"假冒伪劣"，因为他没有病，却冒充病人，岂非假冒伪劣！他还说，他在医院里已完成了一部80万字的《糖史》，详细地记述了糖传入中国的历史过程。他告诉我，他的书都已捐出去了，现在全凭记忆，他的脑子还好，还能做点事，否则在医院里就不好过了。

我问到他的身体时，他十分有信心地说，活过100岁再多一点，看来没有什么问题。他说他没有病，就是腿不能走路，其他都无问题。我看他的身体和精神状态，也觉得活过100岁是不成问题的。

我每次去医院时,谈话的时间总要超过规定的时间,这次超过得更多了,所以医院就来干预了,但季老却非常不高兴地说,他想多谈一些时间,希望他们不要管得太死。

所以在我的脑子里,认为季老总要活一百多岁,根本没有想到会有什么意外。哪知天总是不能遂人愿的,传来了这个不幸的消息了。据说,他走得很平稳,就像睡着一样。

也许,季老真是睡着了,愿季老睡得安安稳稳,别再打扰他了。

2009.7.11 夜 11 时于瓜饭楼

人格大师季羡林

韩小蕙

远在万里之外，早晨爬起身，打开电脑，突然惊呆了——噩耗：敬爱的季羡林先生去世了！时差7个小时，算来先生驾鹤西去已5个小时，想到从此再也见不到先生亲切的面容，不禁泪流满面。唉，季先生，您说过的，在去往八宝山的路上，您绝不加塞，因为您还有许多工作要做；而且就在两个月前，有友人去看您，还说起您在医院的近况。现在，怎么没有一声道别，您说走就走了呢?!

“昔人已乘黄鹤去，此地空余黄鹤楼。黄鹤一去不复返，白云千载空悠悠”！

高尚无瑕

新华社第一时间发布的简短消息里，给了季先生三个头衔“著名学者、国学大师、北京大学资深教授”，虽然这是最简练的盖棺论定，但“大师”是最不能省略的。季先生一生勤奋黾勉，每天清晨4时半即起，或读书或著述，九十多年来天天如此，用他自己的话说是“从不敢懈怠”。从此“水滴石穿”的工夫做起，一生创获良多，最后得《季羡林文集》24卷，逾千万字，内容广博精湛深厚，包括印度古代语言、中印文化关系、印度历史与文化、中国文化和东方文化、佛教、比较文学与民间文学、糖史、叶火罗文、散文、序跋以及梵文与其他语种文学作品的翻译——真正是著作等身，真正是名至实归的、享誉海内外的东方学大师。

然而,就在人人争说大师之时,我却想到:季羡林先生首先是一位人格大师。

“山外有山,人外有人”,世上能人、强人、高人、超人、才华横溢人、功成名就人多矣;单以著作字数论,超过季先生的也还有人在。但为什么只有季先生这么毫无诟病地、一致地受到民众的普遍尊敬和真心爱戴呢?无他,第一位的因素就是先生高尚无瑕、几乎是至人、完人的品格。

我是上世纪80年代中期开始接触季先生的,至1991年他为我们“光明日报·文荟副刊”所搞的“永久的悔”无奖征文写来开篇,始得熟稔,从此近水楼台,聆听教诲,得益良多!季先生那篇文章叫《赋得永久的悔》,4500字长文,一天时间写成,把他对母亲的深爱写得至真至纯,一时感动国中千万读者,至今仍时常被读书人提及。分明是他文章写得经典,然而他却把功劳归于编辑“题目出得好”,这就是季羡林先生的一大特点:他总是把功劳归于别人,看人也总是先看到别人的优点。

——对他的前辈学人是如此。比如他在许多文章中,都满腔感激地怀念着胡适之、汤用彤等先生,还有他在德国留学时的老师们。他给我们副刊撰写的文章中,就有一篇长文《我的老师汤用彤》,记述的是上世纪40年代以降汤先生对他备加拔擢的恩情,一草一叶,点点滴滴,尽述备矣。

——对与他同时代的大师亦是如此。我曾多次听他盛赞许国璋、张中行、启功、任继愈诸先生,夸他们的学问,更赞他们的人品。许国璋先生去世时,他在第一时间写来了5000字的《悼许国璋先生》。后来他又应邀为我们写来了《我眼中的张中行》,称赞张先生“是高人、逸人、至人、超人。淡泊宁静,不慕荣利,淳朴无华,待人以诚……我常常想,在现代作家中,人们读他们的文章,只须读上几段而能认出作者是谁的人,极为稀见。在我眼中,也不过几个人。鲁迅是一个,沈从文是一个,中行先生也是其中之一。”

——对晚生后学和文坛新人也是如此,赞扬起来从不吝啬。比如他夸李国文先生的随笔写得好,有哲理,是能让人在脑子里留下印象的文章。还夸贾平凹的散文有他自己的风格。最让人惊讶的是在他95岁的高龄上,有一次夸邵燕祥先生的诗好,有文采,有思想,有意境,说着竟然随口背了出来,而这还是听秘书给他读的,一遍就背了下来!

——对普通人，他更是如此，这方面的例子也更多：比如在北京大学久久流传着这样一件事，一个来报到的新生抓住一位穿蓝布衣衫的“老工人”，让他给自己看着行李，说完就匆匆离开了，旁边的人目瞪口呆，原来那就是季羡林先生！但季先生一点也没生气，一直负责任地守候到半个多小时后那新生回来。还是在北大，多年中，季先生的家门永远对学生们敞开，直到上世纪90年代以后校方出面干预为止，当时季先生还为“学生们见不到季爷爷了”而自责和难过了很久。即使对伤害他的人，季先生也像菩萨一样慈悲为怀，“十年浩劫”中，对批斗自己的学生，他从没怪罪过，还开导身边的人“要原谅这些涉世不深的孩子们”……

二十多年来，我一直在暗自体味着季羡林先生这些明月清风般的言行，我觉得，这些留在他口头上和著作里的感激、怀念、提携、慈悲与爱，皆发自他宅心仁厚的内心深处，就像鲜花一样芳香；就像绿叶一样茂盛；就像沱沱河的万千条小溪，从唐古拉山不声不响地一路走来，漫漫潺潺地走了98年，最后，汇成了一条奔腾澎湃的大爱的长江，让后人永远铭记在心上。

守正不挠

然而，季羡林先生又绝不是到处点头的“滥好人”，他一生坚持原则，即使到了晚年也不动摇。不了解的人以为他后来完全变成了聋子的耳朵——摆设，那真是太外化地看待他了，其实他一直保持着独立思考的精神，始终秉持着自家观点，绝不随波逐流，人云亦云。

印象最深刻的是先生的两句话。一句是全国人民都知道的名言：“真话不全说，假话全不说。”我私心体会，这话里既有着人生无奈的悲哀，也有着刚直不阿的硬气，每每让我想起那年春夏之交的一天，我和一群文友去先生家寻求精神支撑，在他那满壁都是古书的小小书房里，我看到先生的脸色极为严峻，声音也异乎寻常的坚硬，满心里全是为国家为民族担当的决然。

第二句是在千禧年到来的时候，季先生发表了他对新世纪的看法，提出21世纪将是东方文化精神回归的世纪，东方文化将会重新成为世界文化的主潮。好使晴空一声惊雷，一时引起大哗，有多少中外学人都反对甚而嘲笑，季先生身边的人也都私下以为先生是一时兴起，随便说说的。不料随后，季先生又反复几次发表此观点，还写成文章，坚持发表出来，白纸黑字，立此存照。现在，新世纪的曙光还没有退去，世界的格局已经初变，人们却再也不敢对季先生的观点大大咧咧地却之不恭了。

就文学创作问题，我自己也有过两次深刻的记忆：一是有一年中秋节，我受命请季先生为《光明日报》的"中秋专版"写一段话。在电话那边，季先生问希望写些什么？我信口答，中秋节，就是图个团圆图个吉祥，比如"家和万事兴"等等都行，这是现在最流行的政治词汇了。没想到季先生却不同意，说是"家还没和哪。"哎哟，我立刻明白了，他老人家的意思是说台湾还没有回归祖国的怀抱哪——多么睿智、多么博大的心胸，而又反应出先生随时随地都在独立思考，他的思考又是多么的伟岸啊！

还有一次是上世纪90年代中期，中国散文界大力呼吁散文革新，"新论"不少，其中还包括一些西方的新潮理论，确实使人有"乱花渐欲迷人眼"的惶惑。当时已很少有人固守着传统散文的路子写，以为陈旧，以为缺乏现代意识，以为没有出路。但是季先生挥笔一篇又一篇，《清塘荷韵》、《九十抒怀》、《三个小女孩》、《站在胡适之先生墓前等》，竭力做足传统散文的所有优势，让我在深深叹服的同时，也坚定了对传统散文的信心。季先生还给我写来一封信，直接手把手教我：

> 常读到一些散文家的论调，说什么散文的诀窍就在一个"散"字，又有人说随笔的关键就在一个"随"字。我心目中的优秀散文，不是最广义的散文，也不是"再狭窄一点"的散文，而是"更狭窄一点"的那一种。即使在这个更狭窄的范围内，我还有更更狭窄的偏见。我认为，散文的精髓在于"真情"二字。

这独特的真知灼见，使我猛醒，无论对我的审稿、编辑、个人写作还是评论，都有醍醐灌顶般的教益。

多年来，每次见到季羡林先生，他都是佛像一般的平静。老人本来就话不多，对于没有意义的话题更是沉默缄口，简直木讷得像一棵老树。但是，你要是认为他是事不关己高高挂起的和事佬，是只会哈哈笑的弥勒佛，是只会唱赞歌的拍掌派，那你可就大错特错了！季先生是位有原则的知识分子,对许多重大问题都提出过自己的意见和批评,只不过他不是采取怒目金刚的方式,而是绵里藏针,微言大义,让你自己省悟。比如他在《纪念郑毅生(天挺)先生》一文中,就有这么一段:

> 我于1946年来北大任教。那时候的北大确实是精兵简政。只有一个校长,是胡适之先生,并不设什么副校长。他下面有一个教务长,总管全校的科研和教学。还有一个秘书长,总管全校的行政后勤。再就是六个学院的院长。全校的领导仅有九人。决不像现在的校长一走廊,处长一礼堂,科长一操场这样伟大堂皇的场面……

这是典型的"季式文笔",大师自有大师的风格,不是"噼噼啪啪"就砸过去了,先把你批个体无完肤再说;而是提醒,是劝解,是循循善诱,帮助你自己提高认识,慢慢把弊病改掉。季先生是对的,小到一个人来说都是"江山易改,本性难移",更何况国家的和世界的大事,绝没有一早晨起来就到处都是蓝天白云,整个地球哪儿都是一片灿烂阳光的。

大儒无声

极为可贵的是,季先生也绝不是"两耳不闻窗外事"的书斋式学者,相反,他相当入世,胸中承载着天下万物,时刻守望着民族、国家和世界,还有大自然。这是他一生为人的一个基点。特别是晚年躺在病床上,他闭着双眼,也不吭声,你以为他在小寐,其实他是在思考,都是宏观世界的重大问题。考虑成熟了就择机提出,毫不考虑对自身会否带来负面影响。他的老秘书李玉洁老师曾有一次跟我感叹说:"老先生想的跟别人都不一样,有时还特别超前。就见他闭着眼睛皱着眉头在那儿想,我们跟都跟不上。"

比如最让人震惊的是2001年9月10日,季羡林先生出席全国政协会议,发言时,他突然讲起21世纪的中国和亚洲一定会上升,而美国则早晚要倒霉,因为它一天到晚做国际警察,尽管最富有和强大,但当今世界谁也不能强加于人,因而多行不义就必然要走下坡路……仅仅过了十几个小时,大会的剪报还没来得及出来,就从美国传来了举世震惊的"9·11"事件,许多昨天还认为他讲话不沾边的人,这回是把季先生佩服得五体投地。

而李玉洁老师更想起早在二十多年前，季先生就曾大谈“和谐”：“中国传统文化的根本就是和谐。人与人要和谐相处，人与大自然也要和谐相处，必须珍惜资源，保护环境。”他还援引歌德曾经怎么说，恩格斯曾经怎么说，梭罗曾经怎么住到瓦尔登湖过简单生活等等。当时，中国正处于一切为经济大发展让路的阶段，“和谐”与“环保”在中国还没有形成概念，所以人们跟不上季先生的思想，有人表示不耐烦，认为他老糊涂说话没把门的了，还有人公开批驳和反对。可是无论如何，季先生就是不松口，一再坚持说“不和谐就不能稳步前进。”今天，当时间驾着巨翅轰轰隆隆地飞到眼下，人们回头再看来路时，不禁感慨者再：“老马之智可用也”（《韩非子》），季羡林先生以自己独立思考的原则性，坚持了多么睿智的真理啊！

而现在，季羡林先生远去了，我们对他高尚的人格认识得更清晰也更深刻了：他坚持的就是中国文化传统所推崇的知识分子精神，古称布衣精神，亦即圣贤精神。这是从五千年中华民族文化精神之树上开出的灿烂花朵，是从孔孟、老庄、诸子百家、竹林七贤……无数知识分子薪火传承下来的高贵文脉。这个文脉讲究的是“仰不愧于天，俯不怍于人。”“君子之爱人也，以德。”“见贤思齐焉，见不贤而内自省也。”“君子贵人而贱己，先人而后己。”……这是我们中国的国魂，是中华民族世代相传的精神支柱，是我们民族振兴、国家富强的立国之本。

关于大师

写到这里，还有一点要补充的，就是我对季羡林先生究竟是不是“大师”的看法。这也是先生辞世以来的几天里，许多人纠缠争论的问题，连香港的报章上都出现了此类文章，还有不少人为“中国永远不再有大师”而焦虑。

关于“大师”的桂冠，早在2002年，季先生就公开声明自己不是“国学大师”，不是“学术泰斗”，也不是“国宝”。他殷殷真情，言辞恳切地说：“我是什么大师？我是一个农民的儿子，是一个‘土包子’。”后来对称他为“国宝”，他也“极为惊愕”，内心不安，不能接受。

就我对季先生近距离的接触而言,我感觉,这实在是先生的真心话,是杜鹃啼血,是布衣本色。尽管了解季先生的人都知道他的学问到底有多深厚——他在上中学时就能用英文写小说了;他在清华上学时就已是校园里的知名学生了;他直到耄耋高龄还能熟练背诵数百古典诗文;他最终修炼得懂12国语言,在东方学的许多领域都有建树……可是他从来不提自己的这些辉煌,还老是拿着自己的短处去比别人的长处,这样越比就越觉得自己的学问境界还差得远。在中国,凡真正的学问大家,都是"学然后知不足"的人,季羡林先生也是走在这个队伍中的一员。

所以我斗胆认为:所谓"大师",不过是人们心造的一个神话而已!大师有标准吗?没有。大师有硬件指标吗?没有。大师有谁批准而后生效吗?没有。但大师又是一定存在的,世界需要他的存在。大师是人的心,是民族的图腾,是社会的参照;同时,大师也是一种不能推卸的使命和责任,担负着榜样、偶像、木秀于林,众矢之的……担负着引领民众前进的重担!

还是让我们引述当年李长之先生的话吧,在半个多世纪以前,他就对文学批评家提出了要求十分苛刻的"行业标准":"书评家……水平要高于作者,除了要有锐利的眼光、热烈的感情和伟大的人格,还需要有哲学、美学、社会学、伦理学的知识。文论家要精通语言学和文艺史学,掌握美学或诗学,连生物学、心理学、政治经济学、历史学这些东西,也要越广博越好。"这还只是要求批评家,遑论大师?但我觉得,我们完全可以把"要有锐利的眼光、热烈的感情和伟大的人格"横移过来,而且"伟大的人格"是要放在首位的。

我眼中的季羡林先生,首先就是一位人格大师。

敬爱的季羡林先生,感谢您一直坚持到了98岁高龄,使我们得以跟在您身后,就像跟在一座巍峨大山的身后。今天您去了,我们都来送您上路,祝您一路走好!

2009.7.11初稿,7.15日补充修改

于英伦巴斯雅文河畔

让爱在灰烬里重生

吴光辉

一

我听到了悲伤从我的皮肤渗入到心脏的声音。

我觉得父亲的灵魂恐怕已经死了,而肉体还在苟延残喘。我守在父亲的身边,看着他一张一合打着呼噜的嘴巴,看着他那绯红的两颊,觉得他的脸色比没病的人还要好看,可两只细眼总是闭得紧紧的。父亲总是咽不下最后一口气,喉管深处咕噜咕噜地作响,不停地泛出一股股混浊的气体,嘴巴张得老大,龇着黄黄的大牙,喘着粗气,高高隆起的肚皮一上一下高低起伏着,看上去就像是睡着了。

父亲昏睡在生死边缘。五十多岁的刘老板已经给父亲换上了送老衣,轻车熟路,动作麻利。父亲穿的是一件黑呢大衣,里面是一套藏青呢衣裤、涤棉白衬衫、黑布棉鞋、戴着藏青呢帽。刘老板说送老衣一定得儿子出钱买。整个小城卖的送老衣全都是老式衣服,料子也差,刘老板拿来送老衣时,母亲就将它们放在家对面的储藏室里。那是一小间临时棚子,不到两平方,没有窗子,阴暗而潮湿,专门堆放杂物。母亲张着涂了口红的嘴说,送老衣放在家里她很害怕。说这话时的表情,是那样的娇气,仿佛她的年龄不是七十,而是十七。

刘老板五十多岁,满脸的胡茬,是县医院太平间的运尸工,现在作兴搞第二职业,注册了一家丧事公司,他就成了老板。他取过一只破破烂烂的人造革包,从中掏出一张早已沾满油污的牛皮纸,展现在父亲的冷床前,看看方位,瞄瞄左右,见父亲还是这样拉风箱似的喘着,就对我们兄妹说,肯定是小鬼没找着路,得烧纸,引魂,才能走。我明白他说的走就是断气。他见我们全都以怀疑的目光看着他,又胸有成竹地说,前进街的陈老爹,去年寒里天临死前就是这样,不肯咽气呀,就是烧了引魂纸才走的,这一招笃灵!

我心里一直在想,父亲会不会死不了,他的脸色是这样的红润,看上去根本就不像一个病人,听了刘老板的话,半信半疑。父亲已经昏迷了十多个小时了,一直在医院的抢救室里。我少年时的同学是阜宁县医院的心血科主任,他在父亲的鼻孔里插了氧气,不让他断气,专等我从淮阴赶回去见最后一面。我前一天回来看望父亲,那时医生还说可能拖一个月两个月的,我想让姑父姑母出面与母亲谈谈,让她同意将病情如实地告诉父亲,也好让父亲临死前有个交代。然而,当姑父姑母两人赶来时,父亲已经不能说话了。

一直到我赶回阜宁,看到父亲已经躺在抢救室里,两只光脚裸露在白色的棉被外面,一动也不动,父亲还不知道自己得了绝症。母亲坚决不准我们兄妹告诉他。我在想父亲从医院运至家里,换上了送老衣,抬上了北高南低的冷床,依然不肯咽下最后一口气,肯定是想要对我们交代他的后事。

刘老板像是指挥一场生死决战的将军,果断地对我们说,儿孙们守着不能离开半步,女儿女婿外孙女去烧引魂纸。他又让我妹子捧着纸钱,妹婿拎着引魂灯,外甥女举着引魂幡,跟着他默不作声地出去了。父亲还是一个劲儿地喘着,他的手骨瘦如柴,手背上有无数针眼、布满深黑色淤斑,我伸手摸了摸,感到还有点热。

这时,父亲看上去完全就像是在睡觉,根本就不像是个将死之人。这时,刘老板他们一行烧纸的人,从门外一脚跨进来,眼睁睁地看着一阵阴风在父亲的身上打了一个盘旋,将父亲头前的那盏油灯无声地吹灭了,父亲从肚子里排出最后一口粗气,发出一阵打呼噜似的声响,就再也没有动静。

父亲死了,这一年恰好是七十七岁,与曾祖父、祖父、伯父的享年完全一样。父亲曾经说过七十七岁是他的一关。

二

悲痛在迅速地涨潮,很快就漫过我的头顶,把我的全身给淹没了。我窒息在母亲声嘶力竭痛哭声里。

看见母亲迫不及待地将父亲的衣物付之一炬,我的内心怀着一种强烈的内疚。父亲生前穿过的衣服,被一件一件地抛进火堆,迅速放射出耀眼的火光,很快又升腾起一股浓烟,传来一阵阵扑鼻的焦煳味。跪在一边的四表哥对我说,衣服都是化纤的,好烧。这些做工粗糙的衣服,都是父亲为了省钱到裁缝铺里做的,料子也差,式样也土。我想父亲这一辈子没当过官,也没做过生意,省吃俭用,抠出那点钱,也实在不容易。

父亲不知道自己的病情,没有留下任何遗嘱,他生前在经济上与母亲实行AA制,每个月交给母亲两笔钱,一笔是他自己的生活费,另一笔是给母亲的补助费,母亲是企业职工,工资低,经常吵着要父亲给她增加补助的标准。除了这两笔钱,其余的收入都是父亲自己支配的。没有人知道他究竟还有多少钱,也不知道他将这些钱存放在什么地方。那夜守灵到了下半夜,我就听到衣橱的方向不时传来声响,肯定是用手指弹敲橱门的声音,去看看,什么都没有,刚回来又听到同样的声音,我很纳闷,天亮后我将这事告诉了母亲。我捧着父亲的遗像,随送葬的队伍去火葬场,母亲没有去,就在家里将父亲的遗物一件一件地清理,目的是为了找钱。她叫服侍父亲的护工顾奶奶将一一清查过的遗物,用塑料绳打成包,送到了公墓,在骨灰安放后一件不剩地全部烧光。焚烧的浓烟在我们的头顶上空飘荡。

送葬的亲朋好友开始逐一跪拜,母亲就沙啦啦地号哭起来了,她天生的大嗓管子,用着扬州加阜宁的混合土腔,列数起父亲一生的种种不是——

“吾的命怎么这样的苦呀,跟着你没过过一天好日子呀,你一辈子就这样窝囊废呀,没当过官呀,才当一个副股长呀,活现人眼呀,吾今后的日子怎样过呀,你一辈子都对不起吾呀……”母亲从来没有像今天这样伤心,她为自己而悲痛欲绝。

母亲一把眼泪一把鼻涕地哭诉着,她只在父亲的一件大衣口袋里,翻出了三千五百元现金。而父亲的那件大衣恰好就挂在那个衣橱里,也就是昨夜守灵时我听到声音的那个地方,我推想父亲是想让我去拿他这三千五百元钱。

送葬队伍开始陆续离去,父亲的葬礼结束了。我回头望去,父亲的遗物已经变成一堆灰烬,唯有一丝青烟袅袅婷婷地飘拂而上。我抬头仰望青烟之上的天空,觉得父亲的灵魂肯定飘浮在上苍,肯定在注视着我们。

从此,我与父亲唯有在梦里才能相见。

三

刘老板说,尽了七,葬礼才算真正的结束。“尽七”又叫断七,祭过此七,烧七即告完成,“尽七”要举行隆重的祭奠,亲友都要来焚烧纸钱,到坟前祭拜。我父亲是农历十一月二十五去世的,到了“尽七”那天是正月初七,正好遇到了“撞七”,“死者不撞七,活的没得吃”,刘老板说这是吉利,但要提前一天举行“尽七”仪式。所以,为父亲过“尽七”是在正月初六那天。

我一直感觉父亲没有死,只是出了一趟远门,一直到“尽七”那天为父亲烧纸,才真正感到父亲真的死了,再也回不来了,直到这时我才开始静静地思考父亲的去世。父亲在世时能喊一声爸,我再老也觉得自己年轻,因为我永远是父亲的幼子。而父亲撒手西去,我再也没有一个让我叫声爸的机会了,我顿时变得老了。父亲走了便拆除了我前面的一道生命护栏,从此我便直接面对着自己脆弱的生命。因此,我这次烧纸时的心情,比起安葬父亲时还要沉重,自己的情感长跪在“尽七”的哀痛之中,再也爬不起身来。

我们将酒馔、羹饭、焚纸从塑料袋里一件一件地取出来,安放在父亲的墓前,开始为父亲烧纸钱,一股浓烟便从我面前腾空而起,我被熏得两眼发红。这时,有一群燕子闪电般在我们的头顶盘旋,不厌其烦,反反复复,重复着在空中划着一个又一个椭圆。我推想那群久久不肯离去的燕子,肯定就是父亲的思恋,父亲还在留恋着世上的一切,留恋着我们家人。燕子的本质就是恋家。燕子便是父亲的亡魂。

刘老板说,“尽七”仪式过后,孝子才能烧孝鞋、丧杖,才能撤灵堂。可妹子对我说,母亲早就将父亲的遗像撤了,只是在我回去为父亲“烧七”时才又摆出来。

“尽七”这天,母亲再一次抓住为父亲烧纸的机会,开始数落父亲一生的种种无能和谴责我们兄妹的种种不是,捶胸顿足,声泪俱下。母亲从头七开始一直到尽七,再从清明一直到周年、除夕,每次为父亲烧纸,都要听她用失去原味的扬州口音发难。每次烧纸,我便闻到了火药味,好在我们兄妹早已习惯了母亲的性格。

母亲总以为自己出身于扬州,高贵而又洋气,而父亲只出身于苏北泗阳乡下老陈圩子的一个农民家庭,老土而又低贱;我推想母亲要不是出身于国民党少校军官的家庭,解放后自己成分不好,肯定是不会下嫁给父亲的。母亲自以为长得漂亮,总是说一块馍头搭一块糕、一朵鲜花插在了牛粪上,其实她自己的两条腿一长一短,走起路来有点儿一瘸一拐,听姑母说,当年父亲将她第一次带回老家时,她说走不动乡下的土路,让祖父用独轱辘小车给推到家,一下车乡下人就看出来了,母亲走路有点一瘸一拐的,都说父亲一个中专毕业生,怎么找这样一个老婆,几乎就是一个残疾人!可母亲一辈子却总是嘲笑父亲三搿个、驮背腰、细眼、黑皮,再加上头发也少,稀毛秃夫;母亲认为自己嫁给父亲,简直就是时代的错误,特别是父亲一辈子没当过官,连个小小的股长还是副的,三木棍也打不出一个闷屁来,活脱脱就是一个窝囊废。

我心里明白,母亲是想用她的撒泼,来镇住我们兄妹,生怕我们兄妹与她平分父亲的遗产。其实,对于父亲的遗产,我们从来都没有想要过。“尽七”这天,她看我们兄妹的眼神是那样的凶狠。直到这时,我们终于明白,她为什么不让我们将病情告诉父亲,是怕父亲留下遗嘱,将遗产分给我们,而绝不是担心父亲知道自己得了晚期肺癌后加重病情。我们兄妹早就决定,将父亲的遗产全部留给母亲养老送终。父亲去世后,母亲对我们兄妹反复说,她这辈子与父亲没有感情。我想起父亲在弥留之际,一把抓住她穿金戴银的手,想多与她在一起几分钟,可被她义无反顾地挣脱了,啪的一声关上病房的门,有点儿一瘸一拐地扬长而去。

父亲的依恋被冷冻在富尔马林的气味里。

四

我的世界开始下雾,很快我就被烟雾淹没了。

"父亲,儿子为你送钱了,在阴间也要过个肥年呀!"我一边烧纸一边祷告,媳妇将四碟小菜、一壶老酒、一双筷子拿出来放好,然后开始将事先从苏北市场买来的金元宝、银锭、面值亿元一张的冥币、麻将、黄纸一起焚烧。烧纸的白烟,与河边涌来的浓雾融为一体,就像水乳交融。

我心里估摸着母亲就要开始列数父亲的罪状了。母亲这辈子没有做演员,是她人生资源的最大浪费,她说笑就笑,说哭就哭,笑起来开心爽朗,前仰后合;哭起来悲痛欲绝,泪如雨下。我们烧纸前,她还有说有笑,烧纸时她的脸就迅速地晴转阴,暴风骤雨很快就劈头盖脸地打来。

父亲去世后的第一个春节,我借了一辆小车,让媳妇专程将母亲接到淮阴,在去酒店吃年夜饭之前,我们在楼下选了一处靠河边的路口,开始祭奠父亲,让他在阴间过年时也有吃有喝有麻将玩。果不其然,母亲也就拉开了架势号啕大哭起来,边哭边数落起父亲:"你对不起我呀,扔下我不闻不问呀,让我一个人孤苦伶仃呀,你没兑现给我的承诺呀!"过了年就七十二岁的母亲沙啦沙啦地号哭了大半天,却没落下一滴眼泪,原本涂脂抹粉的老脸依旧瘆歪,原本抹过口红的老嘴依旧疙贱。

我一边听母亲的哭诉,一边暗想,伯父去世后,伯母也是一个人在泗阳老家过的,每次见到伯母总是欢天喜地往我的车上拿草鸡蛋、洋河酒。草鸡蛋是她养的那几只老母鸡下的,洋河酒是她的大儿子厂里发的,可就是从来没有听她说孤苦伶仃。然而,小城里的母亲不是乡下的伯母,自父亲去世后,母亲早上去锻炼场,下午去麻将场,就是夜里害怕,就每天花十元钱,找一个老奶奶陪她睡觉。这样问题也就来了,这陪睡的人选成了重要问题,母亲嫌第一个老奶奶夜里会打呼噜,自己花了钱反而成了陪那老奶奶睡觉的了;嫌第二个老奶奶上卫生间不放水,搞得臊气冲天;嫌第三个老奶奶太势利,要她给她孙女找工作;嫌第四个老奶奶太脏,身上臭烘烘的。有一次,我回家看到陪睡的老奶奶忘了关纱门,被母亲喝令立即去关门。我看到母亲的老眼里放射出忍无可忍的怒火,那老奶奶像是做错事情的小学生,低着白发苍苍的头,红着皱纹纵横的脸,不敢吱声,轻手轻脚地赶紧去关上了纱门。母亲对我说,你看看,你看看,二五郭瘩的!“二五郭瘩”是阜宁的方言,就是南京的二百五、北京的傻帽儿、上海的十三点的意思。这几个老奶奶全都是干几个月就走人,没有一个像父亲那样的好脾气,能够承受母亲几十年的恣意妄为。父亲去世前一年的中秋节,父母去我妹子家过节,走到半路上遇到母亲的一个熟人,父亲生性愚钝,没与那人打招呼,结果到了我妹子家,母亲从吃饭起开始发难,一直骂到饭后,拍桌打板,非得让父亲向她承认错误、低头认罪。母亲一生就是这样的要强,凡事都想占个上风。

昨天下午,母亲被接到淮阴,从小车上下来时,我暗吃了一惊,母亲比以前看上去年轻多了,眉毛明显地描过,唇上抹了鲜艳的口红,脸上拍了一层粉底霜,头发也染烫过了,颈上戴了两条镀金的项链,两手各戴了一只金戒指,两腕又各戴了一只金镯子,外面穿了一件大红色外套,里面是一件紫花棉袄,下面是一条黑色健美裤,脚上穿了一双白色运动鞋,从头到脚根本就看不出七十多岁人的样子,简直就是老妇聊发少年狂。只是两只眼睛还和过去一样,放射出凶巴巴的光芒,一副随时准备战斗的模样。

今年除夕,母亲先是在烧纸时,哭诉父亲一辈子的无能,骂得咬牙切齿,然后在吃年夜饭时开始寻找新的攻击目标。我事先已经向妻儿们交代过,不管她怎样撒泼,不准跟她吵。所以,整个年夜饭,大家的脸色全都板着,但没有吵闹,表面上总算相安无事,我长长地松了口气。

正月初六,母亲回到阜宁时,对我妹子说,她这次来淮阴受尽了我媳妇的凌辱,证据有三,说我媳妇一没有帮她提包,二没有向她敬酒,更让她不能容忍的是第三条,上卫生间时媳妇居然用屁股朝着她!我妹子为她嫂子辩解了几句,结果母亲与我妹子狠狠地吵了一仗。母亲伤心欲绝地号哭说,她万万没有想到,连自己从皮肚子生下来的亲生闺女,也帮起外人跟老娘干仗了!

回家的路上,母亲一路走一路落泪,伤心至极,没想到作为贴身小棉袄的亲闺女,也不跟自己一条心,泪水也就止不住哗哗地流下来,将原本搽了厚厚一层粉底霜的老脸，冲出两道泪沟。母亲回到家中，一屁股坐在沙发上，失声痛哭起来。泪流满面的母亲瘫倒在从未有过的孤独之中。

五

想来也奇怪，父亲去世已经一年零五个月了，可他的长相，在我的脑海里，越来越清晰；而母亲自过了年回去以后，只有短短的五个多月，却让我怎么也想不起她的长相。昨天一大清早，我忽然做了一个梦，梦见了久违的父亲。他还是那样的沉静温顺、一声不吭，萎缩地坐在一只小木凳上，倚着地下车库的墙角，与一个我不认识的老头闲扯，东家葫芦西家瓢的。父亲还是细眼，驼背，三摺个，只是脸色蜡黄，不像生前那样的红润。

梦里，我见他穿着一件老棉袄，淡灰色，生前没见他穿过，两只手躲藏到另一只臂膀的袖笼里。他见了我便说他嫌冷，我说我有钱，给您买件保暖衣，羊毛的，加厚的，就不冷了。我边说边从自己衣袋里，掏出一沓钞票来，深红色，二十多张，仔细再看却都是苏北市场买的冥币，面值只有五十元，我便说这可不行，我回去拿。我刚要走，抬头一看，父亲的左耳垂少了一块，还用纱布包着，便问他这是怎么了。父亲只是叹了一口气，说自己的脸破了，真是没脸见人啦。我再想与父亲说话，却已从梦中醒来，抬头看见挂在墙壁上的钟，六时半。我猛然想起，母亲改嫁，跟人从阜宁出发，去南京旅行结婚，正是今早六时半。

母亲通知我她要再婚的时间，是前天的上午。据我妹子说，母亲与那个老头早已选准了日子，前天我是正式接到母亲的电话，说是征求我的意见，我们作为子女，能有什么意见？婚姻自由，新中国成立至今，整整已经六十年了，我们能不懂吗？听妹子说，母亲终于在她七十二岁的高龄，找到了她的真爱，又说母亲提起那老头就眉飞色舞，说那老头是大个子，白脸皮，浓眉大眼，腰挺笔直，弥补了父亲的所有缺点，当然更重要的，这个老头在退休前是局长，正科级，退休工资就三千多元，而且有个性，不像父亲那样窝囊废，三棍都打不出一个闷屁来。母亲说是通过她的一个朋友介绍的，其实这老头曾经是父亲的同事，母亲与他早就认识。我只是有些担心，母亲的个性强，能与这老头相处好吗？我妹子来电告诉我，自母亲宣布找到了情感归宿之后，性格好多了，几乎像换了一个人一样。现在看来，如果真的能改变母亲的个性，母亲再婚也许是件好事，只是我一定得慰藉才去世一年半的父亲。

我决定去苏北市场买些纸钱，晚上烧给父亲。父亲说冷，肯定是见母亲再婚了，他感到心寒呀。他的脸破了，肯定是觉得母亲再婚，自己没脸见人了。而做这个梦的时间，正好是母亲再婚的日子，不早也不迟呀。我断定是父亲托梦给我的。母亲再婚，三天前妹子就对我说了，我没有做梦；两天前，母亲亲自对我说了，我也没有做梦呀，为什么偏偏是今天早上做这个梦呢？

这天夜晚，没有风，天上也没有星星，我还是选择了河边路旁，带着妻儿焚烧起纸钱、银箔、冥币、金锭、麻将、衣裳。我面对夜空，跪向西方，悠悠地呼喊起来："父亲，儿子率全家，为您烧纸了，给您烧去两套衣服，唐装、衬衫、领带，时髦呀，让您在阴间也穿得好看些，别让阴间的女人也瞧不起。"我见那两套纸糊的唐装，在火焰中迅速化为灰烬，便开始烧起冥币来。"这是五亿元一张的大钞，您在世没有见过这么多的钱，现在您拿去，在阴间想吃什么，就买什么，想穿什么，就买什么，不用省，不要像活着那样的抠门，抠到了最后都给了母亲，自己还留下个老抠的骂名，这一沓是十亿元一张的，您在阴间也安个家吧……"

整个焚烧的过程，居然没有一丝儿风，燃起的青烟直向漆黑的夜空升去。我有点儿失望，生怕父亲没有看到我在烧纸，嘴里便一遍又一遍地念叨，今天夜里怎的没风呢，怎的就没有一丝儿风呢？也就在我们将所有的一大堆子纸什焚烧殆尽之际，从河边突然刮来一阵冷风，来到我们的跟前就停了，打了两个旋转，将纸钱焚烧后的灰烬，一股脑地席卷而起，向漆黑的夜空飞腾而去，只几秒钟就无影无踪。

我睁大双眼呆呆地凝视着眼前空空如也的夜空，觉得自己刚才焚烧的，根本就不仅仅是纸钱。因为不管你争强好胜地火光冲天，还是默默无闻的烟雾弥漫，到头来都无可逃避地化作灰烬，化作尘埃，能够剩下留给人间的，恐怕唯有爱了。而母亲今天好像终于寻到了自己一生的归宿，寻到了她的真爱，但愿她从此能真的变得和蔼可亲。

但愿母亲的爱能够在为父亲焚烧纸钱的灰烬里重生。

东方智叟
——悼季羡林老

吴为山

季羡林身上有一种东方性！这是我见到季老的第一感受。我读过季老的散文，也知道他在佛学、语言学、中印关系史等方面的杰出成就。十几年前，我初次到季老北大的家中拜访，当见到走出书房来迎接我的季老时，我不禁一怔：这不就是一尊典型的东方智者塑像吗？

先生穿一身旧的蓝色中山装，口袋别了一支钢笔，清癯的脸庞，瘦瘦的身子，棱角分明的头颅上长着稀稀的银发，平和、含蓄的表情里蕴藏着深不可测的敏锐与高超。

准确、平实、不带任何夸张地将他塑出来，就是极好的作品。我思忖着，并暗地为自己能碰上这么一个塑造对象而高兴。我是应邀来为季羡林资料馆塑季老像的，没想到一见到老人就有了这么成熟的构思。

季先生的书房里摆满了一排线装本古书，《大藏经》里夹着些纸条子。被磨得发亮的旧桌子和木椅古朴沉稳。先生让我坐到他对面的沙发上便谈开了："我在《光明日报》上看过有关你的雕塑介绍，很不错。"一句话使我一下子消除了刚见面时的拘谨，我向季老谈到创作中国历史文化人系列雕塑的初衷，先生认真倾听着。他告诉我，1995 年 5 月他曾在《收获》杂志上写了一篇《一个老知识分子的心声》，也是为知识分子写真的。他说："在中国古代没有塑人像的习惯。古代主要是为仙佛造像，是塑神。……"

季老约我第二天再来，又一次见到他时，他竟然用他独具特色、秀润清雅的行楷为我书就其所撰写的评文："中国古代雕塑造像胥为仙佛造型,出自想象,面目必多雷同。即以全国南北之五百罗汉而论,造像者非不欲塑造不同面型,然而,脱离实际人物,想象究亦有限,其捉襟见肘之窘态在在可见。此等塑像虽不乏浑朴肃穆之气,恐尚不能称为真正艺术也。近代以来人物雕塑崛起,中国雕塑艺术遂进入一新境界矣。吴为山教授英年岐嶷,独辟蹊径,为时代塑像,为文化塑像,又为文化人系列造像。将文化精神溶入历史发展生生不息之长河中,扬中华之文化,开塑像之新天。”

先生娓娓道来,像中国古典章回小说中描写的高人一般,论古道今,表情几乎没有变化。这正是人们常常忽视的一种“无表情的表情”。这是“大智”、“天哲”才能达到的境界。我联想起许多摄影作品从仰视的角度把季老拍得那么“威武”,是多么外露、概念和简单化!

在南归的班机上,俯瞰苍穹飘忽的白云,回味着伫立于夕阳余晖里向我挥手的季老,我拿起速写笔忆写了一幅季老肖像,以作为雕塑的最初定稿。后来雕塑塑就了并铸成了青铜,季老满意,我自己亦颇为满意。

2001 年 4 月,应北京大学、清华大学之邀,我曾为两校的图书馆创作冯友兰先生像,雕像先后在北大、清华揭幕,而巍然屹立于北京大学图书馆的这尊《冯友兰》像就是由季羡林先生和任继愈先生揭幕的,2009 年 7 月 11 日,二老均已仙逝、驾鹤西去,真是国丧二宝,锥心不已。

面对为季先生所创作塑就的青铜像,我能真切地感受到季老音容笑貌中透发出的东方智慧、品质精神和境界人生。

舅舅的红缨鞭

舒　正

春节刚过,母亲就在电话里哭着告诉我:"你舅舅昨天夜里两点钟走了,活了八十四岁,卧床一年多,虽说没什么大病,可到底是熬尽了油的灯……"说着,已泣不成声。我顿时潸然泪下,跟着,思绪便飞回到桑干河边。仿佛看到舅舅坐在车辕上,手握大鞭,鞭梢上红缨跳动着,孤独的身影,渐渐地远了,背景是一望无际的青纱帐。随后许多往事,一如脱闸的水,从记忆中喷涌出来,在我的眼前汪洋着。

一

舅舅出生在桑干河边。河边笔直高大的杨柳;倒映在河水里的柳丝;两岸漫漫的青纱帐;园子、辘轳和井;还有那杆他握了一辈子的红缨大鞭,那匹马,那辆车……都与舅舅的心紧紧地连接在一起。还在孩提时代,母亲就带着我,开始在祖母与外婆家的乡间小路上穿梭了。我的祖籍在北水泉镇,距离外婆家住着的小渡口几十里路。父亲长年在口外谋生,我和母亲便经常住在舅舅家。这期间,接送我们母女俩的,就是舅舅和他的那辆马车。舅舅长着一副高挑个子,腰杆像桑干河边的白杨树一样挺直,脸上堆满了和蔼、善良。他对孩子们很好,从不大声呵斥,对我更是呵护有加。那一年,我六岁,表姐七岁,表哥十一岁。我们几个整天在一搭儿玩,有时玩得过了火,便哭的哭,闹的闹。这时,舅舅就过来和我说:"别哭,走,舅舅领你们到一个地方去,现在正是秋天,那地方可好玩儿了!"接着,便把我们一个一个抱上马车，然后坐在车辕口，轻轻扯一下缰绳，将手中的红缨鞭一挥，“驾”的一声，那匹大红马便撒开蹄子，驾着车，欢快地跑了起来。我们在车上被颠得东倒西歪的，互相紧紧抓着手，一下子便破涕为笑了。

不一会儿，马车就把我们带到桑干河边。河边是舅舅的地。正值收获季节，赭红色的穗子缀在玉米棒子上，输送着清香。火红的高粱齐刷刷地聚集在一起，映红了桑干河大半个水面。鼓胀胀的豆角恨不得敞开肚子，让那些豆子马上蹦出来。香瓜的清香和甜蜜，掀动着鼻孔，狠劲地往里钻。表哥“嗖”一下子跳下车，撒腿就往地里跑。我和表姐不敢跳，就大声嚷嚷着。舅舅回过身来把我俩挨个儿抱下车。我们一下子便没入青纱帐里，猴子似的在高高的玉米、高粱之间钻来钻去。河边，远远传来舅舅的喊声，“慢着点儿，不要碰坏了庄稼！”

舅舅很会侍弄庄稼。玉米、高粱地里间作豆子，边头、地埂点着葵花、香瓜，高的高，矮的矮，高低相间，错落有致。庄稼的清香，瓜菜的鲜味儿，弥漫在桑干河边，飘进两岸的农家院里，引得周围的人们不断地抬起眼睛朝河边张望。我最喜欢绿豆角，一根蔓子上，结着许多长长的豆荚，鼓鼓的，一捋就是一大把。剥开豆荚，里面的豆子晶莹鲜亮，就像一串均匀的绿珠子，吃到嘴里，比吞下一颗颗冰糖粒儿还有滋味。立在平展展的豆田里，我痛快地吃着。

晌午的时候，强烈的阳光直直地射在桑干河里，波光粼粼的水面上，折射出斑斓而耀眼的光环。“栓姑——回家吃饭了！”舅舅大声喊着我的乳名，然后又喊表哥和表姐。寻常，舅舅总是先招呼我，才去招呼表哥和表姐。显然，在舅舅的心目中，我的位置是显赫的。“哥、姐回家了。回家煮玉米、豆角吃！”我大声喊着。不一会儿，我们便相随着从地里钻出来，向马车走去。表哥嘴里啃着熟透的香瓜、抱着满怀的玉米棒子，走一步，掉一个，真成了狗熊掰棒子了。我和表姐的口袋里鼓鼓的，头上、身上满是折碎的草叶和庄稼叶子。舅舅拍打着我们的身子说：“看看，把衣裳弄成这个样子，回去非让你们的娘揍你们不可。”舅舅在吓唬我们。其实，舅母和母亲不会揍我们，舅舅更不会，他整天都笑眯眯的，有着一副菩萨心肠。

我们回到家里，一进大院，就见姥姥弓着腰倚在小院门口，翘首望着我们。“姥姥——”我用手按着鼓囊囊的兜子向姥姥跑去。表姐表哥也向奶奶跑去。姥姥伸开双臂把我们搂在怀里，亲昵地说道：“快进屋吃饭吧。”屋里，母亲和舅母已经把饭菜摆在炕上。黑瓷盆里，用黍子米面做的糕又黄又软，上面抹着一层黄灿灿的油。我和表哥表姐很自然地把头伸到盆子跟前，接着便伸出手来。舅母赶忙说：“别价，洗了手再吃！”雪白的豆腐，绿莹莹的菠菜，绵绵的土豆块，释放着诱人的香味儿。我们狼吞虎咽地吃了起来。舅舅也坐在土炕边上吃着，看着盆里的糕不多了，就说，“你们慢慢吃吧，我是吃饱了。”母亲赶忙说道：“哥，你还得赶车呢，吃那么点饭，哪能行呀！”舅舅光是笑笑，筷子却是不再动一下了。

二

舅舅家的院子是典型的河北农家大院，里边又大又宽敞。一排正房姥姥和舅舅一家人住着，正房西面是几间闲房。院子南墙边有一棵杏树，每年结好多杏，吃不了的时候，姥姥就把杏核儿剔出去，晒成杏干。没有水果的季节，这些杏干便成了我们的口福。东墙下，有一株紫葡萄树。一到春天，舅舅就把在地下埋了一冬的枝条小心翼翼地刨出来，搭在预先支好的木架上，在树根的周围挖一个大坑，再在大坑周围垒一个圆圈儿，好给葡萄树浇水、施肥。舅舅用辘辘绞水浇葡萄树。逢到这时，我便和表哥、表姐站在跟前看着，盼望葡萄树快快萌芽、长大、开花、结果。渐渐地，树坑里蓄满了水，不一会儿就渗到了地下。葡萄树喜欢水，尤其是结果的时候。等喝足了水，那水珠就顺着嫩嫩的茎往下滴。这时，我便张开嘴去接那水珠，水珠晶莹剔透，滴进嘴里，凉凉的，甜甜的，馋得我直咂嘴。有一次，舅舅给葡萄树垒圆圈儿、培土。一边垒，一边对我说：“栓姑，离远点，掉进去可就出不来了啊！”舅舅的话音刚落，我就一脚踩在松软的泥土里，身子向前一倾，“扑通”一声掉进了树坑里，吓得我哇哇大哭。舅舅急忙扔下铁锹下水抱我。当母亲从屋里跑出来的时候，舅舅已经把我从水里捞了出来。我全身湿淋淋的，从头到脚都淌着泥水，身上沾满了柴杂棍草，还爬着几个虫虫牛牛呢。看着我这副样子，表姐表哥笑得流出了眼泪。舅舅拉着脸说:“笑啥?还不快去给妹妹换衣裳!”母亲把我抱进屋,几个人七手八脚地开始整理我。姥姥说:“栓姑,别怕,别哭。等树上结了葡萄的时候,农历七月初七,天上的牛郎织女要会面,到那天姥姥领你到葡萄架下面听牛郎织女说悄悄话,他们见面的时候总要哭,一哭,天上就掉雨点儿……”到了七月初七,我攥着姥姥的手,站在院子里仔细听着,可是什么都听不到。于是便想,牛郎织女一年见一次面,见了面光是哭了,哪还顾得上说话呢!

三

舅舅虽然特别疼爱我们,但是对于我们的行为却并不纵容。小渡口南面有一个车站。我和表姐、表哥经常到车站去玩儿。车站院里,有时货物堆得像小山。有一次,我和表姐爬到袋子上去玩儿,发现其中一条袋子上有一个洞,里面装着白糖。只要轻轻按上去,袋里的白糖就不断地往外流。当时,我俩别提有多高兴了,赶忙摁住袋子,把糖拨出来,捧在手里,大口大口地吃了起来;吃够了,又每人拿了一大块包在怀里回了家。舅舅见我们怀里包着白糖,马上开始审问我们,听我们说清楚后,勒令我和表姐把糖送回车站,非常严厉地对我们说:“偷偷拿别人的东西是最羞的事!你们知道吗?”我俩使劲点了点头。“想吃糖,舅舅给你们买,为啥要拿人家的呢?!”我和表姐羞得说不出话来,随后便走出家门,把糖送回了车站。等我们回来时,只见舅舅怀里揣着一大堆糖果、栗子,正站在那里等着我们呢!

河北乡间有赶集的习俗。每到赶集这天,街上便人山人海的,特别红火。于是,赶集便成了我童年最渴望的一件事。可是小渡口没有集,祖母住的北水泉镇有集市,我和母亲便经常到那里去赶集,同时回去看望一下祖母。逢到这时,舅舅便挥动着红缨鞭,赶着大车,把我们送到北水泉,然后住在镇上,等着陪我和母亲赶集。这时,街头已买卖云集,车拉的,肩挑的,提篮的,拎筐的……买的,卖的,边走边喊,热闹异常。路两旁的小摊上、铺面里,针头线脑、糖茶烟酒、布匹染料、瓜果蔬菜……应有尽有,让人眼花缭乱。舅舅牵着我的手,在熙熙攘攘的街巷里穿行,我的两只眼睛滴溜溜地忙个不停。稍后，舅舅领着我来到卖糖人儿的老头儿跟前，孙猴子、弥勒佛、大头娃娃……一个个生动、逼真。围观的孩子们，眼睛都瞪得像小铃铛。老头儿边捏糖人儿边大声喊着："糖人儿，糖人儿，好看又好吃！"舅舅马上掏出钱，让老头儿给我做了一只大公鸡，接着，又到旁边的小摊上给我买了瓜子、糖果。我举着活灵活现的大公鸡，心里又甜又美。临回家时，舅舅还要陪我到饭馆美美地吃一顿面条。赶集成了我最舒心的一件事情。

四

舅舅一辈子爱车，爱伺弄牲畜，对车和马都特别爱惜。他常常用小屋里的一口大铁锅煮马料。马料里有黑豆、土豆。水开了，豆子的香味就从锅盖缝钻出来，在屋子里弥漫着，引得我和表姐直流口水。我爱吃料里的土豆，绵绵的，沙沙的，都开着花。不一会儿，土豆、豆子都熟了，我们便饱餐一顿。舅舅天天在大院里摆弄他的马车和驾车的那匹马，给马喂料、饮水、刷身子，有时还拍着马头和马说话。晨曦中，夕阳下，常常看到舅舅弯腰弓背，用辘轳绞水饮马的身影；夜半三更，总能听到舅舅的脚步声，那是给马添草料。他经常手握红缨鞭，赶着马车到外面拉运货物；出门回来后，把车马安顿好，就又到院里找活儿干去了。干活儿时，总是喊上我、表哥和表姐，让我们站在他的旁边。有时，我们也学着舅舅的样子干活儿，但舅舅生怕我们弄坏什么，就说："慢慢学，长大了，就能做好了。"

南墙根下长满了红姑娘和牵牛花。红姑娘的皮、肉都是红的，里面还有白白的像芝麻一样的小籽粒。吃在嘴里，酸甜酸甜的，引得口水直往外涌。它是我儿时的水果之一，想吃时，就到墙底下寻几个解馋。紧挨着红姑娘，是舅舅插下的一排细竹竿，到了串条的时候，牵牛花就顺着竿儿往上蹿，渐渐地爬满了墙。碧绿的叶子间，缀满了白的、粉的、紫的花，斜斜地悬挂在墙上，煞是好看。我和表姐一会儿摘花，一会儿采红姑娘。舅舅便喊我们："那花不能吃，摘它干啥？让它安安静静地长着不好吗？不要把红姑娘连根拔起来，那它就再不长了。"我和表姐相互吐着舌头，赶忙躲到了墙根下……

舅舅的病故,是我们预料中的事。一年前,舅舅就卧床不起了,听表弟国民说,自从躺倒在床上以后,舅舅就很少吃饭,总是怕麻烦别人,总想自己的事情自己办,但已力不从心。每天醒着的时候,一句话也不说,不要喝,也不要吃,只是定定地瞅着墙角那握了大半辈子的红缨鞭,鞭梢上,红缨像一团火,烈烈地燃烧着,舅舅枯枝般的手却再也挥不动它了。可他清楚地知道,那杆红缨鞭凝结着他一生的心血。红缨鞭无声无息,舅舅也无声无息,慢慢地合上了眼睛……

舅舅去世以后,我做了一个梦——桑干河边宽阔的大道上,舅舅正驾着他的马车,缓缓地向天际走去。车速均匀而平稳。我望着舅舅的背影,紧追不舍。但是舅舅越走越远,再没有回过一次头。鞭条上,那抹红缨跳动着,像一团燃烧的火。梦觉,泪已湿巾。哦,舅舅的红缨鞭!

像潮水一样漫过

朱以撒

大学生活结束后，我留校任教。在中文系资料室的大桌子上睡了一段时间，汪文顶来找我，问我愿不愿意到现代散文史研究室去工作，给系主任俞先生当资料员。这份工作无须坐班，自由度大。想想这一段时间，人总是在一个位置上坐着，整理文字卡片，腻味透顶，又不能在台面上做些自己喜欢的事，时间长了，没有不被扭曲的。就我知道的许多生性灵动的人，坐班坐坏了性情，年纪轻轻已是老气横秋，连行路的姿态都显出了死板。这样的人生，当然与我向往的自由自在相去甚远。

我马上就答应了，真是天上掉下来一个好机会。

一个仲夏的夜晚，月明星稀，汪文顶带我到乐群路十四号的文园拜见俞先生。这一带坐落着许多旧日小洋楼，都是当时的官僚或者传教士建造的，俞先生自然不会是别墅的原主人，只是寄居。入得门来，自成一格的庭院，砖木结构，质朴典雅，月光之下，树影斑驳，可视为养生的好去处。在昏黄的灯光下，我看清室内的结构，由于年深日久，已经显出苍老之相。俞先生深目高颧，清癯简净，只是很简单地和我说几句，表示欢迎，便转向其他几位青年教师。倒是师母的柔和眼神消解了我几分拘谨。晚年的师母依然清秀优雅，我想一定是大家族出来的小姐才能养出这般的气质，小家碧玉是断断不能如此的。后来，师母的名字让我更为惊异，名曰“破奴”，而她的妹妹，则名“解忧”，这都引起我无端的联想。

我每隔一段就到文园去，俞先生把需要查找的资料大要标在纸上给我，让我从书堆里将其钩沉而出，复印装订。它们大都是一些序、跋，寻找算不上困难,只是需要耐性。有时资料过多,俞先生一时未能读完,也就不再给我布置新的任务,这段时间也就由我支配,看我喜爱的书,偏嗜趋于古典的、艺术的。比较而言,我对现代文学实在是提不起兴致,尽管这个时段出了鲁迅、林语堂、周作人,也出了萧红、林徽因、谢冰心,在我看来也就是如此这般。每一个人的内心都有一个时段、一批人物,倾心投入,持守不放,一时说不清缘由瓜葛,却任情而往,眼看就收不住了。

我对俞先生抱怨道,能否让我直接进入书库自由翻动呢,老在窗口"点菜"也太被动了。俞先生伸手把我的借书证拿过去,写下几行小字:"朱以撒同志是我的助手,领导上派他协助我从事科学研究工作,所以在查阅图书馆资料方面请给予方便。"有了这几行字,进出图书馆如入无人之境。近百万册的图书尽在我的眼下,我至今记得第一次进入时的眩晕,排闼而来,心胸堵塞,越往昏暗的深处走,越是有一种不知何往的惊恐。过不了多久,我的眩晕就平息下来,熟悉了其中的门道路径,分类编号,下手一个准。除了更快地完成俞先生交代的任务,更多的时日我就埋在古旧的字帖里畅读,靠笔记也凭心记,不知不觉已忘了主次。大概是哪位老先生看到了,对俞先生说过,或者是俞先生和我交谈时发现了我的分心。他和我谈现代散文时,我是有一句没一句,而我对俞先生描述书库深处有那么多古旧宝贝时,则滔滔不绝神采飞扬。俞先生只是笑笑,既然要谈书法,他知道的也很多,那么,就两人一起来谈书法吧。

一个助手和导师从事研究的方向出现偏差,心事不一,说起来是很危险的,是一个大忌。有位老先生就是这样,把那个我行我素的助手打发走了,以至于后来都过得不好。

我不知俞先生在他微笑的背后,是否也隐藏着不满。

应该庆幸,大学毕业后遇上了俞先生,给了我这个略带散漫的学生一个自在的空间。

俞先生找我谈话了。他的思路超出我的意料,让我惊愕不已。他说:"喜欢书法也不是什么坏事。中文系多年来一直没有人开设书法课,师范大学的学生写不好字怎么行?这学期新生入学后,你就给他们上这门课吧。"

这时,我如果冲动一些,真要上前紧紧地抱住俞先生,表达我内心的快乐。

后来,在俞先生的一篇文章里我才知道,开设这门课也不是那么顺利。有个老教授由于自身的私念,站出来反对,认为没有必要。俞先生认为,有权不用过期作废,不理睬这种反对,定下来再说。他总是这样,不大声言语,言语中微笑,语速缓慢平和,却有风骨在语言的内部支撑着。

俞先生给汪毅夫说过:"像以撒这样的人,我是要保护他的。"

我开始忙碌,这门课程使我全力以赴,有一种开创性的乐趣。俞先生又找了一个人来当他的助手,我远离他所研究的那个方向了。

1984 年,我参加《文汇报》举办的一次全国性书法竞赛,一幅小楷在五万多件作品中被评委相中,拔得头筹,并得以免费游玩沪上一周。回来后到文园,俞先生和师母已从媒体上得知,高兴之至,原以为小打小闹,不意弄出这么大动静。这当然也助长了我的脾性,其中就包括了我的审美方向,还有一些待人接物的方式。许多艺术样式是需要合作的,而书法艺术则强调独立而为,以单干为乐事,沉醉于那个泊然无染、空无幽渺的世界里,渐渐就如脱羁之马了。那些日子我到外地比较多,有时是讲学,有时是办展览。一个人有了自己喜爱的专业方向,每一天都觉得天是蓝的,空气是清新的,空间中没有栅栏,任凭翱翔。却不想到,有时就疏忽了那些用来制约人的纪律。俞先生说:"请假总是要的吧,免得别人说话。"俞先生总是这样,说话不急,声响不大,从未有过居高临下的架势。这也使我十分受用,感受到他的苦心和爱护。相反,我更多地见到一些资历、学识浮浅者的声色俱厉,有如横空出世,却没有达到好的效果。这个世界越来越嘈杂,似乎不声震屋宇加之以大动作不足以令人屈服,却很少想到,这样子反弹也更鲜明。个性是不可强行压制的,它需要很细腻的引导。南方多水,南方人多秀,从外表上看,不及北人剽悍和孔武,但在似水的柔情中,却有水之柔韧和坚硬。我一直认为南方的潺湲细流更有坚韧性,更加不好管束,常常就蔓延开来,不管不顾。我在最需要教养的青年时代,在农村、工厂待了十年,好的没学多少,丑恶却见了许多,影响了我对人、人性的理解。俞先生总是和风细雨地待我,引我到正统的轨道上而不过度地偏离。他说:"你可不要遗世独立啊",或者说:"随和一点不好吗?"可是直到现在,我还是做得不好。一个人的禀性太难改变了,有你喜爱的人、事,就有你嫌恶的人、事,就如魏晋间人,以青眼、白眼待人,凭的就是自己的情性,如果一定要求合群,对于一些人而言就是隐痛。闲下来的时候我不止一次地琢磨,文人嘛,有许多是个性不驯的,如果团体管理的色彩太浓,个性的确要被伤害或者摧残。社会比以前是宽松多了,怎样去尊重这些人的个性,减少个性与团体的冲突,真是值得在意。

俞先生总是很忙。中文系为一校之大系,不同资历的人,不同的需求,大到评职称,小到排课,既有关乎中文系的大事,也有纯属鸡零狗碎的小事,忙完回家,已经有人坐着等待了。那个时代的中文系是个清水系,无车,少饭局,绝不像现在,有大把大把的钱可供打发。俞先生总是举止安和,如同斲轮老手,刀斧之下了无痕迹,佝偻着腰走来,佝偻着腰走回去。在文园,看着他斜靠在晃晃悠悠的躺椅上说话,我想到了"指挥若定"这个词。我的疑问是,一位有才华的学者为何不单纯从事学术研究,而要进入管理层来苦其心志劳其筋骨?师母不止一次向我抱怨,俞先生的身体都是为系务操劳而每况愈下的,并且告诫我引以为戒。我告诉师母,除了做自己喜爱的书法研究,行政上的事务我毫无兴致。师母大乐。其实,俞先生除了系主任一职,社会上还有许多职务,譬如他是省里一个民主党派的副主委,曾经这么说过:"如果要加入党派,四十岁之前你加入共产党,四十岁之后可考虑加入民主党派。你是否有意,我可以当你的介绍人。"这一年我已跨入四十,显然,俞先生希望我考虑他的建议。我表示无意于此道。我喜爱简单,倾向无羁绊少瓜葛的寻常生活。俞先生一时无语,良久才说:"也好。"我喜欢的生活与俞先生些微不同,学术研究,尽管案牍劳形,毕竟是倾向于自己,撰写一篇论文、一本论著,都是个人成果的体现,是纯粹私人性的。行政上的地位固然能给人带来利益,但是也把一些不快乐的情绪带回家中,带回梦中,不得安宁。对于俞先生而言,声名早已确立,薪水也是最高一级,生活素来清淡,理应在给研究生上点小课之外好好安养,这也是完全有条件的。这时的俞先生六十来岁,还来得及。我只能说,俞先生乐于公务忙碌是一种责任感的体现,《宋史·欧阳修传》中这么认为:"文章止于润身,政事可以及物,"俞先生已越了小我之思。否则,如他所陈,"解放后前三十年,我挨斗的次数数不清",早就心灰意冷。有一些人看透了世相,超然物外,自得逍遥,全然不肯复出,怎么会像俞先生不顾念自己老树苍颜，为振兴一个系，楼台再起。有几个傍晚，我在校园闲逛，见他佝偻着腰往家里赶，寒风掀动起他灰色的衣襟，形影单薄，我记起了曾国藩所说的："居官不过偶然之事，居家乃是长久之计"，俞先生还是很倾向于家庭生活的，只不过如今为了"偶然之事"，折腾得如此疲惫。

不知从什么时候起，我到文园，师母一定要让儿媳妇端一杯牛奶，二三蛋糕，看我吃下再慢慢说话。有学问的师母提早辞去中学教师的工作，专心在家中主持。她的优雅平和潜伏着干练，言语中透露着对问题剀切的判断和分析，甚至比俞先生更直截了当。俞先生的身体是师母最为关切的一个方向，健康向上是第一的，余下才是其他。一个被真心养护起来的身体，还是敌不住年复一年的劳累，这种冲突，如果俞先生不停下来，也就成了师母难以解脱的忧虑。会议如此之多，似乎所有的问题都要通过会议才可以解决。开会成为一种惯性，成为不可治愈的精神疾患——对会议的疯狂热爱和强烈依赖。俞先生也习惯了开会，他坐在台上，第一点第二点地开讲，我则坐在最后一排，象征性地听一点，也许闪烁着就不知去向了。在不少会议上，我都是有头无尾的角色，几十年过去，好像也没有影响我的生长。师母与我有同感，对于开会抱有厌烦心态，她会说："俞老师还没回来呢，还在开会、开会。"师母透过百叶窗的缝隙，观察那扇木头门的动静，是开会推迟了一家人的晚餐，她在等待一个经过开会而倦意十足的面容。

同在一个系，俞先生有事找我，还是惯常地运用写信这一形式。这大概也是老文人表达的习惯，动笔毕竟是一件很愉快的事，同时也更显得庄重。俞先生的笔迹隽秀修长，是慢写而成的。他这么写道："时间过得快，莆一中校庆时我曾要你为我写一幅祝词。我去莆田开会时，看到这幅颜体字挂在校会客室的醒目处。这次校友会又约请，不过你已不是当年吴下阿蒙，已是大都督了，故这次还是挥毫自成一体并署名，这样就更珍贵了。希代劳至感，不过多次麻烦你，有些不好意思……现在正是风正一帆悬，前程康庄，这是我最高兴的。"这般文字，也只能出自俞先生笔下。从常理上说，一个前辈对于晚辈，是无须如此客气的，就像现在我对手下的研究生，也达不到这种程度，言语的分寸落实不到这么一个位置上。说起来也就是修养的厚薄和格调的雅俗，还有气度、胸怀等等因素的差异。经历了那么多的苦难，半生蹭蹬，还继续持有古风，持有对美善的向往，真是镜破不改光，花死不改香，称得上有境界了。我更倾向于这是一种良好的天性，平时可能看不见，它隐于内，忽而有如阳光大面积地倾泻出来，接受的人感到了其中的温度。一个勤奋不懈的学生追随导师，最终可能真的获得了治学的技巧、方法，称得上通晓了做学问的玄机。可是风度、气质呢，也许教也教不会，学也学不成。这一类精神方面的韵致，可能是一个人与生俱来的，也可能是后天养起来的，却都存在着难以言说的隐秘的呼应关系，从而区别了这个人或者那个人。

“斯文”。要不，先逼近这个字眼吧。

俞家也有很开心的日子。俞先生在文园摆下宴席，通知亲戚朋友，也通知新老学生。文园的清幽安静是很适宜休闲和治学的，花木扶疏，地气滋润，尤其是春夏二季，和气融融。客人陆续到来，一打听才知道是俞先生过生日。有几位客人我也认得，他们是我大学时的老师，俞先生早年的学生。年轻的一拨人，如汪文顶、汪毅夫，就可称之为师兄弟了。一茬一茬，由新而旧，此时相聚一堂相互印证，才感觉许多日子随风过去。俞先生从华侨大厦请了一个大厨，施展才艺，使每一盘菜都如一件艺术品，精美细致。年长者那一桌谈往事话蹉跎，最终就是关注身体互赠珍重；而这一边，不免大口喝酒，大声说话，不免口无遮拦任意捭阖。师道还是有尊严的，但是师道尊严中委婉、温存的那一部分，往往是学生最易感受到的。无须言说，也许是一道眼神，一缕微笑，一个姿势，身心都荡漾开来。俞先生有一篇散文《我与以撒》，里边有一段话令人久久不忘：“在四十年的高校教学生涯中，我曾有过许多中意的学生，我赏识他们的才华，遗憾的是由于人为的原因，在一轮一轮的批判声中，把旧欢化成新怨了。”回味起来是很让人感伤的，是什么使亲近的学生本性中不良的那一部分滋长、膨胀，结出邪恶之果，这当然是一个很难回答的问题。除了外力的不良灌输、怂恿、诱惑之外，内在的盲从、愚忠也折损了正常的判断力，以至于不可收拾。如果一个人在潮流的边缘，他是会看得清楚一些，不至于狂热追随席卷而去。任何交往，缺乏朴素、真诚、自然和率直都是不可靠的，在什么基础上交欢、交恶，对于人的本性都是很严厉的拷问。我读吴宓的日记，他这么记录了陈寅恪："寅恪兄自处与发言亦极审慎，即不谈政治，不论时事，不臧否人物，不接见任何外国客人，尤以病盲，得免一切周旋，安居自守，乐其所乐，不降志，不辱身，堪诚为人所难及。"既然常人难以企及，那么，其中的不降志，不辱身，应该成为我的向往。

俞先生端着酒杯坐到我身边，笑着提议："下次咱们就不在家里了，让毅夫找一家大酒楼，让以撒给他们写一幅字，换两桌酒席如何？"众人表示赞成。此时，正午的阳光泼洒下来，文园蛱蝶穿花，枝上凝翠，又是一个南方的仲夏到来了，文园进入了一个生机勃发的季节。也许大家与我都在想，我们和俞先生的前面，还有大把大把的时间，足以慢慢享用。

俞先生的身体总是不太好。外表上是看不出来的，虽然清癯，但目光炯炯有神，不会让人联想到他是一个抱病的老人。疾病给人难以排遣的痛楚，生活质量下降，甚至使人失去尊严。俞先生从未与我谈过疾病这个话题，我也就不打听，因为我也忌讳在这方面表达。老式文人的喜爱清洁、整齐，在俞先生身上得到很好的体现，即使病笃住院，也是行迹清朗。人的尊严有时就是如此，不以病态出现，不以病人的身份展示。有的人不同，絮絮叨叨自己的病症，让探望者面面相觑，同情的成分大了起来。俞先生在住院部和我谈远离医院的话题，都与疾病无干。我们共同讨厌疾病，他也不把生病的情绪传染给我。俞先生比较欣慰的是晚年的散文写作，一篇篇地出手，比写论文轻松和畅快多了。在坚硬的论文里看不到情绪的那一部分，在柔和的散文里涌了出来。疾病使人终日疑窦重重，疾病的延伸又常常迫使笔下中断，再次回到医院雪白的病榻上，不能动弹，徒唤奈何。"太迟了"，俞先生的言语中嵌入深深的遗憾。算起来，这一代老知识分子的春天是如此姗姗来迟，对俞先生而言，也就是有了生命中最后的二十年，才不至于成为无果的黄昏。在医院这个非常规空间里，久了就会生出感伤、无望，我祈望他早日逃离这个地方，回到春风洋溢的文园里。

俞先生呆在文园的时间越来越多了，甚至就不出门，更不出远门。他在躺椅上说话，身上多了一条毛毯，此时，天色并没有凉意。邮差敲门，送来一封牛皮纸信封的邀请函，他撕了几下，居然已撕不开了。我拿了过来，轻轻下手，"刺啦"撕了个大口子。俞先生笑了起来，眼神有些迷惘，想说什么，又没有出声。我起身时，有一团忧伤堵上心头。

那一天，我被一辆车接走，行走三四个小时，直到薄暮时分才到达一个山环水抱的城市，准备参加转天的笔会。晚宴丰盛，宾主尽欢。直到拿住宿钥匙时我才突然不痛快起来，决定返回。主人见我执意要走，只好又派了一辆车，按原路行走三四小时，回到家中。太太的第一句话是："俞先生去世。"电话那头，师母只是啜泣，良久才说："天太晚，明天来，笔带来。"

文园人进人出，面色凝重。俞先生躺在玻璃棺内，更加清瘦，再也不会坐在悠悠晃动的躺椅上与我轻声说笑了。

想到这么久地喜爱书法，此刻用在了这里。书法的功能就是两极，可以大红色调写寿联喜联助其喜庆之声，又可以黑入白而成讣告挽联，倍增其哀伤幽怨之情。据俞先生说，文园曾有花木几十种，芒果、香椿、木笔、白玉兰，四时异景。这些年疏于管理沾溉，也已显出枯索和凋敝。当年桓大将军说过："昔年种柳，依依汉南。今看摇落，凄怆江潭。树犹如此，人何以堪。"端的是人何以堪！

此时，笔起墨落，不计工拙，无须营构斟酌，只是信手而去。

又过了几年，师母去世。

文园，这座使我如坐春风的小洋楼，易了主人。

俞先生不在了，师母不在了，学生如鸟兽散。"同学少年多不贱，五陵衣马自轻肥"，汪文顶先是当了中文系主任，而今是我所在大学的副校长了；汪毅夫先是当了副省长，而今荣调北京，是一个民主党派中央的常务副主席了。我依旧无党无派，无任何行政职务，依旧痴迷书法艺术，授课带徒，依旧对自由自在的生活充满向往。

天才不需要转弯抹角

——钱学森拜师记角

卞毓方

1935年8月,钱学森抵达美国。他进的是麻省理工学院,攻读航空工程。钱学森在麻省有一句名言,背后牵扯着一个看似简单却又影响深远的故事——

麻省是世界级的理工名校,位于美国东北部,与哈佛大学隔河相望而又并肩驰名。不言而喻,凡是进入麻省的,都不是等闲之辈(笔者注:钱学森的同班同学中,就包括美国七十年代末的国防部长哈罗尔德·布朗)。而就在这批天之骄子中,突然冒出了一个中国小伙子,和他们平起平坐,分享"世界顶级"的荣光,有几位盎格鲁撒克逊族的后裔就看不惯了,一天,他们当着钱学森的面,故意大谈中国是如何如何落后,中国人又是如何如何愚昧。这是公然挑衅了。钱学森怒从心头起,他直视那几位碧眼黄发的主儿,大声说:"中国现在是比你们美国落后,但作为个人,咱们人比人,你们谁敢和我比试?"

谁敢?钱学森话一出口,周围空气立马上升了几度,那几位自命不凡的美国同学,额上禁不住渗出粒粒细汗——毕竟是从千百人中挑出的尖子,自大而又不乏敏感,他们从钱学森郑重其事的叫板中,瞬间掂出了他的吨位。

不用说,那结果,自然是钱学森大获全胜。他在航空系待了不到一年,就完成硕士论文并顺利通过答辩;闪电般的速度,优异的成绩,令班上所有的同学都大吃一惊!

1936年8月,钱学森研究生毕业,按理说,他应该留在麻省继续读博,这时出现了障碍,缘于种族歧视,美国的飞机制造厂不许钱学森去实习。学飞机制造而不能去飞机制造厂实习,这就意味着他难以继续深造。经过慎重抉择,他决定改投另一所世界名校——加州理工学院。那里有他敬重的冯·卡门(Karman Theodore Von,1881—1963)。

冯·卡门是谁?一位匈牙利裔的犹太人,驰名世界的空气动力学教授,加州理工学院航空系主任。钱学森深知拜师要拜名师,他要读博,就应拜冯·卡门。但是,钱学森与冯·卡门素不相识,又无人可从中作伐,怎么办?钱学森有自己的办法:毛遂自荐。

天才是不需要转弯抹角的,自信就是最好的通行证。1936年10月,钱学森与冯·卡门在加州理工会面。钱学森作自我介绍,他讲的是航空、航天,仿佛他不是来拜师,而是来向冯·卡门描绘共同奋斗的前景。是的,这就是他对未来航空航天的认识,超人一等而又精辟绝伦,他看上了冯·卡门的理论力、领袖力,愿意投在他的门下驰驱。冯·卡门开怀大笑了,这是伯乐的笑,统帅的笑。冯·卡门为钱学森的远见、渊博和果敢打动,当场破格录取他为博士研究生。

冯·卡门的高明,高就高在他的出手,他一上来就交给钱学森两大难题:

1. 当飞机的飞行速度提高到亚音速时,气体的可压缩性对飞行器的性能到底产生什么影响,它们之间的定量关系如何?

2. 如果将飞机的飞行速度进一步提高到超音速,应该采用什么样的理论指导和技术设计?

这是当时航空技术的焦点,飞机的飞行速度和高度,决定了空军的实力,美国正面临世界多元的挑战,迫不及待地要从航空技术取得突破。

钱学森知难而上,全力以赴。他从加州理工图书馆借得大批有关空气动力学的书籍,日夜苦读,与此同时,潜心研究现代数学、原子物理、量子力学、统计力学、相对论、分子结构、量子化学等基础理论。五十年代,钱学森回忆起那一段攻关生活,说:“我不是讲大话,我在做空气动力学的时候,关于空气动力学方面的英文的、法文的、德文的、意大利文的文献我全都念过。为了要把它做好,我得这么念,而且还进行了分析。”钱学森的方法,就是竭泽而渔。

1939年6月,钱学森完成了《高速气体动力学问题的研究》等四篇博士论文,获得航空和数学的双博士学位。钱学森在博士论文中,完成了飞机在高速飞行时,所受空气摩擦阻力和热效应重要影响的精确数据与结论,这在当时,是一个全新的理念。另外,钱学森创立了一种关于计算高速飞行中的机翼表面压力分布情况的科学方法,被命名为"卡门-钱学森公式"。

冯·卡门对钱学森取得的成就,十分欣慰,他在私下里坦言:"钱学森的天资是极为罕见的。""人们都说,是我发现了钱学森,其实,是钱学森发现了我。"

钱学森和冯·卡门都很有个性,举两件事,略窥他俩的风采:一,有一次钱学森作报告,描述航空航天远景,台下一位老人举手发言,对他的某些观点进行驳斥,钱学森坚持己见,两人针锋相对,互不相让,爆发了激烈的争吵。老人走后,一直在旁默默观战的冯·卡门,这时走上前来,对钱学森说:"你知道刚才那位老人是谁吗?"钱学森摇头。冯·卡门说:"他就是冯·米赛斯啊。"冯·米赛斯?钱学森显出一脸惊讶,原来他就是那位大名鼎鼎的力学权威!冯·卡门面露诡谲的笑,问:"如果你知道他是谁,还敢和他辩论吗?""怎么不能?"钱学森回答,"在学术问题面前人人平等,这是您一贯教导我的嘛。"

二,一天,钱学森写了一篇东西,拿给冯·卡门看,冯·卡门认为他的观点是错的,钱学森就和冯·卡门辩论,辩到后来,冯·卡门大发雷霆,他把钱学森的文稿扔到地上,拂袖而去。然而,第二天凌晨,钱家的门铃骤然响起,钱学森感到奇怪,谁这么早登门?打开一看,啊,是冯·卡门!但见他紫涨着脸,迫不及待地声明:我想了一夜,终于搞明白了,昨天你是正确的,而我错了。说罢,深深地给钱学森鞠了一躬。这一躬,让我们知道钱学森有多了不起!这一躬,更让我们领略冯·卡门有多伟大!

在加州理工学院读博期间,钱学森参加了一个业余的"火箭俱乐部",因为研究肇始,风险极大,所以又叫做"自杀俱乐部"。正是这段充满艰险的、不可思议的研究生涯,圆了他儿时纸镖飞行的梦,同时也把他迅速推进到火箭研制开创者的前台。

1940年,钱学森独立完成了《关于薄壳体稳定性的研究》一文。这是钱学森的出师之作。以此为标志,他从冯·卡门的麾下脱颖而出,进入国际知名学者的行列。

钱学森为他的这篇成名作,耗费的精力是巨大的。1962 年,在北京召开的一次力学会议上,钱学森如是回忆:“我过去发表过一篇重要的论文,关于薄壳方面的论文,只有几十页。可是,我反复推敲演算,仅报废的草稿便有七百多页。要拿出一个可看得见的成果,仅仅像一座宝塔上的塔尖。”

父亲的旅途

衣向东

父亲曾经跟我说,如果你不当兵到北京,我这一生都不可能出远门。事实上,父亲这一生走的最远的地方,也就是北京了。

父亲是1983年春天第一次到北京的,那时候我还是个新兵。父亲到北京看望我,背着一个黄挎包,里面装了40斤苹果;另外还提了一个兜子,里面装了30斤花生米。那时候通信不发达,连队没有直拨电话,父亲跟我最快的联系方式就是发电报。父亲嫌麻烦,提前没告诉我,拿着我写给他的一封信就上路了。

我们家乡不通火车,父亲乘坐100多里路的长途车,到烟台买了一张无座票,站了14个小时来到北京。

父亲出了北京站,把信封给一个三轮车夫看,说,我要到26支局新卫楼。所有的三轮车夫都摇头,说不知道新卫楼在什么地方,父亲当时懵了。这时候,有个当兵的经过,父亲看到当兵的,像见了救星一样,跑过去拦住,拿出信封向他问路。当兵的也不知道信封上的地址,他启发父亲,说你儿子的兵营在什么位置?周围有什么建筑物?父亲想了半天,想起我有一封信中说,兵营距离全国农业展览馆很近。当兵的就建议父亲直接奔农展馆那边,到了那边再打听路。

当兵的把我父亲送上了一辆开往农展馆方向的公共汽车。父亲到了农展馆后,眼前一亮,他看到了农展馆对面的外国驻华大使馆了。父亲心里怦怦跳,他知道我就是外事警卫部队的,急忙跑到大使馆门口向哨兵打听路。站岗的兵说,还远着呢,朝北走吧。

父亲心里踏实,父亲不怕路远,就怕没有目标。

父亲就朝北走,沿着一个个插着外国旗帜的大使馆,一路走一路问。后来,他就看到一个兵营大院,有当兵的在训练。父亲跑过去询问,队伍中一个兵当即向排长报告,说通信员的父亲来了。排长就打发那个兵帮助我父亲拎着包。这个兵刚上了楼梯,就喊叫我的名字,衣向东——通信员——你父亲来了!

我当时以为他在跟我开玩笑,刚要转身走开,这时候父亲从楼梯上走来了,站在那里傻傻地看我,一脸微笑。我一下子愣住了。

父亲的肩膀被沉重的包裹勒出血了,可他因为急着走路,竟然没有感觉到疼。第二天,他的肩膀肿起来,不敢动弹了。

父亲后来多次回忆起这件事,他感慨地说,也怪,那时候北京站看不到一辆出租车,要是有出租车就好,你看现在北京满大街的出租车,你只要说个地方,就能把你送过去。

父亲两年后再到北京的时候,是从北京站打出租车直接到兵营的。

其实所谓的新卫楼,只是一栋三层高的楼房,属于邮政 26 支局分管的范围,紧靠东三环,在长城饭店的正北边,跟长城饭店只有一墙之隔。1982 年的时候,新卫楼是附近最高的一栋建筑,再往南边,就是全国农业展览馆,也只有四层楼高。那时候东三环路上的车辆也很少,尤其到了晚上 8 点钟后,十几分钟才有一辆车驶过去。我们新兵班长竟然带着我们在三环路上训练齐步走。但是几年后,周边就有长城饭店、亮马河饭店、昆仑饭店、兆龙饭店等一大批五星级酒店矗立起来。如今的燕莎商城,就是在当年的一片玉米地上建造起来的。

在将近 30 年的岁月里,父亲频繁往返于北京和胶东那个偏僻的村庄之间,从没间断过。我是父亲最疼爱最引以自豪的一个孩子,过去他很少关注北京的天气,但自从我到北京当兵了,父亲每晚必看天气预报,了解北京的天气情况。父亲的心多半被牵扯到北京了。

父亲每次到北京都要感叹一番,感叹北京变化太快了。

当然,我的家乡也在变化。最初父亲坐火车到北京,后来改乘豪华大巴车了,因为高速公路一直修到我们家门口。豪华大巴车的座位可以起降,像卧铺一样。父亲说,这车既方便又舒服。父亲也配上了手机,随时都可以跟我联系了。有一次他乘坐大巴车，快到木樨园长途汽车站的时候，才给我打电话，说你开车到木樨园接我吧，我马上就到。

快速发展的通信和交通，让我和父亲的距离一天天拉近。

有一次，父亲无意中说，他到北京什么车都坐过了，就是没有坐过飞机。5 年前的一天，我专门回老家接父母到北京，给他们买了飞机票。飞机在蓝天白云之上的时候，父亲的脸紧紧贴在窗户上，看着雪海一般的白云，嘴里不停地发出"哎哟"声，一脸的激动。那一刻，我的眼睛湿润了。

父亲后来对我说，刚刚改革开放的时候，他做梦也不敢想今天能够坐上飞机，能够坐上儿子的私家车。

这些年，父亲一天天老了下去，但他隔三差五还要往北京跑。他说趁着身体还能动弹，多到北京看一看，等到两条腿拖不动了，就是想来也来不成了。

这些日子，我总在想，什么时候接父亲到北京看看"鸟巢"和"水立方"呢？父亲看到奥运后的北京，一定又要发出很多感叹。

淡定的秋色

——曾志妈妈的平凡故事

理　由

岳母曾志去世十年，至今仍是家中鲜活的话题。她于 1926 年入党，第二年就赶上蒋介石"4·12"反革命政变，在湖南则是"马日事变"中对共产党员的凶残大屠杀。她参加湘南暴动、毛泽东与朱德的井冈山会师、保卫黄洋界、大柏地决战、古田会议等中国共产党早期的经典事件，从这个意义上来说，她是中国共产党党员的"原型"——这些人的理念、追求、操守以及个性中共性的一贯风貌，即使在后来常态的生活环境中，也深深刻下原先的样子。

老　照　片

翻看曾妈妈年轻时照片，有一张是她在厦门开展地下工作时的留影，照片中的她天生丽质，清纯、俊秀，一副出自书香门第淑女的气度。照片背后还有一段惊心动魄的故事。她为纪念一场生离死别去照相馆拍下这张半身照，事后偶然经过那家照相馆，发现她被当作丽人倩影加印后赫然陈列在橱窗，而她当时是国民党通缉的要犯。她立即走进照相馆好说歹说，花钱买下来，保存至今。

照片上，曾妈妈的青春亮丽与当下花季时尚少女别无二致，就连衣着发型也够时髦。如今的年轻人在课堂，在写字楼，在酒吧，在物质繁荣的氛围中各有追求。其中也不乏热血青年，但死神的阴影毕竟离他们很遥远。而 70 年前的一位美丽少女，却自愿选择一条出生入死、血雨腥风的道路，其间巨大的反差难道仅是由于时代相错,一者生于乱世,一者恭逢盛况吗?

那时曾妈妈经历过无数次生死只在寸发之际的惊险。有时敌人由前门冲进来,她翻过后墙脱逸。她与朱德夫人伍若兰同时向山上转移,她机敏地躲过枪林弹雨,后者却不幸中弹倒在血泊,被敌人残忍地枭首示众。她曾多次摆脱盯梢,甚至多次落入魔掌,被保安队抓住要就地正法,被国民党警察拿枪左右挟持,就在面对死亡的一瞬间出现奇迹,凭着她的临危不惧,也靠不可思议的运气,转而绝路逢生。二十多岁时的曾妈妈智勇双全,她曾身揣双枪漂过大海,去收编雄霸一方的江洋大盗;也曾在国民党集团军高级将领的宴席上谈笑风生,口若悬河,分析天下大势,即使被认定为共产党也拿她无可奈何,根据是“只有共产党才这么能干”……从曾妈妈和她战友的身上,我平添了一些对早期中国共产党人的感性认识。

旧中国的百年耻辱,内忧外患,固然是激发中国人奋起的大背景,两湖处于大江南北风雷激荡的亮点以及近代史上曾国藩留下的尚武遗风,也是政治地理因素。同时我相信,早期的中国共产党人一定是中华民族最出类拔萃的一批人,有胆识,有才华,有接受新思潮的智商,有对中国救亡之道的深刻思考。尤其是曾妈妈所追随的领袖级人物,更有诗人一般的气质和浓烈的浪漫主义色彩。

1928 年的湘南赤潮中,曾妈妈曾头裹红巾,腰缠红带,全身包红。当我听到这个传说时,心想,不论用当时还是今天的眼光,曾妈妈都够“酷”的!

我见到曾妈妈时,激扬澎湃的岁月已成为过去。曾妈妈又经历了“文革”的丧夫之痛,以及协助胡耀邦为全国重点冤假错案平反的巨大操劳,她已满头银发,身体羸瘦,但神清气爽,仿佛一池秋水般淡定安详。

不 等 价

1983 年秋季的一个傍晚,吃过晚饭,曾妈妈对我说:“理由,你有时间吗?跟我去招待所后面的工地看看。”

黄昏散步是曾妈妈的惯例。这阵子,她在中组部招待所暂住。她的家在南长街的一座四合院,与中南海一墙之隔,是闹中取静的好地方。因为老房子装修翻新,携家人临时安顿在招待所,待修缮后再搬回城里。

我和曾妈妈走出招待所南门，沿万寿路向北走去。暮霭渐渐降临，眼前的景色也变得荒寂。我们走到一片菜地前，曾妈妈并没有停下来。她向前一指，说："你看那里在盖房子！"我跟着她踏过田埂，经过几座荒芜的坟头，看到矗立着几栋尚未竣工的建筑物，低矮的四层楼，简单的砖混结构。至此，我仍猜不透老人家的意思。

曾妈妈笑着说："我问过了，这是中办搞的。这里离亮亮上班的地点很近。我想把南长街的四合院交上去，把家搬过来。你也可以把作协给你的房子换到这里。你看好吗？"

我恍然大悟。当时陶斯亮是空军总医院的医生，这里的确离她上班的地点很近，骑自行车只需十来分钟。而我不惯于人多热闹。但是站在菜地的田埂上细想，这是一桩多么不对等的交换啊！

回看上世纪80年代初北京城市建设的格局，万寿路是相当偏远的郊区。出复兴门向西，一路上几乎没有像样的商业建筑，就连打长途电话也要往返于西单电报大楼。提起作家协会给我的房子，当时也比万寿路要方便。再说，曾妈妈的四合院和单元楼又怎么比呀？那是两进四合院，西靠中南海，东向紫禁城，离天安门只有举步之遥。按居住空间，建筑格调，人文环境，在既定观念中那里似乎更符合陶铸遗孀的身份和中组部正部级待遇，对比单元楼简直判若天壤。

我能理解曾妈妈的思路。她一向替别人着想，对规格待遇之类的观念十分淡泊，心清似水，净无杂尘。时值从工作岗位退下来，她有刻意走向平凡的深思。

这次换房大事不免令曾妈妈又经受一番倒腾之苦，但是带来的实际效果并不长久。几年后，陶斯亮调至中央统战部工作，上班路途遥迢，反倒离原来的南长街只隔一个街口。而我也去了南方，面对新的环境。曾妈妈在万寿路长住下来，安之若素，其间中办请她搬至好一点儿的楼区也被她婉拒了。

布口袋

曾妈妈退休以后仍担任中央顾问委员会委员，她只是去开开会，听听文件，平日很少再谈政治，而专注于家务。家中开门七件事，对于当时老百姓来说，最大的一笔开销是副食品。于是，不支使保姆，不麻烦司机，也不有劳家中任何人，曾妈妈每天为买菜而奔波，一副舍我其谁的样子。

那时由万寿路至翠微路有一条横巷，云集了来自各地的菜农和商贩，摊位绵延不断。每当晨曦微露，曾妈妈就提着一个用旧了的布口袋，挤在熙熙攘攘的人流中。她买菜不但要新鲜，还图个便宜，这样就得顺着摊位细挑慢选，来回一两个小时，暑往寒来从不中辍。

她老人家还有一条奇特的规矩，从不接受晚辈上交饭费，我猜这是她那好强的性格和慈爱之心使然。这么一来，摆到餐桌上的水准就成为问题，单调、寡味，五六口人能有两三个菜就不错了。而她总是把上一顿的剩菜拿来自己吃。80 年代是我写作的旺盛期，除了工资还有充裕的稿费，如想改善伙食，只能自己也去买菜，再把实物送到曾妈妈的厨房。而且要把握分寸。我知道亮亮就因买过几样时令菜被她数落。曾妈妈对女婿似乎宽容一些，我也当真骑车跑过几趟，可惜这样的心血来潮不能纳入曾妈妈的计划经济。曾妈妈走到哪里都提着那个永不离身的布口袋，相当于如今时尚人士的手提包。有一次她去开会，时任中央书记处书记的一位同志热心地想帮老人家提那个布袋，她坚辞不肯。时过多日，那位书记仍记得这件事，好奇地问陶斯亮："曾妈妈的布口袋里有什么重要东西呀?"

亮亮转去问妈妈。曾妈妈眯起眼睛笑着说："一件旧毛背心。"

不光买菜，买家庭日用品的路程更远，曾妈妈也不肯叫公家配备的司机，而是去挤公交车。二十多年前的公交车站秩序混乱，上车全凭强弱相争的丛林法则。一次遇到一群身强力壮的年轻人蜂拥而上，瘦小的曾妈妈落在最后，踩在车厢踏板，只挤进半个身子，不料司机"咣当"一下把门关上，重重地夹住她的头部。同车人惊呼："夹住人啦!"司机才把车门打开。曾妈妈觉得头部不适，去医院检查，诊断为"脑震荡"。

休养时去看她，她认真地问："你们看看，我的头有没有被夹扁?"看样子不像开玩笑。身为医生的亮亮说："没有，夹扁是不可能的事。"

看着老人家将信将疑的神色，我的心里一沉。曾妈妈已是古稀之人，腿脚不复当年。在社会急剧变革的时候，一个原汁原味的共产党员坚持自己的信念，竟然显得特立独行，还有几分悲壮。

纸 半 张

曾妈妈晚年的风采曾被许多人描述过。诗人说她"纤柔秀丽,优雅脱俗"。不过,有谁试图从家居布置中找到与她气质相谐的审美情趣,将很失望,真是乏善可陈。

她的家居更像历经沉淀后去精存芜,杂乱无章的劫后幸存。至今在我眼前仍浮现出那张铺在餐桌上的台布,那是一幅白地印着绿色图案的塑料布,每天吃饭都要面对它。年深日久,中间已发黄、变脆,又被砂锅或水杯烫出许多烙印,终致有一天裂开口子。这时我应该想到,去商场挑选一幅漂亮的台布送给曾妈妈。但是亮亮告诉我,那样的结果一定是被妈妈把新台布叠好后放在箱子里,她还会用旧桌布。

有一天坐在餐桌前,忽然眼前一亮,台布上裂开的大洞没了,细看原来是曾妈妈把中间的破洞剪掉,又将尚未破碎的两头调到中间再缝起来,虽然短了一截儿却还能凑合。陶斯亮有一位台湾朋友来家做客,看看家中陈旧的沙发和摇晃的桌椅,柜子里一件像样的东西都没有,又发现了这块桌布,大为惊讶地说:"没想到共产党的高级干部这样过日子!"

岂止半块桌布,就是餐巾纸也被她撕成一半。改革开放后的社会日渐富裕,家中餐桌上多了纸巾。曾妈妈认为取之于木材的纸巾用起来太奢侈,她把每张纸巾都撕成半张,再叠成一摞备用。看她耐心地一张张地撕纸巾,我总觉得那动作背后有未曾言喻的象征意义。

平时来看望她的人不少,甚至门庭若市,有求她办事的,也有纯粹出于关心,她一概热情招待。她深知自己曾任组织工作的敏感性。当客人临走时,曾妈妈最常见的送客动作就是骤然起身,一溜小跑、疾如迅风地追出门外,把客人送来的礼品坚决奉还,经过一番推拒,在笑吟吟的婉谢之余只差一句话:谁要送礼就跟谁急!

中 海 滩

曾妈妈唯一自愿接受的"特权待遇"就是夏天去北戴河度假。中办在中海滩保留一栋15号楼,花岗岩构建的古老别墅。

曾妈妈每去北戴河都“呼朋唤友”,特地要秘书和司机携儿带女。还叫上无官无职的晚辈,散落外地的部属,一拨又一拨。在这里猜谜语,讲故事,下海游泳,乒乓球对抗赛,一间不很大的别墅成为其乐融融的公共游乐园。人多又不免物质匮乏。有时组织上送些螃蟹、水果,但不能代替主食。游泳又消耗能量,于是,由我出面请大家去“吉士林”等餐厅打牙祭,也被曾妈妈欣然默许。

一年夏天曾妈妈需要提前返回北京,擅自买一张硬座票,既不叫司机又不坐中办的专列,这又是她那根深蒂固的平民意识在“作怪”。

当时我和陶斯亮都不在身边,听台湾归来的朋友说,他在人头涌动的车站遇到曾妈妈正站在大太阳地里排队,十分吃惊,连忙要带她去贵宾休息厅,曾妈妈硬是不肯,最后不得不选择陪曾妈妈在那儿傻晒。

这故事还没到高潮。后来听曾妈妈说,上了车恰巧和一群青年男女坐在一排硬座,小青年说:“老太太,我们的同伴分开了,换座!”曾妈妈以对号入座的规定不干,那些年轻人把男女同伴叫过来挤在一堆儿,打打闹闹,搂搂抱抱,曾妈妈不堪其扰,只得同意换座。年轻人说:“老太太,你想换就换呀,这回我们不干啦!”

一路上,年轻人更加放浪形骸。回到北京,她对年轻人没有责备,只是说:“路上三四个小时,我一直不好意思抬头。”

工　资　袋

我少年丧父,青年丧母,那时经济环境不好,一直对自己未能尽孝而深深内疚。与曾妈妈相处以后,按照中国传统,我深知自己负有半子之劳,也想藉此对心中缺憾有所补偿。

1995年10月,我在南方,亮亮打来电话,说妈妈病得很重,犹如晴天一声霹雳,我当即返回北京。

在北京医院住院部的会议室,吴蔚然等一个医疗团队向家属介绍了曾妈妈的病情。诊断结果是中晚期淋巴癌,医生建议上化疗,但考虑到曾妈妈年高84岁,化疗尚无先例,故征求家属意见。

自此曾妈妈开始了与病魔的顽强抗争。为了方便看曾妈妈,我们索性不回万寿路,径直住进离北京医院最近的新侨饭店。这年春节她说了一句话令我难过好一阵子:“理由,我对不住你,让你们春节也没过好。”我觉得这话太见外了,亮亮则说是因为妈妈什么时候都替人着想。

曾妈妈参加最后一次公开活动是列席“十五大”。此前有六十多位忘年之友为她举办了一次庆祝入党70周年的活动,当主持人朗诵了一首真挚动人的赞美诗之后,曾妈妈接过话筒,向大家深深鞠了一躬,说了一番肺腑之言:今天大家这样热烈地祝贺,我实在很惭愧,我为党做的太少了,只是一个普通的党员,我没当过模范,没当过先进工作者,没得过一枚勋章,这说明我实在很普通。相反,我受过许多处分,甚至撤销职务隔离审查,那我也绝不怪组织,因为跟随党是我自己的选择……走过70年,我凭的是信仰,信心,坚决和坚强,从不动摇。我讲得语无伦次,对不起大家,但讲的都是心里话。

当亮亮把这些话重述给我时,我的眼睛湿润了。我想,早期的中国共产党人因信仰而造就的集体性格:勇敢、忠贞、舍己为人、清廉正直、自律内省……这些也是人类社会对人格的审美共识,谁能说没有普世价值!

曾妈妈的病房被鲜花簇拥着,胡锦涛和许多党和国家领导人来看望她。

1998年6月21日,曾妈妈走了。当陶斯亮清理遗嘱遗物时,发现许多个发黄的工资袋,每个袋里装着老人家每月省吃俭用省下的两三百或三四百元,而且每个袋都注有年份月份,排列有序,以示自己来源的清白。在遗嘱中说明把这些钱全部捐献。钱不多,区区几万元,而保存那些工资袋却煞费苦心。

看着那些发黄的工资袋,我热泪盈眶,眼前仿佛又浮现出一张拼凑的塑料桌布,还有曾妈妈把纸巾撕成一半的动作以及送客拒礼时的一溜小跑。我恍然有悟:这位在战争年代百死一生的传奇女性,几乎用她的后半生去执著地迎接一场新的挑战——如何超越中国亘古以来对于创业与守成那铁一般的悖论。

在中国文明史上,这场挑战更庄严也更壮烈。

想念一位老头儿

王 庚

2009年11月底的几天里,各大媒体纷纷报道一位95岁的老先生逝世。他名字的前面有许多光环,令人目眩。而在我的心中,他是一位可亲可敬的老头儿,一位永远也看不到底的爱玩又有风骨的老头儿,一位生活极其细腻甚至是敏感的老头儿,一位学识极其渊博又仿佛平常得跟老街坊一样的老头儿,一位永远令我思念的大我65岁的美极了的老头儿。这个我称为老头儿的人就是王世襄老先生。

2003年我收到友人借给我的一本书,是李辉先生写的王世襄的个人传记,书中所写的种种着实令我惊讶。因为我爱玩,但比起书中的主人公来说,我的玩儿简直是不入流!经邵燕祥先生介绍,我在那年的八月到芳草地西巷拜访王世襄先生。我清楚地记得那天我特意换了一身整洁的衣裳。进入6082房间的一刹那,我和俪松居主人的服装成了鲜明的对比:他穿的是一件跨栏儿大背心儿。从那天起,我称呼他王老,他叫我王庚。之后六年的时间里,我和他是在一起吃饭也好、聊天也罢,我生活的时代似乎变了,待人接物的角度变了,知道的东西多了,总而言之,和我一起玩儿盆景的朋友说我"玩儿得比以前高多了"!

在王老最后的几年里,我经常去他家,平均是两周一次。现在想想,俪松居就是那个葫芦,他是壶公,我就是费长房(汉代的一位术士)。我们最早谈论的话题是花卉,他知道我喜欢盆景,又最爱梅花。社会上热议国花的时候,他问我到底是选牡丹还是梅花,我说我都选,他摇摇头,说应该选梅花,因为梅花有傲骨,梅花不低头。后来,"梅花院士"陈俊愉先生去拜访他,来之前王老就打电话给我,叫我一起过去聊聊。两位八九十岁的老头儿聊些过去的经历,作为晚辈哪里插得上话,我成了旁听者,不过听得挺带劲儿。他们聊够了,陈先生转头问我:“你有什么问题要问吗?”到这时我才明白王老叫我一起聊聊的用意。我的问题是北京的气候环境怎么才能让梅花在早春生长季节多发芽,不长陡长枝,从而利于当年分化花芽。陈先生给我讲得很清楚。送客之后,王老问我:“今天还算有收获吧?”之后他露出一个满意的笑容。他讲日本的野梅盆栽把树干削得光光的,名曰舍利干,实在残忍,远不及林和靖的意境。日本说他们是盆景的发源地,这怎么可能呢?唐代章怀太子墓中就有捧花侍女的壁画,再说从意境上来讲,日本的盆栽怎么能比呢?我要给咱们的盆景讨个公道!

他爱吃,爱到令人可笑的地步。我单位食堂的小蛋糕做得不错,有一次我买了一袋到他家,寒暄之后说让他尝几个,老人脸儿薄,开始没要,我也就没再坚持。不想我临走之前,他和我说话时不住地看那个蛋糕袋儿,终于忍不住说:“要不您留一个我尝尝!”说着就拿起了他的筷子,这就是人们说的有林林总总头衔的那位国宝,他可爱极了!时隔不久,我到他家同老人儿子敦煌先生学做焖葱和笋烧肉,我们两人在厨中捋胳膊挽袖子时,王老拿着一罐上好的宁波望海茶给我,我推辞不要。他这次堵着我了:“那您不还给我尝蛋糕了吗?这您得拿着。”说完像小孩儿一样地笑了。后来,我一口气买了两袋小蛋糕送给他,老人狡猾地说我这是还镚子,几番推让下来,由敦煌先生给我100块钱,作为这次和以后买蛋糕的费用。之后几年,王家府上时不时地便有小蛋糕,因为您爱吃这口儿!直到他病重时,每天吃不了太多的东西,有时一天仅有的两样食品:一个是他称为“人民大会堂”的酸奶,再一个就是那小蛋糕。还有一件事令我时常想起:南河沿街边有个西餐馆“起士林”,王老数次提出去那里吃饭,由于门口有较高的一段台阶,他年纪大了,上台阶困难,所以一直没有成行。后来他自己琢磨了一个办法,就是别人上去吃饭,他一人留在车里,把菜叫下来,坐在车里大吃一顿。我听着忍俊不禁。一位九十多岁的老饕!这真是应了那句话:“是真名士自风流”。

2003年是王老大悲大喜的一年,那一年老伴袁先生病逝、荷兰克劳斯亲王最高荣誉奖颁给王老、俪松居长物拍卖圆满。我知道对于王老来说,喜不能抵悲。在他家公寓楼下的花园中有几株金银花，因为离自己的楼门口远，他就请我帮他移一株到自家的楼门口，结果因为我总是有事，他等不及，请保安代劳了。我不知道金银花对于这位老人的意义，但从那一年起，只要是金银花盛开的季节，袁先生像前的那个唐代的小花瓶中总会有几枝金银花安静地在那里盛放，让人时不时地能闻到一股幽香。《告荃猷》中的第一首提到的提筐，我在王家府上从没有看到过，但我和老人聊天时曾提起筐的作用，他说："你不知道，那筐特别方便，要是买个菜、带点儿书，用着特顺手儿。"我就笑着反问他，有人写文章说您和启功先生等人吃饭，因为带着筐，进不了贵宾楼，那您就没嫌这筐麻烦？他哈哈大笑。现在提着筐的老头儿也走远了，那个被人们交口称道的提筐还是没有在我的眼前一展真容，它是属于王老和袁先生的！

去年他 94 岁了，我发现老头儿真是老了，他自己也总是念叨："老态老态"。从那时起，我隐隐地感觉到，我和老头儿玩的日子可能不多了。穿衣时我帮他一下，他就急说几句不敢当。我想起交往的六年中，除了聊得兴起，他对我称为你以外，几乎每每都以您来称呼，他的客气令我惶恐不安，他大我 65 岁啊，学问大得惊人，一位大家。我呢？因为爱玩而与他走到一起的一个"小孩儿"，他何须如此啊！这一点，用北京人的话来讲，实在是让人念想儿！去年中秋前，他的老友也是老同学张安教授病重，电话中两人同感人生苦短。自那天起，王老身体急转直下，后来不得已住院治疗。我有一次去看他，因为老人鼻凹处油脂较多，我就拿棉签蘸水给他擦一擦，他嘿嘿一乐，说："我这儿勾脸儿呢。"这是他最后一次把我逗笑了的话，自那儿以后的老头儿就再也让我笑不出来了。

2009 年 11 月 29 日晚上，我正在家炸鱼，敦煌先生电告王老病故。鱼煳了。

他说过一段话："在中国漫长的历史长河中，我的经历只不过是短暂的一瞬，可是中国的文化、中国的民族、中国的历史是永恒的，所以我可以不计较那短暂的一瞬，不计较那些事那些人，我爱的是中国整个的传统、整个的历史、整个的文化，这在世界上是永久存在的。"他的深情令人赞叹！

一切美都从深度中走来，这就是我认识的把一切喜爱的事物都挖到最深处的那个美极了的老头儿，我想他！

2009 年 12 月 5 日急就

悲哉，上将军

耿　立

一

也许，理解张自忠将军，需要这个民族的成熟，他孤独的面影常让人心疼。这不是平常任谁都能完成的一个悲剧，这也不是任何一个肩头都能担当得下的沉重，悲剧之深，误解之深，血泪之多，坎棱之多，让人想到身受磔刑、寸肉被百姓啖吃的督师袁崇焕。这是大悲剧时代众人调制的酒，被他独斟独酌，也许酒性太烈，稍一沾唇，就使人肝胆碎裂，但你却又找不到应谴责谁，应追问谁，四周如重重的幕帐。

那是数年前的一个秋日，为了写作赵登禹将军，在将军故宅旁低矮的土屋里，采访一眼睛混浊的29军老兵，我提到了29军的"骨头"，军长宋哲元，副军长秦德纯、吕秀文，师长赵登禹、张自忠都是山东人，在倭寇面前是有种的山东汉子，铁骨铜声。那个老兵喃喃地说了句：张自忠是汉奸，后来才成了烈士。说毕，摇头，那时夕阳在老人的眼睛里一片混茫，如省略掉的语言。

老人的声音震撼着我，有一种痉挛般的痛楚。将军殉国多年，而汉奸一说再次把我推到了张自忠将军的处境——选择担当的痛苦，并没有被这个民族所消化所理解。我不是为汉奸辩诬，对汉奸这个空洞的词，我私下里是常怀警惕的。鲁迅先生当年，也曾被所谓的愚氓爱国者目之为汉奸，背负着堕落文人的恶名。民族的赤子和挚爱者，在汉奸的血污里纠缠，令人感慨莫名。

我想到了汉朝的李陵，李陵将军就是因为没有战死而被俘，就成了汉奸了。司马迁挺身为之辩诬，也落得了腐刑的下场，含垢忍辱。汉奸这个词是带电的，人一触碰，或者累及身家性命成灰成齑，或者青史骂名，横横竖竖地在草纸上爬满诋毁。

记得也是二战时期，日军攻陷东南亚，麦克阿瑟乘坐小船逃逸，而一位负责掩护的将军却不幸断后做了俘虏，备受折磨。日本溃败后这位伤痛累累的将军走出战俘营，麦帅伸出双臂拥抱他亲吻他。日本帝国在密苏里战舰上签署协议投降的时候，麦帅当着全场所有将军、元帅的面把签字笔送给了这位被俘的将军，当时掌声雷动，如此的举止对我们国人来说有点陌生，陌生得有点不可思议，但这是真实。它真实得令人呆痴，但你无法矢口否认它。由于历史有意无意的遮蔽和钳制，这里面藏着我们文化没有的东西，被俘并不耻辱，他们一样为国家吃了许多苦，国家应低首感谢这些受折磨的孩子，欢迎这些孩子的归来。而我们呢？投降就是贪生怕死，是民族败类……

时代无情，常常总是牺牲和误解它最优秀的儿子。也许从这个角度理解张自忠将军，感受张自忠将军，能一窥他悲凉的心绪吧？

张自忠是1936年6月赴任天津市长的。为了钳制拉拢宋哲元，把华北从中国划出去，1937年3月底，日本华北驻屯军司令官田代以天皇生日为由，邀请宋哲元组团访问同文同种的日本，一切费用由日本人支付。宋哲元面有难色，他要是作为一把手去的话，日军就会谈修铁路、要长芦盐场和煤矿什么的各种权益，于是宋哲元就委派张自忠作为自己的代表到了日本。

在日本期间，日方要挟张自忠在中日经济提携条约上签字。张自忠勃然而起断然拒绝，拂袖退出提前归国。“七七”事变后，随着佟麟阁、赵登禹血洒沙场，宋哲元7月28日率29军撤退到保定，并决计留下张自忠与日本人周旋，冀察政务委员会委员长、北平绥靖公署主任、北平市长都由张自忠全权代理。

当晚九时，枪声稍歇，宋哲元、秦德纯等人出北平西直门，转赴保定，临别,张自忠黯然对秦德纯说:“你同宋先生成了民族英雄,我怕成了汉奸了。”语言沉痛,但沉痛里自有一种担当在,将军让人追溯到了古之中国的烈士之风,这种“虽千万人,吾往矣”的气度,使我心中悲慨地回旋着两千年前李陵的那些句子——子归受荣,我留受辱。

为了避免炮火下生灵涂炭,这委屈是那样的悲凉锥心。在不可知的朦胧前途中,古都北平的红墙灰瓦,在炎热的炙烤下,却透着令人难以置信的冷凝。军人的天职是服从,明知是汤镬油锅,自己跳下掀起的巨浪会把自己浇死,但仍要跳。四周是比汤镬油锅还烈的日本人和亲近日本人的鹰犬,我们怎样才能还原张自忠将军独处虎狼丛中的心态?

远托异国,昔人所悲。

望风怀想,能不依依。

身之穷困,独坐愁苦。

终日无睹,但见异类。

……

李陵写的四言诗如低回的长调,呜咽在我的纸上笔端,命运,一个人的命运在国家危亡之际,真是旋转如秋风里的飘蓬、雨幕下的蜡烛,说不定哪阵风,哪阵雨,蓬萎烛灭啊,是为李陵将军悲,还是为张自忠将军悲?尽管张将军曾指出自己留在日据的北平不是要当汉奸,而是“希望能够打开一个局面,维持一个较长的时间,而使国家有更充实的准备”,并表示为此不计毁誉,但“汉奸”帽子和随处而过的鄙夷唾弃,令他压抑痛怀。

全国各大报章发表文字,痛斥张自忠的“卖国变节”,其中十分醒目的大字标题,如《自以为忠》、《张邦昌之后》等,张自忠被认为是“华北特号汉奸”,报纸上一律称他“张逆自忠”。

对这一历史,张自忠将军的老上级冯玉祥在《痛悼张自忠将军》文中予以澄清,冯说:“民国二十五六年的时候,华北造成一个特殊的局面,他在这局面下苦撑,虽然遭到许多人对他误会,甚至许多人对他辱骂,他都心里有底子,本着忍辱负重的精神,以待将来事实的洗白。……在北平苦撑之际,有人以为他真要浑水摸鱼。当时我就说,他从小和我共事,我知道他疾恶如仇,绝不会投降敌人,后来果不出我所料。”

我无法判断张自忠将军被人指斥为汉奸时脸上涌动的颜色,那一定是隐忍到怒发冲冠和暗夜里的低沉咆哮，我想着张自忠将军的行迹，既激动，又悲抑。那抗战爆发的蹈历热情，是应该护持且要高歌的，但我们能随着那些民众指责张将军吗？我无法用孱弱的文字表述自己在酸咸苦楚之外的感受。

爱国的情怀和路途非是一种，张自忠选择了荆棘和丛莽。他的行为，已经完全是别样层次上对民族的一种苦爱，是一种含泪的凄异与壮烈的美！

二

在西北军里，张自忠向以带兵严格、部下骁勇而著称，西北军里流行的顺口溜儿："石友三的鞭子，韩复榘的绳，梁冠英的扁担赛如龙，张自忠扒皮真无情！"

张自忠字荩忱，"荩"乃"荩草"之意，本为一种植物，看似柔弱，《诗经》里面有一句"王之荩臣，无念尔祖"，"荩臣"引申开去便是"忠臣"。中国人的字和名字是互文的，可以互相诠释，字号刚好解释了本名。而唯独"张扒皮"这个绰号显得那么刺眼，那么冷酷。扒皮，其实说穿了是对犯错士兵打军棍、关禁闭，对临阵逃脱的人毫不留情抬手就地枪决的冷酷。这种冷酷背后，是否让人感到将军疾恶如仇的不苟和果决？

张自忠在北平和日本人周旋一周后脱险，然而，汉奸的帽子并没有随他离开古都而摘掉。李敖在《大人格与小人格》中说：小人格的标准是匹夫匹妇的层面，是随波逐流的、依附权势的、"庸德之行，庸言之谨"的，这种标准的泛滥下，胸怀大人格标准的英雄豪杰，都会长期遭到舆论、谣言、群众、世俗的打击。所以，"父子责善"的贤人匡章，全国说他不孝；"弟死不葬"的志士张良，社会说他不仁；周公旦被诬不利孺子；直不疑（人名）被诬与嫂通奸；马援被诬贪污；袁崇焕被诬反叛；张自忠被骂汉奸，蒙羞六七载；岳飞不得昭雪，沉冤二十年。……多少大丈夫，在"小人格"标准下，都变成了"人格有问题"的下三滥。

写到此处，我的心一阵抽搐，当袁崇焕在千刀万剐下，那些薄薄的带血的人肉被皇城根下北京胡同里的民众吃掉的时候，公道在谁的心里呢？

张自忠留平的消息传出后，北平街头也是纷纷传闻："出了汉奸了，仗不打了。"29 军官兵得知此消息，也纷纷把张自忠的照片撕得粉碎，吐唾沫顿足骂娘！

张自忠在北平市长任上只短短八天，就宣布辞去一切职务。两天后，他化装离开了北平南下，舆论界对他的攻击指责还是不依不饶，一位朋友悄悄写给张自忠一个纸条：

周公恐惧流言日，王莽谦恭下士时。

若是当年身便死，一生真伪有谁知？

将军转赴南京的列车行至徐州站，突有三十多名青年学生拥到头等车厢的门前，要求上车搜查"汉奸"张自忠。也就在这时，南京国民政府下达命令，以张自忠"放弃责任，迭失守地"为由，将其撤职查办。

张自忠绝望了，他确有点迷茫了，他"开始沾染嗜好，抽起了鸦片烟"。是想在堕落中麻醉和寻找快感吗？我看未必，从将军抽起鸦片看，我们能体悟他的内心已经被折磨到何等地步！

当中日战争全面爆发，张自忠却形单影孤地"赋闲"南京，如里尔克写的笼中的豹，铁栅外再没有世界。将军整天无事可做，汉书也读不下去了，煎之熬之，度日如年。有人说，落魄与失意者是最易与鸦片结伴的。张自忠本是英勇无畏、坚毅如钢的军人，他身经百战，艰辛淬火，不知闯过多少困境绝地，此时此刻却失去了对自己的控制力，实在令人感慨。一个人，无论他怎样坚强，也总有脆弱柔软的一部分，这部分有时脆弱到了不堪一击，訇然而碎的地步。

佩剑将军张克侠来到南京看望张自忠。他在当天的日记中写道："今往见荩忱师长，其貌憔悴，心绪不佳，闻已染嗜好，诚为可叹，宴安鸩毒真不虚也。余勉以自重自珍，来日方长，是非可明，彼有惜别之意。良将难求，余当助之。"

我们不难设想，张自忠将军后来一死报国，以示清白的决心，怕也是下于这极端苦闷的时候。张自忠毕竟不是只会在鸦片的烟雾中消磨意志的孱弱者败北者，当他重返部队的时候，我们看到了一个历经磨砺爪牙的猛虎，已经度过了荒寒，开始生风呐喊。

刘亚洲将军曾写过小说《将军泪》，我曾问过 29 军的老兵。小说？笑话，这是真的，29 军当时叫做 59 军，1937 年 12 月 7 日，张自忠回到河南道口李源屯 59 军军部。

与大家寒暄见面后，张自忠只硬硬撂下一句话：“今天回来，就是去死的，好狗不死家门，看大家如何死法。”部曲听到此言，眼里都噙满了泪水。

随行的记者采访将军大战前的感想，张自忠谦谦地说：“养兵千日，用兵一时，国家弄到如此地步，是军人之耻。倾巢之下，焉有完卵？军人洗刷他的耻辱只有一条，那就是用血，血的热比水更有效，水洗的是脸，血洗的是身！”

然而就在接敌的前夕，那些行走的队列却看到传令兵疾驰阵前，可着喉咙宣布将军的命令：原地待命！接着是令人发冷的军号，要杀人了。

光头的将军骑着枣红马在手枪队的簇拥下，来到队列前。只见将军脸色青白，眼中迸出两道如冰如铁的冷光，让人皮肤不由寒意阵阵，这时人们就会想到张扒皮的来由。接着张自忠将军下令“给我把那两个败类带过来，皮扒了！”军法处长手一挥，两个五花大绑的士兵被带到队列前。

张自忠将军双脚站立在马镫上，右手按住佩剑，用山东方言吼道：“弟兄们，就是这两个无耻的东西，昨天市镇宿营时，拿了人家小老板的伞，不仅不给钱还动手打了人，我们的弟兄还没有上前线打鬼子，现在我却要先杀了他们，这都怨我，怨我没有教好他们。”将军把手一挥，声音有些哽咽。

五花大绑的两个士兵被带到了野地里，接着是两声清脆的枪声低低的划过天空，如夜枭的低鸣……

然而也是在处决那两个士兵的夜里，还发生了一起强奸民女的恶劣事件，最后查出竟是敢死队长孙二胡。孙二胡随即被打进死囚，等待天明后发落。

第二天一早，军法处长来面见将军，请示如何处置孙二胡。进了房子吓了一跳，地上落满了烟蒂，显然将军一夜没睡。59 军上下谁不知道，孙二胡是张将军手下能征善战的功狗，从喜峰口到卢沟桥，每役必与，在孙二胡的手下，光手刃的鬼子不下百名。谁知，这样的狗既能看家护院，也反噬主人。这让张自忠陷到了两难的境地。军法处长请示，将军冷冷地吐出几个字“依法从事，扒皮，天娘老子也不开恩！”

军法处长走了，过会儿，再次进来，说孙二胡想最后见军长一次。张自忠默然，随即摆手坚决的回绝：“不见，快杀！”军法处长看到张自忠将军冷峻的脸颊上挂着一滴混浊的泪。将军受不了，怕杀晚了，自己会后悔。枪又响了一声，还是如夜枭的低鸣，部队又继续前进了。

三天后，部队到达临沂，阻击日军坂垣师团，大胜，这是国民党正面抗日以来取得的第一次真正的胜利。

一个月后，张将军率部驻扎休整。传令兵脸色苍白的进来报告，结结巴巴地说：“军长，他，他回来了。”将军纳闷，斥责道：“谁？谁回来了？”传令兵气喘不过来：“是，是孙队长回来了。”

孙二胡被带了进来，满脸黑炭，衣衫褴褛，头发胡子一样长，仿佛从另一个世界走来。

原来那天行刑的士兵，敬慕孙二胡是条汉子，手有些发抖，结果子弹没打中要害。孙二胡也是命大，被好心的百姓救回了家，休养了几日就恢复元气了。老百姓劝他逃命去，但他打听到张自忠带部队在这一带驻扎，就又赶了回来。

张自忠将军忽地从地图前站起，接连下了三道命令：“换衣服；备酒菜；关起来等候处置。”孙二胡，早就被处置过了，而且是最高级别的处置了，还能怎么处置呢？

副官试探性地问张将军：“是否让孙二胡归队？”张自忠没有回答。

第二天，副官再去见张自忠，指挥部里仍是烟雾缭绕，将军又是一夜未眠，满脸憔悴的坐在军帐里，身前满是烟蒂，桌子上堆了一堆的纸片。副官用眼睛瞅了瞅，蓦然发现每张纸片上都写了一个大大的“扒皮”的字样。

军法处长再次来到孙二胡面前，宣布张自忠手令。孙二胡似乎早知有此一天，面不改色，听完命令，标准的敬礼。然而没等孙二胡提出面见将军，军法处长就又宣布将军备好酒菜为他饯行，孙二胡一脸的茫然，嘴角抽搐了一下。

将军来了，酒菜不过是几只烧鸡、红烧肘子和下水之类，这在战争期间，已是丰盛之至了。几位师长低头陪酒。席间无话，师长们轮流给孙二胡劝酒。孙二胡眼圈红红的，只是每劝必喝。几巡酒过，孙二胡突然抬头，眼直直地盯着将军，张将军接过目光，双方仿佛都要刺透对方。

突然,孙二胡把上衣扒去,从腰盘到肋骨,从前胸到后背,满身的伤疤,如铜钱如石子如树瘤,或凹或凸,也如起伏不平的山川河流,师长们有的不忍心,扭过头去。

张自忠将军一愣,随即指着身边的一位师长说:"你把衣服脱了。"师长规规矩矩地就脱了,一身伤痕。军长又指着另一位师长,说:"你的衣服也脱了。"师长脱了,也是一样的凹凸不平伤痕累累。后面的军人在将军的目光逼视下,齐刷刷跟着脱掉上衣,就像是一次展览,一次检阅,每一处伤疤简直就是一次血与火的重塑与回溯,每一处伤疤简直都是战争的馈赠与荣耀。

最后,张自忠将军猛地撕去了自己的上衣,胸口一处致命的碗口大的伤疤,红红的震撼着人心。大家都低下了头,孙二胡也把头埋了下去,目光有点游移躲闪,然后就咚地跪在地上,"我对不起将军!"

张将军把孙二胡缓缓扶起,头扭在一边:"你放心地走吧,弟兄们会替你多杀几个鬼子的。"

翌日,孙二胡躺在了量身定做的柏木棺材里,张自忠跟他握手作别。

枪声再次响起,如低低的夜枭鸣叫,随后是59军密集的送行的枪声响彻苍穹,那是无数声音的翅膀在天地间回旋。

三

在张自忠殉国三周年的时候,周恩来于《新华日报》上撰文《追念张荩忱上将》:张上将是一方面的统帅,他的殉国,影响之大决非他人可比。张上将的抗战,远起喜峰口,十年回溯,令人深佩他的卓识超群。迨主津政,忍辱待时,张上将殆又为人之所不能为。抗战既起,张上将奋起当先,所向无敌,而临沂一役,更成为台儿庄大捷之序幕,他的英勇坚毅,足为全国军人楷模。而感人最深的,乃是他的殉国一役。每读张上将于渡河前亲致前线将领及冯治安将军的两封遗书,深觉其忠义之志,壮烈之气,直可以为我国抗战军人之魂!

是的,张自忠是怀着赴死之心渡河的。我想起古琴曲《公毋渡河》,"公毋渡河,公竟渡河。公竟渡河,其奈公何?"

1940年日本发动了旨在控制长江交通、切断通往重庆运输线的“宜昌作战”。当时希特勒以闪电战袭击北欧，一举成功。此举使日本军阀深受刺激，也为之鼓舞，颇欲在中国战场也来一次冒险；再就是为纪念日本天皇生日（即4月29日天长节）。日军战役计划是先将襄河东岸国军部队包围歼灭于枣阳地区；尔后推进至襄河西岸，将国军主力部队歼灭于宜昌附近。

战役开始后，张自忠决定渡河督战，当晚，张自忠给副手冯治安写了一封信，派人连夜送之。信中说：“仰之我弟如晤：因为战区全面战事之关系及本身之责任，均须过河与敌一拼。现已决定于今晚往襄河东岸进发。到河东后，如能与38D、179D取得联络，即率该两部与马师不顾一切向北进之敌死拼；设若与179D、38D取不上联络，即带马之三个团，奔着我们最终之目标（死）往北迈进。无论做好做坏，一定求良心得到安慰。以后公私，均得请我弟负责。由现在起，以后或暂别或永离，不得而知。专此布达。小兄张自忠手启五月六日于快活铺。”

我们想到了《史记·刺客列传》中的荆轲一节，那是古代中国男人在大义面前敢担当的体现。“风萧萧兮易水寒，壮士一去兮不复还。”荆轲和他的同道高渐离在易水之畔的悲壮唱和，其实藏着的是别人无法破解的秘密。那也许是以血践履历史的承诺。

易水已逝，岁月不再。但两千年后的张自忠的渡襄河又一次震撼了世界。

张自忠渡河了，从人们骂他汉奸的那一刻，他就想着有一天的渡河，只有当他殉国之后，我们才会体味张自忠信中这誓言的沉重。

在张自忠将军殉国前一年，他来到重庆看望隐居读书的冯玉祥先生。

最难风雨故人来，那时心情抑郁的冯先生阴霾一扫而空。他在巴县中学设宴为张自忠洗尘，张自忠将临沂战役中缴获的日本军刀作为礼物赠给了冯先生。1945年9月2日，日本正式签署无条件投降书，抗日战争终于胜利。冯先生感慨万千，睹物思人，在军刀上刻下一句话：“此刀是张上将自忠在临沂大战得的日本鬼子的，民国二十八年送给我。”

相见那天，两人连床夜话，苍穹大地，圆颅方趾，巴山夜雨，喋血烽火，相谈甚惬。张自忠对冯先生再一次说到慷慨赴死：“我不管枪不如人，炮不如人，我总要拼命地干一场。做一个榜样给人看，我一定尽我所有的力量，报效国家，不给先生丢脸。活着我要活个样子，死也要死个样子！”

第二天，俩人互道珍重，依依而别，马鸣风萧萧，落日照大旗。张自忠走出不远，却又心事重重地停住了。是预感到他生未卜今生休？已经预感到今生今际再难与冯先生相见？

张自忠折转身来，怀着诀别的心情回到屋里，扑通一声跪倒在地，重重地向冯玉祥磕了个头。冯先生被这一情景惊呆了，忙说：“荩忱，你这是干什么？”只见张自忠眼含热泪，神色庄重地说：“我这一生是先生培植了我，我活着要一心一意地为国尽忠，像个人，像个军人，不辜负你培植我这一生；我死了也要像个鬼，像个忠魂，不会辱没先生练兵带兵的英名！”

冯玉祥因惊愕而语塞，但他内心明白，行此大礼，作这样的告别意味着什么。就这样的一跪，这是一个将军忠义和血性的象征，是一种对历史的承诺，被岁月记住，令后人感动。

作为一名位膺封疆并指挥着几个集团军的上将衔总司令，张自忠统率的部队少则数万，多则十余万，但他个人的生活却依然保持着西北军时期艰苦俭朴的本色。除非重大场合，他从不着呢料或哔叽制服，也不佩戴上将军衔，而是与士兵一样穿老灰布军装，一样剃着光头，只有一条武装带可以表明他的军官身份。平常的饮食也非常简单，同士兵一样每日两餐。

有一位采访过他的记者写道，他对于吃是不考究的，只要是菜，随便是青菜、毛豆，几个馍馍，一碗小米稀饭，这些便可算是他一顿丰盛的午餐，有时候，因招待来宾而改善一下伙食，他也感到不安。

在一次战斗中，给养中断，总部人员和特务营几乎一昼夜都没有找到吃的，勤务兵把随身携带的一点烤馒头片和炒豆子送到跟前让他吃。看到弟兄们挨饿，将军不忍心吃，说：“要吃大家吃，这个时候，怎么能一个人吃呢？”大家共同忍着饥饿同日军作战。

天将黄昏时，一位士兵因饥饿而发了疟疾，张自忠急忙叫勤务兵把仅有的一点干粮拿出来让他吃。这位士兵无论如何不肯吃，流着泪说：“总司令都不吃，我也不能吃，我不能破坏总司令‘要吃大家吃’的规矩。”

“武官不怕死，文官不爱钱”是岳飞的理想。张自忠身为武将，不光是不怕死,更不爱钱。他为将多年,且数绾政要,而私储无几。张自忠牺牲后,大家在整理他的遗物时,曾翻箱倒柜地寻找他关于家事和经济方面的遗嘱,但终无所获。他的侄子廉卿在旁边说:“你们不要找了,一定没有,如果他顾及家庭和金钱,就一定不会战死了。”

当时,他的司令部设在襄樊与当阳之间的一个小镇上,名快活铺。著名作家梁实秋在张自忠将军驻防前线时候,曾作为慰劳团成员,记下了当时访问张将军司令部的情形——

> 这司令部是一栋民房,真正的茅茨土屋,一明一暗,外间放着一张长方形木桌,环列木头板凳,像是会议室,别无长物,里间是寝室,内有一架大木板床,床上放着薄薄的一条棉被,床前一张木桌,桌上放着一架电话和两三叠镇尺压着的公文,四壁萧然,简单到令人不能相信其中有人居住的程度。但是整洁干净,一尘不染。

张将军的司令部固然简单,张将军本人却更简单。一个高高大大的身躯,微胖,推光头,脸上刮得光净,颜色略带苍白,穿着普通的灰布棉军服,没有任何官阶标识。他不健谈,更不善应酬,可是眉宇之间自有一股沉着坚毅之气,不是英才勃发,是温恭蕴藉的那一类型。他招待作家们一餐永不能忘的饭食,四碗菜,一只火锅。四碗菜是以青菜豆腐为主,一只火锅是以豆腐青菜为主。其中也有肉片肉丸之类点缀其间。每人还加一只鸡蛋放在锅子里煮。虽然他直说简慢抱歉的话,但梁实秋看得出这是他在司令部里最大的排场。这一顿饭吃得作家们满头冒汗,宾主尽欢。

四

为一洗身上所谓汉奸的污垢,张将军渡河赴死了。在襄河东面一个叫南瓜店的地方,将军殉国。

那是下午3时许,天空有沥沥细雨,厮杀在雨中持续,张自忠身边的士兵所剩无几。将军眼看前方弟兄一个个倒下,再也按捺不住,提起一支冲锋枪,大吼一声,向山下冲去。就在这刹那间,远处的日军机枪向他射来,将军全身数处中弹,右胸洞穿,血如泉涌。马孝堂见将军突然向后一歪,飞奔上前为他包扎,鲜血溅了马孝堂一身。

伤口还未包扎好,日军就一窝蜂地冲了上来。危急中,张自忠对身旁的人说:“我不行了,你们快走!我自己有办法。”大家执意不从,张自忠拔出腰间短剑要自裁,卫士大惊,急忙将他死死抱住。

弥留之际,张自忠躺在地上,脸色苍白,然后平静地说:“我这样死得好,求仁得仁,对国家、对民族、对长官,良心很平安。你们快走!”

这时,日军步兵已冲至跟前,从日军战史资料中,我们找到了这场战斗的最后情节:

第四分队的一等兵藤冈,是冲锋队伍中的一把尖刀,他端着刺刀向敌方最高指挥官模样的大身材军官冲去,此人从血泊中猛然站起,眼睛死死盯住藤冈。当冲到距这个大身材军官只有不到三米的距离时,藤冈一等兵从他射来的眼光中,感到有一种说不出来的威严,竟不由自主地愣在了原地。这时,背后响起了枪声,第三中队长堂野君射出了一颗子弹,命中了这个军官的头部。他的脸上微微地出现了难受的表情。

与此同时,藤冈一等兵像是被枪声惊醒,倾全身之力,举起刺刀,向高大的身躯深深扎去。在这一刺之下,这个高大的身躯再也支持不住,像山体倒塌似的轰然倒地。

时间仿佛蓦然停滞,历史留下了一个静穆的场面,殷红的热血交织着迷蒙细雨,构成一个永恒的瞬间——1940 年 5 月 16 日下午 4 时!

张自忠,一代抗日名将,怀着平安的良心死去,时年 49 岁。与他同时殉国的还有五百多人,张自忠殉国后,南瓜店一带枪声骤停,格外寂静。

硝烟笼罩在战场上,细雨无声地飘落在横七竖八的尸体上,血迹随着雨水缓缓流淌,那染红的泥土,分不清是日军的血还是国军的血。

日军开始打扫战场。堂野和藤冈估计刚刚死去的这位军官一定是位将军,便翻动遗体搜身,堂野从他身旁的手提保险箱中翻出了“第一号伤员证章”,藤冈则从遗体的胸兜中掏出一支派克金笔,一看,上面竟刻着“张自忠”仨字!俩人大为震惊,不禁倒退几步,“啪”地立正,恭恭敬敬地向遗体行了军礼,然后靠上前来,仔细端详起仰卧在面前的这个血迹斑斑的汉子来。接着他们把情况报告了上司 231 联队长横山武彦大佐,横山下令将遗体用担架抬往战场以北二十余里的陈家集,日军第 39 师团司令部,请与张自忠相识的师团参谋长专田盛寿亲自核验。

专田盛寿“七七”事变前担任中国驻屯军高级参谋,与时任天津市长的张自忠有过交往;“七七”事变时又作为日方谈判代表之一,多次与张自忠会晤于谈判桌前。

遗体被抬进陈家集39师团司令部时,天色已黑。专田盛寿手举蜡烛,目不转睛地久久注视着张自忠的面颊,突然悲戚地说道:“没有错,确实是张君!”

在场者一齐发出庆祝胜利的山呼海啸声,接下来则是一阵压抑的静默与肃穆。师团长村上启作命令军医用酒精把遗体仔细擦洗干净,用绷带裹好,并命人从附近的木匠铺赶制一口棺材,将遗体庄重收殓入棺,葬于陈家祠堂后面的土坡上,坟头立一墓碑,上书:支那大将张自忠之墓。

就在当天夜里,当张自忠将军的遗体被国军的士兵抢走后,前线日军接到司令部“将张自忠遗体用飞机送往汉口”的命令。但为时已晚,坟头上只有那一方墓碑。

18日上午,忠骸运抵快活铺,33集团军将士痛哭相迎。将军的属下含泪查看了张将军伤势,发现全身共伤8处:除右肩、右腿的炮弹伤和腹部的刺刀伤外,左臂、左肋骨、右胸、右腹、右额各中一弹,颅脑塌陷变形,面目难以辨认,唯右腮的那颗黑痣仍清晰可见。

然后前方医疗队将遗体重新擦洗,作药物处理,给张将军着马裤呢军服,佩上将领章,穿高筒马靴,殓入楠木棺材。

5月21日晨,六辆卡车从快活铺起程,护送张自忠灵柩前往重庆。沿途数万群众,挥泪跪拜祭奠。

车抵宜昌,10万群众自发送殡,全城笼罩在悲壮肃穆的气氛中。敌机在上空盘旋吼叫,却无一人躲避,无一人逃散。张自忠灵柩在此换船,溯江而上重庆。28日晨,船抵储奇门码头。蒋介石、冯玉祥、何应钦、孔祥熙、宋子文、孙科、于右任、张群率文武百官臂缀黑纱,肃立码头迎灵,并登轮绕棺志哀。蒋介石在船上“抚棺大恸”,令在场者无不动容。后来人们说,蒋介石的办公桌从此就摆上了张自忠的遗像。

张自忠将军殉国时,按山东老家的计算方法是虚岁50,他的夫人李敏慧闻耗痛上伤,一直拒绝粒米,七日后,溘然而死。也许夫人的死不是外人所能理解的,男人为国尽忠,女人为夫殉身,但我们要求李夫人什么呢?

还有比随为国尽忠的丈夫而死的最好的结局吗？我不提倡为男人殉节，但我为李夫人殉身所感动。自己深爱的人死掉，自己也绝不独生，苟活世上。

这一仗，张将军所部全军虽大多战死，但敌人所付出的代价更大。数字是冷酷的，但数字的背后，是将军的鲜血染成的，流血五步的将军，使倭寇流血何止百步？有一组数字，是将军殉国后，从5月1日至16日之战果，计伤毙敌45000人以上，缴获大炮60余门，马2000余匹，战车70余辆，汽车400余辆。

张自忠将军死了，对于将军的死，如果我们归结于凶手时只一句"日本人"，那就太轻巧也太机巧，淡化悲凉之雾成云霓。在"七七事变"后，将军留在故都含泪说：恐怕你们成民族英雄，而我成了汉奸了。这句话的沉痛，怕只有用血才能抵偿，这也就是为何一个上将军，只有在血与火的呐喊里一死才心安的内在缘由吧。但死是容易的，赴死前他的隐忍与血泪，别人是无法理解的。

竹简，是青的，也是易朽的；血是红的，也是易褪色的，但由血书写的竹简却坚比金石，那上面的文字也就有了金声玉振之效了。

"良心"二字，在张将军的手令及谈话中时常出现，我的家乡与将军的老家同属鲁西黄壤平原，同属黄河故道，相距不及二百里，我知道这两个字在山东话中是表明心迹、分量很重的用语。山东人做事常是捶着胸脯说：做人要讲良心。"求良心得到安慰"，就是要为这个国家、民族流尽最后一滴血，中国人的血只有流在脚下，流在生养自己的土壤上，那良心才不负国家，那良心才安妥。这正是张自忠作为一名传统贯骨的军人，在民族危殆之际，不惜以命为所求的一种大悲壮大境界，诚如古语所云：受命之日忘其家，临阵之时忘身，军人之武德，于斯尽矣。

《宋史·岳飞传》有记载，当岳飞入狱之初，秦桧等密议让何铸审讯。岳飞义正词严，力陈抗金军功，爱国何罪之有？并当着何铸面"裂裳以背示铸，有'尽忠报国'四大字，深入肤里"。浩然正气，令何铸汗颜。岳飞背上的忠字刻在肉里，而张自忠的忠，镌在骨子里。

千年前的岳武穆，千年后的张荩忱，在为国尽忠的这一坐标下重合了，他们都是抗击外敌入侵的汉子，死了就死了，但谁说的：老战士永远不死，他们只是逐渐消失，是啊，中华民族的这些绵延不绝的老战士何尝死呢，他们只是小憩在我们的血液里，鸟巢睡了，鸟醒着；血管睡了，血液醒着；老战士睡了，他的眼睛依然醒着。

如今，汉奸汪精卫的诗集、胡兰成的散文风靡世间，在腐蚀着某些国人的骨头。也许这个民族有了汪精卫胡兰成们，倭寇才会把中国人看成蝼蚁和猪狗，但张自忠将军殉国了，他支撑起了历史，平衡了这个民族，使我们后人不至于脸面羞愧。当有人问我，在日本侵华有百万甚至更多的汉奸使中国人蒙羞的时候，这个民族还有铮铮的“骨头”和胆气吗？

重庆的梅花山，有冯玉祥将军手植的梅树，那里供奉着这一节“骨头”，我要走向我的民族的梅花山，那里有刺在对手喉头的“骨头”，让对手吐不出咽不下的一节“骨头”。

擎天之翼

冯伟林

一

多少次走近你，又默然地离开；

多少次离开后，是更加的怀念。

胡林翼，我的寂寞远去的老乡，我心目中的伟丈夫，你蓝色的灵魂和坚韧的心像夕阳里傲然站立的一株木棉。是的，这是我面对“胡林翼”三个字时的特有的情感，这个名字已不仅仅是对一个远去的历史人物的简单称谓，它成为一个隐喻符号，一面迎风招展的精神幡旗，一种能在我的胸口掀起风暴的文化乡愁。

毋须讳言，我一直想写写胡林翼。我总以为，胡林翼是湖湘文化的重要人物，是中国近代史的一座大山，是“同治中兴”的三大名臣之一。三大名臣中的曾国藩、左宗棠早已在高高的庙堂之上享受着香火和叩拜。

而胡林翼呢？谁还记得胡林翼？

这些年来，由于工作的缘故，我经常在高速公路上疾驰，在湖南境内，可以看到许多将湖湘文化发扬光大的名人故居指示牌。例如，在湘乡地段，我们就可以看到曾国藩故居的指示牌；在湘阴地段，可以看到左宗棠故居的指示牌。现在，在炎黄故里，屈原故里，西施故里，刘备曹操诸葛孔明故里，都有人在争执谁是正宗谁是虚假的，甚至大贪官严嵩、和珅的故里,也有人在做“名人效应”的文章。然而,在益阳,我却没有看到那一直以来强烈震撼我心灵的名字。

一方水土养育一方人。我不甘心,决定去湖南益阳专程寻访。益阳是胡林翼的故地。可我徘徊了许久,竟然空空如也。最后,我来到益阳舜华山下的一所学校,故人已去,物是人非。我黯然神伤,独自彷徨,但见红墙绿瓦,书声朗朗,一群少年从我眼前嘻嘻哈哈走过,我忽然有一种冲动,赶上去追问:同学们,谁还记得这所学校的前身?谁还知道胡林翼吗?

或许,今天的中国人大多已经淡忘了这个名字。真可谓“千秋万岁名,寂寞身后事”。然而,在一百四十多年以前,这个人在这里创办了这所学校,这个人是湘军的灵魂,是威风凛凛的封疆大吏,是名动朝野的大英雄。

执戈以卫社稷,这本是武人的职责,但是,生逢乱世的胡林翼,却不得不以文人柔弱的双肩,担负起当时连兵家都无法担负的救亡图存的历史重任。

当年,谁不知道胡林翼?

前不久的一个偶然机会,我在堂叔家看到了我家的一部族谱。这一看,让我大吃一惊,我的老爷爷曾是湘军的一个小头目,曾追随胡林翼转战湖北,后来还从南京娶回了一位女子。原来我的血脉里还流淌着湘军的血液,原来我的祖上还有这么一段荡气回肠的故事。我感到震惊,感到不知所措。历史上的很多回忆就是这样不经意间来到人们的眼前。

于是我写胡林翼的心情更加迫切。我穿过历史的烟尘……

二

那是咸丰十一年(1861)八月二十六日,湘军统帅胡林翼在湖北巡抚的任上逝世。武昌城里,一片哭声,一阵哀乐,一场秋雨。潮湿的街市,弥漫着悲伤的气氛。

胡林翼死了,死在苦撑危局的岗位上,死在大清朝正需要他的时候。从此,他再也不能去摇旗呐喊,再也不能去慷慨悲歌,再也不能去跃马疆场。一个英雄就这样永远地闭上了眼睛。

胡林翼死了，他留下的遗言就是向朝廷上的一道奏折。他忧劳成疾，知道自己来日不多，保荐湘军将领李续宾接任湖北巡抚。人之将死，其言也善。他在生命的最后一刻考虑的仍然是国家安危，社稷永固。这是对信念的坚守，是对朝廷的忠诚。可朝廷没当一回事。胡林翼只有49岁，正值人生壮年，正是大显身手之时，怎能言身后事呢？岂料不久，朝廷真的接到了胡林翼死亡的奏报，惊愕之余，一面批准胡林翼的奏折，同意李续宾署理湖北巡抚；一面通告全国，诏加胡林翼为湖广总督，谥文忠，入贤良祠，湖南、湖北和贵州建祠祭奠，并赐其养子胡子勋为举人。

胡林翼死了，曾国藩万分悲痛。苍天可曾知我意？我对孤灯长相泣。曾胡的名字是连在一起的，是情同手足的兄弟。曾国藩是靠战争成就的统帅，是从死人堆里爬出来的，经历过无数的离合，对于生死已经麻木，可胡林翼逝世的噩耗还是让他大哭不止：“润芝赤心以忧国家，小心以事友生，苦心以护诸将，天下再难找这样的好人了。”

当时，曾胡是齐名的。毛泽东说过：“愚于近人独服曾文正（曾国藩）。”曾国藩却说：“润芝（胡林翼）之才胜我十倍。”曾国藩虽是自谦，但也有一定道理。他们两人相比，论学术造诣，胡不及曾，但天分强一些；论埋头苦干，胡不及曾，但比曾会变通；论坚忍不拔的能力，胡不及曾，但比曾圆滑；论工作态度，胡不及曾，但胡更重技巧。曾国藩经常累得头晕气得吐血，还有几次要跳河自杀，胡林翼却每每事半功倍，举重若轻。胡林翼功成名就的时候，曾国藩处境艰难，胡林翼就多次上奏保荐曾国藩。曾国藩很真诚地评价胡林翼：“舍己从人，大贤之量；推心置腹，群彦所归。”

是啊，寄蜉蝣于天地，渺沧海之一粟！胡林翼先一步走了，人的生命如此脆弱。曾国藩一天没有出书房，他要向朝廷写奏疏，他要去悼念胡林翼，他要去与太平军决战，他要告诉湘军弟兄，悲痛的力量是巨大的，勇往直前吧！要像胡林翼一样，总是把生命的琴弦绷紧，奏出生命的强音。想着，哭着，外面是雷声雨声，英才已弦断音绝，曾大帅挥泪疾书：

誓清大地山河，一捷湘，再捷鄂，三捷吴，怎奈浔阳告捷，遽陨台星，将军忠勇果忘家，手掷骷髅，都不记上有老亲，下无弱息；

哭断隔江枫荻，生同时，居同里，官同僚，自惭伟略难同，空悲旧雨，此日东南犹苦战，净扫萑符，问谁能匡扶社稷，力挽天心。

曾国藩就这样以独特的身份，把胡林翼的一生作了一个精辟的概括，给出罕见的高度评价。

胡林翼死了，驻守浙江的湘军将领左宗棠放声大哭。满腔辛酸与谁道，长忆绵绵谁堪比？这是一个刚烈而骄傲的汉子，从不言败，从不掉泪，从不服人。然而，男儿有泪不轻弹，只是未到伤心时。他不相信这是真的噩耗。他骑匹战马在杭州的郊外狂奔。黄叶纷飞，秋虫哀鸣，左宗棠揪住报信的亲兵连续追问。亲兵陪着左公流泪不止。这天夜里，他一个人关在书房，一盏油灯相伴，一口气写了篇祭文，追忆两人的情谊，痛呼胡为自己平生唯一知己：

交公弱年，哭公暮齿。自公云亡，无与为善。孰拯我穷，孰救我祸？我忧何诉，我喜何告？我苦何怜，我死何吊？

我读过很多名人写的祭文，独对左公这"天问"般的悲恸铭记于心。这是荣辱与共的情谊，这是生死之交的倾诉，这是唇亡齿寒的默契。按辈分，胡林翼要称左宗棠为"姻丈"，因为左宗棠是陶澍的亲家，而胡林翼是陶澍的女婿。可他们情同手足。都是一腔碧血，都是一见倾心，他们有共同的理想抱负，有共同的思想基础，他们都主张经世致用，都维护国家的完整统一。

左宗棠不会忘记，咸丰二年(1852)身为贵州道员的胡林翼写给湖广总督程矞采的推荐信："湘阴孝廉左君宗棠，有异才，品学为湘中士类第一。林翼曾荐于林文忠(林则徐)，因文忠引疾，故未果行。文忠至湖上时，招至舟中，谈论竟夕，称为不凡之才……"

左宗棠不会忘记，胡林翼写给湖南巡抚张亮基的推荐书："廉公刚方，秉性良实，忠肝义胆，与时俗迥异。其胸罗古今地图兵法，本朝国章，切实讲求，精通时务……其才品超冠等伦。"

胡林翼举贤不避亲，先后七次推荐左宗棠，而且一次比一次强烈。可以说，他就是左宗棠的伯乐。或者说，他是晚清第一伯乐，他举荐了郭嵩焘、李鸿章、李续宾、李续宜、阎敬铭、罗遵殿、严树森等等，这些名字都是晚清夜空的灿烂星辰。徐宗干《归庐谈往录》中说："胡公晚年，专以荐贤为务，知人善任，海内交推。"他的胸怀，放眼的是国家和民族。大清将亡，多么盼望有人去顶天立地啊！这是一个需要英雄的时代，这是一个创造英雄的时代。很多时候,历史是由细节构成的,英雄可以创造历史。如果没有胡林翼的极力举荐,左宗棠的人生道路可能又是另一番际遇,晚清的历史必将是另一副图景。

英雄都有个性。左宗棠和曾国藩本来是互相欣赏,但相处久了,都恃才傲物,就闹起了矛盾。曾国藩说:“季子自命太高,与我性情相左。”左宗棠就问幕僚:“藩侯以身许国,问他何曾经济。”曾左胡三人同为湖南人,同生于嘉庆十六十七年之间。他们都受楚文化的浸染,都有湖南人的霸蛮性格,敢作敢为,敢为人先,敢于牺牲。胡林翼在左曾两人之间架起了桥梁,当起了和事佬。他给人的感觉是谦逊温和,一脸真诚。他说,同是湖南人,为什么要搞窝里斗呢?让别人看笑话呀!人抬人,无价之宝;人踩人,寸步难行。他还说,我们同朝为官,相煎何急?个人事小,国家事大。说得曾左两人都不好意思。于是坚冰融化,两人又握手言和。一支湘军就这样少了争斗,少了内耗。现在,胡林翼死了,死在国家最需要的时候,左宗棠怎不痛心疾首,泪水涟涟?

胡林翼死了,只有英国人躲在角落里窃笑不止。在这前一年,英法联军攻入北京,一路烧杀抢掠,一路无恶不作,咸丰皇帝下令对英法宣战。胡林翼派湘军的精锐北上与英法联军作战。清军很快溃败,只有湘军奋勇抵抗。一仗下来,英法联军感叹湘军不怕死,不好惹,是块硬骨头。

在这一个月前,胡林翼还去湘军水师的驻地安庆巡视,水师将领彭玉麟随他左右。他们看到,万里长江,夕阳映照,江山如画,湘军水师的战船正在缓缓由下游向上游航行。两人正得意于风卷军旗如画的豪迈境界,只见两艘钢宇铁楼般的军舰从下游飞速驶来,鸣着汽笛,转眼就超过了湘军水师的战船。军舰上有大炮,有士兵。军舰掀起几丈高的水浪竟将湘军的一艘战船掀翻。随从告诉胡林翼,这是英国人的军舰,经常在长江耀武扬威。长江是中国的母亲河啊,英国人的军舰如此横冲直撞,有血性的中国人见到这样的场景,心情是激愤难耐,肝肠寸断。胡林翼看着军舰远去,脸色变得惨白,大口地吐着鲜血。他对彭玉麟说:“长毛已经成不了气候,洪秀全不是威胁。以后大清的真正威胁是外患,是来自船坚炮利的洋人。魏源在《海国图志》里面提出的‘师夷之技以制夷’,看来不能再等待了!”

胡林翼是清朝第一个提出要搞洋务运动的官员，他的话很沉很沉，传向了四面八方。后来，曾国藩、彭玉麟攻下安庆，即刻采纳胡林翼的建议开始“师夷之技”，开办军械所，制造洋枪洋炮。安庆制造局成为了洋务派兴办军事工业的起点。英国人要霸占中国的领土，他们当然不希望遇到抵抗，不希望遇到强手，不希望遇到胡林翼这样的血性“蛮子”。现在，胡林翼死了，一个真正的对手死了，一个有远见的战略家死了，洋人们怎不临街起舞？怎不举杯狂庆？

胡林翼死了，大清的天空风雨飘摇，大清的四周危机四伏。当然这时候的清朝还一息尚存，还有如曾国藩、左宗棠们这些英雄去立马横刀。可皇城的根基已经腐朽，制度已经动摇，再多些呐喊又有什么用呢？

不，不！这些悲壮的英雄们都知道自己是殉道者，他们宁愿忍受这样的痛苦，他们宁愿承担这样的牺牲！他们绝不能看着自己的国家崩溃，他们有责任去作最后的冲刺，不管结果如何，他们要为这个国家奉献热血和生命，奉献激情和赤诚。

此时此刻，我在武昌的街市行走。他乡的云烟，似昨日的硝烟；他乡的雨珠，似昨日的泪珠。我想起一百四十多年前失去我的湖南老乡时的那场悲伤，那幕哀愁，心情久久不能平静。一个英雄远去了，整个中国近代史都将铭记他的风采与魅力！

一把刀磨得最锋利的时候，它的刀刃不会长久。但刀刃的光芒却能够切入历史的肌肤。就在胡林翼死后不到五十年，武昌城响起了辛亥革命的枪声。我甚至想，如果没有胡林翼在湖北的治理，没有他的开风气之先河，或许没有湖北的最早觉醒。历史的机缘就这样巧合。

三

拥有泉交河，是益阳人的一种福气。这是一个宁静的小村子，离城区三公里。远近的山峦，浓黛淡烟，荒草野树，蜂飞蝶舞。有一条小河，蜿蜒从村前流过。小河碧波潋滟，晶莹如镜。静谧的村子被小河一绕，就多出了一份含蓄，多出了一份灵动。胡林翼的老屋就坐落在这个美丽的地方。我去拜谒的时候，是暮春时节。一个破旧的院落，一棵古丹枫，枝繁叶茂，树冠覆盖数亩,大概有五六百年的树龄了。我的眼前,浮现一百八十多年前的暮春,一个三十多岁的孕妇在这树下歇息,迷迷糊糊中,她做了一个梦,梦见一只五色鸟衔着一棵灵芝草,飞向丛林,飞向丹枫,飞向她的怀里。梦醒了,孩子出生了。这是嘉庆十七年(1812)六月六日发生的事情。

这孩子就是胡林翼。他的父亲胡达源此时正在岳麓书院读书"迎考",回家听夫人说起梦境之事,很兴奋。当晚他在日记里记录了这件事:我这儿子是五色鸟转世,吉祥啊!他想了想,觉得"林翼"能代表梦境所托之意,润芝即灵芝的谐音。后来,胡达源做了贵州督学,再任翰林院侍读,对胡林翼的读书学习倾注了很多心血。胡林翼的祖父胡昷韶博学多才,为县学生,在乡间开了个私塾教书。他很疼爱孙子,常对族中人说:"此子俊伟,必昌吾宗,当善视之。"他教胡林翼读书写字,读四书五经。从出生到道光十五年(1835),是胡林翼的读书时期。他拜的老师在当时都是一流的学问家,是经世致用的代表人物,如胡星堂、胡墨希、贺熙龄、蔡用锡、陶澍、林则徐等。

胡林翼走上了读书做官的道路。中国古代知识分子的最高政治理想是充当帝师王佐。他们治学是为了实现入仕升官的目的,他们所研习的都是官方钦定的四书五经、八股文章,即使是归隐山林、老死乡野的乡儒乡贤,其著书立说也大抵离不了对四书五经的阐述和诠释。他们的知识结构、思维方式和价值取向,都可以归为传统儒学的范畴。这样的好处是,学而优则仕,通过科举,朝廷可以选择自己需要的官吏。在这片土地上,只要你是人才,都有可能被选拔上来,不论年长还是年幼,不论富贵还是贫穷,只要能赶上考试,就始终为你保留着机会。胡林翼没有丝毫的犹豫,一路过关斩将,一路跌跌撞撞,他要去赶考,要去做官,要去"治国平天下"。

其实,中华民族已经进入了一个特殊时期。西方世界已经开始了近代文化的进程,而我们仍滞留在帝制时代。西方已经开始了科学研究,我们满朝上下还在作八股文,讲阴阳五行;西方已经在18世纪中叶就开始用机器生财打仗,而我们的工业、农业、运输和军事,仍保留唐宋以来的模样;西方在列强争雄的生活中,养成了强烈的爱国心和深刻的民族观念,而我们则死守忠君思想和家族观念。所以西方的国家虽小,团结有如铁石之固；我们疆域辽阔，却像一盘散沙，毫无力量。此时，在僻远的乡村，胡林翼在刻苦攻读，还有多少胡林翼们头悬梁、锥刺股？皇宫里是风和日丽的壮丽景象，是歌舞升平的盛世童话。嘉庆把皇位传给了道光，大家在忙着选妃选秀，忙着跑官要官，忙着争权夺利。他们哪里知道这是一种回光返照的图景？

一天，贺熙龄在给胡林翼讲《论语》，胡林翼闪着一双清澈的眼睛，说："今天下之乱不在盗贼，而在人心。"其时，胡林翼只有13岁，好像饱经沧桑，什么都明白，贺熙龄大为诧异，在日记里记下了这幕情景。贺熙龄说，胡林翼的早慧，将注定他一生的成就。

胡林翼兴高采烈去京城，一脸的喜色，他沿着我现在正在寻访的这条泥泞小路，没有回头。当年的小鸟就是这般婉转？当年的绿树就是这样婆娑？后来，胡林翼先后两次回过故乡，都是走的这条泥路。第一次是道光二十年(1840)冬天。父亲胡达源死了，胡林翼是为父亲回籍丁忧守制的。他的心情就像冬天里灰蒙蒙的天空，没有一点光亮。他的父亲是病死的，死在翰林院侍读的岗位上。父亲的死，与他有很大的关系。老人家望子成龙，对胡林翼寄予了太多的期望。胡林翼也的确让他骄傲。8岁时，两江总督陶澍视察四川东部取道益阳时见胡林翼彬彬有礼、举止气度不凡，认定他将来必定能成大器，便把小女儿陶静娟许配给他。胡林翼19岁与陶静娟完婚，25岁便从故乡赴京参加会试，中第74名进士，朝考入选第9名，改翰林院庶吉士。道光十八年(1838)，任编修，次年为国史馆编修。再后来，道光皇帝亲自点名让胡林翼做了江南会试副考官。

按理，胡林翼会有很好的前程。可是，命运偏偏跟他开了一个玩笑。主考官文庆违反纪律，让一个不相干的人批阅试卷，被人举报。皇帝本来心情就不好，刚刚将禁烟的林则徐革职，派了个投降派琦善主政广东，琦善解除警戒，坚持和议，引来很多文武大臣的弹劾。皇帝很烦躁，很恼火，责怪文庆添乱，一怒之下，下令文庆谪戍新疆，胡林翼降一级左迁内阁中书。胡达源闻讯大病一场，不久就逝世了。

胡林翼匆匆赶回家，感到很内疚，觉得对不起父亲。他甚至觉得，父亲因他而死，他恨不能用自己的生命去换取父亲的重生。注视父亲的遗像，他几乎流干了眼泪。今后何去何从？这乡间院落不是他的终老之所，他不愿意在这里耗费他的青春年华。这也不是父亲期待的。这是他人生的十字路口。

这时候的胡林翼,没有了繁重的公务,行走在故乡的青山绿水间,渐渐回归于心灵的清纯和空灵。如果说在这之前他有些功名得意,浮夸奢靡,现在他开始了一种自省,一种心理调整,一种自我解剖。这年冬天,大雪纷飞,胡林翼给他的老师林则徐写了一封信,声援林则徐的壮举,倾诉自己心中的忧郁和彷徨。鸦片战争胜负未定,还在如火如荼,只是林则徐被罢官赋闲,一个战士被迫离开战场。

雪还在下,胡林翼的心里如风雪纵横。这个国家到底要向何处去呀?在历史天平的倾斜与升降中,胡林翼深深感到必须承担起国运的重负和时代的使命。他的心中永远保持着祖国这片疆土的神圣。他一边守制,一边研究孙子、岳飞和戚继光的兵法,他认为今后这些兵法一定用得上。

他在等待,等待宝剑出鞘的日子。这一等就是四年。

第二次回故乡是道光二十六年(1846)的秋天。这一次,胡林翼在故居住了三天。这次回乡的心境与上次是不同的。天气寒了,白霜已降,他马上就要去贵州做官了,那是一个遥远的地方,是边陲,是要塞。这一去山高路远,可能是生死漂泊,也可能是建功立业。生死未卜。胡林翼是回老屋看看母亲,并拜祭父亲亡灵的。

半年之前,陶澍曾在两江总督府为胡林翼举办了一场告别宴会。那时胡林翼从湖南老家到南京的岳父家闲住。他在寻找新的机会。他有过困惑,有过寂寞,有过心灰意冷,有过秦淮河畔青楼红袖的沉醉。这天,陶澍请来南京城的大小官员,摆了几十桌酒席。他一身官服,一脸庄严,一语双关:"贤婿呀,我向你敬杯酒,你知道穷则独善其身,达则兼济天下吗?"

大厅里寂静无声。胡林翼脸红了。陶澍接着说:"老当益壮,宁知白首之心?穷且益坚,不坠青云之志。每个时代都有浮华,但我们绝不应忘记祖先儒墨的情怀。也许终生怀才不遇,也许一生困顿,但我们怎能因此丧失人的尊严和骄傲?今天我专门为你饯行,你去京城吧,去为国家效力!一切从头开始!"

陶澍的话唤醒了深藏在胡林翼内心的社会责任感,他感到汗颜,感到震撼。胡林翼告别南京，告别如梦的繁华。他在林则徐等人的帮助下，花了一万五千两银子，捐了个内阁中书，并升知府分发贵州补用。就这样，去贵州赴任之前，他取道回了老家。

舜华山下，深山幽谷，有几株芳草在迎风起舞。白发母亲递给胡林翼一炷香。胡林翼迈向父亲的坟头，三叩九拜，深深地说："林翼为官，绝不以一钱自肥以贻前人羞。"他发誓要干干净净做官。

三天后的清晨，胡林翼站在路口，站在小河边上，挥挥手，告别白发亲娘，作出人生最光辉的选择。他一转身就起大风了，刚才还静静的小河波浪集聚起来，拧成一股劲，疾驰而来。山影浮动，水鸟惊飞。此时的胡林翼，心里竟激起一种莫名的力量，像催人的号角，像雄壮的交响，像奋蹄的奔马。多年的等待，是一种力量的积蓄，是一种情感的贮藏，是一种风骨的锻铸。本来，他可以做做学问，钻研理学，或许可以成为一代大儒，后来他真的著作等身，公务之余著有文集五十二卷；他也可以做一个混日子的官老爷，官是捐来的，只要选择去个富裕的地方，一下就可以捞回"本钱"。这个时代，很多人在挖国家的墙脚，没有几个人在为朝廷忠心办事。他还可以崇尚清议，指指点点，高兴时写写批判时政的文章，矜持作态。但是，他选择了一条不归路。悠悠贵州去，此会在何年？这不归路其实是一种危机意识，是一种政治觉醒。他知道，前面的道路是曲折的。新与旧，冲击与抵制，挑战与回应，始终存在于他的四周，危机重重。他决定去参与这场变革！

四

贵州安顺很贫穷，"地无三尺平，人无三两银。"道光二十六年(1846)深秋时节，胡林翼带了一个书童，只身赴任。这一年，他34岁。衙役们捉来一头猪，杀了一只羊，用隆重的苗家礼节迎接新来的知府。

胡林翼请来了街坊邻居，叫来了沿街乞讨的饥民，他把他们请上桌，说道，我不是来吃肉的，我是来做事的，我与大家是有福同享，有难同当。话很朴实，很打动人，一下就拉近了与百姓的距离。

胡林翼给安顺的官场带来了一股新风。在府衙，黎民百姓和普通读书人来访的时候，他以礼相待；苗民头目来见，他常与他们相对畅饮，借此机会详细询问民情。恶少来了，他闭门谢客，不傍大款。有人不解，胡林翼说："我认为天下公卿百姓无贵贱之分，都是平等的，官不会因为亲民而贱，也不会因傲民而贵，现在的官吏与衙役同流合污，以差胥为心腹爪牙难道他们就高贵吗？"他大胆地整顿吏治。他不接收红包，也不准衙役接收红包。到任一个月后，他就公告要自理诉讼，案件一至，立即审判。一年后，府衙真的没有积案了。

就在人们传颂这些故事的时候，胡林翼下乡去了。他身穿短衣，一双草鞋，打扮得像个农夫。他出入于山涧沟壑，访贫问苦，做社会调查，他甚至亲自绘制了上百幅地图，哪里富裕，哪里贫穷，哪里有土匪出没，哪里乡风淳朴，他心里有了一本账，他要把安顺治理得井井有条。

深入地了解民情后，胡林翼提出了治理安顺的思路。一是办学，组织百姓子弟就学；二是治匪，把社会秩序整顿好。他独创了一套治匪的办法。苗乡林密箐深，高山孤岭难以仰攻。胡林翼就带领官民修筑碉堡成立团练，以民卫民。他还规定"约十户则设一个牌长，一寨则设团长二三人，数寨则设乡正一二人。""选择人之有才品身家者，充乡正、甲长之选。"胡林翼在安顺两年，安顺真的安静了。后来，胡林翼又治黔六年，仅黎平一府，办团练一千五百余案，设卡栅四百五十余处，在安顺一年先后捕捉土匪300名，在镇远捉300名，在黎平捉300名。他在谈笑间轻化干戈，在纶巾间周旋调停。从此以后，贵州出现了几十年没有过的平静。

五

胡林翼一心一意在贵州经营，他有一番宏图大志。这一年，两条消息让他震惊，并就此改变了他的人生轨迹。

一是林则徐逝世。这是道光三十年(1850)十一月的事情。

林则徐是胡林翼的恩师，是他心目中的英雄。他最敬佩林则徐的远见卓识。一场鸦片战争，让中国人输得很惨，但从民族的历史看，鸦片战争的军事失败还不是民族的致命伤。在这场战争中，林则徐觉悟了。他看到中国军器不如西洋，买了很多外国船、外国炮，同时派人翻译了外国所办的刊物。他把在广东所搜集的资料，全部给了魏默深。魏受其嘱托，把这些材料编入《海国图志》。这部书提倡以夷制夷，并且以夷器制夷。如果说当时的清廷能够接受林则徐的思想，能够力图改革，我们的近代化要比日本早20年，远东的近代史就要重写。可惜，国人还在昏睡，还在麻木不仁，还在妄自尊大；可惜，主张开放和改革的人死了，胡林翼感到失望，感到悲伤，感到一种沉重的责任感的压迫。他要去完成林则徐未竟的使命。胡林翼将林则徐临终写的一首诗恭恭敬敬地誊写张挂在他的公堂：

小丑跳梁谁殄灭，中原揽辔望澄清，

关山万里残宵梦，犹听江东战鼓声。

胡林翼每天面对这首诗，面对故人的嘱托。他发布了一道办学令，兴办教育，他要跟学生讲林则徐的思想，试图去改变人们的观念，探索振兴民族的途径。

第二条消息是洪秀全在广西金田村起兵了。这是道光三十年（1850）夏天的事情。是年正月，道光皇帝去世，咸丰即位。是年九月，洪秀全占蒙山县（旧名永安），定国号为太平天国，自称天王。洪秀全本是落第秀才，选择了兴洋教，揭竿起义，于造反中另辟天地，成就个人的功名富贵。

外患未除，内乱又起，胡林翼忧心如焚。这时候，他读到了曾国藩写的“讨贼檄文”：

……举中国数千年礼义人伦，诗书典则，一旦扫地荡尽，此岂独我大清之变，乃开辟以来名教之奇变，我孔子、孟子之所痛哭于九泉，凡读书识字者，又焉能袖手坐视，不思一为之所也！

胡林翼拍案叫绝。孔孟遗教是我民族的至宝，洪秀全要废孔教，那洪秀全就是全民族的敌人。如果说早期的洪秀全起义是为了“有田共耕，有饭同食，有衣同穿，有钱同使”，带有革命的性质，那么洪秀全在占领南京以后，深居宫中，将他的宗教变成了疯狂的迷信。杨秀清向他报告国事的困难，他回答说：“朕奉上帝圣旨、天兄耶稣圣旨，下凡做天下万国独一真主，何惧之有？不用尔奏，政事不用尔理。欲出外住，欲在京住，由于尔。朕铁桶江山，你不扶，有人扶。尔说无兵，朕之天兵多过于水，何惧曾妖（国藩）乎？”这样的领袖，能复兴民族吗？

如果说胡林翼过去是一边埋首于古籍,做一个实践主义的理学家;一边兴利除弊,用平生所学来治理郡县,报效皇朝,现在真有些坐不住了。他立即给朝廷写奏疏,给曾国藩写信,他知道自己的机会终于来了,他有些跃跃欲试,他要争取上前线的机会。他选择了挺身而出,既是为了保国安民守护家园,扶大厦于将倾,同时也是要保护两千年来的文化传统,实现传统读书人的理想。这是胡林翼个人的选择,也是时代的选择。与洪秀全一样,他们对人生道路的选择,是他们个人处境、社会地位、政治见解、交游环境的使然。

咸丰五年(1855)春天,胡林翼被任命为湖北巡抚。他是在一个炮火纷飞的日子去上任的,从贵州出发,带了600黔勇。途经湖南的老屋了,他只是朝故乡的方向深深地望了一眼。正是百花齐放,春意盎然的时候,可他不能回家。故乡是一种图腾,人与故乡终生处在角逐中,想走出去时出不去,想回来时却又回不来。胡林翼仿佛听到母亲呼唤他的声音,这声音提醒他,国家的事第一,快快去奔赴新的战场!

咸丰四年(1854)湖北的局势很危急。清军与太平军在激战,武昌三次攻守相易。湖北是战略要地,如果丢了,则中原不保,清廷不保,江山就要易主。可湖北偏偏不争气,吏治腐败,经济崩溃,军无斗志,人心涣散。这是一个烂摊子,是一个马蜂窝,是一个泥潭沼泽。咸丰坐卧不安。咸丰在位只有11年,没有过几天好日子,一穿上龙袍,就是四处告急,四处救火。他多么希望再现先皇的盛世啊!

咸丰下了一道举贤荐良的圣旨。兵部尚书文庆推荐了胡林翼。文庆与胡林翼是旧交,胡林翼降职后不埋怨,不申辩,只是默默地忍受。文庆觉得这是一种品质。他很敬佩这个湖南人的胆识和智慧。他对皇帝说,要把太平天国镇压下去,必须重用汉臣,汉臣中以胡林翼最为优秀。贵州的总督和巡抚也推荐胡林翼,咸丰帝终于被说服了。胡林翼当上了湖北巡抚。

对胡林翼来说,这是实现理想抱负的极好机会,是他人生的一个转折,他开始了一个政治家的人生实践。在不到一年的时间里,他从四品道员升为二品巡抚,官位已经和曾国藩齐平了。对于朝廷来说,这一纸任命,保住了武昌,保住了湖北,延缓了清王朝的崩溃。

历史,原来就是在这样的不经意间创造的。

六

古代的知识分子有独立的思想认识,然而缺乏独立的文化人格。比如韩愈做了刑部侍郎,一心报国,冒着风险写了著名的《论佛骨表》,被唐宪宗贬逐潮州,激愤之下写了《左迁至蓝关示侄孙湘》的名篇:“一封朝奏九重天,夕贬潮阳路八千。欲为圣明除弊事,肯将衰朽惜残年?”到了潮州,韩愈心态变了,变得凄凄惨惨,悲悲切切,立即上表谢恩悔过,乞怜请罪。想想几千年来,历史上的大多数知识分子都像韩愈一样,一人二面,充满矛盾。想想现在的官场,又有多少两面人?

胡林翼大权在握了,他会怎样呢?“身处一州之任,而系天下之重。”他是个率性本真的人,在实实在在的办事中浸透技巧和智慧。

如何处理与湖广总督官文的关系,对他是一种考验。胡、官之间存在三种矛盾:一是满族人和汉人的矛盾,官文是满族人,皇上信任他;二是督抚之间的矛盾,总督、巡抚同居一城,互不买账,明争暗斗,是清代地方政治的痼疾。论官衔,总督高于巡抚;论职权,二者差不多,总督并无节制巡抚的权力。权限差不多,就有权力上的冲突了,于是督抚不和,勾心斗角的事常常发生;三是平庸和强悍的矛盾。官文是个平庸的人。平庸的人往往是小人,小人很阴险,很狡诈。强势的人想成就事业。而你要做事,我就捣蛋,不让你做,不让你伸展手脚,美好的年华和国家的命运,就在这无聊的内耗中慢慢消逝。

官文最宠爱的五姨太过生日,官文广发请柬,大操大办。可按规矩,同僚属官们给总督太太祝寿是应该的,为总督的小妾庆祝生日则为非礼。所以,很多官员托辞不来,或观望犹豫。眼看生日寿筵要办砸了,小妾寻死觅活,官文也急得团团转。这时候,胡林翼来了,不仅仪仗整齐,还带着厚礼。他这一带头,那些不准备来的和观望的官员都纷纷跟着来捧场。由此,五姨太的寿筵得以圆满举行。酒席宴上,胡林翼趁热打铁,主动提出让出身贫贱的五姨太拜自己母亲为干妈,这就大大提高了五姨太的身价。

这件事后，官文十分感激胡林翼。他们的信任就从这件事开始了。可官文毕竟对胡林翼有些不放心，五姨太就吹枕头风了：我那干哥哥本事大着呢，对你好呢，你放心呀！

胡林翼很谦虚，很会做人。向朝廷请功时，总是将官文的名字写在第一位。官文不用做事还有功劳，心里当然高兴，干脆当起了甩手掌柜，将湖北军政大权全部交给胡林翼拍板。

胡林翼有了用武之地，他开始运筹帷幄，开始发号施令。这时候，咸丰皇帝接到了告状信，是告胡林翼的。告状信说，胡林翼自甘下流，没有骨气，向官文的小妾摇尾乞怜。告状信还说胡林翼盛德之累，不值呀！甚至曾国藩也写信表示不理解。昏黄的灯下，胡林翼踱着方步。他没有时间去为自己争辩，他不明白为什么有的人心眼那么小，而心小了，所有的小事就大了。个人的面子，或者说个人的荣辱，与国家命运相比算得了什么呢？他心中有一个信念，他想到的是这个国家的安宁，是湖北的稳定，是太平盛世的图景。

这天夜里，有人跑到官文总督府游说。他们要官文奏参胡林翼，说他是汉人，权力太大，威信太高，是危险分子。官文训斥来人，说打小报告的都是小人。来人讨个没趣，只好打道回府。第二天，他听说胡林翼的母亲来武昌了，就亲自率领文武官员去到码头迎接。这些，也让胡林翼感动。

敬是钓鱼的诱饵。一曲“将相和”，唱得情真意切，胡、官之间，从此没有了猜忌和怨恨，有的是支持和信任。在这样的环境下，胡林翼开始施展一生的抱负。咸丰帝接到官文的奏报，也很高兴，于是通报全国，说胡林翼是挽救危局的英雄，督抚合作是难得的榜样。这些，的确为胡林翼经营湖北、夺取九江、威逼安庆奠定了政治基础。

接着，胡林翼就扩编湘军，发展湘军。一是胡林翼任湖北巡抚之前，绿营是湖北清军的主力，号称3万人，实际兵力只有四千多人。胡林翼进行了整顿，强化军纪，严惩奸淫掳掠。这支队伍很快训练有素。二是扩编水师。在鄂湘军水师约三千人，历经战斗，不断扩编，发展到了八千多人。三是扩充湘军陆师。咸丰五年（1855）罗泽南所部湘军五千多人援鄂，胡林翼将其扩编为两万三千人。四是建立楚军。胡林翼从贵州带了一千八百士兵到湖北，他以此为基础，招募土生土长的楚军，建立自己的嫡系部队。一两年间,胡林翼统率的湘楚军已达六万余人,攻防力量大大增强,成为太平军的劲敌。他对士兵要求极严,一直告诫他们:“养兵所以为民,兵不爱民,民何乐有兵?”由于胡林翼爱民,出身农民的太平军反而没有湘军得民心。

有了自己的军队,就要广辟财源,筹措军饷。胡林翼着手建立了湖北地方财税体系。一是控制湖北的收支权,设立武昌城粮总局。二是控制收支题奏权。三是截留京饷不解。四是自设税收机构,自办捐税。他对原有的钱漕、关税、盐课等税制进行整顿,严革随规浮费,综核名实,杜绝官吏贪污中饱。他整饬厘金制度,用士人收厘,将税种扩大到日用百货、盐和牙帖等方面,每年湖北厘金收入达一百三四十万两。湖北经过税收改良,丁、漕、盐、厘四项,年收入达四百余万金。他还重视农业生产,保护商业活动。“将天下第一破烂鄂,变成天下第一富强之省。”湖北从此成为湘军最大的财库。

胡林翼整顿吏治,推进改革。他对原有官僚队伍进行严格甄别以后,严参不法官吏,革除书差积弊。他对三类官吏进行参劾。一是不做事的,贪图享受的;二是做坏事的,贪污受贿的;三是贪生怕死的,作战不力的。他一次就撤换了三十多人。同时,他以更大的精力投入到选拔人才、补充官僚队伍上。他选人的标准是重气节,重本领,不拘一格,力图人尽其才。于是,湖北的风气好了,官员的面貌变了。曾国藩大为赞叹:“胡公功在天下。变社会风气为第一,而荡平疆土二千里次之。”

胡林翼就是这样苦心经营,开创了湖北的清明政治。他在极短的时间内,使湖北成为当时中国最富强、吏治最清明、风气最正的省份。这需要多大的勇气和智慧?他通过加强湖北政权、军权、财权,使大清的政局悄然发生着变化,从此,中国的政治制度开始演变,中央集权开始下移地方。

七

前不久,我在北京的军事书店闲逛,购得一本《曾胡兵法十三篇》文白对照本。这本书就是当年蔡锷编的《曾胡治兵语录》。这是蔡将军的兵法。他在序中说："曾胡两公，中兴名臣中铮佼者也，其人其事距今半个世纪，遗型不远，口碑犹存。"到了民国初年，黄埔军校把这本书作为必读教材。校长蒋介石说："洎乎民国二年失败，吾再将曾国藩与胡林翼诸书集，悉心讨究，不禁而叹胡林翼之才识略见，确高出一世，实不愧为当时之名将。"蒋先生似乎更推崇胡林翼，他把每本书都签名题词赠给学生。民国十一年(1922)三月二十五日，蒋介石在日记中写道："看胡(林翼)集，其言多兵家经验之谈，千古不易之论，非知兵者不能言，亦非知兵者不能知其言之深微精确也。"4 月 11 日，蒋介石又在日记中写道："崇拜胡公之心，过于曾公矣！"遥想当年，国共两党出身的黄埔军人，正是带着《曾胡治兵语录》走向北伐战场，走向血雨腥风。

我仔细翻阅，发现这部治兵语录，不只谈兵，不只谈战争，更多的是谈怎样培养人的精神品格，怎样培养道德情操，怎样培养部队的灵魂。这些，才真正是战争的决定因素。

胡林翼强调，将领们要有血性，要有理想，要有亮剑的精神和勇气，要敢于打硬仗，打大仗，打没有把握但又一定要打赢的仗。他根据自己长期的学习心得写成《读史兵略》四十六卷和《论语衍义》十卷。此书一出"四海风行，不胫而走"。《读史兵略》开篇就说："带兵之人，第一要才堪治民；第二要不怕死；第三要不汲汲名利；第四要耐受辛苦。不怕死，则临阵当先，士卒乃可效命。"他的话在湘军中流传，凝成了一种胆气，一种勇猛，一种坚韧。

胡林翼逝世后，曾国藩向皇上写的奏疏，专门叙述他的功绩，其中主要是战功。首先是在无兵无饷、无官无幕的情况下，克复了武昌；接着是破九江，九江是湘军将领李续宾破的，但是李续宾当时是接受胡林翼的指挥，军队的粮饷、后援后勤的支持也来自湖北，所以这是胡的功劳，是东南战局的一大转机；第三项是攻克安庆，合围安庆是按胡林翼的排兵布阵实施的，第一功臣是胡林翼。我读过曾国藩的很多奏疏，他写的这封奏疏饱含深情，敬佩之情溢于言表。

胡林翼刚刚克复武昌，立即就去打九江，九江打完之后，就遇上陈玉成进攻湖北，刚把陈玉成打跑，又立即出动全部精锐围攻安庆。他若不是早逝，他一定会要主持攻打南京的。他做事情就是这么雷厉风行，只要觉得是对的,哪怕不是他的职责,他也会去做。九江与安庆,本不是他的职责,他没有节制数省军务的授权,没有谁要求他这么做。没有哪一省的长官对怎么去剿灭太平天国,作全盘的考虑。这样做的,只有胡林翼。他在做这一切的时候,没有授命,只有使命。

一个真正的军事家,他肯定是有胸怀,有抱负,有理想的。

我忽然想到,真正能把握《曾胡治兵语录》真谛的是毛泽东。1945 年 10 月,毛泽东在重庆谈判时,与著名的鸳鸯蝴蝶派代表人物、时任《新民报》副刊编辑的张恨水说起自己“字润芝”的典故。他说这个字,是他的老师杨昌济先生取的。1915 年他在湖南一师读书时,杨先生推荐他读《胡文忠公全集》,他特别喜欢。后来,他又读了《曾胡治兵语录》。杨先生就对他说,司马长卿崇拜蔺相如改名相如。你既然尊敬胡润芝,就干脆改成润芝吧！毛泽东在考虑再三之后,不愿做一个“草头将军”,就去掉了“芝”字的草字头,正式定字为“润之”。1943 年,毛泽东要求八路军《军政杂志》出版了《增补曾胡治兵语录白话句解》。两年后,该书由八路军的山东军区重印出版。胡林翼提出的湘军战略是“扎硬寨,打死仗。”毛泽东活学活用,提出了游击战的十六字方针“敌进我退,敌驻我扰,敌退我追,敌疲我打。”这些,被后来的美国西点军校列为军事经典。

确实,天下先有胡润芝,后有毛润之。胡林翼虽在军营,却喜欢读书。他仿效顾炎武的读书方法,常让人朗诵而自己听书,每天研读《资治通鉴》20 页,《四书》10 页,而对于《论语》则百读不厌。即使是病了不能进食,也照样不荒废读书听书。这让我联想起毛泽东的读书习惯。毛泽东做眼疾的手术,躺在病床上还让人朗诵岳飞的《满江红》。看来学习是一种境界,一种信仰;看来伟人的很多习惯大多是相似的。

八

有人说,胡林翼是现代公仆思想的首倡者和践行者,我很赞同。胡林翼说:“吾辈做官,如仆之看家,若视主人之家如秦越之处则不忠莫大焉。”在他看来,所谓“做官”,其实就是“做仆”;所谓“主人之家”,其实就是“公家”,其终极指向是“国家和人民”。如前文所述,胡林翼服官贵州之前,曾在父亲墓地发誓:“绝不以一钱自肥以贻前人羞”,后来他担任湖北巡抚,成为湘军领袖,直到生命终结,自始至终贯彻这一信条。“武官不怕死,文官不爱钱”是岳飞的理想。胡林翼文武兼备,不光是不怕死,更不爱钱。他为官多年,私储无己,甚至他死后都还欠着债,他在遗嘱中写道:“我欠陶(陶澍)但(但明伦)两家的银子,你们要替我陆续归还,我死后,诸君送我的奠银,都要全部用来建设好书院,而不要拿去挥霍!”他构建了一座道德人格的丰碑。

读了这段历史,我的眼角有些潮湿了,对胡林翼的敬重也加深了一份。我常想,胡林翼的公仆思想,对当今许多官员来说,不是一面很好的镜子吗?

我在一个春日寻访瑶华山。瑶华山在湖南益阳县郊。瑶华山下有座箴言书院,是胡林翼建的,现在是益阳县箴言中学的校址了。当年胡林翼把父亲胡达源葬在瑶华山,就觉得这里茂林修竹,山气岚风,是块风水宝地,一定要建座书院,一为纪念父亲,二是“公之邑人”,为家乡子孙造福。

我看过胡达源的一部著作,叫《弟子箴言》,《弟子箴言》在清末有很大影响。我想这大概是胡林翼为书院取名的来由。他总觉得亏欠了父亲,总觉得教书育人是父亲未竟的事业。县志上有《箴言书院全景图》,那完整严密的屋宇院落的格局,看得出是一所颇具规模的学府。只是现在,由于学校扩建,那古老的斋房和围墙已经大部分拆除,这座书院建在一个皇朝的末世。在湖北巡抚的任上,胡林翼捐积年廉让家人买地营造书院。因为财力匮乏,胡林翼死时书院还未竣工。后来曾国藩、左宗棠、李希庵等人将送给胡林翼的奠仪全部用在箴言书院建设上,使书院得以竣工。

湖北布政使庄受祺来到书院担任山长,他是位博学的翰林。他来这里,是为了报答胡林翼的知遇之恩。逝者已安息,生者自奋发。他的官职是胡林翼举荐的。他要完成胡林翼未竟的事业,要去传经布道。后来还有曾国藩、左宗棠、黄自源等一批大家在书院伫立和讲学。南来北往的学者负笈而来,他们把理想和哲思留在了瑶华山,书院则成了他们人格精神恣肆飞扬的场所。于是深锁大山的书院一下就有了奇诡瑰丽的世界,有了历史的张力和文化的气韵。文化的薪火,原来是这样传承的。一百多年过去了,这里弦歌不绝。

写到这里,我想起《曾胡治兵语录》里胡林翼说过的一句话:改朝换代的标志,是是非颠倒了。错的成了对的,对的成了错的。这句话,有着警示意义。当时的胡林翼,已经预感到了他的那个时代将要终结,可他还要作最好的努力。黑夜给了他黑色的眼睛,他却用它寻找光明。

是啊,一个王朝,总是以一群强者英武的雄姿开头,而打下最后句点的,却常常是一些文质彬彬的凄怨灵魂。胡林翼壮志未酬,可他的经历和情感,拍打着我的心灵,冲刷我的思绪,我沉浸在不可名状的感动之中。就这样走着,寻着,我忽然发现,我面对的胡林翼的人生,是一座大山,我触摸的只是山上的一条小径,一棵树,一块岩石。

我在不经意间触动了一座大山。

胡林翼死时49岁,与胡林翼同年出生的左宗棠活到72岁,左晚年最大的功勋是收复新疆;比胡林翼大一岁的曾国藩活到71岁,他在胡林翼死后,攻下了天京(今南京),打败了建都十三年的太平天国,还先后做过三任两江总督;而与他们同时稍晚些的李鸿章活到78岁,一直被争议到现在。可惜胡林翼死得太早,来不及更多的展布,便遽尔因病不起,未免是国家民族的重大损失,同时也被湮没在同时代诸位忠臣名将的光影之下。

胡林翼生命的意义到底在哪里?行走在历史的时空,徘徊在胡公的故地,我一直在思索,胡林翼到底凭什么成为晚清政坛最闪亮的星星?凭什么苦撑危局成为"同治中兴"的三大名臣?

胡林翼是个文化人,平生最大的理想就是经邦济世,振兴清王朝。在实现理想的过程中,有过挫折,有过逆境,有过迷茫,他在给学生的信中感叹:"官是苦海,不努力不能保全地方,过努力则一身一心之苦累,不可言状。"他还在遗嘱中说:"子孙不必学八股文,不要想做官,求做官者必有济于民,与其以官害民,不如为士为农,尚不失祖宗之气。"他为子孙做了个清廉的样板,以致死后灵柩因无钱而不能返乡安葬,是曾国藩等人捐助才得以回家与祖宗们团聚,"质本洁来还洁去。"当时,很多文化人抨击太平天国的造反,他一面率兵平定,一面表示出深深地同情,他持相当客观的态度,向皇帝写奏疏,批评政治腐败:"国家之败,皆由官邪。民乱必由官贪。"

湘学一代宗师的王闿运受曾国藩长子曾纪泽委托，撰写《湘军志》，七年成书。王先生在《湘军志》褒胡贬曾，他说，将胡林翼与曾国藩的文集进行了对比阅读，故特别钦佩胡公。的确，胡林翼对于湘军的影响和控制，大于曾国藩。曾国藩虽创建了湘军，但因为受朝廷的猜忌，长期孤悬客位，久不能得督抚之权。而胡林翼表现出的远见卓识，他的胸怀气度，他的谋略和智慧，他的忍耐和顽强，都为湘军注入了灵魂。实际上，他就是湘军的精神领袖。他的精神演化成了湘军的精神。可是，湘军将士也好，太平军将士也好，他们都是中国人，都是骨肉同胞，他们只是在一场残酷的内战中相遇。刺刀见血，血流成河。等待一切都平静了，这个国家并没有发生更新的更积极的变化。交战的双方都是失败者。从这个角度来说，胡林翼其实又是一个悲剧英雄。比如晚年的曾国藩对于其追求的目标也表现出极度的痛苦，对于千万湘军将士冒死拯救的大清也表现出极度的失望，内心的苦闷也是促使他早逝的原因。

孔子的理想是“大道之行也”，项羽的理想是做堂堂正正的英雄，荆轲的理想是为一“义”字，屈原的理想是自己的志向不被玷污。所以失败了也是英雄。他们的失败，只是世俗的失败。我以为，胡林翼是失败了的英雄，他把晚清的政治批得体无完肤。他看得很透彻。这样的政治，当然就会有人造反，当然会有“太平天国”了。这些话，是没有人敢说的。皇帝已经习惯了三叩九拜，习惯了山呼万岁，习惯了“海晏河清，四海升平”的套话。可他说的是真话，他忠君爱民，因为他有独立的文化品格。他希望他的真话让朝野警醒，让朝野同仇敌忾。如果大家都去粉饰太平，则天下亡矣！可是又有几个人愿听真话呢？夫人陶静娟给他写信，要他注意身体，以身体为重，名利都是身外之物。他回信说：“人生在世，只有一安心德。安心做一忠义人，则亦无他念矣。”胡林翼是这样做的。他坚持国家利益高于一切，常感叹自己“闻道苦晚”，于是“折节读书”。真正的“维德日新，几乎圣哲。”他戎马一生，从不贪污，不结党，不营私，不计毁誉，生时任劳任怨，死后官囊如洗。“诗能入画方为圣，官到穷时乃是清。”这时候的胡林翼，操守对于他不仅是一种道德，也是一种智慧；不仅是一种品格，也是一种财富。

这是一个文化人的执著和坚定，这是一个从政者的信仰和操守，这样的人,他当然就能凝聚起雷霆万钧之力了。生命或许本来没有意义,胡林翼为自己的生命赋予了崭新的意义,这就是作为读书人对事业的忠诚,对国事的关切,甚至不惜以生命相殉。胡林翼和他同时代的读书人,生于忧患,在难以想象的深重的民族苦难中,以极大的坚韧、勇气和担当精神,将中华民族推向前进。这正应了鲁迅先生说过的:“中国自古以来就有为民请命的人,就有舍身求德的人,就有埋头苦干的人,这就是中国人的脊梁。”

于是我想,历史中有属于未来的东西,找到了,思想就永恒。文天祥说:“人生自古谁无死,留取丹心照汗青。”文天祥的永恒,是因为他保持了中国人的气节和对人生的信念,对死的淡泊,对死的憧憬。胡林翼是永恒的。与其说,胡林翼是一座大山,不如说,他是一只鲲鹏,一只大雕。他有擎天之翼,更有鸿鹄之志。他要振翅高飞,他要血贯长虹,他要义薄云天。可他背负得太重,他怎能背起一个垂死的王朝?最终,他折翅而坠,坠向大海,坠向晚清致命的胸口……

就这样,胡林翼走了,悄悄地,只留下一个黯淡的背影,一半模糊,一半清晰。

为了那一半的模糊,我一次次走近又离开;

为了那一半的清晰,我一次次离开又怀念。

写于2009年盛夏·长沙

记忆李自成

乔忠延

临汾城郊有个东羊村,村中有座元代戏台。元代戏台是个稀罕物,泱泱大中华存留至今的仅仅剩下几座了。我是冲着这个稀罕物去的,想看看那时的戏台是个什么样的脸面,孰料却发现了比这个稀罕物还稀罕的宝物。

那是一块碑石。碑石,在我们这古老的国度上实在算不上稀罕东西。只要是个古旧的庙祠,那里面准有此物。更何况时下还有些想不朽的人仍在不断用新的刻石为自己树碑立传。这块我视为稀罕物的碑石,粗略一看也没啥新奇的,不过就是重修这座东岳庙的功德碑,无非是谁谁谁捐白银拾两,某某某助铜钱几文。这种碑石凡庙可见,见多了,见烦了,也就提不起我的精神。但就在我即将离去的时候,一瞥落款,哈呀,竟然看到了"大顺国元年"的字样,这便让我双目圆睁,伫步难移了。

这大顺国不就是李自成创建的国号吗?是的,这个昙花一现的国号早就随着那朝露般的时代远逝了,远逝得难见踪影。不信请翻阅中国历史的年代表,任谁也难以抖搂出大顺朝、大顺国的字眼儿。只有在历史教科书上,在明清两朝的夹缝中才会隐隐约约看到那一闪而过的背影。

历史都可以忽略的世事,却在一块碑石上留下了行迹,这岂不是个比金子还珍贵的宝物吗?

我最早知道那一闪而过的历史是在奶奶的故事里。

那是童年,是物质极为匮乏的年代。缘于生活的贫困,过年是我和伙伴们最高的向往和奢侈。每逢年节,即使再贫穷也要扫净瓮底的白面包一顿饺子。唯其如此,这一顿饺子总能在我的脑子里留下很难抹去的记忆。新年一过,再好的日子也成了往事,但饺子的美味好久好久仍在嘴里留着余香。那余香让我无法不怀恋新年,甚而巴望天天都能过年。也就在我贪恋奢华的危急时刻,奶奶郑重地告诫我要甘于清贫,不可奢华。不过奶奶的告诫不像政治高调那样枯燥无味,而是讲了一个至今我还记忆犹新的故事。奶奶说,古代有个闯王带着穷弟兄打出了天下,当了皇帝。他坐到龙庭上问大家:什么日子最好?穷弟兄都说过年最好,他便下令让大伙儿一月过一次年。穷弟兄可高兴啦,月月吃好的,穿好的,日子过得美滋滋的。本来,上天让他当十八年皇帝,可他月月过年,十八年的时间,十八个月就过完了。我问,后来呢?奶奶叹口气说,享完福只有吃苦啦!闯王被打出京城,垮啦!

现在回想,这个故事是主题先行的,奶奶无非是借助李自成的事教导我不要贪图享受。奶奶的教导不是本文的话题,和本文有关的是,奶奶的故事也是对李自成的一种记忆。一个不读书、不看报的乡村小脚农妇,能记得李自成的往事,其稀罕的程度实在不亚于大顺国的那块碑石。

不过,奶奶的这记忆并不准确。从史料中可以看到,李自成从在西安建立大顺国到他被害死去,满打满算也就是十六个月,怎么也算不到十八个月。况且,他和弟兄们打进北京,即使日日花天酒地,把那些日子摞起来总共不过是四十二天。尽管奶奶的记忆不准确,我还是以为极其珍贵。在历史的漫长跑道上那么短暂的一瞬间,能在一个乡村妇女的头脑中留下印象确实不容易。

当然,若是细想,最为不易的还不是奶奶的记忆,是偏安在东羊村里的那块碑石。修庙,一般多在盛世。在兵荒马乱的年代修葺非常少见,偏偏这里修了,修完了还立了一尊功德碑,把捐资献物的人名镌进了时光,也就留在了那匆匆而过的大顺朝代。这碑石的功用很明显,是要铭记那些乐善好施的贤达,然而,我看过碑石却对那些贤达的名字一个也未细读,唯一记下的却是大顺国。李自成不会想到在记忆别人的空间里镌进了自己的痕迹。

如果说,东羊村对李自成的记忆仅仅是一种捎带,那么,有一个村落却是专门用来记忆李自成的。

那是临汾城东北角的挂甲庄。挂甲庄是李自成悬挂盔甲的地方。你若是要问,他为什么要在这里挂甲卸盔?

村里人会告诉你,临汾是座卧牛城,城墙又高又厚,护城河又宽又深。在历史上,不记得谁的部队能攻进去。李自成率领部队打到这里,也遭到了往日的同样待遇,大军连战好几天,损兵折将,尸体横陈,城墙一点点也没损伤。从西安发兵以来,一路过关斩将风扫残云的李自成哪里受过这般轻慢?下令:再攻。

再攻,也是一样,又损兵,又折将,卧牛城还是头倔然安卧的老牛,皮毛也没损伤了咋点儿。李自成气得团团转,转来转去没有一点奈何。

没有奈何的李自成总想找到点奈何,这一天他来到了挂甲庄。当然,那时候还没有挂甲庄,只有一座高高的土垣。不过,他的到来标志着挂甲庄就要问世了。李自成登上了城东的那座土垣。他是要凭高远望,探视城中的动静,再根据这动静谋划攻城的方略。

李自成看得很细致,何处是府衙,何处是兵营,何处是粮库,何处是水池……他都在一一探寻,寻到了便会确定攻击目标。就在这时,树叶簌簌响动,是微风乍起,不过也就是仅能吹皱一池水的轻风。这轻风当然不会给李自成留下什么记忆,留下记忆的是随着轻风飘来的那支箭。因为那支箭直射他的右眼,疼得他惨叫一声,栽倒在土垣上。将领连忙把他扶住,他的血流不止,只好帮他卸了盔,摘了甲,紧急救治。卸了的盔,摘了的甲,当然不能扔在地上,便顺手就挂在了土垣边的大树上。

挂甲庄就这么在李自成的溅血飞红中生成了,这颇有几分壮烈。

只是,挂甲庄的记忆不是以壮烈为己任的,而是用一种少见的轻慢作为这个故事的结尾。过了好一会儿,李自成苏醒了,沮丧地说:

“这破城,咱不攻了,不攻了。”

于是,部将偃旗息鼓绕过临汾,向北进发。

真没想到,在纪念一个人时又牵挂出了李自成。

这个人叫桑拱阳,临汾城西南的桑湾村人。他饱读诗书,尤精儒学。年岁不长,学问大长,长得他在家乡高谈阔论也有点怀才不遇的伤感了,因而,风尘仆仆南行了。渡黄河,涉长江,一气奔到了苏州。那时的苏州正红盛着一个讲坛,他登台发言,令顾炎武、傅山这些学术大腕们也刮目相看，禁不住为这个晚生拍起巴掌来。

桑拱阳的荣耀和李自成没有关系。

桑拱阳的死亡李自成却难逃干系。

当然，李自成绝对没有和这个知识分子过不去的意思，更没有将他列入臭老九迫害打击。反而，将之视为才俊，恨不能据为己有。其时，桑拱阳中了举人，并被任为河东书院城社的学正。他意气风发，准备将书生意气全部风发给社会。李自成就在这时候到来了，来了，一眼就盯上了这个意气风发的儒生，而且要把他招为幕僚，为自己打天下出谋划策。

桑拱阳不干。

在他的眼中，李自成是匪，是贼。他那满腹意气只能风发给官府子民，怎么能落草为寇，为虎作伥呢？他找个由头回绝了。他找的由头是患病，并且是会四散蔓延的黄疸病，即当今的传染病肝炎。李自成再求贤若渴，也不敢将黄疸病人拉入营伙，他还真怕自己的人马都染上这病呢！桑拱阳就这么躲过了李自成的一劫，用他的话说是守住了名节。为此，他沾沾自喜，自誉为松风学士。不过，他绝不会想到这一把不光玩了李自成，也玩了他自己，他陡然而至生命的末日。

倒不是李自成识透了他的小小伎俩伤害了他，而是他那掩人耳目的小技损毁了他的肢体。为了造成身患黄疸的病相，他冥思苦想，将槐树的槐米熬成汁液，涂满全身。果然全身泛黄，黄得令李自成的心腹慌忙退出，唯恐多看一眼也身染此疴。心腹窜了，桑拱阳笑了。他笑得过早了，岂不知槐米有毒，毒侵肌肤，渗透骨髓，悄悄进入膏肓了。未及李自成打进北京，坐上龙庭，桑拱阳就闭目长辞了。

闲来无事，喜欢到故纸堆里去搜罗过去的世事。这一天，我翻阅一本志书，不意又和李自成碰了个迎面。

这是一部权威地方志书——《平阳府志》，清康熙四十七年编修的。说此版本权威，并非因为成书于康熙盛世，是缘于主纂是大名鼎鼎的孔尚任。孔尚任因为《桃花扇》出了名，也因为《桃花扇》倒了霉。临汾却因为他的倒霉而沾了光。由于他倒霉后赋闲，他的同窗好友、时任平阳（临汾古称平阳）知府的刘启才可能把他请来主纂志书。否则，他打坐翰林院忙碌于经国之大业，怎么会有暇来问津地方上这雕虫之小技？这或许也是缘分。

孔尚任与临汾有缘分,不一定就和李自成有缘分,即使志书中不记载这位起事的农民头领也名正言顺。打开多种地方志版本,在他这个志书之前谁也没有列过《兵氛篇》。他初创此篇,并将之嵌进《祥异卷》中,悄悄记下了李自成的踪迹:

崇祯十七年正月,自成二十三日至平阳,知府张邻迎降,留五日而北。

顺治元年五月,李自成从此败归,至平阳府,杀其伪防御使张焜,遣绵侯袁以兵万人,屯挂甲庄而去。

真感谢孔尚任,将李自成的来龙去脉记载了下来。让后人一看就知道,李自成曾经两度来过临汾。临汾留下与之有关的记忆顺理成章。

闭合府志,钩沉散佚在城乡的多种记忆,却发现那记忆和这记载有着不小的出入。

就说挂甲庄吧!那里收藏的信息是李自成中箭受伤,不再攻打临汾城,当然也就没有将这卧牛城收入掌中。而志书上写照的是,李自成不仅拥有了临汾,而且没费一兵一卒,是知府张邻投降欢迎大军进城的。进城后还驻留了五天。这五天是休整,应该说也是喜庆,举杯欢宴自是难免的。显然,挂甲庄的传说是在贬损这位农民起义军的头领。

不过,李自成也确实和挂甲庄有些关系。从府志看,人倒了霉喝凉水都塞牙。李自成从北京败归,连他安插的官员也翻脸不认人了,迫使他大动干戈,和那厮较量一场,打开城门将他杀了。杀了叛贼应该欢庆一下,至少也该休整两天吧,不知为何要"遣绵侯袁以兵万人,屯挂甲庄而去"?莫非是在攻城之际屯驻此地?这志书的记载也留下了模糊之笔。更为让人模糊的是,即使攻城之际李自成屯兵在此,也没有中箭之祸,更没有挂甲之需,那么,挂甲庄的名字到底和李自成有啥瓜葛?

此时,再回味和李自成相关的信息,不光挂甲庄的传说是贬损他的,就连奶奶给我讲的故事、桑拱阳保留名节的故事都是贬损他的。这正应了乡村人一句话:"兴者王侯败者贼。"李自成败了,而且大败身亡,当然被视为贼寇。孔尚任笔下的文字,虽然在涉及临汾时以"自成"和"李自成"相称,但在前文曾称之为"闯贼"。"闯贼"之贬没有贯穿始终算是他留下了一点温情。这么一想，那尊“大顺国”的碑石就不是稀罕，而是珍贵了。

历朝历代对变乱造反的贼寇都视为妖魔，最怕其惑众生叛。当然，对于所谓反贼的踪迹一丝一毫都不愿留下，恨不能折枝断株再连根剜掉。“大顺国”那样的碑石自然收存着叛乱的世事，肯定也在清除之列。不知缘何，这尊碑石会免于粉身碎骨的灾祸而幸存于今日，让权势者有意涂抹过的历史仍然挺立在世上？这实在是奇迹！这奇迹令我百思不得其解。在没有找到别的原因之前，不妨认定是身处僻所的缘故，使大顺国的历史躲过清除，幸免于难。

这无言的碑石，饱含着耐人咀嚼的世理。

相对于挂甲庄而言，桑拱阳的故事不仅在于贬损李自成，而且在于褒扬他操守的名节。旧时有个成俗，清代和民国的知府、县令到当地赴任，首先要到桑湾村拜祭桑拱阳，之后才敢坐进府署、县衙。可见，桑拱阳已成为皇家竖立的一尊碑石，虽然无形无字，却在那名节中写满了：忠贞。

桑拱阳忠贞赴死的义举是动人的，我曾在他的纪念会上和众多的朋友为之唱赞歌。然而，在读了一个史料后，我无论如何也难为之感动了。史料载：米脂大旱，颗粒无收，民众吃光了树皮草根。知府上奏朝廷，有白银十万两，可安饥民。崇祯不给，陕西民变，之后才有了李自成率领的义军。崇祯不给的原因是国库无银，可李自成打开龙庭不仅白银尚有数千万两，而且黄金还有十多窖。真不知道崇祯皇帝是怎么想的，他到底是爱江山，还是爱白银？或许在他眼里，白银就是江山，要么江山就是白银。假若崇祯肯用些白银赈灾，民不饥困，还会生变吗？显然不会。如此，世人也就不会知道李自成这个名字，崇祯皇帝当然不必急慌慌去煤山上吊寻死。那么，历史就是另一种模样了。

我这里要强调的不是崇祯死不死，而是桑拱阳可以不死，可以安心当他的学正，做他的学问。好在桑拱阳不知此事，早就闭目安息了。倘若人有前后眼，倘若桑拱阳明白了他为之献出生命的皇帝竟然是这么个见死不救的东西，那么这浸透仁者爱人的身心还会慷慨赴死，泰然瞑目吗？

这真为难了桑松风桑学士。

新星·流星·观星人

詹克明

一、新星

宇宙如同挂满星灯的天穹。随着宇宙的膨胀,这些“灯笼”也在彼此散开。正是望见了满天的星灯,我们才知道有这样一个宇宙的存在。这些灯笼似乎是“纸”糊的,每当一颗恒星按照赫罗图走到其“生命”的尽头,往往就会突然来个回光返照似的爆发,立时把“纸灯笼”点燃,随即烧成灰烬。地上的人看到的这短瞬间的极亮就是所谓的超新星爆发。

观察超新星可是我们祖先的强项。早在甲骨文中就有关于“新大星”的记载,这应该是人类观察超新星爆发的最早见证。《宋史》也记载了仁宗元年五月己丑日(公元 1054 年 7 月 4 日)所观察到的一次超新星爆发,它的残骸就是现在的蟹状星云。1967 年又在其中发现了首颗脉冲中子星。这些都是发生在宋代的这次大爆发的产物。

常见媒体将某些青年艺人乃至风头正健的学者、作家等捧为“新星”。所谓天文学意义上的“新星”通常具备两个特征:一是,“它原来只是一颗并不显眼而且光度不大的星,突然在很短的时间里亮度增加达万倍左右。”二是,“它随即会在几个月内或是几年内转为黯淡无光。”正如李政道先生所说:作为一颗恒星“它只能有一次变成一颗超新星,这种情况发生在其死亡时。”当人们吹捧一位正在蹿红的艺人,称其为一颗冉冉升起的

“新星”时,往往只注意到他倏然百倍耀眼的一面,而忘记了“新星”也同时包含着“即将死亡”这一事实。才华出众的新人们,要慎接“新星”桂冠,因为科学意义上的新星都是短命的,一放即收的。

新星更像是一颗与我们幽明相隔的“鬼星”。如果一个人已经故去,我们再遇到他就是“见鬼”了。当我们看到一颗百万光年之外的新星爆发时,其实现在所见的那个耀眼发光体早已无存。我们所看到的不过是一个游离于本体之外的离魂虚影。哪怕它壮美辉煌,仍是一抹虚幻的星光“鬼影”而已。其实星族皆虚,不仅我们看到时它早已不在原来的那个位置了,而且其中不少已登鬼籍。

二、流星

现在是“流星满天,不见恒星”的时代。

有些媒体的学术讲坛简直成了“望乡坛”,上一个,毁一个,殁一个,却仍在前仆后继地制造着众多一溜而过的学术流星。在这样一个宣讲人本该自成一家的高端学术讲坛,有的人却公然声称“可以不讲学术”。挂着学术普及幌子的学术“说书”为着迎合公众趣味而日趋低俗,有的说书人全无学术诚恳之意,更具哗众取宠之心,或故作虎威,或满脸猴相,摇唇鼓舌地戏说历史。说书中到处充斥着“准学术”、“伪学术”的媚俗噱头。为着吸引公众眼球,有些说书人竟然嘴滑腹空地故作惊人之语——大禹“三过妻门而不入”是因外面有情人;某位清朝重臣之后竟然考证出其祖上曾有外遇。这也敢叫“学术”?这些学术垃圾真的是人见人厌,简直到了不忍卒睹的地步,我是只要电视上刚一露脸,即刻用遥控器将其逐出自家荧屏。

“说书”本是种雅俗共赏的艺术。一些驰骋书场的著名说书人自有其长久抓住听众的艺术魅力,全本百回的连台说书能让一些铁杆书迷一坐到底,场场不落,风雨无阻,听得如醉如痴。而当今的“学术说书”为什么竟然如此地令人多见生厌呢?

从本质上看,“学术”与“说书”两者本是完全不同的路数。“说书”要求自由发挥,尽可能地彰显个性,允许添油加醋,允许艺术夸张。有江南

“活武松”之称的一位说书人,不过是只讲了“水浒一百单八将”中的一位,他日后出版的两本《武松》稿本竟然比全本的《水浒传》还要厚。而“学术”就必须立论严谨,言之有据,史料确凿,不可由着性子随便臆造,更不可以为了耸人听闻而信口雌黄。按照“说书”的路数来宣讲学术,看似熔“学术”与“说书”于一炉,希求两边讨巧,实际上,其结局必如钱锺书所谑称的“半间不架”——“在两个凳子的间隙里坐了个落空”。以此等态度说书,必然会场冷坛塌;以此种态度治学,必然会像梅尧臣所说的那类种豆人——未见荚长,“空收一束萁”。

学术说书极易出名,一旦成了学术“明星”就会成为媒体争相邀请的嘉宾,或是各类访谈节目的座上客。频频出镜之中,对自己并不熟习的领域也要硬撑渊博地说上一通,不仅毫无真知灼见,简直就是路人皆知的泛泛庸言。阁下,您真的应该爱惜羽毛!每一次平庸出镜都会褪掉几根光鲜的羽毛。插上的羽毛毕竟有限,别忘了童话里那只寒风瑟瑟中的“寒号鸟”。

我们更期待能有像王国维、陈寅恪这样的“恒星”,永远闪烁着理性的光芒。治学是一种安静的事,需要毕生的钻研与积累。汇聚成一颗“恒星”需要极其庞大的物质与能量,而当个流星只要一块石头就够了。

问问现在大都市里长大的孩子可曾见到过流星?肯定都是一脸茫然。流星的光芒一般都比较微弱,由于工业粉尘和汽车尾气,都市天空不见流星正是城市大气污染的标志;然而在荧屏空间里,学术“流星”满天飞绝对是文化浮躁低俗的标志!

三、观星人

观星人多为“半天文”学家。住在世界各地的物理学家、化学家、数学家都可以涉猎整个学科的全部内容,也都能够在没有地域限制的条件下,发现全球普适的物理定律、化学反应、数学公式。唯独坐井观天的天文学家会有“北天”、“南天”之分。居住在南半球阿根廷火地岛的天文学家绝对无法观测北天的北极星、北斗星;而居住在北半球南京紫金山、格林威治与魁北克的天文学家也无法看到南天中心的蝘蜓星座、天燕星座与山案星座。(古诗中虽有“剑气冲而南斗平”的名句,但中国诗人所看到的“南斗星”其实并不在“南天”,只不过是“位于北斗星以南”而已。)就拿银河系的中心“银核”来说,由于太阳系平面与银河的银盘平面几乎垂直,地轴的南端又指向银核,故只有南半球的天文学家才能观测得到银核,而北半球的人只能看到银河“牛奶路”的余波。怪不得天文学家惯于用一只眼睛看望远镜,想必另外一只眼睛是留着看另外一半天的。

观星人都是眼睛望天的人,其实他们脚下就踩着一颗行星,却习惯把它让给“地学家”去研究。何谓“天文”,这“文”字从何而来?何谓“地理”,这“理”字又出自何处?难道这“天”与“地”自古就已“文理分科”,天属“文科”,地归“理科”?其实“地”也是“天”,我们都是“内星人”。不识“地星”真面目,只缘身在此星中!

太阳是恒星,地球是行星,月亮是卫星,我们偏都不称其为“星”,因为它们看着都很大。“星”本屑小,星星点点之谓也。其实太阳只不过是恒星里中等偏小的一颗,因为跟我们距离近才看着大。可见要想“大”不一定非得花傻力气壮大自己,只要你凑得近些,比如凑近地球,走近荧屏,贴近上层。曾在媒体公开流行过一个时髦之词叫——“做大”,可见“大”是可以“做”的。利用投影几何学原理,“近”就是最简单有效的“做大”。

星不在大,有仙则名,我们都是世居地星上的“地神”。月星亦有仙,我们通常只知道嫦娥,其实她并不孤单,陪伴她的还有古希腊的三女神阿耳忒弥斯、塞勒涅与赫卡忒。她身边倒也不乏男性,至少有日本男神“月读”和一位美索不达米亚的长须老人“辛”。月球早已是国际性“联合国”,许多国家都在月星上有常驻代表。日星之主神是古希腊的阿波罗,中国人似乎只在里面放了只“三足金乌”——其本相就是乌鸦。

观星人又是“宇宙考古学家”,他们在暗夜里“挖掘”出的旷古幽光都是几万、几十万、几百万,乃至几十亿、上百亿年前发出的“古光”。实际上所有的星子都已风流云散,只有天文学家通过计算才知道它们现隐何处。

就断代而言,历史学家考古依据的是文物形制与文字,最古可及万年;古人类学家考古依据的是头颅骨骼形态,可远及百万年;古生物学家考古依据的是地层化石,最早可追究到“太古宙”极限——38亿年前的生命起源;而宇宙学家考古依据的则是多普勒红移效应,可径直追溯到120

亿年前的宇宙起源——那极其神秘的宇宙大爆炸“原点”。各类考古其实都是追问“演化”与“起源”:文化起源、人类起源、生命起源,以及宇宙起源。

观星人甚至是见证“老少同龄”的人。在同时诞生的一批恒星里,由于与我们距离上的远近极度悬殊,当它们的星光抵达地球之时,我们看到的却可以是恒星的幼年、青年和老年。又有几人知道它们本是“同龄”之星。“相对论”的一个经典臆想——有兄弟二人,兄乘光速火箭遨游太空,归来时弟已是白发老翁,而乃兄依然年轻。此等事“天上”早已成为惯例,“人间”尚未有闻。

小时候夏夜搬个小板凳到庭院乘凉,常听老人们说——“天上一颗星,地上一个丁”。偶见一颗流星飞过就会说,不知哪儿又死了个人,可见“星”与“人”密切相关。谈“星”亦是谈“人”。

独步河边,月细星繁,清寂中,睹星思人,遂有是篇。

在那恒河的原野

杨牧之

乞丐大军的未来

不久之前,我看到加拿大《环球邮报》的一篇报道,说现在印度人热衷于同中国比较,印度人相信印度大象拥有胜过中国龙的巨大优势。他们说,中国确实拥有更多的出口厂商与外汇储备,但印度拥有更多的亿万富翁。根据是《福布斯》杂志全球巨富排名,印度有36位亿万富翁,人数居亚洲第一,而中国充其量只有三五位。他们说,中国玩具、钟表、计算器、电器价格确实便宜,产量世界第一,但印度的产品质量更高。他们自豪地说:"中国人做的所有东西我们都能仿造,而且会造得更好。"甚至连人口的高速增长也拿来自豪一番。他们说,中印人口是13亿对11亿,但印度人口有1.6%的增长率,中国却只有0.6%。要不了多久,印度就会超过中国。哈哈,真有意思。

最为精彩的是印度外交部长的一席话,他说:"中国是兔子,印度是乌龟,兔子比乌龟跑得快,所以,印度应该向中国学习。但是,兔子跑得那么快,说不定哪天撞到树上,乌龟虽然慢一点,但沉着稳重,不会翻船。"

而印度的工商部长更为坦率,他直言不讳地宣称:"中国将赢得短跑,印度将赢得马拉松。"

真是这样吗?我不禁要笑。

印度是我向往了几十年的国家。最早是我看了电影《三海旅行记》。那还是我念大学的时候,那个电影是印度和前苏联合拍的。讲一个前苏联小伙子滞留印度,通过他在印度的旅行,演绎印度美丽的国土,悠久灿烂的文化,热情好客的人民。至今不忘电影里的画面,那在恒河里沐浴的虔诚的人群,遍布各地的千年神庙,圣洁的充满凄迷爱情故事的泰姬陵,佛教重地、玄奘曾在那里讲过学的那烂陀寺,以及满大街随意行走的"神牛"……

后来,又看过印度电影《两亩地》、《流浪者》,都极受感动,心里又十分难过,为印度的穷人悲伤。难过之后,真钦佩印度能拍出这么感人的电影,心里想,这才是真正的艺术,因为它能打动人心。

还有泰戈尔,泰戈尔的诗篇,泰戈尔的小说《沉船》;以及印度对玄奘的接待,玄奘在印度的扬名……都让我对印度充满好感。

我当然希望兔子永远跑第一,要为她贡献自己的一切,但我也真诚地祝乌龟能永远稳步前行,真像部长们说的那样。

在新德里,我感觉这个城市与世界大体上是同步的,现代化的大楼,时髦的汽车,放射性的广场,整齐排列的街灯,有着宽阔草坪的住宅,让我们感到和其他现代化大城市一样的现代。当我渐渐地深入,当我观察得更细一些,我又有了新的发现。我发现新德里并不把漂亮建筑摆在大街两旁,而是根据地理环境安排建筑物。这里一块,那里一块,每一块都在绿树掩映之下,所以,它不像北京的长安街那样宽阔壮观,街道两边的建筑高大宏伟秩序井然,倒像是一个一个花园,再加上绿树丛中不时跑出来的松鼠和鸽子,让人感到自然和随意。据说新德里树林覆盖面积占整个城市的60%以上,这是新德里不同于如今那些现代化大都市之处,也许这更符合人类追求的家居环境吧?特别是老德里之外建一个新德里的构思,犹如老罗马城旁又建一个新罗马,让我们想念老北京的古趣、胡同和胡同里卖东西的吆喝声。

可是,当我们的车开进德里老城时,我都不相信自己的眼睛了,这也是印度吗?新旧两城的强烈对比,让我们看到了一个真实的印度。

我本来期望着看到历史悠久、古趣盎然的印度古老都城,没想到是那样让人沮丧,那样让人不能忍受。坐在汽车里我都想拉上窗帘。因为我实在不忍心看瘦瘦的妇女,抱着又黑又瘦的小孩向你伸手乞讨的样子。接待我们的朋友嘱咐我们,千万不能好心施舍,因为你给了一个人,就会有几个、几十个抱小孩的妇女围上来,那时车就走不了了。可是女人看你不理她,她就把小孩举到和车窗一样的高处,她指着小孩的嘴,意思是要我给钱买吃的。在那样的眼神下我都无所动作,是不是过于吝啬?印度朋友说,印度有乞丐五百多万,你给得起吗?

往远处看,破旧的老爷车,蹦蹦车,人蹬的三轮车,车厢里面人挨人的公共汽车,把大街弄得拥挤不堪,尘土飞扬。公共汽车的门总是开着,任人跳上跳下;三轮车本来只能坐四个人,但都挤着五个、六个,有的坐七个、八个,看着他们双脚搭在车帮外面,说说笑笑,车在飞奔,心里真佩服印度人的勇敢。老德里也好,新德里也好,还没有一条高速公路。

往路边上看,大墙边上一个挨一个的窝棚,几块油毡,几块破塑料布,四角用几根木棍一撑,成千上万户穷人就住在这样的"房子"里。我们在德里这两天是晴天,阳光很好,窝棚的前面、左面、右面就都掀起来了,晒晒里面的潮湿。我特别注意地往里面看,见不到一件像样的家具,更谈不上厕所和厨房。到印度最不方便的是上厕所,离开饭店,大街上几乎没有公共厕所,墙角、树下都有人方便,甚至繁华的大街上也有人对着大墙解决急迫的问题。印度人认为这是很正常的。据说孟买有55%的人口是穷人,算下来大约有800万人,他们所住的大都如此。

我问印度导游,你说你们印度这样富裕,怎么还有这么多穷人?他说,印度人太多嘛!再说,做乞丐也有好处,不用受累啊!

印度的乞丐大军举世闻名。孟买最大的清真寺三面临海,风景极佳,但外国人都不愿意去那里观光。因为到清真寺必须步行十几分钟,而在这十几分钟的路上,路两边排满了乞丐,你一走过,两边乞丐一齐伸手。你不理他们,他们就拉你的衣服扯你的手,嘴里还说着你不懂的印度方言。又黑又瘦的脸上露出白白的眼珠,好不吓人!这可能就是我来印度前朋友介绍的"铺天盖地的乞丐大军"。

到了印度见得多了,听得多了,对这乞丐大军有了一些了解。

当然,首先是因为印度穷人多。据曾任印度孟买总领事的袁南生先生的文章说,如果按印度自己的贫困线(1天收入10个卢比以下,约合人民币1元6角)计算,有3亿印度人生活在贫困线下。如果按联合国标准(1天1美元以下)计算,有6亿印度人生活在贫困线下。这是印度乞丐大军产生的根源。

但另一方面,又与印度人的人生观有关。在这种人生观下产生了“乞丐文化”。这种文化认为人生来就是有罪的,必须以苦行来消罪,所以他们并不以乞讨为羞耻。也正因为此,他们一方面正视甚至提倡行乞,一方面鼓励施舍。

印度古代把行乞作为一种正当职业。高贵种姓的人也有乞讨的行为。国王在隆重的节日,把向天下乞丐布施当作一项重要内容,在仪式上皇帝也要作出表示。

这是与佛教、印度教的教义密切相关的。佛教名著《大智度论》说:“我用清净乞食活命。”他们认为乞食,可以破除骄慢之心,培养谦卑之美德。佛教教义还把乞食作为“上品之人”的食法。为什么呢?他们说:“一者为自,省事修道;二者为他,福利世人。”而且还推崇乞食时要“不拣贫富”,甚至要“舍富求贫”,把“弃贫从富”称作“凡愚”。

在这种风气影响下,乞丐还能不盛行吗?一些有文化的人追求苦行僧的人生观,他们认为流浪乞讨是高贵行为,也是一种积德和修炼。所以,也有一些富翁显贵,抛家弃子,四海云游,托钵乞食。

印度的乞丐文化也鼓励乐施好善。无论是佛教还是耆那教,都强调施舍助人是一种美德。他们深信“报应轮回”,善有善报,恶有恶报,行善者上升,作恶者下沉,所以,尽自己所能做些施舍善举,就是为自己“轮回”积德。

一方面行乞并不丢人,连皇帝、佛祖都有行乞的行为,一般人做乞丐还有什么丢人的?乐施好善是积功积德,我不行乞,你到哪里去积累功德?

所以,印度的“乞丐大军”就成了举世无双的乞丐盛景。

确实,乞讨作为宗教内容的一种展现,它的本意也许很有意思,或者说很有意义,它提醒着人们对自己来世的责任。但正如英国人奈保尔在《受伤的文明》中所说:“现在的乞讨已失去了本来的价值。孟买的乞丐展露他异于常人的残疾(幼年时便被抓获他的乞丐头子摧残,证明年轻的乞丐在前世的罪孽)，现在则发现，他所激发的不是敬畏，反而是厌恶。忘记了自己印度教的功能的乞丐同样去纠缠游客，而游客则被误导，把整个乞讨行当与乞讨行为等而视之。”这真是一言难尽啊！

不过，我看过辛格总理在英国剑桥大学的一篇演讲，我还是对印度充满希望。因为印度的领袖已认识到了这些问题。辛格总理说：在许多发展中国家，经济发展绕过了农村。同时，贫富悬殊不断扩大。此外再加上公共部门在卫生和教育方面无法提供高质量服务，无法满足贫困人口的需求，从而引起怨恨和疏离。这就培植了分裂势力，为民主的实践增加了压力。

可是，我一想到那“铺天盖地”的乞丐大军，一想到他们理直气壮地伸手乞讨的样子，我就会想，辛格总理的任务该是多么艰巨啊！

印度人的今生与来世

我听人讲述过一个印度的故事。说从前，有一只狗站在印度一座神庙外狂叫。另一只狗走过来问它为什么这样愤怒。狂叫的狗回答道：“我前生是这个庙的祭司。庙的管理人骗我跟他一起干坏事，偷了庙中女神的珠宝，结果我转世成了狗。我现在正等着那家伙。我一旦见到他，一定冲上去，咬断他的喉咙。”另一只狗说：“你也别这样。我前生就是那个管理人。”

这个故事其实是印度人在宣讲他们的哲学，也就是说生命是一种生死轮回。他们在今生今世的所思所为将决定他们来世的生命形式，是再变成人还是成为动物、昆虫，或者植物。所以，他们坚信，“善有善报，恶有恶报”，“有什么样作为，就有什么样的来世”。

印度人的这种哲学思想都是通过他们的宗教信仰表现出来的。

如果去印度，恐怕每个中国人首先都会想到玄奘，想到印度的佛教。因为佛教发源于印度，玄奘去印度取经，成为中印文化交流史上无人不知的佳话。我想，佛教在印度一定是钟鸣鼎盛，香火如云。没想到，到了印度，印度佛教的肃杀景况却让我十分意外。

第一，在印度全国的11亿人口中，印度教有信徒八亿多人，占人口总数约80%；而佛教徒只有1000万人，占人口总数不到1%。

第二，佛教的四大圣地之一，释迦牟尼的悟道之处菩提迦那的标志性建筑大菩提寺，现在不是由佛门弟子掌管，而是控制在印度教徒手中。

第三，更有甚者，在卡莱佛教石窟遗址前，一座印度教庙宇居然建在了佛教石窟的地盘上，任何人想去拜谒佛教遗址，都必须先经过印度教的庙宇。这真叫佛教徒尴尬。

当年玄奘学习的地方、印度最著名的佛寺那烂陀寺只剩下断垣残壁。曾经辉煌了几百年的佛教珍宝阿旃陀石窟已经完全被荒沙淹没，无人提及。街面上已不复见当年佛教徒化斋队伍往来不断的景况，在佛教圣地上络绎不绝的，多半是外国的僧人和香客，他们从中国西藏来，从日本、缅甸、泰国、尼泊尔来，他们带着多年的积攒，为佛祖添上灯油。我看到一本书描述印度佛教的变化，书上说："就佛教而言，戒日王朝犹如落日的灿烂余晖，玄奘享受了这余晖的温暖，当余晖逐渐退去，诵经之声也在时间中沉寂下去。"（杜欣欣《恒河，从今世流向来生》）写得十分生动，也十分凄凉。只不过，我没有研究，这灿烂景象的衰退，从戒日王朝即公元643年戒日王在曲女城召开辩经大会，玄奘取经时就开始了吗？有那么早？

本来佛教是作为印度教的对立而诞生的，但在发展过程中他改变了自己过去的一些思想，脱离了一部分信徒，而印度教吸纳了佛教的一些主张，博得了更多印度人民的信奉。这样一个交相吸纳的过程，使他们有很多相同之处。比如因果报应，主张业报轮回，就是一个共同点。所以，两教都主张修行，主张解脱，反对杀生。他们笃信"善有善报，恶有恶报"。

最有意思的是耆那教，教徒在印度虽只有三四百万人，但影响却很大。让人印象最深刻的是他们的"不杀生"思想。他们遵循的基本原则是，不仅动物和昆虫有生命，木、石和树，都各有独立的生命，都应该受到尊重。

他们的不杀生，不但不能吃肉、牛奶、鸡蛋等荤腥，甚至连地下生长的带茎块的东西也不能吃。比如萝卜、白薯、土豆、胡萝卜等等。原因是吃这些东西必须把它们从地下连根挖起，而这样一来，整棵植物就死了，他们于心不忍。所以只能吃黄瓜、茄子、豆角、南瓜一类的菜蔬了，因为这些菜蔬不用连根拔起，从上面采摘就行了。而且，耆那教徒还认为"拔起萝卜带出泥”,这泥土中会有小虫、小生物,这小虫小生物也是一条生命,不能因为拔东西而伤及。据说,圣雄甘地是一个严格素食主义者。因为甘地的家乡是耆那教大本营古吉拉特,那里的严格素食的风气,让甘地大为感动。甘地在他的自传里就说过:“我认为一只羊的生命价值丝毫不次于一个人的。我不愿意为了保养人身而去夺取一只羊的生命。”

耆那教徒总觉得吃饭也会影响一些植物,如水稻、小麦的生命,但为了要维持人的生命也就只好如此了。所以,“吃饭”要带着敬意,对水稻麦子为人牺牲的敬意;要节制,尽量少吃一些,少伤害植物生命。他们还表示:“亲爱的植物,总有一天,我们的身体会还给你,成为你的根须营养的食物。”(引自袁南生《感受印度》)

啊,可爱的印度人民。

佛教、印度教、耆那教这样做,都源于轮回思想。他们认为只有今世“为善”,只有“积德”,才能得到“善报”,来世托生为富人。这种来世的存在不但约束了今世的作恶,也使人对生活、对未来抱有希望,并且要求自己以平和的方式对待和处理今世的不公正与邪恶。我想,一个社会的统治者一定会欢迎这种观念。占印度人口百分之八九十的人信奉这一思想,印度社会的状况就可想而知了。

我走在印度德里的大街上,眼前别墅式的住宅白墙红瓦,绿树摇曳,让人愉快。往旁边一看,不远处就是贫民住的破窝棚,垃圾遍地;泰姬陵里,印度妇女艳丽多彩的纱丽随风婀娜飘动,就在泰姬陵的大门口,一群群讨饭的妇女,拖着她们黑瘦的孩子,满眼是渴望;洗衣的工人住在终日霉味肮脏透顶的土坯房中,却送出一件件用自己双手洗得洁白的衣服;种姓制度确实早已废除,但高种姓的人还是有许多优越感,“贱民”出身仍然受到歧视,特别在农村更为严重。《摩奴法典》规定,贱民是不可以接触者,他们天生受污染,而且这种污染还有传染性,其他种姓的人不能与他们接触。所以,印度有些地方,路上还常常听到木块敲打的声音,这是贱民出行。他们手上拿着两个木块,敲打出声音,告诉别人回避。人类社会已经到了21世纪,还有此种情景,真让人难过。就连盖房居住,也是要把好的地段、好的风光让给高种姓的人。在2004年印度洋海啸时,有一个濒海的村庄,高种姓的人家死亡惨重,低种姓的人家却没有受什么损失,就是因为高种姓的人都住在风景好的地方,即临海的棕榈树下,而低种姓的人都住在离海距离远、风景相对差些的地方。海啸一来,海边的人自然死亡惨重。但这高低种姓的巨大差别,在印度普通民众那里都认为平平常常,天然合理,不存在满意不满意的问题。因为印度教徒、佛教徒、耆那教徒认为,这是前世修来的,没法改变,只有今世做善事,努力修行,来世才会有好报。

我联想到中国历史,"不知生焉知死","子不语怪力乱神",中国儒家对死后的情况,对来世,对神怪是不主张多作猜测臆想的。"王侯将相,宁有种乎"、"彼可取而代之"、"指点江山,挥斥方遒",一派主宰宇宙之气概。在这种思想指导下,便产生了"周天寒彻"的一个个大事变。陈胜吴广、项羽刘邦、赤眉绿林、黄巾、黄巢、宋江方腊、钟相杨么、朱元璋、李自成、太平天国、义和团等等等等,谁还等着来世啊,马上就取而代之。而在印度的历史上,印度教、佛教的信徒大规模聚众起义的事情,与中国相比,应该说是太少了。"前世"是不可改变的,"今世"必须认可,服从,做善事待来世吧。甘地的"非暴力与不合作"是否也受这种观念影响呢?

NO PROBLEM

印度朋友说,"没到过泰姬陵,就等于没到过印度"。所以,安排我们出访的朋友连孟买甘地的故居,马克·吐温说的那座"比历史还久,比传统还老,比传说更悠远"的圣城瓦拉纳西,和五位诺贝尔奖得主密切相关的加尔各答都从计划中划去了,免得生出好不容易去了一趟印度还等于没有到过的遗憾。

泰姬是莫卧儿王朝第五代皇帝沙贾汗的皇后,原名叫柏努·比古姬。她的父亲是莫卧儿王朝第四代皇帝贾汗基的御前大臣。她的姑妈也就是御前大臣的妹妹,是贾汗基的皇后。御前大臣深谋远虑,和妹妹一商量,就把女儿许配给了皇帝的儿子沙贾汗。不久贾汗基去世,沙贾汗在岳父和泰姬的支持下,把同父异母的太子储君杀掉,自己成了皇帝。沙贾汗登基时赐泰姬名为"泰姬·玛哈尔",意思是"宫廷的皇冠"。

泰姬美丽多情,又才华横溢。据说,她和沙贾汗感情深笃,形影不离,连沙贾汗出征作战也紧紧相随。

泰姬和皇帝十分恩爱,结婚17年,先后为皇帝生了14个孩子。在第14个孩子分娩时,她正在随夫君出征途中,不幸去世,只有38岁。临死时希望皇帝为她修一座美丽的陵墓。沙贾汗悲痛欲绝,动用了2万名工匠,花费4000万卢比,经过12年夜以继日的努力,终于完工。在阿格拉皇宫附近,朱木纳河岸边,一座通体洁白,晶莹清澈,端庄典雅的建筑奇迹般地矗立起来了。今天听起来4000万卢比似乎并不是一个大数目,据有人介绍,当时,15卢比可以换11.66克黄金,这样折算起来,4000万在当时该是多么大的一个数字啊!

印度也许真的有“轮回”吧,沙贾汗本想在他有生之年,在朱木纳河对面和泰姬陵相对的地方,再给自己建一座黑色大理石陵墓,然后,在河上再建一座半黑半白的桥连接两陵。没想到泰姬陵刚刚完工,他的儿子就篡夺了皇位,把他囚禁在阿格拉古堡里。此后的岁月,沙贾汗只能在古堡中,每天透过一小扇窗户,遥望泰姬陵,度过残生。

泰姬陵是和长城、金字塔齐名的世界奇观。泰戈尔说她是“时间面颊上的泪珠”。研究印度梵文的大专家季羡林先生访问过印度三次,三次都拜访了泰姬陵。我的笔无力描述泰姬陵的美丽,我还是摘录一段季先生描述泰姬陵的文字供大家去想象吧:

> 我虽在朦胧的月色中来探望过泰姬陵,整个陵寝在月光下幻成了一个白色的奇迹。我也曾在朝暾的微光中来探望过泰姬陵,白色大理石的墙壁上成千上万块的红绿宝石闪出万点金光,幻成了一个五光十色的奇迹。
>
> ……有人主张,世界上只有阴柔之美与阳刚之美。把二者融合起来成为浑然一体的美,只应天上有。我眼前看到的就是这种天上的美。我完全沉浸在这种美的享受中,忘记了时间的推移。

泰姬陵实在是印度的一宝。

印度的第二宝是印度的数学成就。古代印度人发明了包括“0”在内的十个数字贡献给全世界。过去一般都把十个数字称作“阿拉伯数字”,那是由欧洲人叫起来的。原因是欧洲人从阿拉伯人那里学到这十个数字,他们就误认为是阿拉伯人发明的。其实阿拉伯人也是从印度人那里学来的。虽然究竟是印度的哪一个人发明的至今不能确定,但在公元前200年的一部印度经典中发现了"0"这个符号却是千真万确的。

今天我们写起十个数字来,感到普普通通,试想想如果没有十进位,没有"0"这个符号该是多么麻烦。所以,这十个数字符号是独特无双的,它们给世界的贡献是革命性的。在拿破仑时代,法国数学家拉普拉斯评价这十个符号时说:

> 印度赋予我们一种用十个数字符号来表达所有数目的巧妙方法,每个符号有它所占位置上的价值,也有它本身的绝对价值。这是一个深奥而重要的概念,但是现在看来,它表面上这样简单,以致我们忽视了它真正的好处。正因为它是这样简单并使得一切计算非常容易,所以使得我们的算术在有用的发明之中居了第一流的地位。若想到古代最伟大的天才中的两个人物阿基米德和阿坡罗尼阿斯并没有这种发明,我们就更感到那个成就的伟大。

而发明"0"更是显示了古代印度人的卓越才智。数学家贺尔斯特德说:

> 创造零的符号的重要性,绝不是夸大的。对于这个空虚无物的东西,不仅给予一个地位、一个名称、一个形象、一个符号,并且还给予一个有用的权能,这正是它的发明者印度种族的特点。这简直好像是把涅槃造成了发动机。没有任何数学上的一种创造发明对于智慧和才能的一般进步能比这种发明有重大的后果。

这两段话都说得太精辟了。它们把"0"和十进制的意义说得那么深刻中肯。所以完全可以说,印度的十进制和"0"的使用打开了智力的大门,对于它的意义今天怎样评价也不为过。

第三宝是不是可以说是印度的软件?比尔·盖茨在接受印度记者采访时,极力称赞印度软件业,他说,"印度对微软公司和整个软件业来说是个超级大国。"在2005年,在全球软件能力评比中,成熟度最高的72家企业中,印度占了五十多家。在解决21世纪电脑"千年虫"问题上,印度夺得了世界第一。国际"财富500强"中有185家与印度的软件签约开发软件。在班加罗尔的信息技术公司园区里,绿树成荫,窗明几净。园区为员工提供了托儿中心、超市、健身房、洗衣店和娱乐中心。每座大楼前都备有自行车供员工来往于不同车间；每座楼门前还备有雨伞，供员工遮阳或挡雨之需。公司还设有“带孩子上班日”，以解决照顾孩子的临时困难，真是十分现代十分人性的大企业。

我们在印度中餐馆吃饭时，碰到六七名北京、南京来的在印度学习软件工程的中国研究生，他们说：印度的软件业非常发达，全世界很多国家都派有学生来学习。我突然把软件业与印度的佛教联系了起来。今天印度的软件城班加罗尔会不会成为21世纪的那烂陀寺？

在膜拜这些伟大贡献的时候，在印度经历的一些不快的事情却不断冒出头来。这巨大的反差让我好生奇怪。

来印度之前读过三联书店出版的日本人妹尾河童著的《窥视印度》一书。他受一个杂志社的委托到印度去采访。他说在印度最常听到的一句话是“No problem”(没问题，不用担心)。他在书中写道：

> 比如，每次搭出租车，如碰到乱走一通的司机，我总会抗议：“去饭店这条路太远了！”
>
> “No problem！”
>
> 唉，“没问题”的是你，我这边钱包问题大了。
>
> “这东西吃了不会怎样吧？”
>
> “No problem！”
>
> 好一个“没问题”，我可被整惨了，吃后我的肚子泻个不停。

恰好我们也经历了一场“No problem！”

乘了五个多小时的汽车，我们从阿格拉到达斋蒲尔。提前十天就订好的房间，我们到后却没有准备好。这可是五星级国际旅游饭店哪！我们团的秘书小于向店方提出责问。经理也是说：“No problem！”这一“没问题”让我们足足等了一个半小时！

等我们进了房间放下行李、去吃午饭时，已是下午两点了。饭店的经理向我们表示歉意，还说将送我们法国葡萄酒以示慰问。还真是说到做到，等我们吃完午饭回来，酒已经摆在房间。随后，经理又带着两名助理到房间问候。看到他们那谦和的笑，你也无法再说什么。

临离开印度前的一天，我们住在新德里的一家大饭店中。本想新德里的饭店服务总会好吧，结果夜里又出事了。房间里的空调呜呜响，这噪音让你无法入睡。我给总服务台打电话,请他们派人来修。他们也是说,一会儿就到,放心吧,没有问题。等了半个多小时,没有人来修。再打电话,这次干脆没人接了。我只好忍着热,把空调关上。这下不叫了,我踏实地睡下了。谁知,刚过十分钟,空调机隔一会儿啪啦啦响一声,隔一会儿啪啦啦响一声,把我弄得神经质了,好像相声里说的楼下的人睡不着等着那只鞋落地。眼看夜里一点多了,睡不着,我很着急,又打电话给服务台。说,一会儿就来,放心吧。又过了20分钟,没有动静。我穿好衣服,下楼去服务台交涉。服务台值班的女士说,好,我通知维修的工人马上去,你先回房间吧。我说:我已等了两个多小时,眼看天亮了,明早五点要早起赶路,不能再拖了。她又是"没问题"。

回到房间,望眼欲穿,看看表已经是夜里三点,听着有节奏的啪啦声,我愤怒至极。恨不得再下楼把服务台小姐拉上来听听,但那又能解决什么问题呢?万般无奈,我把被褥搬到外面客厅里打地铺睡。我好不容易迷迷糊糊入睡,电话铃响了,这次是叫醒电话。"还差20分钟,怎么这么早就叫?""怕你们起晚了,早点叫。"哎,没治了!

这叫什么服务啊,在车上我和懂中文的印度导游讲起夜里的事情,他说:很正常啊,夜里都睡觉了。我说:饭店夜里没有值班的吗?他说:值班的也得睡觉啊。我目瞪口呆!

妹尾河童是1985年去印度采访,经历的"没问题,不用担心",至今20年过去了,印度却仍然"没问题,不用担心"。

这种作风是怎么形成的呢?我无力探究。据印度朋友介绍,印度政府公务员每年有假期二百多天。原因是印度的节日多。印度中央政府规定的全国性假日四十多个,各邦还有自己的假日。另外,每个宗教都有自己的节日。如印度教的春节、难近母节、双十节、乘车节;佛教的佛诞节、盂兰盆节、佛成道日;耆那教的大雄诞生节、持斋节、赎罪节;基督教的圣诞节、复活节;锡克教的十大祖师诞辰节等等。再加上国外传进来的节日,像"五一"节、"三八"节、情人节、护士节等等,加起来就不得了了。

更有意思的是,某一个宗教的节日教徒放假,其他宗教也跟着放假。不少节日的活动不是一天、两天,有的一连三五天,这样一来,说放假就放假了,任什么事情休息完再说,工作断断续续,还有什么效率!我看到一份材料,说印度的军队每年有51个节日。真不知道如果正在放假打起仗来,是否等假期完了再扛枪奔向前线?

一个拥有那样“三宝”的国家,却又有这样的效率,你说怪不怪?

读尼赫鲁《印度的发现》

出发去印度时带了一本书,尼赫鲁的《印度的发现》。这本书是尼赫鲁在监狱里写的,想一路上看看。但是,除了在去时的飞机上看了十几页,到印度后忙碌疲劳,印度饭又不好吃,一页也没看。在回国的飞机上,居然把这本七百多页的书翻了个大概。也许是刚访问过印度,迫切想知道印度的伟大人物尼赫鲁对印度是怎么说的吧。

书中有一章,专论“印度与中国”,写得十分精彩。我看后得出一个结论,印度人认为中国人很爱学习,尼赫鲁对中国有特别的好感。

在书中,尼赫鲁不无赞赏地叙述了中印交往的历史。

在中国汉朝的时候,印度学者就到了中国。在公元五世纪前后,也就是中国的隋唐之前的南北朝时,拜佛求经的香客和学者已经络绎不绝地往来于中印之间了。据记载,从公元五世纪开始,中国的僧侣法显、宋云、玄奘和义净,越过戈壁沙漠、翻过喜马拉雅山,先后往来于中印之间漫长、艰苦、充满风险的旅程。公元六世纪前后,在洛阳就有三千多印度僧人和一万户印度家庭。他们随身带去梵文写本并译成中文,有的还能用中文写作,为中国文化的发展作出了贡献。

很多中国、印度的香客、学者死在途中,死亡率高达90%……但求经路上,香客、学者仍然络绎不绝。

尼赫鲁在书中大力赞扬了玄奘等中国学者的巨大贡献,他说,玄奘在那烂陀寺得到学位,最后成为这个寺院的副院长。——这是我过去不曾知道的。

他特别写到义净的事迹。他说:

> ……义净本人是一个精通梵文的学者,他赞美梵文,说这种文字在远方的南北各国尚且都受人敬重,“岂况天府神州,而不谈其本说”。梵文的研究在中国一定相当普遍。令人感兴趣的是有些中国

学者曾试图将梵文的语音学介绍到中国语文方面去。人所共知的一个例子,就是唐朝的守温和尚曾经按照梵文字母的方式创造了中文字母。

虽然义净对于印度及许多印度事物赞扬万分,但他明白表示他的家乡——中国——应居第一位;印度也许是“圣方”,而中国则是“神州”。“五天之地,自恃清高也,然其风流儒雅,礼节逢迎,食啖淳浓,仁义丰赡,其唯东夏,余莫能加。”至于“针灸之医,诊脉之术,赡部州中,无以加也。长年之乐,唯东夏焉……故体人像物,号曰‘神州’,五天之内,谁不加尚?四海之中,孰不钦奉?”

文字中流淌着对义净的赞美,让我感到义净对祖国的挚爱,心中升起一种自豪感。

关于中国、印度彼此学习的成果,尼赫鲁有一段精彩独到的议论。他说:

在千年以上的中印两国的交往中,彼此相互地学习了不少知识,这不仅在思想上和哲学上,并且在艺术上和实用科学上。中国受到印度的影响也许比印度受到中国的影响为多。这是很可惋惜的事,因为印度若是得了中国人的健全常识,用之来制止自己过分的幻想是对自己很有益的。中国曾向印度学到了许多东西,可是由于中国人经常有充分的坚强性格和自信心,能以自己的方式吸取所学,并把它运用到自己的生活体系中去。甚至佛教和佛教的高深哲学在中国也染有孔子和老子的色彩。佛教哲学的消极看法未能改变或是抑制中国人对于人生的爱好和愉快的情怀。

这段话,给我留下深刻的印象。尼赫鲁这种对两国交往的赞赏和虚怀若谷的情怀,体现了一个大政治家的风采。

这次访问印度,一了几十年的心愿,无比感谢命运对我的厚爱。但因为时间的关系,没能拜谒菩提迦耶、鹿野苑,没能去感受那烂陀寺的渊博,没能一睹恒河圣浴的盛况,不免遗憾。但是印度知识界对玄奘的记忆和敬意,让我生出无比的自豪。回国之后,马上找了朱偰的《玄奘传》,完善我关于唐僧取经的知识。印度知识界的怀想,书中的记载,再加上《西游记》的渲染和虚构,玄奘真是像唐僧一样栩栩如生啊!

玄奘在公元630年到达印度的那烂陀寺。当时,那烂陀寺是印度最大的寺院，是世界佛教的中心，玄奘在那里学习期间，那里有1万名学生，1500名教师，其中通20部经的有1000人，通30部经的有500人，通50部经的有10人。玄奘是这10人中的一个，是那烂陀寺顶尖的学者。

玄奘并不满足，他在那烂陀寺跟随戒贤法师学习五年，读完那里的藏书，又去印度各地游学，六年后回到那烂陀寺，成为“客座教授”！

公元643年，戒日王在曲女城举行佛学辩论大会，请玄奘为论主。参加的有印度大小藩属国王二十多人，佛教大小乘学者3000人，婆罗门及其他教徒3000人。那烂陀寺僧侣学者一千多人。在那样久远的时代有这样一个规模的大会，足见佛教历史上的兴盛。

据说，玄奘当时正在迦摩缕波国王的宫廷里与迦摩缕波探讨佛经。听到戒日王的邀请，迦摩缕波国王说：“戒日王，你可以要我的脑袋，但不能要我的客人。”戒日王听到后，派使者告诉迦摩缕波国王：“那就麻烦你的脑袋来一趟吧。”迦摩缕波国王只得与玄奘一同前往。

辩论会中玄奘主讲，任人提问。辩论进行了18天，玄奘回答了所有的问难。后来，有一个婆罗门，向那烂陀寺挑战。那烂陀寺无人应战。为了维护那烂陀寺佛学中心的地位，玄奘又挺身而出，用流利的梵语把那婆罗门驳得无话可说。整个会场对玄奘无比敬佩。那烂陀寺把他当作英雄，被大乘尊为“大乘天”，被小乘尊为“解脱天”。玄奘的声誉达到高峰。

但玄奘时刻不忘“取经”的目的，他谢绝了印度各国的讲学邀请，带着675部佛经回国了。

玄奘的贡献，不但是从印度取回了“真经”，更重要的是由于他将大量佛经带回中国，翻译、整理，就把大批佛教经典保存了下来。后来，佛教在印度日渐衰微，不少佛经在印度失传了，印度反过来又把玄奘翻译的佛经翻译回去，使之得以在印度流传。

玄奘著述的《大唐西域记》，真实生动地记述了印度等地的情况。后来印度人根据《大唐西域记》把荒废掩埋的那烂陀寺、鹿野苑重新挖掘、修复。如今，在这些名胜古迹上竖立的说明牌中，都介绍了玄奘的贡献。

玄奘的访问和在印度的学术活动，在印度深入人心。特别是那烂陀寺把他当作英雄和骄傲，一直到玄奘回国多年，玄奘与印度朋友还有书信往来。我看过印度人写的一本名叫《印度与中国》的书。那是印度加尔各答出版社 1944 年出版的。书中记载，玄奘回国多年以后，那烂陀寺的学者僧人还挂念着他。公元654 年，这时玄奘回国已 11 年了，印度有人到中国来，那烂陀寺的慧天尊者托这人给玄奘带信。这两封信，写得很有意思，至今还在博物馆保存着。信中说：

……今共寄白氎一双，示不空心。路远莫怪其少，愿领。彼需经论，录名附来，当为抄送。

玄奘马上写了复信，说：

又往年使还，承戒贤法师无常。奉闻摧割，不能已矣……玄奘所将经论，已翻瑜伽师地论等大小三十余部……又前渡信渡河失经一驮，今录名如后，有信请为附来。并有片物供养，愿垂纳。路远不得多，莫鲜薄。

这种绵长深挚的友情，真叫人温暖与感动。想到吴承恩的《西游记》写老鼋托唐僧问寿，结果唐僧忘记问了，又不敢说谎，只好实告。老鼋生气，在水中将身一晃，"把他四众连马并经，通皆落水"，又有陈家庄晒经的故事，还真是所出有本啊！

我的感想实在很多，中印两大古国实在是各有所长，实在是穷困多年，人民苦难，在新的世纪和平崛起，实在是意义重大，福泽 24 亿人的大事。我还是用尼赫鲁在《印度的发现》中的话作一个结束吧：

中印两国在隔绝了若干世纪以后，又被一种新奇的厄运所支配。因为英国东印度公司的影响，印度曾经在长时期中，不得不茹苦含辛，而中国与东印度公司的接触虽然不多，但也带来了鸦片和战争。

世运巨轮，周而复始，印度与中国彼此互相瞻望着，引起满怀的忆旧心情。新的香客正越过或飞过两国分界的高山，带着欢欣友好的使命，正在创造着新的持久友谊。

大自然之歌

陈世旭

森　林

在整个世界，除了水，我最喜欢的就是森林。

繁衍自强的森林是生之意趣。森林收容了一幕又一幕悲喜剧。

弥漫在森林间的沉寂与神秘，为艺术提供了深沉、宁静的心理背景。多少个世纪以来，森林始终滋润着人们的乡愁与诗心。这就是为什么索尔·贝娄会说："艺术从森林开始。"

森林多么好。森林有花有草，森林有云有雾，森林有风有雨，森林有泉有湖……

森林有诗。

要摆脱无名的羁绊，我最想走向森林；要拯救疲惫的灵魂，我最想走向森林；要吟唱隐秘的心曲，我最想走向森林。

花与树的缠绵，云与雾的交融，风与雨的相伴，泉与湖的交响，无处不是诗的流淌。云聚云散是诗，花谢花开是诗，草飞草长是诗，月圆月缺是诗。森林是诗的宠儿。

走向森林，常常是我的梦想，我的渴望。

在森林任何一个无人知晓的角落，都会有风吹落潮湿的种子。季节更替，在森林到处荡漾的，是人的自由意志。倾听森林的语言，你将成熟，聪明，坦荡，洞悉真理……生活的困惑与感伤随风而逝。走在森林，你会发现你是快乐的，森林是无声的呼唤，充实了你原本空洞的灵魂。

因为惰性和缺乏勇气，我任从自己常年被囚禁在嘈杂的城市。城市也是森林。楼群像树林，只是没有枝叶没有花朵没有果实，没有令人恋眷的狗尾巴草的清香。孩子们长大了，不会唱“采蘑菇的小姑娘”。楼群的颜色顽固，隐去了季节的界限；窗口在夜晚筛下星星，挤窄了无边际的想象；钢筋水泥傲然挺立，带来了坚硬工具的压抑。这是化工森林。在这里，躺着的心事结成青苔，站立的思想竞争阳光，人们掩起私下里表情丰富的脸庞，让善意和温情在陌生中蛰伏窥望。

只有森林才会有真正的歌唱。森林的歌，嘹亮、清逸而深远。森林里最多的是树，每棵树都是歌手。

走进森林，走进歌声，走进激动的曲调和流畅的节奏。带着幻变的梦境，灵感和鸟语花香，离开城市的喧嚣，演奏自己的乐章。让漫天的音乐的羽毛，化作无边的新绿与嫩黄。等待心灵的撞击，等待灵魂的再生。

我见识过世界的不只一处森林。每次我都会力图进入森林的深处。穿过茂密的、散发着浓郁的树脂和草莓香味的松树林，心里泛起一种甜丝丝的快感。林中的湖泊像美人的镜子，波光粼粼地闪烁在无边森林的怀抱，映照着蓝天的纤尘不染和青山的雄浑与妩媚。

那些树林是没有猎人也没有伐木者的。那里的鸟是不害怕被人惊扰的。头上树桠上，这儿那儿站着不知名的鸟。它们大大方方、满不在乎地站着。不时地懒洋洋地一跳。有时候落到离你很近的地方，然后又扑扑地飞起，它们拨起的风，直朝你脸上吹过来。柔顺的、毛茸茸的松鼠就在附近无忧无虑地跳来跳去。有时候会突然停下来，蹲在离你最近的树枝上和灌木丛中，睁大眼睛滴溜溜地打量你。所有的生灵都充分享受着作为这片树林的天然主人的特权。

森林无疑有一种凝重的隐喻性质，暗示出生活最为深沉的一面。森林是生命的典范，告诉人们生命的原始法则。

潮湿的凉意从四面八方袭来。鸟悄悄地离开被太阳晒得温暖的树梢，振起翅膀，依恋地、默默地飞进树林深处。雾在林中飘荡。雾是半透明的。并不妨碍仰望树缝中的天空。被树枝分割的天空特别明亮。让我想起南方家乡闪烁的星光，被星光照亮的丰沛的河流、绿树中的城市和织锦般的田地。让我想起世上所有我经历过的美好事物。莱蒙托夫说得不错:“当我们远离尘世而跟大森林接近时,大家都不由得变成孩子了,心灵摆脱了种种负担,恢复了本来面目。”契诃夫是那般动情:“不可思议的大森林啊,你永远放射着光辉,美丽而又超然,你,我们把你称作母亲,你本身包括了生与死,既赋予生命,又主宰灭亡。”托尔斯泰则给森林赋予了道德意义:“置身于这令人神往的大森林之中,人心中难道能留得住敌对感情、复仇心理或者嗜杀同类的欲望吗?人心中的恶念应该在与作为美与善象征的大自然接触时消失。”当艺术家用圆舞曲为森林染上一片圣洁,“手风琴也打不破的宁静”的抒情节拍展现着快乐与忧伤,有多少人已经如梦如幻,走进博大与深邃。如果有一天,你坐在森林之外的地方,梦想曾经的家园,你便会知道,失去绿荫,灵魂就失去了庇护。混浊的噪声从耳边掠过,你将嫉妒并且哀怨,谁曾拥有过那片森林?

我多么愿意住在这样的树林:在森林幽静的小径徘徊,鼻翼里全是青涩的气味,看或枯或荣的草在夕阳下泛着柔柔的光,像长发飘逸;在绿叶沙沙的伴奏下唱歌,唱消失的爱情和不可知的未来,听或深或浅的水在林子的深处汩汩流动,像精灵呢喃。等有一天终于唱不出声音的时候,就安静面对树叶的私语。风拂过思绪拨动迷离的眼神。卷起的红松皮被阳光照耀,摘它一片,发现东风沉醉于此的秘密:暗香诱着彩蝶,在树木之间传递着甜蜜。绿肥红瘦都被遗忘,而你将保留森林中的这一缕暗香;等有一天终于不能呼吸的时候,就溶入树下的泥土,无声地悠悠地去到森林的漩涡深处,肃穆,庄严,神秘,而心,颤栗。然后在返青的季节,同蚂蚁、蚯蚓和飞虫、同所有卑微的生命一起,用柔软的头颅叩开泥土的门,迎接春天的来临。一声鸟鸣,心便永不寂寞。

草 原

你从哪里来?要到哪里去?你的眉头像未解的结,你的脚步疲惫而蹒跚。

我把喧嚣的城市留在身后,我把拥挤的人群留在身后,我把所有的躁动和冲撞留在身后。

把自己交给苍茫。

你失落了什么？你要寻找什么？你想得到什么？

我问蓝天，我问大地，我问草原。

草原，向我张开博大的襟怀。从两边涌到路上来的、被露水淋得透湿的花枝和草棵子殷勤地拂着我的裤腿，像默默的爱抚。

古老而烂漫的草原。埋藏无数卜骨、陶片、断简、残碑的土地；站立长城、寺庙、黯淡的宫阁和拓荒者废墟的土地；横亘叱咤风云、如狼似虎的壮士演习杀戮的古御道的土地。

王朝的连营埋进深草；将军的鹿角没入沼泽。方尖碑如断锷。水泡子是饮恨苍天的眼睛。从刀光火石到金戈铁马，从血流飘杵到冠盖如云，皆杳然如苍狼呜咽。帝王的霸业连同古战场一起退出历史，一个鞍马部族的史诗在季节河道声息干裂。

而草原依旧。

高耸的大陆板块空旷恒大，弓起球面的脊线。草原把最广阔的空间留给七彩泛滥。芳草年年绿，碧色直铺天涯。千万种花如潮水，汹涌漫卷草原。乳汁洗出的天空，云舒云卷如峨峨高髻、荡荡裙裾。苍鹰盘旋，大道似瀑布。

真静啊。天地间是一片亘古的肃穆。远远的什么地方，好像有人在动情地唱歌。那是幻觉。只有风，只有白桦林，只有不甘寂寞的杜鹃、野百灵和蜜蜂在私语。

思想就像徘徊在迷离草莽的孤马，你会一再地想起那些似乎遥远的、已经忘却的过去，心里无端地涌起一种莫名的、淡淡的却是幽深的甜蜜或忧伤。你会感到好像早就有过这种体验，要不就是做过一个和眼前的情景极为相似的梦。但是究竟是在什么地方、是在一生中的哪个幸或不幸的时刻，你怎样也记不起来了。生活就像流水一样，淙淙地从你身边流过，你失落了很多，却不知道那是些什么。

最远的地方，热浪蒸腾的高坡，号角悄然耸起。最初是一对，然后是一簇，然后是一片。然后，草原生命交响的高潮赫然君临。

万种天风骤然狂作。骏马雄壮的肌群，突起为跳跃的峰峦。马群纵姿跋扈，从远方或更远的远方潮涌而出。

大宛汗血天马从西极承灵威、涉流沙而来，从黄河负图而来。与犁铧一起耕耘生民的艰辛;与刀斧一起划破凝滞的血海;与香车一起装点贵胄的荣华。你为文明所依赖,你也为文明所驾驭;你为文明所恩宠,你也为文明所束缚。

什么时候,文明放逐了你,文明又解放了你!

于是你重又成为草原的王者至尊。自由与奔放重又成为你的特权。铺张扬厉的野性重又回到你的身上。天风滚滚,海山苍苍,真力弥满,万象在旁啊,你重又行神如空,行气如虹,走云连风,吞吐大荒。

狂舞的铁蹄在我的血管里奔腾,惊心动魄的轰响是冰河破裂一泻千里。我忽然明白了我的沉重;我忽然知道了我的寻找;在地震般的颤栗和闪电般的快乐的瞬间,我忽然领悟了生命的开端和终结的全部欢乐和痛苦的奥秘:挣脱欲望的缰索,卸下诱惑的鞍辔,去呼应草原生命大气磅礴的抒情,一种另样的、博大的爱情——爱生活、爱生命、爱大地,直到永远!

夜要来了,多情的落日在吐力根河对岸向草原告别。暮色像紫丁香,有一个骑手在火红的天边向远方顶礼。

草原像人的心灵——当心灵纯净而充满幻想,它就变得无比深邃——深邃得能容纳整个世界。

我走在七月黄昏的草原,草原的路通向一切道路。远处是辽阔明亮的地平线,身后是觉醒的脚印。

这一天多么好!整个世界像在童话里变了样子。这样的日子一生也许只能遇见一次。这样的日子一生只要遇见一次。

感谢你,草原!感谢你金灿灿的光,蓝湛湛的水,甜丝丝的风和轰轰烈烈的生命。

在怒放的花丛中尽情流连吧,在熊熊的篝火前尽情跳跃吧,在生命的潮水里尽情徜徉吧。火在颤栗,酒在燃烧,舞在踢踏,灵魂在响着黄钟大吕的律动。当黎明再来,金子般的朝霞又会喷薄而出,我又将远行,让圣洁的大光明永照朝觐生命的虔诚。

河 谷

峻峭的河岸上,星罗棋布的村寨缀满了海拔千米的山坡。山脊悬空的巨石，古碉和煨桑塔矗立，那是生殖崇拜的象征。整座村寨都处在它的威仪之下。触摸着它粗糙的肌肤，仿佛触摸一个久远的符号。神灵已经在雪山上生活了几十个世纪，一个民族原始的思维构架倚山而立，暗示着时间的悠远。它们是生命和美丽的保佑者，这是一种执著的坚守，守望灵魂永恒的驿站。

村寨的女人，花头帕，红长裙，古韵悠然，优雅端庄，一如从远古款款而来。风中飘动的鲜艳裙摆，如同对面绵延的山势此起彼伏。历史的流风遗韵与现实千娇百媚交织成迷幻的梦境。

埋藏得太久的河谷，揭开羞涩的面纱，以娇艳的盛妆，捧出撩人的风情，给世界一个惊艳的姿势。寨子的烟囱袅袅炊烟升起，寺庙苏醒的法号低沉而悠远，不知名的万紫千红烂漫绽放，倾听背水女孩胸前清脆的铃铛。

深深的河谷，从昨日禁锢的古堡吹奏出世外的天音。

山脚下翻腾的河水，无声地咆哮，看上去平静异常，流淌在太阳、月亮、白云、雪山、土地、青稞、劳作、酒碗以及睡梦中，只有仔细谛听，才能得到时间深处的消息。河谷蛰伏于雪山深处，延续着古老的民俗，时间与空间神异结合，成为真正的世外桃源。叠翠的山峦，湍急的河流，黑色的碉楼，洁白的石屋，头帕与长袖，篝火与舞蹈，演绎着河谷儿女自在的日子。

那个傍晚最让我动容的是晚饭时见到的端茶壶的女孩。在那间色彩斑斓的木屋里，她带着幽谷的清香缓缓从客人身边走过，给所有人上过茶，便静静地把铜壶搁在窗台，然后倚窗而立。她的心一定在轻轻跳动，仿佛初恋的震颤从月色中传来，而情歌就在手上的铜壶里翻滚。

窗外，也寂静也灿烂也冷清也温暖，不知从哪里传来琴弦的拨动，弦韵为煮茶的暖烟滋润。女孩高高的鼻梁上的大大的眼睛迷离而潮湿，柔润的小手无端拂拭已经锃亮的铜壶，似乎在翻阅渐渐成长的情怀。轮回重复的安宁与恬淡的岁月，填满了希望的华年。一行行来自远古的歌谣，一阵阵行云流水般涌进鼓胀的心房。

直到今天，我觉得自己依然留在那条河谷，沉醉在最初的花香泛滥的黄昏。我希望自己每天傍晚都能够在那间斑斓的木屋里饮茶，看着那个端茶的女孩在窗边默默地伫立，像飘在云朵上的一个遥远的花的剪影。

湖泊

湖泊,上吞众水而下哺巨流,大气磅礴以波动日月。湖泊是“大地的眼睛”,看透了千年的沧桑。在湖泊操练的兵甲曾令天下四分五裂;在湖泊厮杀的豪强曾立江山于大一统;在湖泊汹涌的鲜血、浮沉的尸骨和萦绕不去的悲歌曾使历史瞠目结舌;在湖泊驻足和歌吟过的有中国最优秀的诗人和文章家。湖泊是云的故乡,水的故乡,生命的故乡,神话、英雄和诗歌的故乡。

湖上的无数岛屿,是乡土社会的史书库,飘浮在蓝天一样明亮和广阔的湖面,正是我常常莫名地向往的岛屿,拥有着美丽、成熟、淳朴以及大自然超常宠爱的岛屿。立于楼头,四面是粼粼发亮的茫茫湖水,点缀着鹭鸟翻飞的岛子和机船上冒出的袅袅轻烟;楼下,夹在老屋和新墙之间的幽深村巷里,响着当地盲艺人的古老弦子和渔鼓。如果说我曾在城市的生活中一度觉得亲切却陌生、虚荣但似乎不真实,那么现在的情形正好相反,这里的人群陌生却亲切,也许缺少虚荣但真实可信。它远不止是地理意义上的梦境,还同时是文学意义上的梦境,它就存在于现实中,还将存在于无数人的想象中。

湖泊是我永远的精神故乡。我的青春——人生最宝贵的年华,是属于它的。我在湖泊播种希望,流了汗,还有血。生活,用巨大的,甚至是可怖的风暴和洪水,同时也用暖人的阳光和鼓动帆的风,粗暴而又温柔、无情而又宽厚地铸造了我的生命之舟。在那之后,我的关于欢乐与痛苦的最深切的经验,我的最热烈与最阴沉的情感,乃至我创作灵感的源泉、我的审美理想以及艺术追求的激情和情致,都是同它联系在一起的。

清晨,风在水上滑行,湖边的泊船轻轻地摇动,偶尔撞出亲昵的响声。一只水鸟在桅杆顶上打了个趔趄,翅膀散开来,拍了几下,终于站稳。然后就神气活现地站在那里,不时勾下头,啄一啄羽毛。

大白天,天和水在很远的地方连接起来。天上一丝云也没有,水被天照出一片白亮,刺得眼睛生痛。不时有冒着浓烟的拖船拽着的驳船,和缀满了补丁的绛红色或土黄色的帆从那白亮上划过。

薄暮时分,最远的天边,横着条状的金色云霓。巨大浑圆的太阳在那条云霓上面若有所思地注视着将要进入黑夜的世界。一行雁笔直地向上扬着,在它面前缓缓移过。一片帆长久地在太阳的圆心处停着,凝然不动。淡淡的紫色的暮霭弥漫过来,把湖罩在一片柔和明亮的光晕里。

到了夜晚,雾气一团一团在黑暗深处浮起,湖上的航标灯飘忽不定、时隐时现。然后,远处越来越清晰地现出一些起伏不定的轮廓,那是对岸的山峦。渐渐地,山峦上的光亮越来越广大,似乎有个人高挑着一盏雪亮的灯,正从容不迫地在山的那一面攀上来。那盏灯终于一点一点地从山脊露出,漫无边际地照亮了幽蓝的夜空。这是月亮。所有的星星都隐没了,而在默然里涌流的湖粼粼地闪起光来。湖边的蓼草静静地摆动,偶尔响起鱼跃的声音。几只水鸟被惊起,拍着翅膀从草尖上掠过,又消失在另一片草丛中间。

数也数不清的湖汊,汊汊有人家。到夜晚,远远近近、大大小小的村落,纷纷亮起灯火,跟满天的星斗互相照应,让你明明白白地入了梦境,分不清是星斗落在了湖里,还是灯火点在了天上。

湖上诸岛,家家开门临水,村民淳朴,古风犹存。浮于荡荡碧水藏于森森古樟中的渔村,时有若雨若烟、似有或无的弦索之响,丝丝缕缕的水韵芳馨,令人疑在一个遥遥旧梦。

湖泊的一切生灵皆被视为神物。生灵有知,也把湖泊当作了天国。夏候鸟白鹭是湖泊的王者。白鹭飞时,两脚向后伸直,远远超过尾巴,两扇宽大的翅膀缓缓鼓动,从容不迫,气度非凡。白鹭是韵在骨子里的诗,是朴素和高洁的形象化。丽日之下有白鹭翩飞,蓝天便有了心跳的动静;细雨来时水田里站了一只两只白鹭,水田便成了一幅玻璃的画框;山岩上有白鹭群立,山岩便登时有了蓬勃的生气;夕阳里有成行白鹭低飞,更是乡间日子的一种恩惠。而冬候鸟白鹤则更其壮观。一个又一个从云端钻出的鹤群,长羽临风,翩跹而来;长喙含云,吟哦而来;长跖踏浪,高蹈而来。漫天是惊心动魄的鹤舞和鹤鸣。辽阔明亮的湖面,跃动着千姿百态的鹤影,仙子一样的尊贵,处女一样的纯洁,士大夫一样的优雅。

雾气在被云霞照得斑斓的湖面悠长悠长地漂浮。远山是一抹淡淡的烟痕。风吹着唿哨,在苇丛上掀起涟漪。隔年的枯草里,素净的白蒿、翠绿的笼帚菜、肥硕的铁扫帚、柔韧的马鞭草和纤细的碎米花一堆堆地汹涌绽放。生命萌动的气息四处弥漫。湖滩上的鹭或鹤，对人视若不见，或埋头在水里寻食，或专心啄羽毛，或昂首阔步高视徜徉。壮硕的水牛卧在草丛，与那些轻盈的鸟默契着，憨憨地眨着滚圆的眼睛。

哦——嗬嗬嗬嗬嗬嗬——

湖心有船起了呼号。船夫怡然，橹似摇非摇，手指指点点。

湖泊远离尘嚣，澄澈透明，在一个环境日渐使人忧虑的世界，或许是最后的一泓清水，最后的水上香格里拉。

百年前的哲学诗人已然预感到人类必将重返故里，重返童贞。作为一个哲学命题，还乡就是返回人诗意地栖居的处所。人的内心，永远存在着一个“故乡情结”。那是一种温暖的情感的凝聚，是无尽的梦幻和永久的魅惑。整个人生就是一次精神之旅，每一步都在寻找最终的故乡，所有朝圣者的疲惫，都会被故乡的烟火镀亮。

湖泊的光芒穿透了生命的意义，湖泊是精神生命的原点。湖泊是云、水、阳光孕育的骄子，而我愿是鱼，是鸟，是水柳，是爬满岛屿的白蒿、马鞭草和碎米花。我将为水的灵魂所吸引，依靠着帆在风云间行走，从路途到心灵，从喧闹到安静，张开双臂，去拥抱自然，去与乡亲交谈，去聆听最质朴也最灵动的语言，去享受最真实的美。是的，如果我们改变不了生命的长度，那么我们何妨拓展生命的宽度。

双头鹰的国度

刘上洋

1

在俄罗斯访问期间，我脑子里经常会闪现这个国家的双头鹰国徽。

一块红色的盾牌，一只金色的双头鹰，一个头向左，一个头向右，鹰头缀着皇冠，鹰爪抓着权杖，这奇特不凡的构图，简直就像一个活脱脱的俄罗斯。

产生这种感觉，最初是在圣彼得堡。

那天，我们乘坐国际列车从芬兰到达俄罗斯的这座第二大城市。一进市区，只见碧波荡漾的涅瓦河畔，一座高达120多米的尖顶钟楼巍然耸立在一片古城堡之中，显得威严、神圣，甚至带有几分霸气。这就是彼得堡罗要塞。它不仅是全市最早和最高的建筑，也是圣彼得堡的发祥地。

与彼得堡罗要塞隔河相望的是闻名遐迩的冬宫。那厚实的浅绿色外墙，雪白挺拔的立柱，宽大的拱形窗户，檐顶古铜色的雕像，以及宫前广场中央直插云天的亚历山大柱，既体现了巴洛克式建筑的雄伟和优美，又显示出皇家宫殿的气派和豪华。宫殿里面更是富丽堂皇，那精美宽敞的彩色大理石楼梯和回廊，那斑斓绚丽的孔雀大厅，那冰莹剔透的水晶厅，那金碧辉煌的黄金厅，那五彩缤纷的勋章厅，那令人肃然起敬的将军走廊，以及那陈列在冬宫里的七十多万件艺术珍品，看了真叫人惊叹不已。

然而，最使人震撼的是皇宫中心御座大厅正面墙上那幅用 4.5 万颗彩石镶嵌的巨大俄罗斯地图。你看它一头伸向欧洲的腹地，一头伸向亚洲的白令海峡，这横跨欧亚、霸踞东西的形象和气势，不就像俄罗斯国徽上的那只双头鹰么？而且是一只巨大无比的双头鹰。

于是，我想起了彼得大帝。正是他的雄才大略，把一个原本踽踞于东欧平原的内陆小国变成了一个面积占世界六分之一的双头鹰大国。

在冬宫附近的伊萨克大教堂前的广场上，正对着涅瓦河，有一座彼得大帝的塑像。一块重达 400 吨的花岗岩底座上，一匹骏马昂腾着前蹄，彼得大帝骑在马上，身披大氅，紧勒马缰，两眼炯炯有神地直视前方，仿佛他立即就要松动缰绳，策马向前疾驰而去。马的后蹄踩着一条长长的毒蛇，更展现了这位大帝把一切敌人踩在脚下的非凡勇气和风采。

对于这尊由法国著名雕塑家法里孔和他的学生科拉共同创作的栩栩如生的雕像，很多人都赞不绝口。其实，在欧洲各地，这种杰出人物披盔跃马的铜像比比皆是，实在没有新意。如果把彼得大帝塑造成一只鹰，也许更有特点，更能体现这位大帝的本质和形象。

事实也是如此，在俄罗斯人的心目中，彼得大帝就是一只具有文韬武略的双头鹰。

了解历史的人都知道，在彼得之前，俄罗斯是一个积贫积弱的国家。当时，西欧诸国正扬着航海大发现的风帆迅速进入工业革命时代，而俄罗斯却由于封闭保守被远远地甩在了后面。

1689 年，年仅 17 岁的彼得登基成了新的沙皇，从此，一个崭新的俄罗斯开始出现了。

为了振兴图强，1697 年，彼得大帝派出了一个庞大的代表团赴西欧进行了长达半年的考察学习。他自己也乔装改扮成一位工人，悄悄地在荷兰的造船厂里埋头学习先进技术和管理经验，并被评为“优秀工匠”。无独有偶，此时在中国的大清王朝，康熙皇帝也在承德避暑山庄和北京皇宫里向西方传教士学习欧几里德几何学，学习法国数学家巴蒂的《实用和理论几何学》，学习西方的天文、历法、物理、医学等自然科学。多少年来，我们对康熙的这种学习总是赞赏有加，但如果和彼得大帝的微服赴欧学习比起来，究竟哪一个更高明呢？

回国之后,彼得大帝以西欧为借鉴,进行了一系列大刀阔斧的改革。他创办了俄国历史上第一支新型军队,建造了第一艘军舰,批准出版了第一张报纸,建立了第一批世俗学校和文化院馆,创建了第一个国家科学院,第一个聘请大批西欧科学家来俄履职,同时第一个将强大的教会置于皇权之下。改革,迅速改变了俄罗斯的面貌,使之一举崛起成为了世界强国。

但彼得大帝并不满足于此,他的目标是要使俄罗斯有更大的版图,要有通向世界的出海口。1700 年,他发动了对瑞典的"北方大战",经过 21 年的激烈较量,终于取得了彻底胜利,从瑞典人手中夺得了梦寐以求的波罗的海出海口。在此期间,他又毅然地将首都从莫斯科迁往圣彼得堡。当年,这里还是一片河汊和岛屿遍布且没有一块石头的海滩沼泽地。为了把新的首都建造得既坚固又壮观,彼得大帝专门颁布了"石头税"和在俄罗斯其他城市禁止用石头建房的法令,全国所有的石头都必须运往圣彼得堡,所有进入新首都的人员和车船都要缴纳一定数量的石头。与此同时,他组织人力疏河架桥,使圣彼得堡成为了一座桥连岛、水绕城,街河交错、楼水相缠的美丽水城。如果把意大利的水城威尼斯比作小家碧玉,那么圣彼得堡就是大家闺秀了。

由于有了圣彼得堡这个濒临波罗的海的战略要地,俄罗斯也就自此加入了海洋国家的行列。在彼得大帝的驾驭下,它就如同一艘新下水的巨舰,乘风破浪地驶向世界的大洋。一条不断扩张的俄罗斯帝国之路就这样延伸着,圣彼得堡就是这条帝国之路的出发地和桥头堡。

俄罗斯友人告诉我们,同彼得大帝一样有着鹰一般性格的,还有一位女沙皇,这就是叶卡捷琳娜二世。她原是德国公爵的女儿,年轻时嫁给俄国的沙皇,1762 年靠发动宫廷政变登基。在位 34 年,几乎连年征战不断,先后吞并了北高加索、克里米亚、立陶宛、白俄罗斯和波兰,把俄罗斯的领土扩展到了黑海之滨和欧洲心脏,使俄罗斯水路可直达地中海,陆路可直通西欧。对此,这位来自异国他乡的女皇不无骄傲地说:我两手空空地来到俄罗斯,现在终于通过我的努力为俄罗斯送上了我的嫁妆。如果上帝再让我活上 200 年,我的嫁妆将会是整个欧洲。

在宽阔笔直的涅瓦大街上一个精美广场的花园中,至今矗立着一座叶卡捷琳娜二世的塑像。长波浪型的头发，拖长型的套裙，昂立的姿势，远眺的目光，以及她右手紧握的竖起的利剑，使这位女皇在柔美中透露着一股英武之气。特别有趣的是，在她的长裙底下周围，雕刻着许多神态各异的男人塑像，据说这都是她的情人。真佩服俄罗斯人的宽容和求实精神。他们并没有因为叶卡捷琳娜的风流浪漫而对她予以否定和攻击，相反却把她视为民族的英雄和鹰一样的伟人而崇拜。我想要是在中国，一定会像对武则天一样非把她骂得体无完肤不可。

不能设想，如果没有彼得和叶卡捷琳娜这样一对具有强烈扩张性的双头鹰沙皇，俄罗斯会有那样跨越东西两半球的辽阔国土。

2

也许是一种巧合，也许是一种谶定，不仅俄罗斯的国土像一只双头鹰，整个俄罗斯民族的性格也像一只双头鹰。

这就是俄罗斯人，好走极端，两种截然相反的性格常常在他们身上奇异地交织在一起。

在整个访问期间，我们感受最深的是俄罗斯人既爱好打仗又爱好艺术的品格。对一个民族来说，本来这两者是很难兼容的，但俄罗斯人做到了。在我们所经之处，发现最多的是两样东西，一是战争胜利纪念碑，二是各种各样的文学艺术博物馆和剧院。由于崇尚打仗，19 世纪以前的几百年间，俄国的战争扩张几乎年年进行。只要是他们打过胜仗的地方，哪怕是一次很小的胜利，都要建造或大或小的纪念碑。在圣彼得堡涅瓦河的瓦西里岬角，竖立着两根巨大的红色胜利柱，每打一次胜仗沙皇就立即命人在柱子上雕刻纪念。在俄国杰出将领库图佐夫打败拿破仑的鲍罗金诺，方圆几十公里的地方就有几十座纪念碑。不仅如此，许多城市还都有库图佐夫的塑像和以他名字命名的街道。至于卫国战争时期的纪念馆、纪念碑以及坦克、高炮等纪念物，就更是遍布全国各地，数不胜数。然而就是这样一个充满勇武之气的民族，在身体里却同时流淌着艺术的血液。无论是在地铁的车厢里，还是在公园的僻静处，都会看到不少人手捧书本在聚精会神地阅读。无论是腰缠万贯的富翁，还是囊中羞涩的穷人，每到周末，他们都要西装革履地上剧院观看芭蕾舞或其他演出。无论是在宽阔热闹的大街，还是在狭窄偏僻的小巷，一座座文学艺术名人的纪念馆相映生辉。有人曾经作过统计，仅在莫斯科，就有图书馆418家，博物馆、美术馆和展览馆97家，电影院110家，文化音乐厅103家，剧院301家。我们本想去参观被誉为"俄罗斯之光"的莫斯科大剧院，但因2003年车臣武装分子劫持人质事件而关闭，所以未能如愿。幸好此前我们在圣彼得堡亚历山大大剧院观看了芭蕾舞《天鹅湖》，现场感受了一下俄罗斯人喜爱艺术的氛围。这也是我平生看到的最好的舞剧。没想到喜爱枪炮的俄罗斯人竟把世界上这种最为精巧和尖端的艺术演绎到了极致。

在参观莫斯科卫国战争博物馆时，我们深深地为俄罗斯人的坚强而感动。在瞻仰了120米高的胜利碑后，我们踏着轻轻的脚步迈进宽大庄严的博物馆内，一件件文物、一幅幅油画、一个个雕像，把我们带进了六十多年前那艰苦卓绝的战争岁月。面对希特勒发动的闪电式进攻和狂轰滥炸，包括俄罗斯在内的全体前苏联人民并没有被吓倒、被摧垮，而是与敌人展开了英勇不屈的战斗。在这里，我们看到了圣彼得堡人民被敌人围困900天而弹尽粮绝依然不怕牺牲顽强坚守的惨烈情景，看到了莫斯科人民冒着敌人的炮火硝烟众志成城保家卫国的感人场面……正是靠着这种顽强持久的浴血奋战，英雄的前苏联人民最终取得了反法西斯战争的伟大胜利，并在此后成为了可与美国抗衡的超级大国。但在克里姆林宫内，当我们伫立在空荡沉寂的万人大礼堂的门前时，又明显地感觉到俄罗斯人的脆弱。20世纪90年代初期，就是这样一个坚强得令人生畏的民族，却在一夜之间发生剧变，不仅国家解体，而且苏共也被解散。曾经打响十月革命第一炮的阿芙乐尔号巡洋舰如今只能静静地躺在涅瓦河上供人凭吊，飘扬在克里姆林宫上空的红旗如今也只能成为人们的历史回忆。在敌人面前，俄罗斯人显得是多么的英勇顽强。在自我面前，俄罗斯人显得又是多么的脆弱无能。

在圣彼得堡的皇村，我们从伟大诗人普希金的身上感悟到了俄罗斯知识分子的儒雅与刚烈。皇村，这座花园般的沙皇行宫，简直就是冬宫的翻版，一样的风格，一样的规模，一样的豪华，一样的气派。作为贵族出身的普希金，曾经在这里读书和生活了6年，写下了大量脍炙人口的诗歌，展现了他无与伦比的文学天赋。正如别林斯基所说:“只有从普希金起,才开始有了俄罗斯文学。”现在这里立有一尊普希金的铜像。望着他身子微微侧倾、一手托腮、凝神沉思的情景,一股高山仰止之情在我们心头油然而生。或许是诗歌的激情常常会爆发出爱的火花,普希金在创作中不仅收获了诗歌,同时也收获了爱情。他和花朵般的娜塔丽娅结婚了。一个英俊儒雅、才华横溢;一个年轻漂亮、温柔多情。这天作之合的一对,吸引了当时社会上不少羡慕的眼光。然而,一个名叫丹特士的法国青年的出现,破坏了这个家庭的幸福和安宁。为了捍卫自己的荣誉,儒雅的普希金毅然地拿起了枪,于1837年1月27日同丹特士进行决斗,并为此付出了自己年轻的生命。“俄罗斯诗歌的太阳”从此陨落了。一个握笔的儒雅文人却有着武士一样的烈性和刚勇。这是一场普希金与情敌的决斗,更是一场普希金自身笔与枪的决斗。正是这种双重的矛盾性格,导致了这场悲剧的发生。

在俄罗斯城市街头的酒吧饭馆里,我们见证了俄罗斯男人的傲慢与自卑。据友人说,不酗酒、不打老婆、不离婚,就不是俄罗斯男人。的确,我们在用餐时发现,当俄罗斯男人走进餐馆坐下后,先是用不屑一顾的眼光打量或扫视一下周围的人们,接着用傲慢的口气大声叫喊服务员上酒上菜,然后旁若无人地自顾自地拼命喝起酒来。他们喝酒不像我们中国人自己不喝却千方百计劝说别人喝,而是一杯一杯地先把自己灌个酩酊大醉。这时,他们脸上的傲慢不见了,随之浮起的是一种哀伤和自卑,许多人甚至会悲伤得声泪俱下。正是因为酗酒成性,不少俄罗斯男人因酒精中毒而早逝。尤其是在寒冷的冬季,一些男人因醉酒回家倒在雪地里而被活活冻死。也就是因为这个缘故,俄罗斯男女比例严重失调,女人比男人多一倍。怪不得在我们所到的地方,几乎所有的工作人员都是女的,而且大多都是中年以上的女性。

在俄罗斯展览中心,我们领略了俄罗斯人的精细与粗糙。这是一个巨大的公园式建筑群。入口处是高达107米的航天纪念碑。一枚巨大的火箭冉冉地升向太空,象征着人类第一次飞往宇宙的壮举。进入高大雄伟的哥特式正门,不时可以看到一座座规模宏丽、新颖别致的雕塑和喷泉,其中有一组工人和农民的雕塑因人物的刻画逼真而成为举世闻名的美学典范。中心内有不同建筑风格的展览馆近百个，约10万件展品。它们之中，有人类历史上第一颗人造卫星、第一艘飞船和第一个宇航员穿的宇航服这样高精尖的产品，但也不乏外表笨拙、制作粗糙的轻工产品。徜徉其间，我突然明白了俄罗斯为什么能成为航天、军事工业大国而农业长期处于落后状态，人们买面包黄油还要排队，其原因大概与他们的这种性格有很大的关系。

在俄罗斯的许多建筑中，我们体会到了俄罗斯人的大气与小气。在圣彼得堡和莫斯科，有不少的大楼和宾馆，从外表看上去气势恢弘，但里面的房间却显得十分逼仄。特别是二十世纪五六十年代所建的那些居民住宅楼，内部结构极不合理，走廊非常宽大，而卧室却很狭小。这种建筑风格反映在俄罗斯人的待人方式上，就是他们对待朋友和客人有时表现得非常大度、非常热情、非常无私，以致倾其所有。但若遇到些许不满，有违自己，就立即翻脸不认人，甚或进行无情的打击，心胸显得非常狭隘和小气。他们的思维，经常在朋友和敌人、好人和坏人之间跳跃，没有中间和过渡。

在参观莫斯科的新圣女公墓时，我们在前苏联最高领导人赫鲁晓夫的墓前停留了很久。虽然这里的每一块名人墓碑都是一件杰出的艺术品，整个墓园就是一座雕塑艺术博物馆，但赫鲁晓夫的墓碑却别具一格，发人深思。一块齐人高的基座上竖立着他的大理石头像，一半脸为白色，一半脸为黑色。一张脸孔，两种颜色。赫鲁晓夫一生的功过是非就这样深深地蕴涵在这截然分明的一白一黑之中，让世人任意论说和评判。听说这块墓碑的设计者还是当年反对赫鲁晓夫最为坚定的人。

这与其说是赫鲁晓夫的墓碑，不如说是俄罗斯人双面性格的雕刻。

3

莫斯科红场，俄罗斯的象征。

原以为红场很大，其实比我国的天安门广场要小得多。这里有庄严肃穆的列宁墓，有色彩斑斓的圣巴西勒大教堂，有古老壮观的国家历史博物馆，有全俄最大的古姆百货商场，有燃烧着不灭火焰的无名英雄烈士墓。当然,最著名的还是克里姆林宫,特别是那高耸在红色宫墙上面的斯巴斯克和尼古拉两座钟楼,更使整个红场显得无比的雄伟壮丽。

这时,钟楼上响起了巨大悠扬的报时钟声。透过那"嘀嗒嘀嗒"不断左右来回摆动的钟摆,联想到俄罗斯人的性格,我脑子里反复思索着这样一个问题:世界上其他国家和民族也都有自己鲜明的个性,其中也不乏两面性,但是为什么唯独俄罗斯民族的两面性格会像这钟楼上的钟摆一样不停地来回摆动,而且幅度是如此之大呢?

有人认为,是由于俄罗斯横跨欧亚大陆的特殊地理环境,使得他们认为自己既不是纯粹的欧洲民族,也不是纯粹的亚洲民族,所以经常摇摆于西方与东方之间。

有人认为,是由于俄罗斯绝大部分地方靠近北极圈和处于北极圈之内,造成了其夏天几乎没有黑夜冬天几乎没有白昼的极端天气现象,因而导致了他们好走两个极端的性格。

有人认为,是由于俄罗斯欧洲地域的河流是自北向南流,而亚洲地域的河流是自南向北流。河流是文化的摇篮,背道而驰的河流文化使得他们常常处于相互矛盾的对立之中。

应该说,这些都有一定的道理。因为地理环境和气候条件对于形成一个民族的性格有着重要的影响。

但是,这都不是决定性的因素。一个民族性格的形成归根到底是这个民族历史和文化长期发展与积淀的结果。

在同俄罗斯有关人士的交谈中,我们强烈地感受到这一点。正是俄罗斯的历史,造就了俄罗斯人的性格。

大约1000年以前,俄罗斯还是一个信奉多神教的十分封闭的大公国。公元988年,弗拉基米尔大公废除了多神教,转而信奉基督教的东正教,从此拉开了俄国融入西方社会的序幕。

但好景不长,公元1240年,蒙古鞑靼人的铁骑长驱直入,不费吹灰之力踏遍了俄国领土,并建立了金帐汗国,从而结束了俄国的西方化进程,开始了长达240多年的东方统治。1480年,俄国虽然打败了金帐汗国,但此后由于蒙古东方文化的惯性影响使得俄国的东方化进程又持续了200多年。

这种状况直到17世纪末和18世纪初才得到彻底改变。彼得大帝在俄罗斯推行激进的“西化改革”。他不仅引进西欧的文化、教育、军事和科技,而且要求人们穿欧式服装,跳欧洲的宫廷舞蹈,一切以欧洲为蓝本。我们参观的彼得夏宫,就是彼得大帝仿照法国的凡尔赛宫亲自设计的。三座金碧辉煌的宫殿在高坡上一字耸立,宫前是大小二级梯形瀑布飞流直下,瀑下是一潭碧水泛着清波,四周是各种喷泉争奇斗异,有的喷出来像金字塔,有的喷出来像太阳,有的喷出来像蘑菇,有的喷出来像花束。特别是位居中央的“拉开狮子嘴的大力神参逊”喷泉,高高的水柱如巨龙般直射云霄。对着大力神喷泉的正中,一条笔直的小溪潺潺流向芬兰湾,两旁绿荫如盖,花团锦簇,一百多座风格各异的雕塑掩映其中。这与其说是一座庞大的仿欧皇家园林建筑群,不如说是俄罗斯全面欧洲化的一个缩影。

在18世纪中叶和后半叶,叶卡捷琳娜二世又继续在俄罗斯欧洲化的道路上前行。由于受孟德斯鸠、伏尔泰和狄德罗等为代表的法国启蒙思想家的影响,她仿效西欧,在政治上实行“开明专制”,同时在其他方面也不断地“西化”。此时的俄罗斯,俨然成了一个欧洲化的国家。

然而,到了19世纪初期,新的沙皇亚历山大一世虽然推行的仍然是西方化的政治统治,但接替其位的亚历山大二世一方面宣布解放俄国的数千万农奴,这无疑是带有强烈西方色彩的革新之举。而另一方面他又宣布东方式的专制制度是国之基础,任何时候都不能动摇。到了亚历山大三世时期,则干脆采用东方式的警察专制统治方式,因此也被称为俄国历史上最黑暗的时代。1917年十月革命一声炮响,俄罗斯又走上了同西方社会制度完全对立的社会主义道路,但在历经74年后,于1991年又改旗换帜,完全恢复了西方的意识形态和社会制度。

也许就是因为俄罗斯的历史像一个巨大的钟摆,一直在西方和东方之间摇摆,它有时亲近西方,有时又摆向东方;有时非常强调自己的西方特征,有时又十分钟情于东方的文化。也正是因为其经常摇摆不定,西方从来就没有把俄罗斯人当成是真正的欧洲人,而东方也没有把俄罗斯当成是亚洲国家的一员。所以,俄罗斯人始终有一种文化上没有归属的感觉,始终在西方文化和东方文化上做着一种艰难的选择,没有像有些国家那样专心致志地谋求建立一种独立的文化。长期的犹豫和彷徨，俄罗斯的民族性格也就难免出现两个极端的分裂。

由此可见，是东摇西摆的双头鹰历史，铸就了俄罗斯人的双重性格。

由此，我想起了19世纪俄国著名思想家赫尔岑。当时，他把俄国向何处去，究竟是走西方式道路还是东方式道路，称为俄国历史发展的斯芬克斯之谜，并由此引发了俄国思想文化界一次大规模的思想论战。最后，这场论战除了在俄国的知识分子内部分裂成了两个对立的派别外，并没有从根本上找到这个历史之谜的答案。

也许这永远是一个解不开的谜。因为在俄罗斯的历史文化中，西方和东方两种因素永远在相互角力，双头鹰的目光也永远不可能朝着同一个方向。

俄罗斯，双头鹰一样的民族。俄罗斯，双头鹰一样的国度。

到台湾去看什么

唐翼明

因为我在台湾呆了十八年,所以常常有朋友问我这样的问题:到台湾应当看什么?有什么大陆看不到的?有些去过台湾的朋友观感也常常很不一致,有说好的,也有说不怎么样的,于是我很想写一篇小文,算是对这些朋友的一个总的答复。

首先,我们必须明白,台湾的面积是三万六千平方公里,大约等于大陆的三百分之一,等于湖北省面积的五分之一。台湾的人口是二千三百万,等于大陆的五十五分之一,是湖北省人口的三分之一,大概和北京、上海的人口相当,还不如重庆的人口多。如果有机会去台湾走走,先得把这些基本数字记在心里。

如果你是特地跑到台湾去看山水,那么我觉得你是可去可不去。台湾并没有多少奇山异水,被传说所美化了的阿里山、日月潭、太鲁阁、垦丁公园,不会比桂林、黄山、张家界、九寨沟更加雄伟秀丽。如果你兴趣在于城市建筑,那么我觉得你应该十五年前,至少是十年前去看,现在也大可不必。台湾最好的城市是台北,但跟今天的北京、上海比起来也已经没有什么优势可言,因为大陆的城市建筑最近十年来的进展实在太快了。交通方面,台北的捷运系统以及台湾从北到南的高铁(高速铁路)系统,暂时比大陆还略胜一筹,但是五年之后,大陆的部分城市也会把台湾追平。台湾的一些工业设施像新竹科学园区、台塑集团自然是一流水准的,但是除专家之外的一般老百姓恐怕没有多少观赏的兴趣。如果要讲公园,台北基隆河、淡水河两岸虽然经过整治,也有公园,但还远不如咱们武汉的江滩公园来得宽广漂亮。台湾有形的东西我以为最值得看的也许只有新兴的佛教建筑，如高雄的佛光山、台中的中台禅寺、花莲的慈济功德院、台北的法鼓山大学等等，不过这些都非古刹，要看的是佛教的现代化，无从缅怀先古。至于想到台湾去购物，十年前或许有点意思，而今也买不到多少在大陆绝对买不到的东西。总之，我以为跟着旅行团到台湾去看这些有形的、可称之为硬件的东西都可能令你失望，至少没有必要花很多钱，千里迢迢地跑去。当然你也不要把我的话推到极端，以为台湾的硬件一无可取。每个地方都有每个地方的面貌，只要有钱又有时间，去台湾跑一趟还是值得的，台湾的“宝岛”之称也并非虚有其名。

我真正的意思是，我们的朋友如果有机会去台湾，观察的重点不应该摆在上述那些可称之为“硬件”的事物上，而应当放在我想称之为“软件”的一些东西上。游台湾的最好办法是不参加旅游团，而是邀几个朋友，当然最好有一位住在台湾的朋友做向导，随处走走，想停就停，想看就看，特别是看看那些一般的旅行者(尤其是旅行团)不想看的东西。比方说坐坐计程车，观察一下计程车的车型、什么牌子、车里面的清洁程度；跟司机聊聊，看看司机怎么跟你谈话，礼貌如何，你也可以跟司机谈谈台湾的政治，测试一下他们的水准。又比方坐坐公共汽车，看看大家怎么上车，怎么刷卡，有没有抢座位的，车内的布置怎样，清洁如何。你也可以坐坐捷运，看看人们如何排队等车，有没有人争先恐后，看看车厢内的舒适度，有没有吃东西喝饮料的，有没有大声喧哗的，有没有不该坐优待座位(老弱病残)而大模大样坐在那里不让位的。你也可以进路边的小吃店、茶店、咖啡店，停下来吃点东西喝点什么，看看服务员对你的态度怎么样，你可以故意说你不大满意那杯茶或咖啡，让她们换一杯，看看她们是不是面有难色，或者说话不客气。如果遇到小学生放学，你可以驻足看看，那些小孩子过马路是不是井然有序，来往的车辆和行人会不会停下来等学生走完再走。你可以到电影院里去看一场电影，最好是热门电影，看看有没有卖黄牛票的，看看有没有在电影院里大声讲话的，看看有没有抽烟的。你还可以去音乐厅、歌剧院看一场戏，最好是台北的“国家音乐厅”和“国家戏剧院”(简称两厅院，在中正纪念堂的两侧)，注意一下里面的陈设和音响效果，如果你乐意，也不妨晚一两分钟，看看你进场的时候会碰到什么(我要警告你，你的前半场多半是看不成了，会有年轻漂亮的小姐很礼貌地告诉你，要中场休息以后才能进去）。我还劝你到医院去看看病（如果没病就假装有一点小感冒），看看医院里面的状况或是味道跟我们大陆的有什么不同，看看医生和护士的态度有什么不同，看看挂号和取药的速度有什么不同，你特别看看你拿到的药袋是什么样子，上面写着什么。我甚至劝你去跑一两个公家机关，比方说区公所，尤其是户政事务所，你如果是自己真有点什么事要办那就更好，你注意一下办公人员的态度和脸色，看他像老爷还是像公仆，有没有爱理不理的，有没有指使你东钻西钻，一点芝麻大的小事，让你到处钻烟囱，花上几个小时的，你如果在大陆要花一两个钟头、跑几个窗口才能办好的事，或许你在那里只要坐在沙发上等五分钟就一切搞定，你不必惊讶。你如果走在路上，我建议你随时停下来假装向别人问路，看看人家用什么脸色跟什么口气跟你讲话。晚上，你最好买几张报纸回去翻翻，坐在电视机前随便看看，而且不要只看一个台，你可以看看那些政治人物如何互相攻击，那些名嘴们又如何消遣政治人物，你要想听到一个一致的、正确的论述，你可能会很失望，但是如果你想看不同派别的人骂来骂去，互相挖苦，互相嘲弄，那么管保你会觉得很精彩。晚上如果无事，你可以到小公园里走走逛逛，观察各种各样的人在做些什么，遛狗的人怎么遛狗，特别是狗拉大便的时候他们会怎么处理，是垫上一张纸，完毕后包起来放在自己随身携带的塑料袋里，遇到垃圾筒再丢掉，还是狗拉完就走，狗大便丢在那里根本就不管？你如果逛百货商店，最好挑首饰柜这样的地方，不妨故意叫那些打扮入时的专柜小姐们一样样拿给你看看，挑上个半小时、一小时，然后表示不想要，看看她们脸上有没有不高兴的样子，你还可以顺便问问她们是什么学校毕业的，有什么样的学历。

总之，我给所有想去台湾走走看看的朋友的忠告是：去台湾旅游，要一反通常旅游的做法，重点是看人，不是看山水；重点是看软件，不是看硬件；旅行团要你看的东西，你可以不看或少看，旅行团不带你看的东西，你则要多看；有名的东西可看可不看，无名的东西反而要仔细看。试试看吧，回来再告诉我你的观感。

品味另一个澳门

吴志良

十年前，一首朗朗上口的《七子之歌》把澳门接回了祖国的怀抱，将澳门带进了国人的心中。这个只有不到三十平方公里、五十多万人口的小城，回归后步入了全新的历史发展阶段，创造了举世瞩目的经济增长奇迹。生产总值从回归当年不足500亿，增至去年近2000亿；财政收入从98亿，增长五倍至510亿。教育和社会福利更在亚洲遥遥领先，不仅实施了世界上少数几个地区才能实现的15年免费教育，65岁以上的老人也享有退休金和免费医疗，免费医疗网络覆盖面已达到世界先进水平，政府初级保健系统更被世界卫生组织视为太平洋地区的典范。如此等等，令人刮目相看。

自2003年内地逐步开放港澳自由行以来，越来越多的国人怀着陌生和好奇慕名而来，带着惊叹和感慨匆匆离去。其实，对大部分游客而言，短短一天半天的行程，走马观花，远不能看到一个完整的澳门。这里，不仅有奢华亮丽的赌场酒店，更有古朴迷人的市井小巷；不仅有霓虹闪烁的都市情调，更有朴实无华的乡土气息；不仅有玩乐冒险的世俗生活，更有深沉动容的历史韵味；不仅是颇具声名的东方拉斯维加斯，更是中西荟萃的文化古城。在很多人的印象之外，还活着另一个没来得及仔细品味的澳门——一个在中国历史上发挥过不可代替作用的城市，一个没有矫揉造作的温情城市。

历史上，这个小城市静默地伫立于南海之滨，犹如一个世外桃源，“倚天照海花无数，高山流水心自知”。很多人忘记了，她曾扮演着中西文化交流使者的重要角色,从明朝中叶开始直到鸦片战争,是南中国最重要的对外开放港口之一,是西学东渐、东学西传的主要桥梁,亲临其境地见证了东西方文化长达近三个世纪交汇融合的波澜壮阔历史场景。这段漫长的历史与不凡的经历,使澳门形成了独特的个性,积淀了深厚的文化底蕴。更令人惊叹的是,在方圆数里之地,不同民族虽然思想文化、宗教信仰、风俗习惯差异巨大,却能长期和睦相处,和谐并进。东方与西方共存,现代与传统并列,释儒道与天主教共兴,铸造出澳门别具一格的人文景观。这种"和而不同,不同而和"、保持对话、互相尊重的独特社会环境,使得无论是物质还是非物质的文化遗产,在澳门都能兼容并包、和谐与共,令澳门成为一个活生生的人文博物馆,成为人类社会发展史上具有典范意义的一个实验室。

2005 年,"澳门历史城区"被联合国教科文组织列入世界文化遗产名录,成为中国第 31 处世界遗产,成为人类文明共同的宝贵财富。这个东起东望洋山、西至新马路靠内港码头、南起妈阁山、北至白鸽巢公园共包含 24 处特色建筑但方圆只有一平方公里的景区,不仅是中国境内现存最古老最集中的中西式建筑群别树一帜的独特反映,不仅是西方宗教文化与中国民间信仰共生共存的生动见证,更为重要的是,这个华人与葡人在四百多年的历史里合力营造的独特生活小区,栩栩如生地证明了不同宗教、不同文化、不同生活习俗可以相互尊重、平和交融,此乃澳门历史城区的价值所在,此乃澳门的历史意义所在。经过多年的保育和推广,澳门历史城区所蕴藏的文化积淀和内涵光彩日现,成为了特区一张靓丽的名片。

常言道,澳门很小,漫步小城只是两三个小时的事情。但体验澳门,不仅要用眼,更要用心。在大街小巷穿行,骤眼看来可能平淡无奇,稍加观察则不无发现、不无感触,细心琢磨便觉耐人寻味,时隔多日回想,更备感恋恋不舍。发现的是生活细节,感触的是生活方式,寻味的是生活态度,不舍的是如家的温情。这就是真实的澳门,这就是她迷人之处。

时光飞逝,澳门回归已是第十个年头。伴随着经济和城市面貌的巨大变化,天南海北的游人纷至沓来,大家都在看澳门,用不同的眼光将澳门前后左右打量。在一张张照片里,在一部部电影中,在一串串脚步下,在朋友们的口中,澳门呈现出了不同的样貌。而从他者的眼中,澳门人如今也越来越意识到这个城市的功能和魅力所在,努力让这小小地方,发出最大的光芒。

澳门,是一个神奇的地方,值得细看,也很耐看。

文成山水随想

李存葆

上苍造物，奇绝万象。它总能以其多样性、丰富性、不重复性，向人类展示着漫无止境的深奥与神秘。

2009年暮春，我与几位文友小游文成。文成那大多没有被人们改造过、装潢过，仍处于“第一自然”状态的风物，令我们陶醉。我敢说，造化偏爱文成，它那一处又一处的名山胜水，简直就是上苍的经典之作，得意之笔。

文成，以明代第一开国谋臣刘基（字伯温）的谥号为县名，属温州市所辖。文成多山多水多林多潭多瀑布。诡谲乖张的朱阳九峰，因曾有刘伯温的激赏，早已被游人所熟知；而近些年才向游人开放的岩门大峡谷、龙麒源、峡谷景廊、石垟等景区，无一不以林茂、峰奇、石秀、瀑多、潭碧为世人所称道。

文成素有“百瀑县”之谓，其中最著名最荡人心魄者当属百丈漈。我们乘车沿着九盘纾出的山间公路，向县城西北方向斗折蛇行，沿途所见皆是奇峰相挽，险嶂相衔，所经之处，无山不翠，无水不碧，时有晴雪般的细瀑注入澄溪，锵然有声。这一切，既给人以“水送山迎入，一望一灿然”的亲切，又给人以“水作琴中听，山疑画里看”的愉悦。

在百丈漈的入口处下得车来，我们便听到湍急的水流撞击岩石隐隐发出的声响。百丈漈由一漈、二漈、三漈之三叠瀑布组成。当地有民谣曰：“一漈百丈高，二漈百丈深，三漈百丈宽。”我们从峡谷右侧的小道向上攀援，来到三漈旁。但见瀑布如偌大的纤尘不染的白色锦缎，从岩崖上飘下，落入潭中，在巨石的分割下，小坠如喷珠溅雪，汇聚则如一大片银色的冰川，涌动而下。沿着枝蒙叶罩的谷中小道拾级再登，当走得有些吃力时，二漈竟呈现在我们面前。二漈的流瀑中间有一阔大的水帘洞，瀑下则是当地百姓所说的阔可行舟、深达百丈的龙潭了。龙潭两侧，险嶂嶙峋，怪石峥嵘，嘉木摇曳生风，苔藓绿意森森，它们相映成趣，构成了一幅绝妙的山水丹青。沿着绝壁旁用钢板搭成的栈道，艰难攀援，我们终于来到一漈下的墨绿色的潭边。一漈高达207米，为中华瀑布之冠。举目仰望，峭壁齐天，飞流直泻，如同百丈素缟裂崖；阳光之下，飞珠飘散，吞霞吐霓。当地文友告诉我，若在丰水时节，一漈发出的声响，如同惊雷，可声传十里之外。刘伯温曾有诗赞曰："悬崖峭壁使人惊，百斛长空抛水晶，六月不辞飞霜雪，三冬更有怒雷鸣。"

沿着一漈旁陡峭的山间石阶，经一个小时的登攀，我们跃上了天顶湖边的步云岭。距此不远的南田山，便是刘基故里。造访刘基故里，我们终于明白了百丈漈何以生成的缘由。

横亘闽、浙两省的巍巍洞宫山脉，广袤千里，逶迤至文成县北部时，造物主突发奇想，竟在十万大山丛中突兀起一座海拔六百余米、阔达六百余平方公里的"高山平台"。刘基故里南田山一带，更是沃野百里，平畴千顷，古称"天下第六福地"。当今之文成，虽隶属于商品意识极强的温州地区，但这里的自然环境却没有遭到损伤和破坏。刘基故里周围的村村寨寨，无不林木葱茏，森林面积远远超过耕地面积。加之农家的生活废水和垃圾，均由县、乡统一进行无害化处理，使得这片高旷绝尘的洞天福地，依然是清溪纵横，水抱门流。当大雨袭来、细雨洒落之后，这六百平方公里之丰土吉壤上的草草木木，在吸足喝饱后，多余的水便通过密如蛛网的小河、流溪，汇集到地势低洼的步云岭的天顶湖中。凭借步云岭下那一道又一道的悬崖，上苍便让这浩浩之水，打开了激情的闸门，这才发出了令人扼腕的一唱三叹的"三漈"之绝响……

单个方块汉字与洋文的区别在于：它不仅有着与洋文相同的语言符号的功能，更有着情感想象的空间和魅力。"漈"字，在闽浙一带，仅为"瀑"之意。但将"漈"字拆开，我们不难发现，老祖宗在造这个"漈"字时，显然是在提醒后人，要对"水"这天赐玉液，进行祭拜。来文成时，冀、鲁、豫正经历着严重的干旱,看着不舍昼夜而倾泻的三漈,我们在感官获得奢华享受的同时,更应对“水”叩拜叩拜再叩拜!

地以人显,人以地彰。倘若说百丈漈、南田山,是因养育出了刘伯温那巨大智慧的头颅,而腾誉天下的话;那么,位于文成最西部的铜铃山之所以如同刚刚揭开面纱的美媛丽姝,紧紧攫住了游人的目光,则完全是因了它的天生丽质。

被硬阔叶原始丛林和修篁翠竹笼罩的铜铃山国家森林公园,面积近三千公顷,森林覆盖率高达百分之九十八以上。曾宣称发现过野人的神农架,向被生物学家视作“动植物的基因库”;而铜铃山中动植物的种类之繁之多,比之神农架可在伯仲之间。铜铃山其峡谷之幽雅,其瀑、潭、池、湖、溪之清碧,也堪可与九寨沟媲美。

当我与结伴而来的文友站在铜铃山峡入口处的平台上,引颈遥望,但见峰峦重叠,此起彼伏。耸绿拱翠的群山,阔茫茫,气森森,是那样的邈远、幽邃、恢宏和博大。面对造物主这硬绿匀碧的大手笔,有谁不为大自然的神秘而产生敬畏!

沿着用圆木搭成的栈道,我们由设在半山腰的观山台向谷底逐级而下。在展青叠翠的栈道两侧,我们不时可见南方红豆杉、连香树、钟萼木、鹅掌楸、花榈木等诸多国家重点保护的珍稀树种。它们“葱葱长条抽,树外疑无天”,显示出一种娴淑,一种高贵,一种镇定,一种从容。望着它们或羞羞答答,或温文尔雅,或不亢不卑,或落落大方的仪容,我们怎能容忍用喧嚣去搅动它们的澹然和娴静,用非礼的折攀去损伤它们的高贵与典雅。要知道,它们是造物主最娇惯的儿女啊;上苍即使创造一朵平凡的小花,也需要千万载之功啊!

我从有关铜铃山的考察资料中还得知,这里生存着七彩山鸡、白鹇、云豹、大灵猫、猕猴、黄腹角雉、短尾猴、穿山甲、娃娃鱼等二十余种国家一二级保护动物。我们沿途虽未窥得它们的倩影,但我确信它们正优哉游哉地过着“不知有汉,何论魏晋”的日子。此刻,七彩山鸡也许正在某个山溪边,梳理着美丽的羽毛;白鹇也许正拖着长长的洁白的尾巴,正在某片树丛下绅士样优雅地踱步;一对穿山甲也许正在某个密林遮掩的土崖下,忙碌地修筑着合卺时要用的新房;娃娃鱼们也许正在某个小溪潭中,滑动着那光滑优美的身段，舒适地游弋于微微起伏的浪沟里；而某个深通灵性、刚刚喜得贵子的短尾猴，此刻也许正蹲坐在某棵大树的枝桠间，尽享着“舐犊之趣”……

我们沿着圆木栈道下得谷底。这峡谷中，触目所及，到处充溢着诗眉画眼。那仿佛从天外奔涌而下的湍流，跳跃悬崖则成瀑，落在小片坦岩上则成潭，停留于大片凹陷之地则成湖成池。这里简直是个小型瀑布的“博览会”：那四瀑争涌的合欢瀑，那三瀑同泻的流川瀑，那从两崖之碧树间一线倒挂的玉带瀑……它们虽没有百丈漈那慑人魂魄的气势，但却各臻奇妙地展示着上苍造物的艺术。

从谷底绝壁一侧，沿着用钢筋搭成的栈道拾级再上，便可看到被誉为华夏一绝的“壶穴奇观”——十二埕了。“埕”乃当地方言，仅作“酒瓮”解。在这里，“埕”则为“潭”的同义词。我们在栈道上走走停停，步移景换，十步赏一埕，百步观一潭：金鸡潭、墨鱼潭、美女潭、藏酒潭、葫芦潭、对影潭、水晶宫潭、举杯邀月潭……这些潭无一不口小肚大，将之称为“壶穴奇观”，可谓用语切当。这十二潭周边的浅水莫不清可鉴人，潭口下的深水无不发着幽蓝幽蓝的光泽……

我们今天看到的“壶穴”，起源于恐龙将灭绝的年代，距今已逾两亿年。它们是湍急的瀑流跌落在坚硬的岩石上，经日复一日，年复一年地撞击、旋冲而“凿定”的。十二埕显然不能忝列造化的那大山大川、大江大河的大制作系列，只能算作是上苍的艺术小品。但这玲珑别致的小品，却也是上苍经过两亿年来的构思、雕琢、镂刻和打磨，方有眼下如此之奇美！

这些年来，域内海外的旅行，常使我产生这样的感受：大自然万物万有的多样性，简直达到了极为豪奢的程度；佛家要人们清净的“眼、耳、鼻、舌、身、意”之六根所产生的欲望，人类皆能从大自然中获得满足。然而，现代工业文明的高度发展，使人类的欲望之口愈张愈大，人类向大自然疯狂索取的结果是，使大自然中有着天然美、流动美、天籁美的“版图”日见萎缩；而被人类弄脏了的“区块”正在飞速扩大。像文成这样有着画山绣水的地域，在我们居住的这颗星球上已越来越少了。

拜别了铜铃山，我们又到飞云湖观光。途中，仍是翠山连着翠山，青峰接着青峰。我知道，在经济高度发展的温州，文成虽是个欠发达的县份，却是著名的侨乡。这个仅有37万人口的县，竟有10.5万华侨分布在世界各地。2008年，侨胞仅通过银行汇来的侨汇竟高达5.91亿美元。正因为有了侨胞对故乡的殷殷眷顾，多年来，当地百姓毋须向身边的青山绿水进行过多的索取。随着国家环保形势的日益严峻，自2000年始，文成县委、县政府便意识到，保护就是发展，并把打造生态县当作第一要务。正是这些因素相加，这才挽留住了文成山水的迷人丰姿。

车在飞云湖边的小码头旁停下，眼前的湖光山色一下子使我们的眼睛灿烂起来。狭长的飞云湖位于飞云江上游，是十年前由温州市出资截断飞云江，修筑起来的一座人工湖泊，水域面积近四十平方公里。由于经流温州的瓯江、鳌江等江河污染严重，浊不可饮，这水质超国家一类饮用水标准的飞云湖，遂成了温州所辖十一个县市区中之九个的唯一的饮用水源。听着这些介绍，我不能不感到，时光老人在它那苍老的心灵中自有一个“神圣法庭”，它常会将人世间的黑白美丑、是非功过、成败得失、毁誉褒贬，在人们不觉察之间悄悄给予易位。文成的经济虽欠发达，但这保护得颇为完好的山水，已成为储蓄在上苍开设的“绿色银行”里的“超定期存款”，如今已经大大增价。我确信，随着时间的推移，这山水的价值会益发凸现出来。

小舟载着我们一行四人在飞云湖中轻快地向前行驶。但见山中有水，水中有山；青山列屏，翠竹抱岸；水泛澄波，洗岚影之不去；水鸟合鸣，任金腔自唱远……徜徉在这美若仙苑的飞云湖上，清凉凉的风，鼓荡着我们的衣袂；清凌凌的水，洗涤着我的心灵。离开那纷纷他人、他人纷纷，连空气中也弥散着物化气味的闹市，面对这么美的山这么美的水，我感到需要我们咀嚼和消化的东西实在太多太多。生活在这个世界上的人，其实都是一个渔夫，都要张着欲望的网，不断在生活的湖中捕捞。人是有着本能欲望的动物，更应该是有着理性的大写的“人”。人，既然能意识到自己和同类的过去和现在，也能对人类未来的命运，做出这样那样的推想和抉择。竭泽而渔的发展已使我们这个世界深受其害，在发展中如何寻找到“捕”与“养”的黄金分割线，是当今世界面临的一个极为严酷的大命题。为此，文成在寻找，中国在寻找，全世界的有识之士也都在寻找……

文成山水，请接受我这个远方朋友的敬意。

赴约丹霞山

（法国）卢　岚

说到山之行旅，不能说你已走遍名山大川。但与朋友结伴，驱车或步行走在山川日影里，倒是经常有的事。在巍巍山头中，高山仰止，景行景止，快活忘形或狼狈时刻，都有过一些。你曾经遇上沙漠热风，就在地球最古老的阿特拉斯山的崖壁上，越野吉普车又爆胎了；为贪图雪景，也曾在比利牛斯遇上大雪封山；阿尔卑斯山的五天步行之旅，你第一天就扭伤了脚踝……

噫吁嚱危乎高哉，你也曾怡然地，登临北欧的Fijor峭壁，俯瞰下界，看山生山，水生水，得窥亿万年山水约会的秘密；落基山上，你看到描绘出时间，画出一个"静"字的线条与符号……只是，走遍多少山头，却没有成为山的知己。

不曾想到，还有丹霞之约。说来惭愧，作为岭南人，却从未涉足丹霞山。同是岭南名山的鼎湖、西樵，你去过不只一次，因与家乡接近。当我接到丹霞笔会的邀请信时，想，丹霞还能够是怎样的一座山？既然大山小山，你已经见识过不少。临近出发日期，遇上冰岛火山灰事件，机场关闭了。以雯女士数次来电询问，回答说，能否如期赴约是个问号。谁知预定出发日期前一天，机场重新开放，得以乘上第一班机飞向东方。风云万里，解如明月逐人行，二十四小时上下，你就从塞纳河畔到了丹霞山下。

学生时代迷于古希腊的历史，弄不明白赫赫的西方文明，源头怎会来自于一场人神共舞的神话。而万神之神宙斯，掌管天上地下的诸神，就住在奥林匹斯山上。《奥德赛》第六歌如是描写："那里没有风，没有雨，山上永不下雪，苍穹时刻万里无云，山巅之上冠着一圈白光，诸神就在上边过着安乐快活的日子。”多年后你亲临其境，看到奥林匹斯的主峰和一带的山头，景物平淡无奇，不曾使你有太大的震动。这座坐落于希腊帕罗奔尼撒半岛以西、高度不足三千公尺的山，论崇峻雄伟，不及非洲的阿特拉斯山脉；论千山万壑，不及纵贯北美、加拿大和美国的落基山；论巍峨峭拔、峰顶终年积雪，不及阿尔卑斯山。当我来到丹霞的时候，又发现它缺少丹霞的崖壁相连，景涵万象而云烟变化的平远景致。然而，宙斯就在那个山头上升座，被邀请进山的诸神，在那里过着快活又永远争吵不休的日子。

且不管它。既到丹霞，所连想起的，已经是另一种的山的故事。因着山，伏羲的六十四卦中就有“连山卦”，山山相连，云烟涌动，变化万千而万变不离其宗；因着山，就有尼山之子的“仁者乐山，仁者寿”，“水乐而山静”；因着山，就有漆园之吏的藐姑射山的神人，肌肤若冰雪，绰约如处子……而在所有关于山的故事中，你最为之动心的，莫若舜帝的功成身退，翻越五岭南巡，来到韶石山，“帝登九嶷忘却归，不知斑尽湘竹枝”的故事了。

自古以来涉足丹霞的名士，都留下了痕迹，或开山建庵，凿石级，开山门，或留下石刻、楹联、诗文、著述。韩愈的“暂欲系船韶石下，上宾虞舜整冠裾”；苏轼的“君王自此西巡狩，再使鱼龙舞洞庭”，李先春的“三十六石野鹤群，舜帝登游奏韶音”，都为丹霞生色不小。但舜帝的南巡，只留在史书或文人墨客的卷帙中，本人没有留下任何物质标记，既无诗文，更无斧凿之痕，就连登游韶石所奏的韶音，亦已烟消云散。但，一个既存在于卷帙，也存在于口碑中的故事，更说明其生命力的旺盛。试想像舜这样一个帝王，没有置身于百姓之上，而是勤于劳作，身体力行，亲自躬耕打渔，建屋制陶；以他的精神核心“德为先，重教化”作为执政手段。《史记》有云：“天下明德，皆自虞舜始”，《尚书》则曰：“德自舜明”，他对中国数千年的道德和文明的贡献，一如亚瑟王创建圆桌会议对西方民主的贡献。到完成建造中华道德文明的工程，国家明治久安，他亦已抵古稀之年，就将帝位禅让给治水有功的禹，自已外出考察，南巡直至翻越五岭，来到韶石山，与道俱化。这样一个千古明帝的故事，又怎能止于娥皇、女英的泪洒湘竹枝呢？

舜帝当年登游韶石山，想来也像今天的游客攀登丹霞，会看到红岩层叠，陡壁如墙，俯仰间尽是竹篁、松柏遍坡，锦江如练吧。然而，他驾临韶石山的主要标志，只是奏响了韶乐，使三十六石闻声动容，变成了奇形怪状的石头。如果说乐声使石头变形，只是绝妙的形容，但《论语》的确记载了孔子对韶乐的迷醉："闻韶音，学之，三月不知肉味。"一代深知礼乐和善美的大儒，动情至此，你可以想象韶乐是一首怎样触动灵魂的乐曲。可惜这首曾经为历代帝王用作拜祭天地神灵的大乐，后来失传，我们再没有机会听到了。

韶音已逝，但韶音在耳，三十六石尝记取。其实三十六座怪石，已经是韶乐的形象："一来望韶亭上看，九韶八音堆一案。金钟大镛浮水涯，玉瑟瑶琴倚天半"，这样的一片风景，不就是绝妙的音乐形象了么？"韶音亭"上的楹联有谓："乘缆登亭临风纵目觉三十六石韶音声声在耳"，可见乐曲并没有真正失传，只要你肯用"心"去听。

"尧日舜天"，一代道德文明化身的明帝，如何醉倒在一曲与天地同和的乐曲之前，已无从得悉，但他与这首大乐的故事，增添了他伟大人格的撩人之处。功成身退，爱戴于万民，然后扬弃一切荣辱，膜拜于善美，回归大自然，与山同在，与水同去，与风同往。最后死于征途，以天为帐，以地为陵，归化于地母。这种人格魅力，足以凝定古今中国从上到下的道德与文明的根基。而这位明帝最后来到丹霞，于丹霞山而言，真是一道从天而降的奇异光彩！

你就在这个远古幽魂的召唤下，进入到丹霞世界。一路上的观景亭，龙腾壁，长老峰，姐妹峰，锦石，飞瀑，赤壁，丹崖……这些密集而浓缩了的景致，使你仿如进入到郭熙的《早春图》，李唐的《万壑松风图》，或者夏圭的《溪山清远图》。你眼下的赤石林木，亭台寺院，碧水篁竹，仿如以丹彩和淡墨点染而出，以圆熟的笔法勾勒而成，或平远淡冶，或高深浓重，或红霞薄染，全景或特写的山水，都在这里了；若即若离，景有限而意无穷的恣意舒展，也在你眼下了。

就笔者走过的名山而言，论崇峻雄伟，以丹霞的六七百公尺高度，方圆才二三百平方公里而言，自然比不上三四千公尺高的阿尔卑斯山，或阿特拉斯山。但丹霞山水的浓缩密集，景罗万象，形状不拘一格的独特景观和特有地貌，是任何名山所不具备的。山不在高，有仙则灵。为什么欧洲的文化源头，来自于不足三千公尺的奥林匹斯山，而不是来自高达四千八百多公尺，从地中海伸展到多瑙河、贯穿着大半个欧洲的阿尔卑斯山？为什么万神之神宙斯，统管天上地下的诸神，选择了奥林匹斯山作为落脚点？原来人的感悟和想象，才是真正天赐的礼物，可以使一切变得无限。古希腊人就以自己的领悟、感知、行动，在切身处地的环境中，找到了自己的位置，以一个神话来阐释自己的真实。当他们创造出一个想象中的世界和它的秩序时，自然风景就变成了人文风景，就有了自己的创世记。天上地下的神，就这样来到了奥林匹斯山。神仙们不住在高处不胜寒的山之端，而住在凡人为它们建造的大殿里。山头上就布满了一座座美奂美轮的，建筑、雕塑艺术上都达到了顶峰的大殿。赫赫西方文明的缔造，就从这里开始。

这山高，那山灵，面对丹霞时候，你只想谈自己的山，你内心法则里面的山。作为岭南人，你第一次来到，第一次发现，这样的如画屏中的山水，原来我们也有。不用走得太远，也能找到自己的天堂。遥想从古到今来到丹霞的高士和文人墨客，各有因由。为建寺而来，为避乱而来，为隐读而来，为被贬而来，为考察而来，各人以不同的心境徜徉于这片天地间，而对自然的脉动，天地的造化，在大序中散发出的至善至静至美，会有同样的体验。不同的遭遇和心境得到安抚、舒解，将自己的如意或不如意搁置一边，超然于喧嚣和尘世之上，逍遥于无所有之乡。历代高士对丹霞的建树，文人墨客留下诗文和著述，都是有力证据。丹霞就这样成为他们避世遁隐之所，或求取大乐的精神故乡。

到了当代社会，任何风景都是时代的风景，万人的风景。它要变得可观，可游，可行，可走，让民众假日可以拖儿带女，或与朋友成群结队去游览。以丹霞的独特条件，外地人，甚至不同肤色，不同文化背景的人慕名远道而来，从铁路、公路来，或乘飞机来，都是可能的事。你在国外生活了这么些年，来到丹霞，逍遥于锦水或坡壁之间，不感到陌生疏离，因为它还是你的山。不但完好地保持着自然朴素的原始面貌，也拒绝了商业化和媚俗，因而显得情高韵逸。遥望韶石山的古道，还依稀看到韩愈由潮州调任袁州的苍茫的，“遇赦移官罪未除”的影子；浈江边上，你可想象苏东坡的流放岁月，该是第几次流放了？离开韶州之后，还被贬到惠州呢。但不妨碍他继续写他的长诗："首参虞舜款韶石，次谒六祖登南华"；石山脚下，还有张九龄的故里和他的海上明月……诗人的踯躅仰止处，依然使你生出无限憧憬。至于大自然一时兴起的杰作：阳元山、阴元石，却使你想起济颠和尚的故事。有一回，他老人家为酬谢施主，说，贫僧别的不会，就会翻筋斗。谁知一个筋斗翻过来，大伙发现他的僧袍里面没有设防，那话儿一闪间露了出来。于是你想，是否山神造过韶石山以后，为自己的杰作而得意忘形，翻了个筋斗，无意中演出了济颠同样的故事，那话儿的山，那山神的话儿，就这样出现了？女娲补过天，来到这里，见山神翻过筋斗，她也来了一个。一想，不对，但已经太迟了……

自然、历史、故事、诗文、一位带领黄炎子孙走出野蛮的文明之魂舜帝，一首亡去的乐曲，它所造就的三十六块怪石，大文豪留下的脚印……丹霞的拥有太丰富了。建"红石公园"，且不必管它是否存在一座"黄石公园"，就以自己的感知和领悟，去建造自己的公园，一个富于民族文化，落实到日常生活，又贴近人情味道的公园。本地风光，是可以发明创造的；山山水水，也像文章理义，必须整理。丹霞已经整理得不错，还大有可能整理得更多更好。你可以翘首以待，在那个距离喧哗浮躁不远的世界里，越江浮水处，密林新翠间，有你憩息于自然怀抱中的舒畅与欢乐；诗人仰止处，你可以痴然与之作超越时空的对话；声声钟鼓鱼磬梵音中，你可以作勘破古今的悠然之思；而山巅之上，还依稀看到一代明帝与民同在的真朴形象，耳际间回响着他的回归自然的永恒呼唤：与山同在，与水同去，与风同往。

当此文画上句号，回望东方，忽闻丹霞申报成功，被列入世界自然遗产名录。丹霞又有了一个新的起点。你喜不自胜，为丹霞高格立身的胜利，再记上一笔。

2010 年 6 月于巴黎

湘西年味

彭学明

都知道,湘西的山水是世界上最美最好的,知道湘西的民风民情是世界上最醇最酽的。当然,更知道湘西的人是最帅最靓的。可是,湘西的年俗,该是一幅怎样的风物?湘西的年景,该是一道怎样的风情?湘西的年味,又该是一种怎样的风韵?

湘西,是不是最美的一副春联,飞在时间深处、贴在中国民间?

杀年猪

湘西的年,是最有味道的。湘西的年味,从冬月就开始了。

冬月,当寒风开始飕飕劲吹时,一声声猪的尖叫声就会从湘西的青山绿水间钻出来,飘在山谷和云空。顺着山,顺着云,顺着一阵阵猪的尖叫声,你就会看见一个个村庄,看见村庄里的一丛丛翠竹和一栋栋木楼,看见木楼里的平场上有一头猪被几个男人扯出来。猪尖叫着拼命地往后奔,人七手八脚地拼命地往前扯。人和猪,在冬月的某年某月某日开始了一场战争。猪知道自己要慷慨就义了,委屈得呼天抢地地喊,人却想吃猪的肉,硬了心肠充耳不闻。猪的主人家,躲在一角偷偷抹泪。晴天雨天的,主人吃苦吃烂地喂了猪一年,为的就是过年时能够让孩子们吃上一餐饱肉,就是为了熏一炕腊肉,以便过节和来客时客气一点。猪哪里能够不做牺牲呢?主人哪里能够钦点猪不死呢?其实从养猪那天起,猪也知道它得为主人就义,猪的祖祖辈辈都是这样就义的,猪打小就看到的。它不是怕死，是舍不得主人。主人起早贪黑地上山扯猪草，进屋剁猪草、煮猪食，就是为了它吃饱喝好。有时候还把它放出去晒太阳，看世界，交朋友，它很感激呢。为这样勤劳而善良的主人去死一回，值得。可是，它舍不得主人，它临死前想看主人一眼。主人却不敢看，主人躲得远远的，在厨房里烧开水，水开了，泪也一滴一滴地落进锅里，被开水煮得又烫又疼。

猪知道湘西的主人是不肯杀猪的，杀猪有专门的杀猪人。猪也知道主人的心和痛，就不再喊了，乖乖地被人拖上案板，一刀，就无声无息了。猪闭了眼睛对主人默念：来世再做猪认你做主人。

当人们把猪放进一个大木桶里把猪修好，提起来，挂在梯子上或放在案板上时，黑色的猪就焕然一新，变得白白胖胖的了。热漉漉的猪肉，轻轻一拍，就像风吹杨柳一样，一浪追着一浪地抖动，那真叫肥，那真叫嫩，那真叫鲜！

主人在猪肉前默默地站了许久，然后捡起一把猪毛，点燃一根布条，从大门外开始给猪喊魂，边念着猪的好，边说着自己的错，一直走到猪栏边，把猪毛和布条放下，表示猪又回到了栏里，回到了主人家。

主人的心，也就稍稍安稳了。

然后主人就把杀猪人砍好的猪肉，分几块给邻居、亲戚和杀猪的人。让他们分享一下一年辛苦的殷实和温情。

熏腊肉

杀了猪。就是熏腊肉了。从前，一个寨子只有几户人家杀得起猪，现在是家家都有钱杀猪了。那么，熏腊肉，也就是家家户户的事了。以前只是殷实人家能够杀一头猪，现在家家杀一头猪外，有的还杀两头猪。一头留着炕腊肉，一头就留着卖好价钱。再富点的人家，还会杀一头羊给猪做伴。

湘西的腊肉全国第一好吃，就是因为熏制的过程特别复杂，特别原生态。他们把猪肉、羊肉或者牛肉、狗肉，先抹上盐，再抹上胡椒粉、花椒粉，然后，放在木桶里放上十天左右，让盐、胡椒、花椒的味道咬进肉里。咬好后，一块一块挂在火炕上，每天用柴火熏。一熏，就是好几个月。湘西多各种各样的杂木，各种各样的杂木含有各种各样的营养素，这些营养素随着烟火熏到肉上，腊肉就有一种特别特别的香味了。特别是那些松枝、翠柏、檀木、桂皮和橘子皮等有特殊香味的木料熏制出来的腊肉，就更香了。

由于熏的时间长，湘西的腊肉没有一点水分，放上几年都不会变质，不会馊臭。吃的时候，用火把皮子烧烂烧焦，用热水洗净，那颜色就漂亮极了。皮子是金黄金黄的，肥肉是皙白皙白的，瘦肉则金红金红的，全都闪闪发亮！炒也行，蒸也行，全都肥而不腻，油而爽口，一锅腊肉，香断一村全街。

如果湘西人给你送腊肉来，不管是猪肉、牛肉、羊肉、狗肉、鱼肉，还是野猪肉、山羊肉、斑鸠肉和猪下水，只要你没有民族禁忌，你一定要收下，那可是天下第一美味！

打粑粑

打粑粑是个大活。一家打粑粑，几家人帮忙。好不热闹。

打粑粑的原料以糯米为主，适当加点黏米。把糯米和黏米和好，泡一会儿，在甑子里蒸熟。熟了的米饭，一粒粒胀得发亮，很香。大人和孩子都会抓一团尝尝。一边尝一边把糯米饭倒进木槽或石槽，两个强壮的男人用粑粑槌你一槌我一槌地此起彼落。边打还边你一句我一句地吆喝着回应。“嗨”！“嗨!”“嗨”！“嗨”！男人的粗狂、男人的力量、男人的魅力，尽在高高举起和重重落下的槌声里。打粑粑的槌音，在村庄里闷钝而响亮。糯米饭越打越烂，越烂越糯，越糯越黏糊，到后面下槌提槌时，槌上会拖出一条长长的白带，像布匹和哈达，与槌子难分难舍，纠缠不清。糯米的黏性，就像磁铁和强力胶，把粑粑槌紧紧地吸着、包着，扯不断，化不开。男人越打越费力，却越打越来劲，直到把糯米打成一团面团才放手。女人和孩子们就手里蘸点熟油，赶紧把打好的糯米团从粑粑槽里抱出来，放在一个簸箕里，趁热捏成一个一个小笼包大小的小团子，一溜排开，放在一条长木凳上，用另外一个木凳压上去，几人一齐使劲挤压，小团子就压成了饼子，圆圆的，像一个个月亮，开在板凳上。粑粑就成了。在湘西，不管人多人少，每家过年时都会打一两百斤粑粑。粑粑冷却后，放在一个大水缸里，用腊水泡着，放到来年春天都还可以吃。大人下地劳动，小孩放牛守牛，带上两个粑粑，在火边一烤，那粑粑就一点点软，一点点涨，涨得老高老高，一扯，就扯出长长的丝线，黏黏糊糊的，像乡下人的日子和爱情，清白而缠绵。

捉田鱼

湘西的年菜里，鱼是不可少的。风调雨顺，年年有余嘛。

一切都准备妥当后，湘西的男人或者孩子就会嘴上叼一根细篾片，拿着没了底的背篓，去田里罩鱼。虽然冬天水冷刺骨，湘西的孩子却最喜欢去罩鱼了。秋收后的稻田里，往往还养着一水田的鱼。湘西人从不给鱼撒鱼食的，就让鱼吃秋天里掉下的谷粒，啃秋天里留在田里的稻桩。经过了一个秋天的喂养，那鱼肥得往往在水里沉着游不动了。再游不动，要抓着它却很难的，它再慢都比人跑得快。那水是鱼的伙计，鱼在水里怎么都比人灵。你挽了裤脚，再轻手轻脚，水都会故意发出响声，给鱼通风报信，鱼就会按了鱼雷，嗖嗖发射。当然，有的鱼也耳背，或者有点聋，当你拿着没了底的背篓深一脚浅一脚地轻轻靠近时，那鱼还睡着，全然不知道豺狼来了。你就喜喜地，双手把破背篓高高举起，突然往水里一罩，鱼就被罩住了！你用手在背篓罩着的水里摸啊、摸啊，只想摸着一条大大的鱼，那鱼，却早已在你的破背篓靠近水面时，溜了！嘿嘿，溜了！那鱼，又跑在前面笑嘻嘻地等着你。一次罩不到，你有耐心，两次罩不到，你有耐心，十次二十次的罩不到时，你就没有耐心了。你只好几个人形成一个小包围圈，一起拿着破背篓一秒也不停顿地快起快落。一个上午或者下午，你终于瞎子撞到米头子，抓住了几条。虽然冷得牙巴骨只打架，尿泡也冷得好像没有了，你还是嘴里叼着用篾片串着的鱼，满足得很。那鱼，终于没有逃过你如来佛的手心，你还是劳有所得、年年有余了。

过赶年

过赶年，是湘西土家族所独有的。

杀了猪、修了鸡、宰了鸭、灌了香肠、熏了腊肉、推了豆腐、打了粑粑，湘西人就开始过年了。湘西人过年，是赶年，你从没见过，也很少听说的。湘西人过年从腊月二十四就开始了。按姓氏过。彭姓过腊月二十四，田姓过腊月二十五，向姓过腊月二十六，覃姓过腊月二十七，李姓过腊月二十八，王姓过腊月二十九，其他姓都过大年三十。

这有故事的。明朝时候，东南沿海倭寇横行，屡剿不绝。湘西人急国家所急，痛国家所痛，在土司首领彭荩臣、彭翼南带领下，三万男儿，先后五次出兵远征。湘西人会打仗，敢打仗，不怕死，很快就赶走了倭寇，保住了国土。明皇帝下旨颁昭，御赐皇匾，授予湘西官兵"东南战功第一"的称号。

当时的湘西土司王朝，都是家族和宗族制。土司王是彭姓人，率先出兵，出兵时正好是腊月二十四。所以彭姓人家就腊月二十四提前过年。过完年就出发。田姓人家是腊月二十五出兵，所以田家人是腊月二十五过年。依此类推，每个姓过年的日子都不一样。因为天一亮就要出发，所以都是晚上过。赶年的习俗就这样留了下来。所以，进入腊月时，你只要听见哪家在放鞭炮，你就可以知道这家人姓什么。所以，在湘西过赶年时，你就知道湘西人为了国家和民族的利益是怎样的一种义无反顾？怎样的一种铁血丹心？丰丰盛盛的一桌年饭，热气腾腾的一桌子美味，都是生活的香味、劳动的香味，是对先祖年复一年的敬意和思念。

湘西人过年，是要煮够三天年夜饭的。就是说，过年时，要煮出三天的年夜饭，表示丰衣足食，吃得有余有剩。过年时，小孩不准吃鸡爪子，吃了就成绩不好，写不好字，写的字像鸡爪子抓的。更不准吃猪尾巴和猪脚叉子（猪蹄），吃猪尾巴，会事事落后；吃猪脚叉子，长大问亲（找对象）时，人家肯定打叉子，对象会被叉掉。大人小孩都不准泡汤吃，泡汤就会来年发大水，垮田坎，年成不好。

现在湘西人过年大多白天过了。一部分人依然晚上半夜过年，一边看电视、打麻将，一边办年夜饭，办好后，边吃边天亮了，预示来年的日子会越来越亮。

抢鸡头

大年三十，还要抢鸡头。

抢鸡头，是湘西孩子最高兴的事。湘西的孩子们坐在家里守岁，就是为了等半夜三更的那一声鸡叫，等着抢那第一句嘹亮的长鸣。谁抢到了，谁就是来年的第一，成绩第一，身体第一，吃的穿的第一，什么好事都是第一。宁为鸡头，不为凤尾，说的就是这个理，抢的也是这个味。

过年，是孩子最快乐的事，可以穿新衣服，可以走亲戚，可以放爆竹，可以进城下街，还可以抢鸡头。抢鸡头，就是争着放爆竹，就是看第一声鸡叫时，哪个的爆竹先点燃。每家的孩子们，无论男孩女孩，都会兴奋得坐卧不安，早早地把爆竹拿在身边或者抱在怀里，等着半夜过后放鞭炮。看孩子们抱着鞭炮坐在火坑边，大人急得不行，生怕火星飞进孩子怀里把爆竹点炸了，就提醒孩子远一点，莫到火里炸了，孩子就乖乖地把板凳移远点，抱着鞭炮等。但，有时候，还是偶尔有一颗两颗的爆竹掉进了火坑边，啪，一炸，满屋火灰，吓人一跳。孩子听了乐得大笑，大人瞪了眼睛哭笑不得，只好让孩子再远点。孩子就又退了点，还不忘提醒大人：爹，抢鸡头时，你莫忘记喊我啦。但大人往往掐不准时辰，人哪里知道鸡什么时候叫，所以，往往有的孩子抢到了鸡头，有的孩子就没有抢到。抢到鸡头的孩子就欢天喜地的跳，没抢到鸡头的孩子，就有些遗憾，担心自己来年成绩差水平低，什么都落后人家。大人就安慰：你听到鸡叫了米（没）？听到了，就会第一。不得第一，第二第三也是好事。孩子就说：我就想得第一。大人就说：想得第一，明年又抢。孩子就雄心壮志地：明年我不抢第一，我不姓什么什么。大人就开心地笑。

走丈人

湘西走丈人，是大年初一。

新年第一天就去走丈人，是湘西人对丈人的尊重。人家的女儿在你家苦了一年了，丈人想自己的女儿也想了一年了，新年的第一天就应该去丈人家拜年、感谢，让丈人好好看看自己的女儿是不是还好好的。拜丈人，烟、酒、糖和一个猪腿是不能少的，其他的，能多就多，没有也没关系。那猪腿，熏了一些时候，有二十多斤，还系了一条喜庆的红绸。两口子拉着孩子，一人一背篓东西，边走边说丈人的好，边走边说村里的事，当然，也会边走边谈论来年的生活计划。高兴时,男人还会吼一曲山歌。那山歌,不但自己的女人和孩子听见了,四面走丈人的男女都听见了。你就会时不时地听到有人喊你的小名:乔三,走尕公尕婆去了!你就会也喜喜地答:哎,你也走尕公尕婆去啊!

尕公尕婆,是我们湘西对外公外婆的称呼。两口子结婚有了孩子后,就都跟着孩子叫岳父岳母为尕公尕婆了。就这样,你在乡村的路上,会一路上都碰到走尕公尕婆,给尕公尕婆拜年的人。有的本来就认识,不认识的,年年都在这路上碰上,也就认识了。然后,就会有人把他的表妹或者堂弟介绍给你,让你帮着看看自己的亲戚或者村里有没有适合的人,穿下针,引下线。不久,就有一个新的小男人一个人走在拜年的路上了,拜了两个年头后,这个小男人就会在猪后腿的猪屁股上留一根猪尾巴,意思是告诉丈人:我今年是最后一年一个人给你拜年了,想跟你家女儿结婚了。如果丈人把猪尾巴留下了,就说明同意结了,如果割下来,退给这个小男人,就说明还要等一年才能结。这个小男人,就得再苦熬一年,等待丈人为爱开一盏绿灯。

送　春

在一阵又一阵的锣鼓声中,一条彩色的蛟龙会引了一群送春的人走来。

送春的人,一脸桃花。迎春的人,桃花一脸。写在送春和迎春人脸上的笑,像一缕缕春风,催开心中快乐的花,一盏,一盏,又一盏;一路,一路,又一路。敲锣打鼓的那几位,叫打镏子。锣,鼓,镲,钹,还有唢呐,一路颠颠的敲着、喊着、唱着,是天雷滚动的声音,是阳雀催春的声音,是曲水流觞的声音,是百鸟唱诗的声音。那龙灯,就是被镏子一路敲醒的。打了一会儿小盹的龙,抖抖身,抬抬头,一身鳞甲金光闪闪,在冬阳下闪亮。在山间,在水里,在庄户人家的场院上,在大街小巷的城市中,只要龙宝一站,一耍,龙就会欢天喜地地舞起来,飞起来,飞舞得让人眼花缭乱。龙伏在苍山,就是龙脉。龙落进大地,就是龙种。龙走进人家,就是龙胎。龙是吉祥的化身,有了送春的龙,就有了龙的附身的符。

那些抬春的人，简直抬的就是一个活色生香的世界，一个万象更新的民间。金童和玉女们，都被人们描了眉，化了妆，穿着嫦娥的飞天长袖，捧着吴刚的桂花美酒，摇着诸葛的羽扇纶巾，提着关公的七星大刀，挽着黛玉的风月花篮，被大人们抬着行走。砍樵的樵夫、采药的老人、春耕的水牛、播种的女人、读书的状元、富贵的牡丹、硕大的仙桃、金黄的稻穗，还有神七，还有航母，都绘在一张张纸上，坐在一幅幅画里，被人抬着，送进千家万户。那是一个个美好的祝愿，这些祝愿，会在新的春天一一生根发芽。也是一桩桩美好的现实，这些现实，会在新的一年再次实现。

就这样，送春的人，一路辛苦着，从乡间来到城市，又从城市回到乡间，把祝福和春天送到了每一户人家，送进了每一个人的心里。新的一年，就此开始。新年的春天，定会像花儿一样灿烂和鲜艳。

湘西的春节，就这样过完了。湘西的年味，就这样留在了民间。那些花草，那些果木，那些庄稼，那些城门，那些所有美好的事物和希望，都会在新年的心眼眼里长出来，染绿湘西，生动春天。来年的湘西，还会这样热热闹闹的，有滋有味的，美在世界，醉在人间。

路经蟳埔

陈建功

去年春到福州开了一个会，开会时泉州的文友便寻了来，一定要我到泉一游。泉州是早已心向往之的，早年看过台湾文化人办的《汉声》杂志，知道泉州是大陆人渡海到台湾最重要的港口之一。随着海上丝绸之路日益成为中国乃至世界热议的话题，其起点泉州作为中西文化汇聚的码头，也越发引人注目了。特别是无数体现着异质文化间交流融合的遗迹一一被发现，真让我时时有插翅前来的愿望。遗憾的是，和以往几次一样，仍然是一次"路经"之旅。

对这"路经"，原本不指望有什么收获的。其实，关于泉州，我倒有好几处想去看的地方，比如那座中国现存最古老、具有阿拉伯建筑风格的清净寺，还有伊斯兰教圣迹——灵山圣墓，又比如摩尼教的草庵、清源山的老君岩造像，等等，徜徉其间，回味一下自从海上丝绸之路兴起，缤纷多样的文化之融入，怎样和本土文化相融相谐，塑造了这座古城的文化品格，岂不是一件很有意思的事情么？再比如安溪的茶场，又何尝不想去踏访一番？久居京华喧嚣之地，每临案牍劳形之时，沏上"铁观音"，品啜一口，齿颊留韵，俗念皆消，总是想，何等山水，何等技艺，竟可孕育出如此尤物，令人表里澄澈，气定神闲？

然而，这一次"路经"，还是给了我一个大大的惊喜。

我见到了闻名已久的蟳埔女。

蟳埔女和湄洲女、惠安女一起被人称为福建"三大渔女"。加上畲族女和客家女，又被称为"福建五女"。蟳埔女以簪花头饰著称。有朋友告诉我，当地人买新鲜海货，喜欢找蟳埔阿姨鱼档，若是买蚝，则非蟳埔阿姨不找了。蟳埔临海，又在晋江入海口——泉州湾的北侧，被称为“江海相搏”之地，此地滩涂养蚝，肉肥质美。而头上簪满鲜花的“蟳埔阿姨”，就是鱼档无言的广告。和蟳埔阿姨头上的鲜花齐名的，是蟳埔人住的蚝壳厝，就是蚝壳搭建的住宅。据说这住宅冬暖夏凉，时至今日，多少新的建筑建起，还有不少蟳埔人不以为羡，反而留恋着蚝壳厝呢……独特的民居、独特的风俗，早已在我心中留下了深刻的印象，然而我却没有想到，这蟳埔，就地处丰泽区，更没想到，热心的主人，带我去寻访的，就是蟳埔阿姨！

汽车没到，远远听到了锣鼓声，热情的蟳埔人已经等候在村口了。从车里下来，一位美丽的女子献上鲜花编织的花环，挂到脖子上，和进村一路所见花的世界，融为了一体。路上三三两两看热闹的人们，男人皆笑面如花，女性更是把头发梳成一个髻，花环层层叠叠簪于发际。有三迭，有四五迭的，真是名不虚传的“头上花园”呢。前行来至顺济宫，见到了大殿正中悬挂的“靖海清光”大匾，从题款可知，木匾系“大清康熙二十四年”由“提督靖海将军靖海侯施琅立”。陪同的当地领导告诉我，原匾已于“文革”期间被损毁，此匾是1990年重修顺济宫时仿制的。传说清康熙年间靖海侯施琅平台前，曾来此向妈祖求签并获神助，因此平台胜利后以“靖海清光”木匾敬奉之。此说虽未见之书史，但据专家考证，还是可信的。顺济宫里香烟缭绕，前堂好像是专辟成了民俗的表演区。两位老者坐在条凳上，操琴演奏，一个中年妇女在咿咿呀呀地唱，不懂，音乐也很生疏，一问，才知唱的是南音。早就知道泉州南音堪称中原音乐的“活化石”，虽然不可避免地融入了当地文化元素，但从中应该是可以感受到中原古乐之余韵的。史载唐僖宗光启元年(885)，王潮、王审知兄弟率军入闽，带去了唐代“大曲”传播于民间。大曲与当地民间音乐的相互影响和吸收，别具一格的“南音”即由此而来。

就在咿咿呀呀的南音里，几位妇女在梳头，一看便知是在表演“簪花围”了：先把长长的头发梳好盘上，绾成圆髻，以一根骨簪穿入固定，再把鲜花串成的花环一圈一圈地围到头上。有趣的是，做簪花围的，既有年轻少女，也有花甲老人，她们的表演是轻松自如的，与其说是“表演”，不如说是在重复她们每天必做的功课而已。一边往头上插着花，一边回答我们的询问，旁边不知有谁提起最近网上走红了一个“蟳埔妹妹”，一个大娘便叫：“快去，把黄小红找来！”

去年3月4日，蟳埔妈祖出巡的日子里，卖蚝姑娘黄小红也身着蟳埔女的服装，夹杂在祭拜队伍中。姑娘的美貌和开朗淳朴的笑容被网名为“大力水手”的网络推手发现，紧追不舍，拍下她朗声大笑的一瞬贴到网上，由此引起注意。更有热心的记者到蟳埔黄家追踪报道，让人们知道了一个勤劳、孝顺、淳朴的黄小红。

黄小红果然漂亮，更迷人的，应该是她的健康与淳朴。当她换上蟳埔女的服装，满头簪上鲜花之后，更招来啧啧的赞叹。难得的是，面对一片赞美，她一派宠辱不惊的从容，既没有小户人家的羞涩，更没有都市美女的作态，我想，或许这才是她在美女如云的时代赢得喝彩的奥秘所在吧？

言谈中知道，黄小红的父母都是普通的渔民，家中还有一个上学的弟弟，17岁的黄小红每天天不亮就要起床，赶到泉州市区的街巷卖牡蛎了。她说她要帮助父母分担一点，至于在被网络推手推了一把之后，有没有可能进军演艺圈之类，她说连想都没想过。

看得出，她不羡慕浮华与奢靡，安于沿街叫卖的从容与宁静，很满足于和父母弟弟一起共度艰辛，又共享天伦之乐的日子。

在网络推手们看来，或许这是人生的遗憾，在我看来，焉知不是这17岁的渔家姑娘人生的智慧？

我真怕随后还有多少只手，把这快乐淳朴的姑娘往世俗的喧嚣里推。

是的，世俗的喧嚣像一个漩涡，吞噬了多少美好的人生。喧嚣又何尝不吞噬着美好的田园？所幸者，蟳埔社区依然保存着原生的淳朴，蟳埔的美女黄小红，也还从容淡定。但愿簪花的村镇蟳埔也和黄小红一样，永远那么淳朴、开朗、纤尘不染，成为我们时时可以回忆淳朴之美的所在。

我们需要什么样的生活

孟宪杰

一

我的故乡是距离省城五十多公里的一个北方小镇。镇子的东面横卧着的是一脉青山，叫长白山。山上云雾萦绕，缥缥缈缈，时聚时散，给人以神秘的感觉。本地民谚说“东山发云，不用问神”，每每黛黑色的云从山上飘下，便一准有一场雨落在镇上。从山上流淌下来的溪水渐渐汇成一条小河，叫绣江河，河水蜿蜒着流过镇子，并将镇子分成河南河北。连接河南河北的桥是采自山上的青石板砌就，叫安澜桥，始建于宋代。岁月已经把桥面的青石板打磨得油光异常。驴车、马车驶过，那嗒嗒的清脆声响，在静静的夜里是整个镇子都能听得到的。小河在平日里，宛若处子，安静安详。仅仅在每年的雨季，往往会有几次大水从桥下汹涌而过。而撑着油纸伞，站在桥上看这时洪水，便成为小镇一景，叫做“安澜观水”。

镇子有三十六条街和七十二条胡同，横平竖直，棋盘一样把小镇分割成大小不同的方格。东西为街，连通南北大道；南北为胡同，横枕着那条小河。河南的乡民们多以种地为生。黎明时分，如水的晨曦顺着一条条街道由东向西流过。而一片“吱吱呀呀”的门响后，人们睡眼惺忪地走出来，各人洒扫门前。炊烟渐起的时候，在自家的庭院里你会听到由远及近又由近而远的牲口们的脖铃声，那是勤劳的乡民们牵着牲口下地了，他们自此开始了一天的劳作。而夕阳西下，暮霭四起，镇上的小河、远山、房屋，渐渐地被夜幕遮掩的时候，牲口们的脖铃声会再一次由远及近又由近而远。大人们甚至从牲口们的脖铃声中就能推测得出是谁谁谁收工回来了。待西天上挂起一钩弯月，暖暖的灯光便从许多窗子里透出来，静谧而安详。河北，则种地的较少而店铺比较集中。印象深刻的“程记”熟肉铺，就在外婆的家门口。每当放学回家，转过街角，远远的就可以闻到煮熟的肉香。我甚至在很幼小的时候就能从香味中辨别出那一天“程记”肉铺煮的是什么肉。这味道，甚至至今一闭上眼，它就在鼻尖处，清清楚楚。肉铺旁边的清华照相馆，是一幢上下两层的房子。而它的玻璃房顶，在那时即便在全县都十分著名。我曾经揪着大姐的棉袍，站在她的身边，在这家照相馆里留下了平生的第一个镜头。路的西边，是一家药铺，每天“哗哗啦啦”的开拉药匣子的声响与“铿铿锵锵”的捣药声，是童年时代给我留下的最深刻的声响。而一年四季药铺门前经常晾晒的色彩斑斓的各色药材则是那个时候留在我记忆中的最深刻的色彩形象。每逢阴历的逢五逢十的大集早上，沿街店铺的门板稀里哗啦地卸下，那种热闹和嘈杂所透出的烟火气息是现在的我经常想起的。

环绕着镇子的是麦田、棉田或者一望无际的绵延到山脚下的玉米地。这些土地在这条河水的滋润下，肥沃丰饶。而山脚下，则是桃园。这桃园直到上个世纪八十年代初的时候依旧春华而秋实。我每每回家，总喜欢沿着河沿一直走到山脚下的这桃园。看着不同季节的不同的庄稼，看着不同季节的桃花桃实，沐浴着煦暖的阳光，呼吸着泥土花木的芬芳，我这个浪迹天涯的游子，总会有一种回到母亲怀抱的心灵上的宁静和依归的感觉。仰望天上的流云，看着清澈见底的溪水，谛听来自土地深处的新的生命的萌动，在天地之间，我惬意地享受这份安然安静。

二

我的老家就在村子西头。那是一个方方正正的四合院，从我爷爷的爷爷开始就住在这里。它的正屋坐南朝北，阳光充足。东西两厢房是堆放粮食、柴草和饲料的地方，南面是茅房和牛圈。我每次回去，打开锈迹斑驳的铁锁，看到遍地怒生的茅草，脱落的墙皮，幽深质朴的青瓦，都会由衷地感到它的苍老、苍凉和每况愈下。只有东西厢房的窗户下，爷爷当年亲手种的两株石榴树，叶茂枝繁，生机无限。

这个院落之所以能完整地保留下来，有赖于母亲。母亲自从我搬到县城以后，就跟我住在城里。村里曾有街坊多次找到县城来，打探她有无出售这房子的意向，都被她明确地回绝了。她说，只要她还活着，家是不会卖的。是的，在这个两百余年的老宅里，有着她和父亲相亲相爱一辈子的抹不掉的记忆。母亲走后，又有人问我卖不卖这个小小的院落。我回答说不卖。年龄越大，越觉得故乡才是我的根，老屋才是我的家。我只不过是县城、省城的一个过客。我的浓郁的乡村情结，一定要落实到一个具体的点上，这个点，我今天终于知道，就是这个低矮和破旧的四合院落。

从二十几岁，我一路从小城市到中等城市再到大城市，在空间上，距离故乡是越来越远了。但在情感上，故乡却从来就是我的根脉所在。她的山水、原野、树木、花鸟以及父老和儿时的伙伴们，从来都是我生命的最重要的组成部分。年齿渐增的缘故吧，近年来我越来越怀念童年的记忆中我故乡的小镇所散发出来的那种舒缓的生活节奏、天人合一的氛围。

三

这一次的回到故乡，是因为接到柱子的电话。他在电话里告诉我说，山北坡的地被化工园占了。他让我如果方便，就回去看看。

我刚走进村子，就听到苍凉雄浑的钟声。当我回到家里，放下行囊，急急忙忙赶到村子中央的大槐树下的时候，那里已经站满了人，里三层外三层。清明时分的太阳已经很有力量，我注意到人们头上那涔涔的汗水。许多年前，这大槐树下曾经是我这个生产队长召集社员派活儿分工的地方，那挂在树枝上的铜钟会把全生产队的整劳力、半劳力在三分钟内集中到这里。对前一天的工作点评、总结并安排当天的活计后，我会扛起锄头，带头下地干活。在生产队里，那时的我的确有相当的权威，而这权威来自公心，来自带头干活，来自智慧，也来自很好的体力。它和擦奸磨滑不搭边儿，和蝇营狗苟两回事儿，甚至和上级也没有多大关系。我的确可以让哪一个社员干这干那，但这种安排在众目睽睽下，没记得有谁不服气。那时的大槐树下，也是让大家说话的地方。年初的生产队计划和年末生产队的财务支出账目都在这里公布，队上的许多大事都要在这里举手表决。至今，那些上了年纪的人还津津乐道地回味着那些争论的场面。他们说，他们是当过生产队的议员的。尽管没有臭鸡蛋和西红柿扔到对方的脸上，但争论到脸红脖子粗却是常有的事。尤其在选举生产队长的时候，一人一票，当众唱票、计票、宣布结果，那场面激动人心。庄稼人不在乎省长、县长的选举结果，但在选举自己的带头人上，却个个瞪大了眼睛，极力要体现出自己的意志。有几个从旧社会过来的人，曾挨过伪保长皮鞭的抽打，或无端被关进过局子里。当他们走到票箱前，投上自己一票的那个瞬间，他们的眼里常常滚动着泪花。长工出身的张大爷第一次颤抖着双手把选票投进票箱以后，他激动得振臂高呼"共产党万岁！"的那一刻，槐树下的村民们的呼应曾经震动了全村、全乡。

那时的柱子年龄虽小，但他知道这个队长是包括自己在内的乡亲们一票一票选出来的，他们听队长的就是听自己的。在生产队这种环境里，他开始尝试着对队上的"公事"发表意见，尽管有时幼稚，但不会有人不让他说话。而一番争论后表决的时候，他也往往不再坚持自己的意见，而把票投给别人。而时间长了，争论的多了，柱子的语言表达能力和公益心有目共睹。他是社员们公认的一棵好苗子。

而如今的柱子，则站在当年我站的位置上，对大家说，老少爷们儿们，这块土地是我们几辈子十几辈子赖以生存的地方。而如今，它被镇政府给卖了，说是要盖啥化工工业园。地是我们村子的地，不是镇政府的地。他们凭啥不跟我们商量就卖我们的地？下午他们的推土机就要开进我家的责任田，我要阻止他们。请不同意卖地的老少爷们都到我的责任田里去做个见证，谢谢大伙儿了。

人们散开的时候，看到我。他们围过来，有几个乡亲让我劝劝柱子，说"小胳膊拗不过大腿"等等。柱子走了过来，对我说，您啥都别说，下午也别去，省得给您添是非。看着柱子决绝的神情、冷峻的目光，我嘱咐柱子要小心，没有啥比生命更值得珍重。

那天下午，一台大马力的推土机开进了柱子家的责任田，他则横躺在了推土机沉重的履带前。这工业文明的庞然大物,在一介草民的五尺之躯下戛然而止。围在四周的村民们欢呼不止。柱子成了村子里的英雄。

但柱子的抗争最终黯然落幕。十几天后,在柱子外出办事没有回来的一个晚上,三台推土机开进了那片土地,几分钟的工夫后,生长着的庄稼荡然无存。柱子自此走上艰难的信访之路。

四

化工工业园建起来了。烟囱林立。并且,村子里的青年男女大多就近在这工业园里找到了工作。连一些上了年纪的妇女也被安排到了工厂里做保洁或者食堂里做帮工。他们开始按月拿起了工资。这一年春节的时候,附近商场卖家电的干脆把商场开到了村里来,就在村子中央的大槐树下搭起了帐篷。几乎是每一家都买了彩电、冰箱和洗衣机。赶时髦的年轻的男男女女们则骑上了大摩托、小摩托。村民们的日子仿佛在一夜之间发生了天大的变化。村里的小伙子们开始走俏,因为本村的姑娘们不愿意嫁到外村去,而外村的姑娘们却要千方百计地嫁到我们村里来。于是,每一个人都喜上眉梢,每一个人都喜气洋洋,每一个人的脾气都好得不得了。那一年的年三十晚上,鞭炮从午夜开始燃放,一直放到了第二天早晨。早晨相互拜年的时候,大家发现在三十六条街和七十二条胡同的路上,脚底下的鞭炮的纸屑足足有十公分厚。走在这街道上,仿佛走在雪地上,得深一脚浅一脚。节后的酒足饭饱茶余中,有人还会提到柱子和推土机,但那被当作一个笑话。更有放寒假回来的大学生们说柱子那是小农思想。他们说,马克思早就说过,资本主义的生产方式一经发明出来,它在一百年间所创造的财富赶得上整个西欧封建社会一千年创造的财富的总和。没有工业哪里会富裕?也有回来的研究生说,经济全球化是大势所趋,而全球化是一定要把每一个村民裹挟到这个过程中去的。抗拒没有出路。从国外回来的洋博士说,资本正在按照自己的需要重新塑造一个地球。我们做的也许是顺应它。质朴的村民们说,党和政府不会跟我们老百姓做对的。

但是,他们没有高兴多久,就慢慢发现那条清澈见底的小河里的水渐渐变得混浊,并不断有鱼漂浮在水面上,并最终鱼虾绝迹,恶臭不堪。他们发现,小河两岸的没有被侵占的田地里的庄稼出苗但就是不挂浆,并最终颗粒无收。他们发现,山脚下桃园里的桃树的叶子一天天变黄,并最终全部枯萎。村庄周围那些高大的白杨树上的老鸹窝里的老鸹没有了踪影,继而白杨树也不在每年的春天发芽长叶,而每年必定春归的燕子也好像忘记了这块土地。他们最终发现,村子里患上癌症的人不再仅仅局限于老年人,青壮年好像越来越多。村民们开始怀疑,所有这些,是不是都和化工工业园有直接关系。柱子们上访,没有结果。柱子们越级上访,没有结果。柱子们到北京上访,没有结果。

那个傍晚,望着工业园的林立的烟囱和烟囱里喷出的当年连郭沫若都赞美的蘑菇云,柱子问我,这还是我们的村庄吗?我说不是。我魂寄梦牵的村庄不是这样。

柱子问我,您还喜欢这样的村庄吗?我说不喜欢。我喜欢的村庄是记忆中的村庄。

柱子问我,怎么办?我问,村委会什么态度?

柱子回答我,村委会主任有三辆车,给工业园每天拉货,他们是一伙儿的。

我又问,党支部呢?柱子回答我,支部书记是一个镇上派下来的脱产干部,一个星期在村里呆不上一个小时,人家不管我们的事。

我没有话说。

几分钟的沉默后,柱子最后问我,您还是以前的您吗?我无言以对。

是的,我还是以前的我吗?

五

我这个农民的儿子离开农村已经三十年。从生产队长到大队长到镇长到县长,再到省会的城市负责一个方面的工作。官越做越大,故乡也越来越远。我已经习惯了城市的出有车和食有鱼,以及,衣冠楚楚灯红酒绿和人面兽心。尽管看到城市里的农民工的时候,我还是由衷地会想到要尽力多为他们做点事情,但仅此而已。而今天的柱子问我,我还是以前的我吗？这深深刺激了我。是的，我还是以前的我吗？我是谁？

我是当年十里八乡最有名气的生产队长，在我的带领下，每日的工分值在那个岁月里曾经达到过辉煌的两块钱，比城里的四级钳工赚得还要多。当年，县长给我佩戴过大红花。我是当年闻名全县的大队长，曾经带领着全村的青壮年劳力在山脚下筑坝拦河，修建了一个小水库。水库里蓄积的水用来发电，使整个村庄的村民们从此告别了煤油灯。水库里的水用来灌溉，不仅满足了我们本村的农田需要，还支援了附近的十数个村庄。水库里养的青草鲢鳙，是那时家家宴席上的美味珍馐。当年，市长曾经给我佩戴过大红花。还是我，在村民们的支持下，和村民一起沿河种植上了几千株柳树。在安澜桥上看夏日的洪水是旧风景，在安澜桥上看女郎山上的白云青云是旧风景，但在女郎山上看这十数里如烟的柳树，如练的绣江河是最新的风景。那荡人魂魄的风景啊。而那些用柳条编织的手工业品曾经遍布全国乃至远销东南亚。为这，当年，省长来看过。他看过了水库、水电站，站在大坝上，望着风景如画的村庄，说我们是画中人。他看过了柳条编织厂，看到琳琅满目五颜六色的那些柳条筐柳条篓和柳条牛、狗，说我们是富裕人。他看过了我们的幼儿园、小学、中学，知道在我们的学校里有十几名大学毕业生在任教的时候，他说，我们是有远见卓识的人。他来到我们议事的大槐树下，看着古老的槐树，看着古老的铜钟，看着槐树对面墙上贴着的斑驳的财务公开、政务公开的事项，说我们是诚实的人。这位白发苍苍的老人家在不要我陪同、跟随，在村庄里随意访问了十几户村民后，再见到我时，对我说，年轻人，没有少吃苦、没有少受委屈吧？我回答他，我们是共产党人。

是的，我们是共产党人。我是共产党人。

上一个世纪九十年代初，连续几年没有大的雨水，水库见了底。蜿蜒的河道逐渐变成了化工工业园的排污的水道。这时，省一级公路要从镇中心穿过。在"抓住机遇、加快发展"的口号声中，镇政府提出了建设新城镇、推进城市化的宏伟蓝图。一个动员大会之后，填河改道工程开工实施，过去河道与原来河两边的两条街道连了起来。河道变通途。而工业园的废水则由专门的管道在路的下面流过，一直到村子的尽头路的尽头流出。自然有人反对。反对的人说，河水是小镇的灵气所在，这条河今年干旱没有水，明年干旱没有水，但后年不干旱了就有水了。而填上，那就是彻底没有了。而没了河，这方人还有魂吗？支持的人说，即便有河也是臭河，不如填了，沿大路盖店铺，靠路吃路好得很。

争论在进行，工程也在进行，强势政府有集中力量干大事的绝对优势，那一下子调来的几十台推土机，日夜轰鸣，热火朝天，如火如荼。

父亲在电话里告诉我说，回来看看吧。回来晚了，家门前的这条河你就再也看不到了。那一天，我回到家中已经是晚上十点多，没有看到父亲。母亲说："你爹这几天走火入魔了，整天在河边上转，有时候半夜里爬起来又去了。这会儿，一定是在河边呢。"我出门沿河沿走去，河边劳作一天的工人们都在工棚里睡熟了。一轮新月从东山升起，山只有黝黑的轮廓。风停鸟栖，夜很静。河边停靠着的推土机、掘土机面目狰狞。在记忆的最初的源头就一直存在着的这条河要永远逝去了吗？几年干旱，就是永远干旱吗？没有了潺潺的流水，故乡还是我的故乡吗？社会进步必然要淘汰一些落后的东西，这个道理我懂。但是，一定要将这条河给填上吗？这样的一件关系到周围上万人的事情，几个人以政府的名义说定就可以定吗？

远远地看到前面安澜桥下有两个人正在从河底搬石头，我走近一看，认出是父亲和柱子。父亲放下怀中的石头，气喘吁吁地告诉我这些石头是安澜桥的桥墩、桥栏，还有古人写的楷书"安澜桥"的那块大石头匾，以及那些布满花纹的雕刻石头。父亲告诉我，这些东西明天就可能被黄土给埋了，我必须把它搬出来，等河再开挖建桥时用。他相信这河一定还要再挖开，这石头还能用得上。我听了，一时无语，心里像压上了一块大石头。我觉得父亲恪守的不仅是这座桥、这条河，他恪守的是与他生存了一辈子的这环境、这家园。而今，他守不住了，他又希望给自己找一点安慰。是的，正是这样的一点安慰。

柱子是父亲邀来的。他正在拿撬棍撬动桥墩上的一块大石头。没有机械，靠着这两个人肩扛手掀，他们在挪这座桥。我突然想到了王屋山前的愚公。

父亲在心底里一定是希望我干预一下的。但直接说出来，又怕我为难。我的确为难。

我挽起裤腿、袖子,和他们一起挪这座桥。

但毕竟心有不甘,我忍不住,又问柱子:“村里的干部呢?”

“还是那些干部。”柱子懒得抬头。

五

在回城的路上,车窗外大片的麦田正在扬花吐穗,微风中一层层的麦浪由绿变黄,不断地向我涌来,抚摸着我的焦灼的心。庄稼地之间,那一排排树木标出了道路、水渠,而北方素朴的村落就在这树木和庄稼地的掩映之中。窗外的空气清新湿润。这空气,经过大地的浸润经过农民的汗水的浸染,它厚重温存。

随着经济社会的发展,城市化是方向。这个,我懂。城市化的过程就是农民逐渐失去土地流向城里的过程,或者就是就地转化成市民的过程。这个,我也懂。但政府何以变成了商人,开始卖地、卖规划,由是一方面银行的楼越盖越高,道越修越宽,党政机关的办公楼越盖越大越盖越高,豪华宾馆、培训中心也越来越多,公费吃喝穷奢极欲,公款培训考察也由国内到国外,甚至新农村建设的会议也要跑到韩国去开;而另一方面,银行的坏账不透明,不包含农村农民的失业的城镇登记失业率居高不下,两极分化严重,环境被破坏,干群关系被恶化,政府债台高筑,大学生毕业即失业等似乎是一堆越垒越高、尚未自燃的干柴。这些,我不懂。

许多人眼见了西方人的现代生活,开始追求这种所谓现代生活,他们的确也已经西方化了。但西方人的现代生活,是我们这个民族整体的十三亿人口所能达到的吗?以汽车为例,即使我们达到了美国人的人均一点三辆轿车,我们有那么多能源支撑吗?因此,追求GDP的增长,追求工业发展的速度,追求西方人的生活方式,在这条路上,我们究竟能走多远?

现在,我们吃饱了,也许我们真的应该沉静下心来,仔细思考符合我们的民族的心性特征的生活究竟应该是什么样子。

是的,我们,究竟需要什么样的生活?

2009年6月5日改于济南

土地四种

石绍河

油菜花地

一到春天,故乡竹溪的土地上,开满了姹紫嫣红的花。但最美最香最醉人的,不是粉红的桃花、艳丽的杜鹃和雪白的李花,而是铺天盖地漫山遍野流金溢彩的油菜花。

油菜是一种很普通的油料植物,竹溪的家家户户都有种油菜的习惯。头年秋冬季节播种育苗,在风霜冰雪中长得极缓慢,却活得很顽强。她几乎一个冬天都匍匐于地,唯有那一抹青翠,为肃杀的冬季陡添了无穷生机。

几阵春风吹过,几场春雨浸过,几缕春阳拂过,几声春雷响过,矮矮的油菜如得到神秘的指令,伸几下懒腰,打几个翻滚,一夜之间,像发育成熟的少女,丰腴圆润,蹿出老高,把土地遮盖得不留一丝儿缝隙。

清晨,当寨子里的大人小孩还在昨夜的梦境里徘徊,忽然,在村庄里四处游荡不曾停歇的风,从窗户里、从瓦缝中、从板隙间送来了一波又一波袭人的芬芳。像美酒一般醉人,像天仙一般撩心,像巫女一般迷魂。大人揉着蒙眬的睡眼,惊叹:油菜花开了! 孩子闭着双眼吸溜着鼻翼咂吧着小嘴,喃喃有声:好香!

推开木板门,遍地耀眼的金黄哗地扑面而来,刺得人眼睛都睁不开。揉搓了好一阵,才看清眼前这景色。啊! 长在田间地头山坡上的油菜,仿佛邀约了一般,齐崭崭开放了。扯天连地,金灿灿,黄亮亮,恣肆汪洋,向天地之间铺展开去。清风像顽皮的孩子,在油菜地里窜来窜去,惹得油菜花金浪翻滚,波连云涌。沉闷单调的村庄一下子变得山光水亮,雍容华贵,金碧辉煌。

茫茫花海中,我的乡亲——土地的主人,他们已扛起犁耙,赶着水牛,追随着油菜花的芬芳走向田野,愉快而辛勤地劳作着。一望无垠的油菜花园就在身旁,他们却无暇去光顾徜徉。他们对这金色的风景已经见怪不怪,只知道,油菜花开,春天播种的季节就到了,丝毫耽搁不得。

两个村妇站在各自的屋檐下,为着一些鸡毛蒜皮的事,在对骂着。骂着骂着,风荡来的缥缈的油菜花香把她们噎住了,陶醉了,竟不知不觉站在一起,对着田野金黄的油菜花痴望。她们又回到了油菜花般灿烂的少女季节,瞳仁里贮满了幸福和希冀。

最先嗅到油菜花芬芳的是勤劳的蜜蜂和彩色的蝴蝶,还有情窦初开的青年男女。蜜蜂和蝴蝶在金黄色的巨大地毯上翩翩起舞,追逐嬉戏。乡村的青年男女,把油菜花地视为爱情公园,成双成对来到这里,不惜浪费大好的春光,一坐就是大半天。他们有说不完的悄悄话,有嗅不尽的甜甜味。少女的耳鬓或辫梢,插几枝油菜花,透着别样的风情和韵致。就是他们离开油菜花园,走到集市上,走到小巷里,从身上散发出来的或浓或淡的味道,人们也会知道他们刚从油菜花园回来。

小孩子逃学,或是做错了事怕挨大人的拳脚,最好的藏身处,莫过于油菜花地。悄悄地躺在花丛中,头上有太阳暖暖地照着,耳边有蜂蝶嗡嗡地歌唱,四周有菜花馥郁的香味,这样的日子神仙也未必有。于是四仰八叉昏昏睡去,宠辱皆忘,烦恼全无。等一觉醒来,已是暮色四合,高一脚低一脚向寨子里悄然走去。

野狗这时也活跃起来。发情的母狗在油菜花地里奔来跑去,一群公狗紧随其后,满头满身顶着油菜花瓣,条条野狗像穿着一件黄马褂。

菜花黄的季节,是乡村里最靓丽的季节,是乡村里最纵情的时光,是乡村里最自由的日子。老人不再呆滞和忧虑;村妇不再泼辣和多疑;青年不再羞涩和迷惘;孩子不再孤单和落魄。就连城里带着满身脂粉气的人们,也被乡村里弥漫着菜花香的风所牵引,携老带幼,远天远地来到乡下,一睹油菜花开时香气四溢的美韵和无边无际的壮观。有人看到了商机，专门举办油菜花节之类的活动，吸引更多的城里人来参观，那场面还挺火爆。

有两部电影的两个场面过目难忘。一部是电影《任长霞》，影片的结尾，没有任长霞遭遇车祸那凄惨的场面，而是让她漫步在一望无垠的油菜花丛中。我震撼了。这铺天盖地的油菜花，不正是无数的人民群众吗？是人民赋予了她金子般的品格和心灵。她永远和人民在一起。另一部是《太行山上》，两支分开的八路军队伍，在春暖花开的时候又会合了。他们会合的地点，导演特意安排在油菜花盛开的土地上，战士们在油菜花丛中相拥相抱，欢呼雀跃。多美的场面！金色的画面洋溢着英雄主义和乐观主义的色彩，寓示着前景一片辉煌光明。

金色年华是人生中最美最好的岁月，油菜花开是大自然最美最好的季节。人生会有种种挫折和磨难，季节也会时序更替花开花谢，但金色的阳光会永远照亮大地，灿烂的色彩会长久温暖心房。

包谷地

玉米，在我的故乡竹溪却叫成包谷。庄稼能够长成林的，在南方唯有包谷。我们把成片成块的包谷叫做包谷林，形容包谷长得茂盛粗壮，常常会说：这包谷长得像竹林。

包谷是一种最低廉最粗糙的食物。刨开黑黝黝的土地，将一粒种子和着灰土粪扔下去，几天后就拱出一棵包谷苗子。不怎么去侍弄它，有阳光和水分就行，过段时间去看，包谷苗已齐人腰深，秆子粗如手腕。锄锄草，拢拢蔸，任由它去生长。不出两个月，包谷苗已是伸枝展叶，层层密密，地里密不透风。

包谷的生育能力极强，一般都会背两个包谷棒子，有身体好，秆子壮的，背三四个包谷棒子也是常事。有的干部批评竹溪的妇女多生孩子，往往就拿包谷棒子作比：你就像那施了肥的包谷秆，一长棒子就是三四个。山里的孩子，的确就像包谷棒子，粗糙、结实，见风长。还有人嫌其他人少见识，开口就骂：你像个包谷鸟儿。

竹溪的水田旱地各半。说实话,包谷做的饭并不好吃,孩子们吃上几顿,就会摔碗推桌发饭疯。乡亲们并不把包谷当作主粮,只是少数缺粮食的农户,才把包谷磨成粉,当作主食吃。但竹溪的乡亲却喜欢种包谷。夏天里,大部分旱地都种上了包谷。就连菜园的篱笆边,稍宽的田埂上,也可以看到三三两两站着几株高大挺拔的包谷。包谷的最大用途是酿酒和作饲料。竹溪的乡亲不论男女,都喜欢喝酒。家家都藏有自酿的包谷烧。那酒浓烈、绵长、酒劲足。常常会看到有人喝得东倒西歪,包谷林里也常传出人的呻吟或鼾声,走近去看,原来是个醉汉倒卧在那里。用包谷作精饲料喂猪,猪就长得膘肥体壮,肉嫩肉香,肥而不腻特爽口。乡里人少胖子,除了劳动量大,吃的肉是天然饲料喂养的,不像城里人,添加剂催肥了猪也催胖了人。

夜晚,一个人从包谷地里路过,一阵风起,包谷叶子发出沙沙地响声,不禁毛骨悚然。担心从里面窜出一头野猪或是一头狗熊,害怕从里面跳出一个蒙面大汉。紧跑慢跑,心口嘣嘣直跳。

给包谷锄二遍草,是最累的农活之一。太阳毒辣,包谷林里闷热难当,锯齿状的叶子,在赤裸的手臂上划拉出一道道纵横交错的血口子,汗水一浸生疼生疼。但也有人愿做这种农活,那就是正在热恋的青年男女。他们可以借包谷林隐身,一边劳作,一边说着温情的话或是眉来眼去。他们当然没有城里人那么浪漫,可以去歌厅去舞厅去花园,包谷林就是他们最好的场所,包谷林长爱情也长,包谷林成熟爱情也成熟。乡里人的爱情源于土地,源于庄稼,真是土生土长。

包谷林是一个大乐园。乌鸦整天在上面盘桓,饿了,就撕开壳叶啄食嫩嫩的包米。野猪在夜间经常出没,一大片一大片地啃食包谷,肆无忌惮。山猴也会定期光顾,扔下掰掉的棒子扬长而去。乡亲们不急也不恼,反而说:飞禽野畜也是一条命。最后剩下多少收多少。孩子们也会偷偷溜进包谷林里,有时悄悄带走几个棒子,找无人的地方燃起野火慢慢烤焦啃着吃;有时砍倒几根粗糙的包谷秆,嚼甘蔗一般大嚼特嚼,嘴角常常被坚硬的秆壳割开一道道血口子。少男少女会躲进包谷林里搂搂抱抱。苟合的男女会约在包谷林里碰面,那是一道天然的屏障,扯下一些发黄的叶子垫在地上,就成了他们快乐的席梦思。

掰玉米棒子是最快乐最幸福的劳动，你此刻就像接生婆或像父亲，抱着玉米棒子就像抱着新生的婴儿，果实沉甸，手感饱满。掰下来的玉米棒子，带着黄黄的壳叶。稍嫩的，会拣出来剥下包米磨成浆，用桐子叶或芭蕉叶包成三角形的样子，放在蒸笼里蒸熟，微甜带酸，可口宜人，我们叫做浆粑粑。现在城里小摊上也常有人卖，我试过，远不如竹溪乡亲做的好吃，因此很少买。嫩包米太多，做浆粑粑又吃不完，就会用锅煮熟，再放在太阳底下晒干，待冬天到来闲着无事，用火慢慢炖着，炖得包米开花了，捞出来吃，又是一番滋味。老了的包谷棒子，晚上就着月光或火光，把壳叶撕开，十几个扭成一坨，骑在吊脚楼的排枋上、屋檐下的横梁上。家家晾晒着成坨成串的包谷棒子，不失乡村特有的一道风景，你也可以从晾晒着的包谷棒子上看出这些人家的家底和勤劳。

今年夏天，父亲用他攒下的零用钱，请石匠为他故去的父母、伯父母造了石碑，选定一个日子竖碑。在乡下，石碑就是刻在石头上的家谱，乡里人看得很重。我当然要请假去乡下帮衬。走进这些前辈的安息之地，我忽然发现，他们的坟地周围全是茂盛挺拔的包谷林。我心里想，他们居家的风景真好。夜来无事，他们可以从栖身逼仄的土堆里走出来，坐在包谷林里摇扇小憩，听蟋蟀唱歌，听野猪嚎叫，听包谷抽穗。竖碑的时刻，我嘱咐匠人，尽量不要毁坏坟地周围的包谷林。我的前辈都是一辈子和土地打交道的人，有包谷林和他们相伴，他们会感到幸福、踏实、安定。

包谷地安妥着无数逝去的灵魂。

油茶地

打开电视，金浩茶油正在做广告：源自深山的木本植物油。看着看着，忽然就走了神，心思回到了竹溪土地上蓊蓊郁郁的油茶林里。

竹溪大多是黄色土壤，极适宜油茶树生长。从没有看见人播种，但油茶树却长得满山满坡，蓬蓬勃勃，无缝插针。老树砍掉了，树蔸马上又萌生了新芽，生生不息，代代相传。只要不是人为破坏，油茶林永远那般青翠苍绿，那般生机盎然。竹溪的乡亲喜欢与油茶树为邻，人家就散落在油茶林里，早晚有袅袅炊烟从吊脚楼里飘出，像朵朵白云在林梢缠绕。白云，绿树，青瓦，好一幅绝伦的水墨画。

油茶树是一副怪脾气，她不追赶春天的热闹，也不羡慕夏天的灿烂，却选择在落木萧萧、寒气凛冽的秋天，开出满树满枝甜蜜淡雅的花。这花，如秋叶一般静美，不慌不忙，从从容容绽放。白色的花瓣，黄色的花蕊，你挨我，我挤你，层层缀满枝头。放眼望去，像一层薄薄的初雪覆压，又如一场浓霜骤然降临。冷寂的秋天在油茶花的映衬下，多了好些妩媚。同在秋天开放的菊花，古往今来，受到多少人的歌吟和追捧。而油茶花却安贫乐道，不慕虚华，更有君子气。

追逐油茶花的是勤劳的蜜蜂和顽皮的孩子。那花蕊里，有一滴露珠般晶亮的液汁，是茶花花一整夜工夫酿制的花蜜，稠稠的，甜丝丝的，带有花的清香和甘露的润泽。这是蜜蜂当年采蜜的最后一次机会，因而比往常更忙碌，在油茶树上起起落落，如黄金周忙个不停的机场。孩子们最贪婪茶花的蜜露，用自制的吸管，插进大朵的茶花里，狠命的吮吸，那香气，那甜味，直入肺腑，甜到骨头里去。

采摘茶果是最快乐的劳动。红红的茶果，青青的茶果，在秋风中摇头摆尾，无端地招惹人撩拨人。九月的寒露风一起，茶果就成熟了。男人挑着箩筐，女人背着背篓，小孩挎着篾篓，哦嗬喧天上山去。大人站在树下慢慢采摘，小孩爬上树梢荡来荡去。工具装满了，男人坐在树下抽烟，女人去寻美味的油茶菌，小孩趁空饱食茶花蜜。

我家的晒坪比较宽敞，摘下来的茶果，就堆放在我家的晒坪里。母亲每天早晨用木耙摊开，太阳一晒，茶果裂开，茶籽就蹦出来了。一到晚上，好多大娘大婶聚集在我家，用竹筛盛上已裂开的茶果，围着火塘择茶籽。她们把茶籽留在竹筛里，把果壳扔进火塘中。慢慢地，果壳燃烧了，火塘中央旺旺的，映得木板壁很光亮，屋子里很温暖。大娘大婶们一边择茶籽拉家常，一边享受着果壳带来的温暖，鸡叫时分才各自散去回家。

木榨房就在我家吊脚楼旁边。晒干的茶籽在碾房里碾成粉末，再用木甑甑得香气四溢，用铁箍和金黄的稻草包成一个个圆饼，趁热放进木榨里，安上大大的前窄后宽的木楔，由四个身强力壮的劳力牵着吊着的油锤，口里喊着号子，使劲向木楔砸去。随着油锤的一声声闷响，不大的工夫，清亮色黄的茶油从木榨肚里流了出来。霎时，整个寨子弥漫着浓浓的香气。我们半夜迷迷糊糊听得木榨房里开始响起油锤声,闻到茶油特有的气息,梦中都在咂吧嘴巴,仿佛正在吃香喷喷的油炒饭。

油茶地带给我们欢乐的不止茶花蜜,油炒饭,还有那高速旋转的陀螺。偷偷砍下一枝油茶树,用刀左砍右削,做成上大下尖的陀螺,把粽叶撕细扭成辫子,狠劲地抽打陀螺,陀螺就高速旋转,发出嗡嗡的声响。我们经常在课间或放学后进行比赛,谁赢了,就是陀螺王,跟英雄一般。这是一种很好的体育活动,全国少数民族运动会都有打陀螺这个项目。

我的一位隔房叔叔,因常年饮酒,有酒精中毒的迹象,神志不太清醒。一天,吃过早饭,他对家人说上山采摘茶果去了,结果天黑了还不见回家。家人急了,带着火把电筒在油茶林里四处寻找。找了半天,终于在一株油茶树下找到了畏畏缩缩蹲在那里的隔房叔叔。原来这油茶林太密太深,他竟走不出这林子。

村子里有户人家小两口吵架,吵得很凶。后半夜,女人悄悄冒雨出门,走进密密的油茶林。第二天人们发现她时,她已用青丝头帕把自己悬挂在一株油茶树上。我们看见了那个惨状,好久都不敢单独到那片油茶林里去。人们怪罪那株油茶树,毫无道理地把它砍倒了。油茶树轰然倒下,我才知道什么是殃及无辜。油茶树的命运令我忧伤。

据说,茶油具有润肠,清胃,解毒,杀菌之功效,能降血脂,降血压,防治心脏病、脑血栓等。唐代诗人李商隐吃了茶油做的食品后,诗兴大发,赞道:"芳香滋补味津津,一瓯冲出安昌春。"经现代传媒一宣传,沉寂多时的茶油,可谓咸鱼翻身,成了油中之王,且被冠以"东方橄榄油"。真应了那句老话:三十年河东,三十年河西。

最近看到报道,湖南要把油茶产业做大做强。这对竹溪的乡亲来说,或许是个好消息。满山满坡的油茶林,也许会带给父老乡亲淌金流银的生活,也许空有一座座金山银山而依然如昨。

萝卜地

故乡竹溪的人家,每户都有一块萝卜地。

节令一到冬天,山寒水瘦,树木萧疏,满目疮痍。只有散布在房前屋后，溪谷沟畔，坡上岭下的一块块萝卜地，因长满了青翠的萝卜而显得生机勃勃，那嫩嫩的萝卜缨，让人怀揣无穷绿色的希望。

萝卜，又叫莱菔，喜冷凉气候，大多在秋末冬初栽培，是一种主要的根菜类蔬菜。漫长的冬天，竹溪人的主要蔬菜就是萝卜白菜。白菜嫩不嫩，萝卜大不大，是检验家庭主妇能干不能干，勤劳不勤劳的标准。一闲下来，女主人就会走进萝卜地，拔杂草，间余苗，施家肥，起土垄，把一块萝卜地打理得利利索索，疏密有致。脆嫩的萝卜苗，吸足了养分，加上昼夜温差大，几天就蹿出老高，浅绿，亮绿，浓绿，碧绿，墨绿铺满块块零星的土地，像一笔笔或浓或淡的油彩，给冬天的大地抹上了丝丝亮色。那肥嫩的肉质直根，像圆球，像陀螺，像鸡蛋，像棒槌，悄悄地在地下成长，把有些发硬的土壤挤开一道道纵横交错的口子。扎根在大地上的萝卜肉质根，有红色，有白色，有紫色，有青色，在土地下构成了一个五彩的世界。

萝卜做菜，要经常变着花样才不厌不腻，常吃常新。竹溪最有名的当然要数小炒萝卜丝，萝卜坨炖牛肉和醋泡萝卜。把鲜嫩的萝卜切成筷子般粗细的丝，与当地用包谷喂肥的半精半肥的猪肉一起，用铁锅在柴火上炖着，就是小炒萝卜丝。先将牛肉炖得稀烂，再把嫩萝卜切成坨，放进锅里炖，当地人叫萝卜坨炖牛肉。这两样都是下酒的好菜。冬天里，竹溪男女都喜欢做这两样菜。肉就在火头上熏着，萝卜就在园子里长着，牛肉也不是稀罕物，这些弄起来方便，围着火塘就餐温暖。到竹溪人家去串门，常常看到三五个人偎在火塘四周，操着粗瓷大碗，就着火塘中央一锅正在滚开着的小炒萝卜丝或萝卜坨炖牛肉推杯换盏，眼睛眯成细缝，额上红汗涔涔，嘴角油汤滴水，如同神仙一般。那日子过得悠闲绵长，有滋有味。醋泡萝卜是一种小吃，将萝卜洗净切成大块，用陶罐或广口的玻璃瓶盛上，放上剁碎的红辣椒，倒上一些醋，过几天就是松脆的醋萝卜。嚼起来咔咔脆响，特开胃。汪曾祺先生对这种醋萝卜赞赏有加，专门写进他的散文《萝卜》里。这醋萝卜也算借助汪老先生的名气风光了一回。

城里人也非常喜欢萝卜，餐桌上常常有清水萝卜，鸡汁萝卜，醋泡萝卜等。

竹溪有谚：萝卜上街，药铺关门。萝卜赛过人参。萝卜不仅是很好的蔬菜，还是很好的水果和中药。萝卜能消食通气助消化，明代著名医学家李时珍对萝卜极力推崇，主张每餐必食，他说萝卜“下大气，消谷和中，去邪热气”。元代诗人还赋诗赞美萝卜：“熟食甘似芋，生吃脆如梨；老病消凝滞，奇功真品题。”竹溪人家的大人小孩如有大便不通，或消化不良，生吃几个大萝卜，就会神清气顺，屡试不爽。

我们小时候，天寒地冻，裸脚穿着一双烂鞋去上学，冻得脚上手上生了很多冻疮，干裂着像小孩张开的嘴巴，遇热就奇痒难受。家里条件好点的，就用化猪油涂在上面滋润。我们大多数孩子只有自己想办法，从萝卜地里拔回几个萝卜，放在火塘里将萝卜烤熟，拿出来撕开皮，趁热在冻疮患处来来回回地烫。如是烫过几回，冻疮慢慢收口结痂好起来。这是我们在实践中发现了萝卜的另一种药用功效。烤萝卜要掌握好火候，烤过了，太烫，容易伤皮；没烤好，达不到效果。有一次，一个同伴生了很多冻疮，晚上几个同学在我家写作业，写完后无事，我们提出帮那个同伴用萝卜治冻疮。他同意后，我摸黑到自家萝卜地拔出几个萝卜，放在火塘上烤得冒青烟，然后往他伤口上烫。一烫上去，他就尖叫，我们以为他害怕故意大叫，我们几个围上去把他牢牢抓住，一个人在上面狠命地烫。等他喊得没力气了，我们才松手。松开一看，已经把他的手和脚烫伤了。我们好心办了坏事，被大人臭骂了一顿。

小时候，上山放牛羊或是去砍柴，饿了、渴了，悄悄溜进附近的萝卜地，拔出几颗嫩生的萝卜，把萝卜缨子揪断，原样插回刚拔出的萝卜坑里，飞快跑到别人不容易发现的地方，坐下来狼吞虎咽或细嚼慢咽，吃得直打嗝。过了几天，插回坑里的缨子蔫了，被萝卜地的主人发现，知道地里的萝卜让人偷拔了，漫无边际地骂上几句也就偃旗息鼓了。冬天里，那鲜嫩生脆的萝卜就是我们最可口的水果，那绿意盎然的萝卜地就是我们冬天的水果林。萝卜地里有欢乐，有情趣，有忧伤，有失意。

竹溪人有两句极富哲理的话，很朴素却在理。一句是“萝卜盘成肉价钱。”是说做事不计成本，不计后果。而今，把萝卜盘成肉价钱的现象比比皆是，还振振有词“存在的就是合理的。”还有一句是“一个萝卜一个坑。”人世间其实就是一块萝卜地，每个人都会有一个自己的萝卜坑，只要找到了自己的萝卜坑，没准就能站好位置，挖出一大块金子。

走进密苏里

展宝卫

草

在密州,因为有了草,才有了密州的绿色,才有了密州的景观。

密州和美国其他地方一样,到处充满了绿。可以说,在城区,除了建筑物、构筑物,除了道路、停车场,除了河流和湖面,都是绿茵茵的草地和修剪如镜的草坪。特别是在一些公园,那一望无际的绿地,让人看了有一种恍入仙境的感觉,给人以心灵的震撼和境界的升华。

哥伦比亚市的草应该是密州的代表。这里是大学城,集中了密州最人文化的精华。刚来密大时,正是草们返青后茁壮成长的五月,满眼的绿色中,看出它上乘的草坪布局、管理水平和景观效果。

在密州,草们的作用是巨大的。

草们美丽着密州的景观。美丽的哥伦比亚,美丽的密苏里大学,如果没有草们的绿色,就不称其为美丽。在校园里,随处可见的绿地,形成了学校总体布局的基本底色,映射着草坪间高大的树木和风格各异的建筑。在城区内,行车道和人行道之间也铺了绿色,行人犹如水上漂、画中行。在城郊处,绿地一片连一片,犹如锦缎连锦缎,把城市完全包围在绿色之中,形成了城市这艘巨轮行驶在碧波连绵的海上的动感。

草们提升着人们的生活质量。草形成的绿色,已经全面渗透到人们的工作、学习和生活之中。密大校园里，有很多学术性和实用性研究机构，它们的办公楼周围，都有或大或小的草坪相伴。我认识的一位华人教授说，从绿色中，他们会感到工作的愉悦，激起创造的灵感。校园内的草坪上，更能看到学生们或坐或躺看书学习的场景。怪不得我们在临出国前的集中培训时，外教老师堪德丝——一个长相标致的来自美国犹他州的女孩，嘱我们不要忘了拿块塑料布垫，到了美国的大学可以席草地而坐看书学习。密州的家庭大体相似，住房除了有大与小、豪华与普通之分外，有一个共同的特点，就是在房前屋后，都有自家的私家草坪。草坪上设置了阳伞，摆放了桌椅，有的还在两棵大树之间自制了简易的秋千，好不惬意。傍晚时分或是周末休假，看到有不少家庭欢聚在草坪上，尽情享受着他们的天伦之乐，好不使人羡慕。每当看到这幅情景，孤寂的我走在大街上，虽有美景、有时也有美人养眼悦目，但心中不免油然产生一种惆怅。在密州，人们对草坪的偏爱还体现着美国人的文化和文明。据说，当一家的草坪不能及时修剪时，邻居有权举报，因为他认为影响了他的生活质量，管理部门就会很快找到户主，要求尽快修整，否则就作罚款处理。我想，这种情况如果在咱们国家，要么帮邻居修剪一下，要么两家早就打得不可开交了；如果真有罚款的事，我们肯定要托托关系找找人，求得个少罚或不罚。但人家美国人不兴这一套。有些人家外出旅游，时间久了，回家来首先迎接你的是几张罚单，因为管理部门早就替你雇人及时修剪了草坪，你只能乖乖地照单付款了事。所以，美国人包括华人外出旅游，都要叮嘱朋友及时帮忙修剪草坪。在这种管理方式下，保证了每家草坪的整洁，保证了整个城市绿地的整洁，从而保证了整个环境的优化和美化。

草们启迪着人们的思想。条件折射思维，环境激发灵感。这应该是有道理的。试想，当置身于无垠的绿色之中，谁的思想能不受感染，谁的心灵能不为之而震撼。一个空气清爽的早晨，我们去城市西郊的耐克公园打网球，休息时我跑到高尔夫球场上，看到那如茵的绿地，觉得那简直不是人工做的，而是上帝赐予的杰作。我禁不住一下子躺在上面，伸展四肢，长吁一口气，顿感浑身的舒坦与顺畅。仰天望去，湛蓝的空中洁白的云随风走着，我的飞扬的思绪也随洁白的云走着：我想起了我的同事们，他们可好？我想起了我的朋友们，他们可好？我想起了我的家人们，我长这么大还是第一次出这么长时间的远门，他们都已经处于高龄或肩负工作与生活的重担，现在他们可好？尽管我离开时，他们一再表示，放心去吧，家里一切都会很好的！

我躺在如茵的草坪上，仰天望着，湛蓝的空中洁白的云随风走着，我的飞扬的思绪也随洁白的云走着……

树

在密州，因为有了树，才有了密州更加富有层次的绿色，才有了密州更加壮丽的景观。

随心漫步在密大校园里，微风轻拂中感受到了树的景致、树的温情。时间一长，更感受到了树的宽厚、树的启迪。记得刚到校时，正是五月中旬的好天气。密大没有连绵的院墙，没有气派的大门，更没有凡来人必登记的门卫和传达室，我对密大的一切都感到十分的新鲜。密大的校园，几乎就是哥伦比亚这座城。在我惊讶于密大的静谧、典雅、书卷和活力这种浓厚氛围的同时，我更惊讶于密大那数不清的树、大若参天的树、各具性格的树。后来去的地方多了，方知偌大的密州城外是森林，城内是园林。密州，蔽于树的荫下。

密州的树，以不同的景致，给人以不同的印象。

一树一景。在从我们所住的公寓去教室的路上，有一个小型广场。广场靠路的边上长着一棵巨大的枫树，矗立在那儿，颇有些顶天立地的气概。它树干硕壮，树冠如盖，枝叶繁密，树龄大约有二百多年吧。从远处看去，就像一位年富力强、精力充沛的中年人，给人以稳重、干练、踏实之感。二百年了，它沐浴了多少风和雨，目睹了多少人和事；它又经历了多少爱和痛，体验了多少悲和喜？我们虽然不得而知，但从那饱经沧桑的干上和肥厚滋润的叶上，它向人们展示着它的经世的风采和处事的定力。

一组一景。我们所到之处，特别是礼拜天外出旅游或是到公园游玩，经常会看到一簇一簇的树木，也可以说是一组一组的吧。它们或是同类合并，或是相似组合，远望或近观，侧目或是正视，都会给人以不同的印象和感受。在哥伦比亚市的西郊，耐克高尔夫公园是人们锻炼和休闲的好去处。偌大的公园，要是步行走下来，很是费时间。一眼望不到边的绿地上，生长着许许多多知道名字的树和不知道名字的树。由于对原始森林的合理保留和公园需求的人工斧凿，使这里的景观在古朴中透着精美、现代中洋溢着纯真。那些沧桑的老树、健硕的大树和茁壮成长的小树聚在一起，宛若一个幸福美满的家庭，抑或是一个和谐融融的社会。有一天，我发现一组树，是生长在水边的。远看三棵树，走近才看清是五棵树。它们根连着根，干比着干，枝搭着枝，叶叠着叶，相互紧拥，抱作一团，一副神圣不可侵犯的样子。我想，此时把它比作一个家庭、一个团队、一个利益集团或是一个国家，似乎都可以。但在我的心目中，它更像一个家庭。它不禁使我想到，处于美国中部的密州，传统是它的本色，淳厚是它的风格。在看似漫天清风，实则鱼龙混杂和四面靡歌的北美大地上，它特立独行着，顽强地挺立着。说来有点古典的悲壮和现世的感动。据说，全美在 2005 年底，非婚家庭已首次突破一半，占到全部家庭的 50.2%。而在密州、在哥伦比亚，我们看到的却是一派天伦之乐。在七月份的一次课外作业中，老师让我们各找一位美国人，让他们回答自己认为一生中最重要的五件事情。我们团的 18 人找的 18 位美国人中，有 16 人回答第一位的是家庭。当时我到体育馆锻炼，借机找的是一位在出入口处负责刷卡的姑娘。当我问她为什么把家庭放在第一位时，她扬起她那漂亮的脸蛋认真地说，有了一个幸福的家庭，人才能幸福一生。她企盼的眼神和幸福的笑容让我心动，至今犹在眼前。

一行一景。在密州，因为森林覆盖了它的面积的三分之一，故树的景观多呈自然态，很少见有成行成排的。城区的景观树和园林树都按照规划的要求作了精心布局，按照密州的土壤、气候和城市主题的需求选择了不同的树种，分为针叶树、开花树和大的树荫树，一般以枫树、银杏树和松树为主，辅以其他树种和灌木。按照功能的不同，它又分为行道树木、停车场树木、庭院树木和公园树木。这种精细的划分和准确的选种，保证了密州的城市四季常绿、三季有花的美丽景观。所以，成行成排的树只有在城区才能偶尔见到。令我颇有感慨的一行树，是在六月的一天清晨，在清新的空气里和轻风的吹拂下，心情爽朗地去散步时发现的。当我来到一个社区时,在一个私人住所前,看到了一排成行的大树。这里十几株银杏树。它们那挺拔的树干、简练的枝杈和蓊郁的叶片,在蓝天白云下显得更加青翠。初出的太阳照在它们身上,一半是浓郁,一半是灿烂。透过这排大树,草坪深处是一座乳白色的两层别墅,掩映其中,若隐若现。这所院落虽然像美国其他地方一样没有院墙,但这一排高大挺拔的树木,却形成了一道天然屏障,似乎是自由与法律的分水岭。它使我联想到,从1620年的第一批欧洲移民踏上北美这块神奇的土地正式签订《五月花号公约》起,到1776年《独立宣言》的公开发表和以后《宪法》的颁布实施,美国人就把弘扬个人主义和保护私人利益深深地根植于他们的理念之中,进而形成了美国现代文化的核心。表面上看似无度的开放和无限的自由,实际上有着健全的法律和严格的制度在约束着、规范着。鸟儿可以自由地飞,但那只能在笼子里。即使在道德范畴内,官场上的失誉、商场上的失信包括情场上的失德,都会让你几乎没有机会去改正。他们不信奉"人非圣贤、孰能无过"的格言,而践行的是人生在世、诚信至上的理念。因为联邦法、州法、行规等都很明确,如果违犯,那只能是行为上的故意,除非是精神智障者。在美国,在密州,在法律和自由的关系问题上,似乎应了中国的一句俗话,关在家里我怕谁?出了门去谁怕我啊?

一片一景。在密州,成片的树林和浩瀚的森林到处可见。看着成片成片的树林,我想,美国如此好的植被,应该是上帝赐予与人类保护有机结合的结果。直到现在,密州的森林面积仍有增无减,因为法律规定,采伐森林,伐一补二。森林也就罢了,城市里那些参天大树是怎么留下来的?有时我会看着这些大树发呆,眼前仿佛幻出一种场景:那是我们谁也没有见过的远古时代,北美大地苍茫葱郁,万物勃发。植物与山水同生,生灵与日月共戚。后来,土著的印第安人辛勤地耕耘在这块土地上,日出而作,日落而息,自给自足,其乐融融。后来,一伙白人来到这里,在印第安人懵里懵懂中,白人变成了主人。后来,白人们以土为家,在已经成为森林的地方设堡建城。值得庆幸的是,建城时白人拿了一个规划,哪些树去掉当建材,哪些树留下作景观,都一一标明。后来,就出现了城市。后来的后来,就变成了今天的样子。当我漫步在成片的树林中时,置身其中,真切地感受到了什么叫绿色?什么叫生态?什么叫宜人?置身其中,在尽情享受这天然氧吧的同时，又容易使人产生一些冲动和激情，想发问，想呐喊，更想抱住一棵大树来寻求一种新的力量……

当我即将离开密州的时候，已是秋末冬初。树们有的已叶落归根，伸向天空的干枝显出它的苍劲；有的红火一团，为城市的美景奉献自己的欢颜；有的金甲披身，似乎在留恋着秋的收获；有的仍绿沐寒风，显示出生命的顽强。叶子落也好、留也好，红也好、黄也好，只要是树，来年，还是生机一片。

雨

7 月 9 日，是礼拜天。一早起床去跑步，从公寓出来，看到地面上一层水明晃可鉴，以为是公寓工作人员起了大早洒的水。但一想不对，美国人在礼拜天向来是不早起做工的。向路面上和草坪上仔细一看，原来是下得一场雨所致。真是的，昨晚 12 点以后睡觉，根本就没有听到下雨或是嗅到要下雨的样子，而这雨就是这样下了。这大概是在凌晨以后吧，它轻轻地、细细地、绵绵地，在人们的熟睡中，像是怕影响了人们的酣睡，又怕是惊扰了人们的美梦，更像怕是惊醒了在母亲怀抱中那甜睡的婴儿。而当人们早晨醒来、出门来，看到的是水洗过的天空、润过的空气。一缕清风吹来，心旷神怡，使人从懵懂的睡意中清爽头脑，同时给人以万物生机的感觉。

刚到密大的前两个月，几乎每周都要下一场或一阵雨，而大多都是在夜间。头一天的下午还丝毫没有要落雨的迹象，但第二天早晨就是湿漉漉的一片，阳光照样灿烂。有人说，这是密州的雨通人性，夜间下雨不影响人们的工作和生活，而且悄无声息，像是一位忠于职守的天使，什么时候需要湿润了，就适时地下一阵雨；什么时候需要清洗路面了，就下它一场雨，很是会往人的心眼里做事。密州的雨滋养着密州大地，使草更青、树更绿、花更艳，同时也滋润着密州人的心田，使他们摒弃烦恼，心地更清纯。

密州的雨对密州的人是格外亲近的。

有一个雨天，我们步行去市中心参加一个朋友聚会。在纷纷的细雨中我们擎伞而行。到了市中心的大街上，不经意间发现了一个奇特的现象，打伞的就是我们这几位，而街道两旁行走的美国人，竟然没有一个带雨具的，他们像平常一样迈步疾行或缓行，丝毫不像是空中落雨的样子。有些男士肩上已经明显地带有湿渍，有些女士的前额上也已经有几缕秀发贴上。我怀疑雨是不是还在下？我收起伞，雨还是在下着，它轻轻地、细细地、绵绵地……我不禁驻足观察，仿佛恍然大悟：我们是在躲雨，他们是在找雨；我们是在遮雨，他们是在享雨。难道这也是文化差异所致？仔细观来，还真有点道理。美国人对大自然有一种天然的亲近感，他们采取的基本态度是融入、享受，不仅是雨水、阳光，甚或是大海、森林……

看着雨中行走的人们，我揣摩着此时他们的内心世界。他们是不是认为这是上苍对他们的无偿赐予，谁能多得到几丝雨，谁就能得到更多的福祉。他们是不是认为这是上帝对他们的轻柔地爱抚，在美国这个笃信耶稣的国度里，上帝是他们灵魂中无尚的至尊，他们的一生都在你从哪里来、又到哪里去的轮回中不断得到精神的升华，似乎谁能多得到几丝雨，就能够多得到上帝的爱抚，谁也就能得到更多的人生真谛。他们是不是在工作中和生活上遇到了什么大的困难或新的起点，认为可以在清凉的雨中得到灵感，寻求突破？以密州人求实的性格和务实的作风来推断，他们一定会抓住机遇，从现在做起，从这件事做起。

这时，一位妇女推着一辆童车迎面走来，母子同沐雨中。大约有一岁的金发碧眼的小男孩宛若橡皮玩具一样那么精致、那么可爱，头上、脸上湿漉漉的，显得更加水灵。他嘴上塞着一个奶嘴，小嘴不停地嚅动着，像是在贪婪地吸吮着雨的滋润，吸吮着人的滋养。在这种滋润和滋养中，他健康地滋长着。

原来，密州的人对密州的雨也是格外亲近的。

水

美国人对上帝的尊崇，与他们的宗教信仰有关，更与他们所享有的丰富的资源有关。他们认为地上生的、水中流的、地下埋的那无限的宝藏，是上帝赐予他们的。上帝能赋予他们拯救人类的职责，同时又赐予他们赖以完成使命的资源。丰富的水资源,便是其中之一。我曾于七月下旬小住芝加哥市几天,泛舟在五大湖之一的密歇根湖广阔无垠的水面上,就有一种出海远洋的感觉。

密州像美国其他地方一样,既有丰富的水资源,也有深厚的水文化。在密州众多的河流和星罗棋布的湖泊中,最有影响的当属密西西比河和密苏里河了。

美国最著名的密西西比河和密苏里河均流经密州并呈T形在其境内的圣路易斯市交汇。密西西比河是北美洲最长的河流,也是世界第四长河,全长6270公里。它是北美大地上流程最远、流域最广、流量最大的河流。"密西西比"是印第安人对这条河的称呼,意为"大河"或是"众水之父"。它同时还被人们称为"老人河"。上世纪20年代,《演出船》作为百老汇首开先河的代表佳作,生动地讲述了该河上一只流动剧院船上发生的故事,剧中的一曲《老人河》,唱出了密西西比河古老的历史和两岸人民的生活,至今流传不衰。河长流,曲长响,形成了一支河之魂的交响曲。密苏里河是美国的主要河流之一,它发源于蒙大拿州黄石公园附近的落基山脉,流经4300公里后在密州的圣路易斯注入密西西比河,形成浑然一体的巨大水系。密苏里河的名称也来源于印第安语,意为"大独木舟之河"。

两河给密州带来了丰富的收获。密西西比河在流经四千多公里来到密州后,没有了上游因崇山峻岭而形成的急水湍流,也没有因逶迤千里而形成的曲折蜿蜒,它在把千川万流汇集到它的怀抱中之后,向密州展现了它的水流稳定、航道深阔的温顺性格。由于它的经济价值,从而使密州成为美国的比较发达的平原地区。密苏里河作为密州的母亲河,与密西西比河相得益彰,在密西西比河由北向南流经密州滋润东西两岸大地的同时,密苏里河由西向东流经密州又同样滋润着南北两岸的大地。这种纵横交错的水网体系,形成了密州得天独厚的自然资源、发达的农业生产和极具规模的工业体系,使密州居于全美重要地位就不足为怪了。

两河给密州带来了无限的风光。我没有畅游密西西比河的经历和体验,只是在圣路易斯该河的岸边上领略了它的点滴风光和一抹胸怀。但是从18世纪法国作家夏多布里昂的作品中形成了我深刻的记忆。他在他的浪漫主义小说《阿达拉》的序中淋漓尽致地描绘了密西西比河两岸的北美原野风光。西岸是草原，是悠闲地在草原上漫游的野牛。“草原一望无际，绿色的波浪逶迤而去，在天际与蓝天连成一片。”东岸则到处是树木的世界。“它们高耸入云，为目力所不及。”我想，现在已是时过境迁，那一望无际的草原和高耸入云的树木变成了什么样子？密苏里河在两个世纪的岁月里，似乎也发生了一些变化。原来的密苏里河不像现在这样河面宽阔、水流顺畅舒缓，当年那是一条咆哮危险的河流。7 月 31 日我们去密州的州府杰佛逊市参观，在州政府的议会大厦上，我们就清晰地看到了不远处由西向东静静流淌着的密苏里河。当年美国前总统杰佛逊设立密州在这里确定州政府所在地的位置时，决定依河而建，恐怕也是动了一番脑筋的。我们接触到的哥伦比亚市的一位市民说，泛舟密苏里河，实在是有一种脱胎换骨的感觉，水流就在你的脚下奔涌流淌。不论你在哪里行舟，都不会遇到阻碍或者不便，感觉的只有绵延不断的水体，同时还有一种自惭形秽和充满力度的复杂感受。

两河还给密州带来了睿智的启迪。密西西比河绵绵 6000 余公里，吸纳了多少河流大川？包括像密苏里河这样的 4000 公里长的大河也在入海前纳入它的体系。这是何等的力量！没有这些千万个支流的涌入，它就不会具有那巨大的流量、湍急的流速和滋润大地的能量。这就像美国的现代的多元文化，它以吸纳百川的胸怀，吸引着全球之人才、之资本、之精华，来共建自己的幸福家园和美好国度。

密州也概莫能外。密苏里河在造福人类的同时，它还是美国人冒险精神的标志。在二百年前，美国探险家梅瑞威德尔·刘易斯和威廉·克拉克沿密苏里河逆流而上，直到太平洋岸边，历时三年时间，创造了美国探险史上的奇迹。从此以后，数以百计的探险家和数以千计的垦荒者来到这里，开辟了密州最早的发展史，在密州这个通往美国大西部的门户上留下了深深的历史印痕。美国社会为此还举行了盛大的 200 周年纪念活动。现在看来，是密苏里河培育了美国人勇于冒险的精神，使他们在其他各个领域都敢于冒险？还是美国人固有的冒险精神征服了桀骜不驯的密苏里河，从而使它造福人民？如果有可能的话，我想请教一位密州人，看能否得到一个满意的回答。

成都物候记

阿来

蜡梅

前些日子，动完手术刚能走动就到医院园中散步，看到一株半凋的蜡梅，就以为在病床上错过了蜡梅花期。出院后某天，趁天气晴好去浣花溪公园散步，远远就闻见浓烈的香气，知道那是蜡梅香，循味而去，果然见溪边小丘上盛开着几树明亮的蜡梅。想走近看看，上面可落脚处却被至老年方焕发了文艺热情的人们占据了，正咿呀歌唱。歌声自然不会好听，所唱曲子也是“文革”战歌，就想这些人都是当年的红卫兵吧，自然就止住了要看梅花的心情。

又一天午后，笼罩成都平原多日的雾气散开，天空中难得地洒下来淡淡阳光，自然要出门沾沾地气。就在自家小区花园最僻静的角落发现了几株蜡梅。隔天晚饭后，在小区公园的大道上散步，眼无所见，却又闻见了浓烈的香气，那种只是属于蜡梅的香气。星期六专门寻去，在公园平常不大去的东北角上，又发现了十好几株，有的正盛开，有的已然开始凋零。那些花瓣先是失去了明净的黄，失去了表面亮闪闪的蜡光，也失去了花瓣中的水分，萎缩在枝上，在微风中悄然坠地。但那盛开着的几株仍足以把心情照亮。使我有心情跑回家给相机充电，换上合适的镜头，去记录它们的容颜。

就在收拾相机的这一刻，忽然起了一个念头，该随时用相机记录下自己所居这座城市花朵的次第开放。这时是阳历的年头，阴历的岁末，正是开始做这事的好时候。还想好了总题目：成都的物候。我也知道，物候也者，虽然也包括了各种草本木本的花朵应时应季的开放与凋谢，但又不止于此，而包括了更多的物象。我只是喜欢这个词，只好装着不懂得物候的全部意义，就用了这个题目吧。

梭罗以自然笔记《瓦尔登湖》为世人所知，但可能好多人还没有读过他观察植物的书《种子的欲望》和一本观察物候的笔记（一时间忘了名字）。我想，我的笔记就应该类似于那样的东西。只是干上这活，寻芳觅香，要耽误许多喝酒和玩麻将的时间了，这在成都可是重要的社交。

我学习记录青藏高原的花开花谢已经数年时间，为什么不把所居城市的花开花谢也观察记录一番。而一旦起意就拿起相机，到小区花园里去拍梅花。不对，这么笼而统之说梅花不对，因为除蜡梅自己独成的这一科之外，还有一种也称为梅花属于蔷薇科的红梅，同样上出叶前开花。还与蜡梅一样的，是花朵都从枝上绽放而出，其实本是出于叶腋，只是那叶子还要一月有余才会出现，待那叶子出现时，这些花朵与它们的香气都幽渺远去，无迹可寻了。

这一天，是2010年元月16日。

在我镜头所及处，尖瓣的蜡梅普遍在凋谢，圆瓣的正在盛开。

第一次，这么仔细地观察蜡梅，才发现，以前以为就是一种的蜡梅，还是有许多分别，按植物学上的术语，就是有很多变种。这些变种是人工培植以后，被有意诱导出来的吗？还是当初在野生状态下就是如此。就我看到的有限的资料，好像都是人工培育而出的变种吧。有书说，变种有五种之多。而我看到的应该算是四种吧。

先是圆瓣和尖瓣的，分出两种；而圆瓣和尖瓣的，都又分别有红心与素心（也就是黄心）两种。如此共四种。

又看到资料有素心、馨口、九英等对这些变种的命名，自己一时还不能有十足的把握一一对应，就存疑吧。顺便补充一句，前次写博文《错过了蜡梅的花期》，几位网友来指教，说，“蜡梅”的“là”是这个“腊”。这里先谢过一字师了。你们说得都对，我写得也没错。腊梅是说其开放的时间是在腊月。而蜡梅是说其花瓣上那层光如涂蜡一般。大家都不错,两种用法都有人用,都有各自的道理。这其实和中国人的植物命名的随意有关,到了植物学家们那里,为了准确表述,他们都用拉丁文的学名,那是一个科学但我们看来未免生僻难解的命名系统。就这么糊里糊涂地似是而非着吧。

拍了蜡梅回家,又看到小区中庭两树红梅已经满枝蓓蕾,一旦蜡梅隐身,它们就要在春节前后热闹登场了。

还看见,从夏天到秋天再到初冬都不知疲倦的洋金花(木本曼陀罗),差不多掉光了硕大的叶片,质感介于草木之间的茎上,枝上,都已绽发出细小娇嫩的新叶了,如此说来,洋金花就是2010年最早吐芽的园中植物。

早 樱

"草堂人日我归来"。

和这座城里的很多人一样,节前回老家过年,节后返城。我回城在"人日"这一天,而且真去了草堂。

在成都,说草堂就是杜甫草堂,任何人都不会认为本市还有另一处草堂。这些年来,人日这天,草堂似乎都有围绕诗圣杜甫的活动。这天出门前百度一下,跳出好多行的"草堂人日归来"。打开来,都是当地媒体关于草堂祭拜诗圣活动的报道。今年的活动是有人穿了古装扮演高适和杜甫两个在台上对诗云云。

高适在蜀州刺史任上时曾给流落成都的诗人朋友很多帮助。他治所不在成都,在现成都市下辖的崇州市,今天上成温邛高速西行,不过二十分钟左右车程,那时骑马坐轿,到成都可能得两天时间。公元761年大年初七这天,高刺史作了一首《人日寄杜二拾遗》,其中有句云:"人曰题诗寄草堂,遥怜故人思故乡。"多年后,杜甫离开成都飘零于湖湘,高适已经病故,他从故纸堆中翻检出高适的这首诗,不由百感交集,作了首《追酬故高蜀州人见寄》,寄给谁呢?无处可寄,只是寄给自己的一腔哀思罢了:"自蒙蜀州人日作,不意清诗久零落,今晨散帙眼忽开,迸泪幽吟事如昨。"

如今，如此深挚的友谊已经渺不可寻。要叫人穿了古人衣裳，在地理阻隔后更继之以阴阳阻隔的两位诗人相对吟咏确是大胆的创意，是对表演者要求很高的创意。所以到了草堂门口，还是不敢去看“诗圣文化节”上的演诗。其实本也不是为此去的，为的只是去看草堂四周的玉兰花。

回老家前的腊月二十八，就在草堂前看到有玉兰花开了，且有更多的枝梢擎着毛茸茸的花苞准备绽放。隔了一周回来，只见原来开放的肉质的花瓣已多半凋萎，原来含苞欲放的，却并未开放。人在远处，手机里每天还传来成都的天气信息，都是阴，都是降温，都是零星小雨。就这么从大年三十一路下来，直到了初七这一天。先开的玉兰被冻伤，未开的玉兰都敛声静息，深藏在花苞的庇佑中不敢探头了。

玉兰让人失望，不意间却见到了一树树白色的繁花。

李花？梨花？总之不会是梅花。梅花花期已到了尾声，早就一派凋零了。就这样，在没有一点期望的情况下，樱花展现在眼前。没有期望，是因为成都的文化中——至少是那些流传至今的诗文中，没有描述过樱花的物候——至少我没有读到过这样的诗词与文章。

初八日，去塔子山公园，也是要去看见过的几树玉兰。竹篱之中，牡丹正绽开初芽，间立其中的几树玉兰，也与草堂所见一样，节前开放的已被冻伤而萎谢，准备要开放的却因低温而仍沉睡在毛茸茸的花苞之中。走下园中的小山时，在将近山脚的地方，忽然看见一片浓云似的白。原来是一株十来米高的大树四周围着几棵干小一点的树，都开着一样颜色的白花。白色本是寂静的，但这几树繁花以数量取胜，给人一种特别热闹的印象。尤其是最大的那一株上，每一条枝上花都开得成团成簇，每一簇上定有三五十朵白色小花，结成了一颗颗硕大的花球。不由人不停下脚步，停留在那些花树间，晕眩在浓烈的花香里。

曾在五月份樱花季节里去日本旅行。第一站，就去看鲁迅写过的，“望上去确也像绯红的轻云”的上野樱花。看了很多很多樱花，领略了日本人浩荡出游赏樱的情景。当然也见到很多过敏体质的人被空气中弥漫的花粉所苦，戴着大口罩避之唯恐不及。之后一路北上，一周过去，竟然跑到樱花花信的前头去了。去一个私人博物馆参观毕，在露天里喝茶望远时，主人几次遗憾地说，要是晚来两三天，满坡漂亮的樱花就开啦。回想起来,那些樱花在我记忆中都是深浅不一的粉红,也是一朵朵花结成一个个花球,上面猬集着数十朵复瓣的花朵:美丽,精致,却有点不太自然——典型的日本味道。还得到一本日本友人见赠的和歌集,其中多有吟咏樱花的诗句,不独歌唱其盛开,更多是喟叹群英的凋落。一片一片花瓣被春风摇落,一条曲折小径被花瓣轻轻覆盖,确有一种幽冷的意韵。

我还是更喜欢看到花树们蓬勃盛开。

塔子山公园这几株樱花,一色的白,就在二月的天空下盛开着,而不是在日本建立起关于樱花记忆的五月。让我确认是樱花的是一块牌子,上面确切地写着:樱花,而且写的是"日本樱花"。到网上一查,日本樱花却是一个庞大复杂的家族。花形,颜色,花期,香气都个个不同,没有见过许多实物怕是弄不清楚。但得到一个大致的印象,凡是单瓣的,大概都更靠近野生的原种,而且是早开的。反之,复瓣越是繁复,越是人工诱导培育的结果,大致也都晚开。眼前这几株,不论花朵攒集得如何繁密,把花一朵一朵看来,都还是朴素的单瓣,都像蔷薇科李属的这个家族那些原生种一样,规则地散开五只单瓣,中间二三十支细长的雄蕊顶着金黄色花药,几乎要长过花瓣,簇拥着玉绿色矮壮的雌蕊。资料上谈到樱花的花期,都说是三到五月,也就是说,早樱开在三月,而晚樱一直可开进五月,但在成都,这些白色樱花在二月就开放了。

可惜的是,这片园林景观没有很好经营,这么漂亮的樱花树竟未形成突出的景观,而且,树的四周还横穿着电线,树下还放着垃圾箱,想拍一个全景都不能够了。

尽管如此,经过的游人也在感叹:好漂亮的花。

也在讨论是什么花。梨花。李花。杏花。遂想起两句诗:"三月雨声细,樱花疑杏花。"看来不止我一个人没想到会遇到樱花。还是一个像是来自农村的老太婆说:"樱桃嘛。"

植物学对樱桃这般描述:"树皮紫褐色,平滑有光泽,有横纹。"那横纹却漂亮。细长,微微凸起,在紫褐的树皮上是浅浅的紫红,如细长眼眉。植物书上还说:樱桃的花有很好的观赏性,有几种亚洲樱桃品种是专门用来观赏的。这些观赏性樱桃是樱桃的变种。最主要的特点是:花的雄蕊被另外一丛花瓣所代替,形成了双丛花——也就是复瓣吗?因为缺少雄蕊，这些品种都不可能结果。

印象中樱花属于日本，看植物书才知道，其实中国才是樱花主要原产地之一。樱花真正的故乡是喜马拉雅山地。日本的《樱大鉴》中说，樱花从喜马拉雅山地先传到北印度和云南。如今日本樱花都由原生于腾冲、龙陵一带的苦樱桃演变而来，在人工培育下，花由单瓣变重瓣，并产生出从淡粉红到深粉红的种种颜色。苦樱桃？我在自己的小说《遥远的温泉》中曾描写过仍然生长在青藏高原上的野樱桃花，不过那花开在高原迟到的春天，开在六月。而高大挺拔，树皮上长着许多细长眉眼的野樱桃结出的鲜红多汁的果子确实是苦味的。少年时代，曾经攀爬过许多樱桃树，期望发现一棵果实甜蜜的野樱桃，结果自然是徒然。那些苦樱桃只合了做了鸟与熊的食物。

也有人说，中国人早在秦汉时期，就将樱花栽培于宫苑之中了。不知真是如此，还是外国人有的我们也有的心理在作祟。但“樱花”一词，确见于唐李商隐的诗句：“何处哀筝随急管，樱花永巷垂杨岸。”而樱花原生于中国的青藏高原是确实的，那么，成都紧邻着青藏高原，我小说中写到的那种野樱桃，就遍生于距此不过一百多公里的邛崃山脉的山谷中间。那么，至少在李商隐的时代，这城中也有樱花开放了吧。

据说日本有樱花，是十二世纪后，即日本的平安时代的事了。还据说，当时日本人的本意是引进梅花，樱花是随那些梅花无意间夹带过去的。没见过确切的资料，算是“姑妄言之”的谈资，没有要轻视另一国文化的意思。

还是回到草堂，看草堂门口的招贴，“人日”活动的主题是怀念杜甫和赏梅花。其实，从节令上说，蜡梅早已开败，红梅也到了尾声，仍留在枝上的簇簇花朵也失去了盛开时的灼灼光华，倒是白色的樱花盛开了。也许，多年后，“草堂人日我归来”，人们要来此处赏花，赏的就是中国的樱花了。识了这白色的早樱后，在城中四处走动时，就不时都看到有洁白的樱花在一树树开放，甚至在一环路上，一个加油站旁也看到开得非常繁盛的一株，而且，就在小区公园中也看到好几株，只是新栽没几年，那树还没有高过蜡梅，远看去还误以为是李花之类罢了。今年识了樱花，想必明年春天，就能预先滋养着看樱花的心情了。

紫荆

六天时间下来，看看里程表，将近两千公里。

去了趟川滇交界的金沙江边。看到了那边天旱的景象。草几乎全枯了，海拔三千多米那些地方，箭竹也一片片枯死。扎根深的树，还是绿着，虽然绿得有些萎靡，但该开花的还是开出满树繁花。看见了红色的木兰，看见了高山杜鹃，因为干旱，那些肉质肥厚的叶片都很干瘦，也失却了叶面角质层上晶莹的蜡光，即便这样，还是捧出了一簇簇顶生的粉红色的花。只是，近看时，那些花瓣因为缺乏水分干涩不堪，光彩黯然，让人都不忍举起相机。我便提醒自己，观花不是我此行的主要目标。乡间道旁，五色梅依然在尘土中顽强开放。林下，干涸的河道，未播种的地头，肆行无忌的紫茎泽兰无处不在，开着满眼干枯的白花。听当地人说，过了江，继续南去，怕是再顽强的花都难以开放了。

从准备写作《格萨尔王》以来的三年多时间里，时常在川藏交界的金沙江边行走，访问，感受。去年出了书，不想似乎还缘分未尽，这次又特意到下游川滇交界的地带行走一番。为什么呢？我不确定，大概跟未来的写作计划相关。在高峰列列耸峙，河谷条条深切的这一地带，在清末，在民国时代，曾经上演许多悲壮纠缠的活剧，过去那些头绪纷繁的故事面目正日渐模糊不清，但余绪悠远，一直影响到今天的族群和文化与政治格局。我不知道，自己是不是已经准备好了，要一头深扎进去。所以这么说，是因为我在犹豫。

其实，抛开这个沉重的话题不谈，这么些年来，我对于植物的兴趣，就集中于青藏高原与横断山区。只是去年生病，体力不行，一时手痒难耐，才来关注所居城市的植物，内心里真正向往的还是西部高原。但既然做了这件事情，也该有始有终。毕竟，身居这个城市，这个城市的一切并不是我以为的那样，与自己没有太多关联。

昨天，不，是从前天，行经那些干旱许久的高山深谷时，天变阴了，有零星的雨水降落。稀疏的雨水中，飞舞的尘土降落下来，一直被尘土呛着的嗓子立即舒服多了。行走在路上，仿佛能听到干渴的草木贪婪吮吸的声响。昨天黄昏,回程中翻越一座高山,先是漫天大雾,继而飞雪弥天,能见度就在三五米内,增加了道路的艰险,但想到这些湿润的饱含水分的雾气会被风吹送,去到山的背面,翻过一列又一列的山,给那里干渴的村庄与田野带去雨水,心里还是感到非常高兴。

成都真是一个自然条件得天独厚的地方,前一两个月,北方寒流频频南下,横扫北方与东南,但隐身于秦岭背后的四川盆地却独自春暖花开,当南方高原干渴难耐,盆地中的川西平原却还有细雨无声飞扬。这不,离成都还有两百多公里,还在从高原上那些盘旋不已的公路上往盆地急转而下,手机响起,是成都郊区青白江的朋友说,那里樱花节开幕了,请我去聚聚,顺便看看樱花。

越靠近四川盆地,道旁的草木就越滋润,不时有树形壮大的桐树与苦楝开满繁花,撞入眼帘。这一来,眼睛真的就舒服多了。

正因为此行看够了干枯萧瑟,早上起来就出门去看盛开的鲜花。

特别要去看几棵此行前已拍过的紫荆,它们可能已经凋谢了。

紫荆是很早就开在身旁的。十年前住在另外一个小区时,楼下围墙边就有几株。每年春天,暖阳让人变得慵倦的日子,就见未著一叶的长枝上缀满了一种细密的红花。

那种红很难形容。上网查一下,维基百科有直观的色谱,给了这种红一种好听的名字:浅珍珠红。对了,在太阳下,这些密集的花的确闪烁着珍珠般的光泽。但那时的印象就是围墙边有几树开得有些奇怪的花。那么多细碎的花朵密密猬集,把一条长枝几乎全数包裹起来了。但就没有移步近观过。我想,这也就是大多数人对于身边花开花落的态度吧。也询问过这花的名字,"花多得把枝子全都包起来了,就像蜜蜂把蜂房包裹起来了一样。"问得并不认真,答得人也多半心不在焉,"也许……大概……可能……"不记得是不是有人真的告诉过正确的名字了。就这样,这花年年在院子里兀自开放。

后来,工作过的杂志挣了些钱,在郊区弄了一个园子。虽说是公共财产,但还是想尽量弄得漂亮一点。当然就是在建筑之外的十多亩空地上多植花木。也就是这个时候,识得了这种植物名字,叫做紫荆。当时所请的花工,叫的是这花的俗名:满条红,虽然土俗,却也贴切。离开那杂志有三四年了，不去那个园子也有三四年了，那里的花该是很繁盛了吧。不止是紫荆，还有紫葳、芙蓉、含笑、樱、桃、桂、梅……也是在循时开放吧？

真正近距离观赏紫荆，还是这两三年。不止看见漂亮的花色，看见满枝密聚的小花，更看清楚了朵朵小花也有精妙的结构。五片花瓣分成两个部分，三片花瓣在上部张开，两片在下面，合成袋形，前突出来，像某些食草动物前伸的下颚，雄蕊与子房就包裹在这闭合的两枚花瓣中间。书上说，紫荆是乔木，但在我们四周，作为一种景观植物，它却以灌木的姿态出现。也是书上说，这是因为紫荆强健，易修剪，因而不断被塑形，随意长成栽培它的人所希望的样子。

紫荆花期真长，二月底就拍过蚁附于枝上含苞待放的花蕾，三月中就尽数盛开了。今天看见整个植株，所有枝梢上心形的绿叶都尽情张开，快要形成绿色的树冠了，但那些红花还热闹地开着，至少还能在枝上驻留一周时间。

新叶萌发了，但花还在盛开。

现今城里很多观赏植物不是中国的原生种，但我写这组物候记还是尽量往中国的原生种上靠。紫荆是中国的原生种。既是原生种，就忍不住要找找古人的文章与诗词是不是写过。

真是有很多诗文写过紫荆，但在那些文字中，花本身的形象并不鲜明，依然是睹物寄情的路数。那花树不过是一种兴发的媒介罢了。

安史之乱时，流离中的杜甫与家人分在“两都”（长安与洛阳），“感时花溅泪，恨别鸟惊心”，某天写了一组《得舍弟消息》四首，其四前两联：“风吹紫荆树，色与春庭暮。花落辞故枝，风回返无处。”紫荆是何模样与情态我们并不知道，读这些文字所能感受的是诗人对不能返回故园与亲人团聚之悲苦的深长咏叹。

中国的古典诗歌，以物起兴，成功者就成为后来者的习惯路数。“昔我往矣，杨柳依依”，后来一路写下来，大多是柳色伤别。而紫荆兴发的情绪，也有一定指向，那就是离人思念故园。有韦应物《见紫荆花》为证：“杂英纷已积，含芳独暮春。还如故园树，忽忆故园人。”

而我看见花树，就看见了树与花，只是想赞叹造物的神奇与这花具象的美，并没有唤起与古诗言及的类似的情感。这便是文化的变迁。文化的变迁重要的不是过什么节不过什么节了，穿什么衣服不穿什么衣服了，重要的是人思维方式与感受事物的路径的改变，是情感产生与表达方式的改变。为什么今天有人依律或不依律写五言七言我们不爱看，端的不在于形式，而是其中一脉相承的抒情表意方式，与我们今天的心境，已有千里万里之远。

秋之绝唱

孤岛

秋声

秋偷渡而来，悄无声息地笼罩在天与地之间。秋静静的。

秋，起初是淡青色的。当我早晨起床的时候，忽然有了太阳已经休假远去的感觉，外面的空气是凉爽而舒心的，也可以说是无欲无泪的恬静。这是早晨，而夜晚总让你不由自主地将被子拉到身上而惬意地入梦。

秋天的气息，一种饱经沧桑的气息。唯有凭着所有的生命去感受去体验秋天的恬然和无为。秋不像夏天那样热情蓬勃，也还没有到该把自己关在炉火透亮的小屋里的时候，秋天是无边无际的笼罩，也是无边无际地敞开的。在屋檐边，在水边，在丰收的田野上，你走到所有地方，都是一样的宁静淡然，一样的意味深长。

步入秋天，我心怀善意。

面对秋天，我总是沉默无语。

风吹来，带来了凉意。多变的风告诉我，夏天易冲动，脾气乖张，因而也易出现孩子们做的错事。而如今也不再能听到蛙鸣了。塞上的一切都零落成泥，留下点香气，淡淡的，让我怀思。

我怀思什么呢？

秋叶是后来离开树的，是我沉思之后悄然地零落下来的，如一段又一段童话,一滴又一滴泪珠。而河水已经流去好远好远了啊。那一场惊动大地的青春交响怎么就这样快地无影无踪了呢?洪水在记忆深处泛着红光,一瞬间又熄灭了。唯留下清澈、恬然、沾满柔情蜜语的秋水映照出我伤感的愁容。而秋天又因此显出一副无比忧郁的模样。

美丽而清贫的,我的秋天。

孤独而傲然的,我的秋天。

品着秋天,如吮吸一杯浓茶,苦中一缕清香。

记不起哪一个猴年马月,一个诗人从空中降落到里岸边,也许是秋得很深很深的时候,对秋天充满虔诚和感激。而如今,经历了不少沧桑的我,也不由得秋天起来了。

人到了这个年纪,心的年轮上被烙出了皱纹,爱只能是淡淡的,深深的,微微的点点不灭的恨意凝结成霜,在梦里化作无声泪痕。

梦里常常想起那个蓬勃的夏天,一群火热的青春,被一场暴风雨咬得粉碎!

这使我想起一条河。河流上是否有淡淡的红色丝丝缕缕地飘着?

树根或阳光上,是否留有淡淡的齿印呢?

而秋叶是曾有过的,青青秋叶中也留着点点秋的牙痕,是一种刻骨铭心的东西不小心表露出来的。然后,我看着这些可爱的小精灵被一种注入的东西所刺激,不由得泛滥出金子的光泽。尔后,招摇了几天,在辉煌的早晨零落下来了。一片又一片……在风里跌落,有时还夹着雨声,因而显得有些破碎。美是破碎的。

叶子零落成泥,陷入土地,夏也陷入了秋的意境。一种沦陷常比另一种青云之上更为崇高而壮丽。秋已失去往日的热情,却似乎比夏天恬然、深远得多。

走进秋天,坐成一座孤岛。

坐在秋天的树下,我满怀歉意;坐在秋天的树下,祈祷着过去和未来。

夜悄悄地来临,虫儿躲在草丛里拉开嗓子。无论虫鸣是怎样地此起彼伏,也算不上灿烂的,而且也显得煞是破碎不堪。从月下秋菊的金盏里,释放出酒的浓烈气息。天凉好个秋!天空中飘来了古桂槐的香味,哦,这是辛辣的笑!哦,秋是辛酸的。

已经老去的秋天,就算不上秋天了。

第三十九棵白蜡树下

云朵被风刮走了。天上空幽幽的,难得有如此的清净。街头的白蜡树突然金黄起来,而且看上去无比浓烈,每张叶子都是黄澄澄的,连茎秆似乎也被感染了。一株又一株的树冠,繁花般的树冠,那样的灿烂透明!浑身喷着香气,远远望去,恰似火舌在蔓延,金龙在狂舞,从街的这头到那头,从屋后到屋前,从我的脚下到我的天空。

我站在第三十九棵白蜡树下,等一位少女,等她骑马归来。

火焰从昨天烧至明天,从我的脚下升上我的上帝。我被烫伤,被一尘不染的赤诚之秋叶所感动,而秋天也因我这痴情凝望所激励,叶子哗啦哗啦响起来了。我没有想到树冠上有一只鹰在盘旋。

而寒意悄悄地注入我的皮肤,注入我的心脏。我感觉到的时候,它们已颇像辣椒粉一样炙痛我的心。什么也没有出现,而我守望什么呢?我忽然乱了方寸。这种纷乱撩动一股激情,一下子涌到我的脸颊,滚烫滚烫的。我想这长街边又多了棵白蜡树了吧。

公共汽车在不远处川流不息。

而我在等一个人。灰尘纷纷落上我的头发。我所翘望的淡黄色倩影没有飘然而至,带来芳香。也就是说鸟鸣终没有响起。

三年前,我们相识又各自远走天涯,约定今日今时在此地相逢,以秋天的名义举行简单的婚礼,然而,我钟情的少女并没有归来,她会来吗?她会飘洋过海而至吗?她会乘长风驾祥云而至吗?

我默默无语,在第三十九棵白蜡树下。

一片叶子从我的眼帘前飘过,蝴蝶般轻盈美丽。又一片金叶飘下,梦一般轻柔迷人。一会儿,落下一群叶子。我望着岁月在飘落,片片都是金秋的火花。爱呀,是否也在成熟中凋零?

两个穿白衣的姑娘走过,手中拿着长长的竹扫把,慢慢地拂过大地。哦,是清洁工,她们弄出呼啦呼啦的声音,传入我的耳朵。好寂然,好凄清呦。

太阳西斜，栅栏的影子在悄悄地上升。

一棵又一棵向远方伸展而去的白蜡树被晚霞照耀，更加殷红了。我的四周竟比我透明。树干被好心人涂上一截防寒过冬的白泥灰，因而呈现灰白色的迷蒙。这白蜡烛，圣诞节的蜡烛，不是如我这般作生命的最后喷薄吗？

我等待，在第三十九棵白蜡树下。等花开花落，等苦菜花噙满最后的芬芳。

……地上的树叶一层层地堆积了起来。表层的反光与树顶的辉煌相辉映，把久远的记忆照亮，即使夕阳离我而去，黑夜普降，这一条秋天的火焰仍会灿烂无比的。

我已一无所有，除了等待。

我跪在地上，对着上天喃喃地诉说着什么。

晚风吹过，辉煌的时刻始终没有到来。

人到中秋

独立塞外秋色。

月在天上很圆，茕茕孑立。淡淡的光辉洒在林子上，一片清明爽目，似乎有一种蚕食的声音。我的心有一战一栗的感觉。

眺望世界，绿色煞是满堂，但已微露黄叶飘然的忧伤了。隐隐约约侵入体内的寒意已使我感到某种凄凉的东西不知不觉地来临。它紧紧地抓住了我的喉咙，让我无法喊出来。

人到中秋了吗？我这样地问自己。

一切本来是很美好的。美得让我把人生岁月随意打发到河里，东流而去了。我已不年轻，老胡子爬满了那富有力度的下巴，苔藓一样猛长。每每看到在花园里追逐的孩子飘舞的头巾，我心湖上就泛起几叶悠悠浮萍。

中秋，是团圆的日子。我与谁团圆去呢？孤孤零零的一条汉子，连身影也不是我的了。从前，我是有过朋友的。可是，一些被火车远远地带走了，留在这里的又被我糊里糊涂地忘却。而如今，唯一的友人，一个诗人，却已有了自己的家。他属于爱他的妻子和孩子,属于他老丈人丈母。他们老少三代人合家欢乐,不正是一个美好的时辰吗?我是不能去打扰人家的。他至少还有一方净土,而我属于谁呢?上帝早已将我这个不听话的孩子扔在茫茫戈壁上。为躲避灾难,丧家犬般被莫名其妙地追得无地逃窜。

故乡是永远地离我而去了。

中秋之月,仿佛一个梦,寄存着人间的相思。

唉,人到中秋了,还这么多情,我想。不过,疮痍似乎是不愿消失的,而爱和恨却早已飘逝于荒地。我是爱过的,说起来也算是真诚的。煌煌的火焚毁草地,除了一团灰烬什么也没有留下,想起来,惶惑如梦。我闭起双目沉思,想捕捉一个可爱的影子,可终是徒劳。眼窝枯竭了,我想可能再也孕育不出泪水了。

假如没有激情,假如不热恋狂放还怎么称得上夏?其实,这还是远远不够的,还应该有股疯劲乃至由此而起的尖酸刻薄。我作为一个热恋过的孩子是大胆地玩过海的,可留下我这一身湿衣服滴着水外,四周沙滩一样空白。没有,就是没有,连一颗贝壳也没给留下。

人到中秋,才知我不是为了什么才被生下来的……偶尔开出的花朵也不能让我增光添色。出生前,我不过几丝虚无缥缈的空气,走过这世界后,最终回归泥土,灵魂也不过升作一缕轻烟飘然而去。我没带什么来到人间,所以也不会让我从人间带走什么。

“活得轻松些吧”,我劝慰自己,并努力抖动被压歪的双肩。在我还是孩子的时候,我的确为功名迷惑过,也因此像许多人一样猎狗似的追逐过,并且为戴上功名桂冠的人鼓过掌。那种欲望使我变得充实而常生怒气,因此也常常痛苦之至。但痛苦之后,又迎来朗朗的天,决然不知道哀愁的滋味。如今升入云端,回眸向大地俯瞰的时候,似乎看见了那幕挤在众人之中登山的情景。我还没有得到我所渴望的一切,就已经对这些失望了,我怎么不忧郁!我毕竟没有做过什么坏事,这是唯一值得我欣慰的。我的心走过“而立”,步入了“不惑”。

孩子一边吃着月饼,一边望着月亮。

谁又不是呢?而我怀疑人的欲望是否已超越自身的智慧了,因而自以为聪明地在给自己设置迷人的圈套。为物欲,为思情。可是谁能既吃着月饼又获取秋月之光辉呢?对于我来说,这两个圆形的东西,仅仅表示了起初和无限,主题唯有一项:空洞。是的,它是零呀,是开端,也是结束。

拂一拂衣袖,让尘土飘落吧,让日子飘落吧!人到中秋,也就没有什么大的奔头了,凉意在心底越存越多,大概要积聚成霜了。一粒粒洁白的晶莹,碎玻璃一样割破我的肉体和灵魂。啊,世态无比的炎凉!当你被赶入冷宫时,人们是偷偷微笑的。故友中,最好的也只是从你窗外无动于衷地走过,踩伤我的心。为自己,也为他人。

我能说什么呢?月亮,在多少数不清的寒夜,我因汲取你的光华而亢奋,甚至忘了多少人背后或当面诅咒我。如果人也像树一样有年轮的话,那么我每个年轮里都凝结着不幸和酸涩。这一切皆出自于诗人对情意的袒护和哲人对于理性的忠贞。当你掀掉那些彩色的伪衣,露出各种各样的肉体和灵魂时,怎么不会受到接二连三棍棒之敲击呢?躲是躲不掉的,我的"头顶"常常被泼满"污水"。这就是命运。

你在诗中写道:"如果我在黑夜里举起白旗/绝非投降/而是表白自我的纯洁。"

人到中秋,真的想后退着走了。将月饼扔给狗吃,而摘下月亮,不是我的悲哀,而是人类的幸福之一。你说。

走出大雾,我看到秋叶渐渐地黄了。这些精灵将在秋风中被吹得神魂颠倒的。飘落吧,都飘落吧,让大地显出一片狼藉的模糊。我将赤裸地站在冬日大街上,让冻僵的筋骨展示出秋不灭的意志!

一轮月亮,在天上清明爽目。人们都睡去了,他们在梦里,梦见什么了呢?

秋　叶

叮当,叮当……

一片片飘在空中,金币般打了一个旋,又打了一个旋,然后轻轻地坠地,叮当当……

沿街的林带下,积起了秋最后的辉煌。

步入花园,日夜可以听见斑斓的音乐交击而下。

忽然,一片落叶离开树枝坠下来,坠下来,重重地打在我的头上,我沉默如许的灵魂竟回荡如钟。九十年代里长发蓬乱的我,此刻站在陌生的街上。诗人,该走向何方?

走向哪里?踩着落叶,站在陌生的街上,我该走向哪里?面对夕阳余晖,我羞愧无比。

我羞愧无比,走在塞外的城市里。一辆汽车向我奔来,我还没有说出问候的话,却又驶去了,又一辆汽车追我而来,可是,眨眼间,又越我而去了……官车、私车、出租车,还有婚车,都一副满足的样子穿城而过,扬起我破旧的衣裳。地上积聚的落叶如受惊的鸟,一哄而起,噼噼啪啪地鼓起翅膀,半飞半舞地追逐着越转越圆的车轮。它们怎么能如此寂然地待在地上?它们怎么不渴望重新跃起来飞翔?夕阳将我的影子拉长,拉长……

我独自走向秋天的郊外,对一切不再陌生。

我感到饥饿,掏掏口袋,只有几张皱巴巴而且沾有汗污的诗稿。谁家的灯光会欢迎我这头丧家之犬?哪位姑娘能伸出美丽温柔的手,抚平我的衣角,抚去我头上的灰尘,给我温一杯酒。谁啊?……我已疲惫不堪。

夕阳,这最大的金币使我困惑也使我气壮。上升或者下坠,静穆或者发光,唯留短暂的芬芳,一片金质的声音在太空敲响。叮当,叮当……从夕阳到秋色,无处不有生命的交响。

我在夕阳里,羞色泛上脸颊。

许多人在中午举着竹竿和铁棍子敲打恋树的秋叶,而我竟视而不见。我听见群叶在纷纷坠落,它们的头颅碰着头颅,私语着:美是脆弱的,秋天不堪一击。

愚蠢的人们将棍子打在秋天的头上,打在我们这类高贵之人的头上。我沉默如许的灵魂钟一样敲响。

人之将死,其言也善,而秋之降落,其容也格外地绚丽粲然。

秋叶在夕阳里芬芳着。我闻着这种气息,似乎精神了许多,似乎饥饿已成为昨天。

路边,一个乞丐,她穿着一身破旧的青棉袄,向我伸出的手,一个劲儿地颤抖着。而我望着她的乱发上沾满的榆叶发呆。她没有向秋天乞讨到什么,只有一片落叶飞下来,悄然地落到她张开的手掌上。而城市另一角,却飘着烤羊肉和茶叶蛋的气息。熙熙攘攘的人群走来走去,堆满了笑意。台球桌旁,花花绿绿的少男少女在玩耍,不时地将笑声传来。

乞丐是一个多余的人,而我更是这城市多余的人。那年秋天长发蓬乱的诗人,在一种渴望中,踩着落叶的金币远走他乡。

一片又一片金叶在晚风中打旋坠落下来,叮当,叮当。

我头重脚轻地走入皇帝的花园,看见一片染着夕阳的落叶离开树枝飘下来,打在我的头上,并将我覆盖。

孤冷而辉煌的葬礼!

秋　人

又是秋天了。

该黄的都黄了,我的心也不由得秋天起来。到处可见树木挣扎着作最后一次灿烂的光景,而我却再也不能打起精神走我的人间之路了。

这是我诞生的季节,也是我死亡的季节。

我是爱秋天的。因为秋天的阳光格外温和,秋天的雨格外缠绵,秋天的凉爽也是出奇的适宜于我的。在这样一个曾经孕育我拯救我生命的时光里去死绝不是一件令人遗憾的事,至少还可以还秋天的愿吧!

那年的秋天,我从天上来到人间。记得着陆的地方正是江南的河边。仿佛是一种宿缘似的,我与秋天开始齐兴共衰、同生相亡的涯路。于是,我拥有了秋水的明澈和忧郁,并与秋草一道经历霜雪的沧桑。又仿佛记得父亲曾经告诉我:“你生下来时,因为瘦得只剩皮包骨头(我想清瘦如秋天吧),看样子养不活了便扔到了村外,后来,想想不忍心,又去捡了回来。”

我是被捡回来的一条生命。

活在一念之差。

我是地地道道的农民之子。挑水、砍柴、插秧、锄地。在秋天,与父老乡亲们一道收割金色稻草和麦子,汗淋淋的。生活,一如乡间的秋日,充实而辛苦,但从没有想到抛弃活下去的欲望和信仰。那时只想跳出农门,也就是所谓的“超越”而已。是超越了。

超越了又能怎么样?

进城上大学。然后,跑到离家乡万里之遥的塞上闯荡生涯。那种汗淋淋的辛苦是摆脱了,但摆脱不了孤独。愤怒:为不公不平而呐喊;痛苦:为虚伪庸俗而焦虑。我在异乡,孤独如一叶扁舟,漂泊于人海深处,黑暗一点点侵蚀着我的双眸;我模模糊糊地认清一些人,看清了却愈加伤心。

风萧瑟着,落叶凄厉,泪水常常使我陷入迷茫里不能自拔。我忽然感觉到:人越长大,生活也愈加成为多余的东西。

我该怎么办呢?

我已有了秋天的感觉。而秋天一年一度地飘飞着老去。

坐在秋天的阴影里,我体味着无比落寂的情怀。秋天的太阳在无遮无拦的天空上暴晒着四空,不惜地挥霍着那么一些烫人的光和热,仿佛有一种殉道精神,又仿佛是在与自己过不去。而我开始远离人群,静静品尝早晨和黄昏的寒冷,以及那苍白的月光。

起始,逐渐隐隐地从菊花和古桂涂画的秋晨里觉悟到苦中那清香的况味。品着,品着,就品到了一种绝望,似乎来自落叶,又似乎来自事物的根部;又好像都不是,是来自一阵偶尔吹过的风,不,来自灵魂深处的醒悟。

比如有一阵子,我突然厌恶起自己,厌恶起自己倾吐和构思的那些方块字,瞧不起自我的一切,涌起一种将自己看透的感觉。我的内心骤起一种疼痛,比秋天还刻骨铭心地疼痛!它使我沉默如初。

而另一些人,从不照镜子看看自己,却将他们的污言秽语当作真理四处兜售。他们的声音或阴或阳,十分暧昧,他们的脸孔镀了一层金,一如得志的小人;而他们的思想是旧的,旧得生满了蛀虫。这些人就是这样一种人:对秋天缺少敬畏,只将目光向上看,投注于树上的果实,而将唾沫吐给地上的落叶。

你们不知道,当这些落叶曾经还在树上的时候,他们是极力地讴歌过它们的,犹如讴歌树木本身那样,怀着谦卑和虔诚。

……还有一些躯壳在行走。

我感到无比的空虚。

落叶所饱尝的苦难,一种疼痛来自事物的根部。

我不能解救自己,我不能依靠他人,我不能将迷途的羔羊在大风来临之前将它们召回安全地带,选择 A 或 B 或 C 以及 W,其命题不一样,但答案只有一个:O。

你能将爱情托付给在大街上扭着屁股走来走去的女人吗?不能的!所以,你也不会将仁义交给任何一头牛,不会将肉体寄托在这荒凉的岛上。

那么,只有带着秋天的遗憾走了。

我想选择这样一个辉煌而又坠落的季节去死,让金色落叶层层覆盖,或许是一件大快人心的事。

或许这种归宿比活着还绚烂呢!

还不耗费一滴鳄鱼的眼泪。

烟酒情怀

曾敏之

全世界在喧嚷禁烟,医学上已验证烟有损健康。

全世界不非议于酒,从中国的远古以迄现代,不闻禁酒的喧声。

对人生的境界,各有所求,嗜烟嗜酒,各有所好。我的生活记录,有过吸烟的日子,但却非上瘾,只是一种点缀,那是十年“文革”时期,因在大学教授文学,从古到今,被指为放“封、资、修”之毒,罪该“批斗”,于是被禁锢于“牛棚”里,长日待“斗”,不让与人交谈,但却容许抽烟。我虽非烟客,这时却接受了买劣质的白雀牌每天两包,用以排遣日长如年的时光。

说来也自觉诧异,我抽了为数不少的白雀牌香烟,却不上瘾,只觉得于吞云吐雾之间,眼前如浮云缕缕,白雾茫茫,倒有助思考的情趣。只可惜当时没有纸笔书写的自由,否则会留下一点“日知录”的。

十年“文革”的灾劫挨过了,三十年久居香港,其中有一半时间是在晨昏颠倒的生涯中度过。当夜班,操笔杆,于紧张中却不感到“夜长如年”,而是感到调节生活也仍有一烟在手的好处。我吸烟,不上瘾,因为我不是在吸,而是烧,将烟点燃就吐出一圈圈的白烟,让烟圈在夜空中化淡、消失……因此以自己的吸烟史,曾与友朋中发过“吸烟无害论”。

吸烟真的无害吗?朋友以历史上的先哲为例,辩驳了我的“无害论”。他们指出鲁迅翁因为多吸廉价烟,染了尼古丁的毒,损害了肺的健康而早逝的。从许广平撰写有关鲁迅的日常生活,证明他吸烟致咳嗽、致病的经历。也从鲁迅翁写的《病后杂谈》、《这也是生活》、《死》等不朽篇章敬佩他“弄文罹文网,抗世违世情。积毁可销骨,空留纸上声”的伟大精神。这也许是鲁迅翁平生一边手提烟卷,一边沉思挥笔写下伟大作品的吧。

与鲁迅翁同有嗜烟的还有一位人物,就是林语堂。他是"五四"新文学运动与鲁迅翁同时代的著名学者、作家。他抽的烟,不是烟卷,而是以烟斗,执于左手,衔于口中,从来不离不弃的。他居留美国达三十年,使用的烟斗来自世界不同的国家,形式、质地各有优点,抽烟斗已历大半生,直到八十高龄终不悔于烟斗的陪伴。他曾发出感慨:"我不知道如果没有烟斗,我会怎样。我想我会无法定下心来做事,也无法思考。"他曾按照医生的严肃警告,戒过三个星期的烟,过的是无烟生活。他说:"是绝对不智的行为,最后终于抵不过良心的鞭策而重回正道。"

林语堂以继续吸烟斗称为"正道",是幽默,也是出自人生感悟之言。这也是晋代名士张翰发出的"人生贵适志耳"的涵义吧?

对于吸烟,似乎还没有人写吸烟史。林语堂喜爱烟斗,自认把吸烟列为二十四快之一,也算是吸烟的"自传"了。

饮酒就大不相同了。中国历史传统上有关酒的记载,可说史不绝书。从古代传说杜康造酒……以迄现代,真是酒史皇皇,轶闻、轶事太多了,因饮酒惹祸的事件也层出不穷。例如西汉时代的灌夫,以任侠使酒到失控程度时,惯于骂人,因骂了贵戚田蚡而遭杀害,于是"灌夫使酒骂座"成了禁忌的典型,令已辞世的当代作家聂绀弩吟诗自警:"休学灌夫多使酒,若逢西子莫题诗"。

最引起史家非议的是曹操之杀孔融。曹操是嗜酒的,他曾横槊赋诗:"对酒当歌,人生几何,譬如朝露,去日苦多。"但因南征北战,需要军粮,他曾下令禁酒,节省粮食,遭到孔融反对。因此成为拂逆曹操而与之结怨,这引成杀孔融的动机之一,也成就了曹操奸雄的形象。

在酒的历史上,也曾有类似灌夫酗酒的人物,例如《史记》中记载的郦食其就是,他家贫落魄,却嗜酒,自称"高阳酒徒",在河南高阳乡里,谁都知道他是"狂生"。他于刘邦争夺天下时,去谒见刘邦,误为儒人。被拒见,他敢于按剑指令门吏向刘邦说明他是"高阳酒徒",不是儒人。刘邦前倨后恭,重用了郦食其,取得他的献计,夺得军事上的胜利,因此,"高阳酒徒"并非贬称。台湾的高阳就是一个酒徒,却是著名的历史学家、历史小说家,他对国家的兴衰治乱,从史实研究、考察,"洞若观火",不因酒而视弱，没有如白居易题诗自况“纵逢晴景如看雾，不是春天亦见花”那样模糊。

值得重视的是关于饮酒也反映一种酒德的表现。晋代的陶侃也许是著名见于史册的一个了，拟《晋书》卷六十六的《陶侃传》有这样的记述——

“侃每饮酒有定限，常量有余而限已竭，浩等劝更少进，侃凄怀良久曰：‘余年少曾有酒失，亡亲约，故不敢逾。’”

通过传记，可见陶侃年少饮酒曾犯过失，经已故的父母以叮嘱告诫他不可再饮酒过量犯错。席间的友人虽然劝他再多喝几杯，他则以感伤的口吻说明自己定下了酒量，遵亲命而不敢有违，婉谢了友人的劝饮。

这是很感人的故事，可助豪饮的人警惕于酒后失态发狂。

但是酒毕竟是喜酒的文人雅士难以克服的癖好。最突出的当推李白，有如发誓般。“但愿常醉不复醒”。如以当代人物为例，著名画家傅抱石可称尽瘁于酒了。他刻有一个闲章“往往醉后”。他自认挥毫画出传世之作，是得助于酒燃烧起他的豪情。酒已构成他创作艺术瑰宝的因素，已难戒除了。最后以脑溢血不治谢世于南京。

说到这里，还怀念另一位最近逝世的著名大师级人物杨宪益先生，他是驰名世界的大学者、大翻译家，平生真是“嗜酒如命”。虽然命运坎坷，但对酒从来不辞常醉。到了2003年，却因患了急性胰腺炎和脑血栓被迫戒酒，他于无可奈何中以深挚的友情寄和友人一首律诗，成了绝唱，诗是这样写的——

残年残体早横陈
不喝茅台不吃荤
银锭桥边藏病狗
金丝仓里卧闲人
客来电话能张口
朋去心随只动唇
幸喜临行能一晤
京门重会待明春

继杨宪益老之后。另一位大师钱钟书在经历了十年“文革”的劫难，当他与上海诗人王辛笛互寄诗篇时，也充满感旧伤怀不堪回首的往事——

雪压吴淞共举杯
卅年存殁两堪哀
何时榾柮炉边坐
共拨寒灰话劫灰

从这首诗，可想见十年“文革”所造成的灾难、冤案真是数不胜数。但是诗人王辛笛对酒却不怕醉，特别是对名酒一往情深，见于他寄给我的一首小词——“帘外雨纷纷，酒香不怕巷子深，知是杏花村。问君何所有？寒夜客来茶当酒，名酒更温馨”。

如今，岁月无情，提到的哲人、作家、画家、诗人、大师……都离开我们了。烟酒情怀烙下了不胜沧桑之感！

2009年11月26日于广州

读画和鉴赏

（法国）林鸣岗

在巴黎时间呆久了，自然而然就要时时充当“艺术导游”的角色，接待的人物很多，有的身份很高，地位也显赫。陪他们看大大小小的博物馆、逛画廊，甚至商场也是我的一个工作了。许多人都对巴黎的艺术和文化气氛留下深刻印象。希望我能谈谈一下艺术的感受。他们的好学精神令我感动。有的人第一次进卢浮宫，第一次进奥赛博物馆都会又惊又喜、感慨万分。

使我印象最为深刻的是许多一辈子研究艺术的画家，一直到了晚年才有机会见到“真佛”，我国最早研究印象派的画家金冶到了七十多岁才看到莫奈的原作。写下《印象派的再认识》、《论古典绘画》的吴甲丰先生研究了一辈子西方艺术，竟也是到了耄耋之年，才到了荷兰一睹伦勃朗《夜巡》和凡高《向日葵》的真面目。他已去世多年了，但我一直记得他说过的一句话：“为了《夜巡》，伦勃朗破产是值得的。”他本人就是有这种为理想，为艺术献身的精神。至今，我依然认为他的这两本书仍然是我国对西方艺术了解最深、思维最严密的著作。他的鉴赏和读画水平都是我极为佩服的。我的恩师许荣初教授也是到了六十多岁才踏足巴黎。当他们第一次看到这些陪伴了他们一辈子，令他们朝思暮想、废寝忘餐的大师原作时都流下了热泪，有的还大哭一场……我可以相信如果中国更早开放，如果他们 20 岁就到巴黎，他们的绘画和艺术理论完全可以更上一层楼。我们时常谈论到一些大问题，其中一个问题是——读画和鉴赏。

狄德罗说过，“我觉得学会观看一幅画比学会一首诗需要更长的时间,要给一幅版画做出正确的评价也许需要更多的时间。”

俄国著名画家克拉姆斯科依在看到库因哲的绘画时曾经写到“月亮和太阳本身并非绘画的对象”,但是,“在看到这些画时,我可以变成最优秀的人,最善良的人,最健康的人……”

克拉姆斯科依是个杰出的思想者和画家。所以他能感受到一幅优秀的作品背后的感染力。他的鉴赏当然是不可质疑的。优美的作品,散发着同样优美的人格力量。他的评价是正确的。而恰恰库因哲本人就是一个优秀、善良、健康的人。我喜欢看这样的画,也喜欢读这样的文章,更喜欢结识这样的艺术家。

世界上许多名画,我也是到了中年才渐渐都看了都读了,也懂了一些。很多画很早就在印刷品上看到,但是微妙的感觉、细腻的体会、震撼人心的共鸣欲只能在正式的展览厅里才能发生。在不朽原作面前的激动、虔诚、佩服、崇拜的感情奔腾,就是现在仍然会重演不断。

鉴赏是一种巨大的精神劳动,它需要知识,后天的训练、培育是不可缺乏的。鉴赏就要细读艺术品,这是心灵的开启、心智的活动。中国人所说的“怡情养性”只是一方面。我想它打开的是另一个崭新的极其宽广的世界。大多数的人不愿下苦功夫,所以他们常常缺乏高超的鉴赏力,成了人云亦云的鹦鹉。“对于没有音乐感的耳朵说来,最美的音乐也毫无意义。”那些花费巨额钱财购买艺术品的人,往往并没有买到真正的艺术杰作,他们往往成了一些能说会道的商人圈套的牺牲品。当今世界,艺术品失去标准,就是博物馆也常常收购了一些垃圾。当然,他们花的都是纳税人的血汗钱。只有我们自己有了一双明亮的眼睛,我们才会真正明智而又不会上当受骗。

一幅画、一篇文章总是流露出作者人生的态度、情操。艺术家应该先成为一个人,一个真正的人,而后才成为一个艺术家, 这也是大家的定论。西方人说“风格即人”(Le style c’est l’homme)中国人说“文如其人”,“画如其人”。我是坚决相信的。一个艺术家是病态的,作品就不会是健康的,一个艺术家是猥亵的,作品就不会是光明的。崇高的心灵,不齿龌龊的表达,痞子、流氓、强盗, 自然有他们的同路人。

我常在伟大的艺术品里找到智慧和力量。因为我得益了,我充实了,我寻到了一些真理。同样,如果我不能在一幅画的笔触和色彩里找到智慧和力量,找到各种各样的东西时,我是失望而沮丧的。如果他们没有高妙的技艺,我如何相信他们有高妙的情感和理念呢?难道它们不是相通的吗?

读画和读书往往有相同的方法,读画也要读历史和文化,对历史和文化的理解越深入,越有独到的见解,艺术作品就会获得更多的内涵,这是不言而喻的。反之,作品就会缺乏纵深的线条。好的作品,就是良师益友,我们欣赏它们的高尚情操,观摩它们的杰出技艺,领会它们的智慧,他们有洞察世界万物的观察力、敏感性,诉说着细腻、委婉的情感世界。用一只小小的彩笔,绘尽人间春色,使我们流连忘返,叹为观止。我们在“读”的过程中,慢慢成长起来,读画比读书还难,如果不懂得读画,想要画好画是不可能的。许多人画了一辈子艺术水平仍不高,主要是没有读到好画。到好的博物馆看好画,细读经典的名作,是提高欣赏的唯一办法。

当我在奥赛看到库因哲的《第聂河上的月光》,我长久地凝视,我感到一种从未有过的安静和舒适,我甚至感受到有一股清凉的河风正在徐徐吹来。诗意悠悠,美妙的夜色、神奇的大自然正在把我一颗孤独的心灵温暖……

凡高的画看起来是悲苦与凄凉的。无论他的笔触多么强烈,多么外露,仍然掩盖不住他内心的紧张、不安。他那割了耳朵的肖像,他如火的眼神,在我的脑子里总是挥之不去,如一片镜子,直透你的内心。同样我也时常感受到那种揪人心魂的痛楚和不安。

毕加索比任何人都聪明,他自比太阳,活在当下,我行我素,他的优点和他的缺点一样多,他创造了艺术的新一页,却也把艺术糟蹋得一干二净。他名气越大,作品反而越差。他被人捧坏了,被商业炒作弄糟了;他自以为是,目空一切,结果留下一大堆涂鸦的作品,粗俗、下作,境界很低。没有一点人生阅历和艺术知识,最好别看他的画。我特别不喜欢他的人品,他的飞扬跋扈,太缺乏谦卑之情,无论对自然还是对艺术。

我喜欢莫奈的画,阳光、色彩做绝了,任何时候看他的画都令人心旷神怡,色彩和阳光直接照在你的心里。他是艺术家永远的导师和良友。

一幅画对于我,就好像一个女人,她不一定美貌惊人,首先应该是衣着整洁,举止得体。如果“第一眼”缺乏缘分,我们是很难相处的。首先自然是“入眼舒服”,和一幅画一样,继而,我才会随着画游历一番,我希望能读到一些理解的东西,使我有点收获,使我得到一点知识,给我一点欢愉,不要说是给我智慧——因为我天生 IQ 不高,我虽然已年过半百,从事艺术三十载,但是,我仍然缺乏阅读“天书”的技巧。据说,有的人会在一个“空框”里读到“维纳斯的诞生”,在一张黑色帆布里看到“黑夜奔跑的牦牛”。我是极缺这种审美功能和本领的。有个“画家”在画布割了一刀,据说是割出了一个“第四空间”,这个“第四空间”来得如此容易,我不得不怀疑!而最为可怜的是他竟一辈子都在“割画布”——四刀、五刀、六刀……有个“画家”,因为把一个“尿盆”往博物馆一放,就成了划时代的“大艺术家”。遗憾,我发现不了这个秘密,我还深感怀疑,我极顽固地相信并认为:空框还是空框,黑帆布还是黑帆布,割了一刀的画布还是画布,“尿盆”还是“尿盆”,我还是形而上学不了,这只能使我困惑而又痛苦。当然还是有许多评论家、理论家、心理学家会对以上的种种东西做出时髦的“心理分析”,他们宁愿自投罗网、枉自多情,并且给这些低劣的东西贴上各种各样的最新的“××主义”标签,一时,使这些东西身价百倍。其实就是他们的鼻祖弗洛伊德也很早就招认:“精神分析‘关于美简直是最最没有发言权的’”,“外行人可能对于分析寄予了过高的期望……必须承认分析根本没有说清外行人或许最感兴趣的两个问题,它既不能阐明艺术天赋的性质,又不能解释艺术家的工作方法——艺术技巧。”(莱昂内尔·特里林《弗洛伊德与文学》)精神分析对当代艺术的创作和批评产生的影响是巨大的,把艺术家本身排斥在创作之外是可笑和荒谬的,也是不幸和悲哀的。

因为,任何人对伦勃朗的一幅作品和在画布上打一个洞的创作,还是能够在一分钟内,甚至几秒钟之内做出明确的价值判断的,根本无须伟大理论家品评的。

我们应该尊重的事实是:每年到卢浮宫观赏“蒙娜丽莎”的人群超过三四百万。杜尚的“尿盆”有几个人会去流连欣赏呢?你会把杜尚的“尿盆”当艺术品收藏在家里吗?只有 3 岁以下小孩晚上要“尿尿”的时候才会想起这个东西的……

我的大脑时常不管用,我唯一能依赖的只有眼睛了,因为眼睛很直接地告诉我许多真理。所以,当我的眼睛受苦受累的时候,我的心扉就会自动关闭,请原谅,这是本能,就好像我头晕了,我无法说我的感觉很好。眼睛的感觉对了,脑神经似乎也协调起来了,我越看越有味了,我感到,我正在品尝一顿丰富的大餐,"色、香、味"都有了,视觉、嗅觉、味觉都有了,能不好吗?真是人生一乐也!

好画是:"初看平平无奇,细看渐入佳境,再看百回不厌。"

臭画是:"初看惊心动魄,细看索然无味,再看扭头而走。"

培根早就说过:"有些书可以一尝,有的书应该吞下去,有不多的几部书则应咀嚼而消化。"读画何曾不是如此?好书和好画可以长久陪伴你一生,并且受益无穷;坏艺术污染了眼睛和精神,又如锋芒在背,如毒蚊毒蛇缠绕纠缠,苦痛万分。

其实,黑格尔大师早就说过"遇到一件艺术品,我们首先见到的是它直接呈现给我们的东西,然后再追究它的意蕴或内容。前一个因素——即外在的因素——对于我们之所以有价值,并非由于它所直接呈现的;我们假定它里面还有一种内在的东西,即一种意蕴,一种灌注生气于外在形状的意蕴。那外在形状的用处就在指引到这一意蕴。"他是大美学家、鉴赏家。海德格尔说,黑格尔的《美学》是西方历史上关于艺术本质最全面的沉思。

我们的老祖宗墨子有一句话"耳目之实",说了两千多年了。上升到哲学的境界就是朴素唯物主义认识论的经典名言。我也相信这句话!如果你的眼睛拒绝了,耳朵也拒绝了,那么就拒绝吧,相信你自己,没关系!

许多人往往说艺术没有标准,我却相信艺术绝对有标准,你只要比较地"看",比较地"读",就会慢慢找到差距。俗话说"不怕不识货,只怕货比货"。一幅优秀的杰作与平庸的作品摆在一起,立刻就有分晓的。

一个创造者不一定是个理论家,但一个真正的创造者必定是一个很好的鉴赏家。眼高手低,可以原谅,眼低手是不会高的,是不可原谅的!

董其昌为什么将范宽的《溪山行旅图》评为"宋画第一"?

《溪山行旅图》,现存台湾故宫。我有幸在巴黎的《帝国的回忆》的大展中看到。虽然年代久远,画面有点发黑,但还是有股逼人气势。这是一幅双拼绢的大山水画,迎面耸立的主峰,堂堂正正,占去主要的位置。山骨嶙峋,坚硬挺拔,清泉宛转而后直下,给整个画面带来不息的活力,山下巨石林立,古道蜿蜒,商旅和殿阁布置得井然有序。画家展现了他的杰出的艺术功底,一石一木,一山一水,无不精妙。

无怪乎董其昌评此画为“宋画第一”。

近代画家徐悲鸿也赞道:“中国所有之宝,故宫有其二,吾所最倾倒者,则为范中立《溪山行旅图》。大气磅礴,沉雄高古,诚辟易万人之作。此幅既系巨帧,而一山头,几占全幅面积三分之二。章法突兀,使人咋舌!”

其实,假如你亲自见过此画,也一定会折服。此画气势雄伟,的确是公认的杰作。这也是本人最欣赏的一件中国绘画珍品。

近代王国维认为词的高下,以有无境界为衡量的标准。能写真景物、真感情者,方为有境界。境界可分两种:一为有我之境,其特点是“以我观物”,“物皆著我之色彩”。二为无我之境,其特点是“以物观物”,“不知何者为我,何者为物”。“无我之境,人惟于静中得之;有我之境,于由动之静时得之。故一优美,一宏壮也。”文章、诗、词、绘画、雕塑一切的艺术难道不是如此吗?艺术永远有高低、优劣、好坏之分,怎么会没有标准呢?那些想把艺术尺度搞得天翻地覆的人常常就是混水摸鱼的投机者。

中国人的文化传统里有很多精彩的论述:“逸品、神品、能品、妙品”之说,是对诗、书、画的评价,很能代表中国人对艺术品严格的、高雅的审美境界。西方近代有人说“有意味的形式”,但是我们中国人很早就说“境界”这两个字,我想说,这两字是形容一切艺术品的最高标准吧?

一个民族如果没有一些最高水平的艺术品,这个民族自然会被其他民族瞧不起。最高水平的艺术品总是完整地体现了这个民族集体智慧精神的。

当然,我很佩服西方的很多学者、作家、哲学家,他们有极高的艺术鉴赏水平,这与他们国家有优秀的博物馆、丰富的艺术品收藏有关。歌德、雨果还是画家呢,歌德的《色彩学》理论学说连莫奈都拜读, 对当时的印象派画家影响很大。他竟然还说他一生的最大贡献不是文学,而是《色彩学》! 叔本华、黑格尔、温克尔曼、尼采都精通艺术,有极高的鉴赏水平。

法国的作家左拉、建筑家马蒙坦对印象派的贡献功不可没。不但理论上支持,还掏出大笔金钱支持。《忧郁的巴黎》作者尖锐的文笔、独到的眼光令巴黎的艺术家们胆战心惊、提心吊胆。萨特、托尔斯泰也留下洋洋的《谈艺录》,近代英国的贡布里希的专著对东西方都产生深远的影响,画家的作品都给这些作家带来创作的灵感,而很多作家评论家的意见又给画家很大的启发。我都怀疑贾可梅迪的艺术成功是不是萨特评论的功劳,因为在贾可梅迪的雕塑作品中,我看到了萨特存在主义的影子。这位存在主义大作家,终于在一个艺术家的作品中印证了自己的理论。弗洛伊德家中挂着一张古典大油画,他从画家的作品中敏锐感受到画家独特的艺术手法,从心理学、生理学的角度进行挖掘,对于他的潜意识理论的发展,应该说是有很大启迪的。

对我来说鉴赏是一门人生功课。每天我都睁大眼睛好奇地观看这个奇特的世界。当然包括五花八门的眼花缭乱的艺术作品。我迷茫、我困惑、我痛苦、我彷徨;我力不从心、心血被掏空了,心智被玷污了,跌入无底深渊……如今我慢慢清醒了一些,我找到自己想要的东西了。我挣扎地爬着,一步步走着,也不管脚底淌着鲜血,两颗大门牙掉落、身上四个洞口血迹未干的代价。终于我在孤独的旷野中觅选到一点光明,感到一点他乡遇知音的感觉了。许多伟大画家的作品和文学家的书籍,是我床边宝贝,她们伴我渡过长长黑夜,也引来黎明的曙光。她们是一汪清泉,是一位极严格的老师,同样她们也在不断鉴赏我,审视我的一笔一画、一举一动,一直到永远!

读和赏决不轻松,是要付出代价的。你时时感到又爱又恨,又喜又怒,又惊又哀,又乐又痛,才真正进入读画和鉴赏的领地。只有找到你的真正的喜与爱、痛与恨,你才有可能往自己的山顶跃进。我认为真正的鉴赏是虚心的接受和坦然的拒绝,否则,你还不是真正的鉴赏家。要懂得这两点是很痛苦的。你不可能是个人见人爱的好心慈善家、博爱者。而且非常重要的一点,很多人忘记了,我们有一天也会被人"鉴赏"的。所以,更要时常懂得"鉴赏"自己。

在我看来,瑞士画家勃克林这辈子只要留下《死岛》这样一张画就够了,他把哲学家说不清楚的东西说清楚了,它也把人生说清楚了。不管你喜欢还是不喜欢。我们每个人都要像那个穿白衣的使者，静静地向《死岛》驶去……他的画使我感到深深的安静、深深的祥和，一切的困苦、艰辛，甚至灾难，一切的荣华、富贵，甚至艺术都不重要了……我几次站在这幅画前面长久地凝视，我想到画布山石后面去寻找他笔下所隐藏的秘密，我甚至轻轻触摸到那块有点发暗的画布。那坚硬的岩石，那美妙的纹理，那一堆暗黑的柏树，那个异常神秘的白衣人，他在超度人类、他自己，还是可怜孤独的艺术家本人？这辈子能读到这样的画是一种缘分，一种幸福。

终于，我又想起先贤说的一句话："操千曲而后晓声，观千剑而后识器。"说得真好。

生命体验与人文情怀

甘以雯

我编选和阅读散文，十分看重作品体现出的生命体验和人文情怀。我以为，散文是生命之舞，应予人以生命的深层感动，予人以心魂的震撼。生命体验和人文情怀，是散文的灵魂和生命线。人文情怀是一种处世为人的胸怀和境界，是对生命的敬畏，对弱者的同情，对人世的关爱，对道义的守望。人文情怀，对于作家尤为重要。有着人文情怀，作品中会时时处处体现着人情、人性以及对人生命运的关照与关怀，作家的“品”和“格”自高。很多散文就是以强烈的人文情怀而将我深深感动的。

抒写深刻的自我生命体验

散文中必须有“我”，有“我”的情感，“我”的体验，但这里的自我，不是缘于身边琐事、儿女情长的小我，而是有着深刻的生命体验、深入到自我灵魂的深处，体现出作者灵魂的渴望和追求，进而反映出作者对国家和民族命运的思考，折射出时代的风貌。

近些年，在全国的散文文坛上活跃着一批青年作家。其中十分突出的有几位打工出身的作家，像王十月、塞壬、郑小琼等。他们的作品，凝结着生命的体验，闪烁着艺术的才华。塞壬大学毕业后到东莞打工，靠文字为生，她对人生、对文字有一种特殊的感觉，她的笔触直抵底层民众的生活，直抵人性的深处，她的《合租手记》惟妙惟肖地写出了打工族的情感与生活状态。平凡的生活，平凡的人生，泛着健康而自然的人生底色——她的散文写得十分生动，富有张力，富有艺术的感染力。马召平《金子》既描述了金子的冶炼过程，也描述了几位小人物人生的冶炼过程。脚踏人生大地，写出真实的人生体验，有着积极的人生启示。谢伦《一场花事一场梦》描述了一位喜爱艺术的农村青年在县城文化馆一段短暂的时光，弥漫着一种空灵、浪漫而朦胧的美。繁花似锦，是他前程的“梦”；落叶飘零，是美梦将醒时的无奈。繁花似锦，自然美妙万分；落叶飘零，也飘逸着一种青春惆怅的感觉……

王鼎钧，是华语散文创作的代表性作家。他继承了中国传统散文、小品文以及中国现代散文传统；展现了中国知识分子独特的家国意识、人文品格，是对中国传统文化、东方智慧的精彩演绎；他的散文，集智性、灵性与悟性于一体，是其历尽沧桑、深味世事后，人生经验的结晶与升华；他的散文朴素简约，就像他家乡的“兰陵美酒”，绵厚深长，令人回味无穷。

抒写感人的人生命运

人的一生，会经历许许多多的人和事，每一个人的生命，社会生活的每一个角落，都有耐人寻味的东西，都值得你倾注深情去关注、体验和发掘。同情心是人类最无私的一种情感，只要你怀着一颗良善的悲悯之心，去发掘、去表现他人的生命价值，就有可能将千千万万读者感动。

范曾的《一首凄恻的歌》记述了一位普通的编辑——津门仁慈而学识渊博的民俗研究专家张仲。我曾几次听仲老讲过范先生，如今从文章中感到范先生对仲老的一片真情，文章写得凄婉动人，声泪俱下，彰显出这位艺术大师内心深深的人情，充满着人生的况味。余光中与吴望尧，原本友情共鸣、诗性相通，于今，作者的文学成就蜚声海内外，而吴却误入商海，卷入战争，人生坎坷，籍籍无名。在《铜山崩裂》中，作者满怀深情追忆亡友，感叹人生。理由的《淡定的秋色》平淡地叙述了资质秀丽、叱咤风云的高官曾志，描述了这位具有传奇色彩的女性淡泊、平和的晚年，突出描绘了一个共产党员的晚节和操守，具有着现实启示意义。

认知历史与现实

在文化散文创作中，许多作品常常是以中国历史、传统文化为切入点的。意在以史为鉴，历史的反思成为了对正义、道德、尊严和人文理想的呼唤，具有着深刻的思想，也有着沉甸甸的历史感与沧桑感。

《擎天之翼》抒写了湖湘文化另一个重要人物——在清朝第一个提出洋务运动、苦撑晚清危局的"同治中兴"三大名臣之一的胡林翼。作品激情澎湃，有见有识，蕴含着作者对国家民族命运的关注与思考。耿立几年间创作的几篇描写抗日将领的散文《赵登禹将军的菊与刀》、《悲哉，上将军》、《遮蔽与记忆》、《缅想的灵地》均是《散文海外版》首先推出的，为一些重要报刊转载。他的散文开掘深刻，深沉大气，细节精彩，赢得了众多读者好评。为这几篇力作，作者和编者付出了许多心血。《记忆李自成》自然流畅地描述了"李自成"这一严肃的话题，穿插着精彩的细节、情节，引人去思考、去品味那一段血雨腥风的历史，有新意，有意蕴，类似"贾雨村言"的写法，"古今多少事，都付笑谈中"，拓展了历史文化散文写作的路子。

面对着五光十色的现代社会和现实生活，许多作家的内心充满着一种形而上的忧虑和困惑，面对物欲、人欲的无节制膨胀及自然生态的失衡，面对世俗的平庸及人格的卑贱，一些作品表现出严肃的批评精神。如今，人们常捧一些风头乍起的人为"新星"，岂不知，科学意义上的"新星"都是短命的、一闪即逝的；而当今的学术论坛也经常是"流星满天，不见恒星"，核物理专家詹克明的《新星·流星·观星人》以知识、思想和勇气抨击了"伪学术"，抨击了浮躁与低俗的文化。

阅读优秀的散文，是一种人生与艺术的享受，从中可以感悟人生，领悟社会，品味自然，其大开大合、大丑大美，力透纸背，情透纸背，以超拔之境界，真正写出自己最深切的生命体验和人文情怀，给人以激荡，给人以感动，给人以深刻启示。

写散文，易学难工；写散文，常常是一件费力不讨好的事情。写小说，机缘巧合，有可能一举扬名，迅速改变生存方式。靠写散文真正成名致富的作家，屈指可数，凤毛麟角。写散文，更多地不是生存方式，从总理，从声名显赫的学者、艺术大家，到底层民众，都是对精神的追求，是一种高贵生命方式的证明。对于恒久地追求高品位生存的作家、读者和编者，我表示深深的敬意。